KAREN WHITE
BEATRIZ WILLIAMS
LAUREN WILLIG

DAS HERZ DES OZEANS

KAREN WHITE · BEATRIZ WILLIAMS
LAUREN WILLIG

Das Herz des Ozeans

ROMAN

Deutsch von Sonja Rebernik-Heidegger

blanvalet

Die Originalausgabe erschien 2018 unter dem Titel
»The Glass Ocean« bei William Morrow,
An Imprint of HarperCollins Publishers, New York.

Sollte diese Publikation Links auf Webseiten Dritter enthalten, so übernehmen wir für deren Inhalte keine Haftung, da wir uns diese nicht zu eigen machen, sondern lediglich auf deren Stand zum Zeitpunkt der Erstveröffentlichung verweisen.

Verlagsgruppe Random House FSC® N001967

1. Auflage
Copyright der Originalausgabe © 2018 by
Beatriz Williams, Lauren Willig und Karen White
Published by Arrangement with
Harley House Books, LLC, Beatriz Williams, Lauren Ratcliffe.
Dieses Werk wurde vermittelt durch
die Literarische Agentur Thomas Schlück GmbH, 30161 Hannover.
Copyright der deutschsprachigen Ausgabe © 2020 by Blanvalet
in der Verlagsgruppe Random House GmbH,
Neumarkter Str. 28, 81673 München
Redaktion: Andrea Kalbe
Umschlaggestaltung: © Johannes Wiebel | punchdesign,
unter Verwendung von Motiven von Shutterstock.com
(kamienczank; Everett Historical)
AF · Herstellung: sam
Satz: Buch-Werkstatt GmbH, Bad Aibling
Druck und Bindung: GGP Media GmbH, Pößneck
Printed in Germany
ISBN 978-3-7341-0834-1

www.blanvalet.de

Für die Opfer und Überlebenden der letzten Überfahrt der RMS Lusitania und ihre liebenden Angehörigen.

Eins

NEW YORK CITY
MAI 2013

Sarah

Der Abendhimmel war von einem sanften Blau, wie es im Mai in New York so oft der Fall war, und ich beschloss, zum Treffen des Buchclubs zu laufen und das Geld für den Bus zu sparen. In Mimis Facebook-Nachricht stand, dass sie sich in ihrer Wohnung an der Park Avenue trafen, mitten im gepflegten Herzen der Stadt – und mindestens dreißig Minuten von meiner Wohnung am Riverside Drive entfernt. Aber das war mir egal. Ich war eine New Yorkerin, ich konnte den ganzen Tag zu Fuß herumlaufen. Außerdem würde ein flotter Spaziergang meine Nerven beruhigen (das redete ich mir zumindest ein, während ich zum millionsten Mal an diesem Nachmittag Mimis Nachricht las).

Ich hatte mehr als genug Zeit eingeplant, um mich fertigzumachen, denn ich wollte auf keinen Fall zu spät kommen. *Unpünktlichkeit ist unprofessionell*, hatte meine Mom immer zu mir gesagt, wenn sie wieder einmal in ihrem eleganten Hosenanzug vor mir gestanden hatte. Eingehüllt in den Duft von *Youth Dew* von Estée Lauder und guten Manieren. *Wähle das Outfit bereits am Vorabend aus, verlasse die Wohnung zehn Minuten früher.* Alles ziemlich gute Ratschläge, weshalb ich meine indigoblauen Skinny-Jeans und die Seidenbluse tatsächlich bereits zurechtgelegt und meine Meinung zu der Bluse auch nur zwei Mal geändert hatte. Dazu noch meine Lieblingssandalen mit Keilabsatz – weil sie mir ein paar Zentimeter mehr schenkten, ohne meine Fähigkeit zur Fortbewegung einzuschränken –, eine hübsche Halskette und ein Pferdeschwanz. Es war jene lässige, gedankenlos zusammengewürfelte Eleganz, die den überkandidelten Supermüttern aus der Park Avenue in ihren Louboutins glatt die Sprache verschlug.

Die Kette ziepte. Ich öffnete den Pferdschwanz und band ihn neu. Entschied mich für eine andere Kette. Griff nach meiner Tasche von Kate Spade und band meinen Hermès-Schal um den Henkel. Nahm den Schal wieder ab. Wollte ihn noch einmal um den Henkel binden, hielt aber im letzten Moment inne, weil ein Schal um den Taschenhenkel irgendwie zu überambitioniert wirkte. Oder machte ich mir wieder einmal zu viele Gedanken? Ich warf einen Blick auf mein Handy. Eigentlich wollte ich vor fünf Minuten gehen.

Ich hetzte wie immer durch die Upper West Side und den Central Park. Meine Lungen brannten, und meine Beine schwankten, während die Leute im Park Softball spielten und sich Pärchen nach der Arbeit trafen, um Hand in Hand in eine Weinbar zu gehen und Tapas zu essen. Oder mit einer Tüte Fast Food nach Hause.

Wenn ich nicht in Eile war, saß ich gerne auf einer der Bänke, aß einen Hotdog mit Ketchup und Senf, aber ohne Zwiebeln, und beobachtete sie. Meine New Yorker Mitbürger. Ich suchte mir einfach jemanden aus. Einen Mann in einem Anzug vielleicht, der gerade seine Krawatte lockerte oder einen schnellen Blick auf die Uhr warf. Ich dachte mir ein Leben für ihn aus, eine Vergangenheit und seltsame Geheimnisse, die er verbarg. Mom hatte immer von den Dinnerpartys erzählt, die sie gegeben hatten, bevor Dad fortgegangen war. Ich hatte die Gäste heimlich durch das Treppengeländer beobachtet, obwohl ich eigentlich hätte schlafen sollen, und am nächsten Morgen hatte ich sie mit Fragen bombardiert: Wer war mit wem verheiratet? Womit verdienten sie ihr Geld? Woher kamen sie, und wie viele Geschwister hatten sie? Früher hatte ich ihren Geschichten geglaubt. Ich hatte tatsächlich geglaubt, dass mir mein Beruf in die Wiege gelegt worden war.

Mittlerweile war ich mir nicht mehr so sicher. Ich hegte sogar starke Zweifel, während ich am Belvedere Castle vorbeihetzte, zahlreichen Kinderwagen auswich und der Central Park meine Lunge mit dem Duft von grünen Blättern und Hot-Dog-Buden, von Autoabgasen und uringetränktem Asphalt füllte. Frischluft in der Großstadt.

Zu meiner Linken stach der grau-beige Obelisk Cleopatra's Needle in den Himmel, um den sich Dutzende Touristen mit ihren Selfiesticks versammelt hatten. Ihr Anblick versetzte mich in Panik. Ich begann zu joggen, verlangsamte das Tempo aber bald wieder zu einem flotten Spaziergang. Kurz darauf stürzte ich durch das Tor hinaus auf die Fifth Avenue. Autos hupten, Menschen brüllten, und ich erkannte, dass meine Panik durchaus gerechtfertigt gewesen war: Ich hatte die Gehzeit falsch eingeschätzt und war bereits elf Minuten zu spät. Die anderen waren sicher schon da. Vermutlich dachten sie, ich hätte den Termin verpennt, und schüttelten mitleidsvoll die Köpfe. Die Hausfrauen der Upper East Side leisteten sich keinen Fehler, ihre morgendlichen To-do-Listen waren abends fein säuberlich abgehakt, und sie zeigten kein Verständnis für Tagträumer, die die Zeit übersahen und deren Verstand nicht in gerade, organisierte Bahnen gepresst werden konnte.

Mimi hatte in ihrer Nachricht nicht erwähnt, wie viele Querstraßen es waren. Ich hatte nur die Adresse an der Park Avenue, die vermuten ließ, dass sich die Wohnung irgendwo zwischen 79. und 71. Straße befand. Ich sprang zwischen zwei

Touristenbussen auf die Fifth Avenue und rannte beinahe vor ein heranbrausendes Taxi. Der Fahrer hupte, doch ich schaffte es auf die andere Seite und lief die 79. Straße entlang zur Madison Avenue. Ich wartete auf ein Loch im Verkehr, überquerte sie und hielt mich östlich in Richtung Park Avenue.

Ein Hundesitter mit sechs oder sieben Kötern blockierte den Gehweg. Der kleinste war ein grauweißer Havaneser, der größte ein Irischer Wolfshund, der nun wirklich nicht nach New York City gehörte. Der Havaneser sprang mich an, als wäre ich seine beste Freundin – Hunde mochten mich einfach –, und ich überlegte, ob ich vielleicht zur Hundesitterin geschaffen war. Denn hierfür war ich es nicht. Ich war nicht dafür geschaffen, den Bürgersteig entlang zu einem Buchclub-Treffen zu hetzen und zu hoffen, dass ich nicht zu spät zu den Horsd'œuvres kam. Denn ich *zählte* auf diese Horsd'œuvres. Mimi hatte sie wahrscheinlich bei *Yura on Madison* oder in einem ähnlich exquisiten Laden bestellt. Ein Blick aufs Handy. Vierzehn Minuten zu spät.

Natürlich befand sich die Adresse ausgerechnet zwischen der 72. und 71. Straße. Ich hielt den Blick auf die Zahlen auf den grünen Markisen gerichtet und hetzte an einem Türsteher nach dem anderen vorbei. Endlich entdeckte ich die richtige Hausnummer und verglich sie zur Sicherheit noch einmal mit Mimis Angaben.

Als ich den Blick hob, starrte mich der Türsteher in seinem nüchternen schwarzen Anzug an. Ich drückte den Rücken durch, wie Mom es mir immer gezeigt hatte. »Hi? Ich komme zum Buchclub? Mimi Balfour? 8B? Tut mir leid, ich bin spät dran!« Ein strahlendes Lächeln.

Er erwiderte es mitfühlend – von Hilfskraft zu Hilfskraft – und öffnete die bronzefarbene Gittertür. »Der Aufzug ist gleich geradeaus.«

Vielleicht sollte ich noch erwähnen, dass ich Mimi Balfour gar nicht kannte. Zumindest nicht persönlich. Wir hatten uns noch nie getroffen. Sie hatte mir lediglich eine Nachricht auf meiner Autoren-Fanpage auf Facebook hinterlassen und angekündigt, dass ihr Buchclub im Mai mein Buch *Small Potatoes* lesen würde. Nachdem sie in meiner Kurzbio gelesen hatte, dass ich aus New York kam, wollte sie fragen, ob ich Zeit hätte, mich mit ihnen zu treffen.

Sie klang selbstsicher, als würde sie meine Zusage voraussetzen – ganz anders als die Nachrichten und E-Mails, die ich nach der Veröffentlichung von *Small Potatoes* bekommen hatte. Zu der Zeit war ich ständig in allen möglichen Talkshows zu Gast gewesen und hatte über die Kartoffelfäule und die große Hungersnot in Irland Mitte des neunzehnten Jahrhunderts referiert, als wäre ich selbst dabei gewesen. Die Hochachtung war mit jedem Satz deutlich geworden. *Sie sind sicher immens beschäftigt. Ich liebe Ihr Buch abgöttisch. Ich werde Ihnen auf ewig dankbar sein.*

Ich hatte sämtliche Anfragen an meine Presseagentin weitergeleitet, die ein paar glückliche Gewinner ausgewählt und den Rest mit einer Liste hilfreicher Artikel und Interviews abgespeist hatte. Sie hatte den Auftrag gehabt, nicht mehr als zwei Anfragen pro Monat anzunehmen. Mehr hatten nicht in meinen Terminkalender gepasst.

Während sich der Aufzug langsam zu Mimis Stockwerk hocharbeitete – ich liebte diese alten Rosario-Candela-Häuser und ihre kleinen, eleganten Aufzüge –, versuchte ich, mich zu erinnern, wann ich das letzte Mal bei dem Treffen eines Buchclubs gewesen war. Ich schätzte, es war etwa ein Jahr her. Nein. Länger. In einer kleinen Wohnung in Greenpoint, in der es nach Katzenfutter roch. An diesem Tag wütete ein schlimmer Schneesturm, und das Treffen wurde abgesagt, ohne mir Bescheid zu geben. Als ich auftauchte, saßen die Frau und ihre

Mitbewohnerin mit den Katzen auf dem Sofa und sahen sich *House of Cards* in Dauerschleife an. Man musste ihr zugutehalten, dass sie sich wenigstens entschuldigte. Sie hatte angenommen, dass niemand, der noch alle Tassen im Schrank hatte, bei einem solchen Sturm außer Haus ging. Sie kochte mir einen Becher Kakao, bot mir altbackene Tortilla-Chips an und fragte, was ich als Nächstes schreiben würde. Meine Lieblingsfrage. Als ich ging, war die letzte U-Bahn bereits gefahren, und ich musste in meinen zu kleinen Uggs über die Williams Bridge nach Manhattan und weiter bis ans andere Ende der Insel laufen, während der Schnee auf meinen Wangen brannte und sich auf den Bürgersteigen sammelte. Es war eine schöne Zeit gewesen. Wie könnte ich sie je vergessen?

Ich starrte auf den Bronzepfeil, der langsam von einem Stockwerk zum nächsten wanderte, und redete mir ein, dass Mimi sicher ganz anders war als die Katzenfuttertante. Es würde leckere Horsd'œuvres für meinen leeren Magen und Wein für meine geschundene Seele geben, und der Enthusiasmus für *Small Potatoes* würde ungebrochen sein. Jeder, der das Buch las, liebte es. Das Problem war nur, dass das fünf Jahre nach der Veröffentlichung kaum noch jemand tat. Es war lange her, dass ein Schulbezirk in Boston das Buch für alle Schüler der siebten Schulstufe bestellt und mich gebeten hatte, vor der Lehrerversammlung zu sprechen.

Sechster Stock. Siebter Stock. Ich ging noch einmal Teile meiner Standardrede durch. Der Kommentar über die Schafe sorgte immer für Lacher.

Achter Stock. Die Aufzugtür glitt auf und gab den Blick auf ein in Creme und Gold gehaltenes Foyer frei. Links befand sich Wohnung 8A, rechts 8B. Bloß zwei Wohnungen pro Stockwerk in einem Haus dieser Größe? Mimis Mann war vermutlich Investmentbanker oder Hedgefondsmanager. Oder Partner in einer exklusiven Anwaltskanzlei. Ich überlegte, wie schön es gewesen wäre, wenn sich jemand anderes darum gekümmert hätte, dass genug Geld zum Überleben im Haus war. Ich hatte mal etwas mit einem Hedger. Er war Ende dreißig und steinreich gewesen. Ein mathematisches Genie mit einem derben Sinn für Humor, der auf knochige, dünnlippige Art gut aussah. Wir lernten uns wenige Monate nach der Veröffentlichung von *Small Potatoes* kennen, als mein Ruf als prominente Autorin kurzzeitig meine irischen Sommersprossen und die krausen, rotbraunen Haare überstrahlte. Dinners bei Daniel, Sex in seinem schnittigen Loft in Tribeca, Limousinen, die uns überall hinbrachten. Ich machte Schluss, nachdem ich herausgefunden hatte, dass er nebenbei Affären mit mehreren zwanzigjährigen Victoria's-Secret-Models hatte. Aber vielleicht war die Entscheidung doch zu übereilt gewesen?

Ich trat auf die Tür mit der Nummer 8B zu und warf einen letzten Blick auf mein Handy. Neunzehn Minuten zu spät.

Die Tür ging auf. Fast hätte ich ein Dienstmädchen in Uniform erwartet, aber stattdessen stand eine große, schlanke Blondine vor mir. Sie trug weiße Jeans, die ihren knochigen Körper betonten, hielt ein Glas Weißwein in der Hand und kicherte immer noch über den letzten Witz im Kreise ihrer Freundinnen.

Ich streckte ihr die Hand entgegen. »Mimi? Es tut mir so leid …«

»Oh *hi!* Ich bin Jen. Mimi ist im Wohnzimmer. Sind Sie *Sarah? Oh mein Gott*, Sie sehen ja *ganz anders* aus als auf dem Autorenfoto!«

»Leider kann man den Make-up-Artist nach dem Fototermin nicht mit nach Hause nehmen.« Das war meine Standardantwort. »Es tut mir leid, dass ich …«

»Kommen Sie doch mit«, rief sie und wandte sich ab. »Die anderen sind schon so gespannt!«

Ich folgte Jen in eine weitläufige, vertäfelte und in geschmackvollem Taubengrau gestrichene Galerie und bemerkte in diesem Moment, dass mir meine Seidenbluse – die ich in Zeiten des Wohlstands gekauft hatte – am Körper klebte. Ich schwitzte nach meinem Dauerlauf durch Manhattan immer noch, meine Haare waren an den Schläfen feucht, und mein Atem ging stoßweise. Außerdem knurrte mein Magen. Ich hatte seit dem Frühstück nichts mehr gegessen, weil ich angenommen hatte, dass es hier genügend geben würde, und ich mir ein paar Dollar sparen wollte. Ich fuhr mir mit dem Jackenärmel über die Wangen und die Oberlippe. Jen ging hüftschwingend vor mir her, und ihre Wirbel drückten sich durch ihr legeres marineblaues Tanktop. Ihre Arme glänzten unglaublich seidig. Wahrscheinlich behielt ein Team aus strengen Stylisten sie rund um die Uhr im Auge. Ihre Haare waren dicht und glänzend und wuchsen sicher nirgendwo anders als auf ihrem Kopf.

Wir traten in ein formelles, aber trotzdem modernes Wohnzimmer, das ebenfalls in Grau gehalten war, aber von karmesinroten Farbakzenten aufgelockert wurde. Dazu gehörten zwei sich gegenüberstehende Sofas und mehrere farblich abgestimmte Lehnstühle, auf denen Frauen mit geglätteten Haaren und denselben engen weißen Jeans saßen, wie Jen sie trug. Sie trat zur Seite und deutete mit dem Weinglas auf mich. »Ich habe euch die *Autorin* mitgebracht!«, rief sie aufgedreht, und mir wurde klar, dass sie schon ziemlich angetrunken war. *Mein Gott, wie viel Wein kann man eigentlich in zwanzig Minuten trinken?*, dachte ich.

Ich hob grüßend die Hand. »Hallo, zusammen! Es tut mir so leid …«

Eine Frau zu meiner Linken erhob sich. Sie war brünett und trug ein türkisfarbenes Trapez-Top – eine Art Vorgeschmack auf den Sommer. »Sarah! Ich bin Mimi. Wow, Sie sehen ja *überhaupt nicht* so aus wie auf Ihrem Autorenfoto!«

»Ja, ich *weiß*«, kreischte Jen. »Das habe ich auch gesagt.«

»Tut mir leid, aber ich trage im echten Leben selten Lipgloss oder Mascara. Und ich möchte mich noch mal dafür entschuldigen, dass ich zu spät bin, ich ...«

Mimi warf einen Blick auf die Uhr. »Ach du meine Güte, ist es schon sieben? Mädels, wir haben *eineinhalb* Stunden verquatscht!«

Die anderen lachten. Auf dem Couchtisch stand eine Auswahl an eleganten Leckerbissen. Mini-Cheeseburger mit winzigen Sesamsamen, Ceviche, Bruschetta und Guacamole, in der sich bereits Krümel von den blauen Tortilla-Chips aus der Schale nebenan befanden. Außerdem hatte jede Frau ein Glas Weißwein in der Hand, das eine Philippinerin in Uniform regelmäßig aus einer gekühlten Flasche nachfüllte.

»Sie hätten sicher gerne etwas Wein, richtig?«, fragte Mimi. »Angel, holen Sie Miss Blake doch ein Glas. Und nehmen Sie auch gleich die Teller mit in die Küche. Sie sind doch sicher nicht hungrig, oder Sarah?«

»Na ja, ich ...«

»Bringen Sie stattdessen die Cupcakes, Angel. Und Wein für Miss Blake.« Mimi wandte sich wieder zu mir herum und deutete auf einen seltsamen Holzstuhl am anderen Ende des Couchtisches. Er hatte eine hohe Lehne und war silbern lackiert. »Setzen Sie sich doch! Oh mein Gott, dieses Buch! Es ist unglaublich.«

Ich wankte zu dem Stuhl, ließ mich darauf sinken und stellte meine Tasche neben mir auf den Boden. Angel eilte währenddessen um den Tisch herum und sammelte die Platten mit den herrlichen, kaum angerührten Snacks ein. Ich wollte nach einem Mini-Cheeseburger greifen, doch sie war zu schnell, also tat ich so, als wollte ich nur meinen Ärmel zurechtzupfen. »Danke«, meinte ich. »Ich bin während der Recherche für meine Abschlussarbeit auf das Thema gestoßen, und ich ...«

»Mir haben vor allem die Geschichten der Irinnen gefallen, die nach Amerika ausgewandert sind«, fuhr Mimi unbeirrt fort. »Damit konnte ich mich identifizieren. Mütterlicherseits bin ich nämlich auch Irin. Meine Urgroßmutter hat als Hausmädchen gearbeitet. Kaum zu glauben, oder?«

»Haushaltsdienste waren die einzige Möglichkeit, wie Frauen und Mädchen damals Geld …«

»Moment, deine Urgroßmutter war ein Dienstmädchen? Mimi! Ich hatte ja keine *Ahnung*!«, rief eine der anderen Frauen.

»Ja, ich *weiß*! Bei einer Familie an der Upper East Side. Wenn ich nur wüsste, wo. Wäre es nicht *total* verrückt, wenn sie vielleicht sogar in *diesem* Haus gearbeitet hätte?« Mimi warf sich die Haare über die Schulter. »Aber egal. Reden Sie weiter, Sarah.«

»Ähm … Also vor etwa sieben oder acht Jahren bekam ich ein Stipendium und konnte zur Recherche nach Dublin fliegen. Ich habe mich anfangs eigentlich gar nicht für die große Hungersnot und die Kartoffelfäule interessiert. Ich recherchierte zum Thema ›nicht ortsansässige Grundherren‹ – das waren hauptsächlich Engländer, deren Familien Land in Irland zugesprochen bekommen hatten, ohne überhaupt dort zu wohnen. Sie kassierten bloß die Pachtzahlungen der Bauern und heuerten Männer an, die vor Ort für Ordnung sorgten.« Ich nahm Angel das Weinglas aus der Hand und nippte daran. Die Augen der Frauen hatten einen höflich interessierten Glanz angenommen. Jen griff nach ihrem iPhone und wischte hektisch darauf herum. Ich nahm noch einen Schluck Wein und redete rasch weiter: »Wie auch immer, bei meinen Recherchen stieß ich schließlich auf ein Archiv …«

»Haben Sie eigentlich auch schon mal Dinge gefunden, die bisher unentdeckt waren?«, fragte eine Frau dazwischen. »Irgendetwas total Wertvolles, ein Bild von einem berühmten Maler vielleicht, das verloren gegangen ist oder so?«

»Ähm, nicht wirklich. Es ist eher so, dass …«

»Hey, so etwas habe ich mal im Fernsehen gesehen! Es war ein Bild von da Vinci oder Michelangelo oder so.«

»Ja! Das habe ich auch gesehen. Und ich so: Wow, der Händler hat den Kerl ordentlich über den Tisch gezogen. Er hat das Gemälde für fünf Mäuse gekauft, und …«

»Moment!« Mimi hielt eine Hand in die Höhe, als wollte sie den Verkehr regeln. »Leute. Kommt schon. Die *Autorin* spricht gerade. Sie haben für Ihre Masterarbeit recherchiert, richtig? Welches Fach?«

»Eigentlich war es die Doktorarbeit. In Geschichte.«

»Ja, klar!« Sie lachte. »Wo haben Sie noch mal studiert, Sarah? Hier in New York, oder?«

»An der Columbia. Aber das steht doch in meiner Biografie? Am Ende des Buches?« Ich sah mich um und merkte zum ersten Mal, dass in Mimis teurem Wohnzimmer keine einzige Ausgabe von *Small Potatoes* herumlag. »Ähm, hat vielleicht jemand das Buch dabei, oder …«

»Ja, gleich hier.« Mimi stellte ihren Wein beiseite und nahm ein iPad von dem Tisch neben ihr. »Moment noch. Ahh! So viele Nachrichten. Hat sonst noch jemand sein iPad dabei?«

»Ich habe das Buch auf meinem Telefon«, erklärte Jen.

»Kannst du mal die Datei öffnen und Sarahs Biografie raussuchen? Ich muss die Nachricht hier dringend beantworten.«

Mimi versank in der Welt ihres iPads, während Jen auf ihrem Handy herumwischte. Ich nahm einen weiteren Schluck Wein und meinte dann: »Ist doch nicht so wichtig. Lange Rede, kurzer Sinn: Ich schrieb meine Doktorarbeit in Geschichte und ging für ein Semester nach Dublin, wo ich …«

»Ah, da ist es ja!«, rief Jen. Sie stand auf und reichte mir ihr Handy. »Hier, lesen Sie es uns vor?«

Ich nahm das Telefon und warf einen Blick auf das Display. »Das ist ziemlich verschwommen, oder?«

»Ja, tut mir leid. Mimi hat da diese großartige Website ausfindig gemacht, damit wir es uns kostenlos downloaden konnten.«

Ich hob den Blick und starrte in Jens glattes, strahlendes Gesicht. Ihr Stuhl war mit grauem Leopardenprint bezogen, und der Stoff war so flauschig, dass er aussah wie echtes Fell. Der zarte Rahmen war im Louis-seize-Stil gehalten und genauso silbern lackiert wie meiner. Ich fragte mich, ob es eine Reproduktion oder eine echte Antiquität war. Hatten Mimi und ihr Innenarchitekt tatsächlich einen Originalstuhl aus der Zeit Ludwigs XVI silbern lackiert?

Die Worte hallten in meinem Kopf. *Kostenlos downloaden.* Jen hatte fröhlich und triumphierend geklungen. *Kostenlos downloaden! Was für ein verdammtes Schnäppchen!*

»Tut mir leid, aber sie hat *was* gefunden?«

»Diese Website. Mimi, wie heißt sie noch gleich? Bongo oder so?«

Mimi hob den Blick von ihrem iPad. »Was meinst du?«

»Die Website, auf der du auf Sarahs Buch aufmerksam geworden bist.«

»Oh«, erwiderte sie. »*Bingo*. Haben Sie denn noch nie davon gehört? Es ist eine Online-Bibliothek. Man kann beinahe jedes Buch kostenlos downloaden. Es ist *unglaublich*.«

Meine Hände zitterten. Ich legte Jens Handy beiseite und stellte das Weinglas ab. Ohne Untersetzer.

»Sie meinen eine Piratenseite.«

»Mein Gott, nein! So etwas würde ich nie unterstützen! Es ist eine Online-Bibliothek.«

»Ja, so nennen es die Betreiber. Aber in Wirklichkeit sind sie Diebe, die gestohlene Ware vertreiben. Bei elektronischen Ausgaben ist das ganz einfach.«

»Das ist nicht wahr!« Mimis Stimme wurde ein wenig lauter. Und schärfer. »Bibliotheken verleihen E-Books.«

»Richtige Bibliotheken schon. Sie kaufen sie direkt beim Verlag. Websites wie *Bingo* laden unerlaubte Kopien hoch, um Werbung zu verkaufen oder Cookies auf Ihre Handys zu laden. Sie sind Piraten.«

Das darauffolgende Schweigen war beinahe ohrenbetäubend. Ich hob mein Glas und nahm einen großen Schluck, obwohl meine Hand so stark zitterte, dass es sicher alle sahen.

»Okay«, lenkte Mimi ein. »Aber das spielt doch sowieso keine Rolle. Ihr Buch ist schon seit Jahren auf dem Markt. Es ist Allgemeingut.«

Ich stellte das Glas wieder ab und griff nach meiner Tasche. »Ich habe echt nicht die Zeit, Ihnen eine Einführung ins Copyright zu geben. Aber grundsätzlich ist es so, dass Autoren nicht bezahlt werden, wenn die Verlage kein Geld einnehmen. So funktioniert das nun mal.«

»Ach, kommen Sie schon!«, erwiderte Mimi. »Sie haben sicher genug für das Buch bekommen!«

»Nicht so viel, wie Sie denken. Und auf jeden Fall nicht annähernd so viel, wie Ihr Mann mit seinen Derivaten verdient. Oder womit auch immer er das hier finanziert.« Ich machte eine ausladende Handbewegung. »Und wissen Sie was? Die großen Namen leiden vielleicht gar nicht so sehr darunter, sondern jene Autoren, die gerade ausreichend Bücher verkaufen. Talente, von denen man nie etwas hört und bei denen jedes verkaufte Buch zählt ... Aber was rede ich da? Das ist Ihnen doch egal. Ihnen allen. Sie sitzen hier in Ihren Palästen hoch über der Stadt, und keine von Ihnen musste jemals ihr eigenes Geld verdienen. Warum zum Teufel sollten Sie sich etwas aus Tantiemen machen?«

Ich erhob mich von meinem silbernen Stuhl und warf mir die Tasche über die Schulter. »Es ist übrigens in etwa ein Dollar pro Buch, und die Summe wird alle sechs Monate überwiesen. Ich bin also hierhergelaufen, habe einen Abend meines

Lebens geopfert und hätte trotzdem nicht mehr als zwölf Mäuse verdient, selbst wenn Sie sich alle eine legale Ausgabe gekauft hätten. Zwölf Dollar und ein Glas billiger Wein. Ich finde selbst hinaus!«

Ich wandte mich ab und marschierte durchs Wohnzimmer, wobei ich auch noch über das letzte Stuhlbein stolperte. Angel, die gerade mit einem Teller Mini-Cupcakes und einer Flasche Pinot Gris ins Zimmer gekommen war, blieb ehrfürchtig stehen. Der Schweiß tropfte von meinen Achseln, und mein Herz schlug so schnell, dass mir schwindelig wurde. Als ich die Tür öffnete, drang eine Frauenstimme durch die Galerie bis zu mir.

»Was für ein Miststück!«

Ich überlegte, ihnen zum Abschied den Mittelfinger zu zeigen, aber ich tat es nicht. Meine Mom wäre stolz auf mich gewesen – zumindest damals, als sie noch klar genug im Kopf gewesen war, um es zu verstehen.

Ich fuhr mit dem Bus nach Hause ans andere Ende der Stadt und machte mir eine Schale Makkaroni mit Käse warm. Ich sagte mir, dass es ausnahmsweise okay war, weil es zumindest Bio-Makkaroni mit Bio-Käse waren. Ich sagte mir, dass die Frauen aus dem Buchclub wenigstens nicht zu der Frage gekommen waren, worüber ich als Nächstes schreiben würde. Ich ließ mich aufs Sofa fallen, streifte meine Keilsandalen ab und griff nach der Fernbedienung. Ich hatte ein paar Dokus aufgezeichnet. Geschichte und True Crime. Ich sagte mir, dass ich im Grunde genommen arbeitete, denn man konnte ja nie wissen, woher die Idee zu einem neuen Buch kommen würde. Man konnte nie wissen, wann die ersehnte Erleuchtung endlich stattfinden würde.

Ach Gott, was man sich nicht alles einredete, um sich selbst zu beruhigen!

Ich machte den Fernseher an und griff nach den Makkaroni. Auf der anderen Seite des Zimmers begann das Handy in meiner Handtasche zu läuten. Wahrscheinlich Mimi, die außer sich vor Zorn war. Wenn ich Glück hatte, rief sie vielleicht bei einem Internet-Klatschmagazin an. So etwas wie schlechte Publicity gab es ja angeblich nicht, oder? Schon bald würde mich eine Praktikantin anrufen und mich fragen, was passiert sei. *Sarah Black, Autorin von* Small Potatoes, *erleidet Nervenzusammenbruch bei Buchclub-Treffen in der Park Avenue … Sarah, war nicht einmal die Rede davon, dass Ihr Buch verfilmt werden soll …? Sarah, woran arbeiten Sie im Moment …?*

Ein Jahr nach der Veröffentlichung von *Small Potatoes* lud mich meine Lektorin zum Mittagessen ein und fragte mich nach neuen Ideen. Ich wollte etwas über Queen Victorias Kinder schreiben, aber sie runzelte die Stirn und schlug ein Buch über Rennpferde vor. Wie *Seabiscuit* oder *Secretariat* – aber natürlich über ein anderes Pferd. Dort draußen gab es sicher noch genug andere berühmte Rennpferde. Ich versprach, mich schlau zu machen.

Sechs Monate später meldete sie sich erneut und wollte, dass ich ein zweites *Wunder von Berlin* schrieb. Vielleicht über ein Segelteam im America's Cup, bestehend aus notleidenden jungen Männern aus Minnesota. Danach kam der Zweite Weltkrieg. Der Zweite Weltkrieg war immer ein heißes Thema. Wie wäre es mit einem Buch über eine streitlustige, zweisprachige Frau, die für die französische Résistance arbeitet? Oder Coco Chanel vielleicht? Das Lindbergh-Baby? Ich erklärte, dass diese Themen wohl schon zur Genüge abgearbeitet worden seien. Ich wollte etwas Neues. Die Geschichte würde mich finden, wenn ich bereit war.

Seitdem habe ich nichts mehr von ihr gehört. Meine Lektorin ließ meine E-Mails nur noch von ihrer Sekretärin beantworten, Lizenzverträge mit ausländischen Verlagen verliefen im Sand, Filmrechte wurden letztlich doch nicht verwertet, und die Tantiemen wurden laufend weniger.

Verstehen Sie mich nicht falsch. Ich hatte im ersten Jahr viel Geld verdient – zumindest im Vergleich zu dem, was ich bis dahin gewohnt gewesen war: Meine Mutter war geschieden, mein Vater war fort, und ich lebte als Doktorandin von staatlichen Hilfeleistungen und Ramen-Nudeln. Aber ich hatte das ganze Geld ausgegeben. Es war mir keine andere Wahl geblieben. Obwohl es nicht für mich gewesen war – zumindest ein Großteil davon.

Das Telefon läutete erneut. Vielleicht war es gar nicht Mimi oder das Klatschportal. Vielleicht war es Mom.

Bilder flackerten über den Fernseher, aber ich wusste nicht einmal, was ich mir gerade ansah. Ich stellte die Makkaroni beiseite und holte meine Tasche aus dem Flur. Meine Füße schmerzten. Sogar meine Lieblingssandalen hatten ihre Grenzen. Meine Beine und mein Kopf schmerzten ebenfalls. Ich kramte in der Tasche und zog das Handy heraus, als sich gerade die Voicemail einschaltete.

Es war nicht Mom gewesen, sondern das Pflegeheim. Sie hatten bereits zwei Nachrichten hinterlassen.

Ich machte mir nicht die Mühe, sie mir anzuhören, sondern rief gleich zurück.

Mom wohnte seit vier Jahren nur ein paar Blocks entfernt von meiner winzigen Einzimmerwohnung am Riverside Drive in einem privaten Pflegeheim für Alzheimerpatienten. Die ersten Symptome waren mit sechsundfünfzig aufgetreten, und von da an war es rapide bergab gegangen. Ich will Sie hier nicht mit den Einzelheiten langweilen, aber lange Rede, kurzer Sinn: Ich sicherte ihr einen Platz im *Riverside Haven*, als *Small Potatoes* gerade als Taschenbuch neu aufgelegt wurde, und verkaufte meine zauberhafte Einzimmerwohnung am Carnegie Hill, die ich mir ein Jahr zuvor geleistet hatte. Ich brauchte das Geld, um den Heimplatz zu finanzieren. Es gab engagierte Therapeuten für jeden Patienten und Einzelzimmer mit Blick auf den Hudson River. Für meine Mutter war mir nichts zu teuer, denn immerhin hatte sie mich alleine großgezogen, nachdem mein Dad uns verlassen hatte, als ich vier war. Klar kostete es eine Menge Geld, aber ich würde einfach noch ein Buch schreiben. Einen weiteren Bestseller der erzählenden Sachliteratur. Kein Problem.

»Riverside Haven, bitte bleiben Sie in der Leitung …«

»Nein, warten Sie!«

Die Warteschleifenmusik setzte ein, und ich ließ mich aufs Sofa sinken und betrachtete die Makkaroni mit dem Käse, der langsam gerann. Mein Blick wanderte zu dem Schrank im Flur. Der Tür. Dem Türknauf. Ich hörte das Lied der Sirenen, das mich zu sich rief. Ein Lied, das ich seit vier langen Jahren beharrlich ignorierte.

»Riverside Haven, was kann ich für Sie tun?«

»Hi! Hier spricht Sarah Blake. Sie haben angerufen. Ist mit meiner Mom alles okay?«

»Oh, hallo, Miss Blake. Diana Carr hier. Ja, Ihrer Mutter geht es gut, sie hatte einen ruhigen Tag. Ich wollte Sie nicht beunruhigen. Es geht um die letzte Monatsrechnung.«

Ich beendete das Gespräch mit Diana Karr – ja, ich verstand, dass ich bereits mehrere Monate in Verzug war und dass die Leitung des Pflegeheims ihr Bestes gab, um eine Zwangsräumung zu verhindern –, legte mein Handy neben die Schüssel mit den geronnen Käse-Makkaroni und ging zu dem Schrank im Flur. Ich öffnete die Tür, stellte mich auf die Zehenspitzen, griff nach dem kleinen Holzkoffer und zog ihn herunter. Er roch staubig und muffig. Nach altem Holz und vor allem nach einem Hauch *Youth Dew*, obwohl ich ihn bereits vor vier Jahren aus der Wohnung meiner Mutter mitgenommen hatte. Ich stellte ihn vorsichtig auf den Couchtisch, rückte ihn gerade, sank auf die Knie und starrte auf den Deckel.

ANNIE HOULIHAN
593 Lorimer Street
Brooklyn, New York

Ich hatte den Koffer erst einmal geöffnet, als ich etwa zehn oder elf Jahre alt gewesen war. Meine Mutter hatte mich in ihrem Schrank dabei ertappt, wie ich den Inhalt herausgeholt hatte, und das war das einzige Mal in meinem Leben gewesen, dass sie mich angebrüllt hatte. Sie hatte den Deckel zugeschlagen und mich auf mein Zimmer geschickt. Als sie sich beruhigt hatte, hatte sie mich mit aufs Sofa genommen und ihre warmen, weichen Arme um mich geschlungen. *Der Koffer gehörte deiner Urgroßmutter,* hatte sie mir erklärt. *Es sind die Sachen deines Urgroßvaters. Alles, was er bei sich hatte, als sie seine Leiche aus dem Wasser zogen. Die Cunard-Reederei hat sie ihr in einem Paket zugeschickt, aber sie warf nicht mal einen Blick hinein. Stattdessen bat sie deine Großmutter, die Sachen in dem Koffer zu verstauen und ihn nie wieder zu öffnen. Für sie war es, als läge ihr Mann darin begraben. Du darfst den Koffer also nie wieder öffnen, hörst du? Nie wieder!*

Ich tat, was sie mir befohlen hatte, denn im Grunde blieb mir nichts anderes übrig. Ich kannte die Geschichte meiner Urgroßeltern: Sie hatten Irland gemeinsam verlassen, um ein neues Leben zu beginnen. Mein Urgroßvater Patrick hatte als Steward für die Cunard Line gearbeitet, während meine Urgroßmutter Annie die fünf gemeinsamen Kinder in einer kleinen Wohnung in Brooklyn großzog und sie das ganze Geld für ein eigenes Haus sparten.

Das Problem war, dass ich wusste, was sich in dem Koffer befand. Ich hatte es mit eigenen Augen gesehen, bevor Mom den

Deckel zugeschlagen hatte. Und dank meiner Neugierde hatte ich es nie mehr vergessen. Ich wurde das Wissen darum einfach nicht los, genauso wenig wie die Fragen, die sich daraus ergaben. Mein Gott, welche Geschichte dieser Koffer vielleicht enthielt!

Ich konnte nichts dagegen tun, ich war nun mal von Geburt an neugierig. Das hatte Mom selbst gesagt.

Vielleicht würde sie mir das, was ich gleich vorhatte, sogar verzeihen. Vielleicht würde sie bloß verständnisvoll den Kopf schütteln, weil ich ihre Tochter war und schon als kleines Mädchen hunderte Fragen gestellt und nach Antworten gesucht hatte. Vielleicht würden mir meine Mutter, meine Großmutter und meine Urgroßmutter verzeihen, dass ich mein Wort brechen würde, weil ich letztlich am Ende des Weges angelangt war. Ich wusste nicht wohin, und ich tat es nicht nur für mich allein. Ich tat es für Mom. Für die Rechnung, die in meiner Nachttischschublade lag. Für die Stimmen in meinem Kopf, die nicht ruhen wollten. *Das ist die Geschichte. Die eine Geschichte, die zu dir kommt. Nur sie, sonst nichts.*

Ich hob den Deckel.

Die Scharniere quietschten, und ein salziger Geruch stieg mir in die Nase. Salzwasser, Wolle und Holz. Ich schloss die Augen und atmete tief ein, dann griff ich mit beiden Händen in den Koffer und zog ein kleines Bündel heraus.

Es war nicht viel. Nur das, was er bei sich getragen hatte, als sie ihn vor neunundneunzig Jahren aus dem Meer gezogen hatten. Seine weiße Steward-Uniform, die am Kragen und am rechten Arm leicht geschwärzt und so starr war, dass sie beinahe zerbröselte. Eine kleine Tasche aus Ölzeug, die einen Umschlag mit der Aufschrift *Mr. Robert Langford, Stateroom B-38* auf der Rückseite und eine Reihe von Zahlen und Buchstaben auf der Vorderseite enthielt.

Ein paar Münzen, geprägt in den Vereinigten Staaten am Anfang des vergangenen Jahrhunderts.

Eine silberne Taschenuhr, deren Glas schon ein wenig eingetrübt war.

Und die Speisekarte für das Mittagsmenü der ersten Klasse der *RMS Lusitania* vom Freitag, dem 7. Mai 1915, auf deren Rückseite jemand eine kurze Nachricht gekritzelt hatte. Die Tinte war verschmiert und kaum noch lesbar.

Schluss mit den Lügen. Triff mich auf dem Promenadendeck, Steuerbord.

Zwei

NEW YORK CITY
FREITAG, 30. APRIL 1915

Caroline

Caroline Telfair Hochstetter stand an ihrem geöffneten Schlafzimmerfenster mit Blick auf die Fifth Avenue, und der kalte Wind riss ihr die Gardine beinahe aus den zu Fäusten geballten Händen. Ihr war – wie immer – viel zu kalt, aber die Klaustrophobie, die stets im Hintergrund lauerte, hielt sie seit dem Morgen mit eisernen Klauen gefangen. Es hatte bereits begonnen, als ihre Zofe Jones sie mit einem Frühstückstablett und dem Hinweis geweckt hatte, dass sie noch für die Abreise nach England am darauffolgenden Tag packen mussten.

Caroline holte erneut tief Luft. Vielleicht gelang es ihr nur dieses eine Mal, sich vorzustellen, sie wäre wieder zu Hause in Savannah. Umgeben von den wohlklingenden, melodiösen Stimmen ihrer Landsleute und dem sanften Wind, der den geliebten Geruch der Salzmarschen mit sich trug, die die Stadt umgaben, und der sanft über ihre Haut strich und so zärtlich in ihr Haar fuhr wie früher die Hand ihrer Mutter. Stattdessen drangen die Abgase der Autos und Busse in ihre Lunge, und sie hustete. Sie fühlte sich so weit von zu Hause entfernt, als wäre sie auf dem Mond.

»Ma'am?«

Caroline warf einen Blick über die Schulter. Ihre neue Kammerzofe, Martha Jones, stand mit einem Tablett in der Tür zum Ankleidezimmer. Darauf befanden sich ein Kristallglas und ein Dekanter mit Rotwein.

Jones hatte die Stelle als Carolines Zofe angetreten, nachdem ihre Vorgängerin von einem Moment auf den anderen gekündigt hatte. Es hatten sich schlichtweg bessere Möglichkeiten ergeben. Glücklicherweise war Caroline jedoch nicht lange ohne Angestellte geblieben. Jones hatte sich unmittelbar und auch als Erste auf die Zeitungsannonce gemeldet. Sie konnte beeindruckende Referenzen vorweisen und war eine selbsternannte Zauberin mit dem Lockenstab, sodass Caroline sie eingestellt hatte, ohne sich eine andere Kandidatin anzusehen. Immerhin durfte sie keine Zeit verlieren, denn die Reise über den Atlantik war bereits für die darauffolgende Woche geplant. Caroline hatte sich selbst versichert, dass sie großes Glück gehabt habe, und sämtliche Bedenken beiseitegeschoben.

»Bitte verzeihen Sie, Ma'am. Meine letzte Herrin war als Gastgeberin in ganz San Francisco bekannt und bat immer um ein Glas Rotwein, während ich ihre Haare für den Abend zurechtmachte. Ich hoffe, ich war nicht zu vorschnell.« Jones schob die Haarnadeln und Bürsten beiseite und stellte das Tablett auf den Frisiertisch.

Caroline lächelte dankbar und schloss das Fenster. »Sie haben mir gerade das Leben gerettet, Jones.« Sie setzte sich, ließ sich von der Zofe ein großzügiges Glas einschenken und trank einen großen Schluck.

Jones lächelte, und ihre Blicke trafen sich im Spiegel. »Ich mache nur meine Arbeit, Ma'am. Und jetzt sehen wir uns erst mal Ihre Haare an. Falls Sie keinen besonderen Wunsch haben, hätte ich da eine Idee für eine Abendfrisur, die ich letzten Monat in der *Vogue* gesehen habe. Sie würden umwerfend aussehen – obwohl Sie das natürlich auch ohne fremde Hilfe tun.«

Caroline betrachtete Jones' Abbild im Spiegel. Wollte sie sich bei ihrer neuen Arbeitgeberin einschmeicheln, oder war sie tatsächlich die perfekte Kammerzofe, die immer die richtigen Arbeitsgeräte und Komplimente parat hatte? Jones lächelte freundlich. Ihr schlichtes Gesicht und ihre etwas unförmige Figur verliehen ihr eine sachliche, vertrauenswürdige und kompetente Aura.

Caroline nahm noch einen Schluck Wein und beschloss, sich großzügig zu zeigen. »Sie sind hier die Expertin, Jones. Toben Sie sich aus.« Sie starrte in den Spiegel, während die Zofe geschickt den langen, geflochtenen Zopf öffnete, der auf Carolines Schulter ruhte. Kurz darauf fielen ihre dicken dunkelbraunen Haare in Wellen über ihren Rücken.

Ihre Haarfarbe passte zu ihren Augen, und Caroline lächelte in sich hinein, als sie daran dachte, dass ihre Mutter sie eigentlich *Susan* hatte nennen wollen. Nach der *Schwarzäugigen Susanne*, die in den Pinienwäldern rund um ihr Elternhaus in Savannah blühte. Doch ihr Vater hatte auf dem Namen *Caroline* bestanden, und wie immer hatte ihre Mutter nachgegeben.

Die beiden Frauen schwiegen, während Jones Carolines Haare in Locken legte und zu Rollen drehte, die die Natur nicht vorgesehen hatte. Nur der niemals endende Lärm, der von der geschäftigen Straße vor dem Haus empordrang, und die eiligen Schritte der Bediensteten im Flur störten die Ruhe, doch auch diese wurden leiser und leiser, während Caroline an ihrem Wein nippte und ihre Gedanken wohlbekannte, verschlungene Pfade beschrieben.

Sie hatte keine Lust auf die exklusive Dinnerparty, die ihr Mann Gilbert heute Abend veranstalten würde. Er sah es als wunderbare Möglichkeit, erste Kontakte zu den anderen Erste-Klasse-Passagieren zu knüpfen, die am darauffolgenden Tag an Bord des Ozeandampfers *Lusitania* der Reederei Cunard gehen würden.

Ihre Finger schlossen sich fester um den Stiel ihres Weinglases. Sie wusste nur zu gut, dass das Fest Gilbert bloß einen weiteren Vorwand bot, seinen Reichtum zur Schau zu stellen. Als hätten seine Großzügigkeit und Güte jemals darüber hinweggetäuscht, dass er sein Geld nicht einer vermögenden Familie verdankte, sondern es eigenhändig durch die Gründung mehrerer Stahlwerke in seinem Heimatstaat Pennsylvania verdient hatte.

Caroline hätte ihm gerne gesagt, dass er es nicht nötig hatte, sich vor diesen Leuten zu beweisen. Dass ihre Meinung nicht zählte. Sie liebte ihn, so wie er war, und nur das war wichtig. Sie liebte ihn nicht, weil er der Gründer und Präsident von Hochstetter Iron&Steel war, sondern weil er wusste, was Armut bedeutete, und durch harte Arbeit, Intelligenz und Beharrlichkeit zu dem Mann geworden war, in den sie sich einst verliebt hatte. Trotzdem war ausgerechnet dieses Thema der Grund für ihren ersten Streit gewesen. Der erste von vielen in ihrer vierjährigen Ehe.

Jones legte gerade den Kamm und die Haarzange beiseite, als jemand an die Tür zum Ankleidezimmer klopfte.

»Herein«, rief Caroline.

Gilbert trat ein und nahm den Raum sofort in Besitz. Er war größer als die meisten Männer und hatte breitere Schultern, die seinen maßgeschneiderten Smoking auf eine Art und Weise ausfüllten, die in Caroline den Wunsch weckte, mit den Händen über seine starken Arme zu streichen.

Denn genau diese Stärke brauchte sie jetzt. Der Wein hatte ihr den nötigen Mut verschafft, es noch ein letztes Mal zu versuchen. »Lassen Sie uns doch bitte einen Augenblick allein, Jones. Zehn Minuten, dann können Sie mir mit dem Kleid helfen.«

Die Zofe senkte den Kopf zu einer angedeuteten Verbeugung und schloss die Tür so leise hinter sich, dass Caroline es kaum hörte.

Caroline sah Gilbert in die leuchtend blauen Augen, und selbst der Wein konnte nicht verhindern, dass sich ihre Brust zusammenzog. Seine blonden Haare waren nach hinten gekämmt und mit Öl geglättet, sodass er um Jahre jünger aussah. Vielleicht war es ein Versuch, sich Carolines Alter anzupassen, die erst vierundzwanzig war.

Caroline nutzte die Gelegenheit und ergriff als Erste das Wort. »Ich flehe dich an, Gilbert, lass uns nicht nach England reisen! Es ist gefährlich, den Atlantik zu überqueren, das weißt du doch – wir haben es beide in der Zeitung gelesen. Es wurden bereits zu viele Schiffe von deutschen U-Booten versenkt, und zwar nicht nur Lastschiffe, sondern auch Passagierschiffe. Die Deutschen kümmert es nicht, solange sie etwas torpedieren können.«

Er zeigte keine Regung. »Das haben wir doch schon alles besprochen, Caroline. Eine Absage kommt nicht infrage. Ich habe bereits ein Treffen mit dem Antiquitätenhändler in London vereinbart, und er erwartet uns.«

Caroline erhob sich. Der Wein sorgte dankenswerterweise dafür, dass ihr ihre Wut nicht anzuhören war. »Aber warum ausgerechnet jetzt? Brauchst du so dringend Geld, dass du etwas verkaufen musst, was mir so viel bedeutet? Ich habe in der Zeitung gelesen, dass die Verträge mit der Regierung über den Kauf von Stacheldraht ein Segen für dein Unternehmen sind, aber abgesehen davon weiß ich nichts über unsere finanzielle Lage. Ich habe keine Ahnung, wie verzweifelt du womöglich bist. Wenn du dich mir anvertrauen würdest …«

»Nein, ich werde dich nicht mit geschäftlichen Dingen behelligen. Ich habe deiner Mutter bei unserer Hochzeit versprochen, dir immer das Leben zu ermöglichen, das dir zusteht. Und dieses Versprechen werde ich niemals brechen.«

»Aber warum ausgerechnet dieses Manuskript? Und warum gerade jetzt? Du weißt doch sicher, wie viel es mir bedeutet?«

Er versteifte sich. »Natürlich! Aber dieser unveröffentlichte Walzer von Johann Strauss ist eine Menge Geld wert. Ich habe erst jetzt erkannt, wie viel es möglicherweise wirklich sein könnte, und ich möchte noch mehr in Erfahrung bringen. Ich weiß, dass es in deinen Ohren unüberlegt klingt, aber ich darf dich daran erinnern, dass ich dank meines Bauchgefühls und meiner Impulsivität ein ganzes Imperium erschaffen habe.«

Caroline ließ sich auf ihren Frisierstuhl sinken. »Du hast es mir zur Hochzeit geschenkt«, erklärte sie leise. »Selbst wenn es nur einen einzigen Penny wert wäre, wäre es unbezahlbar für mich.«

Seine blauen Augen waren tief und unergründlich, und genau diese Unergründlichkeit machte ihn zu einem erfolgreichen Geschäftsmann. Und manchmal zu einem ungeheuer schlechten Ehemann.

Er holte eine quadratische, mit schwarzem Samt überzogene Schatulle hinter dem Rücken hervor. »Hier, vielleicht hebt das deine Laune.«

Sie fühlte nichts, als sie nach der Schatulle griff. Er kaufte ihr ständig Schmuck. Großartigen, auffälligen, teuren und kitschigen Schmuck, den sie insgeheim verachtete und nie trug, weil ihr die Perlenkette ihrer Urgroßmutter sehr viel mehr bedeutete. Doch Gilbert fiel es nicht einmal auf.

Sie öffnete den Deckel und betrachtete die mit Diamanten besetzte Tiara. Sie wusste nicht, was sie sagen sollte.

»Ich dachte, du könntest sie gleich heute Abend tragen, damit jeder sieht, dass du meine Königin bist.«

Wenn er so naiv war wie gerade eben, liebte Caroline ihren Mann am meisten. Trotzdem wollte sie die Tiara nicht tragen, wenn sie später von ihm die Treppe hinuntergeführt wurde, damit alle Gäste sie bewunderten. Sie konnte sich nur zu gut vorstellen, was sie hinter ihrem Rücken über sie sagen würden.

»Sie ist sehr schön, danke. Aber Jones hat mich bereits frisiert. Ich lasse die Tiara einpacken, dann kann ich sie vielleicht auf dem Schiff tragen.«

Enttäuschung blitzte in seinen Augen auf. *Gut.* Sie fühlte sich einen Augenblick lang schuldig, weil sie so dachte, bis ihr einfiel, warum sie sich eben gestritten hatten. Sie erhob sich, um ihm ins Gesicht zu blicken, und fühlte sich ein wenig wackelig auf den Beinen. Sie legte ihre Hände auf seine Oberarme. Ihre Finger umschlangen gerade einmal die Hälfte. »Bitte, Gilbert. Ich werde dich nie mehr um etwas bitten. Aber bestehe doch nicht so vehement darauf, dass wir diese Reise unternehmen. Ich habe kein gutes Gefühl dabei.«

»Du musst keine Angst haben, Caroline. Die Royal Navy wird uns Geleitschutz geben, sobald wir uns in internationalen Gewässern befinden. Außerdem trauen sich die Deutschen ohnehin nicht, ein Schiff mit Amerikanern an Bord anzugreifen. Sie wollen Amerika auf keinen Fall einen Grund geben, ebenfalls in den Krieg einzutreten.« Er hielt kurz inne und versuchte offenbar, seine nächsten Worte ein wenig angenehmer zu formulieren, bevor er schließlich aufgab. »Meine Entscheidung steht fest«, erklärte er schroff und löste sich von ihr. »Unsere Gäste werden bald eintreffen. Dürfte ich vorschlagen, dass du die Kette mit den Rubinen trägst, die ich dir zu deinem letzten Geburtstag geschenkt habe?«

Er verabschiedete sich mit einer steifen Verbeugung und schloss geräuschvoll die Tür hinter sich.

Eine halbe Stunde später stand Caroline neben Gilbert und begrüßte die Gäste. Sie trug die Perlen ihrer Urgroßmutter, doch Gilbert schien es nicht zu bemerken. Er war zu sehr damit beschäftigt, den Hausherrn und wohlwollenden Gastgeber zu spielen. Er bat jeden Gast, sich zu amüsieren und wie zu Hause zu fühlen, obwohl das Carolines Meinung nach schlichtweg unmöglich war.

Das monströse, im Stil der französischen Renaissance erbaute Haus befand sich an der Ecke Fifth Avenue und Einundsechzigste Straße und hatte damit eine beneidenswerte Lage, doch Caroline empfand den italienischen Marmor, die Tudor-Vertäfelungen und die vergoldete Extravaganz als kalt und fremd. Es unterschied sich zu sehr von dem Antebellum-Haus, in dem sie ihre Kindheit verbracht hatte. In dem die Holzböden knarrten und es eine Veranda gab, die um das ganze Haus verlief und mit Schaukelstühlen und blühenden Blumen ausgestattet war. Als Gilbert ihr das Haus zu ihrem ersten Hochzeitstag geschenkt hatte, wollte sie es von Herzen lieben, weil *er* es sich von ihr wünschte. Aber trotz aller Bemühungen brachten sie die Vornehmheit und Opulenz des Hauses immer wieder zum Erschaudern, und sie fragte sich, wie lange es wohl dauern würde, bis sie sich hier zu Hause fühlte.

Sie begrüßte die Gäste und merkte dabei durchaus, wie sie verstohlen gemustert wurde. Sie fühlte sich wie eines der in enge Käfige gesperrten Tiere im Zoo, den ihr Gilbert bei einem Ausflug in den Central Park in den Anfangstagen ihrer Ehe gezeigt hatte. Da sie aus dem Süden stammte, waren die meisten begierig, sie kennenzulernen. Sie wollten wissen, was sie von der letzten Hitzewelle hielt, und hören, wie sie bestimmte Worte aussprach. Am Anfang hatte sie sich in solchen Situationen unwohl gefühlt – bis Gilbert ihr sanft die Hand auf den Rücken oder den Arm gelegt und ihr neuen Mut gegeben hatte. Bis er ihr gesagt hatte, dass sie nicht alleine war.

Auf diese Weise hatte es zwischen ihnen begonnen. Vor vielen Jahren, als Caroline gemeinsam mit seiner jüngeren Schwester und ihrer besten Freundin Claire ein Mädcheninternat in Philadelphia besuchte. Obwohl Carolines Vater ein direkter Nachfahre der Savannah-Telfairs war, war dieser Teil der Familie schon seit langem verarmt, und nach seinem Tod musste ihre verwitwete Mutter, Mrs. Annelise Telfair, sogar eine seltene Chippendale-Kommode verkaufen, um ihrer Tochter den Besuch des besten Mädcheninternats zu ermöglichen, das man sich mit Geld kaufen konnte. Dort sollte sie jene Leute kennenlernen, mit denen sie Annelises Vorstellung nach als Erwachsene verkehren würde.

Und genau das hatte Caroline getan, wenn auch nicht auf die Art, die sich ihre Mutter ausgemalt hatte. Als Einzelkind, das niemanden auf der Schule kannte, freundete sie sich rasch mit Claire Hochstetter an. »Neureich« hatte Annelise bei einem ihrer seltenen Besuche im Norden spöttisch gemeint, nachdem Caroline ihr Claire und Gilbert vorgestellt hatte. Ihre Mutter war alles, was von Carolines Familie übriggeblieben war, nachdem sie ihren Vater als kleines Mädchen durch einen Reitunfall verloren hatte. Sie war einsam und reserviert gewesen und hatte einem führerlosen Boot geglichen, bis Claire sie mit Gilbert bekannt gemacht hatte. Er war der Typ Mann, der einen ganzen Raum für sich einnahm, sobald er ihn betrat, der sofort die Kontrolle über jede Situation übernahm, der ruhig und überlegt agierte und dessen Größe ihn zu einem Fels in der Brandung machte – und zwar nicht nur für Claire, sondern auch für Caroline.

Sie sah zu ihrem Mann hoch, bewunderte seine Größe und Stärke und fragte sich, ab welchem Zeitpunkt sich ihre Beziehung derart verändert hatte. Oder hatte sich in Wirklichkeit gar nichts verändert? Er behandelte sie im Grunde immer noch wie ein wertvolles Geschenk, das seinen Schutz benötigte, obwohl sie mittlerweile seit vier Jahren verheiratet waren. Sie war nicht seine Frau und Liebhaberin, sondern ein seltener Vogel in einem goldenen Käfig.

Er sah zu ihr hinunter und lächelte, und es war dieses

Lächeln, in das sie sich verliebt hatte und das ihr Herz immer noch aussetzen ließ. Vielleicht war diese Reise eine Möglichkeit, den Anforderungen ihres geschäftigen Lebens in New York zu entfliehen. Ein Weg, wieder zueinanderzufinden. Eine Chance, das Kind zu empfangen, das sie sich beide so sehnlichst wünschten.

Die schwere Eingangstür schloss sich hinter ihnen, und das Orchester begann zu spielen. Caroline sah erneut zu ihrem Mann hoch und erwiderte sein Lächeln. Sie wollte ihn wissen lassen, dass sie freiwillig mit ihm kommen würde. Dass sie den Zweck dieser Reise verstand. Dass es dabei vor allem um sie beide ging.

»Tanz mit mir«, sagte sie.

Doch Gilbert hatte den Blick bereits abgewandt. Er ruhte auf mehreren Männern, die auf der anderen Seite des Raumes neben der Tür zu seinem Arbeitszimmer standen. Sie schienen auf etwas zu warten, und als ihr Mann ihnen kaum merklich zunickte, wusste Caroline, dass es sich dabei um Gilbert handelte.

»Ich kann nicht, Liebling. Ich muss noch einige dringende geschäftliche Angelegenheiten erledigen, bevor wir morgen abreisen.« Er beugte sich hinunter und drückte ihr einen schnellen Kuss auf die Wange. »Genieße den Abend.« Er ließ sie stehen, und das Klappern seiner Absätze auf dem Marmorboden schien plötzlich lauter als das Orchester.

Vielleicht war der Wein daran schuld, dass sie den Tränen nahe war, als sie eilig ins Musikzimmer floh. Dieses Zimmer war ihr einziger Zufluchtsort in dem großen Herrenhaus. Man hatte ihren Mason-&-Hamlin-Flügel eigens aus Savannah hierhergebracht, und jedes Mal, wenn sie sich davorsetzte und zu spielen begann, war es, als besuchte sie einen alten Freund. Es war das Einzige, das sie beruhigte und ihr half, sich in dieser Stadt und diesem Haus voller Fremder nicht so einsam zu fühlen.

Auf der Kommode zwischen den beiden hochaufragenden Fenstern brannte eine einzelne Lampe, doch Caroline musste ohnehin nichts sehen. Sie setzte sich auf die vertraute Bank, schlüpfte aus ihren langen weißen Handschuhen und legte die Finger auf die Elfenbeintasten. Die kalte Oberfläche beruhigte ihre Nerven sofort. Im nächsten Augenblick tanzten ihre Finger wie von selbst über die Tasten, und die eindringliche Melodie eines Chopin-Nocturnes erfüllte den Raum. Die Musik war ihre Stimme, wenn ihr die Worte fehlten.

Eine weiche, warme Hand legte sich auf ihre Schulter, und sie hob überrascht die Finger von den Tasten.

»Nicht aufhören. Du hast eine so seltene Gabe.«

Sie hob den Blick, als sie die vertraute Stimme erkannte, und lächelte vor Erleichterung. »Robert Langford! Was um alles in der Welt machst du denn hier?«

»Ich stelle sicher, dass du nicht an einer Lungenentzündung zu Grunde gehst. Ist es in diesem Haus immer so kalt?«

»Leider ja.« Caroline klopfte auffordernd auf die Sitzbank, und er folgte ihrer Einladung. Sie überlegte keine Sekunde lang, ob sie sich gebührend – oder ungebührend – verhielten. Sie kannten sich schon seit Jahren, seit er ihr damals auf Hamilton Talmadges Gartenfest die Haare aus dem Gesicht gehalten hatte, während sie sich in die Rosenbüsche übergeben musste. Der Vorfall war ihre größte Schmach und sein größtes Geheimnis. Doch er hatte es sich nie zunutze gemacht. Es war in dem Jahr gewesen, in dem sie schließlich ins Internat geschickt worden war, und der Vorfall hatte sicher dazu beigetragen, dass ihre Mutter von der Notwendigkeit dieses Schrittes überzeugt gewesen war. Robert hatte zu dieser Zeit gerade die Talmadges in Savannah besucht. Er stammte zwar aus Großbritannien und hatte adelige Vorfahren, doch er selbst führte keinen Titel und würde vermutlich bloß ein baufälliges altes Gemäuer erben, wie Carolines Mutter sofort klargemacht hatte. Annelise hatte anspruchsvollere Pläne für ihr einziges Kind.

Nicht, dass Caroline etwas anderes vorgehabt hätte. Ihre Schmach war so groß gewesen, dass sie erst bei ihrem dritten Wiedersehen den Mut aufgebracht hatte, noch einmal mit Robert zu sprechen. Es war auf dem Ball zur Feier ihrer Verlobung mit Gilbert gewesen.

»Schön, dich zu sehen«, erklärte sie und meinte es auch so. »Wie kommt es, dass du dich nie veränderst? Du bist immer noch der gutaussehende junge Mann, der vor so vielen Jahren meinen guten Ruf und meine Ehre gerettet hat.«

»Und du bist noch genauso schön«, erwiderte er sanft. Das Licht der einzelnen Lampe spiegelte sich in seinen Augen, doch sein Gesicht lag im Dunkeln, sodass der Ausdruck darauf nicht zu deuten war.

»Du bist ja wirklich noch derselbe Schmeichler wie früher!«

Er legte sich eine Hand aufs Herz. »Aber es ist die Wahrheit! Wie kommt es, dass manche Frauen mit dem Alter immer schöner werden? Du solltest dein Geheimnis teuer verkaufen. So weit ich gehört habe, befindet sich mindestens eine Schauspielerin an Bord der *Lusitania* – sie wäre sicher interessiert.«

Caroline lachte. »Ich werde daran denken. Also, warum bist du hier?«

»Aus demselben Grund wie du, nehme ich an«, erwiderte er mit einem entwaffnenden Grinsen. »Ich gehe morgen an Bord der *Lusitania*. Da sind gewisse Familienangelegenheiten, die leider meine Anwesenheit auf der anderen Seite des großen Teiches erforderlich machen. Und vermutlich wird mir mein Vater wieder einmal wegen meiner miserablen Berufswahl und der Liebe zum Journalismus die Hölle heiß machen. Aber warum fährst du? Falls du es noch nicht gehört hast: Dort drüben herrscht Krieg.«

»Ja, ich weiß«, sagte sie. Ihr war kalt, und sie rückte näher an ihn heran. »Mein Mann möchte seltene Notenblätter verkaufen – einen unveröffentlichten Walzer von Johann Strauss.«

»Tatsächlich? Das ist ein überaus wichtiges musikalisches Werk, möchte ich meinen.«

»Ja. Deshalb möchte er es ja auch verkaufen.« Ihr langer, weißer Mittelfinger glitt über das eingestrichene C. Sie trug keinen einzigen der Ringe, die Gilbert ihr geschenkt hatte, abgesehen von ihrem schlichten goldenen Ehering.

»Und du bist nicht glücklich darüber.« Es war keine Frage.

Caroline schüttelte den Kopf. »Ich verstehe nicht, warum er ausgerechnet diese Noten verkaufen muss. Und warum gerade jetzt. Gilbert glaubt, mich vor sämtlichen Unannehmlichkeiten beschützen zu müssen, und vertraut mir daher auch nichts an. Ich bin durcheinander und habe Angst – aber ich habe keine andere Wahl.«

Er grinste, und seine Zähne leuchteten weiß in dem dämmrigen Raum. »Wenigstens hast du mich. Wir können einander an Bord bei Laune halten. Das ist doch etwas, worauf man sich freuen kann, nicht wahr?«

Sie erwiderte sein Lächeln. »Ja, das ist es. Aber ich schäme mich ein wenig dafür, dass es mich mit einer derartigen Erleichterung erfüllt. Nun fällt mir die Abfahrt morgen nicht mehr ganz so schwer.«

Er betrachtete sie einen Moment lang und wirkte plötzlich ernst. »Ich würde die Noten sehr gerne sehen – wenn es dir nicht zu viele Umstände macht.«

»Spielst du noch?«, fragte sie.

Der Themenwechsel brachte ihn offenbar gehörig aus dem Konzept. Er lächelte eilig und meinte: »Natürlich.« Dann legte er seine Hände neben ihren auf die Tasten. »Kennst du den ›Celebrated Chop Waltz‹?«

Als Antwort begann Caroline mit der Basslinie des Duetts, und Robert ließ sich nicht lange bitten. Das Spiel entwickelte sich immer mehr zu einem Wettkampf darum, wer von ihnen beiden am schnellsten spielen konnte, und das Tempo steigerte sich so lange, bis sie beide lachend die Hände sinken ließen.

Robert betrachtete Caroline mit einem seltsamen Leuchten in den Augen, das sie nicht ausschließlich der dämmrigen Beleuchtung zuschieben konnte. Sie war mit einem Mal wieder nüchtern, und ihr wurde klar, wie eng sie beieinandersaßen, wie nahe sein Gesicht war und dass nicht nur der Wein an ihrem Wunsch schuld war, er möge noch ein wenig näher rücken.

Ein Lachen, das von draußen ins Zimmer drang, brachte sie wieder zur Vernunft, und sie erhob sich abrupt. »Wenn du das Manuskript wirklich sehen willst, dann habe ich es gleich hier bei mir. Ich weiß, dass es kindisch ist, aber ich habe es heute Morgen aus meinem Tresor geholt und in der Klavierbank versteckt. Ich habe wohl gehofft, dass Gilbert nicht noch einmal nachsehen und annehmen würde, man hätte es zusammen mit meinem Schmuck auf das Schiff gebracht. Obwohl ich im Grunde ganz genau weiß, dass ihm solche Dinge nicht entgehen.«

Robert erhob sich ebenfalls und öffnete den Deckel der Bank. Im Inneren befand sich eine kleine Tasche aus Ölzeug, die mit einem Lederriemen verschnürt war. »Darf ich?«, fragte er.

Caroline nickte, und Robert griff nach der Tasche und schloss langsam den Deckel. Er löste den Riemen und ließ mehrere, hauchdünne Blätter herausgleiten. Bernsteinfarbene Noten bedeckten die handgezeichneten, mit Violin- und Bassschlüsseln versehenen Notenlinien, und daneben hatte der österreichische Komponist Anmerkungen in seiner Muttersprache an den Rand gekritzelt.

»Das ist bemerkenswert«, erklärte Robert. Er hatte seine

Worte der Situation entsprechend gewählt, aber sein Tonfall verhieß etwas vollkommen anderes. »Ich verstehe, warum du dich nicht davon trennen möchtest.« Er sah sie an. »Weißt du, was die Anmerkungen am Rand bedeuten?«

»Ich spreche kein Deutsch, und Gilbert wollte nicht, dass ich die Noten jemandem zeige, der es versteht. Dafür sind sie zu wertvoll.«

»Natürlich.« Er betrachtete die Seiten einen Augenblick lang, und seine Stirn legte sich in Falten. »Hast du das Stück schon einmal gespielt?«

Caroline nahm ihm die Noten ab und legte sie auf den Notenständer, dann setzte sie sich und begann zu spielen. Sie vergaß keinen einzigen Ton, obwohl sie die Noten in dem dämmrigen Licht kaum sehen konnte. Sie hatte das Stück oft genug gespielt, um zu wissen, wann ihre Finger welche Taste anschlagen mussten, und erinnerte sich an jeden Schritt der Reise, die sie von einer Note zur nächsten führte. Einen Augenblick lang vergaß sie, wo sie war und mit wem, bis schließlich der letzte Ton verklungen war und Robert zu klatschen begann.

»Überwältigend«, erklärte er. »Einfach überwältigend.«

Doch als sie ihn ansah, war sie sich nicht sicher, ob er tatsächlich von der Musik sprach.

»Danke«, erwiderte sie. »Obwohl es mich jetzt nur noch trauriger macht, dass ich vielleicht nie mehr die Möglichkeit haben werde, es zu spielen.« Sie schob die Noten wieder in die kleine Tasche und versteckte diese in der Klavierbank. Sie durfte auf keinen Fall vergessen, sie in den kleinen Tresor mit ihrem Schmuck zurückzulegen, bevor sie am nächsten Morgen aufbrachen. Das würde einfacher sein, als darauf zu warten, dass Gilbert sie auf die kleine Tasche ansprach.

»Darf ich dir ein Glas Champagner bringen, um deine Laune zu heben?«, fragte Robert, als das Orchester gerade ein Lied anstimmte, bei dem Carolines Füße zu zucken begannen und der Wunsch zu tanzen beinahe übermächtig wurde. Sie erinnerte sich, dass Robert ein ausgezeichneter Tänzer war.

»Nein, aber du könntest mit mir tanzen.« Während sie in ihre Handschuhe schlüpfte, dachte sie an Gilbert, der mit den unbekannten Männern in seinem Arbeitszimmer verschwunden war. Sie hoffte, er würde rechtzeitig wiederkommen, um zu sehen, wie sie mit einem anderen tanzte. Mit ihrem alten Freund Robert. Einem gutaussehenden, zuvorkommenden, humorvollen und vertrauten Mann, der sie in ihrer Vorstellung genauso ansah, wie Gilbert es früher getan hatte.

Robert lächelte. »Mit dem größten Vergnügen.« Er nahm Carolines Hand und führte sie aus dem Musikzimmer, während sie sich einredete, dass es der Rotwein war, der sie die Wärme seiner Berührung bis in die bereits im Takt wippenden Zehen spüren ließ.

Drei

NEW YORK CITY
FREITAG, 30. APRIL 1915

Tess

Hey, Sie da! Weitergehen!«

Die Musik, die aus dem Hochstetter-Haus drang, und das warme Licht, das durch die offene Eingangstür fiel, vermittelten dem gemeinen Volk die Vorstellung dazuzugehören, doch letztlich war es nur eine Illusion. Polizisten hatten entlang der Absperrung Aufstellung genommen und hielten die Schaulustigen, deren Atem sich in der kalten Luft bauschte, in sicherem Abstand zur feinen New Yorker Gesellschaft. Moderne motorisierte Autos und altmodische Landauer schoben sich die Fifth Avenue entlang, und der strenge Geruch der Pferdeäpfel wetteiferte mit dem Duft der Gewächshausblumen, die erst viel später im Jahr Saison haben würden, den Parfums aus Paris und der Seide aus Lyon. Mit jedem neuen Gast schob sich die Menge näher an die Absperrung heran – *Sieh nur, ein Whitney! Ein Vanderbilt!* –, wurde aber sofort von der Polizei zurückgedrängt, sodass jeder hart erarbeitete Zentimeter im nächsten Augenblick auch schon wieder verloren war.

Tess Schaff drängte sich durch die Schaulustigen und die Reporter hindurch, die eifrig in ihre Notizbücher notierten, wer welchen Schmuck und welches Kleid trug. Direkt vor ihr explodierte eine Blitzbirne, und sie sah einen Augenblick lang nur Sterne. Sie hätte am liebsten laut geflucht. Sie konnte es sich nicht leisten, nicht sämtliche Sinne beisammenzuhaben. Immerhin war das hier der größte Auftrag ihrer bisherigen Karriere.

Und mit Gottes Hilfe vielleicht auch der letzte.

Sie blinzelte, bis auch die letzten Sterne verschwunden waren, und zog anschließend am Arm des nächstbesten Polizisten, wobei sie sich zufällig ein wenig an ihn drückte. Gerade fest genug.

»Würden Sie einer jungen Frau wohl einen Gefallen tun?« Und dann, als er mit gerunzelter Stirn auf sie hinuntersah, ein schnelles Lachen und der hastige Nachsatz: »Doch nicht *diese* Art Gefallen! Ich arbeite für Delmonico's. Das Restaurant? Ich sollte schon vor einer Stunde hier sein, aber ... ich musste von Brooklyn aus mit der Hochbahn in die Stadt fahren, und es gab eine Störung in der Nähe von Canarsie.«

Tess hatte keine Ahnung, ob es tatsächlich eine Störung gegeben hatte, aber es war nun mal eine wahrscheinliche Begründung für ihr Zuspätkommen. Das war eine der ersten Weisheiten, die sie als Kind auf den Knien ihrer Schwester gelernt hatte: *Die Wahrheit ist nur der schlechte Abklatsch einer überzeugenden Lüge.*

Ginny hatte ihr außerdem beigebracht, neun von zehn Mal dieselbe Karte aus einem Kartenstapel zu ziehen, zu lügen, ohne in Schweiß auszubrechen, und einen Mann dorthin zu treten, wo es am meisten wehtat und dann im Höllentempo zu verschwinden. Sie hoffte nur, dass Letzteres heute Abend nicht zum Einsatz kommen musste.

»Na ja ...«, begann der Polizist.

Tess erschauderte übertrieben und rieb sich die Arme, um seine Aufmerksamkeit auf die enganliegenden Ärmel ihrer Uniform zu lenken. Schwarzes Kleid, weiße Schürze. Es gab keine unverfänglichere Kleidung. Sie fiel genauso wenig auf wie ein verrußter Arbeiter in Newcastle, der Marmorboden in einem eleganten Foyer, eine Feder an einem Hut. Sie gehörte einfach hierher, und sie bemühte sich nach Kräften, vollkommen gewöhnlich zu wirken, was durch ihre dunkelblonden Haare und die braunen Augen begünstigt wurde. Tess war alles andere als einprägsam. Sie wusste, dass sie ausreichend attraktiv war, und mit ihren Rundungen und dem frechen Charme erinnerte sie an die Mädchen auf den Anzeigetafeln, die Städter auf ein Wochenende am Meer einluden. Sie konnte Männer mit einem Zwinkern und einem schnellen Lächeln einladen, ihr Glück zu versuchen, doch sie stach nicht aus der Masse heraus und blieb niemandem lange im Gedächtnis. Zumindest hoffte sie das.

Tess ließ ihren Charme spielen und legte sich unschuldig eine Hand auf die Brust. »Bitte, Sie können sich nicht vorstellen … ich *brauche* diese Arbeit. Ich darf sie nicht verlieren.«

Was der Wahrheit näherkam, als er ahnte.

Ein Tumult am anderen Ende der Absperrung lenkte den Polizisten einen Augenblick lang ab. »Sie da! Zurück!«

Tess beschloss, die Gelegenheit zu nutzen: »Bitte! Ich flitze nur schnell hinein …«

Der Polizist bewegte sich bereits in die andere Richtung und murmelte leise vor sich hin, dass er hierfür nicht annähernd genug bezahlt bekam. »In Ordnung, schon gut. Der Dienstboteneingang ist um das Haus herum auf der linken Seite. Aber ich will Sie nicht dabei erwischen, dass Sie irgendwo herumlungern!«

»Nein, Sir. Danke, Sir.« Tess schlüpfte unter der Absperrung hindurch, bevor er es sich anders überlegen konnte, und ihre Dienstmädchenuniform sorgte dafür, dass sie schon im nächsten Moment mehr oder weniger unsichtbar wurde. Sie war nur ein weiterer Lakai, der emsig von hier nach dort hetzte.

Zumindest war das der Plan.

Der größte Coup unseres Lebens, hatte Ginny ihr erklärt. *So viel, dass es bis zum Ende unserer Tage reichen wird.*

Doch Tess hatte abgelehnt. Sie hatte genug. Es war vorbei. Bei ihrem letzten Coup wäre sie beinahe erwischt worden, und man hatte eine Belohnung auf ihren Kopf ausgesetzt. Oder besser gesagt auf die Frau, die sie damals gewesen war. Sie hatte ihre Haare schwarz gefärbt und sich als die Tochter eines reichen Rinderzüchters aus dem Süden ausgegeben, die Daddys Kunstsammlung erweitern wollte. Sie hatten die Masche schon dutzende Male durchgezogen. Sie brauchte nur ein wenig Zeit alleine mit dem Kunstwerk, um es näher zu »betrachten« und vielleicht sogar ein paar laienhafte Skizzen davon anzufertigen.

Es waren nie große Stücke gewesen, sondern kleine Dinge wie Miniaturen oder winzige Triptycha. Und einmal sogar ein paar Seiten eines mittelalterlichen Stundenbuches. Es war höllisch schwer gewesen, die richtigen Farbpigmente, den zerstoßenen Lapislazuli und das Blattgold dafür aufzutreiben. Aber Ginny hatte alles organisiert. Ginny organisierte immer alles.

Was ist schon dabei?, meinte Ginny jedes Mal vor einem neuen Coup und klang dabei wie ihr Vater. *Deine Nachbildungen sehen genauso gut aus wie das Original. Niemand wird den Unterschied bemerken.*

Und das hatte ja auch nie jemand. Bis zu dem letzten Coup, bei dem plötzlich etwas schiefgelaufen war. Tess erschauderte immer noch, wenn sie daran dachte. Sie hatte einen Fehler gemacht.

Es ging um eine Miniatur, die Hans Holbein zugeschrieben wurde und die komplexer war als die Aufträge bisher. Zarte Pinselstriche und winzige Juwelen, die an dem Hals der Schönheit aus dem sechzehnten Jahrhundert funkelten. Rubine. Doch Tess hatte Saphire gemalt.

Denk nicht mehr daran!

Die Polizei suchte nach einer Frau namens Assumpta de los Argentes y Gutierrez, gehüllt in Pelze und mit falschen Juwelen behangen, und nicht nach Tess Schaff in ihrer schwarzen Uniform und der weißen Schürze.

Trotzdem hielt sie den Kopf gesenkt, als sie an der Hausmauer entlangeilte. Ihre Haare fühlten sich immer noch strohig an, nachdem sie die Farbe herausgewaschen hatte. Danach hatte ein zarter grauer Film ihre Wangen, den Nacken und den Rücken bedeckt, der sich einfach nicht abwaschen lassen wollte. Sie hatte sich stundenlang mit Karbol saubergeschrubbt, bis sämtliche sichtbaren Spuren beseitigt gewesen waren, doch sie spürte ihn immer noch – den Schatten, den die jahrelangen Täuschungen und Lügen auf sie warfen, als hätte ihre verdorbene Seele einen Abdruck auf ihrer Haut hinterlassen, den nun alle Welt sehen konnte.

Ginny hatte nur geschnaubt, als Tess ihr davon erzählt hatte. *Wenn du sauber werden willst, dann von mir aus. Mach kein Drama daraus. Aber zuerst …*

Aber zuerst.

Die meisten Stadthäuser hatten einen straßenseitigen Dienstboteneingang, zu dem eine kurze Treppe nach unten führte. Doch das Hochstetter-Haus war anders. Es erstreckte sich über vier Parzellen, ein riesiger Bau im Stil der französischen Renaissance, ein blasser Steinklotz, der im elektrischen Licht der Straßenlaternen erstrahlte, verschönert durch jede Menge Maßwerk und den einen oder anderen Wasserspeier. Ein Dienstboteneingang hätte das Gesamtbild der Fassade gestört und zu deutlich gezeigt, wie viel Arbeit notwendig war, um dieses herrliche Haus zu erhalten. Und so befand er sich an der Hinterseite, wo er niemandem wehtat.

Wir tun niemandem weh. Genau das hatte ihr Vater immer wieder gesagt. Und dabei war es egal, dass er seine medizinischen

Wundermittel aus Terpentin, rotem Pfeffer, Hammelfett und Paraffin herstellte. Mit der Zeit vermutete Tess, dass er fast schon selbst an seine Behauptung glaubte, er habe Monate in der Wüste verbracht und von einem Medizinmann der Hopi-Indianer alles über die Geheimnisse des Schlangenöls gelernt, obwohl er eigentlich ein deutscher Einwanderer war, der als Apotheker versagt und seine Frau verloren hatte. Was – wenn Tess ehrlich war – wohl auch für seinen Verstand galt.

Einmal war er *Zaro, der Herrliche*, hatte sich einen opulenten Schal um seinen beinahe kahlen Kopf geschlungen und bot Essig mit aufgelösten Perlen zum Verkauf an, bei dem es sich in Wahrheit lediglich um reinen Essig handelte. Und in der nächsten Stadt wurde er zur *Spuckenden Schlange*, dem Ehrenmitglied eines zweifelhaften Indianerstammes, und hatte mit seinen Töchtern Gegenden bereist, die noch nie zuvor ein Weißer gesehen hatte. Er war alles, nur nicht Jacob Schaff. Alles, nur nicht der Mann, der er einmal gewesen war.

Tess erinnerte sich nur noch dunkel an die Zeit, als ihre Mutter noch gelebt und ihnen einen Walzer auf dem Pianino vorgespielt hatte, das ihr Vater aus Hell's Kitchen nach Kansas verfrachtet hatte. Mit dem Tod ihrer Mutter hatte auch die Musik ein Ende gefunden. Tess konnte nicht spielen. Man hatte ihr immer wieder gesagt, sie hätte kein Gehör für solche Dinge. Dabei war es nicht so, dass sie die Musik nicht schätzte, sie konnte nur nicht selbst spielen, genauso wenig, wie Ginny einen Sonnenuntergang oder eine leicht verzogene Lippe malen konnte. Ihre Fähigkeiten mit dem Pinsel waren eine Gabe, ja, aber sie hatten ihr mehr Leid als Freude eingebracht, seit ihr Vater sie dabei beobachtet hatte, wie sie eine Libelle auf dem Fensterbrett gezeichnet hatte. Denn in diesem Moment hatte er beschlossen, ihre Fingerfertigkeit für gewinnbringendere Dinge einzusetzen.

Hätte sie stattdessen bloß das Gesangstalent ihrer Mutter besessen, die sanfte Lieder aus der alten Heimat gesungen hatte und deren Stimme in perfekter Harmonie mit den Klängen des Pianos verschmolzen war.

Plötzlich hörte Tess Musik. Walzertakte. Genau wie die Walzer, die ihre Mutter gespielt hatte. Süß und traurig zugleich. Einen Moment lang dachte sie, die Stimme ihrer Mutter zu hören, die deutsche Lieder sang.

Vermutlich hätte sie etwas essen sollen, bevor sie hierhergekommen war. Ihr Magen war zu sehr in Aufruhr gewesen, weshalb sie nur ein hartes Brötchen hinuntergewürgt hatte, und nun hörte sie Musik, die gar nicht da war.

Abgesehen davon, dass sie *eben doch* da war. Die Töne gingen beinahe in den sehr viel lauteren Klängen des Orchesters unter. Es war tatsächlich ein Walzer, doch das Klavier klang sehr viel satter als das Pianino ihrer Mutter. Tess war keine Expertin, was Musikinstrumente betraf, denn diese hatten in ihrer verbrecherischen Vergangenheit kaum eine Rolle gespielt, aber sie wusste, dass dieses Klavier zu den besten seiner Art gehörte. Die Töne klangen voll und süß, obwohl sie durch die Bleiglasfenster gedämpft wurden. Durch die gotischen Rundbogenfenster hindurch sah Tess eine Frau, die genauso prächtig war wie der Klang ihres Instrumentes. Sie saß auf der Klavierbank, und ihre Finger vollbrachten wahre Wunder. Ihre dunklen Haare waren nach der neuesten Mode frisiert und eingedreht und genauso glatt wie das Holz ihres Klaviers. An ihrem Hals schimmerten in maßvoller Zurückhaltung die opulentesten Perlen.

Doch den wahren Mittelpunkt der Szene bildete der Mann, der sich zu der Frau hinunterbeugte und die Noten umblätterte. Die sehnigen Muskeln unter seinem Smoking, die gescheitelten und zurückgekämmten Haare, die ein hageres, interessantes Gesicht offenbarten, das nur aus Knochen und Schatten zu bestehen schien.

Tess wollte ihn malen. Sie wollte alles malen: den Schein der Lampe auf dem Klavier, die Noten auf dem Ständer, den schlanken Hals der Frau, die sich über die Tasten beugte. Aber vor allem wollte sie ihn malen.

Die Musik umfing sie wie ein Zauber und erweckte Sehnsüchte, von denen sie bisher nichts geahnt hatte. Sie wollte in diesem Zimmer sein, das so makellos schien wie ein Puppenhaus, zusammen mit diesem Mann. Diesem Mann, der sich mit derselben draufgängerischen Anmut, derselben Zurückhaltung und demselben Hunger über sie beugte und dessen Gefühle mit jeder Kontur seines Körpers sichtbar wurden.

Etwas Feuchtes breitete sich über ihre Wange aus.

Es war eine Träne.

Tess wischte sie beiseite. Sie war eine Närrin. *Wir sind nicht wie die anderen Leute*, hatte ihnen ihr Vater immer wieder eingetrichtert. *Wer will denn schon sein wie alle anderen? Wie ein Stück Vieh?*

Aber vielleicht war es eine Lüge gewesen. *Vielleicht hätten wir doch wie alle anderen sein können*, dachte Tess trotzig. Ihr Vater hätte als Verkäufer in einem Laden gearbeitet, und Tess hätte Klavierspielen gelernt. Niemals so gut wie die Frau, und auch niemals in einem derart vornehmen Zimmer, aber gut genug, um einen Mann dazu zu bringen, neben ihr zu stehen, sich über sie zu beugen, die Noten umzublättern und mit ihr zu lachen, wie dieser Mann gerade mit der Frau lachte. Die Stimmung veränderte sich mit einem Mal, und sie begannen, gemeinsam ein schnelles, fröhliches Lied zu spielen. Ihre Hände flogen über die schwarzen und weißen Tasten, stießen aneinander und machten die Musik zu einem Spiel.

Genug!

Tess riss sich von dem Anblick los. Selbst wenn ihre Familie normal gewesen wäre, wäre Tess niemals so geworden. So wie Caroline Hochstetter. Sie kannte die Frau von den Bildern, die Ginny aus der Zeitung ausgeschnitten hatte: die frühere Miss Caroline Telfair, eine verzärtelte Südstaatenschönheit mit einer Abstammung, die sich bis zu Gott höchstpersönlich zurückverfolgen ließ. Oder zumindest zu drei oder vier Gründervätern.

Tess erschauderte und empfand auf einmal Unbehagen. Das hier lief nicht wie geplant. Ginny hatte ihr erklärt, dass sich Mrs. Hochstetter im Ballsaal aufhalten und ihr nicht in die Quere kommen würde. *Sie wird mit ihren Gästen beschäftigt sein, und du hast freie Bahn, versprochen.*

Egal. Ginny hatte keinen Einfluss auf die Gezeiten – und auch nicht auf verwöhnte Damen der feinen Gesellschaft. Tess wandte sich verärgert vom Fenster ab und stapfte zum Diensteneingang. Caroline Hochstetter turtelte im Musikzimmer mit einem Verehrer, was bedeutete, dass sie nicht in ihrem Schlafzimmer war – und nur darauf kam es an.

Die Küche war genau so, wie Ginny sie beschrieben hatte. Sie bestand nicht nur aus einem einzigen, sondern aus mehreren Räumen, und überall eilten emsige Bedienstete umher. Durch eine offene Tür sah Tess das Hauspersonal, das es sich bei einer Tasse Tee oder etwas Stärkerem bequem gemacht hatte. Das beklemmende Gefühl in ihrer Brust ließ ein wenig nach. Wenigstens in einem Punkt hatte Ginny recht gehabt: Mrs. Hochstetters Kammerzofe saß auf einem der schweren Eichenstühle und hatte Tess das Profil zugewandt.

»Sie da! Nehmen Sie das!« Ein wichtig aussehender Mann mit gestärktem weißem Hemd drückte Tess ein Tablett in die Hand, und die Champagnergläser klirrten. »Ballsaal!«

Verdammt! Aber vielleicht konnte sie es unterwegs irgendwo abstellen. Tess' Hände gaben beinahe unter dem Gewicht des Tabletts nach. Offensichtlich war es kein Silbertablett, und es war definitiv zu groß, um es unter ihrer Schürze zu verstecken.

Vergiss das Tablett. Wir haben einen dickeren Fisch an der

Angel, Liebes. Sie konnte Ginnys Stimme beinahe hören. *Kein Vergleich.*

Natürlich war es kein Vergleich. Ginny war nur auf das Geld aus, aber Tess wollte mehr und hatte keinen Finger gerührt, bis sie die Garantie dafür in den Händen gehalten hatte. Für ein neues Leben in einem anderen Land. Sämtliche Reisedokumente, die Überfahrt – sie hatte alles, um von vorne anzufangen. Als Tessa Fairweather. Sie hatte den Namen selbst ausgesucht und sich dabei an eine weitere Maxime ihrer Schwester gehalten: *Bleib so nahe wie möglich an der Wahrheit.*

Sie wusste, dass sie diese Frau sein konnte. Diese Tessa, die vierundzwanzigjährig und unbeschadet in ihre Heimat England zurückkehrte, nachdem sie es nicht geschafft hatte, in der Neuen Welt genügend Geld zu machen.

Immerhin wusste Tess ganz genau, wie es sich anfühlte, wenn man einfach nicht genug hatte.

Bist du dir sicher, dass du das willst?, hatte Ginny gefragt, nachdem Tess ihre Bedingungen klargelegt hatte. *Dort drüben herrscht Krieg, falls du es noch nicht bemerkt haben solltest.*

Tess wusste, dass Ginnys sarkastische Reaktion bloß bedeutete, dass sie sich Sorgen machte. Sie machte sich Sorgen, und sie war verletzt. Ginny hatte es nicht gerade einfach gehabt, denn immerhin war sie erst vierzehn gewesen, als sie alleine mit einer Vierjährigen und einem Vater zurückgeblieben war, bei dem jeder neue Plan noch etwas verrückter war als der letzte. Ginny hatte gekocht, geputzt, gestohlen, gelogen, ihrem Vater geholfen und sich auch gegen ihn aufgelehnt, wenn sie den Mut dafür aufgebracht hatte. Sie hatte alles getan, um Tess zu beschützen, und Tess wusste, dass ihr Fortgehen für Ginny einem Verrat gleichkam. Sie sorgte sich nach wie vor um Tess und wollte sie beschützen.

Obwohl sie sie damit ständig in Gefahr brachte, von den Bullen geschnappt zu werden.

Tess hatte schon einmal im Sing-Sing-Gefängnis gesessen und wollte sicher nicht noch mal dahin. Aber genau das würde passieren, wenn sie so weitermachten. Die Welt hatte sich in den letzten zwanzig Jahren verändert und war irgendwie kleiner geworden. Man konnte nach einem Coup nicht mehr einfach in eine andere Stadt flüchten und untertauchen. Telegramme wurden hin und her geschickt, elektrisches Licht erhellte die Nacht, und Nachrichten verbreiteten sich so schnell wie ein Buschfeuer. Die Tage des umherreisenden Betrügers waren vorbei. Zumindest, was sie betraf.

»Komm doch mit«, hatte Tess ihre Schwester gedrängt. »Wir werden ... ich weiß auch nicht. Vielleicht machen wir einen Kiosk am Strand auf? Ich male Miniaturen auf Muschelschalen, und du verkaufst sie.«

»An die Möwen, oder wie?«, hatte Ginny geschnaubt. »Nein danke, ich habe Wichtigeres zu tun.«

Genau wie ihr Vater. »Übernimm dich nicht, Ginny.«

»Konzentrier du dich lieber auf deine Arbeit, den Rest erledige ich.« Ginnys Gesichtsausdruck hatte Tess an ihren Vater erinnert, wenn er ihnen wieder einmal erklärt hatte, dass der nächste Coup eine sichere Sache sei. Was er natürlich nie gewesen war. Kein einziges Mal. »Mach dir keine Sorgen, Schätzchen. Es wird der einfachste Coup, den du je gemacht hast.«

Ginny hatte eine seltsame Vorstellung von »einfach«.

Tess stemmte das Tablett hoch, schob sich zwischen dem stetigen Strom der Diener hindurch und trat durch eine mit grünem Stoff bezogene Tür in eine Marmorhalle, die größer schien als das Dorf, in dem Tess geboren worden war. Man hätte hier ohne Probleme sein Weidevieh halten können und immer noch genügend Platz für einen Kurzwarenladen und einen Saloon gehabt.

Rundbogentüren führten von der Eingangshalle zu den verschiedenen Amüsements: einem maurischen Rauchersalon, einem üppig bepflanzten Wintergarten und dem Musikzimmer, dessen Türen mittlerweile offen standen. Das Klavier war verstummt. Tess runzelte die Stirn. Wo war Mrs. Hochstetter?

Tess schob sich mit kleinen Schritten durch die Gäste und bot wahllos Getränke an. Wenn sie ihre Ladung verteilt hatte, hatte sie eine gute Ausrede, warum sie sich auf der Dienstbotentreppe befand. *Ich wollte zurück in die Küche und habe mich wohl verirrt ...* Aber zuerst musste sie Caroline Hochstetter finden. Wenn sie sich in ihr Schlafzimmer zurückgezogen hatte, war das Spiel aus.

Der Ballsaal war mit Palmwedeln dekoriert, die Tess in der Nase kitzelten und ihr den Blick versperrten. Die sich wiegenden Tänzer erinnerten sie an das Kaleidoskop, das sie als Kind so gerne hatte haben wollen. Die sich miteinander vermischenden Muster waren wunderschön gewesen, aber sie hatten ihr auch Kopfschmerzen beschert, wenn sie sie zu lange betrachtet hatte. Sie hatte immer versucht, einen Augenblick der Ruhe zu erkennen, in dem sich das Muster in etwas Sicheres, Beständiges verwandelte.

Oder in diesem Fall: in eine Frau in rosafarbener, mit Perlen bestickter Spitze. Sie konnte doch nicht so schwer zu entdecken sein, oder? Einen Augenblick später erblickte Tess sie: Sie tanzte mit einem Mann mit einem Monokel und einem Schnurrbart, die steife Uniform voller Orden.

Sie ließ Mrs. Hochstetter nicht aus den Augen und schlängelte sich seitwärts weiter. Ein betrunkener Mann stolperte vor ihre Füße, und Tess wich ihm aus, um im nächsten Moment gegen etwas Hartes, Warmes zu prallen. Das letzte Glas Champagner auf ihrem Tablett kippte um, und die blubbernde Flüssigkeit ergoss sich über den makellosen Smoking eines weiteren Mannes, der sie fest an den Schultern packte, damit sie nicht zu Boden stürzte.

Tess riss entsetzt die Augen auf. Er hatte den ganzen

Champagner abbekommen. Von der weißen Fliege bis hin zu den ebenholzschwarzen Schuhen.

Unauffällig. Sie war immer stolz darauf gewesen, nicht aus der Menge herauszustechen. Und jetzt ...

»Ist alles in Ordnung?« Seine Stimme war wie Schokolade. Englische Schokolade. Satt, mit einem kaum merklichen bitteren Beigeschmack. Tess hob den gequälten Blick, um ihn anzusehen. Es war der Mann, der bei Caroline Hochstetter im Musikzimmer gewesen war.

»Tut mir leid, tut mir so leid«, stammelte Tess mit einem hastig improvisierten irischen Akzent. Irland. Sie stammte aus Irland. Der Großteil der Hausangestellten war irischer Abstammung, und sie war bloß eine weitere Bridget oder Mary. »Ich gehe und hole Ihnen ein Tuch. Bitte nicht hineintreten!«

Glassplitter lagen auf dem Boden verteilt, als wäre Cinderellas gläserner Schuh zerborsten. Tess ging in die Hocke, um die Scherben eilig und wenig diskret aufzusammeln.

»Warten Sie!« Der Mann packte sie am Handgelenk. »Sie haben sich geschnitten.«

»Das macht nichts«, murmelte Tess. Er sollte sich nicht so verhalten. Er sollte sie ausschimpfen, ihr drohen, den Vorfall zu melden, eine Entschädigung für seinen ruinierten Smoking verlangen, der sicher mehr gekostet hatte als der Monatslohn einer gewöhnlichen Hausangestellten. Es war einfacher, diese Menschen zu bestehlen, wenn man sie verachtete. »Bitte nicht. Machen Sie sich keine Umstände.«

»Das sind keine Umstände.« Der Mann zog ein Stofftaschentuch aus seiner Hosentasche und wickelte es um ihr Handgelenk. Er roch nach Rasierwasser, frischgewaschenen Kleidern, Whisky und verschüttetem Champagner. Tess schwirrte der Kopf.

»Sind Sie ... Sind Sie Arzt?«

»Nein, Zeitungsreporter«, erwiderte er amüsiert. Er drehte

den Verband ein und erhob sich mühelos. »Aber auch dabei bekommt man einige nützliche Dinge mit. Und Tinte auf die Hemdsärmel.«

Sie bemerkte einen seltsamen Unterton, aber sie hatte keine Zeit, um darüber nachzudenken. »Danke, Sir. Danke. Ich hole ein Tuch, Sir. Nur einen Augenblick, Sir …«

Sein Taschentuch ließ ihre Hand aus der Menge hervorstechen. Tess nahm es ab und ließ es zusammen mit dem Tablett auf einem kleinen Tisch neben einer Palme zurück. Sie verspürte ein seltsames Bedauern. Aber was wollte sie mit dem Taschentuch anfangen? Es beim Schlafen unters Kopfkissen legen? Bloß weil der Mann menschlich reagiert und ein nettes Wort für eine einfache Bedienstete übriggehabt hatte, musste sie nicht gleich ins Schwärmen geraten.

Dort. Ein kaum erkennbarer Falz in der Vertäfelung zeigte den Eingang zur Dienstbotentreppe an, und sie war genau an derselben Stelle wie in den Plänen, die Tess sich eingeprägt hatte. Sie schlüpfte hindurch, zog die Tür hinter sich zu und schloss damit das Licht, die Musik und sämtliche anderen Geräusche aus.

Der Mann war so mit Champagner bekleckert, dass er sicher nicht mehr tanzen konnte, und es war erbärmlich, dass Tess insgeheim froh darüber war. Wer auch immer er war, sie würde ihn vermutlich nie wiedersehen. Denn schon morgen würde sie – so Gott wollte – mit neuen Dokumenten und einer neuen Identität an Bord der *Lusitania* gehen.

Zwei Stockwerke nach oben, hatte Ginny gesagt. Die Schlafzimmer der Eheleute befanden sich im dritten Stockwerk. Und mit »Schlafzimmer« meinte sie abgeschlossene Suiten mit eigenem Wohn-, Schlaf- und Ankleidezimmer. Der Herr und die Dame des Hauses schliefen nicht nur in getrennten Zimmern, sie hatten getrennte Königreiche mit eigenem Personal.

Die dritte Tür links. Und da war es: Caroline Hochstetters

Ankleidezimmer. Aber es war nicht leer. Eine Frau sprang auf, als Tess eintrat, ihr hagerer Körper in ein unattraktives Kleid gehüllt.

»Also wirklich! Ist es zu viel verlangt, in diesem Hort der Emporkömmlinge einen Moment der Ruhe zu genießen?« Die Frau starrte sie an, und Tess' Hände gefroren zu Eis, als sie sie wiedererkannte. Das hier war Margery Schuyler, der Ginny einmal ein Gemälde von Franz Marc verkauft hatte. Oder besser gesagt eine Kopie, gemalt von Tennessee Schaff.

Tess senkte eilig den Blick. »Es tut mir leid, Ma'am«, murmelte sie. Bei ihrer letzten Begegnung hatte sie sich als Deutsche ausgegeben. Eine ehemalige Geliebte des großen Künstlers mit blonden Haaren und deutschem Akzent. Margery Schuyler hatte die Geschichte begierig geschluckt und wollte ganz genau wissen, wie es war, von einem so berühmten Mann … ähm … *gemalt* zu werden. Wenn man bedachte, dass Franz Marc vor allem Tiere in verzerrter Form darstellte, hatte Tess die Frage nicht gerade als Kompliment aufgefasst. Aber sie war es gewohnt, dass Kunstsammler dachten, sie wüssten mehr, als sie tatsächlich taten. Solche Leute waren die leichtesten Opfer. »Uns wurde gesagt, hier residiere nur die Familie.«

Margery Schuyler schniefte – ob vor Verachtung oder aufgrund der Tatsache, dass ihre zu lang geratene Nase ständig tropfte, konnte Tess nicht beurteilen. »Ich wollte ohnehin gerade gehen.«

Sie schwebte an Tess vorbei, was überaus bedeutend gewirkt hätte, wäre sie nicht über ihr Kleid gestolpert, bevor sie die Tür hinter sich zuknallte.

Verdammt. Natürlich würde sich niemand an ein einfaches Dienstmädchen erinnern, aber Tess bezweifelte, dass irgendwelche Angestellten oder Gäste hier oben etwas verloren hatten, und wenn Margery Schuyler beschloss, sich zu beschweren …

Angst machte manche Menschen unbeholfen, aber bei Tess passierte das Gegenteil. Die Welt drehte sich langsamer, und sie nahm ihre Umgebung bewusster wahr. Die Farben wurden klarer, die Linien schärfer. Auf dem Frisiertisch standen Glasflaschen mit edelsteinbesetzten Verschlüssen, protzig glänzend und nagelneu. Nur die abgegriffene Silberbürste mit einem verschlungenen *C* und *T* als Gravur passte nicht dazu.

Sie wird sie nicht im Tresor aufbewahren, hatte Ginny gemeint. *Im Frisiertisch gibt es eine geheime Schublade. Wenn du die richtige Stelle findest, öffnet sie sich von alleine.*

Tess' Schwester machte keinen Hehl aus ihrer Verachtung für Menschen, die die Verwahrung ihrer Wertsachen auf die leichte Schulter nahmen. *Wir tun ihnen einen Gefallen*, hätte ihr Vater wohl gesagt. Er hatte ein bemerkenswertes Talent dafür gehabt, die Welt nach seinen eigenen Vorstellungen zu formen.

Auf seine ganz eigene Art war er ein überaus ehrliches Schlitzohr gewesen.

Aber was bedeutete das für Tess? Und für Ginny? Tess hatte in letzter Zeit ein ungutes Gefühl, was Ginny betraf. Ein ungutes Gefühl, was die *ganze Sache* betraf.

Ein sanfter Druck genügte, und die Schublade glitt auf, genau wie Ginny es versprochen hatte. Es war lächerlich einfach. Zu einfach. Die Schublade war voller Samtschatullen, die die Initialen bekannter Juweliere aus New York, Boston, Philadelphia, Charleston, London und Paris trugen. Der Wohlstand der Nationen in einer einzigen Schublade. Smaragde, die sich mit Saphiren schlugen. Rubine, die höhnisch über Granatsteine lachten. Tess' Künstlerblick verweilte sehnsüchtig auf einem Paar Schmetterlingsohrringen. Die schillernden Flügel waren ein Wunderwerk der Juwelierkunst, bei dem zahllose winzige Steine zu einem harmonischen Ganzen verschmolzen. Ginny hätte sofort den Wert

58

der Ohrringe berechnet, doch Tess sah nur das makellose Handwerk und die Sorgfalt, mit der die Teile zusammengefügt worden waren.

Sie legte zögernd eine diamantbesetzte Pavé-Katze beiseite, die den Rücken gewölbt hatte und deren rubinrote Zunge zwischen winzigen Zähnen hervorblitzte. Sie war nicht wegen der Juwelen hier – dieses Mal nicht.

»Es ist wirklich einfach«, hatte Ginny gemeint und die Augenbrauen hochgezogen. »Bloß ein paar Noten, und sie sind nicht einmal sonderlich alt. Das machst du im Schlaf.«

»Wie viele Seiten sind es?«, hatte Tess beklommen gefragt.

»Nur ein paar.«

»Aber sollte ich nicht im Musikzimmer danach suchen?«

»Nein, in diesem Fall nicht. Sie will sie sicher in ihrer Nähe wissen. Es ist das einzige Exemplar. Ein unveröffentlichter Walzer von Strauss.« Ginnys Stimme klang schmeichelnd. »Du musst sie nicht einmal austauschen. Nur abschreiben. Mein Kunde würde sogar die Kopie nehmen – solange sie keine Fehler aufweist. Er will die Noten und die Anmerkungen des Komponisten. Das Original, das der große Künstler tatsächlich in der Hand gehalten hat, braucht er nicht unbedingt. Obwohl es uns vielleicht einen Bonus einbringen würde.«

Tess wühlte sich durch die Schmuckschatullen. Ginny hatte gesagt, dass sich die Noten in einer flachen Ledermappe befanden. Die Uhr auf dem Kaminsims hinter ihr tickte warnend. Eine weitere Minute vergeudet. Und noch eine.

Margery Schuyler war mittlerweile sicher unten angekommen und beschwerte sich womöglich gerade über das unverschämte Dienstmädchen, das ihre Ruhe gestört hatte. Tess schob eine diamantene Tiara und eine smaragdbesetzte Parure beiseite, sah in jede Schatulle, befühlte jede Auskleidung.

Nichts.

Zerrissen vor Wut und Angst, richtete sich Tess schließlich auf und stellte die Schatullen mit zitternden Händen zurück, sodass sie gerade noch Platz fanden.

Die Noten waren nicht da.

Sie musste auf dem Schiff danach suchen. Auf der *Lusitania*.

Vier

LONDON
MAI 2013

Sarah

Eines hatte ich bereits über John Langford in Erfahrung gebracht: Er war ein Gewohnheitstier. Er verließ seine Wohnung am Westbourne Grove jeden Morgen um halb acht, bleckte angesichts der wartenden Fotografen die Zähne und eilte dann den Bürgersteig entlang zur nächsten U-Bahn-Station.

Am Montag war er an der Station Notting Hill Gate in die Circle Line gestiegen; am Dienstag war es die Hammersmith and City Line an der Station Landbroke Grove, und auch heute machte er sich auf den Weg zum Notting Hill Gate, doch anstatt sich für die Circle oder die District Line zu entscheiden, fuhr er mit der steilen Rolltreppe nach unten zur Central Line und eilte an den auf der rechten Seite stehenden Fahrgästen vorbei, während die Fotografen am oberen Ende der Rolltreppe in ein Gerangel um den Vortritt gerieten. Glücklicherweise wurde ich weder von einer Kameraausrüstung noch von dem Wunsch behindert, die anderen zu übertrumpfen, und so stürzte ich die leere Treppe zwischen den Rolltreppen hinunter und warf dabei einen Blick auf mein Handy, als wäre ich eine ganz normale Angestellte, die sich auf dem Weg zu ihrem Arbeitsplatz in der City verspätet hatte. Ich sprang in den Zug in östliche Richtung, und im nächsten Moment schlossen sich die Türen hinter mir. Ich hielt meinen Blick bewusst auf die EasyJet-Werbung über mir gerichtet, während der Zug ruckartig anfuhr, über die Gleise ratterte und bei der nächsten Station scharf abbremste. Danach begann das Prozedere von Neuem, und so ging es immer weiter. Gerade als die ersten Passagiere unruhig wurden, weil sie endlich erkannt hatten, wer da mit ihnen im Waggon stand, und in ihren Taschen nach den iPhones kramten, um sich ihre fünfzehn Minuten Ruhm auf den Social-Media-Plattformen zu sichern, stieg John aus. Heute war es die Station Oxford Circus, und ich verlor ihn bei den Aufzügen aus den Augen.

Aber das spielte keine Rolle. Wie gesagt: John war ein Gewohnheitstier, und als ich in den Nieselregen hinaustrat und das geschäftige Treiben entlang der Oxford Street mich umfing, wusste ich genau, dass ich mich nur nach dem nächstgelegenen Costa-Coffee-Shop umsehen musste. Und da war er auch schon – nur wenige Schritte die Argyll Street hinunter.

Es gab da noch so eine Sache, was John Langford betraf: Trotz seiner Abstammung mischte er sich gerne unters Volk.

Er war groß, und zwar wirklich groß. Er maß beinahe zwei Meter und war daher in dem warmen, nach Kaffee duftenden Laden leicht zu entdecken. Er trug eine amerikanische Baseballkappe, die er ungeschickt über seine dunkelblonden Haare gestülpt hatte, aber er war trotzdem nicht zu übersehen. Groß und schlank, eine lange, markante Nase und ein glattrasiertes Kinn unter all den bärtigen Hipstern. Sein abgetragener brauner Barbour-Mantel und die grünen Wanderstiefel erweckten den Eindruck, als würde er jeden Moment in seinen Range Rover steigen und zum Jagen nach Schottland fahren. Er wartete geduldig in der Schlange, hielt den Kopf gesenkt, während er fasziniert die süßen Teilchen in der Glasvitrine betrachtete, und hatte den Mantelkragen bis zu den fest zusammengebissenen Zähnen hochgeschlagen.

Die letzten drei Vormittage war ich John Langford auf einer Tour durch die verschiedenen Costa-Coffee-Shops der Stadt gefolgt. Es war jeden Tag eine andere Filiale, aber immer derselbe Ablauf: Sobald die Paparazzi ihn entdeckt hatten, erhob er sich ohne Eile und verließ den Laden, um nach Hause zu gehen. Oder ins British Museum beziehungsweise in die National Portrait Gallery – das waren jene ehrwürdigen, geschichtsträchtigen Orte, an denen die Fotografen ihm nicht folgen durften. Normalerweise blieb ihm genug Zeit, um seinen Kaffee auszutrinken, bevor sie ihn ausfindig machten. Ehrlich gesagt bewunderte ich ihn dafür, dass er überhaupt außer Haus ging. An seiner Stelle wäre ich in meiner Wohnung geblieben, hätte mir indisches Essen bestellt und sämtliche Fenster gemieden, bis die ganze schmutzige Affäre vom Tisch war. Aber nicht John. Er weigerte sich, sich einsperren zu lassen. Er ging trotzig seiner Wege. Er sorgte dafür, dass sich die Fotografen für ihre Fotos ordentlich ins Zeug legen mussten.

Ich hätte ihn gerne gefragt, warum. Ich wollte mich zu ihm setzen und ihn mit Fragen löchern, um herauszufinden, was wirklich mit seiner Frau und dem russischen Oligarchen passiert war und was es mit der faszinierenden britischen Starrköpfigkeit auf sich hatte, die ihn dazu brachte, jeden Morgen um halb acht irgendwo in London in aller Öffentlichkeit seinen Kaffee zu trinken. Aber ich hatte mich bis jetzt nicht getraut, ihn anzusprechen. Ich bestellte mir bloß meinen eigenen Kaffee und setzte mich an die Bar, während John schweigend die Zeitung las – ja, wirklich, eine echte, gedruckte Zeitung. Genau genommen waren es sogar zwei. Der *Daily Telegraph* und anschließend der *Guardian*, um beide Seiten zu kennen. Er blieb so lange, bis irgendjemand zwangsläufig sein iPhone herausholte, um den Paparazzi einen Tipp zu geben, und er

Zuflucht in einem Museum suchen musste. Ich redete mir ein, dass ich versuchte, ihn einzuschätzen und den idealen Zeitpunkt zu finden, ihm gegenüberzutreten. John Langford war ein in Ungnade gefallener Politiker, der im Zentrum des größten und anstößigsten Skandals des Jahres stand. Ich konnte nicht einfach zu ihm gehen und ihn ansprechen, während er nachdenklich vor dem Holbein-Porträt von Heinrich VIII. stand. Er war verletzlich. Er war im Abwehrmodus, und das hier erforderte Vorsicht, Taktgefühl und Gewissenhaftigkeit. Also sämtliche investigativen Fähigkeiten, über die ich verfügte.

Andererseits war heute bereits Mittwoch, und ich hatte ganze vier Tage der zwei Wochen vergeudet, die ich mir zugestanden hatte, um das Exposee für mein nächstes Buch zu verfassen, bevor ich nach New York zurückkehrte. Nicht nur, weil ich meine Mutter nicht länger allein lassen wollte, sondern weil meine überstrapazierte Master Card gerade noch für das schäbige Hotel in Shepherd's Bush gereicht hatte.

Der Milchaufschäumer gab ein feuchtes Gurgeln von sich, und hinter mir öffnete sich die Tür. *Jetzt oder nie, los geht's, Sarah! Er ist noch für etwa drei Sekunden der letzte Kunde in der Schlange.*

Ich holte tief Luft und trat noch vor dem Neuankömmling in die Schlange hinter Langford.

Aus der Nähe betrachtet war er noch größer, als ich gedacht hatte. Aufgrund seiner Größe wirkte er schlanker, als er tatsächlich war, doch wenn man hinter ihm stand, sah man, dass seine Schultern und sein Rücken tatsächlich breit genug waren, um sich hinter ihm zu verstecken wie hinter einem der Monolithen in Stonehenge. Ich war einen Meter siebzig groß, aber ich reichte ihm nicht einmal bis zu den Schultern, was vermutlich gut war. Immerhin wollte ich nicht auffallen, nicht wahr? Ich wollte nicht, dass er merkte, wie dicht ich bei ihm stand und wie ich seinem Blick über die Reihen mit den Riesenmuffins und den Croissants folgte, während die Schlange vorrückte. Die Geräusche um uns herum dauerten an: die Stimmen und das Gelächter, der Ruf nach Bestellungen, das Aufschäumen der Milch und das schrille Mahlen der Bohnen. Mein Herz pochte, und das Adrenalin schoss durch meine Adern.

Der letzte Kunde trat beiseite, und John stand vor der Kasse.

»Einen großen Americano, bitte. Extrastark.«

Ich kannte seine Stimme bisher nur von den YouTube-Clips. Im echten Leben war sie volltönender und tiefer, was aufgrund seiner breiten Brust nur logisch war. Und er trank einen *Americano*. Das war interessant. War er laktoseintolerant oder mochte er seinen Kaffee einfach lieber schwarz? Er nahm keine Milch, sondern immer nur etwas Zucker (richtigen Zucker, keinen Süßstoff). Ich beobachtete seine Hände, während er die Münzen abzählte – echtes Geld, kein Plastik – und etwas zu der Kassiererin sagte, das ich nicht wirklich hören konnte. Er trat beiseite und stellte sich in die Reihe vor der Abholtheke, und ich rückte vor.

»Einen großen Americano, bitte. Ähm, extrastark.«

Die Angestellte hob eine Augenbraue und kritzelte die Bestellung auf den Becher, während ich nach meiner Master Card kramte. »Ist schon in Ordnung«, erklärte sie. »Der Kerl vor Ihnen hat schon bezahlt.«

Meine Hand erstarrte. »Wie bitte?«

Sie deutete mit dem Kopf in Richtung Theke. »Der Kerl vor Ihnen. Er hat Ihre Rechnung bezahlt, okay?«

»Wollen Sie mich veralbern?«

Die Angestellte war jung, hatte blasse Haut und rote Strähnen in den dunklen Haaren. Sie lehnte sich nach vorne und meinte von Frau zu Frau: »Ich schätze, Sie haben einen bleibenden Eindruck bei ihm hinterlassen, Miss.«

Ich überlegte, schnell das Weite zu suchen. Ich würde meinen Kaffee einfach nicht abholen und John Langford nicht in die Augen sehen. Doch dann rief ich mir in Erinnerung, weshalb ich hier war. Es hing viel davon ab. Die eineinhalb Pfund, die ich mir für den Kaffee gespart hatte, waren tatsächlich von Bedeutung.

Ich trat in die Schlange vor der Theke und hielt absichtlich einige Schritte Abstand zu Johns kräftigen Schultern. Er schien mich nicht zu bemerken. Vielleicht machte er solche Dinge andauernd. Vielleicht gehörten kleine Aufmerksamkeiten zu seiner täglichen Routine und waren kein böswilliger Versuch, die Frau auflaufen zu lassen, die ihn seit Tagen verfolgte. *Adel verpflichtet*, und so. Ein Kunde nahm seinen *Flat White* entgegen, der nächste seinen *Caramel Macchiato*. Nun waren nur noch wir beide übrig und taten so, als würden wir einander nicht bemerken. Mein Gesicht glühte, und daran war nicht nur die Hitze schuld, die die Espressomaschine verströmte.

Der Barista stellte einen Becher auf die Theke. »Ein großer Americano, extrastark«, rief er.

Okay, es geht los.

Ich streckte die Hand nach dem Becher aus.

»Ich bitte um Verzeihung«, meinte John Langford. »Aber ich glaube, der gehört mir.«

»Nein, mir. Ein großer Americano, extrastark?«

»Verstehe. Was für ein Zufall. Genau das habe ich auch bestellt.«

»Oh Mann! Echt? Tut mir wirklich leid. Hier, nehmen Sie. Ich warte auf den nächsten.«

»Nein, bitte. Nehmen Sie ihn.«

»Nein, nein.« Ich drückte ihm den Becher gegen die Brust.

»Hören Sie«, zischte er leise, und seine Arme hingen steif hinunter. »Ich weiß nicht, was für ein Spiel Sie hier spielen, aber ich spreche nicht mit Journalisten. Sie verschwenden also nur Ihre Zeit.«

Ich wollte bereits sagen, dass ich keine Ahnung hatte, was er meinte, doch in diesem Moment sah ich ihm zum ersten Mal ins Gesicht. Ich meine, zum ersten Mal persönlich. Das hier war kein Google-Foto auf meinem Laptop oder ein You-Tube-Clip, und ich warf nicht bloß im Vorbeigehen einen schnellen Blick auf sein Profil. Wir standen uns Auge in Auge gegenüber. Okay, eigentlich waren meine Augen auf Brusthöhe, aber Sie wissen, was ich meine. Wie der Rest seines Körpers war auch sein kantiges Gesicht hager und knochig und zu grimmig und spartanisch, um als schön bezeichnet zu werden. Seine zusammengekniffenen, haselnussbraunen Augen wirkten kalt, doch ich konnte den Blick nicht von ihnen abwenden.

»Es ist nicht so, wie Sie denken«, erklärte ich lahm.

Der nächste Kunde trat neben uns. »Ein großer Americano, extrastark«, rief der Barista erneut und stellte einen weiteren Becher auf die Theke. John streckte den Arm danach aus und nahm den Kaffee. »Noch einen schönen Vormittag«, meinte er und wandte sich ab. Ich packte ihn verzweifelt am Ellbogen.

Er zuckte zurück, als hätte ich ihn geschlagen.

»Entschuldigung.« Ich ließ meine Hand sinken. »Es geht nicht um die ... die Sache, die Sie gerade durchmachen. Den Skandal, meine ich. Es ist etwas anderes.«

»Und ob es darum geht. Wären Sie wohl so freundlich, mir meinen Morgenkaffee und meine Würde zu lassen? Ist das zu viel verlangt?«

»Bitte, nur fünf Minuten!«

»Nein, ich bedaure.«

Die anderen Kunden warfen uns bereits neugierige Blicke zu, und ich schob mich zwischen sie und Langford, als könnte ich einen zwei Meter großen Riesen hinter mir verstecken.

Er funkelte mich an und griff nach seiner Baseballkappe, als wollte er sich durch die Haare fahren und hätte vergessen, dass er sie trug. Stattdessen zog er sich die Kappe tiefer ins Gesicht.

»Hören Sie«, meinte ich. »Es geht nicht um Ihre Frau, sondern um Ihren Urgroßvater. Und um die *Lusitania*.«

Langford zuckte erneut zusammen, und etwas von dem extrastarken Kaffee schwappte durch das Trinkloch im Becher auf seine Hand. Er fluchte und schleckte ihn ab. »*Was* sagen Sie da?«

»Es geht um die *RMS Lusitania*. Mein Urgroßvater war an Bord, als das Schiff sank. Genau wie Ihrer. Robert Langford. Der Autor der bekannten Agentenkrimis?«

»Ich weiß, wer mein Urgroßvater war!«, fuhr er mich an. Dann hob er die andere Hand und warf einen Blick auf die Uhr. Wer trug in Zeiten des Smartphones eigentlich noch eine richtige Armbanduhr? Nun, John Langford zum Beispiel. Es war ein klobiges Modell aus Edelstahl und vermutlich bis fünfzig Meter wasserdicht.

Ich beugte mich näher heran. »Hören Sie, ich habe Informationen, die Sie vielleicht …«

»Fünf Minuten«, unterbrach er mich. »Und *Sie* reden.«

Wir setzten uns in die Ecke neben dem Eingang und blickten hinaus auf den kleinen Abschnitt der Argyll Street, der als Fußgängerzone galt und in Richtung Bond Street führte, wo Motorräder, schwarze Taxis und weiße Lieferwagen sich in einem erlesenen, aber überaus geräuschvollen Ballett die Straße entlangbewegten. Ich nippte an meinem Kaffee und begann zu husten. »Ziehen Sie es mir von den fünf Minuten ab, wenn ich mir noch schnell etwas Milch und Zucker hole?«, fragte ich.

»Ja.«

Ich sprintete zurück zur Theke, gab etwas Milch und Zucker

in meinen Kaffee und schnappte mir ein Holzstäbchen zum Umrühren. Als ich wieder an den Tisch trat, war Langford seine Abneigung deutlich anzusehen.

»Noch vier Minuten und fünfundvierzig Sekunden«, erklärte er. »Schießen Sie los!«

»Okay.« Ich stellte meinen Kaffee auf den Tisch und griff in meine Umhängetasche. »Hier.«

»Was ist das?«

»Eine Uhr, wie man sieht. Sie gehörte meinem Urgroßvater. Er hieß Patrick Houlihan und war Steward der ersten Klasse. Er arbeitete praktisch seit dem Stapellauf auf der *Lusitania*. Die Cunard-Reederei hat die Uhr, seine Uniform und alles, was er zum Zeitpunkt des Untergangs bei sich gehabt hatte, an meine Urgroßmutter geschickt, nachdem sie seine Leiche geborgen hatten. Sehen Sie, dass sie um zwei Uhr sechsunddreißig stehen blieb? Um diese Zeit ist er auf dem Wasser aufgeschlagen. Ich glaube nicht, dass er schwimmen konnte.«

Langford legte die Uhr in die Mitte des Tisches. Das Silber blitzte unter dem hellen Schein der Lampen kurz auf. »Mein Beileid«, erklärte er knapp. »Aber ich sehe keinen Zusammenhang mit meinem Urgroßvater. Abgesehen von der Tatsache, dass sie gemeinsam auf diesem Schiff waren. Genau wie fast zweitausend andere.«

»Drehen Sie die Uhr um.«

»Ich habe keine Zeit für solche Spielchen, Miss …?«

»Sarah. Sarah Blake.«

»Miss Blake.« Er warf einen Blick auf seine eigene Uhr. »Und Sie auch nicht.«

»Okay, okay.« Ich griff nach der silbernen Uhr und zeigte ihm die Rückseite. »Sehen Sie die Gravur? *Für Patrick, ein kleines Zeichen meiner dankbaren Hochachtung, R. H. L.*«

Langford kniff die Augen zusammen, um die Inschrift besser lesen zu können, und ich hielt die Uhr näher an ihn heran.

Er hatte offenbar beschlossen, sie nicht noch einmal anzufassen. Seine rechte Hand umfasste den Kaffeebecher, seine linke lag auf seinem Oberschenkel. »Es tut mir leid, aber ich habe keine Ahnung, worauf Sie hinauswollen.«

»Das sind die Initialen Ihres Urgroßvaters! Robert Horatio Langford.«

»Oder eines anderen Mannes, dessen Namen mit denselben Buchstaben beginnen. Reiner Zufall, mehr nicht.«

»Zufall? Das wäre dann aber ein ziemlich großer Zufall, nicht wahr? Vor allem, wenn man es in Verbindung mit dem hier betrachtet.« Ich griff erneut in meine Tasche und zog die kleine Tasche aus Ölzeug und die Speisekarte heraus. »Das hier wurde ebenfalls bei Patricks Leiche gefunden, was bedeutet, dass beides in den Taschen seiner Uniform steckte, als der Torpedo das Schiff am Nachmittag des siebten Mais um zehn Minuten nach zwei traf. Sehen Sie doch nach, was sich in der Tasche befindet! Die nebenbei bemerkt *wasserdicht* ist, was wohl bedeutet, dass jemand wollte, dass der Inhalt den Untergang unbeschadet übersteht.«

»Ein Umschlag«, erklärte Langford und klang seltsam angewidert.

»Genauer gesagt ein Umschlag aus dem Marconi-Funkraum, adressiert an Robert Langford, Stateroom B-38. Und *das* ist doch sicher kein Zufall, oder? Jemand hat eine Nachricht auf die Rückseite geschrieben, die keinen Sinn ergibt – es sei denn, sie wäre verschlüsselt.«

»Ach du meine Güte! Ihr verdammten Amerikaner und eure Verschwörungstheorien! Was genau wollen Sie denn damit andeuten, Miss Blake? Dass mein Urgroßvater ein Geheimagent war? Und vielleicht sogar etwas mit dem Untergang des Schiffes zu tun hatte?«

»Das ist aber sehr interessant. Was bringt Sie dazu, so etwas zu sagen?«

Er hielt einen Finger hoch. »Denken Sie nicht mal daran!«

»Woran?«

»Mir eine Falle zu stellen. Die ersten idiotischen Verschwörungstheorien kamen bereits unmittelbar nach dem Untergang der *Lusitania* auf. Das ist doch nicht auf *meinem* Mist gewachsen.«

»Na gut«, lenkte ich ein. »Aber sehen Sie sich die Speisekarte doch mal genauer an! Die Nachricht auf der Rückseite. *Schluss mit den Lügen. Triff mich auf dem Promenadendeck, Steuerbord.*«

»Ja und?«

»Kommen Sie schon, Langford. Sie wissen genau, dass der Torpedo kurz nach dem Mittagessen auf der Steuerbordseite einschlug.«

»Robert Langfords Name ist aber nirgendwo zu sehen.«

»Nein. Aber die Speisekarte wurde bei meinem Urgroßvater gefunden, was bedeutet, dass etwas ziemlich Seltsames vor sich ging. Vielleicht sogar mehr als seltsam. Und ich möchte der Sache auf den Grund gehen. Ich *muss* der Sache auf den Grund gehen und herausfinden, was wirklich passiert ist. Ich muss herausfinden, ob Patrick Houlihan ein guter Mann oder ein Verräter war. Oder nichts von beidem.«

»Warum?«

»Was meinen Sie damit? Weil es um die Wahrheit geht.«

»Und weil Sie daraus Profit schlagen wollen. Sie sind Journalistin.«

»Wie kommen Sie darauf?«

Er nahm einen Schluck Kaffee, stellte den Becher ab und lächelte zum ersten Mal. Es war kein angenehmes Lächeln. »Ich kann es riechen«, meinte er. »Es stinkt nach Geld.«

Ich lehnte mich zurück und stopfte die Unterlagen wieder zurück in meine Tasche. »Nun, da täuschen Sie sich aber. Ich bin keine Journalistin, sondern Historikerin. Ich will ein Buch schreiben.«

»Dann lag ich also nicht ganz falsch. Sie machen es wegen des Geldes.«

»Okay, gut. Ja. Im Gegensatz zu Ihnen muss ich meinen Lebensunterhalt selbst verdienen. Ich habe kein Familienvermögen in Griffweite und genieße keine von Gott gegebenen Privilegien. Aber abgesehen davon bin ich der Meinung, dass diese Geschichte erzählt werden sollte. Selbst wenn ich dadurch herausfinden sollte, dass einer meiner Vorfahren ein Verräter und Mörder war, denn die Wahrheit ist wichtig, okay? Die Wahrheit macht uns frei.«

Langford nahm einen weiteren Schluck Kaffee und warf einen Blick auf die Uhr. »Oh, sehen Sie nur! Ihre Zeit ist um, Miss Blake.«

»Im Ernst? Das war's?«

»Ja, im Ernst. Ich verschwende ungern meine Zeit, vor allem nicht an geldgierige Amerikaner, die die Geschichte umschreiben wollen. Außerdem werde ich das Gefühl nicht los, dass Ihre Absichten nicht so nobel sind, wie Sie es mir weismachen wollen. In Anbetracht der Umstände.«

»Das ist der idiotischste, blödsinnigste und voreingenommenste Kommentar, den ich je gehört habe!«, rief ich. »Sie kennen mich ja nicht mal!«

»Das muss ich nicht. Ich kenne *Leute* wie Sie. Ihr verdammten Journalisten ruiniert auf der Jagd nach der nächsten Sensation ein Leben nach dem anderen. Die Wahrheit? Sie geben einen Dreck auf die Wahrheit! Für Sie zählt nur der schäbige Honorarscheck.« Langfords Blick wanderte über meine rechte Schulter hinweg. Er packte seine Laptoptasche und seinen Kaffee und stand so abrupt auf, dass sich seine Taille plötzlich auf Höhe meiner Augen befand. »Hab ich's mir doch gedacht!«, murmelte er.

Ich wandte mich um, um seinem Blick zu folgen, und sah zwei Männer – nein, es waren drei –, die mit ihren Kameras zur Tür hereinstürzten. Langford zog sich seine Kappe ins Gesicht und schlüpfte mit hochgezogenen Schultern an mir vorbei, während ihn die Männer mit Fragen bombardierten und dabei sogar die Espressomaschinen übertönten.

Ich sprang auf und versuchte, ihm zu folgen, aber die Paparazzi waren im Weg. Also schrie ich ihm nach: »Bitte! Ich wohne im Camelot Hotel in Shepherd's Bush! Überlegen Sie es sich noch mal … *bitte!*«

Langford warf mir über die Schulter einen Blick zu. »Dieses Gespräch ist beendet«, erklärte er, öffnete die Tür und wandte sich nach links. Er eilte die Argyll Street entlang und um die Ecke in die Bond Street, wich einem Motorrad aus und griff nach der Tür eines Taxis, das praktischerweise gerade am Randstein gehalten hatte. Irgendwie hatten Männer wie er immer solches Glück.

Als die Paparazzi endlich hinter ihm aus dem Coffee-Shop stolperten, war das Taxi fort und hatte nur den schwachen Geruch von Abgasen hinterlassen.

Ich ging zu Fuß zurück ins Hotel und ließ mir Zeit damit. Erstens liebte ich London, und zweitens war mir die U-Bahn zu teuer. Der Nieselregen hatte aufgehört, und der Himmel wirkte nicht mehr ganz so trostlos, als ich schließlich die Oxford Street entlangschlenderte und sehnsüchtige Blicke in die Schaufenster warf. Ich schlenderte durch den Hyde Park, und als ich in die Kensington Gardens bog, teilten sich die Wolken und einen Moment lang schien die Sonne auf mich herab. Die nassen Blätter der Bäume funkelten, und ich schlüpfte aus meinem Mantel. Mein leerer Magen übernahm langsam das Kommando, bis ich an nichts anderes mehr denken konnte. Der Kaffee war schon zu lange her. Irgendwo in der Nähe der U-Bahn-Station Notting Hill Gate kam ich an einer Gregg's-Filiale vorbei und kaufte mir ein Sandwich mit

Thunfisch und Mayo und einen Joghurtsmoothie, was aber nicht annähernd reichte, um meinen Hunger zu stillen. Der Himmel verdunkelte sich erneut, als ich bei meinem Hotel ankam, und die ersten Regentropfen fielen auf mich herab.

Superomen, dachte ich. *Danke recht herzlich.*

Obwohl das Hotel Camelot bemitleidenswert wenige Annehmlichkeiten bot, hatte es zumindest WLAN. Ich setzte mich an die leere Bar – die Lizenz zum Ausschank von Alkohol war eine weitere Annehmlichkeit – und öffnete meinen Laptop. Ich arbeitete am Exposee meines Buches über die *Lusitania* mit dem Arbeitstitel *Small Chance – Wie ein irischer Steward und ein britischer Adeliger gemeinsame Sache machten, um Amerika in den Ersten Weltkrieg zu verwickeln* und hegte die wilde Hoffnung, dass meine Theorie sich als wahr erweisen würde.

Ich hatte bereits Unmengen an Hintergrundinformationen über die Familie Langford zusammengetragen – *Jede Generation hat die Geschichte Großbritanniens auf ihre Weise beeinflusst, von dem edwardianischen Spion bis hin zu dem Staatsmann der Nachkriegszeit* – und mich dabei vor allem auf meine Internetrecherchen der letzten Woche und den Koffer voller Bücher gestützt, den ich mit ins Flugzeug genommen hatte. Aber ich brauchte mehr. Ich brauchte Originalquellen. Private Dokumente. Dinge, die ich nur von einem Nachkommen der Langfords bekommen konnte.

Von einem Nachkommen, der mich mochte.

Von einem Nachkommen, der gerade nicht mit seinem eigenen Skandal zu kämpfen hatte.

Von einem Nachkommen, der kein totaler Wichser war.

Ich warf einen Blick auf die ramponierte Uhr über der Bar – dreizehn Uhr dreißig – und überlegte, mir einen Drink zu genehmigen. Die Bar öffnete offiziell erst um siebzehn Uhr, aber ich brauchte *jetzt sofort* etwas zu trinken. In der Bar war es dunkel, und die Flaschen sahen in dem Licht, das durch das regennasse Fenster über der Kellertreppe fiel, düster und verheißungsvoll aus. Ich lauschte auf Schritte im Foyer, aber es war nichts zu hören. Sämtliche Gäste waren unterwegs und genossen London. Es gab nur mich und die Rezeptionistin, und es war eher unwahrscheinlich, dass sie ihren Arbeitsplatz verließ und zu mir nach unten kam, oder?

Außerdem würde ich den Drink auf meine Zimmerrechnung schreiben.

Ich stand auf und schlich auf die andere Seite der Bar. Ich hatte noch nie hinter einer gestanden und fühlte mich seltsam mächtig, als würde alles auf den Regalen und in den Schränken mir allein gehören und ich könnte bestimmen, wer etwas zu trinken bekam und wer nicht. Normalerweise war ich im Team »Traubensaft«, der vorzugsweise entweder prickelnd oder rot war, aber nachdem ich einen Blick auf die armselige Weinauswahl unter der Bar geworfen hatte, beschloss ich, dass ich »oben« besser bedient war. Wobei mit »oben« die volle Wodkaflasche gemeint war, die verlockend über meinem Kopf hing.

Oder Gin! Ich war eine Historikerin in London. Ich sollte Gin trinken.

Ich nahm ein Glas aus dem einen Regal und eine Flasche Beefeater aus dem anderen. In welchem Verhältnis musste man den Gin eigentlich mit dem Tonic mischen? Ich hatte keine Ahnung. Und im Grunde spielte es auch keine Rolle. Ich füllte das Glas bis zur Hälfte und zapfte das Tonicwater vom Fass. Ich nahm einen Schluck und begann zu husten. Stark. Extrem stark. Andererseits brauchte ich es stark.

Ich nippte erneut an dem Glas, und dieses Mal war es schon erträglicher. Seltsam, wie sich der Mund und der Magen an eine bestimmte Situation anpassen können. Ich trank das Glas aus und wandte mich um, um mir ein zweites einzuschenken.

»Wenn Sie die Barkeeperin spielen, nehme ich auch einen«, meinte eine Stimme hinter mir.

Ich fuhr herum, und mein Blick fiel auf die großgewachsene Silhouette John Langfords, der den Kopf leicht eingezogen hatte, um ihn sich nicht am Türrahmen zu stoßen. Ein Kribbeln breitete sich in meiner Brust aus und bewegte sich weiter in meinen Bauch und in meine Arme und Beine. Vielleicht war es aber auch nur der Gin. Ich lehnte mich an die Bar, um nicht das Gleichgewicht zu verlieren, und schwenkte die Flasche hin und her, die ich immer noch in der Hand hielt.

»Das kostet aber«, erwiderte ich und war stolz, dass ich nicht lallte und meine Stimme auch nicht zitterte.

»Das hatte ich mehr oder weniger erwartet.« Er trat in die Bar und schwang seinen hochgewachsenen Körper auf den Barhocker neben meinem Laptop. »Ich bin hier, um mich zu entschuldigen.«

»Das hatte ich mehr oder weniger ebenfalls erwartet. Auch einen Gin Tonic?«

»Ja. Und nein, Sie haben *nicht* erwartet, dass ich mich entschuldigen würde. Sie dachten, ich wäre ein totaler Wichser. Ich sehe es in Ihren Augen.«

»Genauso, wie Sie meine Geldgier riechen können?«

»Hören Sie, es tut mir leid. Sie haben mich in einer ziemlich miesen Stimmung erwischt, fürchte ich. Auch wenn das keine Entschuldigung für mein schlechtes Benehmen ist.«

Ich stellte den Gin Tonic vor ihm ab. »Cheers. Auf schlechtes Benehmen.«

Er hob das Glas, stieß mit mir an und legte den Kopf zurück, um einen großen Schluck zu trinken.

»Ah«, seufzte er. »Schon viel besser. Ich mag Frauen, die einen starken Gin Tonic machen.«

»Ehrlich gesagt hatte ich genau das nötig. Es war ein beschissener Vormittag.«

»Tatsächlich? Eine Begegnung mit einem dieser arroganten englischen Schnösel vielleicht?«

Ich zuckte mit den Schultern. »Ja, genau. Er war mehr oder weniger meine letzte Hoffnung, wissen Sie? Ich versuche, ein Buch zu schreiben. Es ist mein zweites, und ich überlege schon seit fünf oder sechs Jahren, wovon es handeln soll. Mein erstes Buch wirft nichts mehr ab, und meine Mom hat Alzheimer, und ich … ich … es tut mir leid.« Ich wandte mich ab und schenkte mir noch ein Glas ein.

»Ihre Geschichte drückt mächtig auf die Tränendrüsen, nicht wahr?«

»Ja«, schniefte ich. »Aber das ist nicht Ihr Problem. Davon haben Sie ja selbst genug.«

Er antwortete nicht, sondern stellte lediglich das Glas auf der Theke ab. Ich fragte mich, ob mein Laptop mittlerweile im Ruhemodus war oder ob das Exposee immer noch vom Bildschirm leuchtete, kaum einen Meter entfernt von John Langfords scharfen haselnussbraunen Augen.

»Ich habe Ihr Buch gekauft«, erklärte er. »*Small Potatoes*. Ich bin gleich nach meiner Flucht aus dem Coffee-Shop in eine Buchhandlung und habe mir das letzte Exemplar geschnappt. Die ersten Kapitel habe ich bereits gelesen, und es ist ziemlich gut.«

»Oh Mann, danke.«

»Obwohl ich eine gewisse Abneigung gegenüber der englischen Aristokratie und ihrer unbekümmerten, rücksichtslosen Art herauslesen konnte.«

»Hey, ich bin Irin. Das liegt mir im Blut.«

»Wissen Sie, das ist noch so eine seltsame Sache bei euch Amerikanern. Ich meine, Sie *persönlich* sind doch keine irische Staatsbürgerin! Ihre Familie lebt seit Generationen in Amerika. Sie verbreiten diesen bestechenden patriotischen Schwachsinn, dass Amerika ein Schmelztiegel der Kulturen ist, und brüsten sich nebenbei immer noch mit ihrer irischen Herkunft.«

Ich wandte mich zu ihm um. Gott sei Dank sah er nicht auf den Bildschirm, und mir kam der Gedanke, dass er es vielleicht gar nicht wollte, obwohl er es jederzeit tun konnte. Sein Gesicht wirkte weicher als im Coffee-Shop und fast schon attraktiv. Er hatte seinen Mantel abgelegt, und darunter waren ein abgetragener grüner Pullover und ein Hemdkragen zum Vorschein gekommen. Seine breiten Schultern waren leicht gekrümmt, während er sich über seinen Drink beugte. Er betrachtete mich eingehend und mit großem Interesse, wie ein Anthropologe ein Mitglied eines bisher unbekannten Stammes. Was der Wahrheit vielleicht sogar ziemlich nahekam.

Ich trat nach vorne und stützte die Ellbogen auf die Theke. Unsere Gesichter waren kaum einen halben Meter voneinander entfernt. »Und? Werden Sie es mir zur Last legen?«

»Dass Sie irische Wurzeln haben? Nein. Dass Sie durch und durch amerikanisch sind? Vielleicht.«

»Was genau haben Sie eigentlich gegen Amerikaner? Ich meine, Ihr größtes Problem spricht doch Russisch.«

Er hob das Glas. »Touché.«

»Also werden Sie mir helfen? Darf ich wenigstens einen Blick in die Familiendokumente werfen?«

»Miss Blake, ist Ihnen eigentlich klar, dass noch *nie* jemand die Erlaubnis bekam, sich diese Unterlagen anzusehen? Und dass wir bis jetzt sämtliche Anfragen zurückgewiesen haben, die Journalisten, Historiker und geldgierige Amerikaner im Laufe der Jahre gestellt haben, um Zugang zum Familientresor zu erhalten?«

»Ja, das ist mir klar. Aber ich hatte gehofft, dass Sie für mich eine Ausnahme machen würden.«

Langford warf einen schnellen Blick auf meinen Laptop, streckte die Hand aus und schloss ihn, als wollte er nicht doch noch in Versuchung geraten. Sein Glas war beinahe leer, und ich griff danach, um es aufzufüllen, doch er hielt mich zurück. Seine Hand lag auf meiner, und einen Augenblick lang hielt ich es für einen Annäherungsversuch, doch als ich in seine Augen sah, war keine Leidenschaft zu erkennen. Sie waren dunkel und ungestüm, aber der Sturm, der darin wütete, hatte einen anderen Ursprung.

»Sie müssen mir eine Sache versprechen«, meinte er.

»Alles. Na ja, *fast* alles.«

»Sie müssen mir versprechen, dass Sie nicht …«

In diesem Moment wurde die Bar von einem grellen Blitz erhellt, auf den kurz darauf ein weiterer folgte. Unsere Köpfe fuhren zum Eingang herum, wo wir ein Wirrwarr von rempelnden Armen und Beinen erblickten, in dem immer wieder Kameras aufblitzten.

Fünf

NEW YORK CITY
SAMSTAG, I. MAI 1915

Caroline

Caroline blinzelte im Blitzlicht einer Kamera, während der Fahrer vor dem Terminal am Cunard-Pier 54 anhielt. Er öffnete die hintere Tür des Rolls Royce, und Gilbert nahm ihre Hand und half ihr aus dem Auto. Hoffentlich sah ihre Mutter das Foto in der Zeitung. Annelise würde zwar so tun, als würde sie sich dafür schämen, Carolines Gesicht dort zu entdecken, aber insgeheim war sie sicher stolz, dass ihre Tochter eine so hohe Stufe der Gesellschaft erklommen hatte. Sie träumte davon, seit Caroline ein Baby war – auch wenn es nie Carolines Traum gewesen war.

Trotzdem hatte Caroline sich eigens für diesen Auftritt zurechtgemacht – natürlich mit Jones' Hilfe, die ihr versichert hatte, dass sie die schickste Frau auf dem ganzen Schiff sein würde. Caroline schätzte Jones' direkte Art und die Tatsache, dass sie Carolines Bedürfnisse schon nach so kurzer Zeit voraussah. Jones hatte das Kleid und die Accessoires zusammengestellt, alles gebügelt und bereits im Ankleidezimmer gewartet, bevor Caroline überhaupt aufgestanden war. Sie war auf dem besten Weg, sich unentbehrlich zu machen, und Caroline war dankbar und beinahe ein wenig optimistisch. Vielleicht würde sie auf der Überfahrt doch nicht so einsam sein, wie sie zu Beginn befürchtet hatte.

Caroline trug ein schlichtes Reisekleid in einem hellen Cremeton mit einem hüftlangen, pelzbesetzten Schultertuch und Dolmanärmeln. Ihre braun-cremefarbenen Knopfschuhe mit der zulaufenden Spitze drückten an den Zehen, aber Jones zufolge waren sie unbedingt notwendig, um Carolines Auftritt perfekt zu machen. Wenigstens der hübsche große Strohhut mit der breiten Krempe, dem gestreiften Hutband und der Feder war bequem. Er erlaubte ihr, ihr Gesicht vor den Kameras zu verstecken, indem sie einfach den Kopf senkte.

Eine Filmkamera stand direkt vor dem Eingang zum Terminal, um die ankommenden Passagiere einzufangen. Caroline senkte den Kopf, um nicht gefilmt zu werden, und dachte an eine Geschichte, die ihr Robert einmal erzählt hatte. Er hatte eine Reihe von Artikeln über die Situation der Indianer im Westen des Landes verfasst, und viele der Ureinwohner hatten sich geweigert, fotografiert oder gefilmt zu werden. Sie hatten Angst, dass ihr Geist dann für immer in der Filmrolle gefangen sein würde. Caroline klammerte sich an Gilberts Arm, während er sie auf den weitaufragenden Rumpf des riesigen Schiffes zuführte, auf dem in weißen Blockbuchstaben der Name LUSITANIA prangte, und versuchte die Vorstellung ihres für immer gefangenen Geistes loszuwerden.

Sie zwang sich zu einem Lächeln und rief sich in Erinnerung, dass Gilbert und sie gemeinsam an Bord gehen würden. Sie war sich sicher, dass sie einem Neuanfang entgegensteuerten, und versuchte, nicht an Robert und den letzten Abend zu denken. Daran, wie warm sich seine Hand auf ihrem Rücken angefühlt hatte, als sie tanzten. Sie redete sich ein, dass sie sich gewünscht hatte, es wäre Gilbert gewesen, der mit ihr tanzte, anstatt sich mit seinen Geschäftspartnern in seinem verrauchten Arbeitszimmer einzusperren. Dass es ihr Ehemann war, der sie mit feurigem Blick ansah.

Caroline blickte auf den Arm hinunter, auf dem ihre Hand lag, und war beinahe überrascht, dass es der breite, muskulöse Unterarm ihres Mannes und nicht der schlanke, elegante Arm Robert Langfords war. *Ja*, sagte sie sich wieder, während sie sich ein weiteres Lächeln abrang und den Kopf in den Nacken legte, um zu Gilbert hochzusehen. *Das hier ist unser Neuanfang. Da bin ich mir sicher.*

Sie nickten ihren neuen Bekannten, die sie auf der Dinnerparty am Vorabend kennengelernt hatten, lächelnd zu, sprachen über das Wetter und die Aufregung darüber, bald an Bord des Luxusschiffes zu gehen. Dem Prestigeobjekt der Cunard-Flotte.

Die letzte Hitzewelle war vorüber, und die dicken Wolken und stark gesunkenen Temperaturen erlaubten es den Passagieren, ihre schweren Mäntel auszuführen. Überall eilten Gepäckträger umher, die die schweren Koffer und die anderen Gepäckstücke von den ankommenden Autos in das riesige Schiff karrten und durch eine Vielzahl von Fluren schleppten, um sie sicher in den Kabinen und Suiten zu verstauen.

Jones, die mit dem Gepäck in einem anderen Wagen angereist war, war nirgendwo zu sehen und würde vermutlich bereits mit dem Auspacken begonnen haben, wenn Caroline und Gilbert in der Königssuite ankamen. Es gab nur zwei dieser Suiten an Bord, und es waren die einzigen, die über zwei Schlafzimmer verfügten, worauf Gilbert bestanden hatte. Wie zu Hause würden sie auch hier getrennt schlafen, weil Gilbert Angst hatte, durch seine Körpergröße Carolines Ruhe zu stören. Sie hatte ihm zwar versichert, dass es während der Reise nicht notwendig sein würde, und angemerkt, dass sogar Alfred Vanderbilt eine kleinere Suite mit nur einem Schlafzimmer reserviert hatte, aber Gilbert war hart geblieben, und sie hatte – wie immer – nachgegeben.

Sie konnte sich gut vorstellen, wie viel Gilbert eine solche Unterbringung kostete, doch als sie ihn darauf angesprochen und ihm gesagt hatte, dass sie die Reise auch gerne in einer weniger opulenten und kostengünstigeren Suite antreten würde, hatte er nur ihre Hand getätschelt und gesagt, sie solle sich keine Gedanken über die Finanzen machen. Seine abfällige Haltung hatte sie wütend gemacht, und sie wollte sich bereits gegen ihn auflehnen, doch dann hatte sie erkannt, dass sie das gar nicht konnte. Sie hatte keine Ahnung, wie es um ihre Finanzen stand – und daran war niemand schuld außer sie selbst.

Caroline hielt sich ein mit Parfum besprühtes Taschentuch vor die Nase, das ihr die stets zuvorkommende Jones in die Hand gedrückt hatte. Der salzige Dunst des Meeres mischte sich mit dem Geruch zu vieler Menschen auf zu engem Raum und dem dunklen Rauch, der aus den Schornsteinen des Schiffes drang. Caroline nahm einen tiefen Atemzug, der durch den feinen, duftenden Stoff gefiltert wurde, und gratulierte sich im Stillen dafür, dass sie Jones als neue Kammerzofe eingestellt hatte.

»Ist alles in Ordnung, Liebling?« Gilbert lehnte sich näher an sie heran, und sein besorgter Blick beruhigte sie und gab ihr Gewissheit, dass sie sich einig waren, was den Zweck dieser Reise betraf.

Sie sah zu ihm hoch. »Natürlich, wie könnte etwas nicht in Ordnung sein?«

Er sah ihr einen Moment lang in die Augen, und Hoffnung und Wärme erfüllten sie. Er legte seine Hand auf ihre, die noch immer auf seinem Arm lag, und führte sie die Rampe nach oben und auf das Promenadendeck, wo es von Gepäckträgern und Stewards wimmelte, die die Leute und das Gepäck den richtigen Klassen und Kabinen zuteilten. Ein Mann mittleren Alters in einer adretten weißen Uniform stellte sich ihnen als Patrick Houlihan vor. Er war für ihre Suite zuständig und würde sich die ganze Reise über um sie kümmern. Er hatte von der Sonne gerötete Haut, wie es bei rothaarigen Menschen oft der Fall war, und seine Wangen und die Nase waren von Sommersprossen überzogen. Aufgrund seiner eher kleinen Statur und seines melodiösen irischen Akzents erinnerte er Caroline an einen lebendig gewordenen irischen Kobold. Doch seine Augen funkelten nicht amüsiert, sondern musterten sie scharf, und Caroline kam zu dem Schluss, dass diesem Mann wohl nichts entging.

»Ich bringe Sie sehr gerne in Ihre Suite, damit Sie sich einrichten können«, bot er an.

»Mrs. Hochstetter würde sich sicher gerne ein wenig ausruhen«, erwiderte Gilbert. »Aber wenn Sie mich vielleicht in den Rauchersalon begleiten würden …«

»Ich möchte mich *nicht* ausruhen«, widersprach Caroline und wich dem Blick ihres Mannes aus. »Ich fürchte, ich würde vor Aufregung kein Auge zubekommen. Ich würde mich lieber ein wenig umsehen.«

Mr. Houlihan senkte den Kopf zu einer angedeuteten Verbeugung und legte die Hände aufeinander. »Dann werde ich später noch einmal nach Ihnen sehen.« Er wandte sich an Gilbert, der bereits zum dritten Mal seine goldene Taschenuhr herausgezogen hatte, seit sie auf dem Pier angekommen waren.

»Noch eine Stunde, bis das Schiff ablegt, nicht wahr?«, fragte Gilbert mit ernstem Gesicht.

»Nein, ich fürchte nicht, Sir. Es gab eine kleine Verzögerung, aber ich kann Ihnen versichern, dass Kapitän Turner alles in seiner Macht Stehende tun wird, um die verlorene Zeit wieder wettzumachen. Die *Lusitania* ist ein sehr schnelles Schiff. Eines der schnellsten überhaupt, Sir.«

Gilbert runzelte die Stirn und warf einen weiteren Blick auf die Uhr, bevor er sie zurück in seine Anzugweste steckte. »Deshalb sind wir hier.«

Mr. Houlihan verbeugte sich erneut und wandte sich ab, während Caroline sich bei Gilbert unterhakte. Er zögerte kurz, doch dann führte er sie langsam über das Promenadendeck. Hier hielt man sich auf, um zu sehen und gesehen zu werden, und Damen und Herren stolzierten auf und ab und blickten hinaus auf den Hafen und das offene Meer, während sie sich auf den Abschied von New York vorbereiteten und die Möwen über ihnen kreischten.

Sie kamen an einem Mann in einer prächtigen Uniform mit goldenen Achselschnüren und glänzenden Messingknöpfen vorbei. Er war weder besonders groß noch besonders gutaussehend, doch seine Uniform vermittelte sowohl Stattlichkeit als auch Attraktivität. Ohne ihm vorgestellt zu werden, wusste Caroline sofort, dass es sich um Kapitän William Turner handelte. Er war ebenfalls zur Dinnerparty eingeladen gewesen, doch er hatte sich entschuldigt, was Caroline nicht überrascht hatte. Es hieß, Kapitän Turner hielte nicht viel von gesellschaftlichen Zusammenkünften, egal ob auf dem Schiff oder an Land. Was natürlich absolut in Ordnung war, solange er die *Lusitania* sicher über den Atlantik steuerte.

Er sprach mit niemand Geringerem als Alfred Vanderbilt, der am vergangenen Abend die Dinnerparty der Hochstetters beehrt hatte. Caroline und Gilbert nickten den beiden zu, gingen aber weiter, da es bei ihrem Gespräch offenbar um eine sehr wichtige Angelegenheit ging. Der Kapitän klang beschwichtigend.

»Was denkst du, worüber die beiden gerade reden?«, fragte Caroline ihren Mann, während sie weiter das Promenadendeck entlangflanierten. Als sie keine Antwort bekam, hob sie den Blick und erkannte, dass er mit den Gedanken ganz woanders war. Er klopfte sich geistesabwesend auf die Brusttasche seines Mantels, wie er es seit der Abfahrt von zu Hause bereits hundertmal getan hatte. Es war die Tasche mit den Strauss-Noten, sicher verwahrt in einer kleinen Tasche aus Ölzeug.

»Gilbert?«, fragte sie ein wenig lauter.

Er schien überrascht, sie neben sich zu sehen. »Ja?«

»Ich habe mich gerade gefragt, worüber der Kapitän und Mr. Vanderbilt wohl sprechen. Es scheint ernst zu sein.«

Er warf einen Blick zurück auf die beiden Männer und verzog kaum merklich den Mund. Dann tätschelte er ihre Hand. »Es ist sicher nichts, worüber du dir Sorgen machen müsstest, Liebling. Absolut nichts, worüber du dir Sorgen machen müsstest ...«

Caroline öffnete den Mund, um ihm zu widersprechen. Sie war viel stärker, als er dachte. Wenn ihm etwas Sorgen bereitete – seine Geschäfte, diese Reise oder auch nur seine zu engen Schuhe –, dann wollte sie es wissen. Weil sie ihn liebte und das, was ihn belastete, damit auch für sie belastend war. Aber sie hatten über dieses Thema schon so oft diskutiert, und hier, an Deck der *Lusitania* und umgeben von so vielen Menschen, war einfach nicht der richtige Ort dafür. *Später*, sagte sie zu sich selbst. Sie würde ihn später darauf ansprechen, wenn sie allein in ihrer Suite saßen und vielleicht eine Tasse Tee miteinander tranken.

Sie gingen weiter, bis eine schrille Frauenstimme an der Reling Caroline innehalten ließ. Sie sah sich um und entdeckte die Besitzerin der Stimme sofort. Natürlich hätte sie Prunella Schuyler auch an ihrem ungeheuerlich großen Hut mit den übertriebenen Pfauenfedern erkannt, wenn sie nicht gerade in ein lautstarkes Gespräch mit ihrer allseits bekannten Widersacherin verwickelt gewesen wäre, bei der es sich ausgerechnet um ihre unliebsame Schwägerin Margery Schuyler handelte. Die beiden waren überaus angesehene Mitglieder der

New Yorker Gesellschaft, doch Caroline hielt sich lieber von ihnen fern. Zum einen waren sie nachtragend und redeten gerne und viel hinter dem Rücken anderer Leute, zum anderen verachteten sie Gilbert, weil er sich seinen Reichtum selbst erarbeitet hatte. Was Gilbert allerdings nur dazu ansporte, sich noch mehr Mühe zu geben, um in ihre Welt aufgenommen zu werden.

Caroline versuchte, im letzten Augenblick die Richtung zu wechseln, doch es war zu spät. Man hatte sie bereits gesehen, und Gilbert lüftete seinen Hut, um die Schwägerinnen zu begrüßen. »Nein, Gilbert. Bitte nicht. Die beiden sind eine solche Plage ...«

Aber er hatte sich ihnen bereits zugewandt: »Mrs. Schuyler, Miss Schuyler. Wie schön, Sie hier zu sehen!« Er küsste ihre behandschuhten Hände, während sie ihn mit eisigen Blicken bedachten.

Da Caroline klar war, dass sie nicht mehr entkommen konnte, begrüßte sie die beiden ebenfalls und bemühte sich, die hässliche offene Stelle in Margerys Mundwinkel nicht zu offensichtlich anzustarren. »Ich hoffe, Sie fühlen sich wieder besser, Miss Schuyler.«

Die Frau sah Caroline verständnislos an.

»Sie haben unsere Dinnerparty frühzeitig verlassen, weil sie sich nicht wohlfühlten. Und ich hoffe, dass es Ihnen besser geht.«

Margery tat nicht einmal so, als wäre es ihr peinlich, einer Lüge überführt worden zu sein. »Mir geht es gut, danke.«

Gilbert legte eine Hand auf Carolines Schulter. »Unterhalte dich ruhig noch ein wenig mit diesen beiden wunderbaren Damen, Liebling. Ich gehe in den Rauchersalon.«

»Aber ...«, begann sie, doch er hatte sich bereits abgewandt. Ohne sich bewusst zu sein, wie sie in ihrer Fantasie New York gemeinsam zum Abschied winkten und sich dann in ihr

Schlafzimmer zurückzogen, während das Schiff den Hudson River entlang dem Atlantik entgegensteuerte.

Prunella schenkte Caroline ein gezwungenes Lächeln, und ihre vorstehenden Schneidezähne blitzten auf. »Ich habe Margery gerade von meinem brillanten Stiefsohn Phillip erzählt. Er studiert Jura in Harvard, wissen Sie? Er wird sicher einmal ein sehr guter Fang. Brillant, gutaussehend und dazu der Name *Schuyler*. Wir müssen sehr genau darauf achten, wen er heiratet. Natürlich wird letztlich wohl die Abstammung den Ausschlag geben.«

Margerys wässrig blaue Augen starrten ins Leere, als würde sie Prunellas Lobeshymnen bereits zuhören, seit sie an Bord gekommen waren. Offensichtlich darauf aus, das Thema zu wechseln, meinte sie: »Am Donnerstagabend soll eine Talentshow an Bord stattfinden. Ist das nicht aufregend? Mein verstorbener Vater – Gott sei seiner Seele gnädig – hat meine Stimme geliebt und mich immer gebeten, auf unseren Festen zu singen.«

»War er nicht auf einem Ohr taub?«, fragte Prunella mit ernstem Gesicht.

Margery ignorierte ihre Schwägerin und fuhr fort: »Ich glaube, die Talentshow ist die perfekte Gelegenheit, um meine Stimme zu präsentieren. Ich brauche nur noch jemanden, der mich am Klavier begleitet.«

Die Blicke der beiden wanderten zu Caroline, die einen Moment lang ernsthaft in Betracht zog, über die Reling zu springen.

Prunella verzog den Mund zu einem seltsamen Grinsen. »Sie spielen doch Klavier, oder Mrs. Hochstetter?«

»Ähm, ja … aber …«

»Wunderbar!«, rief Margery. »Und den Gerüchten zufolge haben Sie einen seltenen Walzer von Strauss mit auf das Schiff gebracht. Ich könnte singen, und Sie begleiten mich.«

Caroline blinzelte. »Eigentlich gibt es keinen Text. Walzer haben selten ...«

Margery betrachtete sie mit einem Stirnrunzeln. »Ach, seien Sie doch keine solche Spielverderberin! Ich habe großes Talent und schreibe einen eigenen Text. Sie müssen mir nur den Walzer zeigen, dann finde ich etwas, das zur Melodie passt.«

Caroline überlegte fieberhaft, wie sie aus der Sache herauskommen konnte, und versuchte, sich ihre Panik nicht anmerken zu lassen, als ihr nichts einfiel. »Ich fürchte, das ist unmöglich. Die Noten sind einzigartig, und mein Mann hütet sie wie seinen Augapfel. Er hält sie während der Reise sicher unter Verschluss.«

Margery räusperte sich indigniert. »Aber das kann er doch nicht tun!«, erklärte sie und presste missbilligend die Lippen aufeinander. »Wie dem auch sei: Bevor ich mich einverstanden erkläre, mit Ihnen aufzutreten, müssen Sie zuerst vorspielen und beweisen, dass Sie den Standards entsprechen. Es gibt nichts Schlimmeres als eine Klavierbegleitung, die es nicht mit der Sängerin aufnehmen kann. Meine Zofe wird sich bezüglich Zeit und Ort mit Ihnen in Verbindung setzen. In welcher Kabine sind Sie untergebracht?«

»B-48 und 50, das ist die Königssuite auf der Backbordseite. Allerdings bin ich mir nicht sicher, ob ...«

Doch Margery ließ sie erst gar nicht ausreden. »Verfügen Sie eigentlich über medizinische Grundkenntnisse, Mrs. Hochstetter? Ich habe da diese ärgerliche wunde Stelle an der Lippe und weiß nicht, wie ich sie loswerden soll.«

Caroline warf gerade einen weiteren sehnsüchtigen Blick in Richtung Reling, als hinter ihr eine männliche Stimme erklang. »Mrs. Hochstetter. Meine Damen. Was für eine nette Überraschung!«

Caroline drehte sich um, und ihr Blick fiel auf Robert Langford. Er wirkte auf geheimnisvolle Art attraktiv mit seinem schwarzen Wollmantel und den kastanienbraunen Haaren, die nicht von einem Hut gebändigt wurden und im Wind wehten, was ihm einen jungenhaften Charme verlieh. Er schenkte den beiden älteren Damen ein Lächeln, und Caroline war sich ziemlich sicher, dass Margery – eine alte Jungfer, die mindestens schon Ende dreißig war und ständig mürrisch das bleiche Gesicht verzog – tatsächlich errötete.

Caroline stellte sie einander vor und bemühte sich, ihre Erleichterung über sein plötzliches Auftauchen nicht zu zeigen. Robert senkte den Kopf zu einer Verbeugung. »Ich entschuldige mich vielmals für die Störung, aber Mr. Hochstetter bat mich, seine Frau zu suchen und zu ihm zu bringen. Würden Sie uns also bitte entschuldigen?«

Sie verabschiedeten sich und gingen das Promenadendeck entlang davon. »Hat Gilbert dich wirklich geschickt, um mich zu suchen?« Es war schrecklich, wie hoffnungsvoll ihre Stimme klang.

»Nein, tut mir leid. Ich habe dich bloß mit den beiden gesehen, und die Blicke, die du immer wieder in Richtung Reling geworfen hast, haben mich in Sorge versetzt. Es sah aus, als wärst du lieber auf der anderen Seite gewesen.«

»War es so offensichtlich?«, fragte sie und presste sich eine behandschuhte Hand auf die Lippen.

»Nur wenn man dich gut kennt«, erwiderte er und betrachtete sie mit so ernstem Gesicht, dass ihr der Atem stockte. Doch dann lächelte er, und sie begannen beide zu lachen. Der Augenblick war vorüber.

»Ich begleite dich gerne zu eurer Suite, wenn du mir sagst wohin.«

»Wir wohnen in der Königssuite auf dem B-Deck an der Backbordseite, aber ich möchte eigentlich noch nicht nach unten.«

»Was für ein netter Zufall. Ich wohne auch auf dem B-Deck.

Wenn auch in einer sehr viel kleineren Kabine. Trotzdem ist es immer noch in der ersten Klasse, und mir wurde gesagt, dass sie über ein Bullauge verfügt, also kann ich zumindest die Aussicht genießen. Willst du hier oben bleiben, bis wir in See stechen?«, fragte er.

Sie nickte. »Ich hatte gehofft, dass Gilbert auch hierbleiben würde, aber offenbar fand er den Rauchersalon verlockender.«

»Das kann ich mir nicht vorstellen«, erwiderte Robert und blickte in die Ferne. »Vielleicht war er auf der Suche nach jemandem, mit dem er über die neuesten Entwicklungen sprechen kann.«

»Die neuesten Entwicklungen?«

Er warf ihr einen schnellen Blick zu, als müsste er erst entscheiden, ob sie stark genug war, die Wahrheit zu erfahren, und beschloss dann offensichtlich, es ihr zumuten zu können. »Ja. Die Deutsche Botschaft hat Annoncen in sämtlichen großen Tageszeitungen geschaltet. Die Passagiere werden darauf aufmerksam gemacht, dass es sich bei der *Lusitania* um ein britisches Schiff handelt und sich Deutschland mit Großbritannien im Krieg befindet. Passagiere, die auf einem britischen Schiff ins Kriegsgebiet kommen, reisen auf eigene Gefahr.«

Caroline hielt an, und Robert tat es ihr gleich. »Sollten wir Angst haben?«

»Es herrscht Krieg, Caroline. *Natürlich* sollten wir Angst haben. Aber Kapitän Turner hat allen Passagieren versichert, dass die *Lusitania* zu schnell ist, um von einem deutschen U-Boot so lange ins Visier genommen zu werden, dass ein Torpedo abgeschossen werden kann. Außerdem werden uns mehrere Geleitschiffe begleiten, sobald wir internationales Gewässer erreicht haben.« Er lächelte sanft. »Fühlst du dich jetzt besser?«

Sie hob das Kinn. »Ja, ich danke dir. Und danke, dass du mir davon erzählt hast. Gilbert war wohl der Meinung, dass ich mich nicht damit belasten sollte.«

Robert erwiderte nichts, sondern schlenderte weiter mit ihr über das Deck. Sie betrachtete sein Profil und erinnerte sich daran, warum er in seine Heimat England reiste. »Du hast gesagt, dass wichtige Familienangelegenheiten der Grund für deine Reise sind. Darf ich darauf hoffen, dass die Aussöhnung mit deinem Vater ein Teil davon ist?«

Er wandte den Blick ab, doch sie hatte die Schatten in seinen Augen bereits gesehen. »Natürlich kann man *hoffen*, aber deshalb kehre ich nicht zurück. Es ist ein wenig ... komplizierter. Und quälend langweilig, das versichere ich dir. Was auch der einzige Grund ist, warum ich dir nicht in allen Einzelheiten davon erzählen möchte. Aber auch wenn es langweilig ist, ist es doch notwendig, fürchte ich. Zumindest habe ich so einen Grund, mit dir hier auf diesem Schiff zu sein.«

Sie kamen zu einem Bereich, der offenbar zum Spielplatz umfunktioniert worden war und wo eine ganze Menge Kinder mit einer Armee von Kindermädchen Himmel-und-Hölle und Seilspringen spielte oder Holzspielzeug herumschob. Caroline blieb stehen und beobachtete ein kleines, etwa dreijähriges Mädchen mit zerzausten blonden Locken, die sich aus der riesigen Schleife auf ihrem Kopf gelöst hatten. Sie hielt einen zerlumpten Teddybären umklammert, während sie von einem Feld ins nächste sprang und es nicht schaffte, die Linien nicht zu berühren. Vielleicht kümmerte es sie auch gar nicht.

»Sie ist bezaubernd, nicht wahr?«

Caroline nickte, denn sie traute ihrer Stimme nicht.

»Es überrascht mich, dass ihr noch keine Kinder habt«, meinte Robert. »Ich habe mir dich immer als Mutter vorgestellt.«

Sie wartete einen Augenblick, zwang sich zu einem Lächeln und wandte sich erst dann zu ihm herum. »Ja, ich auch. Wir hoffen sehr, dass es bald passieren wird. Es wäre unsere größte Freude, endlich Kinder zu bekommen.«

»Es wird passieren, Caroline, da bin ich mir sicher. Genauso, wie ich mir sicher bin, dass du eine wunderbare Mutter sein wirst.«

»Mr. Langford, Mrs. Hochstetter.«

Sie wandten sich um und sahen, wie Patrick Houlihan, der Steward, mit zwei Telegrammen in den Händen auf sie zueilte. »Es tut mir leid, aber ich habe ein Telegramm für jeden von Ihnen.« Er gab Robert einen Umschlag und dann Caroline, deutete eine Verbeugung an und verschwand wieder.

Da sie davon ausging, dass Robert genauso begierig darauf war, das Telegramm zu lesen, wie sie, riss Caroline den Umschlag auf und lächelte, als sie sah, dass die Nachricht von ihrer Mutter stammte. Doch ihr Lächeln erstarb, als sie den Rest las. Sie sah zu Robert hoch, der sein eigenes Telegramm fest umklammert hielt und darauf hinunterstarrte.

»Willst du es denn nicht öffnen?«, fragte Caroline.

Er schüttelte den Kopf. »Nein, im Moment nicht.« Er deutete auf ihr Telegramm. »Gute Nachrichten, hoffe ich?«

Sie überlegte kurz. »Ja, ich glaube schon. Unser gemeinsamer Freund Hamilton Talmadge – der die Schuld an dem berüchtigten Zwischenfall während des Gartenfests trägt – hat meine Mutter offenbar vor der Pleite gerettet. Er hat unser Haus gekauft und erlaubt meiner Mutter, für den Rest ihres Lebens für einen Penny Miete pro Jahr darin zu wohnen.«

»Netter Kerl.«

»Ja, schon. Er ist mittlerweile verwitwet. Er ist zwar ein wenig zu jung für meine Mutter, aber abgesehen davon würden sie gut zusammenpassen. Zumindest muss sich Mama nun keine Gedanken mehr ums Geld machen.«

Sie merkte, dass Robert ihr nicht wirklich zuhörte, sondern immer noch auf sein ungeöffnetes Telegramm hinunterstarrte. »Bitte mach es doch auf«, drängte Caroline. »Ich kann gehen, wenn du dafür lieber alleine wärst.«

Er sah ihr in die Augen. »Es ist von meinem Vater«, erklärte er unverblümt.

»Dann solltest du es auf jeden Fall öffnen.«

»Tatsächlich?« Sie blickten einander weiter in die Augen, bevor sich Robert abrupt abwandte und an die Reling trat. Er hielt das Telegramm einen Moment lang unentschlossen über das Wasser.

»Nicht!«, rief Caroline und lief zu ihm. Sie dachte an ihren eigenen geliebten Vater. Die Erinnerungen an ihn waren verblasst wie ein Stück Leinen in der Sonne, doch seine Liebe und Zuneigung begleiteten sie wie die Sterne am Himmel.

Robert riss das Telegramm entzwei und umklammerte beide Teile. Caroline hielt den Atem an. Hätte sie bloß einen einzigen Brief ihres Vaters besessen. Bloß einen …

»Nicht!«, rief sie noch einmal, dieses Mal lauter.

»Warum nicht?«, fragte er. »Ich weiß, was er geschrieben hat. Er hat mir gestern telegrafiert, dass ich in New York bleiben soll. Rührend, nicht wahr? Wie sehr mein Vater darauf bedacht ist, dass uns weiterhin ein ganzer Ozean trennt.«

Caroline betrachtete ihn, doch plötzlich war er von einer Menschenmenge umgeben, die alle auf die Steuerbordseite unterwegs waren und Taschentücher für die Abfahrt bereithielten. Die Passagiere waren allesamt in Schwarz und Grautönen gekleidet und wirkten wie ruhelose Geister.

»Weil er immer noch dein Vater ist«, rief sie über das Getöse hinweg und war sich nicht sicher, ob er sie gehört hatte.

Doch das hatte er offenbar, denn er drehte sich zu ihr um. In diesem Moment riss ihm eine starke Böe einen Teil des Telegramms aus der Hand. Er umklammerte den Rest, doch sein Blick folgte dem Stück Papier, das im stürmischen Wind auf die gierigen Wellen im Hafenbecken zusegelte, während schwarzer Rauch aus den Schiffsschornsteinen drang und die Möwen über ihren Köpfen kreischten.

Sechs

NEW YORK CITY
SAMSTAG, I. MAI 1915

Tess

Warum hielten diese verdammten Vögel nicht endlich mal die Klappe?

Tess schlüpfte durch die Tür, die vom Promenadendeck ins Innere des Schiffes führte, und überließ es dem Wind, sie hinter ihr zuzuknallen. Schon besser. Das Promenadendeck war voller taschentuchschwenkender Passagiere und deren Verabschiedungskomitees, und alle drängten sich an die Reling und winkten in Richtung Anlegestelle, als hinge ihr Leben davon ab. Die Gesellschaftsreporter zogen ihre Runden und schleimten sich bei den hohen Tieren ein; Kinder rannten überall herum und stießen mit ihren bunten Reifen gegen ungeschützte Knöchel; und zu allem Überfluss kreisten die Möwen über allem wie an einer schlimmen Erkältung leidende Geier.

Die vielen Menschen machten Tess nichts aus. Menschenmengen waren gut, in ihnen konnte man sich verlieren. Es war vielmehr das fortwährende Schaukeln des Schiffes, obwohl es noch vor Anker lag. Und die Luft, die nach Salz und Fisch stank.

Tess war einmal mit einem Schwanenboot im Central Park

95

gefahren – näher war sie dem Meer bis jetzt noch nicht gekommen.

Tief einatmen. Tess lehnte sich an die weiße Wandvertäfelung. Es roch nach Stärke, Seife und einem Hauch Kohle. Nicht einmal hier, auf dem B-Deck, wo die Vanderbilts residierten, schaffte man es, dem Kohlegestank zu entkommen.

Aber es war erträglicher. Um einiges erträglicher.

Es war ruhiger als draußen, aber genauso geschäftig. Überall eilten Dienstboten umher, um sicherzustellen, dass sich ihre Arbeitgeber so schnell wie möglich wie zu Hause fühlten, und Gepäckträger stolperten mit riesigen Blumensträußen durch die Flure, um die Abschiedsgrüße in die richtige Suite zu bringen. Tess drückte ihre zerbeulte Reisetasche an die Brust und versuchte, so auszusehen, als hätte sie sich verlaufen, was in diesem Fall sogar stimmte.

Wir treffen uns auf dem B-Deck, hatte Ginny erklärt. *Vor den Suiten.*

Und hier stand sie nun in ihrem unpassenden Reiseanzug aus blauem Serge, den sie mitsamt dem Gürtel für zehn Dollar fünfundsiebzig bei Gimbels erstanden hatte. Eine arme, verlorene Seele, die aus dem Salon der zweiten Klasse emporgestiegen war, weil sie den Weg hinunter ins E-Deck nicht gefunden hatte. Obwohl sich das Treppenhaus mehr oder weniger mitten im Salon befand und außerdem deutlich beschildert war. Aber welche amerikanische Frau hätte nicht gerne einen Blick auf den Luxus geworfen, in dem die oberen Zehntausend schwelgten?

Moment! Sie war ja keine Amerikanerin mehr. Sie war Tessa Fairweather aus Devon. Eine Grafschaft, in der offenbar eine spezielle Sahne-Art hergestellt wurde und die irgendetwas mit Sir Francis Drake zu tun hatte. Normalerweise bereitete sich Tess besser auf ihre jeweilige Rolle vor, doch dieses Mal hatte Ginny sie damit regelrecht überfallen. Sie hatte erst vor einer Woche davon erfahren – und jetzt war sie hier in diesem schwimmenden Palast und plante sowohl ein schweres Verbrechen als auch ihren Neuanfang.

Tess reckte den Hals, und ihr Blick schweifte suchend über die geschäftigen Dienstboten und Kofferträger. *Verdammt, Ginny, wo bist du?*

Tess war wütend. Das alles wäre viel einfacher gewesen, wenn Ginny ihr ihre Zimmernummer verraten hätte. Aber nein. Sie durfte zu ihrer eigenen Sicherheit nicht wissen, wo Ginny sich aufhielt. Obwohl es dabei gar nicht so sehr um Tess' Sicherheit als um Ginnys Seelenwohl ging. Sie wollte nicht, dass Tess irgendwann vor ihrer Tür auftauchte und die Sache abblies. Ginny witterte kalte Füße, wie eine Möwe … was witterte eine Möwe eigentlich? Seegras? Fische? Passagiere mit besonders auffälligen Hüten?

Tess musste unwillkürlich grinsen. Ihre Finger zuckten, als sie in Gedanken ein Bild davon malte, wie eine Möwe sich auf Mrs. Prunella Schuylers Hut stürzte.

Vielleicht sollte sie genau das tun, wenn sie erst einmal in England war. Sie konnte ihre Fähigkeiten verschiedenen Zeitungen anbieten: *Wie wäre es mit einer satirischen Kritik mithilfe einer skurrilen Zeichnung?* Sie könnte den Kaiser in kompromittierenden Posen zeichnen, um ihre Eignung unter Beweis zu stellen.

England. Der Gedanke daran holte sie wieder auf den Boden der Tatsachen zurück. Sie hatte nur sieben Tage, um ihren Auftrag zu erledigen, und dabei würde dieses Schiff die ganze Zeit unter ihren Füßen schwanken.

Laut der Broschenuhr, die sie sich an die Brust geheftet hatte, waren mittlerweile zehn Minuten vergangen. *Ich werde nach dem ersten Dröhnen des Horns da sein,* hatte Ginny gesagt, doch das verdammte Horn hatte mittlerweile bereits drei Mal gedröhnt, und Tess' Schwester war nirgendwo zu sehen.

Tess tat, als wäre sie nur eine weitere neugierige Passagierin, und schlenderte beiläufig an den herrlichen gusseisernen Gittertüren der Aufzüge vorbei zu den Königssuiten. Das hier waren keine einfachen Kabinen, sondern mehrere zusammengeschlossene Zimmer, die um einen privaten Flur angeordnet waren. Die Suite zu ihrer Linken gehörte den Hochstetters. Ein rothaariger Kofferträger stolzierte mit einem Strauß Rosen in den schmalen Flur der Suite. Tess folgte ihm. Sie erhaschte einen Blick auf ein großzügiges Wohnzimmer, dessen mit herrlichen Mustern verzierter Teppich zur Hälfte unter Koffern und Taschen verborgen war.

Waren in einem dieser Gepäckstücke vielleicht die Noten versteckt?

Tess machte noch einen Schritt nach vorn, als sie eine laute Stimme hinter sich hörte: »Stehen Sie hier nicht so rum.« Es war ein vorbeieilender Kofferträger, die Arme voller Kartons. »Wir sind hier nicht beim Schaufensterbummel.«

»Keine Sorge.« Tess trat zurück und hob ihre Reisetasche hoch. »Ich bin bloß auf der Suche nach den Aufzügen. Könnten Sie einer Dame vielleicht den Weg erklären?«

Der Kofferträger hielt gerade lange genug inne, um ihren billigen Reiseanzug von oben bis unten zu mustern. »Versuchen Sie es mal mit der Treppe, Schätzchen«, rief er über seine Schulter hinweg. »Der Aufzug ist nur für die erste Klasse.«

Tess bezweifelte, dass er Frauen wie Mrs. Hochstetter oder Mrs. Schuyler ebenfalls »Schätzchen« nannte.

Sie wusste, dass sie das Weite suchen musste. Sie war bereits einmal zurechtgewiesen worden, da konnte sie nicht einfach hierbleiben. Trotzdem hielt sie noch einen Moment lang inne, um einen letzten Blick in die Suite zu werfen. Es war wie in einem Feenreich. Die Wandvertäfelung war mit Goldfäden durchzogen, die im Schein der Lampen glitzerten. Das hier war die Welt von Caroline Hochstetter. Eine

Welt, die so weit von ihrer eigenen entfernt war, dass sie sich gut und gerne in einem anderen Universum hätte befinden können.

»Es ist dem *Petit Trianon* nachempfunden.«

Der Mann hatte sich so leise angeschlichen, dass sie ihn kaum gehört hatte. Tess musste nicht so tun, als wäre sie überrascht, dass er plötzlich hinter ihr stand. Was sie allerdings verbergen musste, war die Tatsache, dass sie ihn wiedererkannte. Das hier war der Mann, der mit Mrs. Hochstetter Klavier gespielt hatte.

Er lehnte lässig an der weißen Wandvertäfelung und ließ Tess dabei nicht aus den Augen.

»Marie Antoinettes Landhaus«, fügte er erklärend hinzu, als Tess nicht reagierte. »Sie war die Königin von Frankreich. Zumindest eine Zeitlang.«

»Ich … ähm …« Tess schluckte den Kommentar über die Torten hinunter, der ihr gerade in den Sinn gekommen war, und meinte trotzig: »Ich habe nur nach dem Weg zum E-Deck gesucht.«

»Er führt jedenfalls *nicht* durch die Königssuite«, erwiderte der Mann trocken, bevor er sich zu Tess' Überraschung von der Wand löste und ihr seinen Arm anbot. »Darf ich Sie zu den Aufzügen begleiten?«

»Wissen Sie denn nicht, dass die Aufzüge nur für die erste Klasse sind?« Tess verbarg ihre Verwirrung hinter übertriebener Wut. Sie ignorierte seinen Arm und stapfte einfach an ihm vorbei. »Ich will ja nicht den hübschen Marmorboden verdrecken.«

»Die Aufzüge sind nicht aus Marmor, sondern aus Mahagoni. Marmor wäre für diesen Zweck zu schwer.« Der Mann versuchte erst gar nicht, seine Belustigung zu verbergen. Er ging ganz ungeniert neben ihr her, als würden sie einen Spaziergang über das Promenadendeck machen. Womit er sie –

wie Tess sehr wohl bemerkte – ganz nebenbei außer Reichweite der Hochstetter-Suite brachte.

»Kennen wir uns?«

»Sagen Sie das zu allen Frauen?«, spöttelte Tess mit kaum merklichem Cockney-Akzent. Immerhin war sie ab heute Engländerin. »Abgesehen davon scheint es nicht allzu wahrscheinlich, oder? Größen wie Sie geben sich nicht mit Leuten wie mir ab.«

Verdammt! Sie wollte ihn abschrecken, doch stattdessen hatte sie sein Interesse offenbar nur noch mehr geweckt. Er blieb vor dem kunstvollen Gusseisengitter der Aufzüge stehen und sah herausfordernd auf sie hinunter. »Eine solche Größe bin ich wohl kaum – und ich vergesse selten ein Gesicht.«

»Na dann.« Tess versuchte, ihre Gedanken zu ordnen. Eine kleine Frechheit eignete sich immer gut zur Ablenkung. »Falls Sie einen Glasschuh in einer Ihrer Jackentaschen verstecken, wäre ich sehr gerne Ihre Cinderella.«

»Ich fürchte, ich bin kein Prinz.« Er zog seinen Lederhandschuh aus und streckte ihr die Hand entgegen. »Robert Langford.«

Dankbar für ihre Baumwollhandschuhe, die den Schnitt auf ihrer Handfläche verbargen, streckte Tess ihrerseits die Hand aus. Nicht, dass sich ein Mann wie er an ein Dienstmädchen mit einer verletzten Handfläche erinnern würde, aber trotzdem. »Tessa Fairweather.«

Langfords Finger schlossen sich um ihre Hand. »Ich kenne einige Fairweathers daheim in Devonshire. Verwandte vielleicht?«

»Fairweather ist ein sehr verbreiteter Name«, stammelte Tess. Zumindest hatte ihr das der Mann versichert, der ihre Dokumente gefälscht hatte. »Aber wenn Sie mich jetzt bitte entschuldigen würden? Ich muss in meine Kabine, bevor die anderen die besten Betten besetzen.«

»Ihre Familie?« Etwas an der Art, wie Robert Langford sie ansah, gab Tess das Gefühl, der einzige Mensch auf Erden zu sein. Gestern Abend hätte sie alles dafür gegeben, im Zentrum seiner Aufmerksamkeit zu stehen, aber jetzt lagen die Dinge ein wenig anders.

»Nein.« Tess trat einen Schritt zurück. Neben den Aufzügen befand sich ein Treppenhaus. Hätte sie es doch bloß schon erreicht! »Meine *Zimmerkolleginnen*. Sie zwängen uns zu viert in eine Kabine. Aber ich fahre nach Hause zu meiner Familie, falls Sie das meinen. Zu meiner Mum.«

»Nach …?«

Woher kam sie noch mal? »Devon«, antwortete Tess. »Nach Devon.«

»Devon?« Mr. Langfords Augenbrauen zuckten nach oben. »Das ist ja ein Zufall. Wohin genau?«

»Ein Zufall?« Aus dem Augenwinkel sah Tess Ginny, die ihr einen verärgerten Blick zuwarf und gleich wieder verschwand. Als wäre das hier ihre Schuld gewesen. »In ein kleines Dorf, von dem Sie sicher noch nie gehört haben. Ich erinnere mich selbst kaum noch daran, es ist schon viel zu lange her.«

»Versuchen Sie es. Sie werden merken, dass ich mich in meiner Nachbarschaft sehr gut auskenne.«

Es fiel Tess schwer, ihre Aufmerksamkeit wieder auf Mr. Langford zu richten, der sie betrachtete, als wäre sie eine herausragende naturwissenschaftliche Entdeckung.

»Tatsächlich?«, fragte sie lahm und drückte ihre Reisetasche mit beiden Händen an sich. »Es ist herrlich dort, nicht wahr?«

»Das sehen nicht alle so, aber ich schon.« Mr. Langford schenkte ihr ein Lächeln, das seltsame Dinge mit ihren Knien anstellte. »Sind Sie sicher, dass Sie nicht mit den Fairweathers verwandt sind, die ich kenne? Mein Familiensitz befindet sich ebenfalls in Devon. Ein Stück westlich von Ashprington. Wo liegt noch mal Ihr Heimatdorf, sagten Sie?«

»Auf jeden Fall nicht in der Nähe Ihres *Familiensitzes*«, schoss Tess zurück. »Sind Sie sicher, dass Sie kein Prinz sind?«

Mr. Langford breitete die Arme aus. »Tut mir leid, aber meine Glasschuhe sind gerade ausgegangen«, erklärte er feixend. »Ihr Akzent ist sehr … ähm … interessant. Ist er typisch für Ihr Dorf?«

Verdammt! Warum musste sie ausgerechnet auf den einzigen Mann auf dem ganzen Schiff treffen, der tatsächlich aus Devon stammte? Dabei hatte Ginny ihr doch versichert, dass es eine angemessen abgelegene Grafschaft wäre. Normalerweise stellte Tess selbst Nachforschungen an und legte sich ihre eigene Geschichte zurecht, aber bei diesem Coup musste alles schnell gehen. Dafür war er lukrativ. Viel mehr hatte Ginny Tess nicht verraten.

»Ich bin ziemlich viel herumgekommen«, erwiderte Tess leichthin und machte einen Schritt auf die Treppe zu. »Ich war noch ein kleines Kind, als ich von zu Hause fortging. Wahrscheinlich erkennt mich nicht einmal meine eigene Mutter wieder.«

»Hmm«, meinte Mr. Langford.

Ein Schritt, und dann noch einer. Es sollte nicht so aussehen, als würde sie davonlaufen, obwohl sie genau das tat. Schon wieder. »Na gut, es war wirklich nett und so, aber meine Pritsche ruft nach mir. *Bon Voyage*, oder wie die Franzosen sagen.«

»Miss Fairweather?« Sie war bereits vier Stufen weit gekommen und hatte sich schon in Sicherheit gewähnt, als seine Stimme sie innehalten ließ. Und es war eine sehr schöne Stimme. So samtig und bitter wie ein Schluck Guinness.

»Ja?«, fragte sie frech. »Haben Sie beschlossen, dass Sie nicht mehr ohne mich leben können?«

Mr. Langford grinste schief. »Wollten Sie nicht mit dem Aufzug fahren?«

»Damit mich der Kofferträger an den Ohren herausschleift?« Tess wackelte mit den Fingern, um Mr. Langfords Knien zuzuwinken, und es hätte wohl einen sehr viel besseren Eindruck gemacht, wenn sie die Treppe nach *oben* und nicht nach unten gegangen wäre, aber man arbeitete nun mal mit dem, was man hatte. Außerdem waren seine Knie kein schlechter Anblick. »Es war nett, Sie kennengelernt zu haben. Obwohl ich bezweifle, dass wir uns jemals wiedersehen.«

»Dessen wäre ich mir nicht so sicher, Miss Fairweather.« Seine Stimme folgte ihr die Treppe hinunter wie eine Warnung. Oder ein Versprechen. »Ich bin wie ein falscher Fünfziger – ich tauche immer wieder auf.«

Es war ganz offensichtlich als Abschluss des Gespräches gedacht, und Tess war schon ein ganzes Stück weit entfernt, sogar unter seinen Schuhen, aber sie konnte nicht widerstehen: »Oh, also wenn es Geld gibt, dann …«

Sein überraschtes Lachen hallte die Treppe hinunter, dann meinte er mit sanfterer Stimme: »Bon Voyage, Cinderella.«

Das Klicken der Absätze auf den Marmorfliesen sagte ihr, dass er gegangen war.

Tess umklammerte ihre Reisetasche fester und stieg mit einem schiefen Grinsen und glühenden Wangen die Treppe hinunter. Das gerade eben war in jeder Hinsicht ein totales Desaster gewesen. Sie hatte vollkommen versagt, was ihre Tarnung betraf, und war vor der Suite der Hochstetters erwischt worden. Die einzige Möglichkeit war, dass sie sich für den Rest der Reise von Robert Langford fernhielt.

Es sei denn, er löste sein Versprechen ein und tauchte immer wieder auf.

Tess runzelte die Stirn über sich selbst. *Es ist besser, nicht darauf zu hoffen*, ermahnte sie sich mit strenger Stimme. Sie konnte solche Komplikationen nicht gebrauchen. Und dass er sie direkt vor der Suite überrascht hatte, bedeutete möglicherweise, dass er ebenfalls dort herumgeschlichen war.

Tess schnaubte. Es war klar, was Mr. Langford dort gewollt hatte. Zumindest, wenn sie an den vergangenen Abend dachte.

Caroline Hochstetter und Robert Langford passten gut zueinander, denn sie passten beide perfekt in die erste Klasse.

Tess' Reisetasche wurde immer schwerer, denn der Weg nach unten war lang. Aber war das nicht immer so? Auf jeden Fall war es jetzt an Ginny, sie zu finden. Tess hoffte einen Moment lang, dass sie es nicht tun würde. Aber das war idiotisch. Sie hatte zwar ihre Reisedokumente und die Fahrkarte, aber ohne das Geld, das sie für die Fälschung der Strauss-Noten bekommen würde, würde sie in England nicht weit kommen. *Es sei denn, ich werde zur richtigen Diebin und schnappe mir etwas von dem Schmuck, den Mrs. Hochstetter so gerne offen herumliegen lässt*, dachte Tess trocken. Bloß eine einzige Kette, und sie hätte jahrelang ausgesorgt.

Aber das hätte sie zu etwas gemacht, das sie nicht sein wollte.

Ach, und Betrüger sind so viel besser? Irgendwie fühlte sich das, was sie tat, sauberer an, als wenn sie tatsächlich etwas gestohlen hätte. Es war, als würde sie den Leuten jedes Mal ein Stück von sich selbst als Entschädigung zurücklassen. Und wenn sie nicht einmal bemerkten, dass etwas nicht mehr da war, tat es ihnen ja auch nicht weh, oder? Genau darauf hatte Ginny bei jedem Coup bestanden, und Tess hatte versucht, ihr zu glauben. Wenn jemand eine Kostbarkeit nicht genug schätzte, um zu bemerken, dass er nur noch eine Kopie in den Händen hielt, dann hatte er sie erst gar nicht verdient.

Genug! Nach dieser Überfahrt brauchte sie das alles nicht mehr zu kümmern.

Bon Voyage, Cinderella!, hatte Robert Langford ihr nachgerufen.

Es würde ein Neustart werden. Vielleicht nicht mit einem gläsernen Schuh – und auch keinem goldenen Löffel –, aber trotzdem. Dieses Mal würde sie ihre eigenen Fehler machen.

Tess stolperte die letzten Stufen hinunter ins E-Deck, das geschmackvoll, aber weniger exquisit eingerichtet war als Deck B. Auf einer Seite befand sich die dritte Klasse, auf der anderen die zweite, und in der Mitte lagen einige Erste-Klasse-Kabinen, die allerdings um einiges kleiner waren als die großen Suiten, die sie weiter oben gesehen hatte. Solche Unterkünfte fanden sich nur im oberen Teil des Schiffes, nicht so weit unten.

Tess klopfte zaghaft an die Tür ihrer Kabine und drückte sie auf. »Hallo? Ist das hier E-22?«

»Immer nur herein ins traute Heim!«, trällerte eine junge Frau, deren Beine aus einem der oberen Betten baumelten. Sie hatte die dunklen Haare zu einem aufsehenerregenden Knoten gedreht, und ihre Haartolle stand etwa acht Zentimeter über ihre Stirn hinaus. Eine kecke Schleife schmückte ihre hochgeschlossene Bluse. »Und das für die nächsten sieben Tage. Nicht schlecht, oder?«

Die junge Frau deutete auf die Überdecken aus rotem Brokat und die gelben Seidenvorhänge, die in der Nacht vor die Betten gezogen werden konnten, aber im Moment offen standen. Es war beinahe genauso opulent wie in den oberen Geschossen.

»Nein, das ist wirklich nicht schlecht«, stimmte Tess zu. »Ich hätte mir keine echte Seide erwartet.«

Die Kabine war klein, aber exklusiv eingerichtet. Das Holz des großen Kleiderständers zwischen den Betten glänzte satt, und die Waschschüsseln aus feinstem Porzellan mit den dazugehörigen Wasserkrügen waren sehr viel edler als alles, was Tess bisher benutzt hatte.

»Na ja, es ist immerhin die *Lusitania*. Ich sollte auf der *Cameronia* sein, aber sie wurde heute Morgen von der britischen

Kriegsflotte requiriert, also wurde ich hierher verlegt. Das dort ist dein Bett«, fügte Tess' neue Freundin hinzu und deutete auf das Bett direkt gegenüber. »Ich hoffe, du hast keine Höhenangst!«

»Haha«, erwiderte Tess, weil offensichtlich eine Antwort erforderlich war.

Die Frau auf dem Bett darunter wirkte gequält, ließ sich aber demonstrativ nicht von dem Brief ablenken, den sie gerade schrieb. Ihre gerümpfte Nase ließ darauf schließen, dass sie keine Ahnung hatte, wie es dieses »Gesindel« in ihre Kabine verschlagen hatte.

»Ich bin Mary Kate Kelly«, fuhr die junge Frau mit der Haartolle fort. »Das ist Nellie Garber …« – die Briefeschreiberin versteifte sich – »und wie *die da* heißt, wissen wir nicht.«

»Die da« war offensichtlich die Frau, die das Bett unter Tess bezogen hatte. Ihre blonden Haare waren aufwendig geflochten und auf altmodische Art um ihren Kopf gedreht, und auch ihre Kleidung war alles andere als modern. Der schwere, bestickte Wollstoff war offensichtlich selbstgefertigt.

»Habt ihr sie denn nicht gefragt?«, wollte Tess wissen und war unwillkürlich fasziniert.

»Oh, sie spricht kein Wort Englisch«, antwortete Mary Kate vertrauensvoll. »Ich glaube, sie kommt aus Norwegen. Oder Schweden? Na ja, so etwas in der Art eben.«

»Hallo«, begrüßte Tess ihre Bettnachbarin und sah ihr in die Augen. Die junge Frau lächelte schüchtern und senkte sofort den Blick.

»Also«, meinte Mary Kate und ließ das Bett unter sich federn, was ihr einen bösen Blick von Nellie einbrachte. »Was führt dich an Bord?«

»Ich reise nach Hause, nach Devon«, erwiderte Tess. Nach der Sache mit Robert Langford war es vielleicht ganz gut, ihre Geschichte ein wenig zu üben. Sie hievte ihre Reisetasche auf ihr Bett und winkte ab. »Obwohl es sich nicht wie zu Hause anfühlt. Ich bin mit fünf Jahren nach Amerika gekommen. Wir waren zu siebt, und ich hatte eine Tante hier. Du weißt ja, wie das so ist.«

Mary Kate nickte verständnisvoll. »Ich war noch ein Säugling, als wir hierherkamen. Ich habe mein ganzes Leben in Brooklyn verbracht«, erklärte sie stolz.

»Was führt dich dann zurück?«

Mary Kate zwinkerte. »Ein Mann natürlich, was sonst?« Sie zog ein Foto aus ihrer Tasche, auf dem ein Mann zu sehen war, der sich die Kappe tief ins Gesicht gezogen hatte. »Das ist Liam, mein Verlobter. Er musste nach Hause, weil er einberufen wurde, und jetzt bin ich hier.«

»Das ist wahnsinnig mutig von dir«, erklärte Tess und gab ihr das Foto zurück.

Mary Kate grinste. »Nicht so mutig, wie ihn mit den ganzen Französinnen allein zu lassen! So bin ich wenigstens in der Nähe, wenn er freihat. Unsere Mütter sind zusammen aufgewachsen«, fügte sie hinzu, als würde das alles erklären. Sie senkte die Stimme. »Aber wo wir gerade vom Mutigsein sprechen. Hast du's schon gehört?«

»Was denn?« Tess begann, ihre Tasche auszupacken, und legte ihren Kamm und die Bürste auf den großen Frisiertisch, der zwischen den Stockbetten stand.

Mary Kate warf einen schnellen Blick über ihre Schulter, als hätten die Wände Ohren. »Das von den Deutschen.«

»Ich habe gehört, dass es in Deutschland ziemlich viele davon gibt«, erwiderte Tess. Einschließlich ihrer eigenen Vorfahren – obwohl ihr Vater nach dem Tod ihrer Mutter aufgehört hatte, zu Hause Deutsch zu sprechen. Ihre Mutter hatte Ginny noch die alten deutschen Märchen erzählt und auf Deutsch gesungen, doch Tess kannte alles nur aus zweiter Hand – und auf Englisch.

»Nein, du Dummerchen. Die Deutschen auf dem Schiff, meine ich! Sie haben sie heute Morgen geschnappt. Ich habe es von einem der Stewards – er kennt Liam. Sie haben sie ins Schiffsgefängnis gesteckt.«

Tess schüttelte verwirrt den Kopf. »Wer wurde ins Gefängnis gesteckt?«

»Na die Deutschen! Jimmy – das ist Liams Freund – meinte, dass sie das Schiff kentern lassen wollten. Ist das zu glauben?«

»Nein«, meinte Nellie lapidar aus dem unteren Bett. »Das ist doch nur sensationslüsterner Schwachsinn für Leute, die nicht so viel Grips haben. Hier lässt niemand irgendetwas kentern.«

»Und warum sitzen die drei Deutschen dann im Gefängnis, Miss Oberschlau?«, wollte Mary Kate wissen. »Ich habe gehört, dass sie den Funkraum kapern und unsere Position an die U-Boote weitergeben wollten!«

»Dann ist es ja gut, dass sie im Gefängnis sitzen, nicht wahr?«, meinte Tess versöhnlich. »Von dort können sie nichts funken.«

»Ja, aber …«, Mary Kates Augen leuchteten aufgeregt, »… was ist, wenn es noch mehr gibt? Jeder von uns könnte für den Feind arbeiten!«

»Nur wenn du vorhast, uns zu Tode zu quatschen«, murmelte Nellie und drückte den Stift so fest aufs Papier, dass die Feder brach.

»Du kannst unmöglich abstreiten, dass sie es auf uns abgesehen haben!«, konterte Mary Kate. »Es stand heute Morgen sogar in der Zeitung! *Alle* reden davon!«

»Worüber denn?« Die Tür ging auf, und ein Steward der zweiten Klasse trat mit einer Ladung Päckchen ein. »Einen schönen Nachmittag, die Damen!«

»Über die Deutschen«, erklärte Mary Kate und warf Nellie einen überlegenen Blick zu.

»Darüber sollten Sie sich keine Gedanken machen«, erklärte der Steward beruhigend. »Die britische Marine passt schon auf uns auf. Also, welche der hübschen Damen ist Miss Garber?«

Er hatte einen Brief und eine Packung Plätzchen für Mary Kate dabei und eine überwältigende Menge an Post für Nellie, die Pakete, Karten, Schokolade, Rosen, Handschuhe und Seidenstrümpfe geschickt bekam.

»Heilige Muttergottes, hast du etwa Geburtstag?«, fragte Mary Kate und starrte mit offener Bewunderung auf den Berg Geschenke hinunter.

Nellie legte mit einer anmutigen Bewegung eine Karte auf den Stapel zurück. »Ich habe einfach Geschick bei der Auswahl meiner Freunde gezeigt.«

»Du Glückliche«, seufzte Mary Kate. »Möchte jemand ein Plätzchen?«

Tess hätte erwartet, dass der Steward nach getaner Arbeit wieder gehen würde, doch stattdessen wandte er sich an sie: »Miss Fairweather?«

»Ja?« Sie erwartete beinahe, schon vor der Abreise vom Schiff geworfen zu werden.

Er reichte ihr ein einzelnes Blatt Papier, das gefaltet und mit einem Siegel versehen war. »Das hier ist für Sie.«

»Danke.« Tess kramte in ihrer Tasche und holte eine Münze für den Steward heraus. »Das ist für Sie.«

»Willst du den Brief nicht aufmachen?«, fragte Mary Kate und reckte den Hals, um Tess über die Schulter zu schauen. »Ist er von einem Verehrer?«

»Nein.« Tess musste das Siegel nicht öffnen, um zu wissen, von wem die Nachricht stammte. Oder worum es darin ging. »Von meiner Schwester.«

»Oh«, meinte Mary Kate und hatte bereits das Interesse verloren. »Wie nett.«

Über ihren Köpfen dröhnte das Horn, und das Schiff fuhr

ruckartig an. Tess klammerte sich am Bettrand fest, um nicht zu stolpern, als der schwimmende Koloss sich in Bewegung setzte. Ihr Magen revoltierte.

»Ja«, keuchte sie. »Nicht wahr? Entschuldigt bitte, aber ich glaube, das hier ist meine Waschschüssel, oder?«

Ginny musste erst mal warten.

Sieben

DEVON, ENGLAND
MAI 2013

Sarah

John Langford warf einen argwöhnischen Blick in meine Richtung und fragte mich, ob mir vom Autofahren übel geworden war.

»Nein, überhaupt nicht«, erwiderte ich, was im Grunde sogar stimmte. Das *Auto* war nicht daran schuld, dass ich mich am liebsten übergeben hätte, sondern die große Menge Beefeater, die ich am frühen Nachmittag an der Bar des Camelot Hotels in mich hineingeschüttet hatte. Mein Kopf schien nicht mehr zu mir zu gehören, mein Magen hatte die Verbindung zur Erdanziehungskraft verloren, und die Straße, die sich durch die grünen Hügel Devons schlängelte, schien endlos. »Ich dachte nur, England wäre um einiges kleiner. Wir sind doch schon seit Stunden unterwegs.«

»Wir können anhalten und einen Kaffee trinken, wenn Sie wollen.«

Einen Moment lang klang Kaffee einfach perfekt – und im nächsten auch schon wieder nicht.

»Nein, danke. Ich schaffe das schon. Wir sind doch schon *fast* da, oder?«

John sah auf die Uhr. »Ich schätze, es dauert noch eine halbe

Stunde. Ich habe vorhin mit der Haushälterin telefoniert. Sie wird etwas für uns kochen.«

»Eine Haushälterin. Toll.«

»Es ist nicht so, wie Sie denken. Sie war schon bei uns, bevor ich auf die Welt kam. Sie ist mindestens achtzig, also seien Sie nett zu ihr.«

»Was meinen Sie damit? Ich bin immer nett.«

»Sie werden sehen, was ich meine, wenn wir erst mal dort sind.« Er drehte die Klimaanlage hoch. »Hier. Das sollte helfen. Und Sie können auch das Fenster herunterlassen.«

»Ich habe doch schon gesagt, dass mir das Autofahren nichts ausmacht.«

»Sarah. Als ich vorhin fragte, ob Ihnen vom Autofahren übel geworden ist, meinte ich eigentlich, ob Sie zu viel Alkohol getrunken haben.«

»Wissen Sie, das ist noch so eine Sache mit euch Briten. Ihr sagt nie das, was ihr eigentlich meint.«

»Wir nennen es Höflichkeit. Ein Konzept, mit dem ihr Amerikaner bekanntermaßen Schwierigkeiten habt.«

»Wir sind bloß ehrlich, das ist alles. Geradeheraus. Wir nennen das Kind beim Namen.«

»Okay, ich versuch's noch mal.« Er räusperte sich. »Also, Sarah, Sie haben doch nicht etwa zu viel Alkohol getrunken, oder?«

»Ob ich zu viel Alkohol getrunken habe? Klar, John. Genau das habe ich. Ich habe mein Körpergewicht vor ein paar Stunden mit Gin aufgewogen und alles in mich hineingeschüttet, und zwar auf leeren Magen. Und Sie können von Glück reden, dass ich Ihnen nicht ihr tolles Range-Rover-Leder vollreihere.«

»*Vollreihere?*«

»Tut mir leid, ich habe keine Ahnung, wie man das höflicher formuliert.«

»Wenn Sie es mir ein paar Sekunden vorher sagen, kann ich an den Rand fahren.«

»Danke, John. Das mache ich.« Ich schloss die Augen und lehnte den Kopf zurück.

John und Sarah. Wenigstens nannten wir uns mittlerweile beim Vornamen, das war schon mal ein Anfang, nicht wahr? »Sie leben aber nicht ganz allein mit nur einer einzigen Haushälterin in Langford Hall, oder?«, fragte ich.

»Eigentlich ist meine Familie schon vor Jahren ausgezogen. Nach dem Tod meines Großvaters. Die Steuern … Wir haben das Gebäude dem National Trust übertragen und bald bemerkt, dass es nicht gerade gemütlich ist, wenn rund um die Uhr Busladungen von Touristen durchs Wohnzimmer trampeln. Also ist meine Großmutter ins Dower House geflüchtet.«

»Ihr Großvater. Er war Roberts Sohn, oder? Der Politiker?« John zögerte kurz. »Ja.«

»Erinnern Sie sich an ihn?«

»Nein. Er hat aufgrund des Krieges ziemlich spät geheiratet und dann mit Mitte sechzig den Kampf gegen den Krebs verloren.«

»Das tut mir leid.«

John zuckte mit den Schultern. »Das lässt sich nicht ändern. Ich war noch zu klein, um ihn zu vermissen. Aber mittlerweile …«

»Mittlerweile was?«

Er warf einen Blick in den Rückspiegel und umklammerte das Lenkrad so fest, dass seine Knöchel weiß hervortraten. »Nichts.«

Ich warf ihm einen seitlichen Blick zu. Sein Gesicht war wieder finster geworden – die Lippen aufeinandergepresst, der Ausdruck hart. Die grüne, hügelige Landschaft flog an seinem Kopf vorbei, ein Flickwerk aus Farmen und Wäldern.

Wir waren unterwegs zu dem Familiensitz der Langfords in einem Dorf namens Ashprington nahe der Küste, und ich hatte das Gefühl, dass unsere Fahrt weniger mit Johns großmütigem Vorsatz zu tun hatte, einer Historikerin zu helfen, die er gerade erst kennengelernt hatte, als mit dem dringenden Wunsch, den Paparazzi zu entkommen. In den Morgenausgaben – oder vielleicht sogar schon im *Evening Standard* – würden zweifellos mehrere körnige, schuldbewusste Fotos von uns beiden erscheinen, auf denen wir uns in einer schmuddeligen Kellerbar in Shepherd's Bush am helllichten Tag einen intimen Drink genehmigten.

John Langford und die mysteriöse Brünette. Wir waren vor den Kameras und dem Blitzlicht in mein Zimmer geflohen, und John hatte einen angewiderten Blick auf die abblätternden Wände geworfen und dann heldenhaft – und aufgrund des Gins und des Adrenalinüberschusses auch ein wenig unüberlegt – vorgeschlagen, nach Devon zu fahren, um mit unseren Nachforschungen zu beginnen.

»Mit *unseren* Nachforschungen?«, hatte ich ein wenig zweifelnd gefragt, woraufhin er mir in die Augen gesehen hatte und wissen wollte, ob mir vielleicht etwas Besseres einfallen würde.

Mir war nichts Besseres eingefallen, und als ich nun meinen Blick aus dem Fenster richtete, vor dem der Ärmelkanal immer wieder zwischen den Hügeln aufblitzte, vermutete ich, dass dasselbe auch auf John Langford zugetroffen hatte.

Wenn deine Frau von einem Reporter der *Daily Mail* dabei erwischt wird, wie sie um vier Uhr morgens die Wohnung eines russischen Oligarchen im Luxuswohnresort *One Hyde Park* verlässt, und sich wenig später herausstellt, dass eben jener Oligarch ein guter Kumpel des russischen Präsidenten ist, was wiederum dazu führt, dass du dein Parlamentsmandat mit sofortiger Wirkung niederlegen musst und mehr als zwei Wochen lang von Journalisten verfolgt wirst, die ohne Unterlass Fotos machen und Fragen stellen ... dann willst du wahrscheinlich einfach nur die nächsten ein oder zwei Stunden überstehen. Du existierst nur noch.

Doch dann hast du plötzlich die Chance, mit deiner bettelarmen amerikanischen Stalkerin – die vermutlich geistesgestört ist und betrügerische Absichten verfolgt – aus der Hauptstadt zu fliehen, und du ergreifst sie.

Du hast nichts zu verlieren.

»Wie alt ist das Haus eigentlich?«, fragte ich. »Langford Hall, meine ich.«

»Es überrascht mich, dass Sie das fragen. Sollten Sie das nicht schon längst wissen?«

»Ich wollte bloß das Thema wechseln. Da Sie offenbar nicht über persönliche Dinge sprechen wollen.«

John räusperte sich. »Das Haus wurde – wie Sie vermutlich sehr genau wissen – im Jahr 1799 fertiggestellt, und zwar von meinem Ur-Ur-Ur-Ur-Großvater James Langford.«

»Das war der Admiral, oder?«

»Genau. Er stammte aus einer Familie wohlhabender Schiffsbauer und trat mit zwölf oder dreizehn Jahren als Fähnrich zur See in die Royal Navy ein. Mit zweiundzwanzig wurde er schließlich zum Kapitän ernannt. Er war ein verdammt guter Seemann und ein achtbarer Kampfstratege, aber ihm war etwas eigen, das ihn aus der Masse herausstechen ließ.«

»Und das wäre?«

»Glück«, erwiderte John. »1786 kartografierte er gerade einen Teil des Pazifiks, als er über eine Manila-Galeone stolperte, die im Sturm ihr Geleitschiff verloren hatte. Er übernahm das Schiff und machte Beute wie fast noch nie jemand zuvor. Es waren Münzen im Wert von etwa einer Million an Bord, ganz zu schweigen von der millionenschweren Kakao- und Gewürzlieferung. In spanischen Dollar«, fügte er hinzu und dachte einen Moment lang nach. »In Pfund Sterling war es wohl eher eine *halbe* Million, aber er bekam in jedem Fall drei Achtel von der Beute, weil er seine Befehle direkt von der Admiralität erhalten hatte. Er machte also ein Vermögen, und man muss ihm zugutehalten, dass er sein Offizierspatent nicht sofort niederlegte.«

»Dafür hat er die Tochter eines Earls geheiratet und ein Anwesen am Meer gekauft.«

John warf mir einen schnellen Blick zu. »Aha, Sie haben Ihre Hausaufgaben also doch gemacht. Ab diesem Zeitpunkt waren die Mitglieder der Familie Langford Gentlemen und Politiker, dank des Glücksfalles, der Admiral Langford im Pazifik widerfuhr. Überlegen Sie doch mal, was passiert wäre, wenn der Wind an diesem Tag aus der anderen Richtung gekommen wäre.«

»Die Chaostheorie. Das Flattern eines Schmetterlingsflügels …«

»Und ich wäre heute nicht hier«, erklärte er beinahe wehmütig.

Ich schlang die Hände um die Knie. John Langford fuhr zwar einen Range Rover, aber das Auto war mindestens zehn Jahre alt, und die abgewetzten Ledersitze waren mit den Jahren weich und bequem geworden. Im Inneren roch es schwach nach Hunden und nasser Wolle, doch der Geruch wurde beinahe (aber nicht ganz) von dem Duft überdeckt, den John selbst verströmte. Er roch sauber und ein wenig süß, vielleicht nach Seife oder Rasierschaum. Ich wusste, dass der Geruch von ihm stammte, weil ich ihn wahrgenommen hatte, als ich mich vorhin im Hotel über die Bar gelehnt hatte, um ihm einen Gin Tonic einzuschenken. Obwohl es natürlich nur ein sehr schwacher Geruch war. John war kein Mann, der Eau de Cologne benutzte. Man roch ihn nur, wenn man ihm nahe genug kam. Wenn er es zuließ.

»Und was war mit Robert?«, fragte ich. »Er war kein Staatsmann, oder?«

»Nein, ganz im Gegenteil. Er war ein charmantes Schlitzohr. Der Familienrebell. Was ich ihm allerdings auch nicht verübeln kann. Er hatte einen echten britischen Löwen als Vater, einen bedeutenden Viktorianer mit einem Schnurrbart als Draufgabe. Sir Peregrine Langford. Und es gab auch noch einen zweiten Sohn, wissen Sie? Roberts älteren Bruder. Er ertrank, als Robert noch ziemlich jung war. Vielleicht acht oder neun. Es war ein Bootsunfall. Soweit ich weiß, hat James versucht, Robert zu retten, der sich in Schwierigkeiten gebracht hatte, was wohl Roberts Spezialität gewesen war. Am Ende ertrank der arme Kerl selbst.«

»Oh Gott, ist das Ihr Ernst? Das stand aber in keinem der Artikel, die ich gelesen habe.«

»Die Familie behielt es lieber für sich. Wir sind außerordentlich gut in diesen Dingen. Zumindest *waren* wir es. Ich glaube, offiziell hieß es, er wäre an einer Lungenentzündung gestorben. In Wahrheit hatte man ihn aus dem Wasser gezogen, und er starb zwei Tage später. Offenbar war James ein brillanter Kerl, der perfekte, blonde edwardianische Adonis. Er war Schulsprecher, schrieb Gedichte auf Latein und war der Kapitän des Cricket-Teams. Seine Mutter starb ein Jahr nach ihm, vermutlich an gebrochenem Herzen, und sein Vater konnte Robert nie vergeben.«

»So ein Mistkerl.«

»Damals gab es noch keine Trauerbegleitung.« John deutete mit dem Kopf auf ein Straßenschild. »Wir sind fast da. Es ist die nächste Abzweigung.«

»Sehen Sie, die Sonne kommt heraus!«

»Das tut sie in dieser Gegend immer«, erklärte er und wechselte die Fahrspur. »So weiß ich, dass ich bald zu Hause bin.«

Ich kam nicht umhin, die Art zu bemerken, wie die späte Nachmittagssonne auf Johns Haare fiel, als wir die kiesbestreute Auffahrt zum Dower House hochgingen. Was teilweise daran lag, dass er einen halben Schritt vor mir ging und mit seinen langen Beinen erheblich schneller war als ich, und teilweise daran, dass der helle, goldene Schimmer etwas Seltsames mit mir anstellte. Im nächsten Moment wandte er den Kopf zu mir herum und verlangsamte seine Schritte, als wäre ihm erst jetzt bewusst geworden, dass ich auch noch da war.

»Verzeihen Sie bitte.« Er nahm mir meine Reisetasche aus der Hand. »Mir war nicht klar, wie sehr ich mich darauf freue, wieder zu Hause zu sein.«

»Das kann ich Ihnen kaum verübeln. Es ist wunderschön.«

»Ah. Behalten Sie Ihre Meinung lieber für sich, bis Sie es aus der Nähe gesehen haben.«

Ich betrachtete das viereckige georgianische Ziegelhaus, das in demselben matten Sonnenlicht, das auch Johns Haare golden schimmern ließ, in einem herrlichen Rotbraun erstrahlte. Es war von einer beständigen, symmetrischen Schönheit. Ein typisches englisches Landhaus aus dem frühen 19. Jahrhundert. Drei Stockwerke und ein Walmdach mit hübschen Gaubenfenstern. Zwölfteilige Sprossenschiebefenster neben der Eingangstür. Eine Buchsbaumhecke, die dringend geschnitten werden musste. Eine Kiesauffahrt, von der das Unkraut entfernt werden musste. Und hinter uns die Garage, die früher als Stall gedient hatte und in der jetzt der Range Rover in einer ehemaligen Pferdebox parkte. Perfekter konnte es nicht sein. Na ja, vielleicht in einer Stunde oder so, wenn die Sonne unterging. Aber nicht wesentlich.

Natürlich war die Eingangstür unversperrt. John griff an mir vorbei, drehte den Türknauf und stieß sie auf, woraufhin uns der starke Geruch von Staub, altem Holz und Bienenwachs umfing. »Mrs. Finch!«, rief er. »Ich bin zu Hause!«

Es folgte eine unheimliche Stille, die sich sonst nur in alten, unbewohnten Häusern findet. Ich trat über die Schwelle in das quadratische Foyer, das mit schwarzen und weißen Marmorfliesen im Schachbrettmuster ausgelegt war, deren Ecken allerdings bereits ausbrachen. In einer Ecke befand sich ein kleiner, leerer Kamin, und die etwa dreieinhalb Meter hohe Decke wurde von Akanthus-Stuckleisten umrahmt. Ansonsten gab es allerdings kaum Dekoration, abgesehen von ein paar stattlichen viktorianischen Porträts von Johns Vorfahren, die mit gerunzelter Stirn und offensichtlichem Missfallen auf uns herunterstarrten. Vielleicht litten sie aber einfach nur an Verdauungsstörungen.

»Es tut mir leid«, meinte John. »Sie ist ziemlich schwerhörig. Gehen Sie einfach geradeaus und nach der Treppe nach links. Vermutlich ist sie in der Küche. Und mit etwas Glück hat sie sogar etwas gekocht.«

Ich trat gehorsam über die Schwelle in den Flur, von dem aus eine hübsche geschwungene Treppe nach oben in den ersten Stock führte. Hinter den beiden geschlossenen Türen befanden sich vermutlich das Wohnzimmer und das Esszimmer oder vielleicht auch eine Bibliothek – wenn ich die Standardpläne georgianischer Häuser richtig in Erinnerung hatte.

Nach der Treppe wandte ich mich nach links und ging einen schmalen Flur entlang, bis ich vor der offenen Tür einer gigantischen Küche stand, die vermutlich Mitte des vorigen Jahrhunderts zum letzten Mal renoviert worden war.

»Mrs. Finch!«, rief John erneut. »Wir sind da!«

»Johnnie?«, fragte eine melodische, englische Frauenstimme, die in dem Raum vor mir seltsam widerhallte, als gehörte sie einem Geist. Ich machte einen weiteren Schritt nach vorn und wandte mich erneut nach links, woraufhin ich über zwei Hundeschüsseln aus Edelstahl stolperte, die vor einem Schrank standen, von dem die apfelgrüne Farbe bereits abblätterte. Direkt vor mir stand ein riesiger gelber Aga-Herd, der von weiteren Küchenschränken flankiert wurde. Ich wandte mich um und sah mich einer großen Kücheninsel aus Holz gegenüber. Dahinter befand sich ein Erker aus bis zum Boden reichenden Fenstern, in dem ein hübscher Tisch stand, von dem aus man den Garten überblicken konnte. Neben dem Tisch stand eine grauhaarige Dame in einem blassblauen Kleid und einer Trägerschürze. Als sie mich sah, kniff sie die Augen zusammen und griff nach dem Besen, der rechts neben ihr an der Wand lehnte.

»Sie!«, fauchte sie und hob den Besen. »Raus aus meiner Küche!«

»Aber …«

Sie schlug mir mit dem Besen gegen die Beine. »Los jetzt! Hat man so was schon erlebt?« *Patsch*. »Habe ich nicht gesagt, dass ich Sie hier nicht mehr sehen will?« *Patsch*. »Los jetzt! Raus hier! Sie brauchen Ihr hübsches gepudertes Näschen gar nicht erst in meine blitzblanke Küche zu stecken!« *Patsch*. »Meinem Jungen einfach so das Herz zu brechen …«

Sie hob den Besen, um mich erneut zu schlagen, doch John bekam ihn gerade noch zu fassen. Obwohl ich ihn nicht ansah, spürte ich, dass er sich vor Lachen schüttelte.

»Mrs. Finch! Aufhören!«

»Ich höre auf, wenn es mir passt! Was hast du dir nur dabei gedacht, du dummer Junge! Bringst dieses Flittchen einfach in meine Küche …«

»Mrs. Finch! Um Himmels willen! Das ist nicht Callie!«

»Was sagst du?«

»Das ist *nicht Callie*!«, brüllte er.

Sie musterte mich blinzelnd durch die dicken Gläser ihrer altmodischen Brille. »Sie sind nicht Callie.«

»Wer ist Callie?«

»Meine Exfrau«, erklärte John trocken und stellte den Besen in den Schrank.

»Oh«, meinte ich. »Calliope. Callie. Verstehe.«

»Es tut mir schrecklich leid«, erklärte Mrs. Finch, obwohl sie ganz und gar nicht zerknirscht klang. Eher so, als wäre sie stolz auf sich. Sie hatte mich mit ihrem wahnwitzigen Angriff so weit zurückgetrieben, dass ich mittlerweile mit dem Rücken an den Herd stieß, und als sie schließlich zurücktrat, betrachtete sie mich durchaus zufrieden. Ich brachte es nicht über mich, ihr zu sagen, dass ich nur aus Ritterlichkeit zurückgewichen war. Sie maß gerade mal einen Meter sechzig und wog kaum mehr als der Besen. Ihre krausen weißen Haare hatten sich aus dem Knoten an ihrem Hinterkopf gelöst, den sie zweifellos besonders fest und ordentlich hatte binden wollen. John, der neben ihr stand, überragte sie beträchtlich. Sie legte ihren Kopf in den Nacken und sah ihn an. »Wenn sie nicht Callie ist, wer ist sie dann?«

»Eine Freundin«, erwiderte er.

Sie klatschte in die Hände. »Ooh, Johnnie! Du hast jemanden kennengelernt!«

»Nein! Sie ist bloß eine *Freundin*. Eine Historikerin. Sie will einen Blick in die Familiendokumente werfen.«

Mrs. Finch sah mich fassungslos an. Ihre blassen Augen hinter den dicken Brillengläsern wirkten so riesig wie bei einer Disney-Prinzessin. Einer sehr *alten* Disney-Prinzessin. Hinter mir pfiff der Teekessel. Sie schien es nicht zu bemerken.

»Ähm, Mrs. Finch?« Ich trat einen Schritt beiseite. »Der Teekessel?«

»Was sagen Sie, meine Liebe?«

John legte sich die Hände um den Mund. »Der Teekessel!«

»Ja! Ich wollte Tee kochen. Sie trinkt doch Tee, oder?«

Ich drehte mich um, nahm den Kessel von der heißen Herdplatte und schloss den Deckel. »Wenn es sein muss.«

»Ich weiß, dass ich versprochen habe, nett zu sein und so …«, begann ich und löffelte Zucker aus der eleganten Porzellanzuckerschale in meinen Tee. »Aber ist sie nicht ein wenig … na ja …«

»Taub? Blind? Ja, das ist sie.« Er seufzte. »Aber ich kann sie nicht fortschicken. Erstens müsste ich mir dann jemand anderes suchen, und zweitens gab es immer mindestens einen Finch in Langford House. Es gibt da ein altes Sprichwort … Ist alles okay mit Ihnen?«

Ich rannte zur Spüle und spuckte den Tee aus. »Salz!«, keuchte ich.

»Salz?«

»In der Zuckerschale.«

Er steckte die Fingerspitze hinein und kostete. »Himmel.«

»Ist schon okay. Ich war nur nicht darauf gefasst.« Ich richtete mich auf, wandte mich von der Spüle ab – die fast so groß wie eine Badewanne war – und kehrte zu dem runden Tisch zurück, an dem wir saßen.

»Sie müssen den Tee nicht austrinken«, erklärte John.

»Das hatte ich auch nicht vor, glauben Sie mir. Ich werde ihn einfach in die Spüle gießen und es noch mal versuchen.«

»Nein, lassen Sie mich das machen.« Er stand auf, trug meine Tasse zur Spüle, drehte den Wasserhahn auf und spülte sie aus. Ich betrachtete seinen Rücken und versuchte, diesen häuslichen Mann mit dem eloquenten, leidenschaftlichen John Langford in Einklang zu bringen, den ich auf YouTube gesehen hatte und der den Fragen des Premierministers über das Versagen des nationalen Gesundheitssystems während der letzten Grippewelle mit unglaublicher Selbstsicherheit begegnet war. Mittlerweile war er in Ungnade gefallen und geschlagen – aber so sah er nicht aus. Er wirkte zwar erschöpft, und vielleicht auch resigniert, aber er stand immer noch aufrecht und mit gestrafften Schultern vor mir. Er wandte sich um und runzelte die Stirn. »Allerdings weiß ich nicht so genau, wo wir jetzt Zucker herbekommen.«

»Ist schon okay. Ich brauche keinen. Der Kuchen ist süß genug.«

Er schenkte mir ein Lächeln, das mich mitten ins Herz traf. »Sie sind echt in Ordnung, Sarah.«

»Das sind wir Amerikaner meistens. Wenn man uns erst einmal näher kennengelernt hat.«

»Ja.« Er reichte mir die Tasse und setzte sich wieder. Das Lächeln verweilte noch eine Weile auf seinem Gesicht und ließ seine Mundwinkel kaum merklich nach oben wandern. »Wussten Sie, dass er eine Amerikanerin geheiratet hat? Robert Langford, meine ich. Es war eine sehr romantische Liebesgeschichte.«

»Echt jetzt? Sie war *Amerikanerin*? Ich habe nirgendwo darüber gelesen. Ich wusste zwar, dass er irgendwann nach dem Untergang des Schiffes geheiratet hat, aber ich konnte nicht einmal das genaue Datum finden.«

»Sie haben es in aller Stille getan, nur die beiden. Sie waren bloß auf dem Standesamt, und es gab keine Zeitungsannonce. Ich schätze, es steckte ein Skandal dahinter.«

»Wie kommen Sie darauf?«

Er legte die Stirn in seine aufgestützte Hand und fuhr sich mit den Fingern durch die Haare, während die andere Hand mit dem Henkel seiner Teetasse spielte. »Können Sie sich vorstellen, dass Robert Langford aus einem anderen Grund geheiratet hätte? Es wird jedenfalls behauptet, dass sie sich Hals über Kopf ineinander verliebt hätten, nachdem sie gemeinsam gerettet worden waren. Aber es muss sicher noch mehr dahintergesteckt haben. Niemand verliebt sich auf den ersten Blick.«

Ich lächelte und erwiderte, ohne nachzudenken: »Nicht? Ich meine, immerhin war sie Amerikanerin.«

Wir sahen uns in die Augen, und einen Augenblick

herrschte eine elektrische Spannung zwischen uns, als würde jemand zwei Drähte aneinanderhalten, sodass die Funken sprühten. Ich vergaß sogar für den Bruchteil einer Sekunde meinen Namen.

Doch dann verschwand Johns Lächeln, und sein Gesicht wirkte noch ernster als zuvor. Er hielt meinen Blick fest, dann meinte er missmutig: »Meinen Erfahrungen nach nicht, nein.«

Ich betrachtete die kaum erkennbaren, wunderschönen Goldfäden um seine Pupillen, und im nächsten Moment wurde mir klar, was ich gerade gesagt hatte. Mein Gesicht begann zu glühen. *Diese verdammte irische Blässe!* Wäre es mir in diesem Augenblick möglich gewesen, wie Alice im Wunderland zu schrumpfen und in meine Teetasse zu tauchen, dann hätte ich sämtliche Pilze auf dieser Welt verschlungen. Und dabei mochte ich gar keine Pilze.

John seufzte, stürzte den Rest seines Tees hinunter und griff nach der Kanne. »Also. Fühlen Sie sich schon besser?«

»Besser?«

»Ja, wegen Ihrer … ähm … Reisekrankheit.«

»Oh! Nein. Ich meine: Ja. Sehr viel besser sogar. Die viele frische Luft. Ich glaube, ich kann sogar das Meer riechen!« Ich sah zum Fenster hinaus und war dankbar für den Themenwechsel. Mein Blick fiel auf eine weitläufige Rasenfläche, die an ein kleines Wäldchen grenzte, und ganz links war sogar eine Ecke von Langford Hall zu sehen.

»Torquay ist nur wenige Kilometer entfernt«, erklärte er.

»Torquay? Wie das Torquay in *Ein verrücktes Hotel?*«

»Genau. Es gibt jede Menge Strände in der Nähe, falls Sie das Meer mögen. Und Blackpool liegt in der anderen Richtung. Das Haupthaus überblickt den River Dart. Ich hatte ein Ruderboot, als ich noch hier wohnte. Bevor ich geheiratet habe.«

»Was ist mit den Hunden?«, fragte ich. »Sie müssen den Strand lieben!«

»Hunde?«

Ich deutete mit dem Kopf auf die Näpfe neben der Tür.

»Oh, die gehören Walnut, dem letzten Langford Whippet. Callie hat ihn mitgenommen, als sie auszog.«

»*Wie bitte?* Sie hat Ihren *Hund* mitgenommen?«

Er zuckte mit den Schultern. »Der Therapeut meinte, sie bräuchte ein Tier als emotionalen Beistand.«

»Und Sie? Bekommen Sie auch emotionalen Beistand?«

»Darum geht es hier nicht, Sarah.« Er stellte die Tasse ab und erhob sich. »Wenn Sie fertig sind, sollten wir uns vielleicht in die Arbeit stürzen.«

»In die Arbeit? Jetzt?«

»Warum nicht? Oder haben Sie etwas Besseres vor?«

»Nein, ich schätze nicht.« Ich stopfte mir den letzten Rest des Apfelkuchens in den Mund. »Was haben Sie denn vor?«

»Sie sollten nicht mit vollem Mund sprechen.« Er nahm das Tablett mit dem Teeservice und brachte alles zur Spüle. »Aber wenn Sie es genau wissen wollen: Wir machen uns auf den Weg zum Lustschloss.«

Ich schluckte. »Zum Lustschloss? Ich dachte, da wären wir schon längst?«

»Sehr witzig.« Er drehte sich um, lehnte sich an die Arbeitsplatte und verschränkte die Arme. Ich hatte das Gefühl, als würde ich einer Prüfung auf einem Gebiet unterzogen, von dem ich keine Ahnung hatte. Und vielleicht spürte John es ebenfalls, denn sein Gesicht verzog sich, und dann runzelte er auch noch die Stirn. »Ich kann nicht glauben, dass ich das tue«, murmelte er.

»Was denn? Mir helfen?«

»Es war seit Jahren niemand dort, abgesehen von Mrs. Finch und ihrem Besen. Der Himmel weiß, was wir dort finden werden.«

Meine Finger, die ich um die Tasse geschlungen hatte,

erstarrten. Mein Herz begann zu pochen. Ich betrachtete Johns riesige Gestalt, die gegen die Arbeitsplatte gelehnt war. Der Kopf im Schein der Nachmittagssonne, seine Arme vor der Brust verschränkt, die Füße überkreuzt. Er ließ nichts und niemanden an sich heran.

»Sagen Sie das noch mal!«, flüsterte ich.

»Was?«

Ich stellte meine Tasse auf die Untertasse und hob sie mitsamt dem hübschen Porzellanteller mit dem gewellten Rand, auf dem meine Kuchenkrümel lagen, hoch. Anschließend trat ich auf seine finstere Gestalt zu und stellte das uralte, wunderschöne Porzellan in die Spüle hinter ihm, wobei ich hoffte, dass mir nichts aus den zitternden Fingern rutschte. *Es war seit Jahren niemand dort*, wiederholte ich. »Sie wissen doch, dass ich Historikerin bin, oder?«

»Das behaupten Sie zumindest.«

»*Der Himmel weiß, was wir dort finden werden.*« Ich hob meine Hände. »Sehen Sie mich an.«

»Sie zittern.«

»Ja, ich zittere! Also könnten Sie mir bitte genauer erklären, worum es hier geht? Wo zum Teufel wollen Sie mit mir hin?«

»Das sagte ich doch schon. Zum Lustschloss. Draußen im Garten, hinter dem Wäldchen.« Er deutete mit der Hand in die entsprechende Richtung. »Es war eine Art Sommerhaus. Der Admiral hat es als Sternwarte gebaut, und sein Sohn veranstaltete Picknicks und andere gesellschaftliche Zusammenkünfte dort draußen, aber Robert nutzte es als Arbeitszimmer.«

»Als Arbeitszimmer? Dann arbeitete er also nicht im Haupthaus?«

»Nein. Er war gerne allein, wenn er schrieb. Damit ihn niemand störte. Also ließ er das alte Lustschloss renovieren und mit einem Schreibtisch, Regalen und einem Schlafplatz ausstatten. Er verbrachte oft mehrere Tage dort. Er hat alle seine Bücher dort geschrieben und seine privaten Unterlagen aufbewahrt.«

»Und diese Unterlagen …«, begann ich langsam und richtete den Blick auf den V-Ausschnitt von Johns Kaschmirpullover. »Diese Unterlagen sind immer noch da? Und keiner hat sie jemals angerührt?«

»Nein, keine Menschenseele. Es war uns nicht erlaubt.«

Ich hob den Blick. »Warum nicht?«

Er sah zu mir herunter und runzelte immer noch die Stirn, aber ich hatte das Gefühl, dass er mich gar nicht richtig sah. Er sah vielmehr durch mich hindurch ins Leere. Es schien, als wäre er irgendwo in seinen Gedanken gefangen, und es war offensichtlich, dass es kein angenehmer Ort war. Die Furchen in seinem Gesicht wurden tiefer und seine haselnussbraunen Augen dunkler, als hätte sich ein Schatten über sie gelegt. Hätte ich es nicht besser gewusst, hätte ich geglaubt, dass er unter körperlichen Schmerzen litt.

»Weil …«, begann er schließlich, und ich war überrascht, wie sanft seine Stimme klang. »Weil meine Urgroßmutter das Haus nach Roberts Tod versperrte. Sie ließ die Rosen vor der Tür, die sie einst selbst gepflanzt hatte, einfach vertrocknen. Sie liebte ihn so sehr, dass sie es nicht ertragen hätte, jemals wieder in die Nähe dieses Hauses zu kommen.«

Acht

AUF SEE

SONNTAG, 2. MAI 1915

Caroline

Das Erste, was Caroline auffiel, als sie am nächsten Morgen in ihrer Kabine erwachte, war der Duft von Rosen. Einen Moment lang vergaß sie, dass sie sich auf einem Schiff befand, das gerade den Atlantik überquerte, und dass weit und breit kein Land in Sicht war. Der Geruch erinnerte sie an ihre Mutter und ihren Garten in Savannah. Die Aufmerksamkeit, die sie ihren wertvollen Rosen widmete, wurde lediglich von der Zuneigung zu ihrer Tochter übertroffen. Der Strauß hatte bereits in ihrer Kabine auf sie gewartet, als sie sie zum ersten Mal betreten hatte, doch in der Eile, sich einzurichten und sich für das Abendessen zurechtzumachen, hatte sie vergessen, Gilbert dafür zu danken.

Der Himmel über dem Schiff war bleiern. Die Vorhänge waren bereits zurückgezogen, sodass Licht durch die drei Bullaugen auf der gegenüberliegenden Seite des Messingbettes fiel. Sie richtete sich auf und blinzelte. Jones musste bereits hier gewesen sein, denn auf dem zweiten Bett unter den Bullaugen lagen bereits Carolines Kleider für den heutigen Tag. Sie schnupperte erneut. Es roch nach Rosen und ... war das möglich?

»Kaffee, Ma'am?« Jones stand in der Tür, die in den privaten Flur der Suite führte, und hielt ein Tablett mit einer silbernen Kaffeekanne, einer Tasse mit Untertasse, einem Zuckerschälchen und einem Sahnekännchen aus *Lusitania*-Porzellan in der Hand. Caroline erkannte das besondere Porzellan sofort, denn seine auffällige Glasur in Kobaltblau und Weiß war unverwechselbar. »Ich weiß, dass Sie gerne sofort nach dem Aufwachen einen Kaffee trinken.«

Caroline lächelte. »Oh, Jones, Sie retten mir wieder einmal das Leben! Ich hatte schon befürchtet, dass es auf einem britischen Schiff nur Tee geben würde.«

Jones stellte das Tablett auf dem kleinen Tisch neben dem Waschtisch ab, auf dem auch der Rosenstrauß stand, und griff nach Carolines Morgenmantel, der am Fußende des Bettes lag. Sie half Caroline hinein und kehrte anschließend zum Tablett zurück, um den Kaffee einzugießen und mit genau der richtigen Menge Zucker und Sahne zu versehen. Caroline hatte ihr nur einmal gesagt, wie sie ihren Kaffee am liebsten trank, und zwar beim ersten Mal. Hier zeigte sich die wahre Qualität der Kammerzofe.

»Das hier ist die *Lusitania*, Ma'am«, erwiderte Jones. »Ich glaube, selbst wenn Sie eine Giraffe wollten, würde man einen Weg finden, Ihnen eine zu besorgen.« Ein kaum merkliches Lächeln umspielte den Mund der Zofe, und ihre üblicherweise strengen Gesichtszüge wirkten mit einem Mal weicher. »Außerdem befinden sich so viele Amerikaner an Bord, dass es ohne Kaffee vermutlich zu einer Meuterei kommen würde.«

Caroline nahm die Tasse entgegen und trank dankbar einen Schluck. »Ja, da könnten Sie recht haben.«

»Patrick lässt fragen, was Sie zum Frühstück wünschen, Ma'am. Im Esszimmer türmt sich bereits genügend Essen für eine ganze Kompanie, aber er möchte sichergehen, dass Ihrem Wunsch entsprochen wird. Ich habe ihm gesagt, dass

Sie normalerweise im Bett frühstücken und mit etwas Toast und Kaffee vorliebnehmen, aber er wollte trotzdem noch einmal nachfragen.« Sie presste ihre ohnehin schon dünnen Lippen aufeinander, um ihr Missfallen zum Ausdruck zu bringen.

»Patrick?«, fragte Caroline, die noch immer ein wenig schlaftrunken war.

»Der Steward, Ma'am. Sie haben ihn gestern kennengelernt. Er ist Ire.« Das letzte Wort klang, als handelte es sich um ein lästiges Insekt.

Caroline sah den rothaarigen Mann mit dem freundlichen Lächeln und dem durchdringenden Blick vor sich. »Ja, natürlich. Ich erinnere mich.« Sie nahm einen weiteren Schluck Kaffee und spürte, wie ihr Geist langsam in Schwung kam. »Vielleicht können Gilbert und ich zusammen im Esszimmer frühstücken, während wir an Bord sind. In New York ist er meist schon unterwegs, wenn ich fertig angezogen bin, also wäre es eine nette Abwechslung. Bitte sagen Sie Patrick, dass ich esse, was Gilbert möchte. Solange pochierte Eier dabei sind.« Sie sah lächelnd zu der Zofe hoch und beobachtete, wie Jones das Zimmer verließ, um dem Steward Bescheid zu geben. Danach würde sie wiederkommen, um Caroline mit dem Kleid zu helfen.

Obwohl das Schiff riesig war und Gilbert ihr immer wieder versichert hatte, dass sie gar nicht merken würde, dass sie sich auf dem Meer befanden, hatte sie das Gefühl zu schwanken. Als hätte sie ein wenig zu viel Champagner getrunken. Oder ein neues Klavierstück entdeckt, das sie in seinen Bann zog. Allerdings wusste sie natürlich, dass sie sich auf einem Schiff befand, woran auch der entfernte, aber dennoch eindeutige Geruch von brennendem Treibstoff schuld war – was bei den riesigen Schornsteinen auf dem Schiff, die rund um die Uhr schwarzen Rauch ausstießen, natürlich verständlich war. Sie nahm einen weiteren Schluck Kaffee und genoss den Duft.

Hoffentlich würde sie sich bald an den beißenden Gestank gewöhnen und ihn nicht mehr bemerken.

Wenigstens wusste sie, dass sie nicht seekrank werden würde. Sie war am Wasser aufgewachsen und hatte viele Stunden mit ihren Cousins in deren Segelboot verbracht, wenn sie die Küste Georgias entlanggesegelt waren. Sie hatte schwimmen, fischen und segeln gelernt – bis sie zwölf geworden war und ihre Mutter gemeint hatte, es wäre langsam an der Zeit, sich wie eine Dame zu benehmen und die Sonne zu meiden, um ihre Haut zu schonen. Caroline vermisste das Meer immer noch. Und die Sonne auch.

Sie glitt aus dem Bett und ließ ihre Hausschuhe links liegen, um den weichen Teppich unter ihren Füßen zu spüren, als sie zu dem Tablett tappte und sich noch etwas Kaffee eingoss. Dabei betrachtete sie bewundernd die Vertäfelung aus ostindischem Satinholz – wie Gilbert ihr erklärt hatte – und die Form- und Stuckleisten auf den Gesimsen und an der Decke. Am wenigsten gefielen ihr die winzigen Blumen und die protzigen Goldfäden, die den Großteil der Wände durchzogen. Ein Detail, das – wieder laut Gilbert – Marie Antoinettes *Petit Trianon* nachempfunden war. Es war genau nach Gilberts Geschmack, und darüber war Caroline froh, denn sie wollte unbedingt, dass er glücklich war. Sie hoffte nur, dass sie sich neben dem Gestank auch bald an die Einrichtung gewöhnte, sonst würde sie vielleicht doch noch schrecklich seekrank werden.

Ein sanftes Klopfen und leises Hüsteln erklangen, und als sie sich umdrehte, stand ihr Ehemann in der Tür. Er füllte den ganzen Türrahmen aus, und seine blonden Haare schimmerten, sodass ihr warm ums Herz wurde. Er trug sein maßgeschneidertes Jackett mit einer solchen Selbstverständlichkeit, als wäre er darin geboren worden – und nicht als Sohn eines einfachen Kohlearbeiters.

Caroline stellte ihre Tasse ab und eilte auf ihn zu. »Guten Morgen, Liebling. Und danke für die Rosen.« Sie stellte sich auf die Zehenspitzen, um ihm einen Kuss auf die Lippen zu drücken, doch er wandte sich im letzten Augenblick ab, und sie traf nur seine weiche, glattrasierte Wange, die kaum merklich nach Rasierschaum und dem moschusartigen Parfum duftete, das sie so liebte.

»Rosen? Die sind nicht von mir. Vielleicht ein Dankeschön der Reederei? Bei dem Preis hätte ich mir beinahe in jedem Zimmer einen Strauß erwartet.«

Caroline schob ihre Enttäuschung beiseite und schlang ihre Hände um seinen Nacken. Er war so stark. Sie reckte sich erneut und küsste seinen Hals. Direkt unter dem Kieferknochen mochte er es am liebsten. »Ich habe gestern Abend auf dich gewartet.« Sie küsste ihn erneut und knabbert sanft an der zarten Haut.

Er griff nach hinten, löste sanft ihre Hände und hielt sie fest. »Bitte Caroline. Die Angestellten.«

»Es ist doch nur Jones hier, da du dich weigerst, einen eigenen Kammerdiener einzustellen.« Sie zog an seiner Hand, um ihn mit in ihr Zimmer zu nehmen, und spürte, wie ihr Verlangen wuchs.

Doch Gilbert rührte sich nicht vom Fleck und warf einen Blick über ihre Schulter auf das zerwühlte, einladende Bett. »Die Betten sind so klein«, meinte er. »Ich will nicht, dass du dich unwohl fühlst.«

Sie senkte die Stimme, da sie wusste, dass Jones irgendwo in der Nähe war. »Wie sollen wir jemals ein Kind bekommen, wenn wir die Nächte getrennt voneinander verbringen?«

Sie merkte natürlich, dass er sich unwohl fühlte, aber es musste gesagt werden.

Er schloss die Augen, und sie sah den dunklen unteren Rand seiner hellen Wimpern. »Wir versuchen es jetzt schon seit vier Jahren, Caroline. Vielleicht müssen wir uns damit abfinden, dass …«

Sie legte einen Finger auf seine Lippen, denn sie wollte nicht, dass er ihre eigenen Ängste laut aussprach. Womöglich wurden sie erst dadurch wahr. »Nicht«, flüsterte sie und drückte sich fester an ihn. »Außerdem muss es bei den Dingen, die wir in unserem Ehebett tun, doch nicht immer nur darum gehen, eine Familie zu gründen, oder?«

Er trat einen Schritt zurück, und seine Wangen begannen vor Scham zu glühen. »Ich weiß nicht, was in dich gefahren ist, wenn du so sprichst. Ich möchte nicht …« Er brach ab und sah sie entschuldigend an. »Du bist so rein und kultiviert, aber wenn du … wenn du dich so verhältst, dann fürchte ich, dass meine einfache Herkunft womöglich auf dich abgefärbt hat.«

Sie ließ die Hände sinken. Sie wollte dieses Gespräch nicht schon wieder führen. Egal, wie oft sie ihm versicherte, dass ihr Verlangen nach ihrem Ehemann nichts mit seiner Vergangenheit zu tun hatte, es endete immer auf dieselbe Weise.

Sie wich zurück, bis sie die Bettkante in ihren Kniekehlen spürte, und ließ sich nieder. Statt der unglaublichen Enttäuschung, mit der sie gerechnet hatte, machte sich Ärger in ihr breit. Sie hielt den Blick auf das mittlere Bullauge gerichtet und fragte bemüht ruhig: »Wirst du mich heute Vormittag zur Sonntagsmesse begleiten?«

Gilbert räusperte sich. »Nein, ich fürchte nicht. Ich habe geschäftliche Dinge zu erledigen. Aber ich bin mir sicher, dass Prunella und Margery Schuyler dir sehr gerne Gesellschaft leisten werden. Soll ich Patrick auftragen, ihnen eine Nachricht zukommen zu lassen?«

Sie schaffte es nicht, ihn anzusehen. »Nein, das ist nicht nötig.« Sie starrte auf die ersten Regentropfen, die an das Fenster klatschten, und jeder einzelne schien sich wie eine Nadel in ihre Haut zu bohren. Sie merkte kaum, wie Gilbert ihr einen

Kuss auf den Scheitel drückte und dann so leise über den dicken Teppich verschwand, als wäre er nie da gewesen.

Caroline ging wie in Trance von der Suite zu den Aufzügen, die sie auf Deck A bringen würden, wo Kapitän Turner im Salon die heilige Messe lesen würde. Sie nahm kaum wahr, wo sie sich befand oder an wem sie vorbeikam, und war unglaublich dankbar für den schwarz-weißen Marmorboden vor den Aufzügen, denn so konzentrierte sie sich auf das Schachbrettmuster, anstatt auf die Gedanken, die in ihrem Kopf hin und her wogten wie das Meer unter ihr.

»Einen Penny für deine Gedanken.«

Caroline sah überrascht auf, als unmittelbar neben ihr die Stimme eines Mannes erklang. »Robert.« Ihre Laune besserte sich schlagartig. »Schön, dich zu sehen.« Es überraschte sie, wie sehr diese Floskel der Wahrheit entsprach. »Bist du auf dem Weg zur Messe?«

Er hob herausfordernd eine Augenbraue. »Warum? Glaubst du, ich muss erlöst werden?«

»Wir müssen *alle* erlöst werden«, erwiderte sie leise und versuchte, nicht mehr an das Gespräch mit Gilbert zu denken. Dann lächelte sie strahlend. »Ich gehe jedenfalls hin.«

Er bot ihr seinen Arm an. »In diesem Fall werde ich dich sehr gerne begleiten.«

Sie legte die Hand auf seinen Arm und spürte seine Wärme sogar durch sein Jackett und ihren Handschuh hindurch. Er führte sie zu den Aufzügen, doch sie hielt ihn zurück. »Nehmen wir doch die Treppe. Es ist ja nur ein Geschoss, und ich brauche etwas Bewegung, um den Kopf freizubekommen.«

Er fragte nicht, was passiert war, denn er kannte sie schon lange genug, um zu wissen, dass sie es ihm erzählen würde, wenn sie dazu bereit war. Das mochte sie so an ihm. Sie mochte die Tatsache, dass sie ihm so viel bedeutete, dass er sich in sie hineinversetzen konnte. Sie hob ihre Röcke mit der linken Hand ein wenig an und merkte, dass sie sich mehr als eigentlich notwendig auf seinen Arm stützte. Sie war wie ein Kind, das in einer kalten Nacht auf der Suche nach Feuer war.

Der Salon der ersten Klasse wurde von einem Kuppeldach aus Glas dominiert, dessen zwölf Buntglasscheiben jeweils für einen Monat im Jahreskreis standen. Immer mehr Passagiere strömten zu den Türen herein, und sie hielten inne. Robert sah sich nach freien Sitzplätzen um, während Caroline die Zeit nutzte, um den eleganten Raum im georgianischen Stil zu bewundern. Die Wände waren mit Mahagoniholz vertäfelt, das mit hübschen Intarsien verziert war, und der Boden bestand aus einem dicken, jadegrünen Teppich mit gelbem Blumenmuster. Sie machten sich auf den Weg zu einem der großen, hochaufragenden Kamine aus grünem Marmor und emaillierten Steinplatten. Es war genau so, wie Gilbert es mochte.

Caroline nickte ihren zahlreichen Bekannten nur kurz zu, denn sie wollte auf keinen Fall stehen bleiben und erklären, warum Gilbert nicht da war und sie stattdessen von Robert begleitet wurde. Er sah zu gut aus und wirkte zu selbstsicher, um als Freund der Familie vorgestellt zu werden, und wenn sie ehrlich war, war sie sich im Augenblick selbst nicht sicher, welchen Weg ihre Beziehung eingeschlagen hatte.

Robert führte sie zu zwei freien Stühlen, und als er ihren Stuhl herauszog, damit sie sich setzen konnte, flüsterte er ihr leise ins Ohr: »Hast du meine Rosen bekommen?«

Caroline war so überrascht, dass es ihr einen Moment lang die Sprache verschlug, und dann begann Kapitän Turner mit der Messe, und sie musste ihre Fragen für sich behalten. Die ganze Messe über war sie sich nur allzu bewusst, dass Robert neben ihr saß. Sie hörte seine wunderschöne Tenorstimme, als sie die Hymne der Royal Navy sangen, und spürte seinen Arm, der ihr Gesangbuch in die Höhe hielt.

Nach der Messe folgten sie den anderen Besuchern schweigend aus dem Salon und spazierten schließlich das Promenadendeck entlang zum Verandacafé. »Möchtest du eine Tasse Tee?«, fragte Robert.

Caroline nickte und wusste immer noch nicht, was sie sagen sollte. Tausend Dinge schwirrten durch ihren Kopf, doch sie verwarf sie alle wieder, bevor sie ihr über die Lippen kamen. Sie trank lieber Kaffee, aber sie bezweifelte ohnehin, dass sie etwas schmecken würde, weshalb es keine Rolle spielte. Sie setzten sich an einen kleinen Tisch für zwei, umgeben von Efeu, Rankgittern und Weidenstühlen, und einen Moment lang glaubte Caroline beinahe, in ihrem eigenen Garten zu sitzen. Sie unterhielten sich über das Wetter und ihre Mitpassagiere, während sie darauf warteten, dass ihnen der Kellner den Tee eingoss, dann starrten sie einander lange an.

»Dann sind die Rosen also von dir?«, fragte Caroline schließlich.

Robert nickte. »Du hast auf der Dinnerparty so niedergeschlagen ausgesehen und dich absolut nicht auf die Reise gefreut, und ich konnte mich noch erinnern, wie sehr du Rosen liebst. Wir sind uns in einem Rosengarten zum ersten Mal begegnet, weißt du noch?« Seine Augen funkelten, als sie beide an diesen Tag zurückdachten. »Ich hatte gehofft, sie würden dich ein wenig aufmuntern.«

»Das haben sie auch«, erwiderte Caroline und legte aus einem Impuls heraus die Hand auf seine. Ihre Blicke trafen sich, und Funken sprühten, doch im nächsten Augenblick zog sie ihre Hand wieder fort. Sie lehnte sich zurück und konzentrierte sich darauf, die richtige Menge Zucker und Milch in ihren Tee zu geben, der sanft in der Tasse hin und her schwappte.

»Wie kommst du mit dem rauen Wetter zurecht?«, fragte er und wandte sich wieder einem unverfänglicheren Thema zu.

»Es ist mir bis jetzt kaum aufgefallen«, erwiderte sie und nippte an ihrem Tee. »Ich bin robuster, als manche meinen.«

Er wartete schweigend, ob sie noch mehr sagen wollte, doch als nichts kam, meinte er: »Ich nehme an, du hast bereits von den drei Deutschen gehört, die an Bord in Gewahrsam genommen wurden?«

»Nein, habe ich nicht. Ist es etwas, worüber man sich Sorgen machen sollte?«

»Ich glaube nicht. Die Tatsache, dass sie gefasst wurden, bevor sie einen Schaden anrichten konnten, sollte Grund genug sein, um uns nicht in Furcht versetzen zu lassen. Aber ich wollte trotzdem, dass du es weißt. Damit du … wachsam bist.«

»Ich hatte noch nicht davon gehört, also danke. Gilbert will mich nicht unnötig beunruhigen, aber ich denke, es ist besser, wenn wir alle über die möglichen Gefahren Bescheid wissen. Gerade auf diesem Schiff. Glaubst du, dass sich noch mehr Spione an Bord befinden?«

Er zögerte kurz. »Ich glaube, alles ist möglich. Immerhin herrscht Krieg. Aber wenn wir alle wachsam sind, werden auch sie geschnappt werden, bevor sie etwas ausrichten können.«

Caroline spürte, wie sie sich entspannte, auch wenn die Nachricht alles andere als beruhigend gewesen war. Vielleicht war es die Tatsache, dass sie sie von Robert erhalten hatte, die es ihr leichter machte. »Danke, Robert. Ich schätze deine Ehrlichkeit sehr.« Sie richtete sich auf. »Würdest du mir erlauben, genauso ehrlich zu sein?«

»Natürlich.« Er behielt seine Lockerheit, doch seine Augen wurden hart.

»Du solltest das Telegramm deines Vaters lesen.«

Sein Gesichtsausdruck blieb unverändert. »Was bringt dich zu der Annahme, dass ich das noch nicht getan habe?«

Sie gestattete sich ein kaum merkliches Lächeln. »Dafür

kenne ich dich zu gut. Du behältst gerne die Oberhand, und indem du das Telegramm nicht liest, hast du alle Karten in der Hand.«

Seine Augen wurden schmal. »Ist das so?« Er lehnte sich nach vorne. »Was, wenn ich dir sagen würde, dass mein Vater trotz seines heldenhaften öffentlichen Rufes nicht der ist, der er vorgibt zu sein?«

Caroline kannte die Geschichte von Roberts Bruder, der ertrunken war. Sein Vater hatte ihm die Schuld gegeben, und der Verlust hatte letztlich auch seine Mutter in den Tod getrieben. Aber sie wusste auch, wie wichtig ihr ihre Mutter als letztes verbliebenes Familienmitglied war und wie sehr ein Bruch mit ihr sie verletzt hätte.

»Ich möchte mich nicht in eure Familienangelegenheiten einmischen, Robert. Aber ich weiß, dass dein Vater das Einzige ist, was dir noch geblieben ist, und ich glaube fest daran, dass du alles in deiner Macht Stehende tun solltest, um dich mit ihm zu versöhnen. Er wird nicht ewig leben, weißt du?«

»Ich werde darüber nachdenken.« Sein Blick wanderte unauffällig zu ihren Lippen, und sie dachte an den elektrisierenden Moment, als sich ihre Hände berührt hatten und sie sich beide der Gefahren bewusst geworden waren, die in ihrer Beziehung schlummerten. Ihre Blicke trafen sich erneut, und Caroline kam der Gedanke, dass sie sich vielleicht alles nur eingebildet hatte.

Nachdem sie ausgetrunken hatten, führte er sie hinaus auf das Promenadendeck. Der Regen hatte glücklicherweise aufgehört, doch die tiefhängenden, dicken Wolken verhießen bereits neue Niederschläge. Drei Kindermädchen marschierten an ihnen vorbei und versuchten verzweifelt, der überbordenden Energie ihrer Schützlinge Herr zu werden, die der Regen den ganzen Vormittag ins Innere des Schiffes verbannt hatte. Ein Kindermädchen ließ sich ein wenig zurückfallen, um ein kleines Mädchen mit blonden Locken hochzuheben, das stehen geblieben war, um Robert und Caroline anzustarren. Es war dasselbe Mädchen, das Caroline schon am Vortag gesehen hatte, und es hielt noch immer seinen Teddybären in den Armen.

»Komm, Alice! Es ist unhöflich, jemanden so anzustarren!«

Die Kinder verschwanden das Promenadendeck hinunter, und sie blieben allein zurück. Die raue See ließ viele Passagiere in ihren Betten und in der Nähe ihrer Waschschüsseln verweilen, sodass die Decks mehr oder weniger verwaist waren. Caroline wandte sich an Robert, um ihre Beobachtung mit ihm zu teilen, doch ihr Lächeln verblasste, als sie sein ernstes Gesicht sah.

»Warum bist du so niedergeschlagen?«, fragte er leise.

Sie wollte gerade antworten, als das Schiff von einer großen Welle getroffen wurde. Caroline verlor das Gleichgewicht und stürzte auf Robert, dessen Füße fest verankert schienen. Er schlang die Arme um sie und ließ sie auch nicht los, als die Gefahr schon lange vorüber war. Sie legte den Kopf in den Nacken. Sie waren sich so nahe, dass sie die grünen Sprenkel in seinen Augen sah. Seine Lippen schienen unglaublich weich, und auf seinen Wangen zeichneten sich bereits die ersten dunklen Bartstoppeln ab. Sie roch seine würzige Männlichkeit, die nicht von Seife oder Eau de Cologne überdeckt wurde. Das hier war einfach bloß *Robert*. Der Mann, den sie schon seit Jahren kannte und nach dem sie auf jedem Fest Ausschau hielt. Der Mann, der ihr Rosen geschickt hatte, weil er glaubte, sie sei traurig.

Im nächsten Moment presste sie, ohne weiter darüber nachzudenken, ihre Lippen auf seine, und die Welt um sie herum schien in Dunkelheit zu versinken, bevor sie in gleißendem Licht erstrahlte. Ihre Münder passten perfekt aufeinander, und das Gefühl seiner Haut auf ihrer fühlte sich an, als wäre es das erste Mal, dass sie so etwas erlebte. Er schlang die Arme noch fester um sie, und sie war froh darüber, denn sonst hätten ihre Beine vielleicht unter ihr nachgegeben.

Das entfernte Läuten einer Glocke riss Caroline aus ihrer Trance und erinnerte sie daran, wo sie sich befand. Sie trat einen Schritt zurück, und Robert ließ sie los. In seinen Augen sah sie dieselbe Verwirrung, die auch sie selbst empfand. Caroline legte sich die Hand auf die Lippen. »Was haben wir getan?«

Er starrte sie noch immer an, ohne ein Wort zu sagen, und sein Schweigen war so vielsagend, als hätte er geschrien.

»Das hätten wir nicht tun sollen«, erklärte sie und versuchte, ihm eine Reaktion zu entlocken, durch die sie sich besser fühlte.

Robert trat zurück, ließ sie dabei aber keinen Augenblick lang aus den Augen. »Wenn du meinst.«

Er verbeugte sich knapp, wandte sich ab und ließ Caroline mit ihren Gedanken und Schuldgefühlen allein. Sie blieb mehrere Sekunden lang stehen, um wieder zu Atem zu kommen und sich darauf vorzubereiten, in ihre Kabine zurückzukehren, als wäre nichts geschehen. Sie hatte bloß die Messe besucht und anschließend im Verandacafé Tee getrunken.

Sie machte auf dem Absatz kehrt, um ins Innere des Schiffes zurückzukehren, als sie eine einsame Gestalt neben der Luke zum Maschinenraum entdeckte. Der Mann stand an der Reling und blickte aufs Meer hinaus.

Caroline zuckte zurück, als sie Gilbert erkannte, und ihr Herz begann zu rasen. Wie lange war er schon hier? Und was hatte er gesehen?

Sie stand wie erstarrt da und wartete darauf, dass er auf sie zukam und sie mit Anschuldigungen überhäufte. Doch stattdessen löste er sich von der Reling und ging das Promenadendeck entlang von ihr fort, in die entgegengesetzte Richtung, die Robert eingeschlagen hatte.

Caroline wartete ganze fünfzehn Minuten, obwohl der Wind eisig und ihre Finger und Zehen bereits gefroren waren. Sie wartete so lange, bis sich ihr Herzschlag beruhigt hatte und das Blut wieder in gemäßigtem Tempo durch ihre Adern floss, während sie an den Kuss zurückdachte und sich fragte, was Gilbert ganz allein auf dem Promenadendeck zu suchen gehabt hatte.

Schließlich machte sie sich auf den Weg in die Kabine, um sich hinzulegen. Der Geruch der Rosen, die in dem abgestandenen Wasser langsam zu modern begannen, erschien ihr wie die gerechte Strafe für ihr Vergehen.

Neun

AUF SEE
SONNTAG, 2. MAI 1915

Tess

Die Blumen im Speisesaal der zweiten Klasse waren herrlich, aber Tess roch bloß die Fäulnis, die hinter dem Rosenduft verborgen lag.

»Hast du so etwas schon mal gesehen?«, wollte Mary Kate wissen und blieb staunend auf der Schwelle stehen. Hohe Säulen reichten bis zu der mit zarten Fresken verzierten Decke, unter der ein Säulengang eine Galerie im zweiten Geschoss bildete. Der Raum war mit Palmwedeln dekoriert, die teilweise bis zur Decke reichten.

»Ja, sehr schön«, erklärte Tess matt. Es war sicher alles überaus elegant, aber die Palmen lösten ein Gefühl der Beklemmung in ihr aus. Und dann auch noch der Geruch der Blumen, die zwar hübsch aussahen, deren süßlicher Duft aber tief in Tess' Nase drang. Ihr Magen zog sich zusammen.

»Wenigstens finden wir ohne Probleme einen Platz«, erklärte Mary Kate fröhlich und zog Tess mit sich zu einem der langen Tische. Der Speisesaal war beinahe leer. Die raue See machte nicht nur Tess zu schaffen. »Du wirst sehen, wenn du etwas gegessen hast, fühlst du dich gleich wieder pudelwohl.«

»Was ist so toll an einem Pudel?«, erwiderte Tess sarkastisch, aber Mary Kate ignorierte sie und ließ sich auf einen mit rotem Samt überzogenen Stuhl sinken. Das Schiff schwankte, und Tess fiel auf den Stuhl daneben.

Es wäre wahrscheinlich besser gewesen, wenn sie in der Kabine geblieben wäre. Allerdings war Nellie dort und hatte die Waschschüssel in Beschlag genommen.

Es wird ein richtiges Luxusleben, hatte Ginny gesagt.

Jeder fährt doch gerne zur See, hatte Ginny gesagt.

Ha! Wenn Gott gewollt hätte, dass Menschen übers Meer fahren, hätte er ihnen Flossen gegeben, dachte Tess finster.

Sie hatte Ginny gestern Abend zum zweiten Mal versetzt. Eigentlich wollten sie sich um neun Uhr auf dem Promenadendeck der zweiten Klasse treffen, doch zu diesem Zeitpunkt hatte Tess zu einem Ball zusammengerollt und wimmernd auf ihrem Bett gelegen, und ihre Gedanken an Ginny und ihren Coup waren nicht gerade liebevoll gewesen. Was war schon die Aussicht auf ein kleines Vermögen im Vergleich zu einem winzigen Stückchen festen Boden unter den Füßen? Sie wollte zurück nach New York – Chicago – Kansas City – egal wohin, solange der Boden unter ihr nicht schwankte wie jetzt gerade. Das Wasser in den Krügen schwappte hin und her, und Tess konnte den Blick einfach nicht abwenden. Es war hypnotisch und Übelkeit erregend zugleich.

»*Purée Soubise* – ich bin mir zwar nicht sicher, was das ist, aber es klingt beeindruckend, oder? Und dann gibt es noch Lachsforelle in Sauce Hollandaise. Was ist eigentlich so holländisch daran? *Ooooh* und geschmortes Kalb!« Mary Kate hatte sich die Speisekarte mit dem Cunard-Emblem geschnappt und las sie Tess mit ekelerregendem Eifer vor. Sie musterte Tess eingehend. »Oder möchtest du lieber eine Pastete mit Steak und Nieren? Es gibt auch gebratenen Truthahn oder gepökelte Zunge, aber das klingt nicht so elegant, oder, Miss Fairweather?«

»Es klingt wunderbar«, krächzte Tess, dabei klang es einfach grauenvoll. »Ist das hier mein Glas? Ich brauche einen Schluck Wasser.«

»Weißt du, dass du irgendwie leicht grün im Gesicht bist?«, fragte Mary Kate und betrachtete sie interessiert. »Also, Liam hat mich mal auf einen Bootsausflug mitgenommen. Es war zwar kein so großes Schiff wie dieses hier, aber …«

»Entschuldige mich bitte«, keuchte Tess und schob ihren Stuhl so ruckartig zurück, dass sie beinahe mit einem verärgerten Kellner zusammenstieß. Wenn sie noch eine Geschichte von Liam, dem Großen, hörte, musste sie sich wirklich übergeben.

Mary Kate sprang auf. »Brauchst du …?«

Tess winkte ab, ohne sich noch einmal umzudrehen. »Nein. Lass dir das …« Ihre Kehle zog sich zusammen, wenn sie nur an das Wort dachte. »… Essen schmecken.«

Dann floh sie aus dem Speisesaal, verfolgt vom Geruch von geschmortem Kalbsfleisch.

Luft. Sie brauchte frische Luft. Doch die Treppe führte hinauf auf die Galerie, und der Geruch der pürierten Steckrüben und der Pastete mit Steak und Nieren verfolgten sie bis nach oben. Auch hier waren Tische aufgestellt, um die unerwartet zahlreichen Passagiere der zweiten Klasse unterzubringen. Kein einziger war von Essensgästen besetzt, doch an einem saßen mehrere Männer, die Karten spielten. Sie stanken nach Rauch und lachten zu laut. Einer hämmerte auf die Tasten des Pianos in der Ecke ein, während ein anderer schmachtend eine bekannte Ballade sang. »*Can't you hear me calling Caroline … It's my heart a-calling thine …*«

Tess stürzte auf die erstbeste Tür zu und kämpfte gegen den Wind an, der von außen dagegendrückte.

»*I'm wishing I could kiss you, Caroline …*«

Endlich frische Luft! Doch im nächsten Augenblick stolperte

Tess über ein Hüpfseil und wäre beinahe zu Boden gegangen. Sie klammerte sich an einen Liegestuhl, als die steife, englische Stimme eines Kindermädchens erklang.

»Beatrice, ich habe es dir doch schon so oft gesagt! Du sollst deine Sachen nicht herumliegen lassen.«

Tess war von Dutzenden Kindern umgeben, die sich auf dem Schutzdeck versammelt hatten, um von ihren Kindermädchen nach unten in den Kinderspeisesaal geführt zu werden: Mädchen mit gestärkten weißen Schürzen, die ihre Puppen umklammerten, süße kleine Jungen in Matrosenanzügen und mit Konfitüre im Gesicht. Wunderhübsche, wohlerzogene Kinder, die es irgendwie schafften, mehr Lärm zu veranstalten als die allerletzten Gäste im *Golden Spur Saloon* in Carneiro, Kansas.

Tess zwängte sich zwischen ihnen hindurch und stolperte auf die erstbeste Treppe zu. Es war die oberste Regel ihres Vaters: Wenn du nicht mehr weiterweißt, dann lauf einfach weg! Es spielte gar keine so große Rolle, *wohin* man ging – Hauptsache man blieb in Bewegung. Denn während man davonlief, blieb keine Zeit, darüber nachzudenken, woher man kam oder wo man landen würde. Manchmal hatte sie das Gefühl, ihr ganzes Leben so verbracht zu haben – immer in Bewegung, immer auf der Flucht, weil man dann nie stehenbleiben und über das Leben nachdenken musste.

Sie hatte das Ende der Treppe erreicht, wo es nicht weiter nach oben ging. Über ihr stießen die gigantischen Schornsteine schwarzen Rauch in die dunklen Wolken. Regentropfen fielen ihr ins Gesicht, doch Tess kümmerte es nicht. Sie eilte zur Reling, packte sie mit beiden Händen und spürte, wie sich ihr Magen den Bewegungen des Schiffes anpasste.

Ich werde mich nicht übergeben. Ich werde mich nicht übergeben ... Ihr Körper brummte im Takt der Schiffsmotoren, und sie musste sämtliche Kraft aufbringen, um nicht die Salzcracker hochzuwürgen, die sie an Stelle eines Frühstücks mühevoll in sich hineingestopft hatte.

Sie wusste, dass sie sich auf einem der Promenadendecks befand. Das verrieten ihr die leeren Liegestühle. Normalerweise waren hier überall Menschen, die spazieren gingen, sich unterhielten und die Aussicht genossen. Doch das Wetter hielt sie davon ab, und sie blieben lieber im Inneren des Schiffes. Tess hatte das Deck für sich allein. Nur das Meer, der Himmel und das Schiff, das durchs Wasser pflügte.

Beinahe. Sie hörte schnelle Schritte, die hinter ihr vorbeieilten, einen Augenblick innehielten und schließlich umdrehten.

»Hallo«, ertönte die unverkennbare Stimme Robert Langfords. »Cinderella.«

Tess kniff die Augen zu. Nicht er. Nicht jetzt. Sie hatte nicht die Kraft dazu. »Sollten Sie nicht in der ersten Klasse sein?«, krächzte sie, ohne sich umzudrehen.

»Das hier *ist* die erste Klasse«, erwiderte Mr. Langford einigermaßen amüsiert. »Sie können es einfach nicht lassen, immer wieder hier aufzutauchen, oder?«

Tess wandte sich ruckartig zu ihm herum und wünschte im selben Moment, sie hätte es nicht getan. In ihrem Kopf drehte sich alles, und ihr Magen revoltierte. »Wirklich? Ich wusste nicht …« Wahrscheinlich war sie die falsche Treppe hochgelaufen, als sie den Kindern auf dem Schutzdeck ausgewichen war. Erste und zweite Klasse waren getrennt. Separate öffentliche Räumlichkeiten, separate Decks, separate Treppen – aber sie war natürlich ausgerechnet an den einen Ort gelangt, wo sie auf keinen Fall hinwollte. »Ich werde einfach …«

Gehen. Das wollte sie eigentlich sagen, aber ihre Kehle zog sich zusammen, und eine Welle der Übelkeit stieg in ihr hoch, weshalb sie nur ein ersticktes Würgen hervorbrachte.

Im nächsten Augenblick stand Mr. Langford neben ihr. »Armes Kind.«

»Ich bin kein *Kind*!«, keuchte Tess und klammerte sich erneut mit beiden Händen an die Reling. Sie wagte es nicht, den Kopf zu heben, um ihn anzusehen, denn wenn sie es tat, brachte sie sich sicher schrecklich in Verlegenheit. »Ich bin vierundzwanzig.«

»So alt schon?«, fragte er neckend, aber es war ein sanftes Necken. Er legte eine Hand auf ihre Schulter. »Bleiben Sie hier. Nicht fortgehen.«

Tess war sich nicht sicher, ob sie das schaffen würde. »Warum? Wollen Sie jemanden holen, der mich entfernt?«

»Ich will Ihnen eine Tasse Tee besorgen«, erwiderte Mr. Langford und wandte sich um, um einen vorbeigehenden Steward zu sich zu winken.

»Nein, bitte ...«

In den entsetzlich beschämenden Minuten danach merkte Tess kaum, dass Mr. Langford sie stützte, ihr die feuchten Haare aus dem Gesicht hielt und sie leise murmelnd beruhigte. Ihre Welt bestand nur noch aus den unmittelbaren Bedürfnissen ihres leidenden Körpers. Sogar der Druck der Reling gegen ihre Mitte und die Wärme von Mr. Langfords Hand auf ihrer Schulter schienen von sehr weither zu kommen.

Als nichts mehr in ihr übrig war, tastete sie unbeholfen nach einem Taschentuch, doch im selben Moment tauchte ein sehr viel feineres Stück Stoff vor ihr auf. »Besser?«

Tess hörte ein Stöhnen und hatte das ungute Gefühl, dass es von ihr stammte.

»Freut mich zu hören«, meinte Mr. Langford. »Oh, und danke, Patrick.«

Langsam wurde die Welt wieder klar. Aus dem Augenwinkel sah Tess, wie der rothaarige Steward, der die Blumen in Mrs. Hochstetters Kabine gebracht hatte, einen kleinen Tisch und danach ein Tablett abstellte. Sie hätte seine Geschicklichkeit bewundert, wenn die Schmach nicht sämtliche andere Gefühle überlagert hätte.

»Hier.« Eine blau-weiße Teetasse tauchte wie von Zauberhand vor ihr auf.

Tess fuhr zurück. »Nein, bitte nicht. Ich kann nicht.«

»Sagen Sie niemals nie«, erwiderte Mr. Langford. »*Excelsior. Mit Mut gestählt*. Und der ganze Schwachsinn. Vertrauen Sie Ihrem Onkel Robert. Ich habe in all den Jahren mehr über meine vielen Kater vergessen, als Sie in ihrem langen, vierundzwanzigjährigen Leben gelernt haben.«

»Ich werde mich noch mal übergeben«, warnte sie ihn.

»Nein, das werden Sie nicht«, erwiderte er und hielt ihr die Tasse beharrlich unter die Nase. »Das ist Ingwer. Ein höchst wirksames Mittel gegen *Mal de Mer*. Und Krankheiten im Allgemeinen, nebenbei bemerkt.«

»Sagen Sie nicht, ich hätte Sie nicht gewarnt«, krächzte Tess. »Mein Gott, ich kann die Tasse alleine halten. Sie müssen mir nicht helfen, ich bin doch kein kleines Kind.«

»Nicht?«, fragte er skeptisch, doch er drückte Tess die Tasse in die Hand. Sie zitterte so stark, dass sie sie kaum an die Lippen setzen konnte. Sie schaffte einen kleinen Schluck, bevor er ihr die Tasse wieder abnahm. »Kleine-Kinder-Schritte«, meinte er. »Oder besser: Kleine-Kinder-Schlucke.«

Tess hätte ihm einen bösen Blick zugeworfen, wenn sie die Kraft dazu gehabt hätte. Stattdessen holte sie einmal tief Luft, um sich zu beruhigen, und merkte sofort, dass die salzige Luft nicht mehr so stark im Hals kratzte.

»Sehen Sie?«, meinte Mr. Langford. »Ich habe es Ihnen doch gesagt.«

»Sie sind ja ein richtiger Medizinmann«, erwiderte Tess. »Haben Sie vielleicht auch Schlangenöl dabei?«

»Nein«, antwortete er mit ungerührter Miene. »Aber trinken Sie doch noch einen Schluck Tee. Nur einen kleinen.« Er sah zu, wie Tess gehorchte.

Ich habe die seltsamste Gouvernante der Welt, dachte Tess gereizt. »Na, zufrieden?«

»So ziemlich. Es ist schön, wenn ein Heilmittel Erfolg zeigt. Vielleicht lasse ich es patentieren. *Langfords Ingwer-Grog.*« Er ließ das Thema fallen und meinte seltsam ruppig, aber irgendwie mitfühlend: »Sie sind es nicht gewohnt, dass sich jemand um Sie kümmert, oder?«

Tess verschränkte die Arme vor der Brust. Jetzt, wo es ihr besser ging, spürte sie mit einem Mal den eisigen Wind, gegen den die dünne Jacke ihres Kostüms keinen Schutz bot. »Wie kommen Sie darauf?«

»Ich hatte als Junge einen Hund. Einen Whippet. Ich … ich habe ihn ein paar anderen Jungen abgeschwatzt, die wollten, dass er bei einem Hunderennen mitmacht, und ihm deshalb kaum noch etwas zu fressen gegeben haben. Er war halbverhungert.« Er betrachtete Tess nachdenklich. »Als ich versuchte, ihn zu füttern, zeigte er denselben charmanten Mangel an Dankbarkeit. Er war darauf trainiert, guten Absichten zu misstrauen.«

Tess war sich nicht sicher, ob es ihr gefiel, mit einem Hund verglichen zu werden. Sie rieb sich fröstelnd mit den Händen über die Oberarme. »Bitte entschuldigen Sie, dass ich nicht meinen Hut vor Ihnen gezogen habe. Aber ich werde mich stattdessen vor Ihnen auf den Boden werfen, in Ordnung? S-s-soll ich auch Ihre F-f-f-üße küssen, oder reicht es, wenn ich mich einfach n-n-nur bedanke?«

Mr. Langford presste die Lippen aufeinander. »Sie frieren. Haben Sie keinen Mantel?«

»Unten. Dieser kleine Ausflug ins F-f-reie war nicht w-w-wirklich geplant.«

Mr. Langford ignorierte ihre sarkastische Antwort, schlüpfte aus seinem Mantel und legte ihn ihr wie ein Cape über die

Schultern. Tess spürte, wie die Wärme seines Körpers langsam bis in ihre Knochen drang.

Sie legte instinktiv die Hände an den Kragen. Die Wolle war so weich, dass sie sicher nie in einem von Mr. Gimbels Abverkaufskörben gelandet wäre. »Das kann ich nicht annehmen.«

»Keine Sorge. Es ist kein Geschenk, sondern nur eine Leihgabe. Ich kann unmöglich zulassen, dass Sie vor meinen Augen an einer Lungenentzündung sterben. Ich würde meine Mitgliedschaft im Königlichen Orden fahrender Ritter verlieren und müsste mich als hoffnungsloser Schuft zu erkennen geben. Sehen Sie es als Beitrag zu meiner moralischen Rehabilitation.«

»Na ja, wenn das so ist …« Vielleicht war es die Kälte oder die Erschöpfung, nachdem sie sich übergeben hatte, aber Tess spürte, wie ihr Widerstand schwand. War es wirklich so schwer zuzulassen, dass jemand nett zu ihr war? »Danke«, erklärte sie mit schroffer Stimme.

»Eigentlich tun Sie mir hier sogar einen Gefallen.« Mr. Langford sah auf die Wellen hinaus, sein Profil wirkte wie gemeißelt. »Ich hasse das Meer.«

Tess sah ihn erstaunt an, und der Wollkragen seines Mantels kitzelte sie am Kinn. »Sie scheinen doch gar nicht seekrank zu sein.«

»Mein Bruder ist in einer ähnlich rauen See ertrunken.« Seine deutlichen Worte hallten in ihren Ohren wider. Er holte tief durch die Nase Luft. »Ich weiß gar nicht, warum ich Ihnen das erzähle.«

»Ich bin einfach vertrauenerweckend«, meinte Tess, und es war nicht ganz falsch. Die Menschen erzählten ihr viele Dinge – vielleicht, weil sie immer nur das in ihr sahen, was sie sehen wollten. »Wahrscheinlich liegt es an meiner warmherzigen, mitfühlenden Art.«

Mr. Langford schnaubte und schien einen Moment lang abgelenkt. »Ha! Vielleicht sollten wir uns darauf einigen, dass Sie einen sehr spröden Charme verbreiten?« Eine riesige Welle baute sich neben ihnen auf, und Mr. Langfords Lippen wurden weiß.

»Wollen Sie sich setzen?«, fragte Tess und griff ohne nachzudenken nach seinem Ellbogen, um ihn zu stützen.

»Wirke ich so schwach?« Er sah ihr in die Augen, und einen Augenblick lang erinnerte sie die Spannung zwischen ihnen an den Moment, bevor eine Welle brach. Mr. Langford wandte den Blick als Erster ab. »Die Wellen. Ich bin nach dem Unfall trotzdem noch raus aufs Meer gefahren – man sagt ja, dass man nach einem Sturz sofort wieder aufs Pferd steigen soll –, aber immer nur, wenn die Sonne schien und das Wasser glatt war. Ich kann nicht behaupten, dass mir das nicht ebenfalls nahegeht und die Kälte nicht bis in meine Knochen dringt. Aber wenn Nebel aufzieht und das Meer unruhig wird ...«

»Wie alt waren Sie?«, fragte Tess leise.

»Acht. Und mein Vater ... mein Vater ...«

Seine Finger strichen unbewusst über seine Brusttasche, und Tess hörte leises Rascheln. Papier. Ein Telegramm?

»Er will Sie sicher bei sich haben«, sagte Tess vorsichtig.

Ihr Vater war nach dem Tod ihrer Mutter jedenfalls so gewesen. Er wollte seine Töchter keinen Moment lang aus den Augen lassen und sie immer bei sich wissen. Wie ein Geizhals, dem nur noch zwei Dollar geblieben waren. Nicht so sehr aus Liebe, sondern vor allem aus Angst. Er machte ihnen immer und immer wieder klar, dass sie nur noch einander hatten. Einander, ein buntbemaltes Fuhrwerk und einen Koffer voller schlechter Einfälle.

Mr. Langford stieß ein kurzes, bitteres Lachen aus und sah sie an, als wäre ihm gerade klar geworden, dass sie auch noch da war. »Wohl kaum.«

»Das wissen Sie nicht.«

»Oh doch.« Seine Hand wanderte erneut zur Tasche seines Jacketts – was auch immer sich darin befand. »Mein Vater hat mir ein Telegramm geschickt, in dem er mir rät, nicht auf dieses Schiff zu gehen. Klarer kann man sich nicht ausdrücken, oder? Sehen Sie mich nicht so an! Ich hätte an seiner Stelle genauso reagiert. Es war meine Schuld, dass Jamie starb.«

Tess wickelte den Mantel enger um sich. »Warum?«

»Ich habe so lange auf ihn eingeredet, bis er mit mir hinausfuhr. Und dann … ich war derjenige, der ins Wasser fiel, wissen Sie? Jamie ist ertrunken, weil er mich retten wollte.«

Tess versuchte, seinen Blick aufzufangen. »Aber Sie hatten das alles doch nicht geplant! Sie wollten ihm nicht absichtlich wehtun.«

»Spielt das eine Rolle? Der Ausgang war derselbe. Wenn ich die Zeit zurückdrehen könnte …« Der Schmerz in seiner Stimme traf sie bis ins Mark. Er schüttelte den Kopf, als wäre er gerade wieder zu Bewusstsein gekommen. »Warum erzähle ich Ihnen das eigentlich?«

»Weil ich gerade da bin?« Sie machte sich nicht vor, dass es irgendeinen anderen Grund hatte. Vielleicht war sie wirklich der Whippet, von dem er erzählt hatte. Ein Hilfsprojekt. Sein Mantel ruhte schwer und warm auf ihren Schultern. Ohne sich auch nur eine Sekunde Zeit zum Nachdenken zu geben, platzte es aus ihr heraus: »Ich habe meine Mutter umgebracht. Nicht absichtlich, natürlich. Aber ich bekam Scharlach und steckte sie an. Mein Vater … er hat mir nie Vorwürfe gemacht, aber ich wusste, wenn er es sich hätte aussuchen können, dann wäre nicht ich diejenige gewesen, die er behalten hätte.«

Ihr Geständnis brannte in ihrer Kehle. Sie hatte viele Male darüber nachgedacht, es aber kein einziges Mal laut ausgesprochen. Nicht einmal Ginny gegenüber. Aber sie schuldete

Robert Langford etwas, und das war das Einzige, was sie ihm geben konnte.

Tess räusperte sich. »Es ist nicht einfach, nicht wahr? Derjenige zu sein, der überlebt hat, meine ich.«

Mr. Langford hob seine Tasse und ließ Tess dabei nicht aus den Augen. »Auf die Überlebenden! So unerwünscht wir auch sein mögen.« Er hielt inne, als wäre ihm gerade ein Gedanke gekommen. »Haben Sie nicht erzählt, dass Sie nach Hause zu Ihrer Mutter reisen?«

Ach, verdammt noch mal! Das hatte man davon, wenn man Schwäche zeigte. Eine Tasse Ingwertee, ein warmer Mantel, und sie hätte beinahe alles vermasselt.

»Gibt es noch mehr Tee?«, fragte Tess, und während Mr. Langford ihr die Kanne gab, überlegte sie sich rasch eine neue Lügengeschichte. »Ich bin unterwegs zu meiner *Stiefmutter*. Ich war ... Ich war in der neuen Familie meines Vaters nicht mehr willkommen. Also wurde ich mit fünf zu meiner Tante nach Kansas geschickt. So war es einfacher für uns alle.«

Das war das Interessante an den vielen Lügengeschichten: Sie konnte sich beinahe vorstellen, dass es wirklich so gewesen war. Sie sah das Häuschen vor sich, das sie angeblich verlassen hatte, als wäre es eine Zeichnung aus einem Bilderbuch: Ein Strohdach, von den Wänden hängende Töpfe und Pfannen, eine Frau mit einer Schürze über dem Baumwollkleid, die eine Kelle in der Hand hielt.

»Und was führt Sie zurück?«

»Es wurde einfach Zeit.« Über seine Schulter hinweg sah sie Ginny, die neben einem der Rettungsboote wartete. Sie bewegte kaum merklich das Kinn, und Tess wusste, was das bedeutete: *Leg einen Zahn zu. Uns läuft die Zeit davon.* »Mein Vater ist tot«, fuhr Tess eilig fort. »Deshalb wird es Zeit, an den Anfang zurückzukehren und von vorne zu beginnen.«

»Können Sie das wirklich?« Mr. Langford sah sie an, und

seine Augen waren so dunkel wie das Meer. »Oder ist es nur ein Märchen, das wir uns selbst auftischen?«

»Das weiß man erst, wenn man es versucht hat, oder?« Ginny klopfte ungeduldig mit dem Fuß auf den Boden, doch Tess konnte nicht widerstehen, noch eine letzte Anmerkung anzubringen: »Sie kehren doch auch zurück, oder?«

Ein seltsamer Ausdruck huschte über Mr. Langfords Gesicht, und als er sprach, klang seine Stimme absichtlich gedehnt, und er war wieder der affektierte Aristokrat, der sie auf Abstand hielt. »Die Heimat ruft nach ihren Söhnen, sagt man. Egal, was mein Vater denken mag.«

»Wenigstens haben Sie noch einen Vater.« Der Moment des gegenseitigen Vertrauens war offensichtlich vorüber. Tess schlüpfte aus Mr. Langfords Mantel und drückte ihn ihm eilig und wenig elegant in die Hand. »Danke für den Mantel und den Tee. Ich fühle mich beinahe wieder wie ein Mensch.«

»Nur beinahe?« Er klang ehrlich besorgt. Und so, als wollte er sich entschuldigen.

Tess biss sich auf die Lippe. Sie konnte ihm nicht erklären, dass sie ihr bisheriges Leben damit verbracht hatte, durch Fenster zu schauen und sich zu fragen, wie es wäre, jemand anderer zu sein. »Ja, aber das ist nicht Ihre Schuld«, erklärte sie. Sie wusste, dass sie gehen musste, aber sie blieb dennoch stehen und fragte mit barscher Stimme: »Kommen Sie zurecht?«

Überraschung und Freude blitzten auf, bevor die übliche Maske alles verdeckte. Er legte einen Moment lang seine Hand auf ihre. »Wir sind Überlebende, wissen Sie noch?«

Im nächsten Augenblick tippte er sich an den Hut und war so schnell verschwunden, als wäre er nie da gewesen.

»Nun gut«, sagte Ginny.

Tess wandte sich um, und ihr Blick fiel auf ihre Schwester, die mit vor der Brust verschränkten Armen vor ihr stand. Sie konnte sich einfach nicht an Ginnys neuestes Aussehen gewöhnen, egal, wie oft sie sie sah. Sie hatte die blonden Haare schwarz gefärbt und straff nach hinten gekämmt. Ihr ganzes Gesicht wirkte verändert, und sie sah aus wie eine Fremde. Eine überaus missbilligende Fremde.

Sie warf einen finsteren Blick auf die Tür, durch die Mr. Langford verschwunden war. »Hattest du deshalb gestern keine Zeit, um dich mit mir zu treffen? Weil du dich mit dem Schnösel amüsieren musstest?«

»Ich habe mich mit niemandem amüsiert – ich war seekrank.« *Was du wissen würdest, wenn du dir die Mühe gemacht hättest, nach mir zu sehen*, dachte Tess trotzig, doch im nächsten Moment stiegen auch schon die Schuldgefühle in ihr hoch. Wie oft hatte Ginny nächtelang neben ihr gesessen, wenn sie als Kind krank gewesen war? Nicht ihr Vater, sondern Ginny. Ginny, mit einem kalten Lappen in der Hand und einer Flasche wirksamer Medizin.

Ginny schien nicht überzeugt. »Und was war das dann gerade eben?«

»Gewöhnliche Freundlichkeit.«

Ginny schnaubte. »Komm schon, Tennie«, sagte sie, und als Tess ihren Spitznamen aus früher Kindheit hörte, war sie sofort wieder fünf Jahre alt, mit einer schmutzigen Schürze und nicht zusammenpassenden Haarbändern. »Gerade du solltest es besser wissen. Freundlichkeit ist alles andere als gewöhnlich.«

Tess hörte Mr. Langfords Stimme in ihrem Ohr: *Er war darauf trainiert, guten Absichten zu misstrauen.* War das tatsächlich auch bei ihr der Fall? War sie zu hart und ging sofort in Abwehrhaltung, obwohl keine Gefahr drohte? Er hatte keinen Grund gehabt, nett zu ihr zu sein. Er war es einfach gewesen.

»Vielleicht liegt es Menschen wie ihm einfach im Blut.« Tess fiel ein Ausdruck aus einem beinahe vergessenen Buch ein: *»Noblesse oblige.«*

»Ja, klar, wenn du meinst. Ich will nur nicht, dass du verletzt wirst, Tennie. Nicht so.« Ginny griff nach Tess' kalten Händen und drückte sie. »Männer wie er benutzen Mädchen wie uns bloß und stoßen sie anschließend beiseite. Das weißt du doch. Lass dich nicht täuschen, nur weil er ein hübsches Gesicht hat.«

Tess schüttelte den Kopf. »Er hat nicht versucht, mich zu umwerben.«

Ginny ließ ihre Hände sinken. »Nein, denn dafür hat er ja Caroline Hochstetter.«

Ginnys Worte waren wie ein Schlag ins Gesicht. Und das hatte sie zweifellos auch so geplant. Eine strenge Erziehung – zu Tess' eigenem Wohle. »Allerdings hat das noch nie einen Mann davon abgehalten, sich noch eine zweite Möglichkeit offenzuhalten. Kurz und schmerzlos, und wenn du Glück hast, bleiben dir am Ende ein paar Münzen in der Tasche.«

Ihre Worte hingen wie Kohlestaub in der Luft. Ätzend. Zerstörerisch.

»Ginny …«, begann Tess, doch dann hielt sie inne, weil sie nicht wusste, was sie sagen sollte. Natürlich gab es Dinge, die Ginny ihr nie erzählt hatte. Dinge, die Ginny getan hatte, um sie über die Runden zu bringen. Um Tess Sicherheit und einen vollen Teller zu garantieren. Doch Ginnys verschlossenes Gesicht verbat Tess jegliches Mitleid. Stattdessen meinte sie einfach: »Mach dir keine Gedanken, Ginny. Ich werde vorsichtig sein, versprochen. Mir wurde übel, und er hat mir geholfen. Das war alles.«

Ginny brachte ihr Gesicht näher heran und runzelte die Stirn. »Wir können niemandem vertrauen außer einander, das weißt du doch.«

»Natürlich.« Mr. Langfords Ingwertee brannte in ihrer Kehle. *Freundlichkeit.* So viel zum Thema Freundlichkeit. Tess spürte, wie die Übelkeit erneut in ihr hochstieg, und schluckte.

Ginny packte sie an den Schultern und musterte sie besorgt. »Alles in Ordnung, Tennie?«

»Ja, ich habe bloß …« Wie hatte Mr. Langford es noch schnell genannt? »*Mal de Mer*. Aus mir wird wohl nie ein Seefahrer werden.«

»Na gut, dann solltest du hoffen, dass es dir schnell wieder besser geht«, erwiderte ihre Schwester, ließ sie los und trat einen Schritt zurück. Jetzt ging es wieder ums Geschäft. »Du hast morgen Abend etwas zu erledigen.«

»Morgen Abend …«, wiederholte Tess. »*Morgen Abend?*«

»Willst du vielleicht warten, bis das Schiff angelegt hat? Das hier ist kein Spiel, Tess. Es geht um unsere Zukunft.«

Nein, das tat es nicht. Es ging um Tess' Vergangenheit, und sie schien einfach nicht davon loszukommen.

»In Ordnung«, seufzte sie müde. Ohne Mr. Langfords Mantel war ihr kalt, und sie fühlte sich entblößt. »Was soll ich machen?«

»Du könntest wenigstens so tun, als würdest du dich darauf freuen.« Ginny spitzte die Lippen. »Die Noten befinden sich in einem Tresor in der Suite der Hochstetters. Hochstetter hat ihn eigens dafür einbauen lassen – er vertraut dem Tresor im Büro des Ersten Stewards nicht. Was dir eine Ahnung davon geben sollte, wie viel dieses Dokument wert ist.«

Tess wusste, dass sie hätte beeindruckt sein sollen, aber sie brachte nicht die Kraft dafür auf. Also nickte sie bloß.

Ginny presste die Lippen aufeinander. »Die Hochstetters werden morgen Abend am Kapitänstisch sitzen, also werden sie pünktlich um sechs Uhr im Speisesaal erscheinen. Die Angestellten nehmen ihr Abendessen um halb sieben ein, das heißt, du hast bis halb acht Zeit. Oder bis acht, wenn du Glück hast.«

»Aber das reicht nicht, um eine Kopie anzufertigen!«

»Dann nimm die Noten mit und mach es später.«

»In meiner Kabine, die ich mir mit drei anderen Frauen teile?«

»Muss ich mich eigentlich immer um alles selbst kümmern? Tu es einfach, Tess! Irgendwie. Aber sieh zu, dass es morgen Abend so weit ist.« Ginny warf einen Blick über die Schulter, als könnte sie jemand belauschen. »Du hast keine Ahnung, mit welchen Leuten wir es hier zu tun haben.«

Etwas an Ginnys Stimme ließ Tess' Alarmglocken schrillen. »Was für Leute, Ginny?« Es ging hier um Walzernoten, um Himmels willen! Natürlich konnten Sammler in einen richtiggehenden Wahn verfallen, aber das schien wohl kaum eine derartige Beunruhigung zu rechtfertigen. »Wovon redest du?«

Doch Ginny schüttelte bloß den Kopf. »Vergiss es. Mach es einfach. Morgen Abend.«

Zehn

DEVON, ENGLAND
MAI 2013

Sarah

Wenn man vom Stand der Sonne ausging, die langsam und unaufhaltsam dem widerstrebenden Horizont entgegensank, hatten wir noch ein oder zwei Stunden, um mit der Arbeit zu beginnen, bevor die Nacht hereinbrach. Vielleicht hatte John Langford aber auch vor, die Nacht durchzumachen, um seinen Dämonen zu entfliehen. Er ging auf jeden Fall wie ein Mann, der zu allem bereit war, während ich wie ein Welpe hinter ihm herhechelte und versuchte, mit seinen langen, entschlossenen Schritten mitzuhalten. Bis er plötzlich abrupt stehen blieb und nach hinten schaute.

»Sie sollten sagen, wenn ich Ihnen zu schnell bin«, meinte er tadelnd.

»Und Sie sollten *merken*, wenn Sie zu schnell sind«, erwiderte ich. »Sonst müssen Sie Ihre Mitgliedschaft im Club der englischen Gentlemen niederlegen.«

»Ich entschuldige mich vielmals. Ich habe auf Ihre schrille amerikanische Stimme gezählt, die mich in Zaum hält.«

Er ging weiter, verlangsamte aber seine Schritte, und als ich zu ihm aufholte und ihn musterte, merkte ich, dass er grinste.

»Deshalb gab es so viele Kriegskinder, wissen Sie?«

»Wie bitte?«

»Im Zweiten Weltkrieg. Gesellschaftliche Konditionierung. Die englischen Mädchen erwarteten, dass sich die amerikanischen GIs wie Gentlemen benehmen, und die GIs erwarteten, dass die englischen Mädchen ihnen eine Ohrfeige verpassen, wenn sie zu weit gehen. Sie waren dazu verdammt, einander zu enttäuschen. Daher die vielen Babys.«

John grunzte nachdenklich.

»Sie sind wohl nicht sehr beeindruckt von meiner historischen Darlegung?«, fragte ich.

»Nein, da irren Sie sich. Ich finde nur, dass ›Enttäuschung‹ ein interessantes Wort ist, wenn es um Sex geht.«

Als ich das Wort Sex in Johns herrischem Oxbridge-Tonfall hörte, stolperte ich, bevor ich mich für einen Moment fing und anschließend doch noch eine spektakuläre Bruchlandung hinlegte.

»Ist alles in Ordnung?«, fragte er und half mir hoch.

Ich spuckte ein paar Grashalme aus. »Ja, mir geht es gut, vielen Dank auch. Wie weit ist es denn noch bis in Ihr Lustschloss?«

»Es ist nicht *mein* Lustschloss, sondern Roberts. Und es befindet sich hinter dem kleinen Wäldchen da vorne. Sie werden es gleich sehen. Sind Sie sicher, dass Sie sich nicht wehgetan haben? Sie humpeln.«

»Klaro. Nur ein paar Grasflecken auf dem Höschen. Keine große Sache.«

Johns Wangen glühten. Er wandte eilig den Blick ab und räusperte sich. »Auf der *Hose*, Sarah.«

»Ja, ja. Schon gut.«

»Ah, da sind wir ja. Nur noch den kleinen Hügel hinunter. Sehen Sie?«

Ich blieb stehen und schaute in die Richtung, in die John deutete. »Sie meinen dort? Auf der Insel?«

»Genau. Das ist es.«

Ich antwortete nicht. Möglicherweise hatte es mir die Sprache verschlagen. Hinter den Bäumen und am Fuße des sanften, frühlingsgrünen Hügels versteckte sich ein kleiner, friedlicher See, in dessen Mitte sich eine Insel befand, und in der Mitte der Insel stand ein achteckiges Gebäude, das aussah, als hätten es die Römer hier vergessen. Es wurde von mehreren Trauerweiden und Apfelbäumen umringt, an denen bereits frische grüne Blätter sprießten, und bestand aus roten Ziegeln und hellem Stein. Auf einer Seite wuchs ein riesiger, leicht violetter Blauregen die Wand empor und über den höchsten Punkt der Kuppel, um auf der anderen Seite zu verschwinden. Die Sonne, die hinter uns stand, ließ den Stein in rosigem Gold leuchten.

»Ziemlich hübsch im sterbenden Licht der Abendsonne, nicht wahr?«, meinte John, und es klang irgendwie, als meinte er eigentlich etwas ganz anderes damit, aber ich war zu sehr von Ehrfurcht ergriffen, um darüber nachzudenken. »Obwohl ich glaube, dass der Blauregen dem Dach nicht gerade guttut.«

»Ich finde es wunderschön.«

»Natürlich ist es wunderschön«, stimmte er mir zu. »Trotzdem kommt es mehr darauf an, was sich im Inneren befindet, oder meinen Sie nicht?«

Er nahm sein Tempo wieder auf, und ich stolperte hinter ihm her. Es wurde langsam kalt, aber ich bemerkte es nicht. Mir war warm von unserem Spaziergang und vor Vorfreude. Eine elegante Steinbrücke tauchte vor uns auf. Sie verband die Insel mit dem Ufer, und als wir darauf zugingen, fragte ich John, wann das Lustschloss erbaut worden war.

»Oh, gleich zu Beginn«, erwiderte er. »Der Admiral ließ es als Sternwarte errichten, denn immerhin waren die Sterne damals sehr wichtig für die Navigation. Außerdem wollte er die Schiffe auf dem Ärmelkanal im Auge behalten. Allerdings teilte keiner seiner Nachfahren diese Besessenheit, und so wurde das Teleskop verkauft und das Dach geschlossen.«

Wir kamen zu der Brücke, und ich legte meine Hand auf einen der nach oben abgerundeten Pfeiler. »Aber die hier ist neuer, oder?«

»Wie kommen Sie darauf?«

»Ähm, wegen des Datums? Das in den Stein graviert wurde? Neunzehnneunzehn?«

»Mein Gott!« Er blieb so abrupt stehen, dass ich beiseitespringen musste, um nicht gegen seine Schulter zu prallen. Er glitt mit der Hand über die Ziffern auf der Steinbrüstung. »Sie haben recht! Das ist mir noch nie aufgefallen.«

»Manchmal braucht es einen neuen Blickwinkel.«

»Wir haben als Kinder ständig hier gespielt.« Er schüttelte den Kopf. »Ich meine, ich wusste natürlich, dass die Brücke erst später gebaut wurde. Aber nicht, wann genau.«

»Was ist mit der ersten Brücke passiert?«

»Es gab keine. Nur ein Boot. Man musste auf die Insel rudern. Der Admiral wollte wohl keine uneingeladenen Gäste.«

Ich betrachtete das Datum erneut. »Dann muss Robert die Brücke gebaut haben, oder? Denn sein Vater ist 1915 gestorben, kurz nach dem Untergang des Schiffes.«

»Ja. Er hat sich in seinem Büro in Whitehall erschossen. Er hat nie erfahren, dass Robert überlebt hat.« John rieb sich das Kinn, und seine Stimme wurde leise. »Ich habe mich oft gefragt, ob es eine Art Strafe war.«

»Wofür?«

»Dafür, dass er Robert für den Tod seines Bruders verantwortlich gemacht hat. Und dass er so ein miserabler Vater war.«

Ich ging langsam über die leicht ansteigende Brücke. Ich liebte diese herrliche, sanfte Ruhe. Unsere Schritte knirschten auf dem Kies, vom höchsten Punkt des Daches zeigte eine

Wetterfahne in Form eines Pferdes nach Osten, und das Wasser selbst war vollkommen ruhig, grünblau und seicht, aber nicht so schlammig, wie ich es erwartet hätte. Ich warf einen Blick über die Brüstung. »Ich schätze, Robert wollte nach allem, was er erlebt hatte, keinen Fuß mehr auf ein Boot setzen.«

»Das kann ich ihm nicht verübeln. Obwohl es natürlich schade ist. Stellen Sie sich diese Abgeschiedenheit vor. Sobald man hinübergerudert war, konnte einen niemand mehr erreichen, ohne nass zu werden.« Er bückte sich, nahm einen Kieselstein und warf ihn ins Wasser, ohne richtig innezuhalten. Ein leises Platschen erklang. »Meine Großmutter hat mir erzählt, dass es hier früher Schwäne gab. In den alten Zeiten. Ein Pärchen.«

»Wie schön. Sie bleiben ein Leben lang zusammen, wussten Sie das? Die Schwäne, meine ich.«

»Grandmama meinte, es wären teuflische Ungeheuer gewesen, die wegen einer Sandwichrinde auf einen losgingen.«

»Was ist mit ihnen passiert?«

John wandte sich um und starrte über das Wasser zu dem samtig grünen Hügel, über den wir gerade gekommen waren. Doch sein Blick war nicht auf das Dower House zu unserer Linken gerichtet, sondern auf das blasse, riesige Gebäude zu unserer Rechten, das auf der Kuppe thronte und im Abendlicht golden erstrahlte. *Langford Hall.* Er verschränkte die Arme vor der Brust und lächelte grimmig.

»Wir haben sie im Krieg gegessen.«

Obwohl der Garten um das Lustschloss nach englischen Maßstäben ungepflegt und verwildert wirkte, sah ich trotzdem Anzeichen dafür, dass jemand hier gewesen war. »Ich dachte, dieser Ort wäre verlassen«, sagte ich und deutete auf einen säuberlich geschnittenen Apfelbaum.

»Ich habe nicht gesagt, dass er *verlassen* ist. Nur, dass meine

Urgroßmutter uns den Zugang zum Haus verwehrte. Die Gärtner kommen ab und zu hierher. Und Mrs. Finch putzt es alle paar Monate durch. Sie lässt das Wasser laufen, spült die Toilette, stellt sicher, dass das Dach nicht leckt und dass die Insekten nicht das Kommando übernommen haben.« John griff in seine Jackentasche und zog einen kleinen Bronzeschlüssel heraus. »Was bedeutet, dass der hier noch funktionieren sollte. So Gott will.«

»Wenn Leute wie Sie sagen, dass ein Gebäude ›jahrelang nicht mehr betreten‹ wurde, dann zählen Bedienstete also nicht dazu?«

»Natürlich nicht. Wie kommen Sie auf so seltsame, demokratische Ideen?« Er steckte den Schlüssel ins Schloss und hielt kurz inne, bevor er ihn vorsichtig drehte. Die Tür war weiß und sehr schlicht. Die Farbe blätterte bereits ab, und es wirkte, als wäre sie erst im Nachhinein eingebaut worden.

»Sie sehen aus wie ein Panzerknacker«, erklärte ich.

»Schlösser sind zarte, mysteriöse Wesen, Miss Blake. Jedes hat seine Eigenheiten, seine Geheimnisse. Man muss Geduld haben und langsam und sanft vorgehen. Man muss sich seinen Weg erfühlen und sich ganz und gar auf seine Aufgabe konzentrieren.«

Er hob den Kopf, um mich mit leicht erhobener Augenbraue anzusehen, und ich spürte, wie das Blut in meine Wangen stieg. Ich verschränkte die Arme vor der Brust. »Und ich dachte immer, ein Gentleman kennt sich nicht mit Handwerkszeug aus.«

»Unsinn. Wir sind sehr angetan von Werkzeugen aller Art. Und wir verwenden sie mit Geschick und Elan. Als ich noch ein kleiner Junge war, hat mein Vater zu mir gesagt, dass alles, was man tut …« – das Schloss klickte, und der Knauf drehte sich unter seiner Hand – »… es auch wert ist, gut getan zu werden. Nach Ihnen, Sarah.« Er trat einen Schritt zurück.

»Nur damit Sie es wissen: Dieser Vergleich zwischen … Schlössern und Teilen der weiblichen Anatomie ist … ich meine … er ist einfach … heillos …« Ich blieb mitten im Raum stehen und murmelte: »Sexistisch.«

»*Teilen der weiblichen Anatomie?* Was zum Teufel meinen Sie damit? Ich habe über Schlüssel gesprochen, Miss Blake. Über Schlüssel und Schlösser. Ihre Gedankengänge sind überaus anstößig. Sind alle amerikanischen Frauen so fixiert auf …«

»Wow! Oh mein Gott! Sie haben nicht übertrieben.«

John schob sich an mir vorbei. »Was meinen Sie?«

»Es ist ja wirklich alles unberührt.« Ich drehte mich langsam um die eigene Achse und versuchte, sämtliche Details in mich aufzusaugen, doch es war zu viel. Sechs der acht Wände wurden von Regalen eingenommen, die von oben bis unten mit Büchern vollgestopft waren, sodass sie beinahe unter der Last zusammenbrachen. Ein riesiger Holzschreibtisch mit stapelweise Unterlagen. Papierstapel auf dem Boden, Papierstapel auf Papierstapeln, Blätter, die von den Papierstapeln heruntergesegelt waren. Und unter den Regalen Schubladen, aus denen noch mehr Unterlagen quollen. Selbst die kleinsten Ritzen, in denen kein Buch Platz hatte, waren vollgestopft. Ich trat an den Schreibtisch und ließ meine Hand über dem grünen Lampenschirm schweben, ohne ihn zu berühren. »Es ist, als wäre der Besitzer eines Tages mitten in der Arbeit fortgegangen und nie mehr wiedergekommen«, murmelte ich.

»Soweit ich weiß, war es genau so. Er hatte einen Herzinfarkt. Der arme Kerl war erst in den Sechzigern.«

»Seine Frau muss am Boden zerstört gewesen sein.«

»Ja, das war sie. Sie ist kurz darauf selbst gestorben. Oh, sehen Sie mal. Das ist er.« John deutete auf ein Porträt, das über der Tür hing. Es war eine der beiden Wände des achteckigen Raumes, die nicht von Bücherregalen eingenommen wurden.

»Sehen Sie sich das Schlitzohr an. Er muss damals noch ziemlich jung gewesen sein.«

Ich trat näher und reckte den Hals, um das Bild näher zu betrachten. »Nicht schlecht.«

»Ja, der Maler war außergewöhnlich talentiert. Meine Urgroßeltern umgaben sich gerne mit Künstlern, und ich glaube, einer ihrer Freunde hat es gemalt.« Er kniff die Augen zusammen. »Ich kann den Namen nicht lesen. Sie etwa?«

»Ich habe eigentlich gemeint, dass Robert ziemlich heiß war. Sehen Sie sich mal die Augen an. Als hätte er ein schmutziges Geheimnis, das er dem Künstler nicht verraten will. Und diese herrlichen Haare.«

John räusperte sich. »Man sagt, ich würde ihm sehr ähnlich sehen.«

Ich wandte mich von Roberts hübschem Gesicht ab und musterte das entschlossene, kantige Gesicht vor mir. Die goldene Haarsträhne, die ihm in die Stirn fiel, wirkte im Dämmerlicht des alten Hauses beinahe braun, und vielleicht ähnelte sie sogar ein wenig der Locke, die in Roberts Stirn fiel. Aber nur vielleicht. Denn Roberts Gesichtszüge waren von eleganter, klassischer Schönheit und die Proportionen klar und makellos. Seine funkelnden Augen schienen über all die Jahrzehnte hinweg mit mir zu flirten. Sie waren kaum mit Johns nüchternen und ernsten Augen zu vergleichen.

»Vielleicht in Ihren Träumen«, sagte ich.

Der Raum selbst war nicht so groß, wie ich erwartet hatte – er maß vielleicht sechs Meter im Durchmesser, obwohl er durch die hohe, kuppelförmige Decke geräumiger wirkte. Jede der acht Wände hatte ein Fenster, das von Bücherregalen umrahmt wurde – abgesehen von der Wand mit der Eingangstür und der Wand gegenüber, in der sich eine identische Tür befand.

»Symmetrie«, erklärte ich John und griff nach dem Türknauf. Ich hätte erwartet, dass die Tür nach draußen führte, doch stattdessen befand sich ein weiterer achteckiger Raum dahinter, der allerdings um einiges kleiner war. »Oh, hey! Sehen Sie mal! Ein Schlafzimmer.«

»Ah, dachte ich's mir doch.« John kam hinter mir her und trat vor eine weitere, kleinere Tür zu unserer Rechten. Er öffnete sie und rief über seine Schulter: »Die berühmte Toilette. Dann ist die Geschichte also doch wahr.«

»Welche Geschichte?«

»Den Erzählungen zufolge hat Robert oft mehrere Wochen hier verbracht, wenn er ein Buch beenden wollte. Meine Urgroßmutter bestand darauf, dass ein Waschtisch und eine Toilette eingebaut wurden, auch wenn es natürlich ein Vermögen kostete. Es war *das* Gesprächsthema im Dorf. Als Amerikanerin legte sie großen Wert auf eine angemessene Kanalisation und Hygiene. Ich schätze, Robert war zu verliebt in sie, als dass er ihr widersprochen hätte.« Er wischte sich die Strähne aus der Stirn. »Man brachte ihm das Essen auf einem Tablett und stellte es vor der Tür ab. Niemand wagte, ihn zu stören.«

»Nicht einmal seine Frau? Wo sie doch so verliebt waren?«

»Ich nehme an, dass eheliche Besuche von Zeit zu Zeit erlaubt waren.«

Wir wandten uns beide gleichzeitig zu dem an der Wand stehenden Bett mit der gestreiften Überdecke um. An einem Ende lag ein Schaffell. »Sie meinten vorhin doch, dass Mrs. Finch herkommt, um sauberzumachen, nicht wahr?«

»Ja, natürlich«, erwiderte er schnell. »Ein paarmal im Jahr.«

Eine unbehagliche Stille senkte sich über uns. Ich wandte mich ab und trat an ein Fenster, das in östliche Richtung die Klippen und den Fluss überblickte. Der Horizont wirkte wie verwaschen, und der Sonnenuntergang spiegelte sich auf der Wasseroberfläche, die schimmerte wie ein Stück Goldfolie.

»Ich weiß gar nicht, wo ich anfangen soll«, meinte ich. »Es ist so viel. Die ganzen Unterlagen, die Bücher, die Unordnung. Ich werde Wochen dafür brauchen.«

»Sie können sich so lange Zeit lassen, wie Sie wollen.«

»Ja, das wäre schön, aber ich muss in zehn Tagen zurück nach New York. Meine Mom …«

»Oh, ja genau.« Er rieb sich erneut das Kinn. »Na ja, Sie haben ja mich als Hilfe. Obwohl mich manche wohl eher als Klotz am Bein bezeichnen würden.«

»Das müssen Sie nicht tun.«

»Aber ich bestehe darauf! Außerdem habe ich sonst nichts zu tun.«

»Wirklich? Müssen Sie denn nicht … ich weiß auch nicht … arbeiten oder so?«

Er lachte. »Schon vergessen? Ich bin im Moment arbeitslos. Arbeitslos und nicht vermittelbar. Ich habe keine Arbeit und keine Familie und verstecke mich vor dem Rest der Welt. Kurz gesagt: Ich stehe Ihnen zur Verfügung.«

»Nein, das geht nicht. Ich kann doch nicht zulassen, dass Sie mir als unbezahlter Assistent zur Verfügung stehen.«

John trat ein Stück näher heran, auch wenn es dafür keinen Grund gab. Seine Größe war überwältigend, obwohl immer noch ein Meter Abstand zwischen uns lag. Denn natürlich kam er mir nicht *zu* nahe. Das war nicht die englische Art. Und ganz sicher nicht die Art der Familie Langford. Mein Blick verfing sich in seinem Pullover, anstatt ihm in die Augen zu sehen, doch ein Räuspern zwang mich schließlich, es doch zu tun. Staubkörnchen schwebten zwischen uns, und seine Stimme klang streng. »Es bleibt Ihnen aber keine andere Wahl, Sarah. Ich breche sämtliche Familienregeln, indem ich Sie überhaupt hierhergebracht habe. Sie glauben doch nicht, dass ich Ihnen erlaube, unbeaufsichtigt in den alten Familienunterlagen herumzuwühlen?«

»Nein. Natürlich nicht.«

»In Ordnung.« Er warf einen Blick auf die Uhr. »Es ist mittlerweile neun Uhr, die Sonne geht bald unter, und ich für meinen Teil bin am Verhungern. Am besten wir gehen zurück, genehmigen uns ein kleines Abendessen und fangen gleich morgen früh an.«

Nachdem ich den Großteil meines Berufslebens damit verbracht hatte, die Gepflogenheiten und Traditionen der britischen Inseln zu studieren, hätte ich von der Speisekammer eines englischen Landhauses nicht zu viel erwarten dürfen.

Trotzdem.

»Als Sie vorhin von einem *kleinen Abendessen* sprachen«, begann ich zögernd, »meinten Sie Toast mit HP Sauce, oder wie?«

»Ihr verwöhnten Amerikaner. Vor Ihnen steht doch eine wunderbare Dose Bohnen, und darf ich Ihre Aufmerksamkeit vielleicht auf die Dose Frühstücksfleisch in dem darüber liegenden Regal lenken? Noch ein wenig Butter zum Braten, und ich würde von einem wirklich leckeren Abendessen sprechen.«

»Sie vielleicht«, meinte ich müde. »Kein Wunder, dass Sie so groß sind. Sie essen sicher alles.«

»Stimmt nicht. Ich hasse HP Sauce.«

»Aber Geschwister haben Sie keine, oder?«

Doch im Grunde wusste ich die Antwort bereits, bevor ich den Satz zu Ende gesprochen hatte. Ich hatte immerhin gewisse Nachforschungen angestellt. Das Wort »Geschwister« fiel wie ein Stein zu Boden, und es war zu spät, es zurückzunehmen. Ich wollte mich bereits entschuldigen, doch John kam mir zuvor.

»Nein, weil meine Mum auf und davon ist, als ich noch ganz klein war, und mein Vater sich innerhalb von zehn Jahren zu Tode trank. Ich hatte also Mrs. Finchs Kochkünste ganz für mich allein, ich Glückspilz.«

»Es tut mir leid. Das wusste ich natürlich. Ich habe nicht nachgedacht, was ich …«

»Machen Sie sich keine Gedanken darüber. Meine Großmutter hat den meisten Kummer von mir ferngehalten. Ich bin in dem Glauben aufgewachsen, eine sehr schöne Kindheit zu verbringen.« Sein langer Arm schob sich an mir vorbei, und er griff nach den Bohnen. »Ich glaube, irgendwo gibt es auch noch eine Packung Toast, wenn wir genau nachsehen.«

»Bohnen auf Toast. Sie wissen, wie man eine Frau glücklich macht, Langford.«

»Wenn Sie gehofft haben, ich würde Sie auf ein Glas Chardonnay und ein leckeres Essen ins Pub einladen, dann haben Sie den Falschen erwischt.«

»Sie sind ein richtiger Snob.«

Ich nahm die Dose mit zum Herd, und zehn Minuten später saßen wir an dem großen Mahagonitisch im Esszimmer und schwemmten die Bohnen auf Toast mit einem irrwitzig teuren Bordeaux hinunter, den John aus dem Keller geholt hatte. Vielleicht war ich einfach bloß hungrig, oder meine Geschmacksnerven waren von dem herrlichen Wein schlichtweg überwältigt, aber es schmeckte richtig gut.

»Es ist ein klassisches Gericht.« John lehnte sich zurück und betrachtete die Zimmerdecke durch sein Weinglas hindurch. Die Glühbirnen in den Wandleuchten waren dunkel geblieben, nachdem wir den Schalter betätigt hatten, also hatte John stattdessen ein paar Kerzen angezündet. Es waren sechs an der Zahl, und es reichte gerade, um das Essen zu erkennen, weshalb ich mir nicht sicher war, was er dreieinhalb Meter über uns zu entdecken hoffte.

»Sie sollten einmal Mrs. Finchs Variante versuchen«, meinte er. »Sie bestreut den Toast mit Cheddar und serviert ihn mit Worcestersauce. Es ist eine Art überbackener Käsetoast mit Bohnen.«

»Sie sind ja ein richtiger Gourmet.«

Da er nicht antwortete, wandte ich meine Aufmerksamkeit wieder den Bohnen zu, während die Uhr auf dem Kaminsims leise tickte und die Kerzen tapfer in dem riesigen Kerzenhalter flackerten (den John im Oktober 1996 in der Stille der Nacht aus Langford Hall hatte mitgehen lassen, wie er mir erzählt hatte, während er die Kerzen mit den uralten Streichhölzern entzündet hatte). Johns Teller war bereits leer und die Flasche nur noch halbvoll. Ich nahm einen weiteren Bissen und trank mein Glas leer, während ich überlegte, was ich sagen sollte. Ich wollte bereits einen Kommentar zu dem unglaublichen Chaos abgeben, das uns am nächsten Tag in Roberts Arbeitszimmer erwartete, als John sich abrupt erhob und Anstalten machte, mein Glas erneut aufzufüllen. »Nein, danke. Der Wein ist zwar grandios, aber ich hatte heute schon einmal zu viel.«

Er zuckte mit den Schultern, goss sich stattdessen selbst nach und setzte sich wieder. »Ich nehme an, Sie halten uns alle für verrückt.«

»Eigentlich dachte ich gerade an etwas anderes. Als wir vorhin über die Schwäne redeten, meinten Sie: ›Wir haben sie im Krieg gegessen‹.«

»Fällen Sie kein falsches Urteil. Im Krieg war etwa ein halbes Kilogramm Fleisch pro Woche erlaubt. Ich wage zu behaupten, dass einer Ihrer Doppel-Hamburger von McDonald's schwerer ist.«

»Ich fälle hier überhaupt kein Urteil. Aber *Sie*, John Langford, haben wohl kaum während des Krieges Schwanenfleisch gegessen. Sie unterstellen mir ein unnötiges Zugehörigkeitsgefühl zu meinen irischen Vorfahren, aber Sie sind doch genauso. Sie sind Ihrer Familie treu ergeben.«

»Ja«, erwiderte er.

»*Ja?* Das ist alles?«

»Ja, ich bin meiner Familie treu ergeben, Sarah. Tatsächlich sitze ich hier und überlege fieberhaft, was zum Teufel mich dazu gebracht hat, eine Frau, die ich erst seit ein paar Stunden kenne, ins Herz dessen zu führen, was von der Familie Langford nach einem wahrhaft desaströsen zwanzigsten Jahrhundert übriggeblieben ist. Ins Allerheiligste, das lästigen Wissenschaftlern und Journalisten verwehrt wurde, seit mein Urgroßvater seine sterbliche Hülle abstreifte. Vielleicht bin ich hier der Irre.«

»Also, wenn Sie mich fragen, können Sie mir vertrauen. Ehrlich.«

»Um es mit den einzigartigen Worten der Christine Keeler zu sagen: ›Es ist natürlich klar, dass Sie das behaupten, nicht wahr?‹ Aber egal. Es ist schon geschehen. Jetzt gibt es kein Zurück mehr.«

»Doch, das gibt es. Sie könnten mich gleich morgen früh nach London zurückbringen und die schlafenden Hunde ruhen lassen. Bloß, dass Sie dann nie herausfinden werden, was Robert Langford an dem Tag, als die *Lusitania* sank, wirklich vorhatte.«

»Aber das wäre der feigere Weg, nicht wahr? Außerdem habe ich nicht gesagt, dass ich Ihnen *nicht* vertraue.« Er trank sein Glas aus und erhob sich. »Kommen Sie, ich bringe Sie nach oben. Mrs. Finch sollte Ihr Zimmer mittlerweile vorbereitet haben.«

»Mein Zimmer?«

»Nun, eigentlich ist es *mein* Zimmer. Ich fürchte, die anderen Zimmer sind nicht gerade wohnlich. Dafür war die Vorlaufzeit zu kurz.«

»*Ihr* Zimmer?«

Er legte den Kopf in den Nacken und lachte. »Mein Gott, dieser Gesichtsausdruck! Keine Sorge, Sarah. Ich selbst werde nicht dort schlafen.«

»Oh.« Ich schluckte ein Gefühl hinunter, bei dem es sich

auf keinen Fall um Enttäuschung handeln konnte. *Auf keinen Fall.* »Und wo schlafen Sie dann?«

John nahm seinen Teller, griff nach meinem und legte die Messer und Gabeln obendrauf. »Es gibt da ein altes Sprichwort, auf das Ihr Freund Reagan im Kalten Krieg immer wieder zurückgriff: *Vertrauen ist gut, Kontrolle ist besser.*«

»Und das bedeutet in diesem Fall?«

»Es bedeutet, dass Sie hier im Dower House in dem Bett meiner Kindheit schlafen werden, während ich zumindest versuchen werde, in Robert Langfords Lustschloss Ruhe zu finden.« John griff nach der Weinflasche, steckte den Korken hinein und klemmte sie sich unter den Arm. »Umgeben von all seinen Geheimnissen.«

Elf

AUF SEE
MONTAG, 3. MAI 1915

Caroline

Jones hielt feierlich das blassrosa Nachmittagskleid aus Tüll und zarter Spitze hoch, und ihr Gesicht strahlte, als hätte sie gerade ein Geheimnis offenbart. »Ich habe es gestern Abend gebügelt und dachte mir, dass Sie es heute für die Konzertprobe anziehen könnten. Die Ärmel sind wunderbar geeignet, um Ihrem Klavierspiel zusätzliche Intensität zu verleihen.«

Caroline hatte sich auf den ersten Blick in die langen, weichen Tüllärmel mit den engen, geknöpften Manschetten verliebt und es im Kaufhaus Bergdorf bestellt, ohne vorher nach dem Preis zu fragen. Ihre Mutter wäre stolz auf sie gewesen. Nachdem sie dazu erzogen worden war, sich stets bewusst zu sein, was das Leben kostete, und dabei so zu tun, als wäre es ihr egal, war ein solches Verhalten eine große Errungenschaft. Das Seltsame war, dass die Armut Carolines Mutter nicht so sehr belastete wie die Angst, die Nachbarn könnten herausfinden, wie verzweifelt die Telfairs tatsächlich waren. Dass es nicht an der schlechten körperlichen Verfassung ihrer Mutter lag, dass sie nicht ins Ausland reisten oder rauschende Feste veranstalteten, wie es zu Lebzeiten ihres Vaters der Fall gewesen war.

»Es ist perfekt«, erklärte Caroline, obwohl sie das Kleid
kaum eines Blickes gewürdigt hatte. Sie hatte schlecht geschlafen, die Erinnerung an Robert Langfords Kuss hatte sie wach
gehalten. Hatte sie ihn wirklich geküsst? Oder er sie? Und
spielte das denn wirklich eine Rolle?

Sie war eine verheiratete Frau. Eine verheiratete Frau, die
ihren Mann liebte. Was hatte sie sich bloß dabei gedacht?

»Ist alles in Ordnung, Ma'am?«

Caroline wurde mit einem Mal klar, dass sie sich die Finger
auf die Lippen presste. Sie ließ sie beschämt sinken. »Ja, alles
in Ordnung. Ich danke Ihnen. Um welche Uhrzeit soll ich
mich mit Miss Schuyler zur Probe treffen?«

»Gleich nach dem Mittagessen, Ma'am. Im Salon der ersten Klasse. Ich habe mir erlaubt, Patrick aufzutragen, den Flügel für Sie zu stimmen. Ich weiß ja, dass Sie über ein perfektes
Gehör verfügen.«

Caroline betrachtete Jones, als würde sie sie zum ersten Mal
sehen. Die zurückgekämmten dunklen Haare, das ernste Gesicht. Sie fragte sich, was für eine Geschichte dahintersteckte.
Was hatte dazu geführt, dass Jones als Kammerzofe arbeitete,
und warum war sie so gut darin? Weshalb bemerkte Jones so
viele Kleinigkeiten und setzte ihr Wissen dazu ein, Carolines
Leben einfacher zu machen? Es war eine richtige Gabe.

Aber natürlich war es unmöglich, Jones danach zu fragen.
Ihre Mutter hatte sie immer davor gewarnt, der »Hilfe« zu
nahe zu kommen, wie sie die beiden Dienstboten nannte, die
trotz der mageren Bezahlung bei ihnen blieben – wenn auch
nur, weil beide schon in Carolines Kindheit fortgeschrittenen
Alters gewesen waren und keine anderen Möglichkeiten mehr
hatten.

»Danke, Jones.« Sie lächelte warmherzig, um ihre Wert-
schätzung zum Ausdruck zu bringen, auch wenn die Schuldgefühle nach dem Kuss noch immer an ihr nagten.

»Sind Sie sicher, dass Sie nur Kaffee zum Frühstück wollen, Ma'am?«

Caroline nickte. »Vermutlich bin ich seekrank. Ich kann im Augenblick nicht einmal ans Essen denken. Ich glaube, ich werde mich anziehen und in den Salon gehen, um ein wenig Klavier zu spielen, bevor Miss Schuyler kommt. Bei diesem kalten, feuchten Wetter sollten die Finger vorher aufgewärmt werden.«

Sie erhob sich und wollte gerade den Morgenmantel von den Schultern streifen, als jemand sanft an den Türrahmen klopfte und ein leises Räuspern ertönte.

»Liebling.« Carolines Stimme klang schriller als beabsichtigt. Sie und Gilbert hatten nach dem unsäglichen Kuss keine Gelegenheit gehabt, alleine miteinander zu sprechen. Keine Gelegenheit, dass er sie anschreien oder beschuldigen oder sonst irgendetwas hätte tun können, wozu er in jedem Fall das Recht gehabt hätte. Sie musterte sein Gesicht und suchte nach Hinweisen dafür, dass er sie und Robert tatsächlich gesehen hatte. Aber er sah aus wie immer: derselbe ruhige Blick und dieselben zusammengebissenen Zähne. Dieselben sanften Augen, in denen keinerlei Schuldzuweisung zu sehen war.

Sie zwang sich, nicht erleichtert aufzuseufzen. »Kommst du nachher, um dir die Probe für das Konzert am Donnerstag anzuhören? Ich glaube, ohne deinen Beistand werde ich die Stunde mit Margery Schuyler wohl nicht überstehen.« Erst als sie es laut aussprach, merkte sie, wie sehr sie hoffte, er würde ja sagen. Sie wollte ihm all ihre Aufmerksamkeit schenken und ihm zeigen, wie sehr sie ihn bewunderte. Nicht, um ihre Schuldgefühle zu besänftigen, wie sie sich selbst versicherte, sondern um sie beide daran zu erinnern, dass sie ihn von Herzen liebte.

Er räusperte sich erneut. »Es tut mir leid, ich habe wichtige geschäftliche Verpflichtungen. Aber ich werde dich heute

Abend zum Dinner begleiten.« Er griff in seine Tasche und zog eine Perlenkette heraus. »Jones hat mich gebeten, die hier aus dem Tresor des Oberstewards zu holen. Sie hat auch vorgeschlagen, dass du das Saphircollier zu deinem Abendkleid trägst. Darum werde ich mich später kümmern.«

Er streckte ihr die Perlen wie ein Friedensangebot entgegen, und Caroline hätte sie am liebsten gepackt und frustriert an die Wand geschleudert. Stattdessen streckte sie die Hand aus und ließ zu, dass er die Perlen auf ihre Handfläche gleiten ließ. »Danke, Gilbert. Obwohl ich glaube, es wäre einfacher, meinen Schmuck in dem Tresor zu verwahren, den du von zu Hause mitgebracht und im Wohnzimmer hast einbauen lassen. Dann müsstest du nicht ständig zum Obersteward und wieder zurückeilen.«

»In meinem Tresor befinden sich die Geschäftsunterlagen, die ich in England brauchen werde. Ich fürchte, es ist kein Platz für andere Dinge.«

»In Ordnung«, erwiderte Caroline und klang sogar in ihren eigenen Ohren geschlagen. Sie rang sich ein Lächeln ab. »Die Perlen und Saphire passen wunderbar.«

»Bis später«, meinte er mit einer steifen Verbeugung, die wohl vor allem aus Respekt gegenüber Jones erfolgte. Dann wandte er sich ab und eilte davon, wobei seine Schritte erneut von dem dicken Teppichboden verschluckt wurden.

Caroline konzentrierte sich auf die nässende Wunde in Margerys Mundwinkel, um sich von der kreischenden Stimme der älteren Frau abzulenken, sobald sich diese an einem hohen C versuchte. Obwohl man ihre Stimme mit einigem diplomatischen Geschick als Alt bezeichnen konnte, hatte sich Margery in ihrem Wahn für Karol Szymanowskis »Lieder einer Märchenprinzessin« entschieden, auch wenn die Komposition für Gesang und Klavier ganz eindeutig für Sängerinnen mit einer

Sopranstimme gedacht war, die die hohen Töne trafen, ohne die Mäuse in den Wänden verrückt zu machen. Caroline war sich ziemlich sicher, dass es in ihrer Heimat Georgia Hähne gab, die morgens mit einer größeren stimmlichen Vielfalt aufwarteten als Margery Schuyler.

Caroline hob ihre Finger von den Tasten des Konzertflügels, der praktischerweise in der Mitte des Salons stand, sodass er von allen gesehen wurde, was Margery offenbar nichts ausmachte. Sie kreischte sogar noch lauter, wenn jemand vorbeiging, und Caroline fragte sich, ob die unmusikalische Frau wohl schon bemerkt hatte, dass der Kreis der leeren Stühle um das Klavier immer größer wurde.

Sie griff nach einem Stapel Notenblätter, die Patrick hilfreicherweise auf dem Klavier abgelegt hatte. Sie war sich nicht sicher, wo er sie aufgetrieben hatte, aber er hatte offenbar geahnt, dass so etwas passieren würde, und wollte behilflich sein. Vielleicht hatte er Angst gehabt, dass zu viele Passagiere freiwillig über Bord springen würden, wenn Margery weiterhin nicht nur der Musik des armen Mr. Szymanowski, sondern auch den Ohren ihrer Zuhörer derartige Schmerzen zufügte.

Caroline zog die Noten für Schuberts »Der Tod und das Mädchen« aus dem Stapel. Es war zwar nicht gerade sein herausragendstes Werk, aber ein gutes Einsteigerstück für einen Gesangsneuling. Außerdem kannte Caroline es bereits. »Wie wäre es stattdessen damit?«, schlug sie vor und streckte Margery die Noten entgegen.

Margerys Lippen zitterten, dann verzog sie formvollendet den Mund. »Nur wenn Sie lieber ein einfacheres Stück spielen wollen. Ansonsten bin *ich* hier die Künstlerin, und Sie sollen *mich* begleiten. Ich verstehe nicht, warum Sie nicht in demselben Tempo spielen, in dem ich singe, und warum Sie so viele Töne hinzufügen, dass es immer klingt, als wäre ich aus dem

Takt gekommen.« Sie sah über ihre nicht gerade kleine Nase auf Caroline hinunter und zog die Luft ein.

»Weil das Stück genau so geschrieben wurde«, beharrte Caroline und brauchte einige Energie, um überhaupt etwas über die zusammengepressten Lippen zu bringen. Sie nahm sich sogar einen kurzen Moment Zeit, die exquisite Deckenverzierung im Salon zu bewundern, um ihre Nerven zu beruhigen. »Ich dachte, da wir gemeinsam auftreten, sollten wir *beide* die Noten lesen können. Gemeinsam.«

Margery betrachtete stirnrunzelnd das Notenblatt und tupfte sich die offene Stelle im Mundwinkel mit einem Taschentuch trocken. »Was ist eigentlich mit dem Strauss-Walzer? Ich habe Ihnen doch sicher schon gesagt, dass ich wunderbare Texte verfasse, und ich bin mir sicher, dass ich auch dazu herrliche Worte finden werde.« Sie zog erneut die Nase hoch. »Das ist wieder typisch für diese *Deutschen*, keinen Text zur Musik zu verfassen. Als wäre dieser weniger wichtig.«

»Aber es ist ein Walzer und …«, begann Caroline, doch Margery fiel ihr ins Wort: »Los, holen Sie ihn! Dann zeige ich Ihnen, was ich meine.«

Caroline drehte sich auf der Bank zur Seite, um der niederträchtigen Frau ins Gesicht zu sehen. »Mein Mann hält die Noten unter Verschluss. Ich fürchte, ich kann sie Ihnen unmöglich zeigen.«

»Unsinn. Ihr Mann ist doch sicher nicht zu beschäftigt, um seiner Frau diesen einfachen Wunsch zu erfüllen.«

Caroline schaffte es nicht mehr, ihren Verdruss und ihren Ärger vollends aus ihrer Stimme herauszuhalten: »Er ist nicht zu beschäftigt, Miss Schuyler. Das Manuskript ist schlichtweg zu wertvoll und wird den Tresor erst verlassen, wenn wir von Bord gehen.«

»Also das ist doch lächerlich! Kommen Sie, wir gehen zum

Arbeitszimmer des Oberstewards und verlangen, dass man uns die Noten aushändigt.«

»Sie befinden sich doch gar nicht beim Obersteward …« Caroline brach ab und fragte sich, warum sie eigentlich mit dieser Frau diskutierte. Sie holte tief Luft und richtete den Blick wieder auf die Tasten. »Es tut mir leid, aber es ist einfach unmöglich. Sollen wir es mit einem anderen Stück versuchen?« Sie sah hoch und rang sich ein Lächeln ab.

Doch Margery erwiderte es nicht. Stattdessen wurden ihre Augen schmal. »Das ist genau das, was ich mir von einem Emporkömmling wie Ihrem Mann erwartet habe. Er hat zwar reichlich Geld, aber er gehört nicht zu uns. Vielleicht würde Ihre einwandfreie Erziehung ein wenig auf ihn abfärben, wenn er mehr Zeit mit Ihnen verbringen würde, aber ich sehe Sie beide kaum zusammen. Es scheint immer ein dringendes Geschäft zu geben, das ihn von Ihrer Seite lockt. Was kann denn um Himmels willen schöner sein, als Zeit mit seiner jungen Frau zu verbringen? Kein Wunder, dass Sie keine Kinder haben.«

Die ältere Frau sah aus, als hätte sie sich tatsächlich eine Antwort erwartet. Caroline griff nach den Notenblättern und tat, als würde sie sie noch einmal durchsehen, obwohl ihre Hände so stark zitterten, dass sie befürchtete, sie zu zerreißen. »Mein Mann hat viele geschäftliche Verpflichtungen, Miss Schuyler, und ich fürchte, es steht mir nicht zu, mit Ihnen darüber zu sprechen. Sollen wir die Probe fortsetzen?«

Margery presste die Lippen aufeinander, woraufhin die entzündete Stelle noch mehr hervortrat. »Mir fällt es ehrlich gesagt sehr schwer, mit Ihnen zu arbeiten. Wenn ich eine andere Begleitung finden würde, würde ich keinen Moment lang zögern, aber es sieht so aus, als wären alle bereits vergeben, deshalb muss ich nun mit Ihnen vorliebnehmen.« Sie zog die Luft ein. »Ich habe Kopfschmerzen und werde mich in meine

Kabine zurückziehen, um mich hinzulegen. Darf ich vorschlagen, dass Sie die Zeit zum Üben nutzen? Ansonsten fürchte ich, dass Sie uns beide in Verlegenheit bringen werden.« Sie drehte den Kopf beiseite, wandte sich ab und verschwand, wobei das Rascheln ihrer altmodischen Röcke in dem mittlerweile auffallend leeren Salon nachhallte.

Nachdem sie fort war, hielt es Caroline keine Sekunde länger aus. Sie ließ ihre Hände auf die Tasten knallen, was natürlich ein überaus kindischer Ausdruck ihrer Frustration war. Aber Menschen wie Margery waren nun mal überraschend gut darin, in ihren erwachsenen Mitmenschen kindische Reaktionen hervorzurufen.

Plötzlich hörte Caroline jemanden applaudieren, und sie sprang so schnell auf, dass sie beinahe die schwere Klavierbank umgeworfen hätte. Sie packte sie am brokatbezogenen Sitzkissen, um sie aufzufangen, und sah sich nach ihrem überraschenden Publikum um.

Es war Robert Langford, der es sich offenbar unbemerkt auf einem Sofa mit hoher Rückenlehne bequem gemacht hatte, von dem er nun aufstand. »Der letzte Teil war das Beste an der gesamten Aufführung. Werdet ihr ihn auch am Donnerstag einbauen?«

Sie wollte lachen, doch dann erinnerte sie sich daran, wie sich seine Brust angefühlt hatte, als er sich gegen sie gepresst hatte. Wie seine Lippen geschmeckt hatten. Ihr Lächeln erlosch.

»Du hättest mir Bescheid geben sollen, dass du hier bist. Es ist ziemlich unhöflich, andere zu belauschen.«

Er trat näher, und sie roch seinen sauberen, frischen Duft. »Und diese wunderbare Vorstellung versäumen? Na ja, zumindest das Klavierspiel war wunderbar.«

»Danke.«

Ihre Blicke trafen sich, und auch sein Lächeln verblasste.

»Ich könnte dir den ganzen Tag zuhören. Ich schätze, es erinnert mich an meine Kindheit im Langford House, als meine Mutter noch spielte. Sie war ziemlich gut, weißt du? Sogar brillant. Aber dann hat sie plötzlich aufgehört zu spielen.« Er grinste, doch seine Augen funkelten nicht mehr.

»Sie hat aufgehört?«

Er nickte, und sein Lächeln verblasste. »An dem Tag, an dem James ertrank. Was wohl bedeutet, dass ich daran ebenfalls Schuld trage.« Seine Mundwinkel hoben sich erneut, als könnte er seine düsteren Worte damit beiseitewischen. »Sie war wunderschön. Wie du.«

Eine bedeutungsschwere Stille senkte sich über sie. Caroline wurde mit einem Mal klar, dass ihr Blick auf seinen Lippen ruhte, und hätte am liebsten einen Schritt auf ihn zugemacht. Doch genauso gerne wäre sie so weit fort wie möglich gelaufen.

»Ich liebe meinen Mann«, sagte sie und wünschte, sie hätte nicht so geklungen, als müsste sie vor allem sich selbst davon überzeugen.

»Ich weiß«, erwiderte Robert leise.

»Was gestern passiert ist …«

»Musste passieren«, beendete er den Satz für sie.

»Was meinst du damit?«

Er zuckte mit den Schultern. »Du schwärmst schon seit Jahren für mich. Es musste eines Tages dazu kommen.«

»Entschuldige bitte! Du hast vielleicht Nerven …«

Er lachte. »Das ist schon besser. Du warst viel zu ernst. Du hast mich geküsst, und es hat uns beiden gefallen. Und wenn du es dabei belassen willst, können wir das tun. Ich will nur, dass du weißt …« Er trat einen Schritt nach vorn, als wäre der Salon voller Menschen und nicht vollkommen leer. Er wollte, dass nur sie allein hörte, was er zu sagen hatte. »Ich liebe dich seit dem Moment, als ich dich zum ersten Mal sah. Ich habe versucht, dagegen anzukämpfen, aber es geht nicht. Ich kann einfach nicht akzeptieren, dass ich dich den Rest meines Lebens nur aus der Ferne lieben darf.«

Er berührte sie nicht, aber dennoch brannte jeder Zentimeter ihres Körpers. Plötzlich kam ihr eine Erinnerung, und sie lächelte, obwohl sie am liebsten geweint hätte.

»Du hast mir im Rosengarten der Talmadges die Haare aus dem Gesicht gehalten, während ich mich übergeben musste«, meinte sie. »So haben wir uns kennengelernt.«

»Du warst gerade sechzehn geworden und hattest zu viel Champagner getrunken. Du wolltest unbedingt erwachsen sein.«

Sie standen so nahe beieinander, dass sie ihn hätte küssen können, und es beschämte sie, wie sehr sie sich genau das wünschte. »Das scheint schon eine Million Jahre her zu sein, nicht wahr? Ich frage mich, was wohl passiert wäre, wenn du mir schon damals deine Liebe gestanden hättest? Wie würde unser Leben wohl aussehen?«

»Zunächst einmal hätte dich deine Mutter nicht ins Internat nach Pennsylvania geschickt.«

»Aber dann hätte ich Gilbert ja gar nicht kennengelernt.«

Es folgte eine Pause. »Nein, das hättest du nicht«, erwiderte er, und seine Stimme war kaum mehr als ein Flüstern.

»Caroline, da bist du ja!« Gilberts Stimme dröhnte von der Tür in den Rauchersalon zu ihnen herüber. »Es wird langsam Zeit, uns für das Abendessen zurechtzumachen.«

Sie trat eilig einen Schritt zurück und hoffte, dass es Gilbert nicht auffallen würde. »Natürlich. Ich wollte gerade gehen.« Sie deutete auf Robert. »Du erinnerst dich doch an Robert Langford, nicht wahr, Liebling? Er war auf unserer Abschiedsparty.«

Die beiden Männer waren beinahe gleich groß und beäugten einander interessiert. Dann schüttelten sie sich die Hände. »Ja. Natürlich. Ihr Vater ist Sir Peregrine Langford, oder?«

»Schuldig im Sinne der Anklage. Kennen Sie ihn?«

»Nur vom Hörensagen. Soweit ich weiß, steht er an vorderster Front der Bewegung, die Präsident Wilson zum Kriegseintritt überreden will.«

»Ich fürchte, ich weiß auch nicht mehr über die Absichten meines Vaters als Sie. Wir reden nicht miteinander. Aber ich habe in letzter Zeit eine Menge darüber gelesen, dass Hochstetter Iron&Steel Großbritanniens Hauptlieferant für Granatsplitter und Stacheldraht ist. Ich sollte Ihnen wohl für Ihr Engagement im Kampf gegen die Deutschen danken.«

Gilbert hüstelte und räusperte sich, bevor er auf Caroline deutete. »Ich fürchte, wir langweilen meine Frau zu Tode. Bitte entschuldigen Sie uns, wir müssen uns jetzt für das Dinner zurechtmachen. Guten Tag.«

Robert nickte. »Ich muss ebenfalls los.« Er wandte sich an Caroline. »Danke, dass ich der Probe beiwohnen durfte. Es wird sicher grandios.«

Er verabschiedete sich und verließ den Salon, und Caroline brauchte sämtliche Kraft, um ihm nicht hinterherzustarren.

»Wollen wir?«, fragte Gilbert und bot ihr seinen Arm an.

»Ich habe mich nicht gelangweilt«, erklärte sie, ohne sich von der Stelle zu rühren. »Und stimmt es, was Robert gesagt hat? Bist du wirklich der Hauptlieferant der Briten für Granatsplitter?«

Er fühlte sich sichtlich unwohl. »Das könnte gut sein, aber ohne die genauen Zahlen zu kennen, kann ich es dir nicht mit Sicherheit sagen. Die Briten brauchen jedenfalls dringend Nachschub, und es ist ein großer Markt. So, nun weißt du es also. Können wir jetzt in unsere Suite gehen?«

»Ja, natürlich.« Sie klammerte sich fester an seinen Arm als unbedingt notwendig und hoffte, dass er das Schwanken des Schiffes für ihre wackeligen Knie verantwortlich machen würde und nicht die Begegnung mit Robert und die Tatsache, dass sie von jemand anderem erfahren musste, was ihr Mann vor ihr geheim hielt.

Als Gilbert sie durch den Salon zu den Aufzügen führte, kam ihnen eine kleine Gruppe Kinder mit ihren beiden Kindermädchen entgegen. Sie kicherten und freuten sich nach einem Ausflug an die frische Luft auf dem Promenadendeck offenbar auf ihren Nachmittagstee. Ein kleiner Junge, der sicher nicht älter als vier war und einen hinreißenden Matrosenanzug mit passender Kappe trug, prallte mich solcher Wucht gegen Gilbert, dass es ihm den Atem verschlug.

»Na, na, junger Mann«, meinte Gilbert sanft und hob das Kind mit seinen starken Armen hoch. »Warum so eilig?«

»Oh, Rupert – entschuldige dich sofort!«, ermahnte ihn das junge Kindermädchen, dessen Wangen vor Scham rot glühten – vielleicht war aber auch nur die frische Luft daran schuld.

Der Junge sah lächelnd zu Gilbert hoch. »Nanny hat gesagt, dass ich zwei Eis bekomme, wenn ich brav bin.« Er streckte zwei pummelige Fingerchen in die Höhe.

»Na dann«, sagte Gilbert lachend und setzte den Jungen vorsichtig auf den Boden ab, sodass ihn das Kindermädchen wieder unter seine Fittiche nehmen konnte. »Ich würde sagen, dass du sehr brav warst. Ein solcher Einsatz für ein versprochenes Eis sollte niemals bestraft werden, denke ich.«

»Nein, Sir«, erwiderte das Kindermädchen und sah Gilbert mit solcher Bewunderung an, dass sich Carolines Brust zusammenzog und sie kaum noch Luft bekam.

Gilbert starrte der Gruppe lange nach, bis sie über die Treppe verschwunden war, dann führte er Caroline zurück in die Suite. »Ich muss dir etwas zeigen«, sagte sie, als er die Tür zu ihrem Schlafzimmer öffnete.

Sie wartete nicht auf seine Antwort, sondern führte ihn hinein und versperrte die Tür hinter ihm. Die Begegnung mit dem kleinen Jungen hatte sie daran erinnert, wie sehr er sich wünschte, bald Vater zu werden. Und wie sehr sie die Mutter seines Kindes sein wollte. Egal, was zwischen ihnen war, das hatte sich nicht geändert und würde sich wohl auch nie ändern.

Gilbert hob eine sandfarbene Augenbraue, als sie auf ihn zutrat. »Was machst du, Caroline? Es ist doch noch helllichter Tag.«

»Ich weiß. Und ich bin immer noch deine Frau. Ich habe dich in meinem Bett vermisst.« Sie öffnete die Knöpfe seiner Anzugweste und stellte sich auf die Zehenspitzen, um die Stelle an seinem Hals zu küssen, wo er es am liebsten mochte.

»Liebe mich«, flüsterte sie ihm leise ins Ohr. »Jetzt gleich.« Sie streifte ihm das Jackett über die Schultern und war erleichtert, als sie auf keinen Widerstand stieß. »Weil ich dich begehre. Und weil ich gerne glauben würde, dass du mich ebenfalls begehrst.«

Seine Finger glitten durch ihre Haare und lösten mehrere Nadeln, doch er schien es nicht zu bemerken. Vielleicht war es ihm aber auch egal. Er schien wie ein Mann, der kurz vorm Verhungern stand, als er sie hochhob und zum Bett trug, wo keiner der beiden sich die Zeit nahm, sich vollständig zu entkleiden.

Zuerst waren seine Berührungen zaghaft und vorsichtig, doch Caroline, die versessen darauf war, das Bild eines anderen Mannes aus ihren Gedanken zu löschen, führte ihn dorthin, wo sie ihn haben wollte. Sie zeigte ihm, wie schnell und wie langsam es sein sollte, wo er sie küssen durfte und wie fordernd oder sanft er sein musste. Und so vergaßen sie beide für kurze Zeit, wer sie waren und was sie auf dieses Schiff geführt hatte. Sie genossen einander, als hätten sie sich noch nie geliebt.

Danach schlief Caroline glücklich und zufrieden neben Gilbert auf dem schmalen Bett ein, ihr nacktes Bein über seinem.

Als sie schließlich erwachte, weil Jones nach ihr rief und an die Tür klopfte, fiel ihr Blick zuallererst auf die Nachricht mit dem Briefkopf der *Lusitania*, die neben ihr auf dem Nachttisch lag. Sie hob sie hoch und atmete tief durch. Sie wusste, was er geschrieben hatte, ohne die Nachricht zu lesen. Gilbert hatte ihr auch am Morgen nach der Hochzeitsnacht eine Nachricht hinterlassen. Sie hatten die Nacht in aufgeregter Erwartung und erfüllter Leidenschaft miteinander verbracht, weshalb der Inhalt der Nachricht nur umso niederschmetternder gewesen war.

Caroline öffnete das gefaltete, steife und reinweiße Papier, das so geschäftsmäßig wirkte, und las die beiden Worte, die mit einem einfach *G* unterzeichnet worden waren.

Vergib mir.

Zwölf

AUF SEE
MONTAG, 3. MAI 1915

Tess

Verzeihung!«, murmelte Tess und drängte sich an einem weiteren Kindermädchen mitsamt ihren Schützlingen vorbei, die sich auf dem Schutzdeck versammelt hatten – und somit direkt vor dem Eingang zur Galerie des Speisesaals der ersten Klasse.

Es wurde langsam Zeit, dass die Kindermädchen die Sprösslinge der ersten Klasse sanft von ihren Reifen, Kreiseln und anderen Spielzeugen trennten, sie zum Abendessen lotsten und anschließend zu Bett brachten, damit ihre Eltern ausschwärmen und sich vergnügen konnten. Und mit »Vergnügen« meinte Tess speisen, trinken, Karten spielen und sich beim Laientheater zum Narren zu machen. Andererseits ging es Tess natürlich nichts an, womit die hohen Tiere ihre Freizeit verbrachten – solange es sie von ihren Kabinen und Suiten fernhielt und sie für alle Welt sichtbar mit etwas anderem beschäftigt waren.

Tess fand es wahnsinnig nett von dem Architekten der *Lusitania*, dass er den Speisesaal der ersten Klasse mit einer Kuppel und der dazugehörigen Galerie versehen hatte, denn diese bot nicht nur eine hervorragende Aussicht, sondern durch die kunstvoll gefertigten Säulen auch genügend Deckung, um das Kommen und Gehen im Speisesaal unbemerkt im Auge zu behalten. Wobei hier natürlich vor allem eine Person zählte, nämlich Caroline Hochstetter. Sobald Mrs. Hochstetter auf ihrem Stuhl Platz genommen hatte, konnte Tess in ihre Suite huschen.

Und dann? Nun, das Darauffolgende war wohl kaum der Rede wert. Sie musste bloß den Tresor aufbrechen, den Inhalt an sich nehmen und verschwinden, bevor sie jemand entdeckte. Keine große Sache.

Es ist das letzte Mal, rief Tess sich in Erinnerung, während sie auf eine der Säulen zutrat.

Es gab nur ein Problem. Ihre Säule war bereits besetzt, und so wie es aussah, stand der Mann schon seit einiger Zeit dort.

»Warum überrascht es mich nicht, Sie hier zu sehen?« Mr. Langford hob seinen silbernen Flachmann zur Begrüßung. Tess erhaschte einen kurzen Blick auf das eingravierte Wappen, als er den Kopf in den Nacken legte und einen großen Schluck nahm.

»Weil Sie einfach nicht genug von mir bekommen können?«, witzelte Tess und suchte krampfhaft nach einem Ausweg. Es würde ihm natürlich auffallen, wenn sie sich eine andere Säule suchte. Andererseits lieferte ihr ein nettes Gespräch mit einem Bekannten zumindest eine Entschuldigung, warum sie sich hier oben aufhielt.

Im Großen und Ganzen war Mr. Langfords Anwesenheit vielleicht sogar weniger ein Fluch als vielmehr ein Segen – wenn auch ein ziemlich mürrischer.

»Sie scheinen sich gut erholt zu haben«, meinte Mr. Langford wenig begeistert. Er schwenkte den Flachmann. »Von Ihrer …«

»*Mal de Mer?*«, schlug Tess mit einem Lächeln vor, das Mr. Langford jedoch nicht erwiderte. Es kam ihr dumm vor, dass sie sich verletzt fühlte. Als wären sie mehr als flüchtige Bekannte. Sie deutete mit dem Kopf auf seine Uhrenkette. »Haben Sie die Zeit?«

»*Die Zeit verdarb ich, nun verderbt sie mich.*« Mr. Langford nahm einen weiteren Schluck, bevor er die Uhr aus seiner Westentasche zog. »Halb sechs.«

Später, als sie gedacht hätte. »Ta«, erwiderte Tess, nachdem sie gehört hatte, dass sich die englischen Kofferträger auf diese Weise beieinander bedankten. Sie überlegte kurz, dann meinte sie: »Alles in Ordnung mit Ihnen? Sie wirken irgendwie …«

»Verfolgt? Verletzt? Verwirrt?«

»Ich habe gefragt, ob alles in Ordnung ist, und nicht, ob Sie ein Wörterbuch verschluckt haben«, erwiderte Tess, doch als sie Mr. Langfords aschfahles Gesicht sah, hielt sie inne. Echte Sorge ließ sie einen Schritt näher treten. »Stimmt etwas nicht? Geht es … um Ihren Bruder?«

»Um Jamie?« Mr. Langford hob eine Augenbraue, was ziemlich gut aussah. Eine elegante Wölbung anstatt eines seltsam zusammengekniffenen Auges. Er lehnte sich erschöpft gegen die Säule. »Es sollte um Jamie gehen, nicht wahr? Aber das tut es nicht. Es ist nichts derart Edles. Nichts derart Einfaches.«

»Ich kenne mich gut mit komplizierten Dingen aus«, bot Tess an, und Mr. Langford warf ihr einen Blick zu.

Tess zuckte mit den Schultern. »Was? Nehmen Sie es als Bezahlung für den Mantel. Es ist ein einmaliges Angebot.«

»Na gut, wenn Sie es unbedingt wissen wollen«, begann Mr. Langford vorsichtig. »Ich bin seit fast zehn Jahren in dieselbe Frau verliebt, dabei hat sie nicht die leiseste Ahnung, dass ich existiere.«

Tess kniff die Augen zusammen. Das hatte sie jetzt davon, dass sie gefragt hatte. »Also, ich würde durchaus behaupten, dass sie weiß, dass Sie existieren. Wenn wir hier von derselben Frau sprechen.«

»Ja, natürlich. Als Tanzpartner vielleicht«, erwiderte
Mr. Langford bitter. »Als Partner für ein Duett am Klavier,
während ihr verdammter Ehemann seinen Geschäften nach-
geht. Aber das ist auch schon alles. Ich bin nur ein Paar Beine
und Finger.«

»Beine und Finger?« Tess verkniff sich ein Lachen und räusperte sich eilig. »Tut mir leid. Ich sollte mich nicht darüber
lustig machen. Die Liebe ist die Hölle, nicht wahr?«

Nicht, dass sie so genau Bescheid wusste. Ihre bisherigen
amourösen Begegnungen waren eher von der Art »Wenn du
deine Hand nicht sofort da wegnimmst, hacke ich dir die Finger ab« gewesen. Sie hatte nur ein einziges Mal geglaubt, verliebt zu sein. Sie war sechzehn und noch sehr naiv gewesen,
doch ihre Familie war zu schnell weitergezogen, sodass das
Dümmste, wozu sie gekommen war, eine wilde Knutscherei
hinter dem Kuhstall gewesen war. Und dafür war sie dankbar. Wirklich.

Mr. Langford betrachtete sie mürrisch. »Nein, machen Sie
nur. Sie können sich ruhig lustig machen. Soll ich Ihnen noch
etwas geben, worüber Sie lachen können? Ihr sogenannter
Akzent. Aus welchem Teil Devons stammen Sie noch gleich?
Oder waren Sie vielleicht vorher auf dem Mond?«

»Klar, aber nur wegen dem Käse.« Mr. Langford schien
das nicht sonderlich amüsant zu finden, aber hier ging es im
Grunde doch gar nicht um ihren Akzent, nicht wahr? Tess
seufzte. »In Ordnung. Sie haben mich ertappt. Ich habe nur
so getan. Jetzt zufrieden?«

»Das war mir klar«, erwiderte Mr. Langford säuerlich. »Und
warum?«

»Hören Sie, ich war noch ein kleines Kind, als ich nach
Amerika kam. Aber ich wusste immer, dass ich irgendwann
zurückkehren würde.« Manchmal waren die besten Lügen die-
jenigen, die im Grunde gar keine waren. »Ich dachte … ich

dachte, dass mich die Leute auf der anderen Seite des großen Teiches ernster nehmen würden, wenn ich so klinge, als würde ich dazugehören. Wissen Sie, wie schwer es ist, wenn man weiß, dass man nirgendwo dazugehört?«

Mr. Langfords Blick durchbohrte sie, und sein abgehackter britischer Akzent wurde besonders deutlich, als er erwiderte: »Fragen Sie mich das allen Ernstes?«

Ihre Wangen brannten, während ihre Hände zu Eis gefroren. Tess fühlte sich, als hätte sie Fieber. Einerseits war ihr kalt, andererseits glühend heiß – und das alles wegen dieser seltsamen, elektrisierenden Blicke, die sie durchbohrten. Da war dieses Gefühl, dass er sie sah. Dass er durch sie *hindurchsah*.

Sie hatten nichts gemeinsam, und es trennten sie Welten. Warum hatte sie dann trotzdem das Gefühl, direkt in ihre eigene Seele zu blicken?

»Ach, geben Sie schon her!«, erwiderte Tess und griff nach dem Flachmann, bevor er etwas dagegen einwenden konnte. Sie öffnete gekonnt den Deckel, legte den Kopf in den Nacken und goss sich den Inhalt in den Mund. Der Whisky war stark, aber weich wie Samt, und das Brennen eine wohltuende Ablenkung. Sie wischte sich absichtlich ungehobelt mit dem Handrücken über den Mund. »Herrgott, der ist vielleicht gut! Sie haben zwar einen zweifelhaften Geschmack, was Frauen betrifft, aber mit Whisky kennen Sie sich aus.«

»Wo haben Sie so trinken gelernt?«, fragte Mr. Langford und ignorierte ihren bissigen Kommentar.

»Im Mädcheninternat«, erwiderte Tess und nahm einen weiteren Schluck, wobei es ihr eher auf die Show ankam. Sie betrank sich nur ungern, denn sie hasste es, die Kontrolle über ihren Körper und vor allem über ihren Verstand zu verlieren.

Mr. Langford warf ihr einen ungläubigen Blick zu. »Diese Schule will ich sehen.«

»Ja, das kann ich mir vorstellen. Mein …« Sie hätte beinahe

»Vater« gesagt. Tess überspielte den Schreck mit einem Hüsteln. »Mein Onkel brannte seinen eigenen Fusel. Jedenfalls bis die Polizei ihm auf die Schliche kam.« Und die Kupferschläuche für zehn Dollar plötzlich fort waren. »Wenn man damit aufwächst, dann bekommt man alles hinunter. Aber wir reden hier nicht von mir, sondern von Ihnen. Hier, Romeo. Trinken Sie den Rest.«

»*Der Narben lacht, wer Wunden nie gefühlt*«, murmelte Mr. Langford düster. Er kippte den Flachmann und musterte Tess über den Flaschenhals hinweg. »Wollen Sie wirklich wissen, was mir so zu schaffen macht?«

»Ich schätze, ich werde es gleich erfahren«, erwiderte Tess und nahm ihm die Flasche wieder ab. »Schießen Sie los.«

»Ich liebe sie seit Jahren. *Seit Jahren.*«

Tess verdrehte die Augen. »Ja, das sagten Sie bereits.«

Mr. Langford warf ihr einen wütenden Blick zu. »Wollen Sie es nun hören oder nicht? Ich liebe sie, seit wir uns auf einem Gartenfest begegneten, das wenige Wochen nach meiner Ankunft in Amerika stattfand. Sie sollte nicht dort sein – man hatte sie noch nicht in die Gesellschaft eingeführt –, aber ihre Mutter hatte sie trotzdem hingeschickt. Am Ende fand ich sie bei den Rosenbüschen, wo sie gerade den gesamten Inhalt ihres Magens entleerte.«

»Wie romantisch«, murmelte Tess, doch auch wenn sie nur einen Scherz hatte machen wollen, traf er mit seiner Geschichte einen wunden Punkt. Denn im Grunde war es tatsächlich romantisch. Viel romantischer als all die Narren, die davon schwärmten, wie perfekt ihre Liebe war. Ein Mann, der eine Frau von ihrer verletzlichsten Seite kennengelernt hatte und sie trotzdem begehrte? Das war wirklich einzigartig. »Und wie ging es weiter?«

»Sie hat geheiratet«, antwortete Mr. Langford betrübt. »Einen Mann, der zehn Jahre älter ist als sie. Mindestens. Und ich hatte nicht genug Verstand und vielleicht auch nicht den Willen, es zu verhindern. Ich reiste durchs Land und stillte meine Reiselust. Sie war erst sechzehn, als ich sie kennenlernte. Es wäre mir nie in den Sinn gekommen … obwohl es natürlich zu erwarten gewesen war. Ich hätte es wissen sollen! Ich hätte ihr wenigstens einen verdammten Brief schreiben sollen. Aber sie ging doch noch zur Schule! Wir hatten alle Zeit der Welt …«

»*Sie* waren nicht derjenige, der geheiratet hat«, gab Tess zu bedenken.

»Nein, aber …« Mr. Langford schüttelte ratlos den Kopf, dann sah er Tess an. »Wissen Sie, was ich heute getan habe? Ich habe ihr endlich die Wahrheit gesagt. Ich habe ihr gesagt, dass ich seit jenem Abend auf Talmadges grauenhaftem Gartenfest in sie verliebt bin. Ich habe ihr mein Innerstes offenbart.«

»Und?«, fragte Tess, und ihr Magen zog sich seltsam zusammen.

Mr. Langford richtete sich zu seiner vollen Größe auf. »Sie hat mir gesagt, dass sie ihren verdammten Ehemann liebt.«

»Oh!«, murmelte Tess, die einerseits erleichtert war, der Mr. Langford aber zugleich auch wahnsinnig leidtat. Und nichts davon ergab einen Sinn.

»Ja: *Oh!*«, stimmte Langford ihr zu. »Dabei hat sie mich geküsst. *Sie* hat mich geküsst.«

»Ich kann mir vorstellen, dass das gewisse Hoffnungen geweckt hat«, meinte Tess ausweichend und hätte Caroline Hochstetter am liebsten mitten in ihr verzärteltes Gesicht geschlagen.

»Ja«, erwiderte Mr. Langford knapp. »Aber ich habe mich getäuscht. Es ging gar nicht um mich. Es hätte jeder sein können. Ich war bloß der Appetitmacher. Um sich für ihren wahren Partner bereit zu machen.«

»Autsch«, seufzte Tess so sanft sie konnte. »Kein Wunder,

dass Sie so katastrophal aussehen. Soll ich Ihnen einen warmen Brei kochen und Sie in Ihr Bettchen legen?«

Mr. Langford warf ihr einen wütenden Blick zu. »Warum rede ich überhaupt mit Ihnen?«

»Weil niemand da ist, mit dem Sie sonst reden könnten.« Und außerdem war sie ein *Niemand*, nicht mal ein Whippet. Tess fasste einen Entschluss. »Sie haben mir gestern einen guten Rat gegeben, also werde ich mich revanchieren. Hier, Sie sollten noch etwas trinken«, fügte sie hinzu und streckte ihm den Flachmann entgegen.

»Das ist Ihr Ratschlag? Ich soll mich betrinken? Verzeihen Sie mir meine Skepsis, aber das habe ich schon versucht. Es hat nicht funktioniert.«

Noble Worte für einen Mann, der den Flachmann derart schnell an sich riss. »Wer hat jetzt Probleme damit, Freundlichkeiten anzunehmen? Der Alkohol gehört nicht zu meinem Ratschlag, es ist bloß ein vorübergehendes Heilmittel. Eher die … Betäubung vor der Amputation.«

»Ich bin mir nicht sicher, ob mir das gefällt«, murmelte Langford, der sich den Flachmann bereits an die Lippen gesetzt hatte. »Was wollen Sie denn amputieren?«

»Den Teil, der Sie dazu gebracht hat, zehn närrische Jahre an eine Frau zu verschwenden, die Sie nicht will.« Tess rückte näher heran und baute sich vor ihm auf. Er war um einiges größer als sie, und sie musste den Kopf in den Nacken legen, um ihm in die Augen zu schauen. Anders als die elegante, gertenschlanke Caroline Hochstetter, die bloß sanft den Kopf neigen musste. *Umpf.* Tess sprach langsam und deutlich: »Eine Frau, die Sie bloß benutzt, um einem anderen Mann näherzukommen, ist Ihre Zeit nicht wert. Sie ist nicht die Richtige für Sie.«

»Oder sie hat es nur noch nicht erkannt.« Die Worte drangen tief aus seinem Inneren und glichen einem whiskygeschwängerten Rumpeln, das Tess beinahe körperlich spüren konnte.

»*Noch nicht?*« Tess bohrte einen Finger in seine Brust. »Sprachen Sie vorhin nicht von zehn Jahren? Wie viel Zeit wollen Sie ihr denn noch geben?«

»›*Du hauchst dein Nein, zart, doch bestimmt. Bis alle Juden Christen sind.*‹ Das ist aus einem Gedicht, wissen Sie? Marvell. Es heißt ›Seiner spröden Dame‹. ›*Hätten wir mehr Raum und Zeit* …‹« Mr. Langford sah sie mit schweren Lidern an. »Er wollte sie dazu bringen, ihre Tugendhaftigkeit zu vergessen.«

Tess war klar, dass er sie schockieren wollte, um von ihrem ungewollten Ratschlag abzulenken. Aber sie war keine Debütantin, die vor Scham erzitterte, wenn jemand davon sprach, was zwischen Mann und Frau vor sich ging.

Sie verschränkte die Arme vor der Brust. »Ist es das, was Sie von Mrs. Hochstetter wollen? Wollen Sie mit ihr ins Bett?«

»Ach, fahren Sie doch zur Hölle«, erwiderte Mr. Langford, doch er klang nicht wirklich erbost. Er richtete den Blick zum Himmel – oder besser gesagt auf den idealisierten Himmel, der in seiner vollen Rokokoschönheit über ihren Köpfen prangte. Stumme Göttinnen und Götter. Hirten, deren Panflöten bis in alle Ewigkeit schweigen. »Mein Gott, womit habe ich Sie eigentlich verdient? Sind Sie mein Gewissen? Oder bloß ein Ansporn? Ja, das will ich – wenn Sie es unbedingt wissen wollen. Und dann auch wieder nicht … Ich begehre sie natürlich. Aber wer begehrt sie nicht?«

Ja, wer?, fragte sich Tess, aber sie sprach es nicht aus. In diesem Moment war sie keine Frau. Sie war sein Gewissen. Oder vielleicht auch ein Ansporn. Sie war sich nicht sicher, was schlimmer war.

»Aber?«

»Ich will ihren Körper nur, wenn auch der Rest mir gehört. Ihr Herz, ihre Seele, ihr Wille.« Mr. Langford lachte trocken.

»Ziemlich vermessen, nicht wahr? Jemanden vollständig besitzen zu wollen. Aber so ist es nun mal: Genau das will ich. Keine schnelle Bettgeschichte, sondern eine Liebe, die Jahrzehnte überdauert. Von der die Minnesänger noch in Hunderten von Jahren berichten werden. Wenn Troja verloren, Camelot gefallen, die Diplomatie auf den Kopf gestellt und Königreiche untergegangen sind.«

»Wenn Sie so weiterreden, konfisziere ich Ihren Flachmann«, erwiderte Tess scharf. »Niemand ist es wert, die Welt für ihn zum Teufel zu jagen. Das ist keine Liebe; dieses Feuer zerstört bloß.«

»Liebe muss brennen«, erklärte er und fügte dann bewusst herausfordernd hinzu: »Und das wüssten Sie auch, wenn Sie schon einmal verliebt gewesen wären.«

Tess biss so fest die Zähne aufeinander, dass es wehtat. »Ist Ihnen vielleicht schon einmal in den Sinn gekommen, dass Sie sie schon so lange lieben, dass die Liebe zu einer reinen Gewohnheit wurde?«

Mr. Langford sah sie erschrocken und angewidert zugleich an. Es war ein Blick, den man normalerweise nur Leuten zuwarf, die in aller Öffentlichkeit in ihren Zähnen herumstocherten. »Was zum Teufel soll denn das bedeuten?«

Wer A sagt, muss auch B sagen. »Sie wollen über Minnesänger reden? Die Ritter waren die Hälfte des Jahres unterwegs und auf der Jagd nach Dingen, die sie gar nicht haben wollten. Der Heilige Gral, Wildschweine, Frauen – es spielte im Grunde keine Rolle. Wichtig war nur die Jagd.« Genau wie ihr Vater, der auch ständig allem Möglichen nachgejagt war. »Ich will damit nicht sagen, dass Mrs. Hochstetter keine wunderbare Frau ist. Das ist sie. Aber haben Sie schon mal darüber nachgedacht, was Sie mit ihr tun würden, sobald Sie sie erobert haben? Ich meine, abgesehen davon, Königreiche zum Einstürzen zu bringen.«

Mr. Langford presste die Lippen zu einer dünnen, weißen Linie aufeinander. Er starrte sie an, und seine Augen glühten, doch er erwiderte nichts.

Es gab wohl nichts dagegen zu sagen. Tess starrte zurück. »Egal, ich bin mir sicher, dass Sie wunderschöne Klavierduette miteinander spielen würden. Und das würde schon einmal ... sagen wir zwei oder drei Stunden am Tag in Anspruch nehmen?«

»Sie haben ja keine Ahnung«, presste Mr. Langford hervor.

»Nicht?«, schoss Tess zurück und war sich einen Moment lang nicht sicher, ob sie noch über ihn oder bereits über sich selbst sprach. »Es ist einfach, jemanden zu lieben, den man nicht haben kann. Denn es besteht kein Risiko.«

»Nein?« Die Knöpfe von Mr. Langfords Jacke pressten sich gegen ihre, doch Tess weigerte sich aufzugeben.

Sie plusterte sich auf wie eine Taube. »Was für ein Risiko sollte es geben? Dass sie sich von ihrem Mann scheiden lässt und Sie tatsächlich gezwungen wären, ihr Leben so zu verbringen, dass ein anderer Mensch darin Platz findet? Dass Sie sich um einen anderen Menschen kümmern müssen? Ihm vertrauen?« Ihre Worte klangen roh und schmerzerfüllt und drangen tief aus ihrem Inneren. Sie biss sich so fest auf die Lippe, dass sie Blut schmeckte. »Wie auch immer. Sie wollten meinen Rat und hier ist er: Vergessen Sie sie.«

Ein roher, verletzlicher Ausdruck huschte über sein Gesicht. »Und wie zum Teufel soll ich das anstellen?«

Tess konnte den Whisky in seinem Atem beinahe schmecken. Sein gemeißeltes Gesicht war nur noch wenige Zentimeter von ihrem entfernt und qualvoll verzerrt. Sie dachte nicht nach, sie handelte einfach.

»Sie könnten damit beginnen«, erklärte sie, packte ihn am Revers und zog ihn zu sich.

Sie hatte vorgehabt, ihn zu küssen und anschließend

abzuhauen. Nur ein schneller Schmatz auf die Lippen, um der Wirkung willen. Aber er war kein Junge, der sich mit ihr hinter dem Kuhstall traf. Er war ein Mann. Ein Mann mit einer erheblichen Menge Whisky im Blut, der schon einmal geküsst und dann stehengelassen worden war. Seine Hände schlossen sich um ihre Oberarme, und seine Lippen pressten sich heiß und hart auf ihre, um sie zur Einlösung ihres Versprechens zu zwingen. Es war egal, dass sie es nicht ernst gemeint hatte. Sie war gefangen und fühlte sich wie benebelt von dem Duft von Whisky, Tabak und teurer Rasierseife. Benebelt vom Duft dieses Mannes.

Farben blitzten hinter ihren geschlossenen Lidern auf wie in einem Bild von William Turner – Orange und Rot, Lila und Gold. Sie ertrank darin. Sie ertrank in den Farben und dem Licht, und die einzige Möglichkeit, wieder an die Oberfläche zu gelangen, war, alles auf der Leinwand zu offenbaren. Also küsste sie ihn, so gut sie es fertigbrachte, und klammerte sich mit beiden Händen an seine Schultern, während seine Knöpfe Abdrücke auf ihrer Brust hinterließen und seine Hände Löcher in ihren Rücken brannten.

Die Glocke, die den Beginn des Abendessens ankündigte, holte sie beide wieder auf den Boden der Tatsachen zurück. Sie läutete so laut, dass Tess' Ohren dröhnten. Vielleicht war aber auch der Kuss daran schuld.

Sie stolperte nach hinten und spürte das Holz der Balustrade in ihrem Rücken.

»Vorsicht«, meinte Mr. Langford, der ebenfalls schwankte und einen halben Schritt vorwärtstrat.

Tess hob die Hand, um ihn abzuwehren. Wenn er sie noch einmal berührte … nun ja, es wäre einfach keine gute Idee gewesen, das war alles.

»Keine Sorge!«, erklärte sie schroff – oder, besser gesagt, so schroff sie konnte, nachdem es ihr den Atem verschlagen hatte. »Ich werfe mich schon nicht über die Brüstung. Aber kommen Sie nur ja nicht auf falsche Gedanken. Das war bloß ein … bloß ein Dankeschön für gestern. Jetzt sind wir quitt.«

Mr. Langford blinzelte. »Das nennen Sie quitt?«

Es war auf gefährliche Art befriedigend, dass er genauso benebelt klang, wie sie sich fühlte. *Wer war hier jetzt der Appetitmacher?*, dachte Tess boshaft. Und sie hatte es sich selbst zuzuschreiben. Mr. Langford traf keine Schuld. Der Kuss ging auf ihre Kappe, auch wenn sie das ihm gegenüber niemals zugegeben hätte.

Unter ihnen betrat gerade die mit Perlen geschmückte Caroline Hochstetter am Arm ihres Mannes den Speisesaal. Margery Schuyler folgte ihr auf dem Fuß, und ihr seltsamer Gang unterstrich Caroline Hochstetters Eleganz nur noch. Es war eine Eleganz, die nicht nur auf die teuren Kleider und den Schmuck zurückzuführen war, sondern die in ihrem ganzen Auftreten, ihrer Haltung und der Neigung ihres Kopfes sichtbar wurde. Sie würde nie billigen Fusel in sich hineinstürzen oder ihren Busen vorstrecken, um ein mögliches Opfer abzulenken. Plötzlich stieg Galle in Tess' Kehle hoch. Galle und Whisky.

»Gleich zwei Frauen, die Sie küssen«, spöttelte Tess. »Sehen Sie zu, dass es Ihnen nicht zu Kopf steigt.«

»Glauben Sie mir«, erwiderte Mr. Langford rundheraus. »Mein Kopf hat damit absolut nichts zu tun.«

Und das stimmte leider. Denn auch Tess' Kopf war gerade nur ein Nebendarsteller, und das konnte gefährlich werden. »Sind Sie hier auf dem Schiff, weil Sie wussten, dass sie auch an Bord sein würde?«

Mr. Langford fuhr zu ihr herum und schwankte leicht. »Sind Sie verrückt? Wenn ich gewusst hätte, dass sie und ihr Mann hier sind, hätte ich nie …« Er brach ab, und eine dunkle Locke fiel ihm in die Stirn, was ihm einen jungenhaften, verletzlichen Gesichtsausdruck verlieh. »Was auch immer Sie von mir halten, ich bin nicht so versessen auf Qualen, wie es vielleicht den Anschein hat.«

»*Zehn Jahre*, Mr. Langford«, wiederholte Tess noch einmal und versetzte ihm einen kleinen Schubs. Immerhin hatte sie noch etwas zu erledigen, auch wenn sie sich nicht in der Lage fühlte, sich zu konzentrieren. Es war bloß ein kleiner Stoß, bei dem sie ihn kaum berührte. Denn sie war sich nicht sicher, was passiert wäre, wenn sie es getan hätte. *Das hier ist nichts für dich, Tess, mein Mädchen*, rief sie sich selbst in Erinnerung. »Müssen Sie sich nicht fürs Abendessen umziehen? Gehen Sie, machen Sie sich frisch und sorgen Sie dafür, dass die Debütantinnen weiche Knie bekommen.«

Denn eines dieser unverbrauchten Mädchen, denen noch niemand das Herz gebrochen hatte, würde genau die Richtige für ihn sein. Der verdammte Whisky machte sie rührselig. Genau wie ihren Pa.

Tess machte auf dem Absatz kehrt, doch ihr dramatischer Abgang wurde dadurch zunichtegemacht, dass sie sich am Geländer festhalten musste, um nicht den Halt zu verlieren. »Na los, Mr. Langford«, rief sie über die Schulter.

Seine Stimme war gefährlich leise, als er antwortete:

»Glauben Sie nicht, dass Sie mich nach alldem Robert nennen sollten?«

Etwas an der Art, wie er es gesagt hatte, sandte ein Kribbeln durch ihren ganzen Körper bis hinunter zu den Zehen. Es bedurfte sämtlicher Willenskraft, die Hand zum Abschiedsgruß zu heben. »Nur nicht so selbstgefällig ... *Robert*. Und jetzt gehen Sie und werden Sie wieder nüchtern!«

Und das galt auch für sie. Bloß, dass es nicht der Whisky war, der dafür sorgte, dass sich alles in ihrem Kopf drehte. Es war Mr. Langford. Robert. Sein Lächeln. Sein wütender Blick. Sein Akzent, einmal abgehackt, dann wieder gedehnt, spöttisch, entnervend, schwer fassbar, ehrlich. Er brachte sie sehr viel mehr aus dem Gleichgewicht als der Fusel ihres Vaters und würde ihr am nächsten Morgen vermutlich auch sehr viel mehr Kopfschmerzen bereiten. Ginny verhielt sich im Moment zwar etwas seltsam, aber in einem hatte ihre Schwester recht: Robert Langford war nichts für Frauen wie sie.

Nicht einmal für Tessa Fairweather, die neu erschaffene Engländerin.

Tess hätte am liebsten geweint, aber welchen Sinn hatte das? Sie hatte als Kind um ihre Mutter geweint und später um die Aufmerksamkeit ihres Vaters, aber egal, wie viele Tränen sie vergossen hatte, sie hatte beides verloren. Und egal, wie viele Tränen sie jetzt vergoss – es würde nicht ausreichen, um die Noten aus dem Tresor der Hochstetters zu zaubern.

Gleich neben der Kuppel befand sich ein Waschraum für Damen, und Tess schlüpfte eilig hinein, für den Fall, dass Mr. Langford ihr folgte. Nicht, dass sie tatsächlich daran glaubte. Sie warf einen Blick in den Spiegel. Ihr Gesicht war gerötet, und ihre Haare hatten sich gelockert und fielen ihr in dunkelblonden Locken in die Stirn. Wenn Mrs. Hochstetter eine elegante, seltene Orchidee war, war Tess ein gewöhnliches Gänseblümchen. Oder vielleicht eine Tigerlilie, frech und ungepflegt.

Tess spritzte sich etwas kaltes Wasser ins Gesicht, und der leicht salzige Geruch machte ihren Kopf wieder klar.

Kein Whisky mehr. Und auch kein Mr. Langford. Wenn sie ihn in Zukunft irgendwo sah, würde sie so schnell wie möglich in die andere Richtung abhauen.

Nachdem das geklärt war, machte sie sich auf den Weg zur Suite der Hochstetters, die sich praktischerweise auf demselben Geschoss wie die Kuppel befand. Die Flure im Inneren des Schiffes waren verwaist, wie Ginny es versprochen hatte. Sowohl die noblen Damen und Herren als auch ihre Dienstboten saßen im Moment beim Abendessen. Tess nahm denselben Weg wie beim letzten Mal. An den Aufzügen vorbei in die Sackgasse und zu der Tür, die in den privaten Flur und anschließend in das Wohnzimmer der Hochstetters führte. Sie wartete einen Moment lang vollkommen regungslos und lauschte auf Geräusche im Inneren der Suite und draußen auf den Fluren, wobei sie beinahe erwartete, dass Robert plötzlich hinter ihr auftauchte. Oder dieser rothaarige Steward. Aber es geschah nichts, und sie hörte nur ihren eigenen, ein wenig rasselnden Atem.

Nimm den Dienstboteneingang an der Rückseite, hatte Ginny gesagt. *Mrs. Hochstetters Schlafzimmertür wird offen stehen.* Tess war sich nicht ganz sicher, ob sie ihr glauben konnte, doch als sie ihre behandschuhte Hand auf die Klinke legte, schwang die Tür tatsächlich auf. Einfach so.

Vielleicht war es nicht weiter wichtig, Türen abzusperren, wenn einem ohnehin die ganze Welt gehörte. *Oder*, dachte Tess trocken, *sie gehen davon aus, dass niemand so dämlich ist, in ihre Suite einzubrechen, wenn es keine Fluchtmöglichkeiten gibt.*

In dem Zimmer roch es kaum merklich nach Parfum und etwas anderem. Es war ein Geruch, der Tess an das Haus mit den netten Damen erinnerte, in dem sie kurze Zeit gewohnt hatten, als sie sechs war. Es waren wirklich sehr nette Damen gewesen. Ein Kleid, das mehr kostete als Tess' Fahrkarte, lag zusammengeknüllt auf dem Boden, und die dazu passenden Schuhe waren in zwei gegenüberliegende Ecken geschleudert worden. Jemand hatte die Laken wieder auf das Bett gelegt, aber nicht glattgestrichen. Die Falten und Dellen erzählten eine ganz eigene, unmissverständliche Geschichte.

Wenn Robert das hier sehen könnte ...

Nein! Tess wandte den Blick ab und ging auf Zehenspitzen zu der Tür, die ins Wohnzimmer führte. Das war nicht ihr

Problem. Außerdem wusste Robert bereits davon. Er war tatsächlich der Appetitanreger gewesen.

Und was für einer. Tess' Lippen brannten noch immer. Wenn er Caroline Hochstetter auch so geküsst hatte …

Konzentriere dich auf deine Arbeit, Mädchen! Der Tresor war genau dort, wo Ginny gesagt hatte. Im Nachhinein eingebaut und kaum vor fremden Blicken verborgen, verließ man sich offenbar auf das große Schloss, um Einbrecher abzuwehren. Aber Tess kannte sich mit Schlössern aus. Ein Schloss zu knacken fiel ihr zwar nicht so leicht, wie ein Bild oder ein Schriftstück zu kopieren, aber sie hatte jahrelang Zeit gehabt, ihre Eigenheiten zu studieren, ein Gefühl für die verschiedenen Mechanismen zu entwickeln und zu hören, wie sich die einzelnen Teile im Inneren bewegten.

Der Dietrich in ihrer Hand hatte etwas Tröstliches, und die methodische Arbeit beruhigte sie. Sie drehte das Werkzeug ein kleines Stück in die eine und dann in die andere Richtung und konzentrierte sich voll und ganz auf die Geräusche, die die Bewegungen auslösten. Das Schloss war teuer, aber keinesfalls einzigartig, und es dauerte weniger als fünf Minuten, bis es aufsprang.

Noch zwanzig Minuten. Tess öffnete eilig die Tresortür. Und da waren sie. Die Noten lagen ganz alleine in dem Tresor. Kein Schmuck, keine anderen Unterlagen, nur die Noten.

Was machte sie bloß so verdammt wertvoll?

Ihre Kunden seien Sammler, hatte Ginny gesagt. Vielleicht hätte Tess es besser verstanden, wenn sie ein Gespür für Musik gehabt hätte. Doch da das nicht der Fall war, fand sie solche Sicherheitsvorkehrungen für einen Stapel Noten ziemlich rätselhaft. Aber egal, es wurde Zeit, mit der Arbeit loszulegen. Sie zog die Blätter heraus und betrachtete sie mit geübtem Blick. Normalerweise achtete sie zuerst auf die wichtigsten Übereinstimmungen und machte sich auf die Suche nach dem richtigen Papier und der richtigen Tinte, damit alles genau dem Original entsprach. Doch Ginny hatte behauptet, dass das für ihre Kunden keine Rolle spielte. Sie wollten bloß die Noten und die Anmerkungen des Komponisten, und zwar alles – bis zum letzten Punkt. Und sie waren bereit, sie großzügig dafür zu entlohnen.

Zehn Seiten, eng beschrieben mit Noten auf langen, geraden Linien, kryptische Anmerkungen am Rand. Buchstaben und Ziffern. Als Tess die Noten hochhob, fiel ein Blatt heraus. Es sah aus wie die anderen und war ebenfalls voller Noten, doch irgendetwas stimmte nicht. Tess' geübter Blick meinte, einen Unterschied zu erkennen. Als wäre diese Seite von jemand anderem geschrieben und erst später hinzugefügt worden. Und es gab auch mehr Anmerkungen als auf den anderen Blättern. Noch mehr hingekritzelte Notizen auf Deutsch, und noch mehr Ziffern. Es war beinahe wie eine Gleichung. Oder ein Code.

Drei Deutsche in der Schiffszelle. Ginnys wachsamer Blick und angespannte Schultern. *Du hast keine Ahnung, mit welchen Leuten wir es hier zu tun haben*, hatte Ginny gesagt. Ginny, die immer noch Deutsch sprach. Ginny, die Tess nie wirklich erklärt hatte, warum Sammler bereit waren, so viel Geld für eine einfache Kopie zu bezahlen.

Es sei denn, sie waren nicht hinter der Musik her, sondern hinter etwas anderem.

Einem Code.

Einem Plan.

Dreizehn

DEVON, ENGLAND
MAI 2013

Sarah

*E*in Plan«, sagte ich laut, und es waren meine ersten Worte nach dem Aufwachen. Ich brauchte einen Plan!

Ich öffnete die Augen. Die Sonne, die ins Zimmer schien, war so hell, dass es wehtat, und mein Blick fiel auf Prinzessin Leia in einem metallfarbenen Bikini. Einen Moment lang dachte ich, ich wäre von einem Ewok entführt worden, doch dann bemerkte ich, dass Leia sich nicht bewegte – es handelte sich lediglich um ein Poster an einer Wand mit marineblauen Sternen –, und da erinnerte ich mich, wo ich war.

Keine Ewoks, sondern Langfords. John Langford.

Ich griff nach meinem Telefon auf dem Nachttisch und starrte ungläubig auf die Zeitanzeige. Drei viertel *neun*? Ich hatte schon seit Jahren nicht mehr so lange geschlafen! Ich ließ den Kopf zurück auf das Kissen sinken. Mehrere Apps kündigten neue Nachrichten an und schienen mir einladend zuzuwinken, aber ich zeigte nicht das geringste Interesse. Ich fühlte mich schwer, benommen, gebremst – wie nach einem sehr tiefen Schlaf.

Plan!, dachte ich erneut, doch dieses Mal sprach ich es nicht laut aus. Ich brauchte einen Plan. Wenn ich mich nur dazu hätte durchringen können, mich zu bewegen.

Als mir Mrs. Finch am Abend zuvor Johns Zimmer gezeigt hatte, hatte der Flur im Dunkeln gelegen, und ich war zu erschöpft gewesen, um meiner Umgebung wirkliche Beachtung zu schenken. Ich hatte mich von dem Geplapper der Haushälterin tragen gelassen – die Teile, an die ich mich noch erinnern konnte, ergaben absolut keinen Sinn –, bis sie schließlich die Tür hinter mir geschlossen hatte. Ich hatte in meiner Reisetasche nach meiner Zahnbürste und meiner Gesichtscreme gekramt und war über den Flur ins gegenüberliegende Badezimmer und danach in Johns frisch bezogenes Bett gestolpert. Das Einzige, was mir vor dem Einschlafen aufgefallen war, war die R2-D2-Lampe mit eingebauter Uhr auf dem Nachttisch, und das auch nur, weil ich eine ganze Minute damit verschwendet hatte, nach dem Schalter zu suchen, um sie auszumachen, bis ich ihn schließlich in einem der Augen des Roboters gefunden hatte. Einen Augenblick lang war mir der Gedanke gekommen, dass es sich bei der Lampe vermutlich um ein ironisches Highlight der Einrichtung handelte. Vielleicht halluzinierte ich aber auch nur.

Doch jetzt, im hellen Morgenlicht von Devonshire, erkannte ich, dass mich Mrs. Finch an Bord des imperialen Sternenzerstörers gebracht hatte. In dem Bücherregal gegenüber waren ein Dutzend Star-Wars-Actionfiguren in einen Kampf verwickelt, von der Decke baumelte der Millenium-Falke, der von einem X-Wing-Starfighter verfolgt wurde, und ich hoffte, dass es sich bei dem Ding in der Hand des riesigen, ausgestopften Chewbaccas in der Ecke um ein Lichtschwert handelte und er mir nicht auf ganz spezielle Art einen guten Morgen wünschte.

Mein Blick fiel auf die weiche, verwaschene Bettdecke mit den grauenerregenden Darth-Vader-Masken, und ich setzte mich ruckartig auf.

Mein Gott! Kein Wunder, dass seine Frau ihn verlassen hatte.

Ich krabbelte aus dem Bett und schüttelte meine Haare aus. Dann öffnete ich meinen Koffer und schleppte mich erneut über den Flur ins Bad, um mich hinter einem Plastikvorhang voller Sturmtruppler zu duschen. Als ich schließlich die Treppe hinunter in die Küche ging, erwartete ich beinahe, einen Tupperware-Behälter mit blauer Milch im Kühlschrank zu finden. Stattdessen entdeckte ich einen halben Würfel Butter, einen Krug saure Milch und einen Eisbergsalat in wenig ansehnlichem Braun.

Ich schloss die Tür und warf einen Blick auf den Wasserkessel auf dem Aga-Herd.

»Ich schätze, jetzt liegt es wohl an dir, mein Freund«, sagte ich.

»Also, ich denke, wir brauchen einen Plan«, erklärte ich John und reichte ihm einen Becher Tee. Die dicken Vorhänge in Robert Langfords Lustschloss dämpften die Sonnenstrahlen, die durchs Fenster fielen, und das Chaos war nicht mehr so deutlich zu erkennen. Es roch nach Staub, altem Holz und Schlaf. Ich tat, als würde ich den Fuß und die nackte Brust nicht bemerken, die unter dem weißen Laken hervorschauten, und verhielt mich auffallend unbeeindruckt, als wären nackte Männer am Morgen etwas Alltägliches für mich. Einem aufmerksamen Beobachter wäre die Täuschung vermutlich nicht entgangen, aber glücklicherweise musterte John gerade misstrauisch seinen Tee und beachtete mich nicht.

»Das nennen Sie Tee?«, fragte er.

»Oh Mann! Gern geschehen, war mir eine Freude. Nachdem Sie gestern Abend eine ganze Brandy-Flasche geleert haben, bin ich davon ausgegangen, dass Ihnen jede Flüssigkeitszufuhr recht ist«, erwiderte ich. »Und versuchen Sie ja nicht, es abzustreiten. Ich habe die Flasche im Mülleimer in der Küche gesehen.«

»Zu Ihrer Information: In der Flasche waren vielleicht noch hundert Milliliter. Ich habe dem armen Ding einen Gefallen getan.« Er nahm einen weiteren vorsichtigen Schluck Tee. »Na ja, vielleicht waren es auch zweihundert. Der Brandy war jedenfalls exzellent.«

Ich verschränkte die Arme vor der Brust und machte ein strenges Gesicht. »Und was hat es mit dem Star-Wars-Tick auf sich?«

»Wie bitte?«

»Ihr Zimmer. Ich kann immer noch nicht glauben, dass Ihre Frau zugelassen hat, dass Chewbacca einfach so in der Ecke steht. Noch dazu mit einem Lichtschwert. Das ist echt schräg.«

»Himmel! Mrs. Finch hat Sie in *dieses* Zimmer gesteckt?«

»Offensichtlich ja.«

»Es tut mir leid. Ich habe ihr gesagt ...« Er kratzte sich am Kopf. »Ich habe ihr gesagt, sie soll mein Zimmer vorbereiten – aber sie dachte vermutlich, ich würde mein *altes* Zimmer meinen. Mein Kinder- und Jugendzimmer. Aus der Zeit vor meiner Hochzeit.«

»Na Gott sei Dank. Prinzessin Leia hat mir schon ein wenig Sorgen bereitet, das muss ich ehrlich sagen.«

John stellte den Becher auf den abgetretenen Orientteppich und ließ sich ins Kissen zurücksinken. »Es tut mir leid. Sie dachte vermutlich, dass Sie sich im großen Schlafzimmer unwohl fühlen würden. Und alle anderen Zimmer im Obergeschoss sind voller alter Möbel und vermoderter Teppiche. Ich wollte eines Tages wieder hierherziehen, aber Callie hätte nie ... na ja, wie auch immer. Entschuldigung.«

»Kein Problem.«

»War es so schrecklich? Ich hoffe, Sie haben wenigstens ein bisschen Schlaf gefunden?«

Er lag mit geschlossenen Augen auf der Chaiselongue in

Roberts Arbeitszimmer, die gerade breit genug für seine Schultern war. Seine Beine standen weit über das Ende hinaus, und er hatte sie in die gestreifte Wolldecke gewickelt. Der Oberköper war wie gesagt nackt, und es kam mir seltsam vor und passte auch irgendwie nicht zu ihm, dass es ihm nicht unangenehm war. War er vielleicht ein heimlicher Exhibitionist? Oder immer noch betrunken?

»Ich habe gut geschlafen«, sagte ich. »Besser als Sie, nehme ich an. Das hier sieht nicht gerade bequem aus. Warum haben Sie nicht das Bett im Schlafzimmer genommen? Wollten Sie den Eingang bewachen?«

»Nein, ich wollte *nicht* den Eingang bewachen. Ich wollte einfach nicht dort drin schlafen, das ist alles.« Er streckte die Hand nach dem Becher aus. »Sie haben recht. Wir brauchen einen Plan. Aber ich denke, wir sollten am besten bei einem leckeren Frühstück darüber sprechen, oder was meinen Sie?«

»Ich habe im Kühlschrank nach ein paar Eiern gesucht, aber die sind leider aus.«

»Die Eier sind in der Speisekammer, Sarah.«

»In der Speisekammer? Echt jetzt? Sie legen die Eier nicht in den Kühlschrank?«

»Natürlich nicht. Sie etwa?« Er hatte den Becher mittlerweile zu fassen bekommen und stellte ihn sich auf die Brust. Im nächsten Moment richtete er sich so ruckartig auf, dass der Tee über seine Brust, die Laken und die Decke rann. »Mein Gott! Wo ist mein Hemd?«

»Ähm, Sie haben keines an? Ich habe keine Ahnung, wo es ist.«

Er stellte den Becher eilig ab, packte das Laken und zog es sich bis zum Hals hoch.

»Ich habe da eine wunderbare Idee, Sarah«, erklärte er mit Blick zur Decke.

»Und die wäre?«

»Warum warten Sie nicht einen Moment lang vor der Tür, während ich mich wasche und anziehe? Und dann gehen wir runter ins Pub und genehmigen uns ein Frühstück. Full English, natürlich.«

»Sie meinen das volle Programm? Denn davon habe ich bei Ihnen und Chewbacca heute eigentlich schon genug gesehen.«

Er griff nach hinten, packte das Kissen und warf es nach mir.

»Raus hier! Und nehmen Sie Ihren grässlichen Tee mit.«

Das »Pub« erwies sich als baufällige alte Hütte namens »The Ship Inn«, die etwa eineinhalb Kilometer von Dower House entfernt am Ende der Zufahrtsstraße lag. John bestand darauf, dass wir in typisch englischer Manier zu Fuß gingen, als hätte ich mittlerweile nicht schon genug Appetit gehabt. Die Sonne schien warm auf unsere Rücken, aber die Luft war frisch. Als die Kellnerin schließlich den Kaffee vor mir abstellte, hatte ich vor Hunger bereits begonnen, an den Süßstofftütchen zu knabbern.

Ganz anders als John. Der sah eher so aus, als wollte er jeden Moment am zugegebenermaßen gewaltigen Busen der Kellnerin knabbern, der aus dem V-Ausschnitt des engen weißen T-Shirts mit dem verblassten Bild eines 74-Kanonen-Schiffes hervorquoll.

»Julie!«, rief er strahlend.

Julie stellte den Tee ab und schlang die Arme um seinen Hals. »Johnnie-Boy! Ich habe mich schon gefragt, wann du mich endlich wiedererkennst!«

John erhob sich, um sie inniger zu umarmen. Immerhin war er ein Gentleman. Sie war viel kleiner als er – aber wer war das nicht? –, weshalb er sich weit nach unten beugen musste, um seinen Kuss dort zu platzieren, wo er hingehörte. Auf ihre Wange. Sie lösten sich nur sehr langsam voneinander, aber vielleicht bildete ich es mir auch nur ein. »Ich wusste nicht, dass du hier arbeitest«, erklärte er. »Wie geht es dir?«

»Ganz gut, ganz gut.« Sie wischte sich die dunkelbraunen Haare mit den knalligen violetten Strähnen aus dem Gesicht. Sie hatte leichte Ringe unter den wachen, runden Augen, als hätte sie eine schwere Nacht hinter sich und brauchte Zuspruch. »Davey hat mich letzten Sommer aufgenommen, nachdem mich das Hotel gefeuert hatte. Wie steht's mit dir? Wohnst du wieder hier?«

»Eine Weile.« Er löste sich endlich ganz von ihr und setzte sich wieder. Julies Brust wogte direkt neben seinem Gesicht. »Es ist schön, dich zu sehen. Hast du Frühstück für uns?«

»Klar.« Sie warf mir einen kurzen Blick zu und schien absolut nicht beeindruckt. Dann wandte sie sich wieder an John. »Ein Full English?«

»Gib mir alles, was du hast. Ich bin am Verhungern.«

»Bist wohl ein wenig mitgenommen, was?« Sie zerzauste seine Haare. »Ich bringe dich wieder auf die Beine, keine Angst. Das war doch schon immer so.«

»Du bist ein Engel, Jules.«

»Das hört man gerne«, erwiderte sie und drückte ihm einen Kuss auf den Scheitel, bevor sie sich auf den Weg in die Küche machte, ohne mich eines weiteren Blickes zu würdigen. Die Bänder ihrer Schürze baumelten über den Taschen ihrer Jeans, die so eng anlag, als hätte sie ihr jemand auf den Hintern gemalt. Andererseits konnte ich ihr keinen Vorwurf machen. Eine solche Rückenansicht hätte ich auch der ganzen Welt gezeigt.

»Eine alte Freundin?« Meine Stimme klang ein wenig zu schrill.

»Hmm? Ja. Eine sehr alte Freundin. Wir haben als Kinder zusammen gespielt.«

»Ja, das kann ich mir vorstellen.«

Er hob seine Teetasse und gleichzeitig eine Augenbraue. »Sarah, um Himmels willen! Sie ist Mrs. Finchs Enkelin. Wir sind mehr oder weniger zusammen aufgewachsen. Sie und Davey – das ist der Besitzer des Pubs – sind den ganzen Sommer mit mir über die Hügel getobt.«

»Lassen Sie mich raten. Sie war Leia? Und Davey und Sie waren Luke und Han?«

»Na hören Sie mal …«

»Ha! Ich habe recht, oder? Die Frage ist nur, ob Sie Luke oder Han waren? Ich meine, das ist der Schlüssel zu allem.«

»Der Schlüssel zu …«, begann John, doch in diesem Moment trat ein kleiner, stämmiger Mann hinter ihn und klopfte ihm mit solcher Wucht auf den Rücken, dass er das Gesicht beinahe in den Tee tauchte. Natürlich hätte ich ihn warnen können, aber ich hatte beschlossen, es nicht zu tun.

»Johnnie-Boy!«, rief der Mann. »Was zum Teufel machst du hier? Kommst einfach in mein Pub spaziert und glotzt dem Arsch meiner Schwester hinterher!«

»Davey Finch, du alter Sack! Ich will so viel Frühstück essen, bis ich platze, ist das nicht offensichtlich?«

»Sehr gerne, Kumpel. Und wer ist die Schnecke?« Davey deutete mit dem Kopf in meine Richtung.

Ich streckte die Hand aus. »Ich heiße Sarah Blake, Mr. Finch, und ich …«

»Was? Eine Amerikanerin? So weit ist es schon mit dir gekommen, alter Freund?«

Es war etwas an der Art, wie er das Wort aussprach. *Amerikanerin*. Außerdem war mein Magen immer noch leer, meine Haare immer noch feucht, und der Wein vom Vorabend hatte es nicht gerade gut mit mir gemeint. Ich hörte ein leises Platschen – es war der Tropfen, der das Fass zum Überlaufen brachte.

»Okay, jetzt hören Sie mir mal zu!«, begann ich. »Ich erzähle

Ihnen mal was über uns Amerikaner: Wir sind nicht nur einmal, sondern gleich *zwei* Mal über den Atlantik gesegelt, um eure knochigen Hintern vor den Deutschen zu retten – ganz zu schweigen vom Kalten Krieg und dem Marshall Plan. Deswegen werden wir wirklich ziemlich sauer, wenn ein englischer Neandertaler wie Sie plötzlich dasteht und über uns redet, als wären wir gar nicht da.«

Davey wandte sich an John und hob die Hand mit dem obligaten Geschirrtuch. »*Oi*. Meint sie das ernst, Kumpel?«

Ich stand auf. »Wenn Sie mich jetzt bitte entschuldigen würden? Ich gehe zurück und mache mir einen Teller Rühr-Salmonellen.«

»Davey«, sagte John langsam und leise. »Miss Blake ist Schriftstellerin und eine Freundin, und ich glaube, du schuldest ihr eine Entschuldigung.«

»Eine Entschuldigung? Echt?«

»Eine Entschuldigung. *Pronto.*«

»Ich habe einen Twitter-Account«, erklärte ich. »Und ich setze ihn gerne ein. Hashtag *Asshole*. Hashtag *Ship Inn*.«

Davey seufzte. »Johnnie-Boy, ich sage es dir nur ungern, Kumpel, aber da hast du dir ordentlich was eingebrockt. Vom Regen …«

»Sehr witzig«, erwiderte John. »Und jetzt die Entschuldigung!«

Davey wandte sich widerwillig zu mir um. »Ich entschuldige mich vielmals, Miss Blake. Es war nur blödes Gerede. Ich bin nun mal ein englisches Neandertalerschwein.«

Ich setzte mich wieder. »Ich habe nichts von einem Schwein gesagt.«

»Das hätten Sie aber tun sollen«, erklärte John.

»Ich hab euch doch nur ein bisschen auf den Arm genommen. Ihr wisst ja, wie das ist. Das Frühstück geht auf mich, okay?«

»Oh Mann, Davey, du wolltest doch nicht etwa Geld für das Frühstück verlangen, oder?«

»Bestellt euch nur keinen Nachschlag, okay? Das *Ship Inn* ist keine Suppenküche für bankrotte Aristos.« Davey warf sich das Geschirrtuch über die Schulter und kehrte an die lange Bar aus Eichenholz zurück, die entlang der gegenüberliegenden Seite des Raumes verlief. »Oh, und Sarah? Hier in England sagen wir *Arsehole* und nicht *Asshole*. Ich bin vielleicht ein Schwein, aber kein verdammter Esel.«

»Machen Sie sich nichts aus Davey«, meinte John und schnitt seine Eier mitleidlos in kleine Stücke. »Er ist nur besorgt. Das sind sie beide.«

»Er macht sich Sorgen? Sie sind ein beinahe zwei Meter großer, weißer Mann aus privilegierten Verhältnissen. Sie brauchen doch keinen Beschützer.«

»Okay.«

»Okay? Das ist alles?«

»Okay, ich brauche keinen Beschützer. Ich bin ein großer Junge und so.« Er hielt inne, um sich noch mehr Essen in den Mund zu schaufeln und noch mehr Tee nachzugießen. »Und natürlich hatte ich verdammtes Glück, in eine solche Familie hineingeboren worden zu sein. Aber Privilegien sind nicht immer einfach. Ein Langford zu sein bedeutet eine große Verantwortung.«

»Sie reden jetzt aber nicht von der Bürde des weißen Mannes, oder?«

»Drehen Sie mir nicht das Wort im Mund herum. Ich meinte bloß, wenn man derartige Privilegien genießt, sollte man einen Weg finden, um sich dieses Glück auch tatsächlich zu verdienen. Man sollte Gutes tun. Man befindet sich eine Stufe über allen anderen, aber das bedeutet oft nur, dass man auch tiefer fallen kann. Am Ende ist man doch nur ein

Mensch. Man macht Fehler, wie alle anderen auch. Doch in diesem Fall waren die Fehler …«

Ich wollte ihn fragen, welche Fehler er gemacht hatte. Ich wollte ein Brecheisen in die Wunde stecken und sie immer weiter öffnen, doch stattdessen ließ ich zu, dass sich Johns Stimme langsam in dem dämmrigen Raum verlor, in dem es aussah und roch wie in einem typischen Pub. Abgestandenes Bier, selbstgemachte Fritten und noch etwas anderes. Vergangene Jahrhunderte. Holzträger aus Bäumen, die längst nicht mehr existierten. Außer uns gab es noch zwei weitere Gäste, beides Männer, die mit der rechten Hand ihr Frühstück in sich hineinschaufelten und mit der linken über ihre Smartphones wischten. Ich spürte, wie mein eigenes Handy in der Tasche des Mantels vibrierte, den ich über die Stuhllehne gehängt hatte, und widerstand dem Drang, sofort nachzusehen.

Stattdessen wischte ich das Eigelb mit dem Toast auf und meinte: »Ich habe darüber nachgedacht, wie wir das Chaos am besten auflösen. In Roberts Arbeitszimmer meine ich.«

»Ja, klar. Ich habe mich gestern Abend vor dem Zubettgehen noch ein wenig umgesehen, und es scheint erheblich umfangreicher zu sein, als ich dachte. Robert war nicht gerade ein ordentlicher, aufgeräumter Mann.«

»Das sind Genies selten.«

»Sie halten ihn für ein Genie?«

»Natürlich! Diese Romane! Ich finde, er war besser als Fleming. Ehrlich. Die Geschichten sind großartig und voller unerwarteter Wendungen – aber der wahre Zauber liegt zwischen den Zeilen. Darin, was er nur andeutet und nicht sagt. Seine Figuren sind so durchdringend, wissen Sie? Und ständig kommen neue vielsagende Details zum Vorschein, die einem den Atem rauben. Wissen Sie, was ich glaube?«

»Was glauben Sie denn, Sarah?«, fragte er lächelnd.

»Seine Geschichten triefen zwar vor Zynismus – und das

kann man ihm nach allem, was er durchgemacht hat, auch nicht verübeln –, aber im Grunde seines Herzens war er trotzdem ein Romantiker. Ein verhinderter Romantiker, verloren in einem anderen Zeitalter.«

»Natürlich war er ein Romantiker. Er hat immerhin seine große Liebe geheiratet.«

»Jetzt klingen *Sie* zynisch.«

»Nein, ganz und gar nicht. Ich freue mich für ihn. Er hat die Frau seiner Wahl nicht aus den Augen verloren, egal, wie weit entfernt sie auch schien, und am Ende hat er ihr Herz erobert. Sie liebte ihn ebenfalls, und die beiden hatten Kinder, Schwäne und zweifellos den besten Sex ihres Lebens. Gut gemacht.«

»Autsch.«

Er nahm das letzte Stück Toast und trank den letzten Schluck Tee. »Sind Sie so weit?«

»Fast.«

»Okay, dann gehen wir.« Er griff in seine Tasche, zog seine Geldbörse heraus und hatte offensichtlich nicht vor, sich auf das Frühstück einladen zu lassen, wie er es vorhin Davey gegenüber behauptet hatte. Er nahm eine Zwanzig-Pfund-Note und steckte sie unter die Flasche mit der HP-Sauce.

Anstatt vorauszueilen, hielt sich John dieses Mal zurück und ging diszipliniert mit in die Taschen gesteckten Händen und nachdenklich gesenktem Kopf neben mir her. Die Zufahrtsstraße war nicht asphaltiert, und das Gras war immer noch feucht vom Tau. Mittlerweile hatten sich einige Wolken gebildet, und die Sonne war dahinter verschwunden, sodass es noch kühler war als vorhin.

Als das Dower House vor uns auftauchte, gingen wir seitlich daran vorbei und den Hügel hinunter zum Lustschloss. Da ergriff ich endlich das Wort.

»Warum sind Sie ihnen eigentlich immer noch so treu ergeben? Ihren Vorfahren, meine ich.«

»Ich schätze, weil sie meine Familie sind. Ich muss ihnen ihre Fehler verzeihen, denn sie sind ein Teil von mir, nicht wahr? Ihre Sünden sind meine Sünden. Ihr Blut rinnt durch meine Adern. Es ist das einzige Erbe, das wirklich zählt.«

»Ich weiß«, erwiderte ich. »Genau davor habe ich Angst.«

»Angst? Warum?«

Ich tastete unbewusst nach dem Telefon in meiner Tasche. Ich hatte keine einzige Nachricht aus dem Pflegeheim bekommen, und als ich gestern Abend anrief, um mich nach meiner Mutter zu erkundigen, hieß es, sie würde gerade ein Nickerchen machen. Trotzdem verschwand die Angst nie vollständig und blieb mein ständiger Begleiter. »Wie schon gesagt, meine Mom hat Alzheimer, und sie war vergleichsweise jung, als es anfing. Es ist schwer mitanzusehen, wie sie langsam verschwindet, Dinge vergisst und manchmal nicht einmal mich erkennt. Aber da ist auch noch diese andere Angst. Ich versuche, nicht daran zu denken, aber sie ist trotzdem da.«

»Dass Ihnen dasselbe passiert?«

»Ja.« Ich sah blinzelnd hinauf in den Himmel und versuchte abzuschätzen, wie lange es dauern würde, bis die Sonne hinter der riesigen, hasenförmigen Wolke hervorbrach. »Ich bin jetzt dreißig, das heißt, wenn es bei mir auch so ist wie bei ihr, dann habe ich noch zwanzig oder vielleicht dreißig Jahre, bevor es anfängt. Und es geht viel schneller, je jünger man ist. Meiner Mutter ging es gut, und innerhalb eines Jahres war sie vollkommen hilflos, obwohl ich ihr die beste Pflege zukommen ließ, die man für Geld kaufen kann. *Small Potatoes* hat ihr einen Platz in einem privaten Pflegeheim gesichert, und vielleicht auch ein wenig mehr Zeit – zumindest hoffe ich das. Und jetzt …«

»Jetzt beginnt wieder die Geschichte, die auf die Tränendrüsen drückt, nicht wahr?«, fragte er sanft.

»Ja, so ist es.« Ich wischte mir mit dem Daumen über die Augenwinkel. »Wie auch immer. Ich habe einfach das Gefühl, dass ich es wissen muss. Ich muss wissen, was sich jahrelang in ihrem Schrank versteckte. Ich muss die Wahrheit über meine Familie herausfinden. Bevor es zu spät ist.«

»Was ist, wenn Sie gar nicht alles wissen können? Was, wenn manche Geheimnisse zu tief begraben sind? Oder die Hinweise zerstört wurden?« Wir hatten die Brücke erreicht, und er blieb stehen und legte eine Hand auf den Pfeiler mit der eingravierten Jahreszahl. »Was, wenn es besser ist, es nicht zu wissen?«

»Es ist immer besser, es nicht zu wissen. Aber ich muss die Wahrheit trotzdem herausfinden. Das ist einfach so. Ich muss wissen, ob mein Urgroßvater ein Opfer war oder ...«

»Oder was?«

»Ich weiß auch nicht. Ich schätze, ich bin hier, um genau das herauszufinden.«

John nahm die Hand vom Pfeiler und griff nach meiner. »Kommen Sie.«

Ich war so überrascht, seine Hand zu spüren, dass ich nichts erwiderte. Er führte mich sicher über die Brücke, als wäre ich ein Ruder und er würde mich durchs Wasser ziehen. Und seine Hand war warm. Meine eigenen Hände waren aus irgendeinem Grund eiskalt, doch Johns Hand verströmte eine wohlige Wärme. Wir hielten vor der Tür an, und John tastete nach dem Schlüssel.

»Ich weiß, es klingt verrückt, aber ich habe das Gefühl, als wollten Sie mir etwas zeigen«, meinte ich. »Haben Sie gestern Abend noch etwas gefunden?«

»Vielleicht.«

Die Tür ging auf, und John trat zurück, um mich vorbeizulassen. Als wir beide eingetreten waren, schloss er die Tür hinter uns und ging zu Roberts großem, edwardianischem

Schreibtisch, der so ausgerichtet war, dass das Licht des öst-
lichsten Fensters auf ihn fiel. Der Sonnenaufgang und die
Morgensonne. Er hob einen Gegenstand hoch und streckte
ihn mir entgegen.

»Was ist das? Das ist doch nicht Patricks Tasche, oder?«

»Nein. Aber sie ist ihr sehr ähnlich. Sie besteht ebenfalls
aus wasserdichtem Ölzeug, um Dokumente auf hoher See vor
Feuchtigkeit zu schützen. Aber die hier gehörte Robert Langford.«

Ich nahm die kleine Tasche und öffnete sie. In diesem Moment kam die Sonne hinter den Wolken hervor und tauchte
den Raum in helles Licht, sodass die Flecken auf der glatten
braunen Oberfläche deutlich zu erkennen waren.

John stützte die Hände in die Hüften, während er mir zusah, wie ich die Hand in die Tasche steckte und ein kleines,
in Leder gebundenes Buch herauszog. »Ich kann Ihnen leider
nicht sagen, ob Ihr Urgroßvater irgendein Geheimagent war«,
meinte er leise. »Aber es ist durchaus möglich, dass meiner
einer war.«

»Warum?«

»Werfen Sie einen Blick hinein. Ich schreibe zwar keine
Spionageromane, aber ich bin mir ziemlich sicher, dass das
hier ein Codebuch ist.«

Vierzehn

AUF SEE
DIENSTAG, 4. MAI 1915

Caroline

Caroline fühlte sich wie eine Verräterin. Sie ertrug kaum den Anblick des Bettes, in dem Gilbert und sie sich am Vortag geliebt hatten. Sie versuchte, sich einzureden, dass sie nur an ihren Mann gedacht hatte, als er sie berührte. Dass sie nur seine Haut unter ihren Fingern gespürt und nur sein leises Flüstern in ihrem Ohr gehört hatte. Und es gelang ihr beinahe. Doch so wunderbar es auch gewesen war, konnte sie nicht gänzlich abstreiten, dass auch noch eine dritte Person mit ihnen in dem Bett gelegen hatte.

»Mrs. Hochstetter?«

Sie sah überrascht auf, und ihr Blick fiel auf ihre Kammerzofe, die mit Carolines Abendgarderobe über dem Arm vor ihr stand. »Ja, Jones?«

»Es wird Zeit, sich für das Abendessen fertigzumachen. Ich habe mir erlaubt, Ihr Kleid zu bügeln. Ich glaube inzwischen ernsthaft, dass Patrick absichtlich alle Ihre Kleider durcheinandergebracht hat, als er das Gepäck in Ihr Zimmer gebracht hat. Vermutlich ist er nur an die Arbeit mit Kartoffelsäcken gewöhnt und kann nicht zwischen Stroh und Seide unterscheiden.«

221

Caroline wollte sie tadeln, aber sie schaffte es kaum, Jones in die Augen zu sehen. Als ihre Zofe am Vorabend ins Zimmer gekommen war, um ihr beim Ankleiden für das Abendessen zu helfen, hatte sie natürlich das zerwühlte Bett, die Laken auf dem Boden, Carolines hastig abgestreiftes Kleid und die anderen Kleidungsstücke gesehen, die wie die Trümmer nach einem Tornado überall verstreut lagen.

Jones hatte wie eine exzellente Zofe reagiert und kein Wort darüber verloren. Sie hatte dem Chaos keine Beachtung geschenkt, während sie Caroline in ihr Kleid half, und als diese vom Abendessen zurückgekommen war, hatte jemand das Zimmer wieder in Ordnung gebracht, als wäre das amouröse Zusammentreffen nie geschehen. Und es war gut möglich, dass es genau so war, denn Caroline hatte ihren Mann seit gestern Abend nicht mehr zu Gesicht bekommen. Er hatte sich vom Dinner entschuldigt und war heute den ganzen Tag verschwunden geblieben. Patrick hatte ihr lediglich mitgeteilt, dass Gilbert sein Bedauern zum Ausdruck brachte, aber dringende geschäftliche Angelegenheiten zwangen ihn, sich den ganzen Tag mit einer der Stenografinnen an Bord zurückzuziehen. Er würde sie allerdings zum Abendessen begleiten.

Sogar die Nachricht, die Gilbert ihr hinterlassen hatte, war verschwunden – vermutlich war sie mitsamt den Laken in die Wäscherei gewandert. Caroline war jedenfalls zu beschämt, um Jones danach zu fragen. Und zu gedemütigt, um danach zu suchen und sie noch einmal zu lesen.

»Ja, natürlich. Um Punkt sechs zum Dinner – nicht vergessen.«

Jones runzelte kaum merklich die Stirn, als sie Carolines bissigen Ton hörte. Aber sie konnte es nicht ändern. Gilbert war unerträglich pünktlich, was sie im Laufe ihrer Ehe erst lernen musste. Pünktlichkeit war in Savannah einfach eine Nebensache, denn die durchdringende Hitze und Luftfeuchtigkeit waren ein sehr starkes Argument gegen jegliche Eile, und selbst ein missbilligender Blick der Gastgeberin konnte daran nichts ändern. Zuspätkommen wurde akzeptiert und war teilweise sogar erwünscht, denn niemand wollte schwitzend in einem Ballsaal erscheinen – oder noch schlimmer: stinkend wie ein nasser Hund.

Caroline erhob sich von dem Stuhl vor dem Frisiertisch, auf dem sie ihre Toilettenartikel in geraden Linien angeordnet hatte, als könnte sie damit ihre Gedanken in ebensolche Bahnen lenken. Sie bemühte sich um einen neutraleren Ton und fragte: »Was haben Sie denn heute Abend für mich vorbereitet?«

Jones hielt ein cremefarbenes Kleid aus Seidensatin und Krepp in die Höhe. Caroline erinnerte sich daran, wie sie es zum ersten Mal anprobiert und bei sich gedacht hatte, wie sehr es Gilbert gefallen würde. Es war elegant und sittsam, zeigte aber dennoch genug Haut, die in dem tiefen V-Ausschnitt vorne und hinten zur Geltung kam. Der Stoff umschmeichelte sie sinnlich, und das hochtaillierte Oberteil brachte ihre ausladende Oberweite und die schmale Taille zur Geltung, die Gilbert sogar mit seinen beiden Händen umfassen konnte, wie er an ihrem Hochzeitstag festgestellt hatte, als er sich zum ersten Mal erlaubt hatte, sie zu berühren. Die mit goldenen und grünen Perlen und Pailletten besetzten Blumen passten wunderbar zu der hochgeschlagenen Schleppe, und der knöchellange Rock erlaubte einen Blick auf ihre Seidenstrümpfe und zarten Füße.

»Es ist perfekt«, meinte sie mit einem kaum merklichen Lächeln, das nichts von ihrer unglaublichen Zufriedenheit preisgab. In diesem Kleid *konnte* Gilbert sie nicht länger ignorieren. »Und dazu nur Ohrringe – dieses Kleid braucht nicht mehr. Ich dachte an das Paar mit den Perlen und den tropfenförmigen Diamanten von gestern Abend«, fuhr sie fort und deutete auf die kleine, samtbezogene Schatulle auf dem Frisiertisch.

»Ich habe mir genau dasselbe gedacht, Ma'am, daher habe ich Mr. Hochstetter auch nicht gebeten, etwas anderes aus dem Tresor zu holen. Ich glaube, ein einfacher, flacher Knoten am Hinterkopf würde die Ohrringe und den herrlichen Ausschnitt am besten zur Geltung bringen.«

Dieses Mal gestattete Caroline sich ein breites Lächeln. »Wir beide geben ein wunderbares Gespann ab, Jones. Ich muss meinen Mann unbedingt bitten, Ihren Lohn zu erhöhen.«

Die Zofe senkte kurz den Kopf, dann legte sie das Kleid, zwei lange cremefarbene Ziegenlederhandschuhe und einen Fächer vorsichtig auf das Bett. Sie entschuldigte sich einen Augenblick und kam kurz darauf mit einem Paar Riemchenschuhen aus goldenem Brokat mit spitzen Zehen und Louis-XV-Absatz wieder.

Ja, dachte Caroline und stellte sich vor, dass sie nach dem Abendessen nur noch ihre Unterwäsche, die Ohrringe und die Schuhe tragen würde. Sie lächelte erneut und fühlte sich so beschwingt, dass sie sich vornahm, aus jeder der drei verbliebenen Nächte auf der *Lusitania* eine bleibende Erinnerung zu machen.

Gilbert erhob sich, als Caroline das Wohnzimmer betrat, und stellte sein halbleeres Glas auf dem Beistelltisch ab. »Guten Abend, Caroline«, begrüßte er sie mit hinter dem Rücken gefalteten Händen. Er trug einen Frack, in dem er überaus stattlich und attraktiv aussah, und seine Schultern schienen so breit und stark, dass Caroline sofort wieder die Sicherheit spürte, die sie seit jeher mit ihm verband. Ihre Schwägerin Claire hatte Caroline gescholten, als sie ihr davon erzählt hatte, denn sie war der Meinung, dass eine Frau solche Gefühle nur für ihren Vater empfinden sollte.

»Guten Abend, Gilbert«, erwiderte sie und drehte sich im Kreis, damit er ihr Kleid bewundern konnte. »Gefällt es dir?«, fragte sie und versuchte, nicht verletzt zu reagieren, weil er ihr nicht von sich aus ein Kompliment gemacht hatte. »Ich hatte gehofft, dass wir heute Abend nach dem Essen nicht sofort wieder gehen müssen, sondern zum Tanzen bleiben können. Die Tische unter der Kuppel werden beiseitegeschoben, damit die Gäste tanzen können. Ist das nicht herrlich?«

Seine Augen funkelten seltsam, als er sie musterte. »Deine Arme sind nackt. Wird dir nicht kalt werden?«

Sie lächelte weiter. »Nein, ist schon in Ordnung. Ich trage immerhin Handschuhe. Ich hatte Angst, dass die Stola vom Sessel rutscht, wenn ich sie während des Essens abnehme. Oder dass sie beim Tanzen verloren geht. Deshalb habe ich sie im Zimmer gelassen. Und im Speisesaal ist es durch die vielen Menschen ohnehin immer sehr warm.« Was nicht wirklich stimmte. Ihr war vom Aufwachen bis zum Zubettgehen kalt, wenn ihr Jones dankenswerterweise eine Flasche mit warmem Wasser ans Fußende legte.

Aber sie hatte sich nun mal gewünscht, dass Gilbert sie vor allen anderen in diesem Kleid sah, und vielleicht sogar gehofft, dass sie alleine in ihrer Suite zu Abend essen und sich danach in ihr Schlafzimmer zurückziehen würden.

Sie wollte ihm gerade den Vorschlag unterbreiten, als jemand an die Tür klopfte. Es war Patrick, der freundlich lächelte und sich an die Kappe tippte, bevor er sich an Gilbert wandte und ihm einen kleinen Umschlag übergab. »Ein Telegramm für Sie, Sir. Ihre Antwort wird dringend erwartet.«

Gilbert öffnete hastig den Umschlag und las das Telegramm mit gerunzelter Stirn, dann wandte er sich wieder an Caroline. »Ich fürchte, das hier kann nicht warten. Aber es wird nicht lange dauern. Du kannst schon einmal alleine vorausgehen, ich komme dann später nach. Vielleicht findest du einen größeren Tisch mit mehreren Leuten, damit du nicht einsam bist, während du wartest.«

Die Enttäuschung machte sich wie ein Klumpen saure Milch in ihrem Magen breit. »Worum geht es denn?«, fragte sie, denn sie wollte nicht schon wieder im Dunkeln gelassen werden. Vor allem, nachdem sie in der vergangenen Nacht von beunruhigenden Gedanken gequält worden war, die einfach nicht verschwinden wollten. »Es gibt Gerüchte, dass die *Lusitania* Munition transportiert. Von Hochstetter Iron&Steel vielleicht?«

Sein Gesicht verfinsterte sich. »Mach dir keine Gedanken über solche Dinge, Caroline. Es ist viel zu kompliziert, und ich habe jetzt keine Zeit, es dir zu erklären. Ich muss los.«

Sie schluckte die Enttäuschung hinunter. »Natürlich. Bleib nicht zu lange.«

Er verließ das Zimmer, ohne sie eines weiteren Blickes zu würdigen. Caroline folgte ihm durch den verwinkelten Flur der Suite, denn sie war sich sicher, dass er sich noch einmal umdrehen und ihr einen Abschiedskuss geben oder ihr zumindest sagen würde, wie schön sie war. Doch er eilte den Flur entlang, ohne sich ein einziges Mal umzusehen. Sie sah das Mitleid in Patricks Augen und drehte sich eilig beiseite, weil sie Angst hatte, sonst in Tränen auszubrechen.

»Ich begleite Sie sehr gerne in den Speisesaal, Ma'am«, erklärte er, und seine sanfte Stimme und der irische Akzent beruhigten sie.

»Danke, Patrick, aber ich werde heute Abend wohl lieber hier essen.«

Plötzlich erklang ein Pfeifen, und als sie beide in Richtung des öffentlichen Flurs sahen, fiel ihr Blick auf Robert Langford, der gerade vorbeiging. Er war ebenfalls fürs Dinner herausgeputzt und trug einen Frack mit weißer Fliege. Caroline kannte das Lied, das er pfiff. Es war neu und hatte eine eingängige, zuckersüße Melodie, zu der man sicher wunderbar tanzen konnte. Im nächsten Moment entdeckte er sie im Türrahmen.

»Caroline«, rief er überrascht und trat einen Schritt zurück, gerade als ein älteres Paar an ihnen vorbei zum Abendessen ging. Der Mann tippte sich an den Hut, doch das Gesicht der Dame war durch ihre üppige Pelzstola derart verdeckt, dass man unmöglich sagen konnte, ob sie Caroline und Robert überhaupt gesehen hatte.

»Ja, genau! So heißt das Lied, das du gerade gepfiffen hast, nicht wahr?«

Er schien einen Moment lang nachzudenken, als könnte er sich nicht daran erinnern, überhaupt gepfiffen zu haben. Dann sah er sie verwundert an. »Nahe dran«, meinte er. »Es heißt: ›*Can't You Hear Me Calling Caroline?*‹«

»Guten Abend, Mr. Langford«, begrüßte Patrick ihn und trat in den Flur hinaus. »Ich muss mich um Mrs. Hochstetters Abendessen kümmern. Sie hat gerade beschlossen, heute auf dem Zimmer zu essen.«

»Und die *Salamoas a la Crème* oder den *Pouding Talma* verpassen? Was für eine Tragödie!« Er verzog übertrieben entsetzt das attraktive Gesicht. »Bitte, meine Liebe. Erlaube mir, dich in den Speisesaal zu begleiten. Ansonsten muss ich es dem Chefkoch melden, dessen Tränen die *Mousse de Jambon* zweifellos ungenießbar für die anderen Gäste machen werden.«

Caroline lachte unwillkürlich auf. Sie legte die Hand auf seinen ausgestreckten Arm und meinte: »Oh, Robert. Was würde ich bloß ohne dich machen?«

»Ja, was nur?«, erwiderte er leise und führte sie den Flur entlang zu den Aufzügen. Caroline bemerkte den seltsamen Blick, den Robert und Patrick wechselten und den sie nicht einordnen konnte. Doch im nächsten Augenblick hatte sie ihn auch schon wieder vergessen, denn Robert sang ihr leise ins Ohr: »*I miss you in the morning … Caroline, Caroline …*«

Sie tippte ihm sanft mit dem Fächer auf den Arm. »Hör auf, Robert. Wenn dich jemand hört, denkt er womöglich, du wärst hinter mir her.«

»Wer sagt, dass ich das nicht bin?«

Ihr blieb eine Antwort erspart, denn in diesem Moment betraten sie den überfüllten Aufzug, der die Passagiere zum Speisesaal brachte, und stießen dabei auf Prunella und Margery Schuyler. Da es zu spät war, um auf die Treppe zu fliehen, lächelte Caroline den beiden Frauen zu und bemühte sich, nicht von einer der zahllosen Pfauenfedern aufgespießt zu werden, die aus Margerys Frisur ragten.

»Was für ein glücklicher Zufall, Sie hier zu treffen, Mrs. Hochstetter«, erklärte Margery und betrachtete sie über ihre lange Nase hinweg.

»Tatsächlich? Wie das?«, fragte Caroline.

»Mrs. Schuyler und ich werden heute mit der hochverehrten Bildhauerin Ida Smythe-Smithson zu Abend essen. Wir werden dabei über die Kunst in ihren zahlreichen Variationen sprechen, und darüber, wie sie unseren Geist und unsere Talente fördert, egal wie klein sie auch sein mögen.« Sie presste die Lippen aufeinander, während sie Caroline musterte. »Sie müssen sich unbedingt zu uns gesellen! Vielleicht hilft es Ihnen dabei, am Donnerstag über Ihr Talent hinauszuwachsen und gänzlich neue Dimensionen zu erreichen.«

Allein Roberts warme Hand auf ihrem Rücken hielt Caroline davon ab, der Frau ihren Absatz in den Fuß zu rammen oder sie einfach so fest zu schubsen, dass sie nach hinten stolperte. Stattdessen meinte sie: »Ich fürchte, dafür ist zu wenig Platz. Ich habe Robert Langford eingeladen, das Abendessen gemeinsam mit mir und meinem Mann einzunehmen.«

»Wunderbar«, erwiderte Prunella, die hinter ihrer Schwägerin stand und mit ihrem ebenfalls mit Pfauenfedern geschmückten Kopf in Carolines Richtung deutete. »Wir haben einen Tisch für sechs Personen reserviert, also sind Sie alle herzlich willkommen.« Damit war ihr Urteil ergangen, und ihr Gesichtsausdruck machte mehr als deutlich, dass jeglicher Widerspruch zwecklos war.

»Es überrascht mich, dass Ihr Mann Sie heute Abend begleiten wird, Mrs. Hochstetter. Wir wissen doch alle, wie beschäftigt er ist.« Margery zog die Luft durch die Nase ein, bevor sie mit einem Taschentuch die offene Stelle in ihrem Mundwinkel trocken tupfte.

Dank Robert ersparte sich Caroline auch dieses Mal eine Antwort. »Es wäre mir eine Freude, mit Ihnen zu Abend zu essen«, mischte er sich mit einem gewinnenden Lächeln ein, das wohl alle außer Caroline hinters Licht führte. Sie liebte es, dass sie ihn so gut kannte. Sie liebte die Verbindung zwischen ihnen, die schon seit ihrer ersten verheißungsvollen Begegnung bestand.

»Du bist heute Abend wirklich außergewöhnlich schön, Caroline«, flüsterte er ihr ins Ohr, und sein warmer Atem strich über ihren Nacken und den nackten Rücken. »Dieses Kleid. Es erweckt Gedanken in einem Mann, die man als … *ungehörig* bezeichnen könnte.«

Sie hielt den Blick nach vorne gerichtet, als hätte sie kein Wort gehört, aber sie war dankbar für das Gemurmel der anderen Passagiere im Aufzug, das beinahe das Dröhnen des Blutes übertönte, das durch ihren Körper schoss.

Die Aufzugtüren öffneten sich, und die Abendgäste strömten hinaus, sodass sich der erstickende Geruch der vielen verschiedenen Parfums, der den kleinen Raum gerade noch erfüllt hatte, innerhalb eines Wimpernschlages verflüchtigte und nur noch der schwache Blumenduft übrigblieb. Sie ließen sich von der Menge den kurzen Weg in den Speisesaal treiben, wo die Stimmen, die von dem Marmorboden widerhallten, mit einem Mal ruhiger wurden. Selbst am dritten Abend waren die

Passagiere beim Betreten des opulenten, zweistöckigen Saales immer noch von Ehrfurcht erfüllt.

Mehr als ein Gast hatte den Blick nach oben auf die in Stuck gearbeitete Kuppel gerichtet. Die goldverzierten korinthischen Säulen im Louis-seize-Stil und die von verschlungenem Rollwerk umrahmten ovalen Bilder der Cherubim waren zwar eher nach Gilberts Geschmack, doch selbst Caroline konnte die Schönheit und Eleganz dieses Ortes nicht abstreiten.

Die Atmosphäre ließ in den Gästen den Wunsch aufkommen, die Suppe ein wenig langsamer zu essen, jeden Bissen des Abendessens zu genießen und sich vielleicht die Zeit zu nehmen, um sich mit den Tischnachbarn zu unterhalten. Vielleicht. Es sei denn, bei besagten Tischnachbarn handelte es sich um Mrs. und Miss Schuyler. Doch auch in diesem Fall sorgte eine nicht enden wollende Versorgung mit erlesenen Weinen für Abhilfe.

»Hier ist ja unser Tisch!«, rief Prunella, die sich wie eine Kanonenkugel den Weg durch die Menge gebahnt hatte. Caroline fühlte sich wie ein Küken, das folgsam seiner mit Federn geschmückten Mutter folgt, und war froh, Robert bei sich zu wissen. Sie traten auf einen runden Tisch mit weißem Tischtuch und weißen, zu Krönchen gefalteten Platzservietten zu. Er sah aus wie jeder andere Tisch im Saal, abgesehen davon, dass er in der abgelegensten Ecke und so weit an der mit Seide bespannten Wand wie möglich aufgestellt worden war. Caroline ließ sich auf dem Stuhl nieder, den Robert für sie zurechtgerückt hatte, und überlegte unwillkürlich, ob das Personal aus den letzten beiden Abenden mit den Schuylers gelernt und den Tisch absichtlich hier platziert hatte.

»Hallo«, drang eine Stimme mit ausgeprägtem englischem Akzent von der anderen Seite des Tisches zu ihr. »Ich bin Ida. Nur Ida, weil ich keinen Wert auf Förmlichkeiten lege. Und Sie sind?«

Caroline starrte in die Richtung, aus der die Stimme gekommen war, und ihr war sofort klar, warum sie die Frau zunächst übersehen hatte. Sie war winzig, ihre Schultern reichten im Sitzen kaum über die Tischkante, sodass sie beinahe hinter den Kristallvasen mit den frischen Blumen und den Unmengen an verschiedenen Gläsern verschwand. Sie sah Caroline an, ohne ein einziges Mal zu blinzeln, und nippte an ihrem Champagner. Auf den ersten Blick wirkte die Frau nicht älter als zwölf, doch als Caroline ihr Gesicht näher betrachtete, bemerkte sie die wissenden Augen und einen Mund, der zu einem sinnlichen Lächeln verzogen war. Vermutlich war Ida wohl eher in den Dreißigern. Sie hatte flammend orangerote Haare – Caroline hatte so eine Farbe noch nie gesehen –, die zu einem kurzen Bob geschnitten waren, und trug nicht nur einen leuchtend roten Lippenstift, sondern auch Rouge. Auf den *Wangen*. Wo es jeder sehen konnte.

Bevor sie antwortete, warf Caroline einen schnellen Blick auf Prunella, doch die ältere Frau schien nicht zu bemerken, dass das Auftreten der Künstlerin nicht statthaft war. Sie wandte sich erneut an Ida: »Ich bin Mrs. Gilbert Hoch…« Sie hielt inne, als sie Idas abfälligen Blick sah. »Ich bin *Caroline*. Und das ist mein Freund Robert.«

»Robert und ich kennen uns bereits, nicht wahr?«, erwiderte Ida, und es klang wie eine versteckte Anspielung.

»Ja, das ist wahr«, stimmte er ihr zu und setzte sich als Letzter an den Tisch. Er gab keine Erklärung ab, wo und unter welchen Umständen sie sich kennengelernt hatten, sondern erwiderte bloß Idas Lächeln. Caroline spürte einen Stich, der sich seltsamerweise wie Eifersucht anfühlte, obwohl das wirklich lächerlich war. Robert gehörte ihr nicht und hatte das Recht, sich mit anderen Frauen einzulassen. Allerdings …

Idas schrille Stimme riss sie aus ihren Gedanken. »Dann sind Sie sicher Caroline, die bedauerlicherweise vollkommen talentfreie Klavierspielerin mit dem vielbeschäftigten Ehemann!«, rief sie, bevor sie erneut an ihrem Champagner nippte.

Caroline wollte bereits zu einer Erwiderung ansetzen, hielt jedoch inne, als Ida ihr zuzwinkerte. »Ich kann mir nichts Schwierigeres vorstellen«, fuhr Ida fort, »als eine derart überragende Sängerin wie Miss Schuyler auf dem Klavier zu begleiten. Zwar hatte ich noch nicht die Ehre, sie persönlich zu hören, aber sie hat mir erzählt, dass sie in direkter Konkurrenz zu Lucrezia Bori steht.«

Margery schloss die Augen und senkte in gespielter Bescheidenheit den Kopf, sodass Ida Caroline unverhohlen angrinsen konnte. Caroline ließ sich gerade entspannt zurücksinken, als sie jemanden hinter sich spürte und sich umdrehte. Es war Gilbert.

Er wirkte reserviert, als er sich nach unten beugte, um ihr ins Ohr zu flüstern. »Hallo, mein Liebling«, meinte er leise, bevor er die anderen Gäste am Tisch begrüßte und sich für sein Zuspätkommen entschuldigte. Er wirkte einen Augenblick lang überrascht, als er Robert an Carolines Seite entdeckte.

»Mr. Langford«, begrüßte er ihn.

»Mr. Hochstetter«, erwiderte Robert. »Ich habe gehört, dass Sie sich verspäten, und war so frei, Ihre wunderbare Gattin in den Speisesaal zu begleiten. Ich hoffe, Sie bleiben lang genug, um nachher noch zu tanzen. Ihr Kleid muss unbedingt von aller Welt gesehen werden.«

Gilbert betrachtete Carolines Kleid, als sähe er es gerade zum ersten Mal. »Das ist wohl eine deiner Neuanschaffungen?«

»Ja, genau. Gefällt es dir nicht?« Sie wollte, dass er sie genauso ansah wie Robert. Dass er sah, was Robert gesehen hatte.

»Es sieht aus, als würdest du frieren. Soll ich deine Stola für dich holen?«

Sie bemerkte Idas abwägenden Blick und zwang sich zu einem kühlen Lächeln. »Nein, mir ist nicht kalt, aber ich sage es dir, falls ich meine Meinung ändern sollte.«

Caroline war sich der Anwesenheit der beiden Männer an ihrer Seite nur allzu bewusst, während das Abendessen voranschritt und ein köstlich duftender Gang nach dem anderen serviert wurde, dessen Geschmack Caroline allerdings gar nicht wahrnahm. Es war unmöglich, den Überblick über die bereits getrunkene Menge Wein zu behalten, denn nach jedem Gang wurde ein weiteres Glas gefüllt. Sie merkte am Rande, dass sich Robert mit den drei anderen Frauen am Tisch unterhielt, und machte selbst die eine oder andere Anmerkung, um nicht uninformiert oder desinteressiert zu wirken. Gilbert schwieg die meiste Zeit und konzentrierte sich auf das Essen.

»Fühlst du dich nicht wohl, Caroline?«, fragte er mit einem kurzen Blick auf ihren beinahe unberührten Teller.

Sie wandte sich zu ihrem Mann herum. »Es geht mir gut. Wirklich. Aber wir haben erst um ein Uhr zu Mittag gegessen, deshalb fehlt mir der Appetit.« Sie legte das Messer zur Seite und ihre Hand in seine. »Bitte sag, dass du zum Tanzen bleibst. Bitte, Gilbert. Für mich.«

Er sah auf ihre Hände hinunter. »Du weißt doch, dass ich nicht tanze. Ich glaube, du hast sogar einmal gesagt, ich hätte zwei linke Füße.« Er lächelte sanft. »Ich wünschte, ich könnte es – ich wäre sehr stolz, den Leuten zu zeigen, dass du zu mir gehörst. Aber du kannst ruhig bleiben und dich amüsieren. Vielleicht sehe ich dir sogar eine Weile lang zu.«

»Es tut mir leid, falls ich das wirklich einmal gesagt haben sollte. Aber ich bin als Tänzerin gut genug für uns beide, Gilbert. Wirklich! Ich werde nicht zulassen, dass wir uns zum Narren machen.«

Doch er schüttelte bereits den Kopf. »Mein Vater war ein einfacher Kohlearbeiter, der mir den Wert harter Arbeit beibrachte. Es liegt nicht in unserem Blut, uns zum Affen zu machen oder unsere Zeit mit Albernheiten zu verschwenden. So bin ich nicht. Aber du kannst gerne tun, was dich glücklich macht.«

»Mit dir zusammen zu sein macht mich glücklich.« Sie wollte seine Hand drücken, doch er zog sie bereits fort, als hätte er Angst, dass jemand sah, wie sie ihm ihre Zuneigung zeigte.

»Meinen Sie nicht auch, Mr. Hochstetter?« Margery hatte sich an Gilbert gewandt, ein Klecks Sauce Choron an der offenen Stelle in ihrem Mundwinkel, die mittlerweile noch größer geworden war.

»Wie meinen?«, fragte Gilbert.

»Ida erklärte gerade, dass es in jedem Haus Statuen nackter Menschen geben sollte, damit wir lernen, den menschlichen Körper – vor allem in seiner weiblichen Form – als Zeichen der Stärke und Schönheit wahrzunehmen und uns nicht mehr dafür zu schämen.«

Ida nickte eifrig. »Als Gott Adam und Eva erschuf, waren sie ebenfalls nackt, und in seinen Augen waren sie perfekt. Wenn man so darüber nachdenkt, stellt sich tatsächlich die Frage, warum wir uns dazu entschlossen haben, unsere Körper mit Stoffen zu verhüllen.« Ihr Blick wanderte zu Caroline. »Ihre Frau hat zum Beispiel eine wahrhaft außergewöhnliche Figur. Ich würde sie liebend gerne nackt modellieren – die Struktur ihrer Knochen schreit förmlich danach, in Marmor unsterblich gemacht zu werden. Ich würde natürlich nicht mein übliches Honorar verrechnen, weil es eine solche Ehre wäre, und es wäre mit Sicherheit das Schmuckstück Ihrer gewiss sehr beeindruckenden Kunstsammlung.«

Rote Flecken überzogen Gilberts Gesicht. »Bitte verzeihen Sie, Ma'am, aber ich fürchte, Sie haben gerade sowohl meine Frau als auch mich selbst beleidigt. Ich möchte Sie bitten, sich bei uns zu entschuldigen.«

Margery warf Gilbert einen missbilligenden Blick zu. »Also wirklich, Mr. Hochstetter«, meinte sie. »Wenn Sie ein Künstler wären, wie Ida und ich es sind, dann würden Sie vielleicht besser verstehen, was wir Ihnen zu sagen versuchen. Sie würden die Erhabenheit Goethes oder Wagners verstehen, die unbeeindruckt von dem repressiven angelsächsischen Moralverständnis ...« Sie hob die Hand, als wollte sie eine nachvollziehbare Erklärung herbeizaubern. »Oder nehmen wir – zum Beispiel – die Genialität eines Strauss-Walzers im Vergleich zu der Mittelmäßigkeit der anglo-amerikanischen Komponisten.« Sie hielt inne, und ihr Blick ruhte einen Moment auf Caroline, bevor er zu Gilbert wanderte.

Gilbert schob seinen Stuhl zurück. »Ich muss kein Künstler sein, um zu verstehen, was Sie hier vorschlagen, und das ist nichts anderes als eine Obszönität. Allein der Gedanke, dass meine Frau eine derart vulgäre Handlung ...«

»Mr. Hochstetter«, begann Robert. »Gilbert. Wenn Sie erlauben? Ida ist eine weltbekannte Bildhauerin. Es ist ein großes Kompliment für Ihre Frau – und auch für Sie –, dass sie als Muse für ein so einzigartiges Kunstwerk infrage kommt. Ihre Frau ist wunderschön, Sir. Wenn sie mir gehören würde, würde ich sie der ganzen Welt zeigen wollen.«

Gilbert sprach über Carolines Kopf hinweg, als wäre sie gar nicht da. »Aber sie gehört nicht *Ihnen*, oder Mr. Langford?«, zischte er und erhob sich so ruckartig, dass er ein Glas des elf Jahre alten französischen Rotweins umstieß, der sich daraufhin auf dem weißen Tischtuch ausbreitete. »Ich habe genug gehört«, erklärte Gilbert mit kaum verhohlenem Ärger. »Meine Frau und ich gehen jetzt, und es käme mir sehr gelegen, wenn Sie sich für den Rest der Reise von ihr fernhalten würden.«

Caroline starrte auf ihren halbleeren Teller hinunter und blinzelte mehrmals hintereinander. Das, was sie tun wollte, stand in einem bitteren Widerspruch zu dem, was sie vermutlich tun sollte.

»Caroline?« Gilberts Stimme klang streng, und seine Hand lag auf der Rückenlehne ihres Stuhls.

»Vielleicht sollten Sie *Ihre Frau* fragen, ob Sie schon gehen möchte«, schlug Ida vor und konnte ihr spöttisches Grinsen kaum verbergen.

Robert erhob sich ebenfalls. »Gilbert, bitte setzen Sie sich. Ich bin mir sicher, dass Miss Smythe-Smithson sich gerne einem anderen Thema zuwendet, und wir versprechen, uns zivilisiert zu benehmen.«

Gilbert ignorierte Robert und sah auf Caroline hinunter, die immer noch auf ihren Teller starrte. Das blau-weiße Blumenmuster begann sich langsam zu drehen. »Caroline? Kommst du?«

Sie hob langsam den Kopf und schaffte es, ihm in die Augen zu sehen, während sie daran dachte, was ihr ihre Mutter über das Frausein beigebracht hatte: *Erscheine schwach und sanftmütig, wenn es angemessen ist, aber vergiss nie, dass sich unter der sanften und freundlichen Hülle ein Rückgrat aus Stahl verbirgt.*

»Nein, Gilbert. Ich würde gerne das Abendessen beenden und danach vielleicht noch tanzen.«

Einen Augenblick lang dachte sie, er würde sie gewaltsam mit sich schleppen. Doch stattdessen atmete er zwei Mal tief ein, wobei der zweite Atemzug lauter war als der erste. »Wie du wünschst. Aber du solltest wissen, dass ich den Rest der Reise sehr beschäftigt sein werde und du mich vermutlich nicht zu Gesicht bekommen wirst. Gute Nacht.«

Er eilte ohne ein weiteres Wort davon und rannte dabei beinahe einen Kellner mit einem Tablett voller Desserts um. Viele Gäste sahen ihm nach, wie er in Richtung Ausgang hastete, dann drehten sich ihre Köpfe wie auf Kommando zu Caroline herum.

Caroline hatte das Gefühl, sich gleich übergeben zu müssen. Vor Scham und Demütigung. Und vor Enttäuschung. »Entschuldigen Sie mich bitte.« Sie stand auf, und ihre Handschuhe rutschten von ihrem Schoß, doch sie hielt sich nicht damit auf, sie hochzuheben. »Ich fühle mich leider nicht wohl. Es war mir eine Freude, Sie kennenzulernen, Ida.« Sie nickte den anderen Damen am Tisch zu. »Gute Nacht.«

Sie spürte, dass Robert neben ihr stand, doch sie konnte ihn nicht ansehen. Sie stürzte auf den Ausgang neben der Tür zu, die Gilbert benutzt hatte. Denn auch wenn sie den Speisesaal unbedingt verlassen wollte, würde sie niemanden glauben lassen, dass sie ihrem Mann hinterherlief.

Caroline verschwand im ersten Flur, an dem sie vorbeikam, und presste ihre Stirn gegen eine der Türen. Sie brauchte etwas Kühles, um die Hitze zu bändigen, die wie ein Fieberschub von ihr Besitz ergriffen hatte. Sie fragte sich, ob der Wein oder das schwere Essen daran schuld war. Alles, nur nicht die Tatsache, dass ihr Mann sie gerade in aller Öffentlichkeit auf ihren Platz verwiesen und sich dann für den Rest der Reise von ihr abgewandt hatte. Als wäre sie ein Hund, der gemaßregelt werden musste und dessen Abwesenheit nicht wirklich auffiel.

»Mrs. Hochstetter! Sie wirken beunruhigt. Kann ich Ihnen behilflich sein?«

Caroline hob langsam den Kopf, als sie die sanfte irische Stimme des Stewards hinter sich hörte. Das Messingschild an der Tür sagte ihr, dass sie sich vor der Kabine D-61 befand. Sie wollte gerade sein Angebot annehmen, da sie keine Ahnung hatte, wie sie ohne Hilfe von hier fortkommen sollte, als eine weitere Stimme erklang.

»Ich kümmere mich um Sie, Patrick«, erklärte Robert sanft, aber es war ihm deutlich anzuhören, dass er genauso aufgewühlt war wie sie.

»Sind Sie sicher, Sir?«

»Ja«, erwiderte Robert, und das Gefühl seiner Hand auf ihrem Ellbogen beruhigte sie.

»Ma'am?«, fragte Patrick, der offenbar sichergehen wollte, dass diese Entwicklung auch in ihrem Interesse war.

»Mr. Langford macht das schon. Danke, Patrick.«

Der Mann verbeugte sich und verschwand um die Ecke, aber nicht, ohne sich noch ein letztes Mal umzudrehen.

Robert legte Carolines Hand in seine Armbeuge. »Komm. Ich bringe dich in deine Suite.«

Sie schüttelte den Kopf und rührte sich nicht vom Fleck. »Nein. Das will ich nicht.«

»Dann besorge ich dir etwas zu trinken. Im Salon vielleicht …?«

»Nein«, erwiderte sie, während ihre Gedanken langsam immer klarer wurden. »Ich will nicht in den Salon.«

»Dann fürchte ich …« Er brach ab und musterte sie eindringlich.

»Ich will bei dir sein.«

»Aber du bist doch bei mir.«

Sie sah ihn an, ohne ein einziges Mal zu blinzeln. »Allein.«

»Allein?«

Sie nickte. Entweder waren es Idas Worte oder Gilberts Heimlichtuerei und offene Zurückweisung gewesen, die ihr Mut gemacht hatten, aber sie wusste jetzt endlich, was sie wirklich wollte. *Wen* sie wirklich wollte. Sie musste über ihre eigene Kühnheit und Roberts scheinbare Zurückhaltung lächeln, denn sie fand diesen Rollentausch beinahe amüsant. »Du hast doch keinen Zimmergenossen, oder?«

Er antwortete nicht, sondern legte bloß die Hand auf ihre und führte sie zu den Aufzügen. Da beinahe alle Passagiere beim Abendessen waren, hatten sie den Aufzug für sich allein, aber sie standen dennoch in zwei gegenüberliegenden Ecken und sahen sich nicht an, falls jemand auf dem Promenadendeck auf den Aufzug wartete. Nachdem sie ausgestiegen waren, gingen sie ohne zu zögern an Carolines Suite vorbei und bogen in den zweiten Flur auf der linken Seite.

Robert überprüfte, ob sie auch niemand aus dem Schatten heraus beobachtete, dann öffnete er die Tür, ließ Caroline eintreten und folgte ihr, bevor er die Tür wieder hinter sich schloss. Es war eine kleine Kabine mit einem Einzelbett, aber sie hatte – wie er bereits erzählt hatte – zumindest ein Fenster mit Meerblick. Auf dem Nachttisch stand eine Lampe, die den Raum in schwaches Licht tauchte.

Robert stand nahe genug bei ihr, um sie zu berühren, doch er tat nichts dergleichen. »Bist du dir sicher, Caroline? Ich will nicht, dass du es danach bereust. Und ich will ganz sicher nicht dein Appetitanreger sein.«

»Appetitanreger? Wie meinst du das?«

»Egal.« Er trat einen Schritt näher, und sie spürte seinen warmen Atem auf ihrem Gesicht. Er roch nach Wein.

»Was ist mit Ida?«

»Ida?« Er schien ehrlich verwirrt.

»Sie meinte, ihr würdet euch *kennen*.« Sie betonte das letzte Wort, um ihm klarzumachen, dass es sehr viel bedeuten konnte.

»Sie hat einen Whippet, und so haben wir uns kennengelernt. Sie ging im Regent's Park mit ihm spazieren, und mein Hund – ebenfalls ein Whippet – war gerade gestorben. Ich konnte einfach nicht widerstehen.«

»Und das ist alles? Du bist nicht ihr Liebhaber?«

»Natürlich nicht«, sagte er. »Warum? Bist du etwa eifersüchtig?«

»Natürlich nicht. Ich will nur sichergehen, dass … dass du das hier nicht andauernd tust. Ich will etwas Besonderes sein.«

»Oh, Caroline«, hauchte er. »Du hast keine Ahnung, wie besonders du für mich bist.« Er trat noch näher heran, berührte sie aber immer noch nicht. »Bist du dir sicher, dass du das hier willst?«, fragte er erneut.

Sie legte die Arme um seinen Hals, fuhr mit den Fingern durch seine Haare und erkannte, dass sie das hier schon seit sehr langer Zeit hatte tun wollen. Sie presste die Lippen auf seine, um ihm zu zeigen, dass Reue das Letzte war, woran sie jetzt dachte.

»In Ordnung«. Er nahm sie in die Arme, drehte sich herum und drückte sie gegen die Tür. »Dann gibt es jetzt nur noch uns beide. Es gibt niemand anderen außer uns. Hier. In diesem Zimmer. Was vorher war und was nachher kommt spielt keine Rolle.«

»Nicht einmal Ida?«, fragte sie mit den Lippen an seinem Hals, und es war mehr ein Keuchen, denn ausgerechnet in diesem Moment zog er sie näher, und es bestand kein Zweifel mehr an seinem Verlangen.

»Niemand.« Seine Finger glitten über ihren Rücken. »Ich liebe dieses Kleid wirklich, aber ich fürchte, es muss trotzdem weg.« Er öffnete geschickt die kleinen Knöpfe am Rücken, während sie an der Fliege um seinen Hals und an den Knöpfen seiner Weste zerrte. Ihre Lippen ließen kein einziges Mal voneinander ab, und ihre Zungen erkundeten einander, als hätten sie Angst, dass sich Gedanken zwischen sie drängen würden, die nicht hierhergehörten, sobald sie etwas Abstand zwischen sich brachten.

Caroline merkte kaum, dass ihre Kleider zu Boden fielen, und hörte weder das Brummen der Motoren noch irgendwelche Geräusche vom Flur. Für sie gab es nur noch Robert. Seinen Geschmack auf ihrer Zunge, das Gefühl seiner Finger auf ihrer nackten Haut an Stellen, an denen sie noch nie zuvor berührt worden war.

Er legte sie aufs Bett und folgte ihr. Sie trug noch immer ihre Strümpfe und Strumpfbänder, aber keine Schuhe mehr.

Ihre Fantasie hatte praktischeren Überlegungen Platz gemacht. Aber es spielte keine Rolle. Er weigerte sich, die Lampe auszumachen, und ließ nicht zu, dass sie sich mit den Händen bedeckte.

»Nicht«, sagte er und legte ihre Hände über ihrem Kopf auf das Kissen. Es war schamlos, aber das war ihr egal. Dieses Zimmer war ihre neue Welt, in der sie jemand anderer sein konnte. Vielleicht konnte sie aber auch zum ersten Mal *sie selbst* sein.

»Du hast keine Ahnung, wie lange ich das schon tun wollte.« Er senkte seinen Mund und leckte sanft über ihre Brustwarze. »Oder das«, sagte er und wanderte zur nächsten Brust.

»Wie lange?«, keuchte sie.

»Seit du das erste Mal mit mir gesprochen hast. In Talmadges Rosengarten.«

Sie wölbte den Rücken, um ihm näher zu kommen. »Was habe ich gesagt?«

»Du nanntest mich deinen Ritter in glänzender Rüstung.« Er bedeckte ihren Hals mit heißen, feuchten Küssen. »Du hast mir versprochen, mich für immer und ewig zu lieben. Du hast mir einen Kuss auf die Wange gedrückt, doch dann bist du davon, um mit einem anderen zu tanzen.«

»Oh, Robert«, sagte sie und erinnerte sich mit einem Mal. Sie erinnerte sich an das Mädchen, das sie einst gewesen war. »Warum hast du aufgegeben?«

»Schhh«, hauchte er und drückte seine Lippen auf ihre. »Vorher und nachher existiert nicht. Es gibt nur dich und mich. Jetzt und hier.«

Sie hob die Hüften, um ihm entgegenzukommen, und spürte das sanfte Schaukeln des riesigen Schiffes unter ihnen, bis ihr Körper wie Sand in sich zusammenfiel und das sanfte Licht der Dämmerung über die Wände strich.

Fünfzehn

AUF SEE
MITTWOCH, 5. MAI 1915

Tess

Tess' Augen und Mund fühlten sich an, als hätte sie jemand mit Sand ausgerieben, und selbst das blasse Licht der Morgendämmerung war viel zu hell.

Es hatte keinen Sinn, noch einmal zu versuchen einzuschlafen, denn sobald sie die Augen schloss, sah sie die Noten und die seltsamen Diagramme auf der letzten Seite des Manuskripts vor sich. Und Ginnys Gesicht, das ihr vertraut und zugleich vollkommen fremd war.

Nellie, Mary Kate und die Frau, deren Namen noch immer keiner kannte – War es Inga? Oder Helga? –, lagen schnarchend in ihren Betten, als Tess leise an Deck schlich. So früh waren nicht einmal die ambitioniertesten englischen Kindermädchen unterwegs, um ihre Lungen mit frischer Luft zu füllen oder ihre Schützlinge zum Freiluftturnen zu zwingen.

Sie setzte sich auf einen Stuhl auf dem Schutzdeck, der natürlich nicht ihr gehörte. Ein Platz an Deck war viel zu teuer. Aber so früh am Morgen war der Besitzer nirgendwo zu entdecken, und im Grunde tat sie ihm sogar einen Gefallen, wenn sie den Stuhl ein wenig vorwärmte. Zumindest redete sie sich das ein, während sie frierend die Schultern hochzog und die vereinzelten Passagiere zeichnete, die langsam an Deck erschienen. Ein Kindermädchen mit einem weinenden Säugling auf dem Arm. Eine alte Frau in einem Rollstuhl, die derart in Decken eingewickelt war, dass sie aussah wie ein wandelnder Stoffberg. Draußen auf dem Meer entdeckte Tess schließlich die verschwommenen Umrisse eines Schiffes, die jedoch kurz darauf im Nebel verschwanden. Es gab nur Tess, das offene Meer und den endlosen Himmel. Und ihr Skizzenbuch.

Tess holte es immer hervor, wenn sie das Gefühl hatte, nicht mehr atmen zu können. Dann verpackte sie ihre Gefühle in Bilder und überließ ihre Gedanken dem Bleistift. Worte konnten lügen, Versprechen gebrochen werden, aber ein Bild war, was es war – solange man den Verstand besaß, es tatsächlich zu sehen.

Sie skizzierte den Umriss des Schiffes. War es eines der britischen Geleitschiffe, die ihnen der Kapitän versprochen hatte? Es war zu weit weg, um es mit Sicherheit sagen zu können, und Tess kannte sich in etwa genauso gut mit Schiffen aus wie mit Spionen, Codes und Geheimplänen. Also gar nicht. Sie zeichnete eine fröhliche britische Flagge auf das Schiff, als würde es damit realer. Ein Anker, der sie beschützen würde.

Ihre Anspannung ließ langsam nach, und der Griff um den Bleistift lockerte sich Strich für Strich und Bild für Bild. Sie zeichnete so lange, bis sie ihn anspitzen musste, und begann dann wieder von vorn. Zwei Mädchen kamen mit ihrem Kindermädchen an Deck und begannen zu spielen. Es waren Schwestern. In Tess' Vorstellung trugen sie keine hübschen Schürzenkleider, sondern einfache Kittel aus ungefärbter Baumwolle, und statt der Reifen hatten sie einen Beutel Murmeln oder vielleicht drei Nussschalen und einen Kieselstein dabei. Tennessee und Virginia Schaff, die gerade in die Stadt gekommen waren, um gleich wieder zu verschwinden.

Als Tess gerade einmal sechs und Ginny sechzehn gewesen

war, hatten sie mit den Nussschalen und dem Kieselstein ein Hütchenspiel für Kinder veranstaltet. Hütchenspiele, Murmeln und Kartentricks. Doch als Tess' Beine und damit auch die Kleider immer länger geworden waren und sie begonnen hatte, ihre Haare hochzustecken und nicht mehr zu Zöpfen zu flechten, war Ginny auf die Idee gekommen, Tess' Talent mit dem Pinsel für eine andere Art des Hütchenspiels einzusetzen. Ein Spiel für Erwachsene, bei dem niemand verletzt werden würde, wie Ginny ihr damals geschworen hatte.

Aber die Unterlagen in Hochstetters Tresor waren etwas vollkommen anderes. Ziffern, Codes, Pläne. Dafür würde man ihnen nicht bloß auf die Finger klopfen und sie ein paar Monate lang in ein britisches Gefängnis stecken. Tess hatte zwar keine Ahnung, was mit ausländischen Agenten oder Spionen geschah, aber sie sah bereits die Augenbinde und das Erschießungskommando vor sich. Was immer diese Leute zahlten, es war es nicht wert.

Ein Klavier. Sie hatte unbewusst begonnen, ein Klavier zu zeichnen. Und eine Frau, die darauf spielte. Aber es war nicht Caroline Hochstetter, die an den Tasten saß. Die Haare der Frau waren blond, nicht dunkel; gelockt und nicht glatt; und ihre Figur glich einer Eieruhr und keinem modischen Besenstiel. Tess' Hand mit dem Bleistift stockte. Sie hatte sich selbst gezeichnet, wie sie an einem Klavier saß. Nicht in dem eleganten Haus der Hochstetters, sondern in einem einfachen Wohnzimmer mit Schonbezügen auf den Stühlen und einer Öllampe auf dem Tisch. Es war das, was sie hätte sein können. Das, was sie immer noch sein konnte, wenn Ginny und sie bloß keine krummen Dinger mehr drehen würden.

Natürlich konnte sie nicht so gut Klavier spielen wie Caroline Hochstetter – ihr miserables Gehör war sicher keine gute Voraussetzung –, aber das spielte keine Rolle. Wenn sie bloß Ginny davon überzeugen konnte, den Auftrag sausen zu lassen und mit ihr mitzukommen … Es würde nur noch sie beide geben. Das hier konnte ihr Wohnzimmer sein. Irgendwo in Devon.

Doch Tess' Bleistift war ihren Gedanken wie immer voraus, und so hatte sie bereits eine zweite Person gezeichnet. Aber es war nicht Ginny. Es war ein großer, schlanker Mann, der im Türrahmen lehnte.

»Hallo, Cinderella.« Sie zuckte zusammen, und das Gesicht des Mannes verschwand unter einer gezackten Bleistiftlinie, als jemand nach einer der Locken griff, die sich aus ihrem eilig gebundenen Knoten gelöst hatten. »Schnappen Sie frische Luft?«

Tess atmete tief ein und lockerte ihren Todesgriff um den Bleistift. Es war eine Schande, wie erleichtert sie war, dass ihr erschrockenes Zusammenzucken dazu geführt hatte, dass das Gesicht des Mannes nicht mehr erkennbar war. »Das würde ich, wenn nicht andauernd andere Leute da wären, die sie mir wegschnappen.«

»Aber, aber«, erwiderte Robert Langford und lehnte sich lässig an den benachbarten Stuhl. »Hat Ihr Kindermädchen Ihnen denn nicht beigebracht, dass man teilen soll?«

»Ich hatte kein Kindermädchen.« Bloß eine Schwester. Eine Schwester, die ihr beigebracht hatte, dass man sich alles nehmen musste, was man kriegen konnte, denn sonst nahm es jemand anderer, und man hatte am Ende gar nichts. Tess sah blinzelnd zu Roberts verschwommener Silhouette hoch und hielt sich eine Hand vor die Augen, um die Sonne abzuschirmen, doch er strahlte wie von innen heraus. »Sie wirken heute so fröhlich. Was ist aus dem Whisky und den Tränen geworden?«

»Wer braucht schon Whisky, wenn er vom Nektar der Götter kosten durfte?«

»Meinen Sie das Mondlicht?«, fragte Tess missmutig. Diese unnötige Fröhlichkeit war beinahe unerträglich, wo sie doch nur in Ruhe vor sich hin brüten wollte.

Robert strahlte glückselig. »Ich meine die *Liebe*, Sie Ignorantin. Wie schon Ben Jonson in seinem Lied an Celia sagte: Ich brauche keinen Wein, wenn sie mir in die Augen schaut. Und auch keinen Whisky. Meine Trunkenheit entstammt meiner Seele.«

»Ach, der *Seele*. Soso.« Tess setzte den Bleistift ein wenig zu hart auf, und er hinterließ eine Furche im Papier. »Und die Flecken an Ihrem Hals stammen auch davon, nehme ich an?«

Robert hatte zumindest den Anstand, verlegen zu wirken – wenn auch nur für einen kurzen Moment. Dann grinste er. »Danke für den Hinweis! Ich werde den Kragen aufstellen und wie ein Regency-Dandy mit vorgestrecktem Kinn herumspazieren.«

»Und mit dem Kopf in den Wolken«, erwiderte Tess und steckte sich den Bleistift hinters Ohr. Es war nicht notwendig, gutes Blei zu verschwenden. »Und was ist aus dem ganzen hochtrabenden Schwachsinn geworden, dass Sie Herz und Körper als Einheit besitzen wollen?«

»Wer sagt, dass ich nicht genau das tue?« Robert legte eine Hand auf die Rückenlehne ihres Stuhls, und ihre Haut prickelte, weil er ihr so nahe war. »Verderben Sie mir nicht die gute Laune. ›Genug, dass jeder Tag seine eigene Plage habe‹ und das alles. Ich schätze Ihre Sorge um mich, aber … ›Das Herz hat seine Gründe, die der Verstand nicht kennt.‹«

»Ha! Wenn Sie dumm genug sind, das zu glauben … aber Sie haben recht. Es geht mich nichts an.« Dann fügte sie mürrisch hinzu. »Ich hoffe, Sie beide werden glücklich miteinander.«

»Ja, ich auch.« Robert strahlte wie ein kleiner Junge, und Tess hätte Caroline Hochstetter am liebsten so richtig fest gegen das Schienbein getreten. Nur so aus Prinzip.

»Sollten Sie nicht irgendwo sitzen und ellenlange Balladen für Ihre Liebste verfassen?«, fragte Tess übellaunig und zog ihren Bleistift wieder hinter dem Ohr hervor.

»Sie schläft«, erwiderte Robert, als wäre Caroline die erste schlafende Frau in der Geschichte der Menschheit. Vermutlich hatte man sie in weißen Samt gehüllt und mit Rosen bedeckt.

Robert stützte sich mit der Hand auf Tess' gestohlenen Stuhl. »Und was machen Sie?«

»Zeichnen.« Tess blätterte eilig um. Robert beugte sich näher heran, um die Zeichnung zu betrachten, die zwei Mädchen beim Himmel-und-Hölle-Spielen zeigte, während ihre Gouvernante sich gähnend die Hand vor den Mund hielt.

»Sie sind ziemlich gut.«

»Sie müssen nicht so überrascht klingen.«

»Nein, da haben Sie recht.« Robert sah lächelnd auf sie herab, und seine Haare glänzten golden im Licht der Sonne. »Sie sind eine Frau mit vielen Talenten, Miss Fairweather. Darf ich?«

Es befanden sich natürlich keine belastenden Zeichnungen in dem Buch, darauf achtete Tess sehr genau. Es handelte sich lediglich um persönliche Gedanken und Fantasien und hatte nichts mit ihrer Arbeit zu tun. Trotzdem gab sie es ihm nur ungern. Das Buch war viel zu persönlich. Es jemandem zu zeigen fühlte sich an, als würde sie nur in ihren Unterkleidern übers Deck spazieren.

Robert betrachtete die Studien des Schiffes und des Meeres. Mary Kate, die gerade zu einem weiteren Monolog ansetzte; Nellie, die demonstrativ Briefe schrieb; eine Gruppe Passagiere der zweiten Klasse, die sich um ein Klavier versammelt hatten. Er lachte laut auf, als er auf eine Zeichnung des gequält wirkenden Kapitän Turner stieß, der auf der einen Seite von Margery Schuyler bedrängt wurde, während Prunella Schuyler an seinem anderen Arm zog. Eine Möwe warf Prunellas Hut gerade einen überaus interessierten Blick zu.

Nachdem er zu lachen aufgehört hatte, fragte Robert: »Haben Sie jemals darüber nachgedacht, als Karikaturistin zu arbeiten? Die Satirezeitschrift *Punch* könnte Ihnen nicht das Wasser reichen.«

»Ja, wenn mich jemand einstellen würde …«, erwiderte Tess und nahm ihr Skizzenbuch wieder an sich. Dann meinte sie zögernd: »Ich wäre gerne eine richtige Malerin geworden und hätte meine eigenen Bilder gemalt. Aber ich habe es nie ordentlich gelernt. Mein … meine Tante konnte sich keinen Unterricht leisten.«

»Sie haben sich das alles selbst beigebracht? Das ist ja noch erstaunlicher!«

Das würde er kaum sagen, dachte Tess, *wenn er wüsste, aus welchem Grund ich es gelernt habe.* Sie wusste natürlich, dass die meisten Kunststudenten berühmte Maler kopierten, um deren Technik zu studieren, aber nur wenige versuchten danach, ihre Bilder als Originale auszugeben. Tess steckte sich das Skizzenbuch schützend unter den Arm. »Ich habe eben Talent, das ist alles.«

Robert trommelte mit den Fingern auf ihre Rückenlehne. »Ich kenne ein paar Leute in der Fleet Street. Das ist einer der Vorteile als Unterhaltungsjournalist. Wenn Sie mir die Ehre erweisen, mir eine oder zwei Zeichnungen zur Ansicht mitzugeben …«

Tess hob abrupt den Blick. »Sie würden sich für mich einsetzen?«

Sie konnte ihre Überraschung kaum verbergen. *Nichts ist umsonst, Tess. Schau dem geschenkten Gaul jedes Mal ins Maul. Das hätte Ginny ihr an dieser Stelle geraten.*

»Warum nicht?«, erwiderte er und meinte dann entwaffnend charmant: »Ich tue damit bloß meinen Bekannten einen Gefallen, und nicht Ihnen. Außerdem habe ich nicht das Gefühl, dass wir wirklich quitt sind. Ich schulde Ihnen etwas, nachdem Sie gestern im Sumpf der Verzagtheit meine Hand gehalten haben.«

Und nicht nur seine Hand. Aber das lag mittlerweile alles hinter ihnen. Abgesehen davon, dass es nie ein »ihnen« gegeben hatte, wie Ginny ihr so wortgewandt klargemacht hatte. Es war bloß ein unbesonnener Kuss gewesen, und der war nicht einmal von ihm ausgegangen, sondern von ihr. Ganz egal, wie sehr Robert ihn zu diesem Zeitpunkt genossen hatte.

Es war offenbar nicht genug gewesen, um seine Begeisterung für Caroline Hochstetter zu dämpfen.

Hör auf damit!, ermahnte Tess sich selbst. Ein Kuss war ein Kuss, aber eine Arbeit war eine Arbeit. Eine richtige Arbeit, die sie nicht hinter Gitter brachte. Sie konnte ein Zuhause für sich und Ginny finden und diese davon überzeugen, endlich aufzuhören. Sie hätte Geld und auch die Aussicht darauf, bald eine richtige Künstlerin zu sein, die für ihre Arbeit bezahlt wurde. Natürlich hatte sie auch bisher Geld bekommen, aber es wäre sicher schön, es auch einmal genießen zu können und nicht gleich in die nächste Stadt fliehen zu müssen.

»Ich habe doch schon gesagt, dass Sie sich nicht dafür bedanken müssen«, erwiderte Tess missmutig.

Robert hob eine Augenbraue. »Das ist alles? Keine geistreiche Antwort? Ehrlich gesagt sehen Sie heute ein wenig blass aus, Miss Fairweather. Haben Sie schon gefrühstückt?«

Sie hatte bis jetzt noch nicht einmal daran gedacht. »Das habe ich wohl verabsäumt.«

»Das lässt sich leicht ändern. Hallo, Patrick! In unserer Mitte befindet sich eine Dame, die dem Hungertod nahe ist.«

Tess war so überrascht, dass sie jemand als *Dame* bezeichnet hatte, dass sie einen Augenblick brauchte, um zu reagieren. »Nein, nicht. Sie müssen nicht ...«

»Natürlich muss ich«, erwiderte Robert ernst. »Meinen Sie nicht auch, Patrick? Die Reederei sieht es nicht gerne, wenn jemand an Bord ihrer Schiffe verhungert.«

»Das dürfen wir natürlich auf keinen Fall zulassen, Sir«,

stimmte der Steward ihm zu, der wie aus dem Nichts aufgetaucht war. »Ich würde einen kleinen Imbiss an Deck vorschlagen.«

»Das ist genau das Richtige, Patrick. Ich überlasse die Auswahl ganz Ihnen. Crumpets, Kedgeree – was Sie haben.« Eine Münze wanderte von Robert zu Patrick, und sie sah ziemlich dick aus. Tess wusste nicht, ob sie sich geschmeichelt oder verpflichtet fühlen sollte. Oder vielleicht beides. Sie entschied, dass keines von beidem gut für sie war.

»Mr. Langford. *Robert.*« Tess zog an seinem Ärmel, und er senkte endlich den Blick. Seine Augen funkelten amüsiert.

»Haben Sie einen besonderen Wunsch, den ich vergessen habe? Mögen Sie kein Kedgeree?«

»Wir dürfen das nicht.« Nicht nur, weil Robert noch die Zeichen der Nacht mit einer anderen Frau auf dem Hals trug. Tess suchte fieberhaft nach einer anderen Ausrede, die ihr ein wenig ihres Stolzes ließ. »Er ist ein Steward der ersten Klasse.«

»Und ich bin ein Passagier derselben«, erwiderte Robert, »der einer Dame in Not zu Hilfe eilt. Hunger sollte als Notlage anerkannt werden, meinen Sie nicht auch?«

»Ich wäre in weit größerer Not, wenn man mich über Bord wirft.«

»Das entspräche wohl kaum der Schwere des Verbrechens«, spöttelte Robert. »Kommen Sie! Machen Sie nicht ein solches Gesicht! Patrick wird es niemandem verraten. Ich kenne ihn schon lange. Er ist überaus loyal.«

Tess dachte an Ginny und an die Fremde, die ihr aus dem Gesicht ihrer Schwester entgegengeblickt hatte. Sie hatten sich jahrelang ein Bett geteilt. Sie hatte gedacht, alles über Ginny zu wissen. Doch Ginny belog sie und versteckte etwas vor ihr. Etwas Großes. Etwas Gefährliches. Etwas, das sich in den Ziffern und Buchstaben auf der letzten Seite des Strauss-Walzers verbarg.

250

»Kennt man jemals jemanden wirklich so gut?«, fragte Tess und verschränkte die Arme. »Man denkt, man kennt jemanden – aber was ist, wenn derjenige nicht das ist, was er immer vorgab zu sein? Woher soll man das wissen?«

»Das ist aber ein düsteres Thema für einen so herrlichen Morgen.« Einen Augenblick lang dachte sie, er wollte das Thema wechseln, aber er tat es nicht. Er dachte nach, dann meinte er leise. »Menschen mögen einfache Geschichten. Gut und Böse, Held und Schurke. Wir versuchen, Menschen in uns bekannte Rollen zu stecken. Rollen, die wir verstehen. Die hingebungsvolle Mutter, die herzlose Ehebrecherin, der Tunichtgut, der Speichellecker, der Patriot, der Verräter – aber so einfach ist das nicht, oder?«

Sie schüttelte schweigend den Kopf. Nicht so sehr, weil sie ihm zustimmte, sondern weil sie hoffte, dass er recht hatte und es tatsächlich nicht so einfach war. Denn wenn es das war, tanzte sie sicher nicht auf der Seite der Engel.

Robert starrte über ihre Schultern hinweg auf die Schaumkronen, die sich hinter dem Schiff bildeten, und schien in seinen eigenen Gedanken versunken. »Ich glaubte früher auch an diese Geschichten, in denen das Böse einen gezwirbelten Schnurrbart trägt und das Gute ein glänzendes Schwert. Ich bin damit aufgewachsen.« Er sah sie an. »In Langford Hall gibt es eine Galerie mit Porträts meiner Vorfahren. Die meisten wurden Jahrhunderte später gemalt und entsprangen alleine der Fantasie des jeweiligen Malers. Aber was ist schon ein wenig künstlerische Freiheit, wenn sie der guten Sache dient? Harnisch, Halskrause und Kniehosen. Als Junge wollte ich so sein wie diese Männer. Jeder einzelne ein Held.«

Er klang nicht so, als würde er sie immer noch für Helden halten. »Waren sie das denn?«, fragte Tess.

»Ah, genau das ist doch die Frage, nicht wahr? Wenn es

einen Kampf gab, waren wir mittendrin. Das behauptete zumindest mein Vater. Da war ein Langford in Hastings, ein Langford in Agincourt, ein Langford in Bosworth – fragen Sie mich nur ja nicht, auf welcher Seite wir kämpften. Ein Langford saß am Bett von Johann von Gent, dem Herzog von Lancaster, und schrieb eifrig nieder, was dieser über die Insel zu sagen hatte. Ein Langford stand neben Elizabeth I., während diese ihm ihr Herz ausschüttete, und ein Langford half Karl I., seine Standarte in Nottingham zu hissen. Wir fuhren zur Zeit der Restauration mit Karl II. nach England zurück und flüsterten Wilhelm von Oranien aufmunternde Worte ins Ohr. Langweile ich sie etwa?«

Es konnte sein, dass Tess' Blick ein wenig in die Ferne geschweift war. »Sie wollen damit also sagen, dass Ihre Familie sich bei gekrönten Häuptern einschleimt, seit es auf dieser Erde gekrönte Häupter gibt?«, übersetzte Tess.

Robert lachte kurz auf. »So kann man es auch ausdrücken. Mein Vater würde sagen, dass wir auf eine ausnehmend lange Geschichte des Dienens zurückblicken. Aber …«

»Aber?«

»*Et in Arcadia ego.*«

Tess streckte das Kinn vor. »Das versuchen wir noch mal, in Ordnung? Und zwar auf Englisch. *Amerikanisches* Englisch, wenn es geht.«

»*Da ist eine Schlange in jedem Garten.* Ist das klar genug?«

»Ja, beinahe biblisch.« Tess lehnte sich in ihrem Stuhl zurück. »Was ist Ihr Apfel?«

»Dass es alles Lügen sind.« Das Wort schien zwischen ihnen zu schweben. »Nach Jamies Tod begann ich, in den Familienarchiven zu graben. Die Langfords waren niemand – bis mein Ururgroßvater das Glück hatte, ein französisches Schiff zu versenken. Die Porträts in der Galerie sind nur ein Wunschtraum, ein Fantasieprodukt des Künstlers. Unsere beeindruckende Geschichte ist bloß Heuchelei. Ein Schwindel. Ich bin ein Schwindler.«

Etwas an der Art, wie er es sagte, ließ die Haare in ihrem Nacken zu Berge stehen. Vielleicht, weil sie selbst sehr genau wusste, was es bedeutete, ein Schwindler zu sein. »Aber Sie sind doch nicht für die Taten Ihrer Vorfahren verantwortlich.«

»Für die Sünden unserer Väter?« Robert verzog grimmig den Mund. »Und warum nicht? Wenn wir uns ihr Ansehen zu eigen machen, warum dann nicht auch ihre Schuld?«

Ihr Vater, der Schlangenöl verkauft hatte und ständig in die nächste Stadt gezogen war. Ginny, die in weiß Gott was verwickelt war. Der Name auf ihrem Pass, der eine einzige Lüge war. »Aber was ist, wenn Sie sich die Lügen zunutze machen, um etwas Wahrhaftiges zu erschaffen? Was, wenn die Mythen sich in die Wahrheit verwandeln würden? Nehmen Sie zum Beispiel … Ihren Vater und alle diese Fantasievorfahren. Sie haben dafür gesorgt, dass Sie etwas aus sich machen wollten, nicht wahr?«

»Und sehen Sie nur, was dabei herausgekommen ist.« Seine Hand glitt unbewusst zu seiner Brusttasche. »Mein Gott. Was für eine Farce.«

»Was meinen Sie damit?«

»Nichts. Gar nichts.« Er steckte die Hände in die Taschen und meinte eilig: »Mein Vater ist ein hohes Tier in der Regierung. Er singt *Rule Britannia* und geht in den Gentlemen's Clubs ein und aus. Er erträgt den Gedanken nicht, dass sein einziger überlebender Sohn nichts tut, um Großbritannien im Krieg zu unterstützen. Der letzte Langford – ein Taugenichts.«

»Aber Sie kehren doch zurück, oder?«, gab Tess zu bedenken. »Ich nehme an, dass daran nicht nur Caroline Hochstetter schuld ist.«

»Ja, ich kehre zurück. Für meine Sünden.«

Tess sah zu ihm hoch und verfluchte die Sonne, die ihr die

Sicht nahm und Robert in zahllose Regenbögen hüllte. »Und worin bestehen diese Sünden?«

»Ach, das ist nichts Außergewöhnliches. Patrick! Sie haben wirklich gute Arbeit geleistet, wie ich sehe.« Er wandte sich wieder an Tess und kehrte zu dem altbekannten neckischen Tonfall zurück. »Hier haben Sie eine davon: Völlerei. Wenn man schon aus dem Paradies vertrieben wird, dann bitte für mehr als bloß einen Bissen von einem Apfel.«

Ja, das hier war tatsächlich etwas mehr als *ein Bissen von einem Apfel*. Das Tablett, das der Steward bei sich hatte, bog sich unter mehreren großen Tellern mit silbernen Gloschen. Es war zu viel – und zwar in mehr als einer Hinsicht. Ihre Schwester hatte recht gehabt. Freundlichkeit ging immer nur bis zu einem gewissen Punkt.

»Ich sehe das Rebhuhn«, erklärte Tess trocken in Anspielung auf ein bekanntes Weihnachtslied. »Aber wo ist der Birnbaum?«

Robert lachte, und die Erleichterung war ihm deutlich anzuhören. Die Erleichterung darüber, dass sie nicht mehr darüber sprechen wollte. Aber worüber? Über seine Sünden? Oder über die Sünden seiner Vorfahren? »Essen Sie, Miss Fairweather. Ich bin erst zufrieden, wenn Ihre Wangen rosig strahlen und Ihre scharfe Zunge zurückgekehrt ist.«

»Wenn ich all das hier esse«, erwiderte Tess und versuchte, so locker wie möglich zu klingen, »dann steckt man mir nachher einen Apfel in den Mund und brät mich zum Mittagessen. Sie erwarten doch nicht, dass ich das alles alleine esse, oder?«

»Wenn Sie darauf bestehen, bin ich bereit, Ihr Leid zu teilen und eines dieser herrlichen Törtchen mit Ahornsirup zu verspeisen«, erwiderte Robert. »Und vielleicht auch noch ein pochiertes Ei. Oder zwei. Aber natürlich nur aus reiner Ritterlichkeit. Ja, Patrick?«

Der Steward flüsterte Robert etwas ins Ohr, während er ihm

ein gefaltetes Blatt Papier in die Hand drückte. Robert öffnete es, und die Lachfältchen um seine Augen glätteten sich. Er sah aus wie ein Windhund, der darauf wartete, dass sich die Startmaschine öffnete. Oder wie Tess' Vater, der eine neue Stadt im Visier hatte. Konzentriert. Entschlossen.

»Danke, Patrick.« Robert riss die Nachricht unbeeindruckt in zwei Teile und dann noch einmal in der Mitte durch, bevor er sie über die Reling ins Meer segeln ließ. Danach wandte er sich an Tess: »Ich fürchte, Sie müssen alleine leiden.«

Tess warf einen Blick auf die kunstvoll angerichteten Teller, die Patrick serviert hatte. Das Kalbshack und die gedämpften Früchte wirkten mit einem Mal wenig ansprechend.

»Lassen Sie mich raten«, begann sie und versuchte, die Situation mit einem Scherz zu entschärfen. »Sie laben sich lieber am Nektar der Götter.«

»Oder zumindest an den Krümeln auf ihren Tellern«, erwiderte Robert, doch sie merkte, dass er mit den Gedanken bereits woanders war. Vielleicht bei der Nachricht, die Patrick ihm überbracht hatte? Dann meinte er geistesabwesend: »Erweisen Sie Patricks Arbeit an meiner Stelle die Ehre.«

Tess hob die Sirupflasche zum Gruß. »Jawohl, Sir!«, meinte sie leichthin.

Doch nachdem Robert gegangen war, erkannte sie, dass ihr der Appetit vergangen war. Sie versuchte, sich wieder ihren Zeichnungen zu widmen, doch ihre Finger fühlten sich plump und steif an. Sie schalt sich selbst dafür, dass es sie überhaupt kümmerte. Es war dumm, sich darüber Gedanken zu machen, dass Robert wahrscheinlich zu Caroline zurückgekehrt war. Ein glücklicher Robert war ein nützlicher Robert, und wenn er sich nur daran erinnerte, ihre Zeichnungen weiterzugeben, dann reichte das. Auf Männer konnte man sich nicht verlassen, aber eine Arbeit – eine *richtige* Arbeit – war etwas, woran man sich festhalten konnte. Sie brauchte Robert Langford nicht, damit er ihr wie aus dem Nichts ein zauberhaftes Frühstück bereitete; sie brauchte nur so viel, dass Ginny und sie über die Runden kamen.

Und wenn sie sich das weiterhin einredete, glaubte sie vielleicht irgendwann selbst daran.

Ein Schatten fiel auf ihr Skizzenbuch. »Das hier«, sagte eine tonlose Stimme. »Ist der Stuhl meiner Herrin.«

Vor Tess stand eine Frau in einem schwarzen Kleid. Sie hatte die Arme vor der Brust verschränkt und starrte feindselig auf sie herab.

Ginny.

Tess schlüpfte in ihre Rolle, ohne lange darüber nachzudenken. »Wirklich? Das wusste ich nicht! Ich gehe ja schon!«

»Sie kommen mit mir«, befahl die Frau lautstark und packte Tess grob am Ellbogen, um sie hochzuziehen. »Gesindel.«

»Au«, jammerte Tess. »Es ist doch bloß ein Stuhl. Und niemand hat ihn benutzt.«

»Mal sehen, was die Stewards dazu zu sagen haben.«

Einige Leute hoben die Augenbrauen, und eine korpulente Dame nickte zufrieden. Sie schien froh, dass die Ordnung wiederhergestellt worden war.

Ginny führte ihre Schwester mit schnellen Schritten in ein Treppenhaus, die Stufen hinunter, um die Ecke und in eine dunkle Nische. Tess war sich nicht sicher, wo sie sich befanden, aber sie hörte das Klappern von Schreibmaschinen. Waren sie womöglich in der Nähe des schiffseigenen Schreibbüros? Das stetige Klappern bot ihnen jedenfalls eine gute Tarnung.

»Ginny«, seufzte Tess erleichtert. »Ich wollte schon die ganze Zeit über mit dir reden.«

»Ich bin nicht zum Reden hier.« Ihre Schwester riss ihr das Skizzenbuch aus der Hand, schüttelte es und blätterte es dann hastig durch. Tess zuckte zusammen, als eine Seite riss. Nachdem sie am Ende angekommen war, drückte Ginny es ihr wieder an die Brust. »Sie sind nicht da.«

»Das ist mein Skizzenbuch«, erklärte Tess entschuldigend. »Ich habe nur ein wenig gezeichnet.«

Ginny machte eine ungeduldige Handbewegung. »Und? Hast du sie?«

Tess legte ihrer Schwester eine Hand auf den Arm. »Was ist hier los, Ginny? So haben wir doch noch nie gearbeitet! Ich weiß nicht, wo ich dich erreichen kann. Ich weiß nicht, wann du das nächste Mal auftauchst. Und ich weiß nicht, für wen wir eigentlich arbeiten. So sind wir nicht, Ginny! Das ist nicht das, was wir sonst tun.«

»Nicht?« Tess konnte sich einfach nicht an das neue Erscheinungsbild ihrer Schwester gewöhnen, in dem sich Fremdes und Vertrautes die Hand gaben. Und es ging dabei um mehr als bloß um die Haarfarbe. Eine Unbekannte blickte ihr aus Ginnys Augen entgegen, und die Kälte drang bis in ihr Inneres. »Was weißt du schon darüber? Du fertigst bloß die Zeichnungen und Gemälde an. Und nicht einmal das schaffst du in letzter Zeit.«

Tess' Wangen begannen zu glühen. Die Holbein-Miniatur. »Ein einziger Fehler ...«

»Ein Fehler, der uns beide beinahe ins Gefängnis gebracht hätte«, unterbrach Ginny sie scharf. »Weißt du, was ich tun musste, um den Detective von deiner Fährte abzubringen? Weißt du, was deine Freiheit mich gekostet hat?«

»Es ging nicht nur um meine Freiheit«, erklärte Tess leise, doch ihre Schwester schien sie nicht zu hören.

»Sie suchen immer noch nach dir, ist dir das eigentlich klar? Nur ein Wort, wo du dich aufhältst, und du landest im Knast. Und wenn deine tollen neuen Papiere sich als gefälscht erweisen, dann ...«

»Willst du damit sagen, dass du mich verraten würdest?« Sie

konnte es einfach nicht glauben. Das hier war ihre Schwester. Ihre Schwester, die Milch gestohlen hatte, damit Tess keinen Hunger leiden musste, die ihre verfilzten Haare frisiert und Tess im Winter ihre Decke überlassen hatte.

»Ich will damit sagen«, erwiderte Ginny, »dass du dich auf einem verdammt schmalen Grat bewegst. Verdammt, Tennie! Hast du die Unterlagen oder nicht?«

Tess trat einen Schritt zurück. Fort von dem gefährlichen Blick in den Augen ihrer Schwester. »Die Käufer, Ginny … wer sind sie?«

Ginny versteifte sich, und ihr Blick huschte von einer Seite zur anderen. »Sie zahlen gut, das ist alles, was du wissen musst. Also, wo sind die Unterlagen?«

Tess sah sich ebenfalls hastig um, bevor sie den Rock hob und eine eng verschnürte Papierrolle aus einer versteckten Tasche zog. »Hier.«

Ginny öffnete die Rolle ohne ein weiteres Wort und blätterte die Seiten durch. Sie ging sie einmal durch, und dann noch einmal, bevor sie den Kopf hob und Tess mit wütendem Blick musterte. »Das sind nur *neun* Seiten, aber es sollten zehn sein. Das hier ist wertlos, Tennie! Wertlos!«

»Das ist der Strauss-Walzer«, erwiderte Tess leise. »Dafür bezahlen dich deine Kunden doch, oder?«

Ginny schwenkte die Unterlagen vor Tess' Gesicht hin und her. »Wo ist die verdammte zehnte Seite?«

Tess holte tief Luft. »In Mr. Hochstetters Tresor.« Die Enttäuschung und der Ärger im Gesicht ihrer Schwester bestätigten ihre schlimmsten Befürchtungen. »Was steht auf der letzten Seite, Ginny?«, fragte sie sanft.

Ihre Schwester wandte den Blick ab. »Was fragst du mich? Du hast es doch selbst gesehen.«

Ziffern und Symbole. Tess' Brust zog sich zusammen, und sie bekam kaum noch Luft. So wie damals, als sie in den Mühlteich gefallen war und ihr Kleid und die Unterröcke sie nach unten gezogen hatten, während das Wasser in ihren Hals gedrungen war. »Warum ist die letzte Seite so wichtig, Ginny?«

»Weil das Stück ohne die letzte Seite wohl kaum komplett wäre, oder?«, erwiderte Ginny angriffslustig. »Du kannst doch nicht erwarten, dass der Kunde bezahlt, obwohl er nur einen Teil davon bekommt.«

»Es sah nicht aus wie Musik.«

»Dann sind es eben Anmerkungen des Komponisten. Was kümmert's dich? Papier ist Papier, und Tinte ist Tinte. Mach einfach nur deine Arbeit!«

Tess wäre am liebsten vor dem Zorn in den Augen ihrer Schwester zurückgewichen, hätte sich entschuldigt und sich ihrem Willen ergeben, doch stattdessen reckte sie das Kinn nach vorn. »Nur, wenn du mir sagst, worum es hier geht!«

»Es geht darum, bezahlt zu werden«, erwiderte Ginny scharf. »Du hast doch gerne etwas zu essen auf dem Tisch, oder?«

Die Tatsache, wie falsch hier alles lief, traf Tess wie ein Hammerschlag. Ginny war noch nie besonders entgegenkommend gewesen und hatte ihr immer nur das erzählt, was unbedingt notwendig gewesen war. Aber so wütend und bedrohlich hatte sie sie noch nie erlebt. So verängstigt. »Es geht gar nicht um die Musik, oder? Ich habe gesehen, was auf der Seite steht. Die Diagramme. Hier geht es um den Krieg, nicht wahr? Die Deutschen im Schiffsgefängnis – haben sie auch etwas damit zu tun?«

Tess wusste, dass sie recht hatte, als Ginny die Lippen zu einer schmalen Linie zusammenpresste.

»Hast du überhaupt eine Ahnung, worum es in diesen Unterlagen geht?«

»Ich weiß, dass sie wichtig sind. Und ich weiß, dass die deutsche Marine gut dafür bezahlen würde. Oder besser gesagt:

dass sie gut dafür *bezahlt*«, stellte Ginny richtig. Sie senkte die Stimme und trat einen Schritt auf Tess zu. »Deshalb solltest du deine Skrupel lieber vergessen und deine Arbeit machen.«

»Nein«, entgegnete Tess.

»Ich werde jetzt so tun, als hätte ich das nicht gehört.«

»Ich kann das einfach nicht machen, Ginny! Es ist eine Sache, ein Gemälde … gegen ein anderes auszutauschen.« Tess fiel es schwer, die richtigen Worte zu finden. Was früher einfach zu rechtfertigen gewesen war, fiel ihr mit der Zeit immer schwerer und schwerer. »Aber das hier? Die deutsche Marine? Das gefällt mir nicht.«

»Es spielt keine Rolle, ob es dir gefällt oder nicht«, erwiderte Ginny grob. »Wir haben eine Abmachung mit ihnen.«

»*Du* hast eine Abmachung.« Tess biss sich auf die Lippe, als sie den Gesichtsausdruck ihrer Schwester sah. »Ich wollte das alles nicht. Komm mit mir nach England, Ginny. Vergiss das alles. Wir beginnen noch mal von vorn. Wir besorgen uns neue Namen und Identitäten. Das haben wir doch schon oft getan. Wir erschaffen uns eine neue Zukunft.«

»Willst du als Krankenschwester an der Front arbeiten? Oder rationiertes Essen in einer heruntergekommenen Teestube in einer Londoner Armensiedlung servieren? Und das wäre nur, wenn wir Glück haben.«

»Mr. Langford meint, er könnte mir Arbeit besorgen«, erklärte Tess aufgeregt. »Er ist Journalist. Er kennt eine Menge Leute. Er hat einen Freund bei einem Satiremagazin …«

»*Langford*.« Ginnys Stimme troff vor Verachtung. »Ich hätte es wissen müssen. Darum geht es hier, oder, Tennie? Deshalb hast du plötzlich dein Gewissen entdeckt! Ist es das, was du willst, Tennie? Hast du vor, Mr. Langford zu heiraten und ergebene britische Kinder in die Welt zu setzen?«

Tess zuckte zusammen. Ihre Schwester hatte immer schon wie in einem offenen Buch in ihr gelesen. Sehr viel besser, als

Tess es bei Ginny vermochte. »Mr. Langford ist ein *Freund*. Das ist alles.« Abgesehen von dem Kuss, der noch immer auf ihren Lippen brannte. »Er hat nichts damit zu tun«, erklärte sie kleinlaut.

Ginny lachte bitter. »Nicht? Ach verdammt, Tess! Vergiss einfach alles, was er dir versprochen hat. Wir haben noch drei Tage. Tu, was du tun musst, aber beschaffe mir die Unterlagen. Sonst kann ich für nichts garantieren, Tennessee Schaff.«

Die Art, wie ihre Schwester ihren Namen aussprach, ließ etwas in Tess zerbrechen. »Drohst du mir?«

»Ich *warne* dich.« Ihre Schwester machte einen Schritt auf sie zu. »Hör mal, Tennie – du willst dich nicht mit diesen Leuten anlegen. Die Deutschen im Schiffsgefängnis sind bei Weitem nicht die einzigen Agenten auf diesem Schiff. Und du hast keine Ahnung, wozu sie fähig sind.«

War das nicht noch ein Grund mehr, sich von ihnen fernzuhalten? Tess griff nach ihrer Schwester. »Ginny …«

Doch Ginny wich ihr aus und schlug ihre Hand beiseite. »Tu es einfach. Und noch eines …«

»Ja?«

»Dieser Langford. Glaubst du wirklich, er hat sich wegen deiner geistreichen, schlagfertigen Art an deine Fersen geheftet?« Tess spürte, wie ihre Wangen unter Ginnys harten Worten erneut zu glühen begannen. »Glaubst du wirklich, dass er nichts mit der Sache zu tun hat? Ich dachte, ich hätte dir beigebracht, deinen Verstand zu benutzen.«

Das Geklapper der Schreibmaschinen ging weiter, doch Tess hatte das Gefühl, als wäre die ganze Welt zu Eis erstarrt. »Wovon redest du?«

»Ich sage dir nur eines: Niemand lädt dich einfach so zum Essen ein«, erklärte Ginny. »Halte dich von Robert Langford fern. Sonst verspeist er dich womöglich zum Frühstück.«

Sechzehn

DEVON, ENGLAND
MAI 2013, EINE WOCHE SPÄTER

Sarah

Eines der Dinge, die mich an John Langford verwirrten, war sein Appetit, der von sämtlichen Ereignissen um ihn herum unbeeindruckt blieb.

Ich warf einen finsteren Blick auf den Dessertteller aus Meißner Porzellan auf Roberts Schreibtisch, auf dem bis vor Kurzem noch vier Stücke von Mrs. Finchs geeister Zitronentorte gelegen hatten. Mittlerweile waren nur noch ein paar Krümel übrig. »Essen Sie das noch?«, fragte ich.

»Nein, nein. Nehmen Sie ruhig.«

»Das war sarkastisch gemeint. Und Sie *wollten* die Krümel noch essen, oder?«

»Ich … natürlich nicht.«

»Sie wissen aber schon, dass ich keinen einzigen Bissen abbekommen habe?«

Endlich hob er den Blick von dem Stapel mit Unterlagen vor ihm. »Haben Sie sich denn keinen eigenen Teller mitgebracht?«

»Ich dachte, von den vier Stücken würde auch eines mir gehören.«

»Das tut mir ehrlich leid! Ich dachte wirklich …«

262

»Egal. Bei der Körpergröße brauchen Sie das.«

Er erhob sich. »Nein, wirklich. Ich hole noch welche.«

»Setzen Sie sich. Bitte. Es ist sowieso bald Zeit fürs Abendessen.« Ich streckte mich und legte das Buch beiseite, in dem ich gerade geblättert hatte. »Sie hätten gut auf dieses Schiff gepasst. Allein die Länge der Speisekarte. Was ist *Salamoas à la Crème* eigentlich?«

»Salamander in Cremesauce vielleicht?«

»Es steht bei den Nachspeisen. Neben *Pouding Talma*.«

»Oh, das ist einfach! Das ist eine Art Spotted Dick. Aber in der Form eines Talma.«

»*Spotted Dick*? Gefleckter Penis?«, fragte ich entsetzt.

»Ganz ruhig. Spotted Dick nennt man einen gebackenen Pudding aus Rindernierenfett und Trockenfrüchten. Es ist aber im Grunde genommen kein richtiges Dessert.«

»Und was ist ein Talma?«

»Ich habe keinen blassen Schimmer.«

Ich lehnte mich zurück und betrachtete sein gutmütiges Gesicht. »Haben Sie eigentlich schon mal daran gedacht, als Rechercheassistent anzuheuern, Langford? Denn Sie sind wirklich unglaublich in diesem Job.«

»Danke, man tut, was man kann.«

»Also, wie schon gesagt: Das Leben an Bord hätte Ihnen gefallen. Frühstück, Mittagessen, Abendessen. Es sieht so aus, als hätten die Passagiere nichts anderes zu tun gehabt.«

»Ach, da gab es schon noch ein paar andere Dinge, wenn man sich die Beweislage so ansieht.« Er zwinkerte mir zu und wandte sich wieder den Unterlagen zu. Er saß an Roberts Schreibtisch und blätterte in einem weiteren der prallgefüllten Ordner, die alles Mögliche enthielten. Korrespondenz mit seinem Verleger, Rechnungen für seine Hemden, aber auch unleserliche Notizen und Zeichnungen auf Cocktailservietten – und das alles in keiner erkennbaren Reihenfolge. Wir arbeiteten uns jetzt schon eine Woche durch die Berge von Unterlagen, und der Fußboden war mit Reihen von Stapeln übersät, die zuerst nach Thema und dann nach Datum geordnet waren. Der größte Stapel trug den aufschlussreichen Namen »Sonstiges«, und ich hatte gerade eine Cricket-Punktekarte aus dem Jahr 1932 darauf abgelegt.

»Was für Beweise?« Ich hielt das Programmheft eines Klavierkonzertes in der Carnegie Hall vom April 1952 hoch. »Dass er Musik mochte? Dass er ein Cricket-Fan war? Dass ihm die Ideen für seine Bücher manchmal während einer Cocktailparty kamen?«

»Na ja, wir wissen, dass er sich an Bord in meine Urgroßmutter verliebt hat, und das ist wohl ein Beweis für die amourösen Abenteuer auf dem Schiff, nicht wahr, Sherlock?« John betrachtete das Programm mit zusammengekniffenen Augen. »Carnegie Hall? Das ist aber eine lange Reise, nur für ein Klavierkonzert.«

»Es spielte Mary Talmadge«, erklärte ich. »Sie war eine der ganz Großen.«

»Noch nie von ihr gehört.«

»Banause.«

»Wenn sie bei den Olympischen Spielen im Achter gerudert wäre, dann ...«

»Das konnte sie doch gar nicht! Frauenklassen gab es erst ab den 1970ern.«

Er legte den Kopf schief und sah mich an. »Wirklich? Woher wissen Sie das?«

»Oh, keine Ahnung.« Meine Wangen begannen zu glühen. »Das habe ich wohl irgendwann irgendwo gehört.«

»Sie recherchieren aber nicht auch noch in eine andere Richtung, oder? Wurde Ihr Interesse vielleicht ein wenig geweckt?«

Ich versuchte, das Carnegie-Hall-Programmheft nach ihm

zu werfen, doch ich kam nicht so weit, und es segelte zu Boden. »Etwas Abwechslung ist zwischendurch einfach notwendig. Die Arbeit hier ist ziemlich ermüdend. Es gibt mehr als genug Material für eine Biografie über ›*Robert Langford, berühmter Autor zahlreicher Agentenkrimis*‹, aber es wirkt, als hätte er sein ganzes Leben bis 1920 einfach gestrichen. Er hat nie mit jemandem über die *Lusitania* gesprochen und auch nicht darüber geschrieben – nicht einmal in einem seiner vielen Briefe. Wenn sein Name nicht im Passagierverzeichnis und in manchen Zeitungsartikeln auftauchen würde, könnte man meinen, er wäre nie an Bord gewesen.«

»Und selbst die Zeitungen schrieben kaum über ihn.« John sah ein paar weitere Unterlagen durch. »Falls er wirklich Hochverrat begangen hat, wäre es durchaus möglich, dass er sämtliche Beweise zerstört hat. Ja sogar ziemlich wahrscheinlich.«

»Und dann behält er ausgerechnet das Codebuch in dem Beutel? Warum? Als Souvenir?«

John stieß ein Grunzen aus, das mehr oder weniger alles oder gar nichts bedeuten konnte. Zustimmung oder Frustration. Er lehnte sich in seinem Stuhl zurück und meinte: »Wo wir gerade davon sprechen: Irgendwelche neuen Ideen, was den Code betrifft?«

»Nein. Jedes Mal, wenn ich die Nachricht auf dem Umschlag meines Großvaters mit einem der Schlüssel in Roberts Buch vergleiche, ergibt das Ergebnis keinen Sinn. Es sind und bleiben einfach bloß Buchstaben und Ziffern. Wie ein Code, der ein zweites Mal codiert wurde.«

»Dann haben wir uns vielleicht doch geirrt. Vielleicht passen die Codes gar nicht zusammen. Vielleicht haben Robert und Patrick für verschiedene Auftraggeber gearbeitet.«

»Das wäre aber ein sehr großer Zufall gewesen.«

Er zuckte mit seinen breiten Schultern. »So etwas soll vorkommen. Aber wie schon gesagt, ich weiß nicht viel über Spione.«

»Abgesehen davon, dass Ihre Vorfahren knietief im Sumpf steckten ...«

»Ich habe allerdings einmal gelesen, dass die Geheimdienste damals noch nicht wirklich gut organisiert waren. Es gab ständig Rivalitäten und Konflikte. Sie stiegen sich gegenseitig auf die Füße, und manchmal sogar absichtlich. Also ...«

»Also waren die beiden vielleicht wirklich Konkurrenten und trieben ein doppeltes Spiel miteinander?« Ich runzelte die Stirn. »Aber das ergibt doch genauso wenig Sinn! Sie waren doch offensichtlich ... na ja, nicht gerade Freunde, aber sie scheinen gut zusammengearbeitet zu haben. Ich meine, denken Sie nur an die Uhr, die Robert Patrick geschenkt hat. Es ist eine sehr schöne Uhr.«

»Vielleicht war es eine List, um den Feind im Auge zu behalten? Vergessen Sie nicht, dass die Iren in dem Krieg auf der Seite der Deutschen standen, wenn auch nur, um den Engländern eins auszuwischen. Vielleicht konnte nicht einmal Robert mit Sicherheit sagen, bei wem Patricks Loyalität lag.« John fuhr sich mit der Hand durch die Haare, die dringend geschnitten werden mussten. Das Wetter hatte sich verschlechtert, und er trug einen dunkelgrünen Kaschmirpullover, der vielleicht sogar noch von Robert selbst stammte, wenn man sich die vielen Mottenlöcher so ansah. Oder vielleicht auch nicht – es sei denn, Robert wäre ein sehr großer, breitschultriger Mann gewesen, was er definitiv nicht war. Vielleicht hatte Mrs. Finch vergessen, ihn in den Zedernholzschrank zu hängen. Vielleicht hatte Mrs. Finch vergessen, dass es im Haus *überhaupt* einen Zedernholzschrank gab. Der Pullover passte John jedenfalls trotzdem. Er hatte ein Gesicht, das sehr gut mit abgetragenen, mottenzerfressenen Kaschmirpullovern harmonierte, und die Farbe brachte das Grün in seinen haselnussbraunen Augen noch besser zur Geltung. Sein Gesicht wirkte sehr viel weicher und freundlicher als vor acht Tagen, als ich im Coffee-Shop das erste Mal mit ihm gesprochen hatte, und mir gefiel die Art, wie er die Schultern straffte und wie sich seine Augen weiteten, wenn er an seinem Tee nippte. Der konzentrierte, aber glückliche Gesichtsausdruck, wenn er sich wie jetzt gerade über die komplizierte Verbindung zwischen Patrick und Robert Gedanken machte. Unsere beiden Vorfahren, die auf einem Schiff herumgeschlichen waren, Nachrichten ausgetauscht und weiß Gott was vorgehabt hatten.

»Wissen Sie was?«, fragte ich. »Ich glaube, das hier macht Ihnen sogar Spaß.«

»Natürlich macht es mir Spaß! Es ist tausendmal besser, als auf der Flucht vor den Paparazzi durch die Hauptstadt zu hetzen, während man auf die nächste Halbwahrheit in der Onlineausgabe der *Daily Mail* wartet.«

»Obwohl sie dafür die Gesellschaft einer geldgierigen Amerikanerin in Kauf nehmen müssen?«

Er grinste. »Ich bin zu der Erkenntnis gelangt, dass sie einem sogar ans Herz wachsen, wenn man sich erst einmal an ihre seltsamen Angewohnheiten und ihre schonungslose Offenheit gewöhnt hat ...«

Ich richtete mich auf und sah ihm tief in die Augen. »Darf ich ehrlich zu Ihnen sein, John?«

Sein Lächeln verblasste ein wenig, und er wirkte argwöhnisch, aber gleichzeitig auch interessiert. Seine Hände umfassten die beiden Knöpfe am Ende der Armlehnen seines Stuhls. »Natürlich, Sarah. Schießen Sie los. Etwas anderes würde ich weiß Gott nicht von Ihnen erwarten.«

Ich lehnte mich nach vorn und umklammerte die Tischkante mit den Fingern. Mir fiel auf, dass seine Wimpern unglaublich dick waren. Dann meinte ich mit einem heiseren Flüstern. »Ich bin so hungrig, dass ich glatt einen Schwan verdrücken könnte.«

»Na, das nenne ich eine gesunde Einstellung!« Er stand

auf und trat um den Schreibtisch herum, um mir die Hand entgegenzustrecken. »Dann suchen wir uns doch etwas zum Abendessen. Aber nur unter einer Bedingung.«

Ich nahm seine Hand und schwang mich hoch. »Und welche?«

»Dass wir zur Abwechslung einmal nicht über unsere Urgroßväter sprechen. Und auch nicht über irgendeinen anderen Aspekt der Familiengeschichte der Langfords oder der Houlihans. Ich möchte nur eine verdammte Stunde lang über etwas anderes reden.«

»Was gibt es denn da sonst noch?«

Er hielt meine Hand noch immer in seiner. »Uns fällt sicher etwas ein.«

Wann hatte ich zum letzten Mal mit einem Jungen oder einem Mann Händchen gehalten? Ich konnte mich nicht erinnern. Wenn du auf eine katholische Mädchenschule gehst, beendest du diese mit einer großartigen, breitgefächerten Ausbildung in sehr vielen Bereichen – abgesehen vom Händchenhalten mit Jungs. Und du weißt auch sonst nicht viel über sie. Dann gehst du aufs College und bist so verdammt schüchtern, als gehörten sämtliche Männer einer anderen Spezies an.

Bis du eines Tages im zweiten Studienjahr einen Jungen kennenlernst, der genauso schüchtern ist, und eure Schüchternheit hebt sich gegenseitig auf – was er dir anhand einer mathematischen Formel erklärt, während du bloß nickst, weil du schon ein paar Bier hattest und ein Junge gerade zum ersten Mal in deinem Leben deine Hand hält. Er ist klug und irgendwie süß, und auch wenn du nicht in ihn verliebt bist, kommt es dem Gefühl nahe genug, und durch ihn lernst du wenigstens etwas über die großen Mysterien des Lebens. Doch irgendwann macht ihr beide euren Abschluss, und er geht an eine Uni an der Westküste, während du an der Ostküste studierst und seiner mittlerweile auch schon ziemlich überdrüssig geworden bist. Und irgendwann erkennst du, dass mittlerweile niemand mehr Händchen hält und dass niemand diese reizenden, altmodischen Rituale so schätzt wie du.

Oder geht es nur mir so?

Wie auch immer.

Es gab da auch noch diesen anderen Kerl, den ich während der Recherchen für meine Doktorarbeit traf, bevor ich das schicksalhafte Semester in Irland verbrachte. Ich war auf einer Party, die irgendjemand in seinem heruntergekommenen Apartment an der West End Avenue veranstaltete, und plötzlich spürte ich fremde Blicke auf meiner Wange, meinem Hals und meinen Haaren, doch jedes Mal, wenn ich mich umdrehte, sah niemand in meine Richtung. Irgendwann fiel mein Blick jedoch auf einen jungen Mann. Glatte braune Haare, scharfe Augen, mittelgroß mit einer Bierdose in der einen und einer Zigarette in der anderen Hand. Ich hasste Zigaretten, weshalb ich keine Ahnung hatte, warum er immer wieder meine Aufmerksamkeit erregte. Er tat es einfach.

Trotzdem konnte ich ihm nicht in die Augen sehen und wandte immer im letzten Moment den Blick ab. Es kam mir zu vertraulich, zu exponiert vor, einem Fremden in die Augen zu sehen.

Irgendwann nahm ich meinen Mantel und ging. Er holte mich im Treppenhaus ein und entschuldigte sich. *Wofür?*, fragte ich ihn. *Dass ich mich nicht vorgestellt habe*, erwiderte er. *Ich bin Jared Holm, Journalismus-Student im zweiten Jahr.* Und dann streckte er mir seine Hand entgegen.

Aber das war vermutlich immer noch nicht das letzte Mal, dass ich die Hand eines Mannes gehalten hatte. Wahrscheinlich hielten Jared und ich während der nächsten vier oder fünf Monate vor meiner Reise nach Irland noch ein paarmal Händchen. Unsere Beziehung war eine Freundschaft mit gewissen Vorzügen. Die Art von Beziehung, die ihren Zweck erfüllt und das Verlangen stillt, solange niemand da ist, der einen wirklich vom Hocker reißt.

Vielleicht habe ich sogar mit dem Kerl von der Wall Street Händchen gehalten, aber ich glaube eher nicht. Er war nicht der Typ dafür. Und seit damals hatte es niemanden mehr gegeben. Nachdem meine Mom krank geworden war, gab es in meinem Leben keinen Platz mehr für etwas anderes. Ich konnte keine Gefühle für Situationen erübrigen, in denen ich meine Hand in die Hand eines anderen legte, sodass sich unsere Handflächen und unsere Finger berührten.

Und im Grunde hatte ich immer noch keinen Platz für solche Dinge, nicht wahr? Da war immer noch dieser Flug nach New York in drei Tagen, den ich nicht mehr stornieren konnte, ohne das ganze Geld zu verlieren. Mom war immer noch krank, und ihr Schicksal haftete meinen Gedanken an wie eine schwarze Masse, die mich wie Wachs umgab, das Licht ausschloss und unmöglich zu ignorieren war, obwohl mir England und die Langford-Recherchen eine willkommene Abwechslung – eine zeitweilige Linderung, eine Erleichterung – verschafften.

Außerdem gehörte die Hand, um die es gerade ging, einem vollkommen ungeeigneten und unerreichbaren Mann, der sich gerade unter schmerzhaften Umständen von seiner Frau getrennt hatte und abgesehen von ein paar allgemeinen Floskeln immer noch nicht darüber reden wollte. Das Letzte, was wir jetzt brauchten, war eine neue Beziehung. Das Letzte, was *ich* jetzt brauchte, war die Rolle eines Trostpflasters.

Also hatten wir uns in der letzten Woche strikt innerhalb freundschaftlicher Grenzen bewegt. Natürlich hatten wir das. John hatte mich jeden Abend zurück ins Haus gebracht, und auch wenn wir manchmal ein Glas Wein, einen Sherry oder eine andere Köstlichkeit aus den verstaubten Flaschen in der Hausbar der Langfords getrunken, uns unterhalten und miteinander gelacht hatten wie gute Freunde, hatte er sich jedes Mal bloß mit einem Lächeln und einem kurzen Gruß von mir verabschiedet, bevor er durch das Gartentor verschwunden war.

Abgesehen von dem einen Mal, zwei Abende zuvor, als er mir einen Kuss auf die Wange gedrückt hatte. Ich fühlte mich wie ein Teenager, der im Bett liegt und die Szene in Gedanken immer wieder durchspielt. Der nicht aufhören kann zu grinsen, dessen Nervenenden vibrieren, als stünden sie unter Strom, und der den Kuss noch Stunden später auf seiner Haut spürt und ihn nicht abwaschen möchte, auch wenn es nur ein gewöhnlicher, bedeutungsloser Schmatz auf die Wange war, den man anderen Leuten eben gibt, wenn man sich verabschiedet. Manchmal sogar vollkommen Fremden auf einer Dinnerparty.

Es war nicht mehr gewesen. Bloß ein Reflex.

Trotzdem. Seine Lippen hatten meine Haut berührt.

Und nun waren zwei Tage vergangen, und er stand vor mir, hielt meine Finger mit seinen verschränkt, sah aus einer Höhe von beinahe zwei Metern auf mich herab und erwartete, dass ich etwas sagte.

Er wollte eine Antwort auf: »Uns fällt sicher etwas ein.« Auf einen Satz, der an sich nicht wirklich zweideutig war, vor allem nicht in Anbetracht der Gespräche, die wir in der letzten Woche oft zum Spaß geführt hatten. Es war vielmehr die Art, *wie* er es sagte. Der gesenkte Blick, das schiefe Grinsen, mit dem er den rechten Mundwinkel hochzog, die Art wie er meine Hand hielt. Und die Tatsache, dass ich ihm meine Hand noch nicht entzogen hatte.

Bis das Grinsen plötzlich verblasste und er seine Hand sinken ließ.

»Es tut mir leid«, sagte er. »Ich wollte nicht …«

»Nein! Ich meine …«

»Wir können reden, worüber Sie wollen. Wenn Sie lieber über die Langfords sprechen möchten ...«

»Das will ich nicht. Ich meine, wenn Sie lieber beim Thema bleiben möchten ...«

»Nur, wenn Sie es möchten.«

»Fragen Sie mich echt, was ich will?«

»Ja. Ja, ich schätze schon.« Er verschränkte die Arme hinter dem Rücken und sah stirnrunzelnd auf mich herab, ohne mir in die Augen zu schauen. »Sagen Sie mir, was Sie möchten, Sarah.«

Ich atmete tief durch, denn das hier war wichtig. Das hier war nicht Jared Holm oder der Kerl von der Wall Street. Das hier war John. Ich durfte es nicht vermasseln.

»Okay. Ich will ...«

Ein gehetztes Trippeln unterbrach mich. Wir fuhren zusammen und wandten uns zur Tür um, die wir offen gelassen hatten, damit die duftende Maienluft das Zimmer erfüllte. Ein gepflegter, sehr hübscher, braunmelierter Whippet schoss über die Schwelle.

»*Walnut!*«

John trat vor und öffnete gerade noch rechtzeitig die Arme, um die Kanonenkugel in Hundegestalt aufzufangen. Im nächsten Moment wälzten sie sich auf dem Boden – John lag auf dem Rücken, während Walnut ihm das Gesicht ableckte, als wäre es voller Leberwurst.

»Schon gut, Junge! Schon gut!«, rief John lachend. »Aufhören! Ist ja gut. Genug jetzt. Runter da, du verdammter Köter! Ich möchte dir jemanden vorstellen. Du wirst sie mögen. Versprochen!«

Ich kniete mich auf den Teppich und streckte die Hand aus. »Auch wenn ich eine vulgäre Amerikanerin irischer Abstammung bin, die ihre Eier im Kühlschrank aufbewahrt?«

Walnut hob den Kopf und sah mich mit großen braunen Augen an.

»Ihr Name ist Sarah«, erklärte John. »Und ich wette um einen Tennisball, dass sie Hunde mag.«

»Hallo, Walnut.« Ich ließ den Hund an meinen Fingern schnuppern, und offensichtlich gefiel ihm, was er roch, denn er leckte daran, und obwohl sein Schwanz ohnehin schon wie wild hin und her peitschte, sah er jetzt aus, als würde er gleich abheben. Ich lachte und kratzte ihn am Kopf, und er wandte sich wieder an John, der sich aufsetzte und mit einer so ehrlichen, ungebremsten und noch nie gesehenen Freude lachte, dass ich beinahe zu weinen begann. Beinahe. Stattdessen blinzelte ich, senkte den Blick und tätschelte Walnuts Rücken, während er schwanzwedelnd über den Boden robbte.

»Guter Junge, Walnut! Du hast deinen Daddy wohl vermisst, was?«

»Natürlich hat er das«, erklang eine dramatische Stimme.

Ich setzte mich auf und reckte den Hals, um nachzusehen, wer es war. Sie war nicht schwer zu entdecken, denn sie stand direkt in der Tür. Einen Meter achtzig groß, etwa fünfzig Kilo schwer, in einem Paar indigoblauen Skinny-Jeans, einem schwarzen Spitzentop und gesteppten schwarzen Schuhen mit flachem Absatz von Chanel an den langen, schlanken Beinen. Ihre Haare fielen ihr über die Schultern und schimmerten in einem so natürlichen Blond wie bei einem sechsjährigen Mädchen, das gerade am Meer in Urlaub war.

Sie nahm ihre Fliegersonnenbrille ab und meinte: »Es tut mir so leid, John! Ich wollte ihn schon früher zurückbringen, aber ich … ich brauchte einfach … du weißt ja, was mein Therapeut sagt … und dann diese verdammten Fotografen! Es war so schrecklich.«

John erhob sich. Sein Lächeln war verschwunden. Walnut winselte leise. Sein Schwanz wurde langsamer und fiel dann leblos herab, als wäre ihm das Benzin ausgegangen. Oder der

Diesel. Oder womit auch immer man Whippets in Großbritannien befüllte.

»Callie!«, rief John. »Ich habe dich nicht erwartet.«

Sie warf mir aus ihren roten, verschwollenen Augen einen Blick zu. »Ja, *offensichtlich*. Können wir uns kurz unterhalten? Oder *störe* ich?«

John sah mich an. »Sarah?«

»Nein, natürlich nicht«, erklärte ich fröhlich. »Sie stören auf keinen Fall. Ich mache nur … ich mache inzwischen einen kleinen Spaziergang oder so.«

Es folgte ein kurzes, unangenehmes Schweigen. Walnut, der inzwischen neben John saß, trommelte mit dem Schwanz auf den Boden, als könnte er dadurch die Spannung lösen. Callie blinzelte und setzte die Sonnenbrille wieder auf.

»Ich gehe zurück zum Haus«, sagte sie. »Du weißt ja, wo du mich findest, John. Walnut? Komm, mein Junge!«

Walnut warf John einen entschuldigenden Blick zu und stürzte hinter ihr her. Danach wandte sich John mit demselben Gesichtsausdruck zu mir herum. Bloß, dass es bei ihm menschlicher und noch niedergeschlagener aussah.

»Ich bin gleich zurück«, erklärte er.

Nachdem John gegangen war, war es in Roberts Arbeitszimmer plötzlich unheimlich still. Er hatte mich hier nie länger als ein paar Minuten alleine gelassen, und ich konnte mich einfach nicht an die Stille und die Leere gewöhnen, die er hinterließ.

Überall, wo ich hinsah, klaffte eine Lücke. Am Schreibtisch. Auf dem Sofa. Auf dem Teppich, auf den er sich am Vortag während einer kurzen Pause gelegt hatte – die Hände hinter dem Kopf verschränkt und den Blick an die Decke gerichtet, während er mir von einem Ruderrennen während seines letzten Jahres an der Universität von Cambridge erzählte. Es war so stürmisch gewesen, dass sich tatsächlich Schaumkronen auf der Themse gebildet hatten. »*Wir saßen auf unseren Plätzen an der Putney Bridge und warteten darauf, dass es losging, und ich warf einen Blick auf den Steuermann. Er war ein richtiger Kerl, aber sein Gesicht war leichenblass, und ich dachte mir nur: Verdammte Scheiße, es steht fünfzig/fünfzig, dass wir kentern ...*«

Ich wandte den Blick vom Teppich ab und betrachtete stattdessen die Stapel, in die wir Roberts Hinterlassenschaften aufgeteilt hatten. Neben dem Stapel »Sonstiges« gab es auch noch »Literarische Korrespondenz«, »Allgemeine Korrespondenz«, »Recherche«, »Konzepte und Manuskripte«, »Rechnungen«, »Kataloge«, »Finanzen«, »Fotos« und »Presse« – doch nichts davon hatte auch nur im Entferntesten mit der *Lusitania* zu tun. Tatsächlich gab es keine einzige Verbindung zu Roberts Leben vor und während des Ersten Weltkrieges. Es war, als wäre er der Irischen See als neuer Mensch ohne Vergangenheit entstiegen. Es erinnerte mich irgendwie an die Hinterseite des Mondes: Man weiß, dass sie da ist, aber sie liegt im Dunkeln, und es gibt keine Möglichkeit, sie zu erkunden.

Abgesehen von der kleinen Tasche aus Ölzeug, die er aufbewahrt hatte. Aber warum?

Es gab noch eine halbe Schublade voller Unterlagen und Notizbücher, die durchgesehen werden wollten. Ich hatte sie auf den Teppich neben dem Sofa geleert, auf dem John schlief, und sie würden sich nicht von selbst sortieren. Selbst wenn ich wusste, worum es sich handelte: Unmengen an Material für eine Biografie über Robert Langford, den Agentenkrimiautor, die irgendwann einmal irgendjemand schreiben würde.

Aber ich wollte etwas anderes, und vielleicht versteckte sich der entscheidende Hinweis wirklich irgendwo auf dem Boden vor mir, wie ein winziger Diamant, der in einer riesigen Mine auf seine Entdeckung wartet. Vielleicht sollte ich einfach weitermachen und mich ablenken, während John mit seiner Exfrau in dem Haus auf dem Hügel war und was auch immer tat. Immerhin hatte ich nur noch drei Tage. Drei Tage, um das Rätsel um Robert Langford zu lösen. Ich konnte meine Mutter nicht länger alleine lassen, genauso wie ich nicht länger vor dem drohenden finanziellen Kollaps davonlaufen konnte. Ich musste mir diese Unterlagen einfach ansehen.

Doch stattdessen ging ich zum Schreibtisch und öffnete die Schublade rechts unten, in der John Roberts Codebuch, Patricks Umschlag und das Notizbuch aufbewahrte, das wir zur Entschlüsselung der codierten Nachricht verwendeten. Ich setzte mich in den bequemen Lederstuhl, der immer noch ein wenig von Johns Körperwärme verstrahlte. In weniger als zwei Minuten hatte sich alles verändert. Die Tür stand nach wie vor offen, und der Wind blies vom Ärmelkanal über das Mündungsgebiet des River Dart, wo John jeden Morgen ruderte, bevor wir mit der Arbeit begannen. Es roch kaum merklich nach Meer und den seltsamen grünen Uferpflanzen, und der Geruch erinnerte mich an John. Ich hatte mir die ganze magische Woche lang vorgenommen, früher aufzustehen, um ihm beim Rudern zuzusehen, doch es war nie dazu gekommen. Das Bootshaus befand sich am Ende eines schmalen Pfades am Fuße der Klippen, die den Fluss überblickten. Es verfügte über eine einfache Dusche, sodass John sich waschen konnte, bevor er wieder zurückkam, und ein frischer Geruch haftete ihm an, wenn er beschwingt von der morgendlichen Sporteinheit an mir vorbei in die Küche huschte und den Toast mit Butter fürs Frühstück vorbereitete.

Ich nahm einen Bleistift und öffnete das Notizbuch.

Das Codebuch enthielt zwölf verschiedene Codierschlüssel, und wir hatten keine Ahnung, welcher auf die Nachricht auf dem Umschlag angewandt werden musste. Wir wussten nicht einmal, wer die Nachricht geschrieben hatte, obwohl mein Instinkt mir sagte, dass es Robert selbst gewesen war.

Erstens war der Umschlag an ihn adressiert, und zweitens hatte ich in den letzten sieben Tagen genug Gelegenheiten gehabt, Roberts Handschrift zu studieren. Alles an der Art, wie der Stift geführt und mit welcher Stärke er auf das Papier gedrückt worden war, sprach dafür, dass die Nachricht von Robert stammte.

Ich hatte das Notizbuch bei dem Schreibwarenhändler im Ort gekauft, und es enthielt fünfzig Seiten Millimeterpapier. Ich hatte die Nachricht bereits mithilfe aller zwölf Codierschlüssel in das Notizbuch übertragen und dafür jeweils eine Seite verwendet. Danach hatte ich noch einmal von vorne begonnen, um sicherzustellen, dass mir kein Fehler unterlaufen war. Denn keine der Nachrichten ergab irgendeinen Sinn.

Ich ließ meinen Bleistift über die Zeilen der ersten Seite wandern und studierte die Buchstaben und Ziffern, in der Hoffnung, ein Muster zu erkennen. Dann ging ich zur zweiten Seite über. Und zur dritten.

Die Ziffern- und Buchstabenfolge auf der vierten Seite interessierte mich am meisten, denn die Anordnung erinnerte mich an irgendetwas. Ich hatte so etwas schon einmal gesehen – aber nicht erst vor Kurzem. Es war schon länger her, vielleicht auf der Highschool oder auf dem College? Es war jedenfalls etwas, das ich einmal gelernt und dann wieder vergessen hatte. Eine mathematische Formel vielleicht? Oder eine Infinitesimalrechnung? (Oh mein Gott, bitte lass es keine Infinitesimalrechnung sein!)

Was bedeutete es bloß?

Plötzlich vibrierte mein Handy. Es lag auf dem Teppich neben den Unterlagen. Ich hatte in letzter Zeit sämtliche Anrufe und Nachrichten ignoriert und es nur zur Hand genommen, um sicherzustellen, dass es nicht Moms Pflegeheim mit einer dringenden Nachricht war. Aus irgendeinem Grund verloren Nachrichten aus der Außenwelt an Bedeutung, wenn ich mit John zusammen war, doch dieses Mal sprang ich eilig hoch. Vielleicht war es ja John. Vielleicht gab es einen Notfall. Einen Whippet-Notfall. Einen Notfall mit der verrückten Exfrau.

Ich griff nach dem Telefon. Es war tatsächlich eine Nachricht, aber sie kam nicht von John.

Hallo, meine Hübsche. Ich wohne jetzt in London und habe gehört, dass du auch da bist. Treffen wir uns auf ein paar Drinks?
Jared

Ich starrte einen Augenblick lang auf das Display hinunter. Mein Gott, ich hatte seit Monaten oder vielleicht sogar seit Jahren keinen Gedanken an Jared Holm verschwendet, und jetzt schickte er mir wenige Minuten, nachdem ich mich an unsere erste Begegnung in dem nach Urin stinkenden Hausflur in den Morningside Heights erinnert hatte, eine Nachricht. Es war wie eine Botschaft aus einem seltsamen, verstörenden Universum, einer Art Twilight Zone, in der man plötzlich das Gesicht eines Menschen vor sich sieht und dieser wenige Minuten später anruft, und man kommt einfach nicht umhin sich zu fragen, *warum ausgerechnet jetzt?*

Doch in diesem Moment unterbrach mich die Stimme meiner Mutter. Die schroffe Stimme, bevor sie die Krankheit befallen hatte. *Um Himmels willen, Sarah! Das ist doch bloß ein Zufall!*

Ich ließ mich auf das Sofa sinken, um Jared zu antworten.

Tut mir leid, ich bin auf dem Land und fliege in ein paar Tagen zurück. Wir haben einander wohl verpasst. Hoffe, es geht dir gut :-)

Ich drückte auf *Senden* und starrte auf das Display und die drei Punkte, die zeigten, dass Jared bereits antwortete, dann warf ich einen Blick auf den Schreibtisch.

Ein Windstoß fegte durch die Tür und fuhr in die Unterlagen. Ich schlängelte mich an den Dokumentenstapeln auf dem Boden vorbei zurück zum Schreibtisch und griff nach dem Notizbuch. Das Telefon in meiner Hand vibrierte erneut, aber anstatt Jareds Nachricht zu lesen, öffnete ich den Internetbrowser und gab die erste Buchstaben- und Ziffernfolge in das Suchfeld ein: *FE3C.*

Es dauerte nur den Bruchteil einer Sekunde, bis die Suchergebnisse erschienen, aber sie interessierten mich nicht. Ich starrte vielmehr auf die unerwartete oberste Zeile: *Meinten Sie Fe₃C (Eisencarbid)?*

»Verdammt noch mal«, flüsterte ich. »Das ist es!«

Ich stürzte keuchend durch das Gartentor und rief Johns Namen, als ich plötzlich mit Mrs. Finch zusammenstieß. Sie trug ein blaugeblümtes Kleid und eine beige Schürze, die vermutlich einmal weiß gewesen war, und hatte das Gesicht zu einem Ausdruck extremen Unbehagens verzogen.

»Es tut mir leid! Alles in Ordnung? Wo ist John?«

»Nein, Callie. Es ist gar nichts in Ordnung!«, erwiderte sie mit vernichtender Stimme.

»Ähm, ich bin's. Sarah. Nicht Callie.«

Sie betrachtete mich durch ihre zentimeterdicken Brillengläser. »Sie sind nicht Callie.«

»Nein, ich bin *Sarah*!«, rief ich. »Wo ist John?«

»Im Wohnzimmer.«

Ich stürzte den Flur entlang und am Esszimmer vorbei zur Wohnzimmertür. Ich hatte diesen Raum noch nie betreten. John und ich hielten uns meistens in der Küche, im Esszimmer oder im Lustschloss auf. Ich dachte also nicht wirklich darüber nach, was sich hinter der Tür befinden könnte, als ich sie schließlich aufriss.

Wie dumm von mir.

»John!«, rief ich. »Ich habe herausgefunden …«

John saß auf einem cremefarbenen Sofa neben dem Kamin und hob den Kopf, als er mich hörte. Der Kopf seiner Exfrau lag in seinem Schoß, und sie weinte leise. Ihre glänzenden Haare fielen wie ein goldener Wasserfall über die Sofakante. Walnut lag vor seinen Füßen, neben Callies abgestreiften Schuhen, und wirkte ängstlich und betrübt. John und der Hund hoben gleichzeitig den Kopf.

Einen Augenblick lang trafen sich unsere Blicke. Das Zimmer führte nach Norden, weshalb es ziemlich kühl und dunkel war, aber ich konnte dennoch Johns geplagten Gesichtsausdruck und die sorgenvoll gerunzelte Stirn erkennen. Er öffnete den Mund, um etwas zu sagen, doch ich wandte mich ab, verließ das Zimmer und schloss leise die Tür hinter mir.

Eine Stunde später betrat John Roberts Arbeitszimmer. »Sarah.«

Ich saß auf dem Teppich, umgeben von Unterlagen, und als ich hochsah, erkannte ich staunend, wie groß er aus dieser Perspektive aussah. Er wirkte grobknochig und schlank zugleich, und sein Gesicht hatte sämtliche Attraktivität verloren, die sich in den letzten Tagen langsam darauf breitgemacht hatte. Stattdessen sah er genauso düster und verbissen aus wie damals in dem Coffee-Shop, und seine Augen wirkten genauso kalt.

»Hallo«, begrüßte ich ihn. »Wie ist es gelaufen?«

»Ich bringe sie jetzt nach Hause. Ich werde in ein, zwei Tagen zurück sein.«

»In ein, zwei Tagen?«

»Ist das ein Problem?«

War es ein Problem? Machte es mir etwas aus, dass John

Langford seine attraktive Exfrau nach Hause bringen wollte – wobei es sich vermutlich um das *alte* Zuhause der beiden handelte, das sie sich als frischverheiratetes Paar geteilt hatten und wo sie vermutlich in jeder Ecke blonden, knochigen und durch und durch perfekten Sex gehabt hatten? Spielte es eine Rolle, dass er erst in ein, zwei Tagen wiederkommen würde? Vielleicht sogar erst, wenn ich wieder abgereist war?

Ich verschränkte die Arme. »Natürlich nicht. Sie ist immerhin Ihre Frau.«

»Exfrau.«

»Ich verstehe das. Ehrlich. Machen Sie nur.«

»Nein, Sarah. Sie verstehen es nicht. Sie ist süchtig, sie ...« Er fuhr sich mit der Hand durch die Haare. »Hören Sie, ich kann es Ihnen nicht genauer erklären, aber ich kann sie nicht im Stich lassen. Wir kennen einander von Kindesbeinen an.«

»John, es ist okay. Wirklich. Ich bin doch bloß Ihre Recherchepartnerin, wissen Sie nicht mehr? Ihr nervtötender Hausgast. Sie brauchen meine Erlaubnis nicht, wenn Sie fahren möchten. Egal mit wem. Tun Sie, was Sie tun müssen. Ich bleibe hier und durchforste weiter Robert Langfords wertvolle Hinterlassenschaften. Kümmern Sie sich nicht weiter um mich!«

Er rang sich ein kaum merkliches, dankbares Lächeln ab. »Okay.«

»Wirklich? Sie vertrauen mir? Sie wollen mir nicht weiter auf die Finger schauen?«

»Ich vertraue Ihnen, Sarah.«

Er wollte gehen, doch dann hielt er noch einmal inne, und ich konnte den Blick nicht von seinem Profil abwenden. Die zu lange Nase, der Hals, die Schultern in dem abgetragenen grünen Kaschmirpullover.

»Stimmt etwas nicht?«, fragte ich unschuldig.

»Ihr Rückflug«, sagte er. »Wann ist der noch mal?«

»Ähm, am Sonntag. In drei Tagen.«

Er fluchte leise.

»Aber machen Sie sich keine Gedanken. Ich schließe ab, und ...«

»Darum geht es nicht.« Er sah mich an. »Können Sie den Flug nicht verschieben? Auf nächste Woche vielleicht?«

»Nein. Ich muss zurück zu meiner Mutter. Es bringt mich um, dass ich nicht bei ihr sein kann. Und außerdem muss ich entscheiden ...«

»Was müssen Sie entscheiden?«

»Nichts«, erwiderte ich.

»Geht es ums Geld?«, fragte er leise.

»Wie gesagt, ich werde eine Lösung finden. Tun Sie, was Sie tun müssen. Und falls wir uns nicht mehr sehen ...« Ich brach ab, denn die Worte blieben mir im Hals stecken. Ich fühlte mich wie ein Teenager.

»Sarah.« Er wandte den Blick ab und richtete ihn auf die Wand neben dem Fenster, an der das Porträt von Robert Langford hing. Er betrachtete seinen Urgroßvater mehrere Sekunden lang mit gerunzelter Stirn, ohne etwas zu sagen oder sich zu bewegen. Dann wandte er sich noch einmal zu mir herum.

»Ja?«, fragte ich.

»Hände weg von meinem Zauberwürfel, während ich fort bin«, sagte er und verschwand zur Tür hinaus.

Siebzehn

AUF SEE
MITTWOCH, 5. MAI 1915

Caroline

Caroline hatte das Gefühl, ein Spiel zu spielen. Ein Spiel, dessen Regeln sie nicht kannte und bei dem sie keine Ahnung hatte, ob es überhaupt einen Gewinner geben würde. Sie vergrub sich noch ein wenig tiefer in ihr Kissen, nicht gewillt, die Augen zu öffnen und dem neuen Tag gegenüberzutreten. Dem neuen Tag und der Wahrheit dessen, was sie getan hatte. Ganz abgesehen von der nicht zu verleugnenden Tatsache, dass ihr Hochgefühl sich standhaft weigerte, einem angemessenen schlechten Gewissen Platz zu machen, egal wie sehr sie sich auch bemühte. *Du hast mir versprochen, mich für immer und ewig zu lieben.* Vielleicht hatte sie vor all den Jahren tatsächlich die Wahrheit gesagt. Vielleicht hatten Robert und sie von Anfang an zueinander gehört. Wenn sie bloß nicht in den Norden ins Internat gegangen wäre. Wenn sie bloß nicht Gilbert kennengelernt hätte. Wenn, wenn, wenn …

Die Tür ihres Schlafzimmers öffnete sich langsam, und sie tat, als würde sie noch schlafen. Wahrscheinlich war es ihre Zofe, und als sie an Jones dachte, wurde sie ganz verlegen. Sie hatte keine Reue verspürt, als sie vergangene Nacht in Roberts Armen gelegen hatte, und auch nicht, als er Patrick gebeten

283

hatte, im Morgengrauen an Jones' Zimmertür zu klopfen und die Zofe zu bitten, Caroline sicher und unauffällig in ihr Schlafzimmer zu bringen. Caroline hatte keinerlei Erfahrung mit solchen Dingen. Wie verhielt man sich gegenüber einer Bediensteten, die über die dunkelsten Geheimnisse ihrer Arbeitgeberin Bescheid wusste? Tat man so, als wäre nichts passiert? Oder sprach man sie darauf an und bat sie um Diskretion?

Obwohl sie immer noch so tat, als würde sie schlafen, verzog sie missmutig das Gesicht. *Ja*, dachte sie. *Es ist tatsächlich ein Spiel.*

»Mrs. Hochstetter?«

Caroline rührte sich nicht und versuchte, das Unausweichliche so lange wie möglich hinauszuschieben. Vielleicht sollte sie Übelkeit vortäuschen und für den Rest der Überfahrt auf die Dienste ihrer Zofe verzichten? Aber das war schlichtweg unmöglich. Sie hatte sich selbst in diese Situation gebracht, und nun musste sie sich damit abfinden. Hätte es doch bloß ein Regelwerk für dieses Spiel gegeben, dem sie hätte folgen können!

»Mrs. Hochstetter?«, fragte die Zofe erneut und um einiges eindringlicher. »Ihr Mann würde Sie gerne sehen. Ich habe ihm gesagt, dass Sie sich nicht wohlfühlen, aber er besteht darauf.«

Caroline öffnete die Augen, schloss sie jedoch sofort wieder, als sie sich an Gilberts Abgang aus dem Speisesaal am vergangenen Abend erinnerte. An die Erniedrigung. Und daran, dass er ihr erklärt hatte, dass er bis zur Ankunft in England zu beschäftigt sein würde, um sich weiter mit ihr abzugeben. Sie schlug die Augen auf und überlegte, ob es sich vielleicht um ein Friedensangebot handelte, und langsam begann das schlechte Gewissen an ihr zu nagen.

Sie richtete sich auf und sah an sich hinunter. Die roten

Stellen, an denen Roberts stoppeliges Kinn seine Abdrücke hinterlassen hatte, waren nicht zu übersehen. *Ich will nicht, dass du es danach bereust,* hatte Robert gesagt. Und das würde sie auch nicht. Außer ... Sie wandte sich an ihre Zofe. »Hat Mr. Hochstetter ...?«

»Er war vor etwa einer Stunde bei Ihnen, Ma'am. Aber Sie haben noch tief und fest geschlafen.«

»Und ...?«

»Es gibt keinen Grund zur Beunruhigung. Er macht sich bloß Sorgen, weil Sie normalerweise nicht so lange schlafen. Ich sagte ihm, dass Sie vollkommen erschöpft seien, und bat ihn, Sie schlafen zu lassen. Aber er hat seitdem ein paarmal nach Ihnen gefragt, und deshalb dachte ich, ich wecke Sie und helfe Ihnen beim Ankleiden. Wir wollen ja nicht für unnötiges Gerede sorgen.« Jones hob die Augenbrauen, die seltsamerweise etwas heller waren als ihre Haare.

»Wie meinen Sie das?«, fragte Caroline, obwohl sie die Antwort natürlich bereits kannte.

Jones legte ein langärmeliges Nachmittagskleid aus China-Krepp auf das Reservebett und öffnete die Vorhänge, sodass Caroline ihr Gesicht nicht sah, während sie sprach. »Ich meinte nur, dass nach dem heutigen Frühstück mehrere Bedienstete von dem Streit zwischen Ihnen und Mr. Hochstetter beim gestrigen Abendessen sprachen. Es hieß, ein Gentleman sei Ihnen aus dem Speisesaal gefolgt. Deshalb wäre es wohl besser, wenn Ihr Mann und Sie sich gemeinsam zeigen, damit auch die letzten Gerüchte versiegen.«

Carolines Wangen brannten. Sie brauchte zwei Anläufe, um die Worte über die Lippen zu bringen. »Danke, Jones. Ich werde Ihren Rat beherzigen.«

Sie schwang die Beine aus dem Bett und bemerkte zu spät, dass ihr Nachthemd so weit nach oben gerutscht war, dass die gerötete Haut an der Innenseite ihrer blassen Schenkel deutlich zu sehen war. Sie hob den Blick, und ihr war sofort klar, dass Jones es ebenfalls gesehen hatte.

»Ich dachte, ein Kleid mit langen Ärmeln würde heute am besten passen. Wir kommen der irischen Küste langsam näher, und es ist ziemlich kühl. Ich habe Ihnen auch noch ein heißes Bad eingelassen. Es wird Ihnen helfen, schneller wach zu werden. Zusammen mit dem Kaffee, um den ich Patrick gebeten habe.«

»Danke«, presste Caroline hervor, ohne der Zofe in die Augen zu sehen. Sie war sich immer noch unsicher, welche Rolle ihr zugedacht war. Wäre es ein Schachspiel gewesen, hätte sie keine Ahnung gehabt, ob sie als Königin oder einfacher Bauer ins Spiel ging. Sie wusste nur, dass das Spielbrett auf den Wellen des Atlantiks schaukelte und sie ihr Gleichgewicht einfach nicht wiederfand.

Sie badete und kleidete sich in Rekordzeit an und war froh, dass Jones' übliche stoische Ruhe einem ungewohnten Geplapper Platz gemacht hatte. Ihre Zofe wirkte beinahe ein wenig aufgedreht, als wäre die Indiskretion ihrer Arbeitgeberin eine Prüfung gewesen, die sie dank ihrer Stärke und ihrer außergewöhnlichen Fähigkeiten bestanden hatte, um Caroline anschließend wieder in den sicheren Hafen zurückzunavigieren.

Nachdem Jones die letzte Nadel in Carolines Haare gesteckt hatte, trafen sich ihre Blicke im Spiegel. »Sie sind ein Abbild der Lieblichkeit, Ma'am«, erklärte sie. »Achten Sie nur darauf, den Kopf nicht zu weit nach rechts zu lehnen. Sie haben da einen Fleck auf dem Hals, den der Kragen des Kleides nicht ganz verdeckt.«

Caroline erhob sich abrupt, während die Hitze von ihrem Hals in ihre Wangen stieg, und konzentrierte sich darauf, die silbernen Bürsten auf dem Frisiertisch zu ordnen. »Danke Jones, das wäre dann alles.«

»Jawohl, Ma'am. Mr. Hochstetter wartet im Wohnzimmer.«

Jones senkte den Kopf zu einer angedeuteten Verbeugung, als Caroline an ihr vorbei durch die Tür trat und sich dabei der Stelle, an der der Kragen ihres Kleides ihre Haut berührte, mehr als bewusst war.

Gilbert saß im Wohnzimmer und las das tägliche Mitteilungsblatt der Reederei, mit dem diese die Passagiere der *Lusitania* auf verhaltene Art und Weise daran erinnerte, dass sich die Welt im Krieg befand und dass sowohl an Land als auch zu Wasser gekämpft wurde. Gilbert faltete es normalerweise in der Mitte und versteckte es irgendwo, damit der Inhalt Caroline nicht verängstigte, aber Caroline war sehr geschickt darin, seine Verstecke ausfindig zu machen, und hatte bis jetzt jede Ausgabe gelesen. Allerdings waren die Nachrichten ohnehin nur kurz umrissen und gaben den Lesern und Leserinnen bloß einen beschönigten Einblick in das Kriegsgeschehen. Es schien, als hätte sich die ganze Welt auf die Seite ihres Mannes geschlagen, um alle möglichen Ecken und Kanten aus ihrem Leben zu beseitigen. Doch Caroline wusste von ihrer Mutter, dass niemand die Schönheit einer Rose wirklich schätzen konnte, ohne vorher ihre Dornen gespürt zu haben.

Sie betrachtete ihren lesenden Ehemann, der ihre Anwesenheit nicht bemerkte. Seine blonden Haare waren säuberlich nach hinten gekämmt, und die breite, glatte Stirn hätte eher zu einem Jungen als zu einem Mann gepasst, der bereits auf die vierzig zuging. Sie verspürte wieder die alte Zärtlichkeit, die sie früher erlebt hatte. Dieses Gefühl, das sie damals gehabt hatte, als Claire sie einander vorgestellt hatte und Gilbert ihr gegenüber so zurückhaltend gewesen war. Er hatte kaum ein Wort gesagt, und sie hatte angenommen, dass er einfach schüchtern war, was sie angesichts seiner Größe und Statur überaus einnehmend gefunden hatte. Erst sehr viel später hatte er ihr gestanden, dass er wie verzaubert gewesen war und befürchtet hatte, sich zu blamieren, wenn er auch nur ein Wort sagte.

Gilbert sah auf, und als sich ihre Blicke trafen, erinnerte sie sich plötzlich wieder an seine Wut am Vorabend und an die darauffolgende Demütigung, und die Worte blieben ihr im Hals stecken. Sie hätte ihn beinahe gefragt, was er hier verloren hatte, denn immerhin hatte er ihr versprochen, dass sie ihn für den Rest der Reise nicht mehr zu Gesicht bekommen würde. Aber sie brachte es nicht über sich. *Nur wer ohne Sünde ist, werfe den ersten Stein.*

Er erhob sich und legte das Mitteilungsblatt auf den Beistelltisch, dann räusperte er sich und meinte: »Patrick hat deine Handschuhe aus dem Speisesaal geholt und sie Jones gegeben. Du hast sie gestern Abend wohl liegen gelassen.«

Sie nickte knapp und schluckte ihre Enttäuschung hinunter. Wenn das alles war, was er ihr zu sagen hatte, konnte sie genauso gut wieder gehen. Sie machte einen Schritt zurück und trat auf die Tür zu.

»Caroline.«

Sie hielt inne, und ihre Blicke trafen sich erneut. »Ja?«

»Fühlst du dich nicht wohl?«

Sie wollte ihm gerade antworten, als sie merkte, wie Gilberts Blick zu ihrem Bauch wanderte. »Ich bin nur müde«, erwiderte sie schnell und ließ sich auf einen der Stühle sinken, bevor ihre Beine unter ihr nachgaben. Es war offensichtlich, was er andeuten wollte. *Mein Gott, was habe ich getan?* Es war natürlich noch zu früh, um es zu sagen, aber die Möglichkeit bestand immer.

Im nächsten Augenblick stand er neben ihr. »Du siehst sehr blass aus. Ich hole dir ein Glas Wasser …«

Sie winkte ab, konnte ihm aber nicht in die Augen sehen. »Nein, wirklich! Ich bin einfach bloß müde. Vielleicht fühle ich mich nach einer Tasse Kaffee wieder besser.« In diesem Moment trat Patrick ins Zimmer, als hätte er bereits auf seinen Einsatz gewartet. Auf seinem Tablett standen eine Kaffeekanne und zwei Tassen. Froh über die Ablenkung nahm sich Caroline mehr als genug Zeit, den Kaffee einzugießen und jede Menge Zucker und Sahne in ihre Tasse zu geben. Gilbert trank seinen Kaffee am liebsten schwarz. Ihre Hände zitterten ein wenig, aber wenigstens dachte sie einen Moment lang nicht an Robert und die Dinge, die sie in seinem Bett getan hatten. *Sie würde nichts bereuen.*

Gilbert ließ sich auf dem Stuhl neben ihr nieder und griff nach seiner Tasse. Er schien nervös, und das kam selten vor. Es beunruhigte sie, und so nahm sie einen schnellen Schluck von ihrem Kaffee, wobei sie sich sofort die Zunge verbrannte. Er räusperte sich verlegen. »Ich habe ein Telegramm von Claire erhalten. Sie schickt dir liebe Grüße und rät uns, dass wir auf dem Schiff rund um die Uhr Schwimmwesten tragen sollen. Offenbar machen die Deutschen keinen Unterschied, wessen Schiffe sie versenken.«

Caroline war überrascht, dass er ihr so viel anvertraute. »Machst du dir Sorgen?«, fragte sie und hielt unwillkürlich den Atem an.

Er schüttelte ohne Zögern den Kopf. »Nein. Ich bin zuversichtlich, dass die Deutschen kein Interesse daran haben, die *Lusitania* anzugreifen.«

Etwas an seinem Tonfall verriet ihr, dass er keine Widerrede duldete. Es machte sie wütend, beruhigte sie zugleich aber auch, und sie ließ die Luft aus ihrer Lunge entweichen. »Wie kannst du dir da so sicher sein? Ich habe das Gerede über die Munitionslieferung an Bord gehört. Und darüber, dass mein Ehemann womöglich dafür verantwortlich ist. Aber er weigert sich, mit mir darüber zu sprechen. Ich frage mich, ob uns nicht ausgerechnet diese Lieferung zu einem begehrten Ziel für die Deutschen macht. Es sei denn, du wüsstest, dass sich noch etwas anderes auf dem Schiff befindet, das so wertvoll für sie ist, dass sie davon absehen werden, uns für immer in einem nassen Grab verschwinden zu lassen.«

Sie war sich nicht sicher, woher die Härte in ihrer Stimme kam. Vielleicht war es nur ein Ausdruck ihrer Schuldgefühle.

Gilbert schenkte ihr ein entwaffnendes Lächeln, das sie an den jungen Mann erinnerte, in den sie sich verliebt hatte, und meinte: »Es sind viele Amerikaner an Bord. Ich bezweifle, dass der Kaiser die Büchse der Pandora öffnen möchte.«

Doch etwas an seinem Lächeln sagte ihr, dass da noch mehr war, und sie war sich beinahe genauso sicher, dass er ihr nicht sagen würde, was es war.

Er überraschte sie, indem er aufstand und neben ihren Stuhl trat. Er nahm ihre Tasse, stellte sie auf den Couchtisch und griff nach ihrer Hand. »Es tut mir leid, dass du so müde bist. Nicht zuletzt deshalb, weil ich weiß, dass ich schuld daran bin, dass du letzte Nacht so schlecht geschlafen hast.«

»Wie …?« Dieses Mal sah sie ihm in die Augen und machte sich auf einen anklagenden Blick gefasst, doch stattdessen wirkte er zerknirscht.

»Ich hätte niemals so mit dir reden dürfen wie gestern Abend beim Abendessen. Ich habe zugelassen, dass geschäftliche Angelegenheiten meine Laune trübten, noch bevor ich mich zu dir setzte. Und dann diese Frau … diese *Künstlerin*.« Er sagte es in demselben Tonfall wie zuvor das Wort *Kaiser*. »Ich werde meine Meinung zu ihrem Vorschlag nicht ändern, aber ich hätte nie zulassen dürfen, dass sie mich derart provoziert, dass ich meinen Ärger an dir auslasse. Ich liebe dich, Caroline. Ich möchte dir auf keinen Fall das Gefühl geben, du würdest mir nichts bedeuten. Kannst du mir jemals verzeihen?«

Sie hielt den Blick auf ihre mit Gilberts Hand verschränkten Finger gerichtet, während Verrat, Liebe, Wut und noch einige andere Gefühle in ihrem Kopf um die Vorherrschaft kämpften. Dann meinte sie leise: »Aber genau das ist ja das Problem, nicht wahr? Du sagst, dass du mich liebst, du kaufst mir Dinge, um es mir zu beweisen, aber ich habe nie das Gefühl, dass ich dir *wirklich* etwas bedeute. Es gibt gewisse Dinge, die eine Frau braucht ...« Sie ließ den Satz unvollendet und spürte, wie sich seine Hand in ihrer versteifte.

Im nächsten Augenblick ließ er sie los. »Du weißt, dass ich über diese Dinge nicht sprechen möchte, Caroline. Das ist nicht meine Art.« Er kniete vor ihr nieder und griff erneut nach ihrer Hand. »Aber ich will es versuchen. Ich will ein besserer Ehemann werden.«

Er schloss einen Augenblick lang die Augen. »Wenn diese ... diese geschäftliche Sache erledigt ist, dann habe ich den Kopf frei und kann mich wieder auf andere Dinge konzentrieren. Auf dich zum Beispiel. Auf uns.« Er packte ihre Hand kräftiger, als müsste er sich selbst überzeugen. »Wir fahren irgendwohin, wo dieser Krieg in weiter Ferne liegt. Auf eine einsame Insel vielleicht. Nur du und ich. Oder wir machen all die Dinge, die du zu Hause in New York immer schon tun wolltest. Ich weiß, wie gerne du ins Museum oder ins Theater gehst – und wir werden uns jedes einzelne Stück schon bei der Premiere ansehen, damit wir die Ersten sind. Und wir können durch den Central Park reiten, so wie du es immer wolltest, als ich zu beschäftigt war und du mit deinen Freundinnen vorliebnehmen musstest. Aber jetzt wird alles anders, Caroline. Ich verspreche es dir. Ich muss nur noch dieses eine Geschäft abschließen.«

Sie versuchte, die aufkeimende Hoffnung zu unterdrücken. »Das klingt alles genau so, wie ich mir unsere Ehe immer vorgestellt habe, Gil. Wie das, wofür ich immer gebetet habe. Aber es sind bloß Worte. Du musst mir zeigen, dass du mich liebst und dass du mich und meine Meinung respektierst. Das ist am wichtigsten.« Sie lehnte sich näher heran. »Erzähl mir von deinen Geschäften. Ich werde nicht so tun, als wüsste ich so gut Bescheid, um deine Probleme für dich zu lösen, aber manchmal hilft es schon, wenn man mit jemandem darüber redet. Und vielleicht kann ich dir klarmachen, dass du das Richtige tust.« Sie lächelte. »Das wäre eine richtige Partnerschaft. Ich bin nicht dazu geschaffen, auf ein Podest gehoben und aus der Ferne bewundert zu werden. Ich will dein Leben mit dir teilen. Selbst die unangenehmen Dinge und das, was du für langweilige Geschäftsabschlüsse hältst. Ich will alles über dich wissen.«

Sein Blick wurde düster. »Du weißt nicht, was du da verlangst, Caroline. Es gibt Dinge, die kann ich nicht mit dir teilen. Es ist zu deinem Besten, vertrau mir.«

Wut stieg in ihr hoch, während sie einander anstarrten, und es schien, als wollte keiner zuerst den Blick abwenden. Am Ende war es Gilbert, der den Blick auf ihre verschränkten Hände senkte, bevor er ihre Hand abrupt losließ und aufstand.

»Bitte, Gil! Es ändert sich doch nichts, wenn du mir erzählst, was dich so beschäftigt.«

Als er nichts darauf erwiderte, erhob sich Caroline ebenfalls. »Dein Schweigen zeigt mir, dass ich dir tatsächlich nichts bedeute. Dass all deine Versprechen wertlos sind. Bloß Schall und Rauch.« Sie stand kurz davor, in Tränen auszubrechen, obwohl sie nicht wusste, welches Ereignis der letzten vierundzwanzig Stunden ihr am meisten zusetzte.

Sie trat an ihm vorbei, um das Zimmer zu verlassen, doch er streckte die Hand nach ihr aus. »Caroline, bitte. Nicht!«

Sie wartete darauf, dass er noch mehr sagte, doch als nichts kam, setzte sie sich in Bewegung und blieb nicht stehen, bis sie in ihrem Schlafzimmer angekommen war.

Jones räumte immer noch auf. Caroline hatte vorgehabt, sich zurückzuziehen, um in Ruhe zu weinen, doch nun musste sie ihre Tränen hinunterschlucken. Jones wusste ohnehin bereits viel zu viel über sie.

»Kann ich Ihnen etwas bringen, Ma'am?«

Caroline rang sich ein Lächeln ab. »Nur die Schatulle mit den Schreibunterlagen, bitte. Ich denke, ich werde mich ins Schreibzimmer zurückziehen und ein paar Briefe schreiben.« Sie hasste es, Briefe zu schreiben, aber es war nun mal die einzige Beschäftigung, die ihr einfiel und die diesem Tag noch ein wenig Normalität zurückgeben konnte. Außerdem war das Lese- und Schreibzimmer der einzige Ort auf dem Schiff, der dem weiblichen Geschlecht vorbehalten war, sodass sie dort sicher nicht auf Robert treffen würde. Sie konnte ihm noch nicht gegenübertreten, vor allem nicht jetzt nach dem Gespräch mit Gilbert.

»Natürlich, Ma'am.« Die Zofe öffnete die glänzende Schranktür und zog eine kleine Schatulle aus dem obersten Fach.

»Danke, Jones. Ich bin zum Umziehen für das Mittagessen wieder da.« Caroline übernahm die Schatulle und wandte sich ab.

»Mrs. Hochstetter?«

»Ja?«

»Wenn ich etwas für Sie tun kann oder wenn Sie mir etwas anvertrauen wollen – egal was –, dann können Sie mir vertrauen. Diskretion ist eine der wichtigsten Eigenschaften einer guten Kammerzofe. Und ich bin eine der besten.«

Caroline betrachtete Jones kühl und fragte sich, warum sie der Frau noch nie in die Augen gesehen hatte. Sie waren kalt und abschätzend und passten so gar nicht zu einer Kammerzofe.

»Gut zu wissen, Jones. Danke.«

Erst sehr viel später, nachdem sie an ihre Mutter und Claire geschrieben und ihnen von dem Schiff und der Reise, aber kein Wort von ihren Gefühlen erzählt hatte, fiel Caroline wieder ein, was Gilbert zu ihr gesagt hatte, bevor sie gegangen war. *Nicht!* Sie fragte sich den ganzen restlichen Tag über, was es war, das sie seiner Meinung nach nicht tun sollte.

Achtzehn

AUF SEE
DONNERSTAG, 6. MAI 1915

Tess

»Zurück!«

Starke Hände packten Tess von hinten und zerrten sie von dem Seil fort, das sich gerade unkontrolliert von der Spule löste.

Tess drehte sich erschrocken um und fand sich Brust an Brust mit einem wütenden Engländer wieder. Bartstoppeln überzogen sein Gesicht, und einen Moment lang verspürte sie das Verlangen, ihre Hand auf sein Kinn zu legen und das Kratzen auf ihrer Handfläche zu spüren. Sie hatte Robert Langford immer nur makellos herausgeputzt erlebt, aber heute, an diesem kalten und grauen Morgen sah er aus, als wäre er gerade erst aufgestanden. Die Haare waren ungekämmt, das Kinn unrasiert, und er roch nach Schlaf.

Er sah vollkommen verändert aus. Gefährlich. Wie ein Mann, der sich in dunklen Gassen mit seinen Gegnern schlägt und diese mit nur einem Fausthieb niederstreckt.

Halte dich von Robert Langford fern.

Robert packte sie an den Schultern und schüttelte sie. »Was haben Sie sich bloß dabei gedacht? Wollen Sie über Bord gehen?«

Tess befreite sich aus seiner Umklammerung. »Nein,

eigentlich nicht. Ich wollte nur …« Sie hatte wie gebannt zugesehen, wie die Schiffsmannschaft die baumelnden Rettungsboote fluchend und schwitzend vom Bootsdeck beförderte. »Ich bin das einfach nicht gewohnt. Schiffe, meine ich.«

»Ja, das habe ich bemerkt«, erwiderte Robert trocken, und Tess wurde mit einem Mal klar, warum er so aufgebracht reagiert hatte.

Kein Wunder, dass er sie mit solcher Kraft gepackt hatte. Kein Wunder, dass er sie mit wildem Blick ansah. Sein Bruder war ertrunken, und er hatte ihn nicht retten können.

Es sei denn, die Geschichte war eine Lüge – genauso wie alles, was sie ihm bis jetzt über ihr Leben erzählt hatte.

Tess schluckte schwer und wandte sich demonstrativ zu der Schiffsmannschaft herum, die immer noch nicht zu wissen schien, was sie tat. »Ist das hier eigentlich normal? Ich meine, müssen die Rettungsboote vorbereitet werden?«

»Ja, ich denke schon. Wir werden morgen die Keltische See erreichen. Ich nehme an, dass es sich um die üblichen Vorsichtsmaßnahmen handelt.«

»Wenn das wirklich üblich ist«, meinte Tess, »dann möchte man doch meinen, dass sie es besser hinbekommen sollten.«

Die ganze Prozedur wirkte nicht gerade alltäglich. Einige der Männer waren nicht einmal Seeleute, sondern Kellner aus dem Speisesaal der zweiten Klasse, Kofferträger und andere Bedienstete, die offenbar zu dem Einsatz abkommandiert worden waren. Die wild zusammengewürfelte Truppe versuchte, die Boote auf dem Bootsdeck in die richtige Stellung zu bringen, versagte aber immer wieder kläglich, während das Gesicht des Kapitäns roter und roter wurde und er seine Lippen immer fester aufeinanderpresste. Die aufgehende Sonne schien die Unbeholfenheit der Männer und die Mienen der versammelten Passagiere nur noch mehr hervorzuheben. Niemand wirkte sonderlich beeindruckt.

Robert verzog das Gesicht. »Es erfüllt einen nicht gerade mit Zuversicht, oder?«

Etwas an seiner Stimme ließ sie aufhorchen, und sie sah ihn scharf an. »Werden wir jemals von diesem Schiff herunterkommen?«

Robert zuckte mit den Schultern. »Auf die eine oder andere Art bestimmt.«

Er klang düster und schien ein vollkommen anderer Mann zu sein als derjenige, der ihr gestern von der Liebe vorgeschwärmt und aus dem Nichts ein Festmahl auf den Tisch gezaubert hatte. Seine radikale Verwandlung war befremdlich, und es beunruhigte sie, dass er so schnell in eine andere Rolle schlüpfen konnte.

Tess sah mit gerunzelter Stirn zu ihm hoch. »Das klingt ziemlich düster für einen Mann, der – wie nannten Sie es noch gleich? – *vom Nektar der Götter kosten durfte.*«

Robert wandte sich abrupt ab. »Die Quelle ist versiegt. Die Dame möchte mich nicht mehr sehen.«

Der Begriff »Dame« bot Tess' Meinung nach zwar Anlass zur Diskussion, aber sie beschloss, es auf sich beruhen zu lassen. »Will sie nicht, oder kann sie nicht?«

»Macht das denn einen Unterschied?« Robert stapfte mit eiligen Schritten zur anderen Seite des Decks, und Tess folgte ihm.

»Ich denke schon.«

Er blieb so unvermittelt stehen, dass Tess beinahe in ihn hineingerannt wäre. »Und *ich* denke, dass man immer einen Weg findet, wenn man etwas wirklich will.«

Aber was wollte er wirklich? Caroline Hochstetter? Oder vielleicht doch die Unterlagen in ihrem Tresor?

»Ist das nicht ziemlich mittelalterlich? Die Liebe Ihrer Treuesten derart auf die Probe zu stellen? Außerdem dachte ich immer, es wäre andersherum. Sollten nicht vielmehr *Sie* der Dame Ihre Liebe beweisen?«

»Das würde ich, wenn sie mich verdammt noch mal in ihre Nähe lassen würde«, fauchte er, und Tess fragte sich erneut, in wessen Nähe er kommen wollte. Ging es hier um die Dame? Oder um den Walzer? Er klang ehrlich gesagt nicht wie ein unglücklich Verliebter. Obwohl sie natürlich keine Ahnung hatte, wie sich verliebte Männer anhörten.

Tess beschloss, sich ein wenig zurückzunehmen. »Dann durften Sie Myladys Kammer also nicht betreten?«

Robert sah mit zusammengezogenen Augenbrauen auf sie hinab. »*Myladys Kammer*? Aus welchem Buch haben Sie das denn?«

»Es ist kein Buch, sondern ein Kinderreim. Ach, vergessen Sie's einfach!«

»Sie meinen den Reim über den Gänserich, der einen Mann in der Kammer der Bäuerin trifft und ihn anschließend die Treppe hinunterwirft? Wollen Sie damit sagen, dass ich ihren Mann mit einem Fußtritt hinunter auf das C-Deck befördern soll?«

»Ich will damit sagen, dass … nein, eigentlich will ich damit *gar nichts* sagen. Ich habe nur versucht, Sie aufzumuntern.«

So viel zu dem Vorsatz, subtil vorzugehen. *Entschuldigen Sie bitte, aber wollen Sie in Mrs. Hochstetters Wäscheschrank, oder wollen Sie ihr doch nur an die Wäsche?*

Nein, so würde das auch nicht funktionieren. Tess spürte, wie ein irres Lachen in ihr hochstieg. Sie war doch nur eine anständige, ehrliche Diebin. Was wusste sie schon von Spionen und Intrigen?

Und falls Robert tatsächlich etwas damit zu tun hatte, für wen arbeitete er dann? Auf jeden Fall nicht für Ginny, denn die wollte, dass Tess sich von ihm fernhielt. Dann vielleicht für die Briten? Hochstetter war Amerikaner. Vielleicht sollten die Unterlagen, die die deutsche Marine unbedingt haben wollte, an den Höchstbietenden gehen, und alle versuchten, sie zuerst in die Hände zu bekommen.

Andererseits war Hochstetter auf dem Weg nach London, was den Verdacht nahelegte, dass er für die Briten arbeitete. Aber in diesem Fall passte Langford nicht mehr ins Bild. Ginny hatte gesagt, dass sich noch andere Agenten an Bord befanden. Andere Deutsche. Konnte es sein, dass rivalisierende Gruppen am Werk waren?

Oder war er wirklich nur unglücklich verliebt?

Tess bekam Kopfschmerzen vom Nachdenken. Sie brauchte Kaffee, und zwar ein ganzes Fass voll.

Sie kehrte an die Reling zurück und sah ihn fragend an. »Was finden Sie eigentlich an Caroline Hochstetter? Ich meine, sie ist natürlich bildhübsch und mehr oder weniger vollkommen, aber woher kommt der plötzliche Drang, jeden Drachen für sie zu besiegen?«

»Er ist nicht *plötzlich* gekommen«, erwiderte Robert hölzern.

»Nicht? Dann plagen Sie diese Stimmungsschwankungen schon seit Jahren? Oder lassen Sie es mich anders sagen: Sie sind seit Jahren in sie verliebt, aber Sie haben die Sache noch nie in die Hand genommen. Warum jetzt? Warum hier?«

Robert wand sich verlegen. »Keine Ahnung. Vielleicht, weil wir gemeinsam hier auf dem Schiff sind. Ist das nicht Grund genug?«

»Das ist wirklich das Ungalanteste, was ich je gehört habe! Sie wollen sie, *weil sie gerade hier ist?*«

»Das habe ich nicht gesagt. Bei Ihnen klingt es, als wäre ich ein …«

Tess verschränkte die Arme vor der Brust. »Ein was?«

Robert hob frustriert die Arme. »Ein Opportunist. Nein, das ist nicht das richtige Wort. Es klingt, als wäre ich ein Betrüger. Jemand, der nur auf die Liebe pocht, wenn es ihm gerade gelegen kommt.«

Tess warf ihm einen scharfen Blick zu. »Ich bezweifle nur,

dass Sie die letzten zehn Jahre in tiefsten Depressionen verbracht haben.«

»Vielleicht brauchte ich eben länger, um zu erkennen, dass sie mehr als ein entfernter Traum ist. Vielleicht … ach, ich weiß auch nicht!« Robert blickte finster in Richtung Osten, wo der Himmel sich langsam rosa und golden färbte, dann meinte er zögernd: »Sie hat einfach etwas an sich. Wie eine Rose unter einer Glasglocke, die nur darauf wartet, dass das Glas zerspringt, um ungehindert blühen zu können … Wieso sehen Sie mich so an? Ich habe nie behauptet, ein Poet zu sein!«

»Dafür machen Sie es aber gar nicht schlecht.« Tess konnte nicht beurteilen, ob seine Worte so übertrieben klangen, weil sie von Herzen kamen oder weil er sie sich spontan aus den Fingern gesaugt hatte. »Kommen Sie, überzeugen Sie mich.«

Robert wandte den Blick ab und sah auf die Wellen hinaus. »Sie ist so kultiviert, so zurückhaltend, aber dann gibt es Augenblicke … Es gibt Augenblicke, in denen man die wahre Caroline erkennt, die sich hinter einer Maske versteckt und nur darauf wartet, davon befreit zu werden. An dem Abend, bevor das Schiff in See stach …« Er holte tief Luft, wartete kurz und begann dann noch einmal von vorne. »An dem Abend, bevor das Schiff in See stach, lud ihr Mann zu einer Dinnerparty in seinem Haus ein. Irgendwann fanden Caroline und ich uns alleine im Musikzimmer wieder, wo wir ein Duett auf dem Klavier spielten. Sie hat da diese Noten. Einen unveröffentlichten Strauss-Walzer … Die Art, wie sie aussah, als sie ihn spielte … es war magisch. Ich kann es nicht anders beschreiben.«

Und das musste er auch nicht, denn Tess hatte es selbst gesehen. Sie hatte die beiden miteinander erlebt, verloren in der Magie, die sie umgab. Zumindest hatte sie das gedacht. Aber war es wirklich ein romantischer Moment gewesen, oder bloß eine perfide Strategie? Es überraschte sie, dass er die Noten zur Sprache gebracht hatte, denn sie waren so viel mehr als bloß Musik und sehr viel tödlicher als jede Magie.

An jenem Abend hatte sie Robert das erste Mal gesehen, und es war offensichtlich gewesen, dass er Caroline Hochstetter absichtlich in ihr Musikzimmer gefolgt war. Jetzt, wo Tess so darüber nachdachte, kam ihr einiges an seinem Verhalten verdächtig vor. Zuerst war er im Musikzimmer aufgetaucht, dann auf dem Flur vor der Suite der Hochstetters und schließlich auf der Galerie über dem Speisesaal, von der aus er Caroline beobachtet hatte – tatsächlich war er überall dort gewesen, wo Tess ebenfalls gewesen war. Zur selben Zeit – und vielleicht auch aus demselben Grund.

»Wird sie den Strauss-Walzer auch heute Abend bei der Talentshow spielen?«, fragte Tess unschuldig.

Robert sah auf sie hinab, und sein Gesichtsausdruck war unergründlich. »Nein. Ich schätze, die Noten befinden sich hinter Schloss und Riegel. Genauso wie Caroline, wenn es nach ihrem Mann geht.«

»Würden Sie das an seiner Stelle nicht auch tun? Er hat wahrscheinlich bemerkt, wie Sie sie ansehen.« Tess nahm all ihren Mut zusammen und grinste frech. »Kommen Sie schon, seien Sie ehrlich! Caroline ist der einzige Grund, warum Sie auf diesem Schiff sind, oder?«

»Was bringt Sie zu der Annahme, dass ich nicht nach Hause reise, um meinen Anteil für mein Vaterland zu leisten?«

Tess hob die Augenbrauen. »Erwarten Sie wirklich, dass ich Ihnen das glaube?«

»Nein, vermutlich nicht. Einem Taugenichts wie mir traut man so etwas nicht zu«, erwiderte Robert knapp und war wieder der typische Engländer. Tess erkannte, dass sie ihn tatsächlich verletzt hatte. »Wenn Sie es unbedingt wissen wollen: Ich fahre nach Hause, um wichtige Familienangelegenheiten zu besprechen.«

Ja, natürlich. »Ich dachte, Ihre Familie will nicht, dass Sie nach Hause kommen.«

»*Auch du, Brutus?* Manchmal spielt es keine Rolle, ob man erwünscht ist oder nicht, Miss Fairweather. Es gibt Dinge, die müssen trotzdem getan werden.« Er hielt inne, dann fragte er wie aus heiterem Himmel: »Was würden Sie tun, wenn jemand, der Ihnen nahesteht, in eine widerwärtige Angelegenheit verwickelt wäre?«

Ginny.

Aber nein! Er konnte unmöglich von Ginny wissen. Oder doch?

»Das hängt davon ab, wer es ist. Und aus welchem Grund er in der Klemme steckt«, erwiderte Tess vorsichtig.

Roberts Gesicht blieb nichtssagend. »Sagen wir, dass die Person erpresst wird. Aufgrund einer Indiskretion.«

Wie zum Beispiel Robert Langford? Ginny teilte nicht alle Einzelheiten ihrer Coups mit Tess, aber sie wusste, dass ihre Schwester bereits Erfahrung mit Erpressung hatte. Sie konnte sich noch gut an Ginnys letzte Drohung erinnern.

Auch wenn Ginny natürlich niemals ihre eigene Schwester in tödliche Gefahr gebracht hätte, wie Tess sich selbst eilig versicherte.

Aber Robert Langford? Mit ihm hatte sie leichtes Spiel. Er war nur ein weiteres Opfer auf ihrem Weg. Er war reich und von guter Abstammung, was Ginny aus Prinzip verabscheute. Für sie kam es einer guten Tat gleich, ihm den silbernen Löffel aus dem Mund zu ziehen.

Er hatte gesagt, dass sein Vater ein hohes Tier in der Regierung war. Wenn Robert sich einer Indiskretion schuldig gemacht hatte, brachte es womöglich die ganze Familie in Verruf. Eine Familie, über die Robert zwar spottete, die ihm aber offensichtlich trotzdem sehr viel bedeutete. Mehr, als er jemals zugegeben hätte. Sie hatte es ihm angehört, als er über die

Porträts seiner Vorfahren gesprochen hatte. Es war egal, dass alles nur auf Lügen basierte – sie waren ihm trotzdem wichtig.

Und Ginny würde wissen, wie man einen Vorteil daraus zog.

Außerdem würde es erklären, warum sie wollte, dass Tess sich von ihm fernhielt. Robert damit zu beauftragen, Carolines Noten zu stehlen, war womöglich eine Absicherung, falls Tess es nicht schaffte. Tess hasste zwar den Gedanken daran, aber es war sehr wahrscheinlich. Ginny glaubte fest an die Notwendigkeit, sich zusätzlich abzusichern.

Und sie vertraute Tess nicht, obwohl sie schon so viele Jahre zusammenarbeiteten. Für Ginny war Tess immer noch das Mädchen mit den aufgeschlagenen Knien und den blonden Zöpfen, und sie würde es auch immer bleiben. Sie war eine Komplizin, auf die man zurückgreifen konnte, aber keine vollwertige Partnerin.

Tess bemühte sich, möglichst neutral zu klingen. »Und mit Indiskretion meinen Sie eine persönliche Angelegenheit?«

»Vielleicht.«

»Könnten Sie nicht … ich meine, könnte die Person den Erpresser nicht einfach in die Wüste schicken?«

Roberts Hände ballten sich zu Fäusten. »Was, wenn es um sehr viel mehr geht? Was, wenn der Name des Mannes in den Schmutz gezogen und seine Karriere zerstört werden würde? Was wäre dann?« Er sah Tess an, und der trostlose Ausdruck in seinen Augen rührte sie bis ins Mark. »Was, wenn der Preis, den er zahlen müsste, sehr viel größer wäre als die ursprünglich begangene Sünde?«

»In diesem Fall würde ich einfach abhauen«, erklärte sie, ohne zu zögern. »Ich würde aussteigen. Fortgehen.«

»Seiner Nemesis kann man nicht entkommen. Also, nehmen wir an, eine Flucht wäre unmöglich. Was würden Sie dann tun?« Robert wartete ihre Antwort nicht ab, sondern verschränkte die Finger und ließ die Gelenke knacken. »Es gibt da eine Geschichte, die mir mein Vater immer vorlas, als ich noch ein kleiner Junge war. Bevor … Sie hieß ›Die Dame – oder der Tiger?‹ Kennen Sie sie?«

»Der Titel kommt mir irgendwie bekannt vor.« Es klang wie eine Jahrmarktsattraktion. »Aber … nein, ich kenne sie nicht.«

»Ein Verurteilter darf sich zwischen zwei Türen entscheiden. Hinter einer Tür befindet sich eine wunderschöne Frau, hinter der anderen ein Tiger. Die Türen sind vollkommen gleich. Aber wenn er die falsche wählt …«

Es gab da nur ein Problem bei der Geschichte. »Was, wenn die Frau der Tiger ist?«

Das war offenbar nicht die Reaktion, die er erwartet hatte. »In den meisten Ländern dieser Erde ist ein Tiger einfach ein Tiger«, erwiderte Robert gereizt. »Ein Tier mit scharfen Zähnen, gestreiftem Fell und so weiter.«

»Was ich damit meine, ist …« Ja, was meinte sie eigentlich? Tess versuchte, ihre Gedanken zu ordnen. »Ich will damit sagen, dass die Gefahr alle möglichen Formen annehmen kann. Nur weil jemand hübsch aussieht, bedeutet das nicht, dass er andere nicht verletzen kann. Manchmal ist der schwerere Weg am Ende sogar sicherer. Der Tiger könnte sich als bessere Wahl erweisen als die Dame.«

»Haben Sie sich schon einmal überlegt, auf Sommerfesten aufzutreten? Sie könnten einen Turban aufsetzen und Geld für Ihre Weisheiten verlangen«, erklärte Robert verärgert. »Das wäre in etwa genauso hilfreich.«

»Wenn Sie keinen Ratschlag haben möchten«, erwiderte Tess freiheraus, »dann bitten Sie mich auch nicht darum.«

Robert holte tief Luft, und Tess merkte, wie er erneut seine Maske überstülpte und sich wieder in den weltgewandten Gentleman mit dem reumütigen Lächeln verwandelte. »Es tut mir leid. Ich habe heute wohl wirklich schlechte Laune.

Am besten gehe ich in meine Kabine zurück und sehe mal nach, ob ein wenig kaltes Salzwasser meine Lebensgeister wieder weckt.«

Ach, verdammt! Falls jemals die Chance bestanden hatte, dass Robert sich ihr anvertraute, hatte sie sie gründlich vermasselt.

Tess legte kurz entschlossen eine Hand auf Roberts Ärmel, bevor er sich abwenden konnte. »Falls Sie Schwierigkeiten haben – egal welcher Art –, dann können Sie jederzeit mit mir darüber reden, das wissen Sie doch, oder? Egal, was es ist. Ich werde nicht über Sie urteilen. Und ich werde Sie nicht verraten.«

Einen Augenblick lang dachte sie, er würde ihr Angebot annehmen, doch dann klirrte irgendwo eine Kette, ein Matrose fluchte, etwas fiel polternd zu Boden, und ein Kleinkind begann zu weinen. Robert Langford nahm sanft Tess' Hand von seinem Arm und hob sie überraschend zu einem Kuss an seine Lippen, wie es in Europa üblich war. Sie spürte den Druck seiner Lippen durch ihre Baumwollhandschuhe hindurch. »Welche seltsame Laune des Schicksals Sie auch immer in mein Leben gebracht hat … Sie sind ein Pfundskerl, Miss Fairweather. Mit einem etwas zu großen Ego zwar, aber trotzdem ein Pfundskerl.«

Caroline Hochstetter war die Blume, die sich nach Freiheit sehnte, Tess war der gute Kumpel. »Sie wissen ja, wo Sie mich finden, wenn Sie einen Freund brauchen.«

Robert drückte ihre Hand, bevor er sie losließ. »Wenn wir erst in Liverpool sind, lade ich Sie in das feinste Restaurant der Stadt zum Abendessen ein.«

»Ich werde Sie daran erinnern«, erwiderte Tess, und die Berührung seiner Lippen fühlte sich wie ein Brandzeichen auf ihrer Hand an. »Sobald wir in Liverpool angekommen sind.«

Robert warf einen Blick auf die Rettungsboote, die

unheilvoll über dem grauen Meer hin und her schwankten, und sein Gesichtsausdruck war so düster wie das Wasser unter ihnen. »*Falls* wir jemals in Liverpool ankommen.«

Noch zwei Tage bis Liverpool. *Falls* sie jemals in Liverpool ankamen.

Tess kehrte in ihre Kabine zurück, spritzte sich kaltes Wasser ins Gesicht und frühstückte zusammen mit ihren Zimmerkolleginnen. Und mit jedem Löffel Porridge wuchs ihre Entschlossenheit. Diese Reise dauerte noch zwei Tage, und sie hatte genug davon, nach Ginnys Pfeife zu tanzen. Wo auch immer sich ihre Schwester dieses Mal hineinmanövriert hatte und wozu auch immer sie Robert Langford zwang, es wurde Zeit, etwas dagegen zu unternehmen.

Tess wischte das Bild der Blume unter der Glasglocke wütend beiseite. Auch wenn Robert gemeint hatte, er wäre kein Poet, hatte sich seine Beschreibung in ihrem Kopf festgesetzt und verfolgte sie seither. Sie versuchte, sich selbst klarzumachen, dass es ganz natürlich war: Nur weil er erpresst wurde, bedeutete das nicht, dass er nicht trotzdem dem Irrglauben verfallen war, Caroline zu lieben. Das war wahrscheinlich das Schlimmste an der ganzen Geschichte: Dass er die Frau, die er zu lieben glaubte, verführen musste, um sie anschließend zu verraten.

Aber was hatte Ginny gegen ihn in der Hand? Wovor hatte er Angst?

Es gab nur einen Weg, das herauszufinden.

Tess nahm am Ende des Flurs Aufstellung. Sie hielt eine Feder und ihr Skizzenbuch in der Hand, auf dem sie ein kleines Tintenfässchen balancierte. Es dauerte eine halbe Stunde, bis sie die Zielperson entdeckte und alte Instinkte zum Leben erwachten. Tess hastete mit gesenktem Kopf den Flur entlang, als wäre sie in Eile, und stieß gerade fest genug mit Ginny zusammen, dass das Tintenfässchen zu schwanken begann und die rote Tinte (die sie eigens ausgewählt hatte) vorne über Ginnys schwarzes Kleid rann.

»Ach du meine Güte! Es tut mir so leid! Gestatten Sie mir, das wieder in Ordnung zu bringen!« Sie zog ein Taschentuch heraus und rieb damit energisch Ginnys Kleid trocken, während diese vergeblich versuchte, sie abzuwimmeln. »Ich muss mit dir reden«, murmelte Tess leise.

»Also wirklich!« Ginny entriss Tess ihr Kleid. »Dazu besteht absolut kein Grund.«

»Oh doch.« Wenn es darauf ankam, konnte Tess genauso starrköpfig sein wie ihre Schwester. Sie scheuchte Ginny vor sich her und versetzte ihr einen ziemlich kräftigen Schubs. »Ich habe keine Ahnung, warum ich so ungeschickt war! Aber ich kann Sie unmöglich weitergehen lassen! Da vorne ist ein Waschraum. Vielleicht können wir den Fleck wenigstens ein wenig auswaschen, bevor die Farbe trocknet. Sie wissen sicher, wie schwierig es ist, einen solchen Fleck danach noch zu entfernen.«

Ginny presste wütend die Lippen aufeinander, doch sie ließ sich weiterschieben. Im Waschraum angekommen, kontrollierten sie beide schweigend die einzelnen Kabinen nach anderen Passagieren. Es war seltsam, auf diese Art zusammenzuarbeiten. Oder vielleicht auch nicht? Sie hatten es immerhin schon hunderte Male getan. Aber dieses Mal standen sie nicht auf derselben Seite.

Als sie alles überprüft hatten, lehnte sich Tess mit dem Rücken an die Tür und meinte: »Was ist hier los, Ginny?«

Ginny zupfte an ihrem Kleid. »Was hier los ist? Ich muss nur wegen dir in die Wäscherei, das ist hier los!«

Tess beschloss, das eigentliche Thema vorerst noch zu umgehen. Sie steckte die Hände in die Taschen ihres Rockes und sah ihre Schwester flehend an. »Die Mannschaft hat heute

Morgen bereits die Rettungsboote klargemacht, Ginny. Alle sprechen von einem Angriff der Deutschen.«

»Du solltest mittlerweile doch wissen, dass man nichts auf Gerüchte geben sollte.« Doch als Ginny Tess' ängstliches Gesicht sah, ließ ihre Wut wie erhofft ein wenig nach. »Du brauchst keine Angst zu haben. Dieses Schiff wird sicher niemand versenken«, erklärte sie schroff.

Tess hob hilflos die Arme. »Woher weißt du das?«

»Ich weiß es einfach«, erwiderte Ginny knapp. Tess wusste zwar, wie man Ginny manipulieren konnte, aber leider wusste Ginny auch viel zu viel über Tess. Sie hatte den Braten bereits gerochen. »War das alles? Ich weiß ja nicht, wie es dir geht, aber ich muss wieder an die Arbeit.«

Tess hob die Hand, um sie aufzuhalten. »Was ist mit der Annonce in der *Times*? Und mit all den Warnungen? Willst du mir weismachen, dass es sich dabei nur um heiße Luft handelt?«

Ginny seufzte genervt und schien sich endlich damit abzufinden, dass sie Tess als große Schwester auch durch diesen Albtraum begleiten musste. »Vielleicht dient es bloß der Ablenkung, okay? Sagen wir einfach, dass sich etwas auf diesem Schiff befindet, das sehr viel mehr Vorteile bringt als dessen Versenkung. Solange die Deutschen sichergehen können, dass sie es auch bekommen. Und dafür werde ich sorgen.«

»Und worum handelt es sich dabei?«

»Um eine Formel. Für eine Waffe«, erwiderte Ginny ausweichend. »Spielt das denn eine Rolle? Wichtig ist, dass die Deutschen sie haben wollen und bereit sind, sehr gut dafür zu bezahlen.«

Die zehnte Seite. Der Teil der Noten, der ganz anders aussah. Dann war es also keine Nachricht auf Deutsch, sondern eine Formel.

»Und für uns ist es gleich doppelt von Vorteil«, erklärte

Ginny. »Wir bekommen eine Menge Geld, und wir gehen nicht unter. *Falls* du immer noch mit an Bord bist.«

Tess brauchte einen Moment, um Ginnys Worte zu verarbeiten. »Aber ... du hast doch gesagt, dass sie das Schiff nicht versenken werden! Wenn sie die Formel so dringend brauchen ...«

Ginny verzog wütend das Gesicht. »Bist du wirklich so naiv, Tess? Natürlich wollen die Deutschen die Unterlagen – aber sie werden gleichzeitig auch alles dafür tun, dass sie den Engländern nicht in die Hände fallen. Wenn sie die Formel nicht bekommen, soll sie auch kein anderer haben. Und deshalb werde ich verdammt noch mal dafür sorgen, dass alles glattläuft.«

Tess suchte krampfhaft nach einer Lösung. »Aber es muss doch noch einen anderen Weg geben ... wir könnten die Formel abschreiben, aber einen Fehler einbauen und Kleinigkeiten vertauschen. Denk doch mal nach! Das wäre der beste Coup aller Zeiten! Du kassierst das Geld für die Unterlagen, und dann fahren wir nach London und erklären, dass wir die anderen reingelegt haben. Dann haben wir ausgesorgt! Vielleicht bekommen wir sogar einen Orden.«

»Aber klar doch«, spöttelte Ginny, doch Tess merkte, dass sie ihr Interesse geweckt hatte.

»Warum denn nicht?«, wagte Tess sich weiter vor. »Ich habe bereits britische Dokumente, und du könntest sicher auch welche bekommen. Wäre es nicht nett, zur Abwechslung einmal für die Behörden zu arbeiten anstatt immer nur gegen sie? Robert hat mir erzählt, dass sein Vater ein hohes Tier in der Regierung ist, und ...«

Sie bemerkte ihren Fehler sofort, aber es war zu spät.

Ginnys Gesicht wirkte mit einem Mal wieder so verschlossen wie zuvor. »Dann geht es also um Robert, oder wie? Habe ich dir nicht gesagt, dass du dich von ihm fernhalten sollst?«

»Ja, das hast du, aber … wie steckt er in der ganzen Sache drin, Ginny? Was hast du gegen ihn in der Hand?«

Ginny erstarrte, als hätte Tess sie geschlagen. »Ach, jetzt bin ich plötzlich der Feind? Musst du deinen kostbaren Robert vor deiner bösen Schwester beschützen?«

»Nein! Natürlich nicht.« Obwohl Ginny recht hatte. Zumindest ein kleines bisschen. »Ich wollte nur wissen, ob er auf unserer Seite ist. Oder arbeitet er gegen uns?«

»Auf *unserer* Seite?« Ginny verschränkte die Arme vor der Brust. Sie war breiter, als Tess sie je gesehen hatte, aber es war keine gesunde Art der Leibesfülle. Ihr Gesicht wirkte fahl und krank, und es war keine Spur mehr von dem Mädchen zu sehen, das unter freiem Himmel übernachtet hatte und das besser schwimmen und schneller laufen konnte als alle anderen. »Und das ausgerechnet von der Frau, die gerade noch aussteigen wollte? Du hast mehr als deutlich gemacht, dass es kein ›uns‹ gibt. Zumindest nicht, was dich betrifft.«

»Es wird immer ein ›uns‹ geben«, erwiderte Tess sanft. Egal, was Ginny getan hatte, sie waren immer noch Schwestern. Sie würden gemeinsam einen Ausweg finden. Sie nahm Ginny in die Arme und spürte, wie sie sich versteifte. Tess presste ihre Wange gegen die ihrer Schwester, die beinahe wie eine Mutter für sie gewesen war. »Wir sind ein Gespann, das hast du mir immer wieder eingetrichtert. Wir beide gegen den Rest der Welt. Aber du musst mir alles sagen. Ich muss wissen, wem ich vertrauen kann.«

Ginny löste sich von ihr. »Mir«, erwiderte sie bitter, und in diesem einen Wort lagen sowohl ihr Schmerz als auch die Liebe zu ihrer Schwester und ihr verletzter Stolz. »Du kannst *mir* vertrauen.«

»Aber du erzählst mir ja nichts! Wie soll ich dir vertrauen, wenn du mir nicht sagst, worum es geht?«

»Ich versuche doch nur, dich zu beschützen!« Ginnys Hände

schlossen sich um Tess' Schultern, als wollte sie sie schütteln. Doch dann ließ sie die Hände sinken und meinte leise: »Glaub mir, Tennie, je weniger du weißt, desto besser.«

Als wäre sie immer noch fünf Jahre alt und würde im Fahrwasser ihrer großen Schwester treiben. *Vertrau mir, Tennie. Hör mir zu, Tennie. Tu, was ich dir sage, Tennie.* Keine Fragen, keine Widerrede.

»Ich bin kein kleines Kind mehr, Ginny. Du musst mir meine Schürze nicht mehr binden. Vertraue *du* mir, Ginny. Lass mich *dir* helfen. Lass mich *uns* helfen.«

Ihre gemeinsame Vergangenheit war beinahe greifbar. Die Sonne, die auf die Feldwege brannte, der Geruch von kochendem Kaffee auf dem Kohleofen, zerdrückte Wildblumen auf dem Platz im Waggon, das Dröhnen der Zugpfeife, Ginnys schwielige Hand, die Tess' kleines, weiches Händchen umfasste.

Tess sah nicht die Frau in dem schwarzen Kleid vor sich, die ihre dunklen Haare straff nach hinten frisiert hatte, sondern Ginny mit den braunen, von der Sonne ausgebleichten Haaren, die barfuß lief und nur ein einfaches Baumwollkleid trug. Ginny, die Tess von der schmutzigen Straße hob, sie nach Hause trug, ihr zu essen gab und sich um sie kümmerte. Und sie wusste auch, was Ginny sah: Sie sah nicht die Frau in dem billigen, aber wenigstens modischen Kleid, sondern ein kleines Mädchen in einem zerrissenen Rock.

Sie würden es schaffen. Sie würden sich gemeinsam aus dieser misslichen Lage befreien und einer anderen Zukunft entgegensteuern. Und dann …

»Nein«, erklärte Ginny, und die Vergangenheit schien mit einem Mal in sich zusammenzubrechen und zu Staub zu zerfallen. »Nein. Du willst raus aus der Sache? Dann bist du raus!« Sie trat einen Schritt zurück und musterte Tess von oben bis unten mit dem kalten, leidenschaftslosen Blick eines

Sammlers, der den Wert minderwertiger Ware schätzen soll. »Ich kann mir keinen Fehler leisten. Dieses Mal muss alles glattlaufen.«

Tess' Kehle fühlte sich an, als hätte sie ein Messer verschluckt. »Wenn es um die Holbein...«

»Es ist nicht nur die Holbein-Miniatur«, unterbrach Ginny sie. »Du willst unbedingt Tessa Fairweather sein? Dann bist du eben Tessa Fairweather! Aber schau mich nicht an und rede nicht mit mir. Geh und genieße dein *ehrenwertes* Leben als *ehrliche* Bürgerin.«

Es klang wie eine Beleidigung.

Tess starrte ihre Schwester entsetzt an. »Ginny, ich wollte doch nie ... ich wollte nicht, dass du denkst ... Ich will, dass wir beide aussteigen. Ich wollte dir nicht in den Rücken fallen ...«

»Ach nein?«

Sie war verletzt, das war alles. Leute schlugen um sich, wenn sie verletzt waren. »Es stimmt, dass ich dich für selbstverständlich gehalten habe. Du hast dich immer um uns beide gekümmert. Glaubst du nicht, dass es langsam Zeit wird, dass ich ebenfalls meinen Teil beitrage?«

»Damit wir am Ende beide draufgehen?« Ginny trat an Tess vorbei und griff nach der Türklinke. »Vergiss es! Du musst dir deine feinen Hände nicht mehr schmutzig machen. Ich finde einen anderen Weg.«

»Du meinst Erpressung?« Tess packte Ginny am Arm. »Ist das dein Notfallplan? Dass du Robert Langford erpresst?«

Ginny entzog Tess langsam und bedacht ihren Arm. »Nimm ab jetzt nie wieder Kontakt zu mir auf. Das ist sicherer für uns beide.«

Und im nächsten Moment war sie verschwunden und knallte Tess die Tür vor der Nase zu.

Neunzehn

DEVON, ENGLAND
MAI 2013

Sarah

Ich wachte mitten in der Nacht auf, weil eine Tür ins Schloss gefallen war.

Laut R2-D2 war es acht Minuten nach zwei, aber wer vertraut schon einem Roboter? Ich blieb regungslos auf dem Kissen liegen und war mir einen Augenblick lang nicht sicher, ob ich mir das Geräusch nur eingebildet hatte oder nicht. Es war, als würde man beim Einschlafen plötzlich eine vollkommen real wirkende Treppe hinunterstürzen und dann hellwach und kerzengerade im Bett sitzen und erkennen, dass alles nur ein Traum war.

Aber ich war nicht am Einschlafen gewesen. Ich hatte tief und fest geschlafen und geträumt. Von John und ein paar Whippets und einem kalten Kiesstrand …

War das eine Stimme?

Bloß ein oder zwei Worte, schnell und gedämpft. Ein dumpfer Schlag, den ich mehr spürte als hörte.

Mein Herz klopfte wie verrückt. Ich starrte R2-D2 in die Augen, die in dem roten Licht der Uhr auf seiner blau-weißen Brust gruselig leuchteten, und spürte, wie das Adrenalin durch meine Adern schoss. John hatte mir gestern noch geschrieben, dass Callie und er gut angekommen waren – obwohl ich nicht einmal wusste, wohin sie gefahren waren – und dass er zurück sein würde, bevor ich seine Abwesenheit überhaupt bemerkt hätte. (Walnut vermisst Sie, hatte er am Ende noch hinzugefügt, und ich hatte mich den Rest des Abends gefragt, ob er mit *Walnut* eigentlich *John* meinte. Oder ob ein Whippet eben bloß ein Whippet war.)

Aber wenn es nicht John war, der dort unten herumpolterte, wer war es dann?

Bleib, wo du bist, ermahnte ich mich. *Mach nicht den gleichen Fehler wie diese dummen Hühner in den Horrorfilmen.* Falls es Einbrecher waren, kamen sie sicher nicht in den ersten Stock, es sei denn, sie hätten einen Tipp bekommen, dass man mit uralten Star-Wars-Souvenirs auf eBay eine Menge Kohle machen konnte. Sie waren wohl eher hinter dem Silber und den Kunstgegenständen her, und was sich sonst noch Wertvolles in einem alten englischen Landhaus verbarg, das (der allgemeinen Meinung nach) leer stand und nur von einer uralten, halbblinden und tauben Haushälterin bewohnt wurde.

Das hier geht dich nichts an, Sarah. Es ist nicht dein Haus, und auch nicht dein Familiensilber. Außerdem würde John sicher nicht wollen, dass du jetzt hinunterstürzt und dir den Schädel einschlagen lässt, bloß weil du den wertvollen Taufbecher seines Urgroßvaters retten wolltest.

Oder vielleicht doch?

Ruf einfach 911 an!, dachte ich. Aber Moment mal! In England hatte der Notruf eine andere Nummer, oder? Nicht 911. Neun, neun, neun. Ja, das war es! *Ruf 999 an!*

Aber was war, wenn die Cops kamen und niemand da war? Wenn es nur Mrs. Finch war, die sich in der Küche eine Tasse Tee kochte, weil sie nicht schlafen konnte?

Ich hob den Kopf und lauschte. Es war alles still, aber ich spürte, dass jemand im Haus war. Eine Bewegung, eine Art

Schwingung. *Eine Erschütterung der Macht*, dachte ich, und das war schließlich der Tropfen, der das Fass zum Überlaufen brachte. Ich schlug die Decke zurück, griff nach meinem Telefon, schlich auf Zehenspitzen zur Tür und öffnete sie einen Spalt.

»Mrs. Finch? Sind Sie das?«, rief ich leise nach unten.

Die Toilettenspülung ertönte, und ich hörte eine abgehackte, wütende Stimme.

Eine männliche Stimme.

Verdammt, dachte ich. *Verdammt. Verdammt. Verdammt.*

Ich hob das Telefon hoch und hatte bereits die erste Neun eingegeben, als ein ohrenbetäubendes Klappern auf der Treppe ertönte. Es klang, als würden Krallen über das Holz schrammen. Ich erschrak und ließ das Handy fallen. Ich hob es fluchend auf und wollte gerade wieder in mein Zimmer verschwinden, als sich etwas aus der Dunkelheit auf mich stürzte und mir mit einer langen, feuchten Zunge übers Gesicht schleckte.

»Walnut!«, keuchte ich.

John kam mir auf halbem Weg die Treppe hinunter entgegen. »Tut mir leid, dass wir Sie geweckt haben«, entschuldigte er sich und griff nach Walnuts Halsband. »Verdammt noch mal, alter Junge! Du solltest doch in der Küche bleiben.«

»Schon okay. Solange Sie nicht gekommen sind, um das Familiensilber zu stehlen und Mrs. Finch den Kopf abzuschlagen.«

Er lachte und richtete sich auf. Er stand zwei Stufen unter mir, was bedeutete, dass unsere Gesichter auf derselben Höhe und nur wenige Zentimeter voneinander entfernt waren. Seine gute Laune überraschte mich. »Mrs. Finch würde sogar einen Schiffsuntergang verschlafen. Kommen Sie. Da Sie jetzt ohnehin wach sind, würde ich Ihnen gerne jemanden vorstellen.«

»Noch einen Whippet? Ich weiß nicht, ob das meine Gesichtshaut aushält.«

»Nein, keinen Whippet. Es ist überhaupt kein Hund. Eher ein …«

Eine gedämpfte und wahnsinnig tiefe Stimme erklang aus dem Flur. Der Mann klang wie Ian McKellen, der einem feindlichen Zauberer gegenübersteht. »John, mein Junge! Ich fürchte, das Toilettenpapier ist alle!«

»… Onkel«, beendete John den Satz mit einem verzagten Lächeln. »Onkel Rupert. Warten Sie kurz.«

»Aber wer ist …?«

Doch John hatte sich bereits abgewandt, hüpfte flink die Treppe hinunter und verschwand, dicht gefolgt von Walnut, um die nächste Ecke. Ich sah ihnen blinzelnd nach.

Es roch nach frischer Luft. Nach frischer Luft, Kaffee, John und dem Hund. Am Ende des Flurs fiel ein goldener Lichtstrahl aus der Küche, der in etwa dem Licht entsprach, das sich gerade in meiner Brust ausbreitete. Ich bemerkte, dass ich das Treppengeländer umklammert hielt, als hinge mein Leben davon ab, und löste meine Finger, bevor ich die Treppe hinunterstieg.

Wer auch immer Onkel Rupert war, er hatte bestimmt nichts gegen eine Tasse Tee einzuwenden.

Die Küche war mir mittlerweile vertraut, und ich fand die Tassen, den Tee und die Löffel wie im Schlaf. Ich füllte den Teekessel über der Spüle, hob den Deckel von der heißesten Platte des Aga-Herds und stellte ihn darauf. Die Hitze, die vom Herd aufstieg, war sicher der einzige Grund, warum meine Wangen glühten.

Als John kurz darauf in die Küche trat, schien er vor Energie zu strotzen.

»Ist alles okay da draußen?«, fragte ich bemüht locker.

»Ach, Sie meinen bei Onkel Rupert? Klar doch! Machen Sie Tee? Sie sind ein Engel.«

»Ja, direkt aus dem Himmel. Falls Sie damit eine weit, weit entfernte Galaxie meinen.«

Er trat vor mich, und nun war sein Gesicht dort, wo es immer war, nämlich etwa dreißig Zentimeter über mir. Er wirkte mit einem Mal ernst. Seine Haare waren zerzaust und dunkler als sonst, und er hatte sich nicht rasiert. Er rieb sich gedankenverloren die linke Wange und stützte sich mit der anderen Hand auf dem Herd ab. »Sarah ...«, begann er.

»*Sarah!*«

Wir zuckten zusammen und fuhren zur Tür herum, wo ein großer, korpulenter, älterer Mann mit einer Mähne aus abstehenden weißen Haaren stand. Er sah aus wie Albert Einstein. Er trug ein Tweedjackett über einem abgetragenen, burgunderfarbigen Pullunder, und auch wenn sein Mund zu einem schmallippigen Lächeln verzogen war, schien seine gerunzelte Stirn nicht ganz dieser Meinung zu sein.

»John hat mir schon einiges über Sie erzählt. Es ist mir eine Freude, Sie kennenzulernen.« Er kam mit ausgestreckter Hand auf mich zu.

John räusperte sich. »Sarah, das ist Onkel Rupert, der Bruder meines Vaters. Onkel Rupert, das ist Sarah Blake, meine ...«

Er brach ab und wurde rot.

»*Gasthistorikerin*«, platzte ich heraus und schüttelte Ruperts Hand. »Schön, Sie kennenzulernen, auch wenn es mitten in der Nacht ist.«

»Wofür ich mich nochmals entschuldigen möchte«, meinte John. »Rupert hat mich angerufen, als ich gerade losfahren wollte, und ich hatte den spontanen Einfall, bei ihm vorbeizufahren und ihn mitzunehmen. Ich weiß nicht, warum ich nicht schon früher daran gedacht habe. Mein Onkel hat im Laufe seiner bewegten Karriere nämlich auch einmal dem Marine-Nachrichtendienst zur Seite gestanden.«

»John übertreibt natürlich maßlos. Sie haben mich bloß ab und an in der einen oder anderen überaus banalen Angelegenheit konsultiert.« Ruperts linke Augenbraue vollführte eine seltsame Bewegung. Er hob meine Hand an seine Lippen und küsste sie. »Ich bin verzaubert. Sprachlos und hocherfreut, dass John so eine …«

»Wie auch immer«, unterbrach John ihn unnötig laut. »Rupert ist Militärhistoriker und weiß dadurch einiges über die Geschichte der Langfords. Bis jetzt hat er sich taktvoll zurückgehalten, aber ich dachte, ich könnte ihn vielleicht überreden, uns in gewissen Bereichen weiterzuhelfen. Bei allem, von dem er meint, es könnte uns vielleicht nützlich sein. Ich habe ihm bereits erklärt, wonach wir in Robert Langfords Arbeitszimmer suchen.«

»Es geht um die *Lusitania*.« Rupert nickte. Er hielt immer noch meine Hand und tätschelte sie, als wäre ich ein kleines Kind, das Trost benötigte. »Sie Arme. Es tut mir schrecklich leid, was mit Ihrem Urgroßvater passiert ist.«

»Ähm, danke. Ich meine, ich kannte ihn ja gar nicht, deshalb hat es mich nicht so hart getroffen …«

»Er ist trotzdem einer Ihrer Vorfahren, Sarah. Darf ich Sie *Sarah* nennen?«

»Natürlich …«

»Dieser Mann ist ein Teil von Ihnen, meine Liebe. Sein Blut fließt durch Ihre Adern, sein Herz schlägt in Ihrer Brust, sein …«

Der Teekessel pfiff, und ich entzog Rupert meine Hand und wandte mich erleichtert dem Herd zu, damit er nicht sah, wie ich grinste.

»Onkel Rupert hat unheimlichen Respekt vor der Vergangenheit«, erklärte John.

»Sie ist wie ein lebender Organismus«, fuhr Rupert fort. »Sie beschäftigt mich auf beinahe mystische Art und Weise.

Ich sehe vor mir, wie der alte Admiral um das Lustschloss schlurft, sein Fernrohr ausrichtet und aufs Meer hinausschaut. Oder wie unser Urgroßvater Peregrine vor dem Kamin in seinem Arbeitszimmer Kriegsberichte studiert. Es ist einfach die moderne Zeit, wissen Sie? Diese brutale moderne Zeit mit all ihrer Hässlichkeit, den Heucheleien und diesen überkandidelten, aber vollkommen fehlgeleiteten Moralvorstellungen ... es tut mir leid ...«

Er stieß ein Seufzen aus, das beinahe wie ein Schluchzen klang, und als ich einen Blick über die Schulter warf, sah ich gerade noch, wie er sich abwandte und sich auf einen Stuhl am Küchentisch sinken ließ. Ich warf John einen Blick zu und hob eine Augenbraue, doch er schüttelte bloß den Kopf und nahm auf dem Stuhl gegenüber Platz.

Ich wandte mich wieder den beiden hübschen Teetassen zu – Limoges-Porzellan oder etwas in der Art, denn in der Langford-Küche (und auch im ganzen restlichen Haus) gab es keinen einzigen gewöhnlichen Kaffeebecher. Ich löffelte den losen Tee in die ebenfalls sündhaft teure Teekanne, die allerdings vom Design her nicht zu den Tassen passte. Als ich John vor einigen Tagen nach Teebeuteln gefragt hatte, hatte er mir erklärt, wie man *richtigen* Tee kocht. *Sie verwenden doch keine Teebeutel, oder?*, hatte er mich derart entsetzt gefragt, als würde ich Wein aus dem Tetrapack trinken. Dann hatte er die Dose mit dem Tee, die elegante Teekanne und ein silbernes Teesieb aus dem Schrank geholt und mir erklärt, wie viel Tee notwendig war und wie lange er ziehen musste – und genau diesen Anweisungen folgte ich jetzt.

Während der Tee zog, stellte ich die Tassen vor John und Rupert auf den Tisch. Rupert hatte den Blick starr auf die Tischplatte gerichtet, und John betrachtete ihn stirnrunzelnd von oben herab. *Männer!*, dachte ich bei mir.

John hob den Blick, als ich die Tasse mitsamt der Untertasse neben seinen verschränkten Händen abstellte. »Trinken Sie nicht mit?«

»Oh Gott, nein. Ich brauche meinen Schönheitsschlaf.«

Er erhob sich. »Es tut mir leid. Warten Sie, ich helfe Ihnen.«

Wir verstanden uns ohne Worte. John holte die Sahne und den Zucker – den er vorher zur Sicherheit probierte –, und ich trug die Teekanne und das Sieb zum Tisch, während Rupert sich bereits über seine Tasse gebeugt hatte und mit dem Daumen den Rand der Untertasse nachzeichnete. Er hob den Blick und sah mich dankbar an, als ich ihm den Tee eingoss.

»Ordentlich stark, hoffe ich?«

»Ich denke schon.«

Er nahm sich Sahne und Zucker, und John trat mit einer Whiskyflasche an den Tisch. »Ja, ja«, seufzte Rupert, und sein Gesicht hellte sich auf. »Das ist ein richtig guter Tropfen. Mein Gott, ich wusste gar nicht, dass noch etwas davon übrig ist!«

John goss eine kleine Menge in Ruperts Tasse und stellte die Flasche daneben ab. »Wir nehmen ihn nur bei besonderen Anlässen.«

»Ich kenne *Irish Coffee*«, erklärte ich und setzte mich auf den Stuhl neben John. »Aber von einem *Irish Tea* habe ich noch nie gehört.«

»Sie können ihn ja *Schottischen Tee* nennen, wenn Ihnen das lieber ist«, erwiderte Rupert. Er hob die Tasse und schloss die Augen, während er trank. »Oder den Nektar der Götter, wie ich gerne dazu sage.«

John ließ sich wieder nieder. Er goss sich eine Tasse Tee ein und gab Sahne und Zucker dazu, aber keinen Whisky, was mich überraschte. Er hatte im Laufe der letzten Woche zwar nicht übermäßig viel getrunken, aber wenig war es auch nicht gerade gewesen. Wenn wir uns am Abend mit einem Glas Sherry niederließen, wurden es bei ihm am Ende zwei. Und wenn wir uns eine Flasche Wein teilten, war es nie fünfzig/fünfzig. Ehrlich gesagt bekam ich kaum ein Viertel davon ab. Er war jedoch nie betrunken gewesen, denn er schien genau zu wissen, wann er aufhören musste, um die Grenze nicht zu überschreiten. Außerdem konnte ich es ihm kaum verübeln. Er hatte seine Frau verloren. Und seinen Job. Doch am schlimmsten war vermutlich, dass er das verloren hatte, was man in der mystischen Vergangenheit – die sein Onkel Rupert so schätzte – als *Ehre* bezeichnet hatte. Es war sein gutes Recht, seine Sorgen in Alkohol zu ertränken.

Trotzdem war ich froh, dass die Flasche auf Ruperts Seite des Tisches stehen blieb.

»Also«, meinte ich fröhlich und verschränkte die Hände. »Wie war die Fahrt?«

»Wunderbar«, erwiderte John.

»Entsetzlich«, widersprach Rupert. »Es hat geschüttet wie aus Eimern. Und im Radio lief irgendein amerikanischer Schwachsinn ... Bitte verzeihen Sie, Sarah.«

»Ach, da habe ich schon viel Schlimmeres gehört«, erwiderte ich und stieß John freundschaftlich mit dem Ellbogen in die Seite.

»Rupert«, meinte John. »Erzähl Sarah doch, was du mir im Auto verraten hast. Es war ehrlich gesagt ein ziemlicher Schock.«

»Was denn? Die Sache mit Nigel? Ich kann mir nicht vorstellen, dass das arme Kind wirklich hören möchte ...«

»Nein, doch nicht von Nigel. Von Peregrine. Von Peregrine und den Kriegsberichten in seinem Arbeitszimmer.«

»Ach ja! Natürlich!« Rupert wischte sich mit einem Taschentuch übers Kinn und griff nach dem Whisky. Er goss eine ziemlich große Menge in den verbliebenen Tee, rührte mit dem hübschen kleinen Löffel um und betrachtete gedankenverloren den feuchten Fleck an der Decke. »Du meinst Sir Peregrine Langford, unseren ehrwürdigen Vorfahren, der von einer dankbaren Nation für seine Dienste zum Ritter geschlagen wurde und sich vor lauter Trauer das Gehirn aus dem Kopf pustete, nachdem sein Sohn angeblich mit der *Lusitania* untergegangen war, denn ...«

»Ja, ja«, unterbrach John ihn. »Das weiß sie doch schon alles!«

»... er wusste bereits vor dem Rest der Welt von der Tragödie, weil er der Leiter von *Room 40* war.«

»*Room 40*?«, fragte ich.

»Mein liebes Kind«, erwiderte Rupert beinahe zärtlich. »*Room 40* war eine geheime Abteilung der Admiralität, die für die Kryptoanalyse zuständig war.«

»Mit anderen Worten: Es ging um die Decodierung geheimer Nachrichten«, erklärte John.

»Oh!«, sagte ich. Und dann: *»Oh!«*

»Ja, genau. Natürlich wurde Peregrines Beteiligung an der Sache unter Verschluss gehalten, und ich erfuhr erst davon, als mir die Behörde besondere Befugnisse in der einen oder anderen dringlichen Sache zugestand. Ich habe dem Rest der Familie nie etwas davon erzählt, weil ... na ja, als ich es herausfand, befanden wir uns mitten im Kalten Krieg, und ich wurde mehrere Male panisch einberufen. Inzwischen wurden die Informationen zwar zum Großteil freigegeben, aber ich fürchte, ich habe schlichtweg vergessen, es jemandem zu sagen.« Er zuckte mit den Schultern und lächelte ein trauriges, verhaltenes Alte-Männer-Lächeln. »Es war jedenfalls nie Thema beim Weihnachtsessen.«

»Okay, aber dafür ist es *jetzt* ein Thema.« John wandte sich an mich. »Was halten Sie davon, Sarah?«

Mein Kopf drehte sich ein wenig, auch wenn ich nicht wusste, ob vor Überraschung, Freude oder doch einfach nur vor Müdigkeit. Ich betrachtete blinzelnd Ruperts langgezogenes, faltiges Gesicht. Ich hatte vor dem Schlafengehen meine

Kontaktlinsen entfernt und meine Brille vergessen, als ich aus meinem Zimmer geschlichen war, aber es war nicht nur meine Kurzsichtigkeit dafür verantwortlich, dass er leicht verschwommen wirkte, als hätte ihn jemand mit einem Radiergummi bearbeitet. John hingegen strotzte nur so vor Energie und nervöser Anspannung, als wäre er nicht schon seit zwanzig Stunden wach und innerhalb eines Tages nach London und wieder zurück gefahren, und das auch noch in Gesellschaft zweier vollkommen unterschiedlicher Gefühlsvampire.

Dabei hatte ich ihm noch nicht einmal von der codierten Nachricht erzählt.

»Ich glaube nicht, dass es sich um einen Zufall handelt«, antwortete ich. »Ich würde es sogar als eine Art Durchbruch bezeichnen. Aber wie hängt das alles zusammen? Wusste er, dass sein Sohn auch in die Angelegenheit verwickelt war? Arbeiteten sie vielleicht sogar zusammen?«

Rupert zuckte mit den Schultern. »Ich fürchte, ich habe nicht die geringste Ahnung. Mir ist bis jetzt noch nie der Gedanke gekommen, dass Robert in einen echten Spionagefall verwickelt gewesen sein könnte. Wenn man bedenkt, wovon seine Bücher handeln, hätten wir uns diese Frage vielleicht einmal stellen sollen, aber niemand in der Familie gab auch nur den geringsten Anlass, etwas in der Art zu vermuten. Am allerwenigsten Robert selbst.«

»In Roberts persönlichen Unterlagen befinden sich jedenfalls keine Hinweise auf seinen Vater.« Ich lehnte mich zurück und verschränkte die Arme vor der Brust. »Zumindest sind wir bis jetzt noch nicht darauf gestoßen.«

John trommelte mit den Fingern auf den Tisch. »Was ist mit Peregrines Unterlagen? Hast du sie dir jemals angesehen?«

»Nein«, erwiderte Rupert. »So etwas gehört eigentlich nicht zu meinem Forschungsbereich. Ich fürchte, ich habe noch nie an eine umfangreiche Analyse der vorhandenen Dokumente gedacht. Außerdem muss man wissen, wonach man sucht, sonst ist es zwecklos.«

»Wo befinden sich die Unterlagen und Dokumente denn?«, fragte ich.

»Seine privaten Aufzeichnungen gingen, glaube ich, an das Archiv der Bodleian Library. Immerhin hat er in Oxford studiert, nicht wahr John?«

»Ja, ich glaube schon.«

»Und die offiziellen Unterlagen stehen vermutlich als Staubfänger in den Nationalarchiven.«

Ich lehnte mich nach vorn. »Könnten wir vielleicht einmal einen Blick hineinwerfen?«

Rupert legte die Zeigefinger auf beide Seiten der Untertasse und starrte in die leere Tasse, als wollte er aus den Teeblättern lesen. Aus irgendeinem Grund zogen mich seine Hände in den Bann. Sie waren groß, aber die Finger waren schlank und elegant. Richtige Aristokratenhände, wenn man von den roten, geschwollenen Fingerknöcheln absah. Ich fragte mich, ob er unter Arthritis litt oder ob die lange Autofahrt daran schuld war. Vielleicht war es auch etwas ganz anderes. Die Tasse klirrte leise, und ich erkannte, dass seine Hände zitterten. Er schien meine Frage vergessen zu haben, und ich wollte sie gerade wiederholen, als er plötzlich den Blick hob. »Ich schätze, ich kann ein paar Hebel in Bewegung setzen.«

»Wunderbar!« John stand auf und griff nach den Teetassen. »Sollen wir vielleicht gleich morgen früh hin?«

»Natürlich, wenn ihr das möchtet«, erwiderte Rupert, und seine Stimme zitterte kaum merklich, als hätte dieser eine Satz sehr viel Mut erfordert. Ich sah ihm in die Augen. Sie wirkten unglaublich müde und waren vor Erschöpfung blutunterlaufen.

Ich streckte die Hand aus und legte sie auf Ruperts Handgelenk, direkt unter den Ärmel seines weißen Hemdes. »Aber bis dahin sollten wir noch ein wenig schlafen.«

Wie sich herausstellte, hatte Onkel Rupert ein eigenes Zimmer – das vermutlich nicht mit Reliquien des galaktischen Imperiums vollgestopft war –, und es schien ihm egal zu sein, ob das Bett frisch bezogen war oder nicht. Ich sah ihm nach, wie er die Treppe hochstapfte, dicht gefolgt von John, der darauf bestanden hatte, die kleine, altmodische Reisetasche zu tragen, die Rupert mitgebracht hatte.

Ich kehrte in die Küche zurück und trocknete die gespülten Teetassen ab. Danach hängte ich das Geschirrtuch wieder an seinen Haken, machte das Licht aus und ging gerade zur Tür, als John um die Ecke bog. Er fuhr sich mit beiden Händen durch die Haare, als hätte er erst jetzt erkannt, wie erschöpft er war.

»Sie sollten auch zu Bett gehen«, sagte ich.

»Ja.« Er blieb im Türrahmen stehen, kaum einen Meter von mir entfernt. Das Licht aus dem Flur fiel seitlich auf sein Gesicht, auf dem keine Spur der jugendlichen Begeisterung mehr zu sehen war. Stattdessen wirkte er ziemlich ernst.

»Ist mit Rupert alles okay?«, fragte ich. »Er wirkte irgendwie durcheinander.«

»Rupert? Ach, der kommt schon zurecht. Er hatte mal wieder Streit mit Nigel, das ist alles.«

»Nigel?«

»Sein Partner.«

»Oh!« Ich zögerte. »Geschäftspartner oder *Partner* Partner?«

»Partner Partner.« John grinste. »Nigel ist TV-Koch und ziemlich hitzköpfig. Alle paar Monate ruft Rupert mich an und erklärt mir unter Tränen, dass es aus und vorbei ist. Aber am Ende vertragen und küssen sie sich doch wieder. Ich glaube nicht, dass Nigel ohne ihn leben könnte. Rupert ist der Einzige, der diesen ganzen Quatsch mitmacht.«

»Schön für ihn. Wir brauchen alle so jemanden. Jemanden, mit dem man …«

»Ja?«

Mir wurde warm. Gott sei Dank hatte ich das Licht bereits ausgemacht, sodass er nicht sah, wie ich rot wurde. »Mit dem man sich wohlfühlt. Und dem gegenüber man ehrlich sein kann.«

»Das ist seltsam ...«, erwiderte John und sah mir in die Augen. »Ich dachte mir genau dasselbe, als ich Callie heute Nachmittag nach London zurückbrachte. Oder besser gesagt *gestern* Nachmittag.«

»Wie geht es Callie eigentlich? Ich dachte, Sie wollten ein paar Tage bei ihr bleiben?«

Er verlagerte sein Gewicht von einem Fuß auf den anderen und lehnte sich an den Türrahmen. »Callie geht es gut, Sarah. So gut, wie es ihr nur gehen kann. Ich habe sie zu ihrer Mutter nach Richmond gebracht. Die war zwar etwas erstaunt, aber sie hat im Moment auch keinen Mann in ihrem Leben, und ich dachte, es wäre eine wunderbare Möglichkeit, um sich gegenseitig Trost zu spenden. Vielleicht war es aber auch nur eine Entschuldigung, meinem eigenen, überaus dringenden Wunsch nachzugeben und sofort ins Auto zu springen, damit ich zu Hause bin, bevor Sie wieder nach New York abrauschen.«

»Das bezweifle ich«, entgegnete ich. »Wenn Sie nicht gewusst hätten, dass sie in guten Händen ist, hätten Sie sie niemals zurückgelassen.«

»Möglicherweise zollen Sie mir damit zu viel der Anerkennung.« Er lächelte. »Aber die beiden ähneln sich tatsächlich sehr, abgesehen davon, dass Lady Hammond ihre Alkoholsucht mittlerweile im Griff hat. Ich hoffe ...«

»Dass sie Callie zeigt, wie man nüchtern bleibt?«

»Ja, etwas in der Art.« Er starrte über meine linke Schulter hinweg in die dunkle Küche. Sein Lächeln verblasste. »Callie ist kein schlechter Mensch.«

»Natürlich nicht. Sonst hätten Sie sich wohl kaum in sie verliebt.«

»Ich weiß gar nicht, ob ich mich überhaupt in sie *verliebt* habe. Ich habe sie einfach geliebt, das ist alles. Ich kenne sie schon mein ganzes Leben lang. Ich war irgendwie geblendet, als sie sich plötzlich in ein glamouröses Londoner It-Girl verwandelte, das ständig nur von Stars und Presseleuten umgeben war und trotzdem noch Interesse an dem einfachen, alten John Langford hatte. Ich dachte, ich könnte sie retten.«

»Ich fürchte, so funktioniert das nicht.«

»Nein, das tut es tatsächlich nicht. Das habe ich mittlerweile herausgefunden. Aber sie hat trotz allem ein gutes Herz. Sie hat da etwas zu mir gesagt ... im Auto, auf dem Weg nach London ...«

»Was denn?«

Sein Blick wanderte wieder zu mir, und er sah mir in die Augen. Obwohl es dunkel war und sein Gesicht mittlerweile ebenfalls im Schatten lag, sah ich jede Einzelheit, jede schwarze Wimper. Ich trat unwillkürlich näher an ihn heran und musste nach oben sehen, während er den Kopf beinahe im gleichen Winkel senkte. »Vielleicht verrate ich es Ihnen ein anderes Mal«, sagte er. »Wenn sich herausgestellt hat, dass sie recht hatte. Und jetzt gehe ich Ihnen wohl besser aus dem Weg, damit Sie in Ihr Bett zurückkehren können.«

»Zurück in meine Koje im Sternenzerstörer.«

»Ich hoffe, es ist bequem genug! Sie können jederzeit ins große Schlafzimmer umziehen. Mrs. Finch hat es in null Komma nichts für Sie sauber gemacht. Na ja, vielleicht nicht in null Komma nichts, aber ...«

»Nein, ist schon in Ordnung. Es ist mir mittlerweile richtig ans Herz gewachsen. Und es ist sicher bequemer als das Sofa in Roberts Arbeitszimmer.«

Seine Mundwinkel wanderten kaum merklich nach oben.

»Ehrlich gesagt ist das Sofa bequemer, als Sie denken. Es ist sehr gut gepolstert und ziemlich breit – wenn auch ein wenig kurz.«

»Okay, dann werde ich Ihnen das jetzt einfach mal glauben.« Ich unterdrückte ein Gähnen, obwohl ich eigentlich gar nicht mehr müde war. Meine Nervenenden vibrierten, und mein Herz hämmerte. Ich erhaschte einen Hauch des Geruchs seines Kaschmirpullovers und spürte kaum merklich die Wärme, die er verströmte. »Dann gute Nacht.«

»Gute Nacht.« Er streckte die Hand aus und berührte meinen Ellbogen. »Nettes Shirt übrigens.«

»Wie bitte?« Ich sah an mir hinunter. »Oh Mann! Es tut mir leid! Es gehört Ihnen, oder?«

»Das ist das Trikot von dem Ruderrennen 2003. Wo haben Sie es denn gefunden?«

»Es war gestern bei den Sachen, die Mrs. Finch für mich gewaschen und gebügelt hat. Es ist ihr wohl versehentlich dazwischengerutscht. Ich war gestern Abend so müde, dass ich einfach nach dem erstbesten Shirt gegriffen habe. Sie können es gerne wiederhaben …«

»Sarah«, erwiderte er leise. »Machen Sie sich keine Gedanken. Es macht mir nichts aus. Eigentlich …«

»Hmm?«

»Eigentlich hat es mich gefreut, Sie darin zu sehen. Vorhin auf der Treppe.«

»Oh.« Ich schluckte. »Na gut. Ich meine, danke. Ich danke Ihnen. Okay … Aber jetzt sollten wir wirklich ins Bett.«

»Ja, das sollten wir.«

»Ich meine, Sie sollten in Ihr Bett, und ich in meins, und …«

John griff nach meinem anderen Ellbogen und drückte mir einen schnellen, sanften Kuss auf die Lippen.

»Ist das okay für Sie?«, fragte er und rückte ein Stück von mir ab.

»Ja«, flüsterte ich. »Und für Sie?«

»Unbedingt.« Er legte eine Hand auf meine Hüfte und die andere auf meine Wange, dann zog er mich näher heran und küsste mich erneut. Ich schmeckte den Tee in seinem Atem, spürte seine feuchte, herrlich geschwungene Unterlippe und sein kratziges, unrasiertes Kinn, bevor er sich von mir löste und meinte: »Gott sei Dank. Ich wollte dich schon die ganze Woche über küssen.«

»Wirklich?«

»Ja. Aber ich hatte Angst, dass es unmoralisch wäre und du mich verlassen würdest.«

Wir lachten nervös und senkten beide den Blick. Seine Finger glitten von meiner Wange zu meinem Hinterkopf, und ich meinte: »Wahrscheinlich ist es wirklich unmoralisch.«

»Dann sollten wir am besten damit aufhören.«

Ich sah zu ihm hoch. Sein Gesichtsausdruck war so zärtlich, dass es mich tief im Herzen traf. »Ja, das sollten wir.«

Wir rührten uns nicht, sondern betrachteten einander weiter ehrfürchtig und ungläubig. Seine Hand lag schwer auf meiner Hüfte, seine Finger in meinen Haaren waren so sanft wie Sonnenstrahlen.

Ich hob die Hände und legte sie auf sein Schlüsselbein, sodass meine Fingerspitzen genau über seinem Hemdkragen ruhten. Sein Pullover war so wahnsinnig weich. »Und fürs Protokoll: Du bist nicht der einfache, alte John Langford. Du bist weder einfach noch alt. Du bist *John*.«

»John«, sagte er. »John und Sarah.«

Und darauf gab es nichts zu sagen. Es gab keine einzige mögliche Antwort – außer einer.

Ich stellte mich auf die Zehenspitzen, legte ihm die Hände um den Nacken und küsste ihn auf die Lippen, die sich gerade im richtigen Moment öffneten.

Zwanzig

AUF SEE
DONNERSTAG, 6. MAI 1915

Caroline

Wie spät ist es? Caroline war mit einem Schlag hellwach. Sie hörte ein lautes Klappern und Poltern. Metall, das auf Holz traf, als würde eine wütende Köchin mit ihren Töpfen und Pfannen Amok laufen. Abgesehen davon, dass der Lärm um einiges lauter war und die Gegenstände, die aufeinanderkrachten, sicher größer und schwerer waren.

Graues, düsteres Licht drang durch den schmalen Spalt zwischen den Vorhängen. Die Morgendämmerung stand wohl kurz bevor. Caroline setzte sich auf und machte die Nachttischlampe an, sodass sie einen Blick auf die kleine Uhr auf dem Schreibtisch werfen konnte. Fünf Uhr dreiundvierzig. *Rums!* Die Geräusche kamen nicht aus dem Flur, sondern von außerhalb des Schiffes, irgendwo über ihr. Vermutlich vom A-Deck.

Caroline blinzelte, als würden sich ihre Gedanken dadurch klären. Vielleicht war es eine der täglichen Rettungsbootübungen, die regelmäßig für Spott und Ärger unter den Passagieren sorgten. Wobei es nicht um die Übungen an sich ging, sondern darum, dass die Passagiere nicht daran teilnehmen durften.

Sie warf sich einen Umhang über und tappte durch das

Zimmer und den kurzen Flur hinunter zu Gilberts Zimmer. Vielleicht wusste er, was der Lärm zu bedeuten hatte. Sie legte eine Hand auf seine Tür und lächelte bitter. Ihr Mann war stets der Erste, der ihr einfiel, wenn etwas wieder in Ordnung gebracht werden sollte. Der vertrauenswürdige, verlässliche Gilbert. Der Mann, von dem sie gedacht hatte, dass sie ihn liebte. Der Mann, den sie betrogen hatte.

Sie klopfte an die Tür. »Gilbert? Ich bin's, Caroline. Darf ich reinkommen?« Früher hatte sie immer nur kurz geklopft und war dann sofort ins Zimmer getreten, doch mittlerweile hatte sie das Gefühl, als hätte sie dieses Recht verwirkt und müsste erst um Erlaubnis bitten.

Als niemand antwortete, klopfte sie erneut. »Gilbert? Bist du wach?« Nachdem sie einige Sekunden gewartet hatte, zögerte Caroline noch kurz, bevor sie die Klinke nach unten drückte und die Tür öffnete. Sein Zimmer war ähnlich ausgestattet wie ihres, doch es war etwas kleiner und hatte keinen Zugang zum öffentlichen Flur. Es hatte sie überrascht, dass er sich dafür entschieden hatte, denn sie hatte angenommen, dass er mehr Platz und vor allem die Möglichkeit haben wollte, die Suite sofort zu verlassen. Doch er hatte gewollt, dass sie es bequem hatte, und ihr daher das größere Zimmer überlassen. Caroline hatte anfangs gehofft, dass er es nur tat, weil er das Zimmer mit ihr teilen wollte, doch sie hatte schon am ersten Abend an Bord gemerkt, dass ihr Mann etwas gänzlich anderes im Sinn hatte.

Die Vorhänge vor einem der beiden Fenster waren zurückgezogen, und sie sah das ungemachte Bett, auf dessen Kissen noch immer der Abdruck seines Kopfes zu erkennen war. »Gilbert?«, fragte sie in das leere Zimmer hinein, obwohl sie nicht wusste, warum sie eigentlich hergekommen war. Vielleicht, um das Gespräch vom vergangenen Morgen fortzusetzen und ihn zu fragen, wovon er sie abhalten wollte.

Das Krachen und Poltern waren immer noch nicht verstummt, doch sie kümmerte sich nicht mehr darum. Sie setzte sich auf die Bettkante, atmete Gilberts Duft ein und ließ die Hände über die bereits kalten Laken gleiten. Sie vermisste ihn. Sie hatte ihn am vergangenen Abend nur kurz bei einem höflichen und sehr formellen Abendessen mit zwei anderen Paaren gesehen, von dem er sich bald verabschiedet hatte, um wieder seinen Geschäften nachzugehen. Da sie jegliche Peinlichkeit vermeiden wollte, hatte Caroline den Speisesaal zusammen mit ihm verlassen und war kurz darauf in ihre Suite zurückgekehrt, um ein Zusammentreffen mit Robert zu vermeiden. Trotzdem saß sie jetzt hier und vermisste beide Männer gleichermaßen, und ihre Abwesenheit war ihr nur allzu schmerzlich bewusst.

Baue nicht auf einen Mann, um glücklich zu sein, Caroline. Du musst dein Glück selbst finden. Caroline hatte das Gefühl, als würde ihre Mutter direkt vor ihr stehen und die Worte wiederholen, die sie zu ihr gesagt hatte, nachdem ihr Vater gestorben war. Annelise Telfair hatte ihren Mann geliebt – genauso wie die Sicherheit, die ihr seine gesellschaftliche Stellung und das Geld gegeben hatten –, aber sie hatte nach seinem Tod nicht aufgehört zu leben.

Caroline erhob sich. Es war natürlich nicht dasselbe, aber sie konnte sich den Rat trotzdem zu Herzen nehmen. Ihre Mutter hatte sie nicht dazu erzogen, sich im Elend zu suhlen. Sie musste einfach herausfinden, worin ihr Glück bestand, und ihren Kurs im Leben dahingehend ändern.

Beschwingt von diesem neuen Vorsatz, kehrte sie in ihr Schlafzimmer zurück, um sich alleine und ohne die Hilfe ihrer Zofe anzukleiden und ein ruhiges Frühstück einzunehmen, bevor sie sich in den Salon der ersten Klasse begab, um dort auf Margery Schuyler zu warten, die ihren abendlichen Auftritt ein letztes Mal proben wollte.

Ja, sie liebte ihren Mann. Aber in den dunkelsten Stunden der Nacht, als sie sich schlaflos in ihrem leeren Bett hin und her gewälzt hatte, hatte sie erkannt, dass sie Robert Langford ebenfalls liebte. Vielleicht sollte sie ihm sagen, was sie fühlte, und ausgehend von seiner Reaktion entscheiden, was sie als Nächstes tun würde? Denn sie konnte die Entscheidung über ihr weiteres Leben nicht mehr länger hinausschieben.

Sie war so in Gedanken darüber versunken, was Robert sagen würde, wenn sie ihm gegenüberstand, dass sie beinahe den Umschlag übersehen hätte, der durch die Tür hindurchgeschoben worden war, die in den öffentlichen Flur führte. War er bereits da gewesen, als sie vorhin aufgewacht war? Sie war sich nicht sicher. Sie hatte sich so auf den Lärm über ihr konzentriert, dass sie ihn womöglich wirklich übersehen hatte.

Er musste von Robert stammen. Er fragte sich sicher, warum sie ihm aus dem Weg ging. Vielleicht wollte er sich ebenfalls mit ihr treffen. Sie bückte sich und hob den Umschlag eilig auf, um ihn sich näher anzusehen. Das Papier war dünn und leicht und von billigerer Qualität als ihr eigenes Briefpapier. Sie drehte den Umschlag um und runzelte die Stirn. Er war in einer unbekannten Handschrift an *Mrs. Hochstetter* adressiert. Sie war weder sonderlich feminin noch maskulin, aber auf jeden Fall unordentlich. Als hätte der Verfasser den Namen mit der falschen Hand geschrieben. Als hätte er versucht, seine Identität zu verschleiern.

Caroline riss den Umschlag auf und ließ ihn zu Boden segeln, während sie das Blatt im Inneren auseinanderfaltete.

Ich kenne Ihr Geheimnis. Wenn Sie nicht wollen, dass Ihr Mann etwas davon erfährt, dann geben Sie mir, wonach ich verlange. Sie erhalten heute Abend nach dem Konzert weitere Anweisungen. Ich werde mit Ihnen Kontakt aufnehmen.

Caroline fühlte sich, als wäre sie in den eisigen Atlantik gestürzt und würde ersticken, während sie die Wellen unter Wasser zogen. *Wer wusste sonst noch von ihrem Vergehen?* Sie erinnerte sich daran, was Jones über die Gerüchte unter den Bediensteten erzählt hatte, nachdem Caroline sich mit Gilbert gestritten hatte und Robert ihr nach ihrer Flucht aus dem Speisesaal gefolgt war. War ihnen jemand nachgeschlichen? Hatte Robert jemandem davon erzählt? Sie verwarf den Gedanken sofort wieder. Er hätte sie niemals verraten. Er liebte sie, das wusste sie mit Sicherheit, denn er hatte es ihr während ihrer gemeinsamen Nacht oft genug gesagt. Außerdem kannte sie ihn. Er war nicht fähig, ihr solche Qualen zuzufügen. Aber wer sonst?

Sie blieb mitten im Zimmer stehen und gab dem Verlangen, auf dem Bett zusammenzubrechen und sich zu einem erbärmlichen, von Angst und Selbstmitleid zerfressenen Ball zusammenzurollen, nicht nach. Das war nicht die Tochter, die ihre Mutter großgezogen hatte. An ihrer Zwangslage war einzig und allein sie selbst schuld – und sie konnte sich nur selbst daraus befreien.

Caroline schloss die Augen und zwang sich nachzudenken. Was wollte der Erpresser von ihr?

Eine Sekunde später wusste sie die Antwort. *Schmuck.* Das musste es sein, denn sie hatte sonst nichts Wertvolles anzubieten, zumindest schienen das alle, außer ein paar wenigen ausgewählten Leuten, zu denken. Sie hatte im Laufe der Reise viele verschiedene Stücke getragen, für jeden sichtbar, der in ihre Richtung schaute. Sie überlegte, worauf es der Erpresser wohl abgesehen hatte und wie sie das Stück aus dem Tresor des Oberstewards beschaffen sollte.

Caroline atmete tief durch und presste ihre zu Fäusten geballten Hände an die Wangen, als könnte sie ihr Herz auf diese Weise zwingen, langsamer zu schlagen. *Denk nach!* Sie war sich nicht sicher, ob der Obersteward ihr Zugang zu dem Tresor gewähren würde, nachdem bis jetzt immer nur Gilbert mit ihm gesprochen hatte. Aber sie konnte Gilbert bitten, ihren gesamten Schmuck in die Suite zu bringen, und es damit begründen, dass sie sich nicht sicher sei, welches Stück sie am Abend bei der Talentshow tragen wolle. Es würde ihn glücklich machen, wenn sie eines der protzigen Teile trug, die er für sie gekauft hatte. Sie schwankte, gab dem Gefühl jedoch nicht nach, obwohl die Last eines weiteren Verrats beinahe zu schwer für sie war.

Sie zog sich fertig an und schrieb zwei kurze Nachrichten. Eine an Gilbert mit der Bitte, ihren Schmuck zu holen, die andere an Robert, den sie bat, sich mit ihr im Salon zu treffen, wo sie die nächsten zwei Stunden mit Sicherheit alleine sein würden. Sie schob den Umschlag des Erpressers und seine Nachricht in den hintersten Winkel ihrer Schreibtischschublade und nahm ihre Klaviernoten. Danach verließ sie eilig das Zimmer, um nach Patrick Ausschau zu halten, damit er den beiden Männern die Nachrichten überbringen konnte. Die Tür fiel mit einem entschlossenen Klicken hinter ihr ins Schloss.

»Ich bin mir nicht ganz sicher, ob das hier wirklich ein Fis sein soll«, erklärte Margery und warf über ihre lange Nase und Carolines Schulter hinweg einen Blick auf die Noten.

»Doch, das ist es«, erwiderte Caroline. »Weshalb ich mich wundere, dass Sie ein *As* daraus machen. Ich kann das Stück natürlich in einer anderen Tonart spielen, dann wäre das As korrekt, aber dafür müssten wir auch die anderen Noten ändern, und ich fürchte, das wäre eine zu große Herausforderung für Sie.«

Margerys ziemlich ausladende Nasenflügel bebten, wodurch wenigstens die wunde Stelle im Mundwinkel kleiner wirkte.

Caroline wandte sich wieder dem Klavier zu und begann zu spielen, ohne sich weiter darum zu kümmern, dass Margery und sie sich offenbar in zwei verschiedenen Tonarten bewegten. Sie wollte einfach nur, dass dieser Tag schnell vorüberging. Nachdem sie Patrick die Nachrichten gegeben hatte, hatte sie zwei Stunden lang im Salon gewartet, und ihre Angst war mit jeder Sekunde gewachsen. Patrick hatte ihr zwar versichert, dass er Robert die Nachricht sofort überbringen würde, aber der war trotzdem nicht aufgetaucht.

Dabei musste sie unbedingt vor dem Konzert und dem Treffen mit dem Erpresser mit ihm reden. Nicht um seinen Rat einzuholen, sondern um ihm klarzumachen, dass sie sämtliche Forderungen erfüllen würde, wenn auch nur, um Gilbert zu schützen. Was auch immer zwischen ihnen passiert war und noch passieren würde, Caroline hatte nicht vor, Gilbert in aller Öffentlichkeit als gehörnten Ehemann zu präsentieren und ihn zum Gespött der Leute zu machen.

Sie hatte den Salon nur ein einziges Mal verlassen, um nachzusehen, ob Robert ihre Nachricht vielleicht falsch verstanden hatte und draußen wartete, doch sie hatte nur die Rettungsboote gesehen, die am Rumpf des großen Schiffes baumelten – was vermutlich den Lärm am frühen Morgen erklärte. Es war ein ernüchternder Anblick und eine Erinnerung daran, wie wichtig und notwendig solche letzten Vorkehrungen waren. Die Deutschen machten kein Geheimnis daraus, dass ihre U-Boote vor der Küste Irlands stationiert waren, und auch wenn der Kapitän den Passagieren versichert hatte, dass die *Lusitania* schneller sei als jedes U-Boot, war es offensichtlich, dass er die Bedrohung ernstnahm.

Caroline dachte an Gilberts Anmerkung, dass die Deutschen kaum das Risiko eingehen würden, den Zorn Amerikas heraufzubeschwören, indem sie ein Schiff mit so vielen amerikanischen Staatsbürgern an Bord versenkten. Ihr war damals schon in den Sinn gekommen, dass noch mehr dahintersteckte, und sie war sich sicher, dass er etwas vor ihr verheimlichte. Aber mittlerweile war sie sich nicht einmal mehr über seine Motive im Klaren. Seit sie auf das Schiff gekommen waren, versuchte er, ihr einzureden, dass er sie nur nicht belasten wollte. Doch die über dem Wasser baumelnden Rettungsboote machten jede Beruhigung seinerseits zunichte und versetzten Caroline derart in Sorge, dass sie sich wieder auf den Weg in den Salon machte.

Sie brauchte eine Weile, bis sie dort ankam, da sie immer wieder anhalten musste, um ihren Namen in die Erinnerungsbücher zu schreiben, die ihr flüchtige Schiffsbekanntschaften unter die Nase hielten. Es war ihr unangenehm, dass sie selbst kein solches Buch bei sich hatte, aber es wäre ihr nie in den Sinn gekommen, eines zu erstellen. Sie fragte sich, wie viele dieser Leute sich nach einem Jahr wohl noch an sie erinnern würden, wenn sie auf ihren Namen hinunterstarrten und verzweifelt überlegten, wie sie ausgesehen hatte. Dennoch unterschrieb sie mit einem Lächeln auf den Lippen und eilte anschließend zurück in den Salon, wobei sie mehreren Kindergruppen ausweichen musste. Offensichtlich wollten die Kindermädchen das schöne Wetter nutzen.

Als sie schließlich im Salon angekommen war, hatte bereits eine wütende Margery auf sie gewartet, und Caroline hatte sich eilig auf die Klavierbank gesetzt und zu spielen begonnen. Mittlerweile war eine halbe Stunde vergangen, und in ihr regte sich das dringende Verlangen, entweder sich selbst oder Margery Schuyler über die Reling zu stürzen.

»Also wirklich, Mrs. Hochstetter! Wenn Sie es nicht schaffen, die richtigen Noten zu treffen, wäre es wohl besser, wenn ich *a capella* singe.«

Caroline hätte ihr am liebsten zugestimmt. Ihre Angst um Robert und davor, ihrem Erpresser gegenüberzutreten, trug nicht gerade dazu bei, dass sie sich auf die Musik und die Noten konzentrieren konnte. Obwohl es im Grunde keine Rolle spielte. Die weltbesten Pianisten hätten keine Chance, halbwegs erträglich zu klingen, wenn sie zu Margerys kreischender Sopran- und schriller Altstimme spielen mussten.

Caroline schluckte ihren Ärger hinunter und meinte: »Vielleicht sollten wir es ein letztes Mal versuchen. Ich verspreche, mich mehr anzustrengen.« Sie hielt sich die Hand vor den Mund und unterdrückte ein Gähnen.

»Vielleicht würden Sie besser spielen, wenn Sie mehr Schlaf abbekämen«, meinte Margery und sah sie scharf an.

»Wie bitte?« Carolines Wangen begannen zu glühen.

»Sie gähnen. Und ich nehme an, dass sich der Schlafmangel nicht gerade positiv auf Ihre ohnehin bescheidenen Fähigkeiten am Klavier auswirkt.«

Caroline erhob sich abrupt und griff nach ihren Noten. »Ich denke, ich habe im Augenblick genug. Sie können natürlich gerne alleine weiterproben, aber ich werde mich in mein Zimmer zurückziehen und mich ein wenig ausruhen. Wir sehen uns beim Abendessen.« Sie senkte den Kopf zu einer angedeuteten Verbeugung. »Guten Tag.«

Margery setzte zum Protest an, doch Caroline eilte bereits zu den Aufzügen. In diesem Augenblick hörte sie Prunella Schuylers schrille Stimme, die sich gerade über die unglaublichen Erfolge ihres Stiefsohnes an der Universität von Harvard ausließ, und blieb abrupt stehen. Sie sah zu, wie Prunella und ihr bedauernswertes Opfer in den Aufzug stiegen, und raffte eilig die Röcke, um hinunter aufs Promenadendeck und in ihre Suite zu hasten.

Irgendwie schaffte sie es, in einen unruhigen Schlaf zu fallen, und wachte erst auf, als Jones sie zum Abendessen weckte.

Sie beobachtete die Zofe äußerst genau, um jegliche Anzeichen, dass Jones von der Erpressernachricht wusste, sofort zu entdecken. Doch Jones war so tüchtig wie immer und äußerte sogar ihre Besorgnis, dass so viel wertvoller Schmuck alleine in der Suite zurückbleiben würde, während Caroline und Gilbert beim Abendessen waren. Sie versprach, in Carolines Zimmer zu bleiben, bis diese wieder da war, und schlug sogar vor, den Schmuck in Gilberts Tresor im Wohnzimmer zu legen, doch Caroline lehnte ab und erklärte, dass sie sich keine Sorgen machen müsse.

Gilbert führte sie in den Speisesaal, doch das Gespräch wirkte irgendwie gekünstelt. »Du siehst wunderschön aus«, erklärte er und deutete auf das breite Collier aus Rubinen und die dazu passenden Ohrringe, für die sie sich entschieden hatte, obwohl sie sie verabscheute.

»Danke.« Sie rang sich ein Lächeln ab und überlegte krampfhaft, was sie noch sagen konnte. Am Ende schwiegen sie den ganzen Weg in den Speisesaal, als wüssten sie beide von den Abgründen, in die sie zu viele Worte stürzen konnten.

Sie saßen erneut am Tisch der Schuylers, nur Miss Smythe-Smithson war nicht anwesend. Vermutlich wollte niemand das Desaster wiederholen.

Caroline warf einen schnellen Blick auf die anderen Gäste am Tisch und fragte sich, ob sie wohl bemerkt hatten, dass sie keinen einzigen Bissen von dem Lamm in Minzsauce und dem gratinierten Blumenkohl gegessen hatte. Ihr Magen hatte sich zu einem Knoten zusammengezogen, und ihre angespannten Nerven nahmen sie vollständig in Besitz.

»Geht es dir nicht gut?« Gilbert klang ehrlich besorgt und nicht im Geringsten anklagend, sodass sich Caroline noch furchtbarer fühlte. »Bist du dir sicher, dass du nicht ...«

Er brach ab, als Caroline sämtliches Blut aus den Wangen wich. Gilbert drückte ihr ein Glas Wein in die Hand. »Es wäre möglich, weißt du? Vielleicht solltest du zum Schiffsarzt gehen?«

Sie schüttelte den Kopf, denn der Gedanke war schlichtweg grauenerregend. Das, was Gilbert und sie sich die ganze Zeit über am sehnlichsten gewünscht hatten, war nun das, wovor Caroline sich am meisten fürchtete. Was, wenn sie tatsächlich ein Kind erwartete? Würde sie es jemals übers Herz bringen, Gilbert zu sagen, dass es vielleicht nicht von ihm war? Sie nippte erneut an dem Wein, und ihr nächster Gedanke war noch schrecklicher: Denn selbst wenn Gilbert etwas vermuten würde, würde er das Kind trotzdem lieben wie sein eigenes Fleisch und Blut.

»Bist du vielleicht nervös?«, fragte er. »Wegen der Talentshow? Du hast keinen einzigen Bissen gegessen.« Er lehnte sich näher heran. »Du brauchst nicht nervös zu sein. Du bist eine brillante Pianistin. Ich glaube, das habe ich dir viel zu selten gesagt. Ich sage dir viel zu selten, wie stolz ich auf dich bin.«

Er lächelte wie in alten Zeiten, und es war das Lächeln eines attraktiven, erwartungsvollen jungen Mannes. Das Lächeln, in das sie sich verliebt hatte. Caroline spürte, wie sie sich entspannte, als sie es erwiderte. »Danke, Gil. Ich bin nicht wirklich nervös deswegen, es ist bloß …« Sie hob den Blick und hatte im nächsten Moment vergessen, was sie sagen wollte, denn sie hatte Robert auf der anderen Seite des Speisesaales entdeckt. Er saß alleine an einem Tisch für zwei. Sie war einen Moment lang sprachlos. Sie hatte den ganzen Tag erfolglos nach ihm gesucht, und jetzt, wo es zu spät war, um noch mit ihm zu reden, tauchte er plötzlich auf.

Gilbert folgte ihrem Blick und betrachtete Robert eine ganze Weile, bevor er sich erneut an Caroline wandte. »Ja? Was wolltest du sagen?«, fragte er.

Sie richtete ihre Aufmerksamkeit wieder auf ihren Mann und versuchte, sich zu erinnern. »Es ist bloß … ich befürchte, dass ich nicht genug Zeit zum Üben hatte.«

Er legte eine Hand auf ihre. »Du machst das sicher ganz hervorragend. Selbst die schrillste Stimme kann nicht über die wunderschönen Töne hinwegtäuschen, die du dem Klavier entlockst.«

»Danke«, erwiderte sie und versuchte, sich auf das Essen vor ihr und auf die Gespräche am Tisch zu konzentrieren, während sie sich schmerzlich bewusst war, dass Robert sie beobachtete. Sie wagte nicht, noch einmal in seine Richtung zu sehen, denn sie merkte sehr wohl, dass auch Gilberts Aufmerksamkeit zwischen ihrem Tisch und Robert hin- und hersprang. Als der Kellner mit den Desserts an den Tisch trat und ihr eine *Bavarois au Chocolat* anbot, schüttelte sie schnell den Kopf und hatte das Gefühl, als müsste sie sich übergeben.

Sobald das Essen vorüber war, begaben sich die Gäste in den Salon, um auf die Abendunterhaltung zu warten. Caroline sah sich nach Robert um, doch er hatte seinen Tisch bereits verlassen. Gilbert zog ihren Stuhl zurück. »Ich habe Patrick gebeten, die Noten in den Salon zu bringen«, flüsterte er ihr ins Ohr.

»Du denkst immer an alles, oder?« Es war als Kompliment gemeint, aber irgendwie hörte es sich nicht so an.

Er sah ihr in die Augen. »Ja. Immer.« Er legte seine Hand auf ihre, die bereits auf seinem Arm ruhte, und führte sie zu den Aufzügen und anschließend in den Salon, wo sie sich in zwei Ohrensesseln in der Nähe des Klaviers niederließen und Gilbert einen vorbeikommenden Kellner bat, einen Scotch für ihn und einen Sherry für Caroline zu servieren.

Eigentlich wollte Caroline nichts trinken, aber vielleicht beruhigte es ihre Nerven. Margery und sie kamen erst nach einer kurzen Pause an die Reihe, was bedeutete, dass sie sich die anderen Auftritte ansehen musste, ohne allzu nervös zu wirken. Dem Programm nach erwarteten sie unter anderem ein als *Hübscher Prinz Charlie* verkleideter Passagier in vollem

Königsornat, der sechs schottische Lieder zum Besten geben würde, mehrere Gäste, die Gedichte vortrugen, und Solostücke auf dem Euphonium und der Mandoline.

Die Künstler schienen mehr von Begeisterung als von echtem Talent beseelt, und Caroline hätte die Auftritte wohl mehr genossen, wenn sie nicht ständig auf der Suche nach Robert oder einem möglichen Erpresser gewesen wäre – immer vorausgesetzt, sie konnte diesen durch einen kurzen Blick erkennen. Gilbert schien ebenfalls nervös. Vielleicht hatte sich ihre Aufregung auf ihn übertragen, vielleicht war es aber auch etwas anderes.

Nein, es war wohl wirklich etwas anderes, denn jedes Mal, wenn sie einen schnellen Blick auf ihn warf, starrte er zum Eingang, der zur Haupttreppe führte, als wartete er auf jemanden.

Tosender Applaus folgte dem Auftritt eines älteren Mannes, der »Down by the Old Mill Stream« vorgetragen hatte, was vermutlich auch auf die alkoholischen Getränke zurückzuführen war, die die Kellner ohne Unterlass servierten. Caroline warf einen weiteren Blick in das Programm und erkannte erleichtert, dass nun die kurze Pause begann. Sie zählte die restlichen Auftritte bis zum Ende des Konzerts, das traditionell mit »God Save the King« und »My Country, 'Tis of Thee« endete. Dieselbe Melodie mit zwei vollkommen unterschiedlichen Texten. Es würde also noch mindestens eine Stunde dauern. Sie war sich nicht sicher, ob sie es so lange aushielt.

Caroline wollte die Pause nutzen, um vorgeblich einen der Waschräume aufzusuchen, obwohl sie in Wahrheit nach Robert Ausschau halten wollte. Doch bevor sie sich erheben konnte, trat Kapitän William Turner auf die Bühne. Er trug seine glänzende Paradeuniform und bat um die Aufmerksamkeit der versammelten Gäste.

Im Salon wurde es mucksmäuschenstill, und alle drehten

sich zu dem Mann um, der sich während der Überfahrt zwar kaum unter seine Passagiere gemischt hatte, der aber als Kapitän eines solchen Schiffes wie der *Lusitania* trotzdem die Aufmerksamkeit und den Respekt aller Anwesenden genoss.

»Meine Damen und Herren, ich möchte mich heute kurz an Sie wenden, um einige der Befürchtungen anzusprechen, die Sie womöglich plagen. Wie viele von Ihnen wissen, werden wir bald in ein Kriegsgebiet einfahren, wo bekanntermaßen deutsche U-Boote auf feindliche Schiffe lauern. Ich möchte Sie dennoch bitten, Ihre Sorgen beiseitezulassen, denn ich kann Ihnen versichern, dass wir sämtliche Vorsichtsmaßnahmen getroffen haben und uns schon bald unter dem Schutz der Geleitschiffe der Royal Navy befinden werden.« Er schenkte seinen Zuhörern ein flüchtiges Lächeln. »Danke für Ihre Aufmerksamkeit. Genießen Sie das restliche Konzert.« Er verließ den Salon eilig, als wollte er eventuellen Fragen rasch entgehen.

Caroline erhob sich. Sie musste dringend mit Robert sprechen, doch jemand zupfte sie am Ellbogen. Sie wandte sich um, und ihr Blick fiel auf Margery Schuyler, die aussah wie ein Märtyrer, der bald bei lebendigem Leib verbrannt werden würde.

»Wir sind die Ersten nach der Pause, deshalb sollten wir gleich neben dem Klavier Aufstellung nehmen, damit wir später nicht zu gehetzt aussehen. Außerdem sollten Sie Ihre Finger aufwärmen, damit Sie auch die richtigen Noten treffen.«

Caroline wollte Einspruch erheben, aber Gilbert war ebenfalls aufgestanden, um Margery zu begrüßen. »Sie haben vollkommen recht, Miss Schuyler. Ich übergebe meine Frau in Ihre fähigen Hände, denn ich muss noch etwas erledigen. Aber keine Sorge, ich werde keine Minute Ihres Auftrittes versäumen.«

Er verbeugte sich vor den beiden Frauen und ging bereits

auf den Ausgang zu, als Caroline klar wurde, dass sie in der Falle saß. Sie setzte sich ans Klavier, stellte die Bank ein, schob die Noten zurecht, die sich bereits auf dem Ständer befanden, und begann zu spielen.

Sie war um keine Spur besser als bei den Proben, denn ihre Gedanken waren bei der Ankündigung des Erpressers, sie nach dem Konzert aufzusuchen, bei ihrem unerfüllten Wunsch, mit Robert zu sprechen, und bei der Tatsache, dass Gilbert immer noch nicht zurückgekehrt war. Es half auch nichts, dass ihr ständig jemand mit dem Finger auf die Schulter tippte, wenn sie einen Fehler machte.

Sie weinte beinahe vor Erleichterung, als das Stück zu Ende war, doch es folgte überraschend lauter Applaus, gefolgt von den Rufen nach einer Zugabe – die sicher nur als Scherz gemeint waren –, und so wurde ihre Hoffnung, so schnell wie möglich zu verschwinden, zunichtegemacht.

Obwohl sie bereits einige Schritte von dem Klavier zurückgewichen war, war sie gezwungen, sich noch einmal zu setzen, während Margery hastig ihre Noten durchblätterte, offenbar auf der Suche nach einem Stück, das sich als Zugabe eignete.

Aus dem Augenwinkel sah sie Patrick, der mit ausdruckslosem Gesicht, aber mit entschlossenen Schritten und einem Telegramm in der Hand auf einen Mann zuging, der sich in einer dunklen Ecke verbarg. Sie unterdrückte einen leisen Aufschrei, als Robert nach vorne trat, um das Telegramm entgegenzunehmen, doch es überraschte sie noch mehr, als plötzlich Gilbert neben Robert auftauchte und die beiden sich zunickten, bevor sie gemeinsam den Salon verließen.

Sie wollte erneut aufstehen, doch Margery legte die Hände auf ihre Schultern und drückte sie nach unten. »Spielen Sie«, zischte die ältere Frau, und da Caroline wusste, dass sie nichts anderes tun konnte, folgte sie dem Befehl.

Und dieses Mal wurde es perfekt, denn sie erlaubte sich

endlich, an jenen Ort zu entfliehen, an dem sie sich immer dann befand, wenn sie am Klavier saß. An einen Ort, an dem die Realität unwichtig wurde, auch wenn es so aussah, als würde die Welt um sie herum jeden Moment in Flammen aufgehen wie trockenes Holz angesichts eines einzelnen Streichholzes.

Einundzwanzig

AUF SEE
DONNERSTAG, 6. MAI 1915

Tess

Die Deutschen würden die *Lusitania* doch nicht wirklich in Flammen aufgehen lassen, bloß um zu verhindern, dass die Engländer die Formel in die Finger bekamen, oder? Und Ginny würde Tess nicht einfach so stehen lassen.

Die Nacht war kühl, und Tess' Hände waren sogar noch kälter, doch sie hatte nicht die Absicht, nach drinnen zu gehen. Sie hatte das Abendessen so schnell wie möglich hinter sich gebracht und war dann hierher, auf das Deck vor dem Salon gekommen, wo die Luft zwar nicht wirklich besser war, wo sie aber wenigstens in Ruhe nachdenken konnte.

Die Mannschaft war gerade dabei, die Bullaugen auf beiden Seiten des Schiffes mit schwarzem Stoff zu verdecken. In wenigen Stunden würden sie in die Nordsee einfahren, wo die kampfbereiten deutschen U-Boote lauerten. Mehrere Passagiere der ersten Klasse übten gerade das Anlegen der Schwimmwesten und diskutierten über die richtige Verschnallung der Riemen, während sie versuchten, die Atmosphäre mit dem einen oder anderen düsteren Scherz aufzulockern. An den Tischen der ersten Klasse war der Wein heute Abend offenbar in besonders großzügigen Mengen geflossen.

An der Reling standen mehrere Paare Arm in Arm, um ihre vorletzte Nacht an Bord zu genießen. Sie gestanden einander flüsternd ihre Liebe, während die Rettungsboote deutlich sichtbar unter ihnen baumelten, was den Liebesbekundungen zusätzliche Würze verlieh. Freunde unterhielten sich kichernd und tauschten Geheimnisse aus, und aus dem Salon drang Musik, die ab und an von tosendem Applaus unterbrochen wurde.

Tess ging an den Liebenden, den vertrauten Freunden und den hell erleuchteten Fenstern vorbei, die nach und nach verdunkelt wurden. Sie hatte sich noch nie in ihrem ganzen Leben so einsam gefühlt.

Im Salon der zweiten Klasse wurde Karten gespielt, aber Tess hatte noch nie zur Belustigung gespielt, sondern immer nur, um damit Geld zu machen. Sie konnte sich einfach nicht vorstellen, dort zu sitzen, sich mit Mary Kate zu unterhalten und so zu tun, als würde das Spiel sie vollkommen in den Bann ziehen.

Wir sind alles, was wir haben, hatte Ginny ihr immer wieder gesagt. *Du und ich gegen den Rest der Welt, Tennie.*

Doch jetzt spielte Ginny gegen den Rest der Welt, und Tess stand auf der anderen Seite.

Hatte sich Ginny genauso gefühlt, als Tess aussteigen wollte?

Nein. Nein, ganz bestimmt nicht. Ginny wusste sehr wohl, dass Tess weiter mit ihr zusammen sein wollte – ganz egal, ob sie eine Teestube eröffneten, Bilder auf Muschelschalen malten oder sich zu Krankenschwestern ausbilden ließen. Sie wollte bloß keine Betrügerin mehr sein. Ja, sie hatte sich von Ginny losgesagt, aber sie war davon ausgegangen, dass Ginny trotzdem ein Teil ihres Lebens bleiben würde. Sie hatte angenommen, dass Ginny mit ihr kommen würde und sie in England gemeinsam ein neues Leben beginnen würden. Und falls das nicht funktionierte, hatte sie zumindest gehofft, dass sie sich ab und zu besuchen und die eine oder andere Karte schreiben würden.

Aber wenn Ginny wirklich die Wahrheit gesagt hatte, hatte sie einen gefährlichen Job angenommen, ohne Tess davon zu erzählen. Obwohl sie sich prinzipiell von gefährlichen Aufträgen fernhalten wollten. Das war von Anfang an klar gewesen. Sie würden Fälschungen gegen Originale tauschen, aber sie wollten nie jemanden verletzen und nichts tun, was schwerwiegende Folgen hatte.

Nichts wie das hier.

Ginny war bloß wütend, das war alles. Sie schlug einfach um sich. Das taten manche Menschen nun mal, wenn sie verletzt waren. Der Gedanke, dass ihre Schwester sie verstieß und einfach so stehen ließ … Ginny hatte schlichtweg die Nerven verloren. Sie mochte es nicht, wenn ihr jemand widersprach. Aber sie waren Schwestern, und worin auch immer Ginny verwickelt war, es war sicher nicht so schlimm, dass sie nicht mit etwas Einfallsreichtum wieder herauskamen. *Gemeinsam.*

Doch in Wahrheit waren Tess' Gedanken und Pläne bedeutungslos. Der unendliche Atlantik erstreckte sich vor ihr, und es war weit und breit kein Land in Sicht. Sie konnte sich selbst belügen, so lange sie wollte, aber im Grunde war sie allein und hatte keine Ahnung, wem sie vertrauen konnte. Außerdem bestand kein Zweifel daran, dass Ginny Angst hatte. So große Angst, wie Tess sie noch nie erlebt hatte.

Doch war die Angst groß genug, dass sie Tess zurückwies, um sie dadurch zu retten?

Alleine im Dunkeln, fühlte sich Tess magisch von den Lichtern des Salons der ersten Klasse angezogen. Sie war wie ein Kind in einem fadenscheinigen Mantel, das seine Nase an das Schaufenster eines teuren Spielzeugladens presste und sich nach der Puppe aus Paris sehnte, obwohl es nicht einmal genug Geld hatte, um Brot zu kaufen. Der schlaue Architekt hatte den Salon mit zahllosen Fenstern versehen, damit sich das gemeine Volk am Anblick der Bessergestellten erfreuen konnte – natürlich sorgfältig getrennt durch die Glasscheiben. Das Buntglas in der Decke warf ein warmes Licht auf die mit glänzendem Mahagoni vertäfelten Wände und den Kamin aus grünem Marmor. Alles schien zu leuchten: die Abendkleider aus Satin, die Schultertücher aus Seide, der Schmuck, die sorgfältig gewaschenen und frisierten Haare. Es war eine peinliche Zurschaustellung unendlichen Reichtums, und in der Mitte stand der große Konzertflügel, an dem gerade eine Aufführung zu Ende ging.

Tosender Applaus erklang, und die Gäste forderten eine Zugabe.

Obwohl Tess wusste, dass es nicht gut für sie war, trat sie trotzdem näher an das Fenster heran, bloß ein Schatten unter vielen. Und natürlich fiel ihr Blick ausgerechnet auf Caroline Hochstetter, die stolz und in sich gekehrt am Klavier saß, den Hals und die Ohren mit Rubinen geschmückt und in einem Kleid aus elfenbeinfarbener Seide, das edel und aufreizend zugleich wirkte. Die Frau neben ihr nahm den Applaus mit einer Reihe übertriebener Verbeugungen entgegen, die einer Operndiva zur Ehre gereicht hätten, doch Caroline Hochstetter senkte lediglich den Kopf und zeigte sonst keinerlei Reaktion. Als würde der Applaus ihr ohnehin zustehen und keines weiteren Kommentars bedürfen.

So, wie der Mond nicht bemerkt, dass sämtliche Ozeane ihm folgen, dachte Tess. Manche Menschen fühlten sich so wohl in ihrer Haut, dass sie sich nicht einmal bemühen mussten. Sie verströmten eine magische Anziehungskraft, und vielleicht war es gerade dieser Mangel an Bemühen, der sie besonders reizvoll erscheinen ließ.

Andererseits war das nicht sonderlich schwer, wenn man mit Rubinen um den Hals geboren worden war.

Tess wollte sich gerade abwenden – denn es hatte im Grunde keinen Sinn, sich nach etwas zu sehnen, was für immer unerreichbar bleiben würde –, als sie eine kaum merkliche Bewegung wahrnahm. Gilbert Hochstetter hatte sich von seinem Platz erhoben. Genauso wie Robert. Sie bewegten sich unauffällig in Richtung Ausgang, ohne einander anzusehen oder miteinander zu sprechen. Tess fragte sich einen irren Moment lang, ob sie wohl ein Duell um die Gunst der Dame planten, wie in einem dieser Filme im Lichtspieltheater.

Es war ein absurder Gedanke – Pistolenschüsse vor dem Salon? Zwei Duellanten, die sich zehn Schritte voneinander entfernten, und der Verlierer musste danach auf eines der Rettungsboote? –, doch die sichtbare Spannung zwischen den beiden Männern brachte Tess dazu, ihnen trotzdem zu folgen. Die Schatten waren ihre Komplizen, und die Augen der Männer hatten sich nach den blendend hellen Lichtern im Salon sicher noch nicht an die Dunkelheit gewöhnt. Abgesehen davon hätten die beiden sie wahrscheinlich nicht einmal bemerkt, wenn sie mit Holzschuhen hinter ihnen hergetrampelt wäre und dabei Tuba gespielt hätte.

Zuerst dachte Tess, sie würden sich auf den Weg in den Rauchersalon machen, denn es war doch typisch für das männliche Geschlecht, dass man sich bei einer guten Zigarre mit seinem Rivalen einigte, nicht wahr?

Überraschenderweise blieben die beiden jedoch kurz vor den geschlossenen Türen des Rauchersalons und im Windschatten eines der gewaltigen Schornsteine stehen. Tess huschte in den Schatten dahinter, und ihr dunkler Rock und die Jacke verschmolzen mit der Dunkelheit.

Mr. Hochstetter ergriff zuerst das Wort. »Wir müssen reden.«

Robert zuckte unwillkürlich zurück, als müsste er sich in Verteidigungshaltung begeben.

Gilbert Hochstetters Lippen verzogen sich zu einem grimmigen Lächeln. »Nein, nicht *darüber*. Es geht um die Pläne.«

Robert sah ihn blinzelnd an. »Um die ... Pläne?«

Tess merkte, wie sein Blick von einer Seite zur anderen huschte, als hätte er Angst, belauscht zu werden. Er war sofort in höchster Alarmbereitschaft. Weil er ganz genau wusste, worum es hier ging.

Die Pläne. Tess sah den Tresor in der Suite der Hochstetters vor sich. Den Walzer, der so viel mehr war als das.

Oh Gott! Man hatte sie enttarnt. Irgendwie hatte Hochstetter herausgefunden, was los war. Tess' Gedanken rasten. Sollte sie vielleicht ein Ablenkungsmanöver starten? Sie könnte zufällig in Hochstetter hineinlaufen, während Robert das Weite suchte. Aber wo sollte er hin? Wo konnte er sich verstecken? Das hier war nicht Topeka, wo sie einfach auf den nächsten Zug springen und ihren Verfolgern die lange Nase zeigen konnten.

Hochstetter zog eine Zigarre aus seiner Tasche und drehte sie zwischen den Fingern. Er hatte breite Hände, die sicher auch gut zupacken konnten. »Sie brauchen nicht so tun, als wüssten Sie von nichts. Sie wurden mir von Anfang an als Kontaktmann genannt.«

Kontaktmann. Tess erstarrte. Kontaktmann? Aber Robert hatte doch gesagt, dass ...

Ja, was hatte er eigentlich gesagt? Im Grunde nichts Konkretes. Bloß, dass sein Vater ein hohes Tier in der Regierung war. Und dass er etwas tun musste, um sein Land im Krieg zu unterstützen.

Oh mein Gott!

»Man hat Ihnen also den Kontaktmann genannt«, wiederholte Robert bemüht freundlich, doch Tess spürte seine Anspannung. »Es wäre nett gewesen, wenn man mich ebenfalls informiert hätte. Ich bin schon seit Tagen auf diesem verdammten Schiff unterwegs und suche nach dem Mann und den Dokumenten, die ich beschützen soll.«

Mr. Hochstetter brauchte einen Augenblick, um zu antworten. Er betrachtete die Zigarre, ohne sie wirklich zu sehen. »Ich hätte mich schon früher zu erkennen geben sollen, aber …«

Die Zigarre zerbrach zwischen Hochstetters Fingern. Er sah aus, als hätte er vergessen, dass er sie überhaupt in der Hand hielt.

Robert atmete tief durch. »Aber …«

»Wie dem auch sei.« Hochstetter warf die Zigarre über die Reling, und die Bewegung verdeckte einen Moment lang sein Gesicht. Dann richtete er sich auf, wischte sich den restlichen Tabak von den Händen und meinte eilig: »Das tut hier nichts zur Sache. Es war unprofessionell, dass ich meine persönlichen Befindlichkeiten nicht aus dem Spiel gelassen habe.«

»Es war verständlich«, erwiderte Robert, dessen Gesicht im Schatten lag und daher nicht zu deuten war. »Nicht unprofessionell.«

»Tun Sie nicht so, als hätten Sie Mitleid mit mir.« Mr. Hochstetters Stimme klang wie ein Peitschenhieb. Es kostete ihn offenbar einige Kraft, sich so etwas wie ein Lächeln abzuringen. »Sonst muss ich Sie niederschlagen, und dann stehen wir wieder dort, wo wir angefangen haben.«

Es war nicht bloß ein Scherz, das wussten sie beide. Tess beobachtete, wie Robert Mr. Hochstetters Worte abwog. Schließlich meinte er leise: »In Ordnung. Haben Sie die Unterlagen?«

»Ja.« Es folgte eine erwartungsvolle Stille, und Mr. Hochstetter ließ Robert eine Weile zappeln, bevor er hinzufügte: »In meinem Kopf.«

»Aber ich dachte …«

»Sie dachten, es gäbe eine codierte Nachricht?« Hochstetter klang amüsiert. Er war es offenbar gewohnt, die Oberhand zu haben, und würde alles dafür tun, dass es auch so blieb.

»Ja.«

»Das war der Plan. Eine nette Ablenkung, für den Fall, dass uns jemand auf die Schliche kommt.« Er musste nicht eigens erwähnen, dass Robert ihm ebenfalls in die Falle gegangen war. Hochstetter ließ die Neuigkeit sacken, dann fuhr er fort: »Außerdem war es ein gutes Mittel, um etwaige Verräter auszuräuchern.«

»Aber die Formel ...«

»Ich verfüge über ein sogenanntes eidetisches Gedächtnis. Ich kann alles wiedergeben, was ich je in meinem Leben gesehen habe.«

»Ich verstehe«, erwiderte Robert. »Oder besser gesagt: Ich verstehe nicht. Ich kann Sie schlecht in meine Tasche stecken und an Land schleppen ...«

»Wenn alles gut geht, wird das nicht nötig sein. Dann kann ich selbst mit der Admiralität sprechen. Aber nur für den Fall ... Die Sicherheitsmaßnahmen an Bord geben einem zu denken.« Die Fenster des Rauchersalons waren bereits mit schwarzem Stoff verdunkelt worden. Die beiden Männer hingen einen Augenblick schweigend ihren Gedanken nach, dann fuhr Mr. Hochstetter fort: »Haben Sie etwas zum Schreiben dabei? Je unverfänglicher, desto besser.«

Robert griff in seine Westentasche und zog einen Umschlag hervor. »Ist der unverfänglich genug?«

»Es genügt.« Mr. Hochstetter trat näher und murmelte Robert etwas ins Ohr, wobei er immer wieder innehielt, damit Robert das Gehörte niederschreiben konnte. Was es auch war, es dauerte nicht sonderlich lange, doch sosehr sich Tess auch bemühte, sie hörte kaum etwas, bloß unzusammenhängendes Kauderwelsch.

Robert schien hingegen genau zu wissen, worum es ging. Er hielt mit erhobenem Stift inne. »Ist das alles?«

»Es ist genug«, erwiderte Mr. Hochstetter düster. »Es ist

genug, um die Regierungen zweier Länder in helle Aufregung zu versetzen. Werden Sie gut darauf aufpassen?«

Robert legte eine Hand auf seine Brusttasche. »Ich werde dieses Jackett nicht mehr ausziehen.«

»Nicht?« Der sarkastische Unterton in Mr. Hochstetters Stimme war nicht zu überhören.

Obwohl es dunkel war, sah Tess, wie Roberts Wangen zu glühen begannen. »Es tut mir leid. Ich entschuldige mich für die Unannehmlichkeiten, die ich verursacht habe.«

»Aber nicht dafür, dass Sie sie lieben?« Mr. Hochstetter stieß ein kurzes, freudloses Lachen aus. Er erinnerte Tess an einen Löwen, den sie einmal auf dem Jahrmarkt gesehen hatte. Er hatte in einem engen Käfig gesessen und schien vollkommen in die Enge getrieben, aber er war trotzdem noch der König des Dschungels gewesen. Majestätisch – selbst in seiner größten Niederlage.

Tess wusste genau, wie er sich gefühlt hatte. Ihr Herz war gebrochen, und jedes Wort, das sie gerade mitangehört hatte, hatte ihr beinahe körperliche Schmerzen bereitet. *Du Närrin*, dachte sie. *Du Närrin!* Natürlich hatte sie Robert das Schlimmste unterstellt. Denn das hätte bedeutet, dass er Caroline Hochstetter nicht liebte. Dass er vielleicht – aber nur vielleicht – die fehlerhafte, verdrehte Tess liebte. Dass zwei Gaunerherzen zusammengefunden hatten.

»Es wäre einfacher, wenn ich Ihnen dafür die Schuld geben könnte. Aber ich liebe sie auch. Mehr, als Sie es jemals könnten.«

»Was bringt Sie zu der Annahme, dass ich sie nicht noch mehr liebe?«, fragte Robert leise.

»Das ist unmöglich.« Mr. Hochstetter packte Roberts Hand und schüttelte sie kurz. »Gute Nacht, Mr. Langford. Und viel Glück. Ich hoffe, wir sehen uns nicht wieder.«

Robert senkte den Kopf. »Sir.«

Mr. Hochstetter verschwand, ohne sich noch einmal umzudrehen, und kehrte in den Salon und zu seiner Frau zurück, während Robert ihm nachstarrte. Tabakkrümel vor den Füßen und das Verderben ganzer Nationen in der Westentasche.

Tess war klar, dass sie verschwinden musste. Sie musste in die zweite Klasse zurückkehren und so tun, als würde sie sich beim Kartenspiel amüsieren. Nur noch eineinhalb Tage. *Halte dich bedeckt*, hatte ihr ihr Vater eingebläut. *Es geht dich nichts an*. Und dabei war es egal, dass ihr Herz in Scherben lag, denn das war alleine ihrer Torheit zuzuschreiben.

Sie hätte wissen sollen, dass Robert ihr nie wirklich gehört hatte. Am besten verschwand sie im Schatten und tat so, als wäre nichts davon jemals passiert. Als hätten sie sich nie geküsst. Als hätte er ihr kein Abendessen in dem nobelsten Hotel Liverpools versprochen.

Aber sie konnte nicht. Die Wahrheit schmerzte so sehr wie die Fingernägel, die sich in ihre Handflächen gruben. Sie konnte nicht einfach fortgehen. Ginny war in großer Gefahr, und Robert war die naheliegendste Lösung, die sich Tess bot. Er arbeitete für die Engländer, was bedeutete, dass er sie beschützen konnte – und vor allem Ginny.

Egal, was es Tess kosten würde.

»Hallo.« Tess trat aus dem Schatten und griff nach Roberts Arm, als er an ihr vorbeikam.

Er riss sich erschrocken los, und sie taumelte zurück. Doch er brauchte nur den Bruchteil einer Sekunde, um sie zu erkennen. Sein Seufzen klang erleichtert und wütend zugleich. »Was zum Teufel machen *Sie* hier?«

Tess strich ihre Jacke glatt. Hätten ihre Hände bloß nicht so gezittert. »Ich muss mit Ihnen sprechen.«

Robert fuhr sich mit den Fingern durch die Haare. »Ich scheine heute Abend heiß begehrt zu sein. Kann das nicht warten?«

»Nein, kann es nicht«, erwiderte Tess und baute sich trotz ihrer sehr viel geringeren Körpergröße vor ihm auf. Sie sah ihm in die Augen und sagte, so schnell sie konnte: »Ich weiß, dass Sie als Spion arbeiten. Ich weiß, dass Sie über Pläne verfügen, die die Deutschen unbedingt haben wollen. Und ich weiß, um wen es sich bei dem deutschen Agenten auf dem Schiff handelt.«

Robert starrte auf sie hinunter, das Gesicht hart wie Stein. Dann meinte er: »Ich wusste gar nicht, dass es hier auf dem Schiff auch Absinth gibt. Trinken Sie eine Tasse Tee und schlafen Sie Ihren Rausch aus.«

»Und wenn ich aufwache, ist immer noch alles beim Alten? Ich weiß Bescheid, Robert. Ich weiß alles. Und ich werde es Ihnen erzählen – aber nur, wenn Sie mir Straffreiheit gewähren.« Tess packte ihn am Revers, ihre Fingerknöchel wirkten im Gegensatz zu dem dunklen Stoff unnatürlich weiß. Mit jedem Wort brach ihr Herz in noch mehr Stücke. »Ich … die deutsche Agentin ist meine Schwester. Ginny. Sie arbeitet mit einer zweiten Person auf dem Schiff zusammen. Vielleicht mit den Deutschen in der Gefängniszelle.«

Sie hatte sich Ungläubigkeit erwartet, und vielleicht auch Wut. Aber das, was sie vor sich sah, war mehr als das. Einen solchen Gesichtsausdruck hatte Tess noch nie bei Robert gesehen, und die Kälte drang ihr bis ins Mark. Er versuchte nicht, ihre Finger von seinem Mantel zu lösen. »Warum erzählen Sie mir das alles?«

»Weil Ginny der Sache nicht gewachsen ist. Ich habe Angst um sie. Um uns.« Und das war die Wahrheit – nur eben nicht die ganze. »Sie wollte, dass ich die Pläne für sie stehle. Ich stamme nicht wirklich aus Devon. Aber das wussten Sie sicher schon, oder? Mein echter Name ist Tennessee Schaff. Tess.«

»Sind Sie Deutsche?«

»Nein! Meine Eltern kamen zwar aus Deutschland, aber das

war lange, bevor ich geboren wurde. Ich kann Ihnen ein deutsches Gute-Nacht-Lied vorsingen, wenn Sie möchten, aber ich weiß nicht einmal, worum es darin geht. Ich kann nur den Klang der Worte nachahmen.«

»Das behaupten Sie zumindest.«

»Ich bin genauso sehr Deutsche, wie Sie von königlichem Blut sind. Ich war noch nie in Deutschland. Ich wurde in Tennessee geboren, aber wir blieben nicht lange dort. Wir reisten viel herum. Kansas, Nebraska, Wyoming ... wo auch immer wir auf eine Stadt mit einem Saloon und leicht zu beeindruckenden Einwohnern stießen.« Nachdem sie einmal angefangen hatte, konnte sie gar nicht mehr aufhören. Die Worte sprudelten nur so aus ihr heraus, als wäre ein Damm gebrochen. »Wir waren Betrüger. Einfache Hochstapler. Mein Vater verkaufte selbstgebraute Wunderheilmittel. Mein Spezialgebiet sind Fälschungen. Ich kann Ihnen einen hübschen da Vinci malen, wenn Sie möchten.«

»Ich werde an Sie denken, wenn wir den Familiensitz das nächste Mal renovieren«, erwiderte Robert, und die Verachtung in seiner Stimme schmerzte mehr als jeder Tadel.

Tess wurde rot. »Es war alles ziemlich harmlos. Na ja, nicht wirklich *harmlos* – aber es kam wenigstens niemand zu Schaden. Nicht einmal durch Dads Wundermittel. Wir haben nur ...«

»Leute betrogen? Ausgenommen? Verarscht?«

»Ja, genau. Das, was ich getan habe, ist unentschuldbar. Aber es war nicht ... es war nicht so wie das hier.«

Robert kam direkt zum Punkt: »Sie behaupten also, dass Ihre Schwester von Ihnen verlangt hat, Pläne zu kopieren. Welche Pläne?«

»Das hat sie mir nicht gesagt.« Mittlerweile waren sie nicht mehr Tess und Robert. Das hier war ein Verhör, und sie saß im Zeugenstand. »Zumindest nicht zu Beginn. Sie meinte, ein

Sammler wäre an einer Kopie eines Strauss-Walzers interessiert und dass er sich sogar mit der Abschrift zufriedengeben würde. Ihre Auftraggeber glauben offenbar, dass sich in den Noten eine codierte Botschaft versteckt.«

»Und haben Sie es getan? Haben Sie die Unterlagen kopiert?« Tess hätte nie gedacht, dass Roberts Stimme einmal so gefühllos klingen und seine Augen so kalt wirken könnten.

»Nein!« Das hier lief vollkommen schief. »Zumindest nicht den Teil, der mir seltsam vorkam. Ich habe Ihnen doch schon gesagt, dass ich so etwas nicht mache. Außerdem will ich das nicht mehr. Ich will ein ehrliches Leben führen. Deshalb bin ich auf diesem Schiff. Ich will noch mal von vorne anfangen, und das wusste Ginny. Ich wusste am Anfang nicht, dass dieser Auftrag anders ist. Ich dachte, ich müsste noch ein letztes Mal eine Fälschung für einen Sammler anfertigen.«

Sie geriet ins Stocken und fand unter seinem unnachgiebigen Blick keinen Halt mehr. So musste sich ein Fisch am Haken fühlen, und zum ersten Mal tat Tess der Fisch leid. Dabei hatte sie sich freiwillig in diese Situation begeben.

Dummchen, hörte sie Ginny sagen.

Ginny hatte recht: Man konnte Tess wirklich nicht sich selbst überlassen. Sie hätte abwarten sollen, ob er ihr auch wirklich Straffreiheit gewährte. Aber sie mochte ihn. Sie vertraute ihm.

Sie liebte ihn.

Robert trat einen Schritt zurück und verschränkte die Arme vor der Brust. »Dann waren unsere zufälligen Begegnungen gar nicht so zufällig? Habt Ihr den Schuh absichtlich verloren, Cinderella?«

»Ich habe Sie nicht verfolgt – zumindest nicht am Anfang. Es ging bloß um Mrs. Hochstetter. Ich musste an die Noten herankommen, das war alles. Aber Sie waren überall dort, wo ich auch war.« Ihre Stimme wurde immer heiserer. Sie leckte sich über die trockenen Lippen. Wie sollte sie ihm das alles bloß erklären? »Ich hatte keine Ahnung, dass Sie auch in die Sache verwickelt sind. Bis …«

»Bis?«

»Bis Sie mich fragten, was ich tun würde, wenn jemand, den ich liebe, einen schweren Fehler macht. Ich dachte, Sie meinen Ginny. Ich dachte, Sie wüssten Bescheid. Oder …« Sie sprach hastig weiter, »… dass Sie vielleicht von sich selbst sprachen.«

Von jemandem, den sie liebte.

Die Bedeutung ihrer Worte schlug ein wie eine Bombe, und das Schweigen, das darauf folgte, war schrecklich. Tess ballte die Hände an ihrer Seite zu Fäusten. Sie fühlte sich nackt und verletzlich. Aber sie würde ihre Worte nicht zurücknehmen.

»Sie dachten also, ich würde für die Deutschen arbeiten«, meinte Robert langsam.

Tess wusste nicht, ob sie enttäuscht oder erleichtert sein sollte. Sie erwiderte mit trockenem Mund: »Ich dachte, dass Ginny Sie erpresst, damit Sie ihr helfen. Was hätte ich denn sonst denken sollen? Sie haben es ja selbst gesagt! Die Sache mit dem Verrat und Ihrem Vater, der für die Regierung arbeitet. Dass Sie die Wahrheit über sich selbst nicht kennen. Die Geschichte von der Dame und dem Tiger. Was hätte ich denn denken sollen?«

»Keine Ahnung«, gab Robert zu, und die Wut war mit einem Mal aus seiner Stimme verschwunden. Stattdessen klang er müde. Unendlich müde. »Genauso wenig wie ich weiß, was ich von Ihnen halten soll.«

Tess hätte am liebsten ihr Gesicht an seiner Brust vergraben und geweint. Auch wenn sie nicht wusste, warum. Weil er eine andere Frau liebte? Weil sie gerade ihre Schwester verraten hatte, obwohl Ginny alles war, was ihr noch geblieben war?

Doch es gab kein Zurück, und sie durfte keine Schwäche

zeigen, also straffte sie die Schultern und sah ihm trotzig in die Augen. »Das war die Wahrheit. Und zwar die ganze. Ich will nur, dass es vorbei ist, das ist alles.« Sie biss sich auf die Unterlippe und versuchte, möglichst gefasst zu wirken. »Und ich will, dass meiner Schwester nichts passiert.«

Roberts Gesicht wurde weicher. Vielleicht war es aber auch nur das düstere Licht, das ihr Mitgefühl vorgaukelte.

Nein, das hier war kein Mitgefühl. Es war *Mitleid*. Tess erstarrte. »Ich bin hier nicht die Einzige mit schwerwiegenden Problemen. Haben Sie Mr. Hochstetter vorhin denn nicht gehört? Die einzige Erklärung, warum jemand auf die Idee gekommen sein könnte, dass sich der Code in den Noten versteckt, wäre wohl die, dass es auch auf Ihrer Seite einen Verräter gibt.«

Der Ausdruck auf Roberts Gesicht traf sie bis ins Mark. Als er sprach, klang seine Stimme eiskalt. »Dieser Umstand ist mir nicht entgangen.«

Tess wich zurück. »Na gut, das war im Großen und Ganzen alles. Ich gehe jetzt, in Ordnung?« Sie konnte sich einen letzten kleinen Seitenhieb nicht verkneifen. »Wenn Sie sich beeilen, hören Sie Mrs. Hochstetter vielleicht noch spielen.«

»Oh nein, Sie gehen nirgendwohin.« Robert packte sie am Arm. »Wo finde ich Ihre Schwester?«

Tess stemmte sich gegen ihn. »Ich werde Ginny nicht verraten, bis ich Ihr Versprechen auf Straffreiheit habe.«

»Sie befinden sich nicht in der Position, Forderungen zu stellen, Miss Schaff.«

»Und Sie können es sich nicht erlauben, wählerisch zu sein!« Tess starrte wütend zu ihm hoch. »Sie verstehen wohl nicht, worum es hier geht! Haben Sie mir eben denn nicht zugehört? Jemand von Ihren Leuten hat Sie verraten!«

Robert schien sämtliche Selbstbeherrschung zu benötigen, um sie nicht zu schütteln. Sie spürte, wie sich seine Finger verkrampften. Aber am Ende des Tages war er ein Gentleman – das hoffte sie zumindest. »Und wer kann mir Ihrer Meinung nach am ehesten sagen, um wen es sich dabei handelt? *Wo ist Ihre Schwester?*«

»Was haben Sie mit ihr vor?«

»Ich werde sie an den Zehen aufhängen, bis sie redet«, erwiderte Robert ätzend. »Sehen Sie mich doch nicht so an, verdammt! Die Daumenschrauben sind mir gerade ausgegangen. Ich werde ihr Tee servieren und sie ganz höflich darum bitten, mir alles zu sagen.«

Sie glaubte ihm das eine genauso wenig wie das andere. »Dann sollten Sie nach jemandem suchen, der aussieht wie ich.«

»Kommen Sie, das können Sie doch besser!«

»Ich … Ginny ist zehn Jahre älter als ich.« So viel konnte sie ihm zumindest verraten. Und dann würde sie sich auf die Suche nach Ginny machen und ihr sagen, dass das Spiel aus war. Es war noch nichts passiert, und sie konnten gemeinsam verschwinden. Nach Kanada oder Australien. Irgendwohin, wo die Leute Englisch sprachen. Sollte Robert doch die Übeltäter schnappen und Tess und Ginny den Weg zur Flucht bereiten.

Tess räusperte sich und suchte fieberhaft nach Informationen, die eigentlich keine waren. »Sie ist ein paar Zentimeter größer als ich, und alle sagen immer, dass wir dieselbe Nase haben. Und dieselbe Augenfarbe.«

»Na toll«, erwiderte Robert bissig. »Dann werde ich jetzt von Passagier zu Passagier gehen und mir ihre Nasen ganz genau ansehen.«

Tess zuckte mit den Schultern. »Was haben Sie sich denn erwartet? Ein besonderes Merkmal? An Ginny und mir ist überhaupt nichts besonders.«

»Sie gehen mir zumindest besonders auf die Nerven«,

zischte Robert und drängte sie vorwärts. »Los. Sie kommen jetzt mit.«

Tess stemmte sich dagegen. »Was meinen Sie damit? Ich habe Ihnen doch schon alles gesagt, was ich weiß. Das hier ist nicht mein Coup. Ich bin nur zufällig hineingerutscht.«

»Ja, das behaupten Sie zumindest.« Robert bewegte sich mit großen Schritten vorwärts, sodass ihr nichts anderes übrigblieb, als neben ihm herzustolpern. »Haben Sie überhaupt eine Ahnung, worum es hier geht? Wissen Sie, wie skrupellos diese Leute sein können?«

»Genau deshalb müssen Sie mich ja gehen lassen!« Sie musste Ginny finden und sie warnen. Sie versuchte, sich loszureißen, doch er ließ es nicht zu. »Wo bringen Sie mich hin?«

Er warf einen kurzen Blick auf sie hinunter. Sein Gesicht lag im Schatten, sodass sie nur seine grünen Augen aufblitzen sah. »In meine Kabine.«

Tess stolperte und verlor vor Überraschung beinahe das Gleichgewicht. »Das ist aber ziemlich anmaßend, oder?«

»Ich würde es eher *vernünftig* nennen«, erwiderte Robert knapp. »Glauben Sie wirklich, ich würde Sie nach alldem gehen lassen?«

»Warum nicht? Ich kann sowieso nirgendwohin.«

»Nicht?« Roberts Griff wurde fester, und er drückte sie an sich, sodass sie aussahen wie ein Liebespaar. Dabei war Tess wohl eher seine Gefangene. »Oh nein, Miss Schaff. Sie bleiben schön in meiner Nähe, bis ich mir überlegt habe, was ich mit Ihnen mache.«

Zweiundzwanzig

ZEHN KILOMETER WESTLICH VON STONEHENGE
MAI 2013

Sarah

Die trostlose graue englische Landschaft zog an den Fenstern des Range Rovers vorbei, und ich fühlte mich wie eine Gefangene. Vielleicht war es der Nieselregen, der kurz nach der Überquerung des River Dart eingesetzt hatte und das Auto in einen feuchten, nach Leder riechenden Käfig verwandelte. Vielleicht war es aber auch die düstere Stimmung, die Rupert wie ein dichter Nebel umgab.

Möglicherweise – und das war jetzt nur eine Vermutung – hatte es aber auch damit zu tun, dass John nicht bei uns war. Als ich morgens um acht auf Zehenspitzen in Roberts Arbeitszimmer getappt war, hatte ich es einfach nicht übers Herz gebracht, ihn zu wecken. Er hatte bäuchlings auf dem Sofa gelegen, einen Arm um das Kissen geschlungen, während der andere zu Boden hing, und obwohl ein Sonnenstrahl direkt auf sein Gesicht gefallen war, hatte er so entspannt und weggetreten ausgesehen wie ein Collegestudent, der seinen Rausch ausschläft. Ich grinste. *Und was für einen Rausch!*

Natürlich war er auch letzte Nacht ein wahrer Gentleman geblieben. Etwas anderes war von John Langford um zwei Uhr morgens auch nicht zu erwarten. Denn anstatt unseren letzten

Kuss zu vertiefen, mich hochzuheben und mich wie Rhett Butler die Treppe hochzutragen – *Einsatz Orchester!* –, hatte er sich von mir gelöst, mir mit dem Daumen über die Wange gestrichen und dann ganz sanft »Gute Nacht, Sarah« gemurmelt. Natürlich konnte sein rauchiger Bariton sämtliche Frauenherzen zum Schmelzen bringen – aber »Gute Nacht« hieß nun mal »Gute Nacht«, egal in welchem Tonfall.

Doch als ich am Morgen schließlich vor ihm stand und seinen großgewachsenen, auf dem Sofa zusammengebrochenen Körper betrachtete, vergab ich ihm. Walnut saß auf dem Teppich neben Johns nach unten hängender Hand und wedelte leise mit dem Schwanz. Er beschützte sein Herrchen. Ich kraulte ihn an den Ohren und bat ihn, sich an meiner Stelle um John zu kümmern, bevor ich zum Tisch ging und eine kurze Nachricht schrieb.

Mein lieber John (Hey, das wollte ich immer schon einmal schreiben!),

ich habe gerade einen Riesenradau veranstaltet, aber du wolltest einfach nicht aufwachen, deshalb sind Rupert und ich alleine nach Kew unterwegs. Ruh dich aus und sieh dir an, was ich über unseren Code herausgefunden habe (kleiner Tipp, der Zettel liegt unter dieser Nachricht).

Ich bin am Abend wieder zurück.

S.

PS: Wir haben dein Auto genommen. Rupert meinte, es macht dir sicher nichts aus.

PPS: Okay, eigentlich meinte er: »Besser nachher um Vergebung als vorher um Erlaubnis bitten.«

Ich schickte ihm keine Küsse, nicht einmal das übliche *X* nach dem *S*. Ich meine, was sagt man zu John Langford, nachdem man ihn zum ersten Mal geküsst hat? Und vielleicht blieb es ja sogar bei dem einen Kuss, denn immerhin würde ich in zwei Tagen das Land verlassen. Mir fielen zwar einige Standardsätze ein, aber ich schrieb keinen davon nieder, denn wenn ich das geschrieben hätte, was ich wirklich schreiben *wollte* – oder noch besser: das, was ich mir *dachte* oder vielleicht sogar *fühlte* –, hätte er vermutlich sämtliche Schlösser ausgetauscht. Nämlich:

PPPS: Ich glaube, ich verliebe mich gerade in dich.

Ja, klar. Toll. Das war genau das, was er jetzt brauchte. Eine fantasierende amerikanische Stalkerin.

Ich wandte mich an Rupert, der sich konzentriert über das Lenkrad beugte und seine Haare dieses Mal mit altmodischer Pomade gebändigt hatte, sodass es im ganzen Auto irgendwie medizinisch roch. »Ihr Freund aus dem Nationalarchiv«, begann ich. »Weiß er, dass wir kommen?«

»*Sie*. Und ja. Ich habe heute Morgen mit ihr telefoniert.« Er fummelte am Scheibenwischerhebel herum, der daraufhin noch einen Gang zulegte, bevor er wieder auf Normalgeschwindigkeit schaltete. »Da sie früher für die Admiralität gearbeitet hat, sollte sie theoretisch wissen, wo Peregrines Unterlagen abgeblieben sind. Sie gräbt gerade alles für uns aus. Priscilla ist unglaublich effizient, eine Art moderne Miss Moneypenny. Wussten Sie eigentlich, dass ich ihn persönlich kannte?«

»Peregrine?«

»Du lieber Himmel! Für wie alt halten Sie mich eigentlich? Ich meine *Robert*. Ich war vielleicht sieben oder acht Jahre alt, als er starb. Und Großmama kannte ich auch noch. Sie war wirklich eine Wucht. Sie verstand es, ihn aus seinen Depressionen herauszuholen. Sie vergötterten einander, und sie überlebte ihn nur um ein Jahr. Ihr Herz zerbrach in tausend Stücke, als er ging.«

»John hat erzählt, dass sie sich an Bord des Schiffes ineinander verliebt haben.«

»Ja. Ich habe gehört, dass es ein ziemlicher Skandal gewesen sein soll. Sie sprachen nie über die Sache, und da sämtliche Informationen verschollen sind – wie Sie sicher bei Ihren Recherchen bereits bemerkt haben –, kann im Grunde nur eine Betrügerei dahinterstecken. Außerdem wusste niemand, woher sie eigentlich kam.«

»Sie meinen Ihre Großmutter? Ich dachte, sie wäre Amerikanerin gewesen?«

»Ja, das war sie. Aber woher stammte sie? Was war mit ihrer Familie? Niemand verlor auch nur ein Wort über ihre Kindheit oder ihre Vergangenheit. Es war, als wäre sie dem Ozean entstiegen.«

»Vielleicht wollte sie nur nicht gefunden werden. Schiffsunglücke sind eine gute Möglichkeit, buchstäblich unterzutauchen und seiner Vergangenheit zu entkommen. Seiner Familie, seiner Ehe. Man kann ein ganz neues Leben beginnen, wenn man möchte.« Ich warf einen schnellen Blick auf mein iPhone, weil ich dachte, es hätte vibriert, aber der Bildschirm war schwarz. Nichts. Keine neuen Nachrichten.

»Hat John sich schon gemeldet?«, fragte Rupert.

»Nein.«

»Ich schätze, er schläft noch. Der arme Junge. Hat eine ziemlich schlimme Zeit hinter sich.«

Ich sah aus dem Fenster auf die regennassen Hügel hinaus, die schweigend vorbeizogen. »Ja. Es macht mich verrückt, wenn ich nur daran denke. Er hat das alles nicht verdient.«

»Aber es kommt doch nicht darauf an, was wir *verdienen*, Sarah. Die Frage ist, was wir *ertragen*. John ist leider ein Mensch, der eine Menge erträgt, und er nimmt dieses Schicksal an.

366

Mein Gott, er hat Callie all die Jahre durchs Leben getragen, doch letztlich hat sie ihm das Rückgrat gebrochen.«

»Er redet nicht gerne darüber.«

»Nein, natürlich nicht. Er beschützt sie immer noch, es ist absurd. Sie ist im Herzen kein schlechter Mensch, aber die Frauen in dieser Familie benötigen alle sehr viel Aufmerksamkeit und wollen ständig umsorgt und bewundert werden ...«

»Pflegeintensiv?«

»Ja, wenn man das heutzutage so nennt? Auf jeden Fall brauchte Callie noch mehr als die anderen. Sie ging nicht zur Uni, sondern nach London und begann zu modeln und als ... Wie nennt man das noch gleich? ... als *Hostess* zu arbeiten. Es ist ein hübsches kleines Wort, auch wenn ich mir nicht sicher bin, was es bedeutet. Aber Sie verstehen, was ich meine, oder? Sie verfiel dem Kokain, und ich fürchte, damit war die Sache gegessen. Er konnte nichts mehr für sie tun. Er war nach dem Studium eine Zeitlang in der Armee, und als er aus Afghanistan zurückkam, warf sie sich auf ihn und ließ ihn nicht mehr los. So, wie sich die Schwachen an die Starken klammern. Er war eine Art Held und hat sogar irgendeinen Orden bekommen ...«

»Nicht irgendeinen Orden«, erwiderte ich. »Das Militärkreuz.«

»Ja, von mir aus, dann war es eben das Militärkreuz.« Rupert winkte ab. »Was es auch war, für Callie war es wie Katzenminze. Sie heirateten kurze Zeit später – John ist einfach die Art von Mann –, und eine Weile lief alles glatt. Sie half ihm beim Sprung ins Parlament – ich muss zugeben, dass sie sich mit Publicity wirklich sehr gut auskennt. Aber sobald er im Parlament angekommen war und sich der Politik verschrieb, begann sie sich erneut zu langweilen. Sie traf sich mit alten Freunden, nahm alte Gewohnheiten wieder auf – und dieses Mal war es sogar noch schlimmer als zuvor.«

»Wollten die beiden denn nie Kinder haben?«, fragte ich. »Eine Familie gründen?«

»Ich nehme schon an, dass John Kinder haben wollte, aber bei Callie bin ich mir nicht sicher. Man fragt ja nicht nach. Im Nachhinein ist es jedenfalls gut, dass sie keine bekommen haben. Irgendwann kam es zu einem Zwischenfall – ich habe keine Ahnung, was passiert ist –, und John ist ausgezogen. Das Scheidungsverfahren lief in aller Stille an. Doch dann wurde sie plötzlich mit diesem russischen Schuft in One Hyde Park fotografiert ...«

»Und John musste dafür bezahlen.«

»Mehr oder weniger. Aber das geht vorbei. Die offizielle Anhörung findet in ein oder zwei Monaten statt, und sobald festgestellt wurde, dass sie bereits getrennt lebten und ein Scheidungsverfahren lief, ist klar, dass kein Interessenskonflikt bestand, und Johns Ehre ist wiederhergestellt.«

»Glauben Sie das wirklich?«

Rupert nickte energisch. »Lesen Sie denn keine Zeitung? Seine Wähler sind außer sich. Er ist richtig beliebt, wissen Sie? Er kommt schon zurück. Er ist immerhin ein Langford.«

»Ja, er ist ein Langford.« Mein Handy vibrierte, und dieses Mal irrte ich mich nicht. Mein Herz legte einen Gang zu, und ich senkte den Blick.

Schade, dass du schon los musst. Soll ich zu dir kommen? Ich brauche Hilfe bei einem Projekt. Morgen zum Mittagessen? JH

»John?«, fragte Rupert.

Ich seufzte. »Nein, nur ein Freund von der Uni, der sich mit mir treffen will. Er ist gerade in London.«

»Ein Freund?«

»Na ja, er schreibt vermutlich an einem Buch und braucht Hilfe bei der Agentensuche oder so.«

»Ach ja, genau. *Small Potatoes*. Ein sehr raffinierter Titel. John hat mir gestern Abend davon erzählt. Ich bin sehr beeindruckt. Ein Schriftsteller in unserer Mitte.«

»Danke. Aber man sagt *Schriftstellerin*. Für einen solchen Fauxpas würden Sie bei Twitter gesperrt werden.«

»Ha! Es wäre sogar eine Ehre, nicht twittern zu dürfen, oder wie ihr das nennt. Es sei denn, Sie fühlen sich durch die männliche Form tatsächlich beleidigt. In diesem Fall entschuldige ich mich vielmals. Ein abgehalfterter Kerl wie ich tut sich manchmal schwer mit den Details.«

»Keine Sorge, ich komme aus New York. Wenn Sie mich beleidigen wollen, müssen Sie schon was Ausgefeilteres bringen.«

»Okay, na dann«, meinte er ein wenig ratlos. »Auf jeden Fall gut gemacht! Ich freue mich schon auf Ihre nächste Arbeit.«

Ich lachte. »Sind Sie sicher? Ich versuche immerhin zu beweisen, dass Ihr Großvater ein Verräter war.«

»Wobei die Betonung auf ›versuchen‹ liegt. Die Zeit wird es weisen. Die Zeit und die Unterlagen des alten Sir Peregrine, hoffe ich. Der arme Kerl. Es ist schon schlimm genug, dass er sich umbrachte, weil er dachte, sein einziger verbliebener Sohn wäre ertrunken. Aber wenn er sich umbrachte, weil er annahm, sein einziger verbliebener Sohn hätte sein Land verraten ...«

»Moment! Glauben Sie das wirklich?«

»Ich glaube, es ergibt um einiges mehr Sinn als die andere Geschichte. Die, die man uns immer aufgetischt hat. Sie müssen wissen, dass Sir Peregrine Viktorianer war. Die Familienehre war zu dieser Zeit wesentlich wichtiger als das persönliche Befinden. Außerdem war er ohnehin nicht allzu begeistert von Robert. Sie haben sicher schon vom Tod seines älteren Bruders gehört?«

»Er ist ertrunken, und Peregrine gab Robert die Schuld daran.«

»Ja. Es kam mir immer schon seltsam vor, dass er derart von der Trauer zerfressen wurde und nicht einmal wartete, ob Robert vielleicht doch überlebt hat.«

»Vielleicht hat er falsche Informationen bekommen?«

»Vielleicht. Oder die Informationen, die er hatte, waren gänzlich anderer Natur.«

Mein Handy vibrierte erneut, und Rupert drehte sich kurz zu mir um und zwinkerte mir zu. »Was? Schauen Sie gar nicht nach, wer es ist?«

»Nö.«

»Mein liebes Kind, sehen Sie denn nicht, dass er vollkommen vernarrt in Sie ist? Er hat gestern vier Stunden im Auto zugebracht, obwohl buchstäblich die Welt unterging, weil es so schüttete. Nur, damit er zurück nach Devonshire kommt.«

»Wegen Ihnen.«

»Wegen *mir*?« Rupert lachte laut auf, und es war ein wundervolles, herzliches und sehr britisches Lachen. »Glauben Sie mir, Sarah, der tiefbetrübte Onkel war bloß eine willkommene Ausrede. Das wurde mir bereits klar, als er auf der M25 beinahe die falsche Spur nahm, weil wir gerade von dem Geniestreich sprachen, der zur Entdeckung des unehelichen, 1871 geborenen Kindes eines armen Iren geführt hat.«

»*Das* war kein Geniestreich. Es hatte nur noch nie jemand in diese Richtung recherchiert.«

Ich senkte trotzdem den Blick. Der Bildschirm war mittlerweile wieder schwarz geworden, doch als ich den Home-Button drückte, erschien eine Nachricht.

Die Strafen für Autodiebstahl sind außerordentlich streng. Erwarte kein Erbarmen.

Ich tippte eine Antwort.

Denk dran, was mit Jabba passiert ist.

»Ist alles okay?«, fragte Rupert.

Ich lehnte den Kopf zurück und schloss die Augen. »Ja, klar«, antwortete ich. »Das Übliche.«

Ich hatte das Nationalarchiv vor einigen Jahren während der Recherchen für *Small Potatoes* zum ersten Mal besucht, und ich war damals genauso enttäuscht gewesen wie jetzt. Aus irgendeinem Grund war ich der irrationalen Vorstellung verfallen, dass das Haus, in dem das *Domesday Book* verwahrt wurde, mehr Würde ausstrahlen sollte als ein architektonisch wenig reizvoller Bürokomplex aus der Nachkriegszeit.

Rupert spürte vermutlich mein innerliches Seufzen und verstand auch den Grund dafür. Er sah unter seinem regennassen Schirm zu mir hoch und meinte: »Ziemlich uninspiriert, nicht wahr?«

»Wenn Sie mit ›uninspiriert‹ ›hässlich‹ meinen, dann ja.«

»Aber wie Sie wissen, ist es im Grunde nicht das Äußere, das zählt.«

»Ja, schon klar. Aber soweit ich weiß, ist das *Innere* genauso hässlich. Und der Wasserspender in der Cafeteria ist von Dämonen besessen.«

»Dann können wir wohl von Glück reden, dass wir in Priscillas vergleichsweise luxuriösem Büro arbeiten werden.«

»Priscilla«, wiederholte ich. »Erzählen Sie mir von ihr!«

Es stellte sich heraus, dass Priscilla bereits in der Lobby auf uns wartete. Sie war eine große, attraktive Frau mit scharfem Blick und einer Mähne aus glänzendem, haselnussbraunem Haar, das einem Supermodel zur Ehre gereicht hätte. Dazu trug sie ein Ponte-Kleid im Leopardenlook, das ich aus dem letzten Boden-Katalog kannte. »Rupert!«, rief sie, schlang die Arme um ihn und küsste ihn auf beide Wangen. »Du verdammter Schuft! Du warst ja schon seit Ewigkeiten nicht mehr hier.«

»Und du wirst immer jünger, meine Liebe. Wie geht es deinem hübschen, strammen Jungen? Wie war noch mal sein Name?«

»Wie sich herausstellte, war er verheiratet. Wie geht es Nigel?«

»Gut.«

Ihre Augen wurden schmal. »Ihr habt euch doch nicht schon wieder gestritten, oder?«

»Ach, Schätzchen, das ist eine schrecklich lange Geschichte. Wir gehen einmal nett essen und trinken viel Wein dazu. So wie in alten Zeiten, versprochen, aber jetzt müssen wir der armen Sarah hier …«

»Oh! Es tut mir leid. Sarah … Blake, nicht wahr? Das Kartoffel-Buch? Ich habe es übrigens sehr genossen.« Sie streckte mir die Hand entgegen. »Priscilla Smythe-Bowman. Ich lasse Ihnen einen Zugang geben.«

Sie wandte sich ab und klapperte auf einem Paar nudefarbener Lacklederschuhe mit mindestens zehn Zentimeter hohen Absätzen zum Empfangsschalter. Ich lehnte mich näher an Rupert heran. »Sie sind der schwule beste Freund, oder? Ein wandelndes Klischee.«

»Was kann ich dafür, dass mir die jungen Frauen in Scharen nachlaufen? Ich bin eben ein sehr guter Zuhörer, Sarah, und ich kenne mich mit Schuhen aus. Wenn es mehr Männer wie mich gäbe, wären die Scheidungsanwälte schon längst ausgestorben.«

Priscilla wandte sich zu uns um und winkte uns zu der Sicherheitsschleuse. Danach fuhren wir in einem nichtssagenden Aufzug nach oben, der in einem klassischen Weiß gestrichen war, das vollkommene Leere in mir auslöste. Es roch nach altem Teppichboden und billigem Supermarktkaffee. Rupert und Priscilla unterhielten sich über Leute, die ich nicht kannte, und Liebesgeschichten, die schiefgelaufen waren, während ich die Stockwerksanzeige im Auge behielt, die quälend langsam nach oben wanderte – und plötzlich machte es in meinem Kopf *klick*.

Da war doch irgendetwas über Väter und Söhne und ihre Verwicklung in einen Spionagefall gewesen … Irgendetwas über ein Geheimdokument.

Ich unterbrach Rupert und fragte: »Welches Buch war das noch gleich? In dem der Spion erkennt, dass sein Vater ebenfalls ein Geheimagent ist?«

»Was? Wie bitte? Welches Buch?«

»Roberts Buch. Ich kann mich nicht mehr an den Titel erinnern. Aber es war eines der neueren.«

Eine Glocke erklang, und die Tür ging auf.

»Keine Ahnung«, gestand Rupert, während wir in einen Irrgarten aus grauen Arbeitsnischen hinaustraten. »Ich habe keines seiner Bücher gelesen.«

Nachdem Rupert es mir vorhin nur in aller Eile erklärt hatte, wusste ich nicht genau, welche Funktion Priscilla im Nationalarchiv innehatte, aber was auch immer es war, es hatte ihr zumindest ein eigenes Büro verschafft. Durch das schmutzige Fenster sah man sogar einen Teil der Themse, und die überladene Einrichtung und die herrschende Unordnung deuteten an, dass sie schon einige Zeit hier arbeitete. »Ich habe euch Langfords Unterlagen von 1913 bis 1915 vorbereitet«, erklärte sie und führte uns zu einem Sofa mit dazugehörigem Couchtisch. »Es wurde alles freigegeben, ihr könnt euch also Zeit lassen. Soll Tanya euch einen Kaffee bringen? Ich habe eine eigene Keurig. Ein gewisses berufliches Ansehen bringt auch einige Privilegien mit sich.«

»Ja, bitte«, rief ich eilig, während Rupert erschauderte und dankend ablehnte.

Priscilla verschwand durch die Tür, und ich setzte mich auf das Sofa und griff nach dem ersten Karton voller Aktenordner.

»Was meinten Sie vorhin eigentlich?« Rupert sank auf den Platz neben mir. »Mit Roberts Buch, meine ich.«

»Ach, vermutlich ist es gar nichts, und ich bilde mir nur etwas ein. Sie wissen ja, wie das bei Büchern ist. Wir verbringen oft mehrere Semester mit der Analyse der blauen Wände im Schlafzimmer der Hauptfigur, obwohl es manchmal einfach nur blaue Wände sind. Kennen Sie das?«

»Ja. Aber manchmal sind sie eben nicht nur das.«

»Wie auch immer, ich muss mir die Bücher jedenfalls noch einmal genauer ansehen. Ich habe sie alle nacheinander und in ziemlich kurzer Zeit gelesen, bevor ich hierherkam, und deshalb vermischt sich jetzt alles. Ich weiß nicht einmal mehr, an welches Buch ich vorhin gedacht habe.«

»Aber John weiß es bestimmt. Er hat sie alle gelesen. Sie sollten ihn anfunken.«

»Sie meinen, ich soll ihm eine Nachricht schreiben?«

»Werden Sie nicht frech!«

Ich zog mein Handy heraus.

Sind gerade im Archiv angekommen. Wie hieß Roberts Buch, in dem Vater und Sohn Spione waren?

Rupert hatte inzwischen die erste braune Mappe aus dem Karton mit der Aufschrift 1914 genommen. »Fangen Sie doch am besten gleich mit 1915 an«, schlug er vor. »Dann sind wir vielleicht schneller durch.«

»Wir haben doch genug Zeit.«

»Meine liebe Sarah«, begann er und öffnete die Mappe. »Ich habe das untrügliche Gefühl, dass John mich ohne zu zögern vor die Tür setzt, wenn ich sein Auto und seine hauseigene Historikerin nicht bis zum Abend wieder zurückbringe. Das heißt, wir haben …« Er warf einen Blick auf die Uhr. »Etwa vier Stunden.«

Dreieinhalb Stunden später beugte ich mich nach vorn, stützte die Ellbogen auf den Couchtisch und betrachtete stirnrunzelnd die Box vor mir. »Rupert«, sagte ich. »Rupert!«

Rupert lag neben mir auf dem Sofa und stieß ein überraschtes Schnaufen aus, auf das ein behagliches Schnarchen folgte. Sein Kopf ruhte auf der Armlehne des Sofas, und seine Haare fielen ihm in die Stirn.

»Alles in Ordnung?«, fragte Priscilla, die gerade ins Büro zurückkehrte. Sie hatte eine frische Tasse Kaffee und ihr iPhone in der Hand und wirkte hochkonzentriert, als käme sie gerade aus einer Besprechung.

»Sind Sie sicher, dass das hier alle Unterlagen sind?« Ich deutete auf die Box. »Alle Langford-Akten aus dem Jahr 1915?«

Sie hob den Blick von ihrem Handy und stellte den Kaffee auf dem Schreibtisch ab. »Das ist alles, was wir haben. Und sie sind noch im Originalzustand. Es hat niemand Einsicht genommen, seit sie aus den Büros der Admiralität hierhergebracht wurden.«

»Und wann war das?«

»Ich kann mich nicht erinnern. Aber es ist sicher schon länger her. Warum? Fehlt etwas?«

Ich nahm die letzte braune Mappe zur Hand. Sie raschelte und verströmte den typischen Geruch von altem Papier. »Ja, das könnte man so sagen. Die Aufzeichnungen enden mehr oder weniger Mitte April.«

»Sie meinen, ab April 1915 gibt es keine Unterlagen mehr?«

»Genau. Es hört etwa einen Monat vor dem Untergang

der *Lusitania* auf. Genau in dem Zeitraum, der natürlich für unsere Nachforschungen am wichtigsten wäre.«

»Lassen Sie mal sehen.« Priscilla griff nach der Mappe, ließ die Unterlagen herausgleiten und blätterte sie vorsichtig durch. Sie scannte jede einzelne Seite mit dem scharfen, erfahrenen Blick eines Menschen, der mit solchen Dingen sein Geld verdient. Rupert regte sich und hob den Kopf.

»Stimmt etwas nicht?«, fragte er.

Priscilla war gerade bei der letzten Seite angekommen und sah auf. Unsere Blicke trafen sich, und sie hob eine Augenbraue. »Oh-oh.«

»*Oh-oh*, was?«, fragte Rupert.

Mein Telefon vibrierte. Ich griff danach und las Johns Antwort:

Nachtzug nach Berlin, 1948

»*Oh-oh* bedeutet, dass hier etwas nicht stimmt«, erklärte ich und starrte auf die drei pulsierenden Punkte auf meinem Handy. John schrieb gerade eine zweite Nachricht.

»Was wollt ihr damit sagen?«, fragte Rupert.

Priscilla gab ihm die Mappe. »Es sieht so aus, als gäbe es eine Lücke. Und sie beginnt ein paar Wochen vor Langfords Tod.«

»Großer Gott.«

Er blätterte in den Unterlagen, während ich auf das Display starrte und jedes Aufleuchten der drei Punkte zählte. *Nachtzug nach Berlin*. Natürlich. Vater und Sohn, die beide in den 1930ern für den britischen Geheimdienst arbeiteten. Allerdings für zwei verschiedene Abteilungen, weshalb sie nicht über den anderen Bescheid wussten, bis … Was war dann noch gleich passiert? Ein Zugunglück! Der Sohn befand sich in dem Zug und … er verführte eine verheiratete Frau, deren Ehemann wichtige Informationen bei sich hatte und …

»Ihr habt recht«, erklärte Rupert erstaunt. »Mein Gott. Es fehlt tatsächlich einiges. Die Aufzeichnungen enden mit diesem verdammten Aktenvermerk vom 17. April. Seid ihr sicher, dass die Unterlagen nicht falsch abgelegt wurden?«

»Ich habe alles durchgesehen«, erwiderte ich. »Drei Mal.«

»Aber wer hat den Rest entfernt? Die Admiralität?«

»Ich fürchte, das lässt sich nicht mehr herausfinden«, erwiderte Priscilla. »Wie schon gesagt: Ihr beiden seid die Ersten, die Akteneinsicht nehmen. Was natürlich nicht heißt, dass sie vorher niemand in den Händen hatte. Aber es gab zumindest keine offizielle Einsichtnahme.«

»Was bedeutet, dass es jeder gewesen sein könnte«, seufzte ich. »Jeder, der etwas verbergen wollte. Aus welchem Grund auch immer.«

Priscilla verschränkte die Arme vor der Brust. »Was ist mit seinen persönlichen Aufzeichnungen?«

»Die sind in der Bodleian Library«, antwortete Rupert.

»Okay, dann würde ich vorschlagen, dass ihr dort auch noch nachseht. Vielleicht hat er sich Arbeit mit nach Hause genommen, und die Unterlagen gerieten durcheinander. Theoretisch ist das zwar verboten, aber in der Praxis …« Sie zuckte mit den Schultern.

»Andererseits hat er sich in seinem Büro umgebracht«, überlegte Rupert. »Er hat die Nacht dort verbracht und sich anschließend am späten Nachmittag des 7. Mai erschossen. Seine Sekretärin fand ihn um zehn nach fünf an seinem Schreibtisch. Da blutete er noch.«

Mein Telefon vibrierte erneut.

Die Lösung des Codes ist brillant, Bond. Versuche gerade, sie einzuordnen. Offensichtlich ist es eine chemische Reaktion, aber welche? Eisen und Kohlenstoff. Eine Art Metall vielleicht?

Ich beugte mich hinunter, griff in meine Laptoptasche und zog mein Notebook heraus. »Ich nehme nicht an, dass Sie auch in Chemie sattelfest sind, oder, Priscilla?«

»Leider nein«, erwiderte sie. »Aber ich kenne zufällig jemanden, der sich sehr gut auskennt.«

Ich rief John an, sobald wir die M25 verlassen hatten. Der Nieselregen hatte aufgehört, aber alles war in feinen Nebel gehüllt, wodurch die Autobahn einem Meer aus roten Bremslichtern geglichen hatte.

»Hallo, Sarah«, meldete er sich. »Wie geht es meinem Auto?«

»Dein Auto ist wundervoll, genauso wie du, weil du es uns geliehen hast.«

»Ich hatte nicht wirklich eine Wahl, oder?«

»Ich weiß, ich weiß. Es tut mir leid. Ich habe schreckliche Gewissensbisse. Und Rupert tut es auch leid, nicht wahr, Rupert?«

»Tut mir leid!«, rief Rupert.

»Aber jetzt hör mal: die chemische Formel. Es ist im Grunde ein Rezept für eine Metalllegierung mit Molybdän, die offenbar stärker ist und eine niedrigere Abtragsrate hat als jede andere Legierung zu dieser Zeit.«

»Faszinierend«, erwiderte John mit seltsam dumpfer Stimme. Er klang irgendwie müde und ganz und gar nicht so wie letzte Nacht. »Ich wollte dich eigentlich auch gerade anrufen«, erklärte er.

»Stimmt etwas nicht? Du klingst wütend.«

»Nein, wütend trifft es nicht ganz.«

»Ist es wegen des Autos? Es tut mir wirklich … okay, jetzt fühle ich mich echt mies. Aber du hast so tief und fest geschlafen. Ich brachte es nicht über mich, dich zu wecken, und wir mussten unbedingt ins Archiv. Ich mache es wieder gut, versprochen.«

»Es geht nicht um das verdammte Auto, Sarah. Sondern um das Telegramm.«

Ich warf einen Blick auf Rupert, der sich wie gewohnt über das Lenkrad beugte und sich auf die Straße konzentrierte. Die Falten auf seiner Stirn waren wieder tiefer geworden, und seine Haare hatten sich mit Hilfe der feuchten Luft aus ihrem Pomade-Gefängnis befreit.

»Um welches Telegramm?«, fragte ich.

»Das Telegramm, das sich in dem Umschlag befindet, Sarah. Wir waren so auf den Code auf dem Umschlag fixiert, dass wir das Offensichtliche übersehen haben. Nämlich das Telegramm.« Er brach ab, und als er weitersprach, war seine Stimme nur noch ein Flüstern. »Das Telegramm, das Robert nie geöffnet hat.«

Dreiundzwanzig

AUF SEE
DONNERSTAG, 6. MAI 1915

Caroline

Ein Telegramm? Caroline hatte keine Ahnung, was sie gerade auf dem Klavier gespielt hatte, denn sie war in Gedanken nur bei der Szene, die sie vorhin beobachtet hatte. Robert, der ein Telegramm erhalten und anschließend zusammen mit Gilbert den Saal verlassen hatte. Sie hob die Hände von den Tasten, und die letzten Töne verhallten. Sie musste Robert und Gilbert finden, doch bevor sie sich würdevoll von der Klavierbank erheben konnte, ertönte schrecklicher Lärm. Es war, als hätte sich der Himmel geöffnet, und die Cherubim und Seraphim wären von der Decke gestiegen und hätten laut zu applaudieren begonnen. Tosender Applaus brach aus, und immer mehr Menschen riefen: »Zugabe! Zugabe!«

Margery verbeugte sich so tief, dass Caroline einen Augenblick lang dachte, der König von England hätte den Salon betreten. Offenbar hatte Margery das Verhalten einer Operndiva ausführlich in ihrer Kabine geprobt, und sie war zugegebenermaßen sehr gut darin. Im Verbeugen, nicht im Singen.

Als Margery sich erneut über Carolines Schulter beugte, um nach einem weiteren Stück für die Zugabe zu suchen, sah Caroline ihre einzige Chance zur Flucht gekommen und glitt eilig von der Klavierbank, was durch die glatte Seide ihres Kleides erleichtert wurde.

»Mrs. Hochstetter, das Publikum möchte noch eine Zugabe …«

Caroline fragte sich, warum Margery unbedingt verhindern wollte, dass sie die Bühne verließ. War sie wirklich eine derartige Sadistin? Caroline ignorierte die schrille Stimme und versuchte, den Salon so schnell wie möglich zu verlassen, was jedoch von den vielen Passagieren erschwert wurde, die sie anhielten und ihr zu ihrem Auftritt gratulierten. Sie lächelte und lächelte, bis ihre Wangen brannten, und fragte sich nebenbei, ob sie es jemals bis zur Tür schaffen würde.

Endlich war sie an der Stelle angekommen, an der Robert und Gilbert verschwunden waren. Der Ausgang führte in einen kurzen Flur, der vor dem Rauchersalon endete. Sie warf einen Blick zurück und hoffte, Patrick irgendwo zu entdecken, damit sie ihn in den Rauchersalon schicken und nach ihrem Ehemann suchen lassen konnte. Und nach ihrem Liebhaber. Was hatten die beiden einander bloß zu sagen? Robert war ein englischer Gentleman, was bedeutete, dass er höchstwahrscheinlich zur Jagd ging und eine Feuerwaffe bedienen konnte. Gilbert hingegen hatte mit Sicherheit noch nie eine Waffe in der Hand gehabt.

Sie sah, dass Margery bereits die Verfolgung aufgenommen hatte. Sie hatte die dünnen Lippen zusammengepresst, und ihr Gesicht war rot gefleckt. Caroline überlegte, wie sie ihr am besten entkommen konnte, denn Margery hatte sicher keine Skrupel, ihr nachzulaufen und ihr zu erklären, wie enttäuscht sie von ihrem Auftritt und Carolines offensichtlichem Ungehorsam war, als das Publikum eine weitere Zugabe gefordert hatte.

Nachdem sie erkannt hatte, dass ihr keine andere Wahl blieb, machte sie eine abrupte Kehrtwendung und schlüpfte in den Rauchersalon. Dorthin würde Margery ihr sicher nicht folgen. Dank des Konzerts war der Salon mehr oder weniger leer. Die wenigen Gäste sahen jedoch überrascht auf, als sie eine Frau in ihrem Reich entdeckten, und ein älterer Herr mit einem furchterregenden, geölten Schnurrbart musterte sie wie eine Ratte in der Suppenschüssel.

Sie ignorierte die Blicke der Männer und tat, als hätte sie keine Ahnung, dass sie im Grunde gar nicht hier sein durfte, während sie eilig den Raum durchquerte und dabei einen Blick in sämtliche Winkel und Ecken warf, in denen zwei Männer ein – hoffentlich – privates Gespräch führen konnten.

Doch als sie schließlich am Ausgang ankam, hatte sie die beiden noch immer nicht entdeckt, und so machte sie sich auf den Weg ins Verandacafé, das allerdings vollkommen verwaist war. Keine Spur von Robert oder Gilbert. Ihre Beine gaben unter ihr nach, und sie musste sich an einer Stuhllehne festhalten. Sie fragte sich, ob die raue See oder doch ihre unsichere Zukunft an dem plötzlichen Gleichgewichtsverlust schuld war.

Da sie nicht noch einmal in den Rauchersalon zurückkehren wollte und dringend frische Luft brauchte, machte sie sich auf den Weg zum Promenadendeck, wo sie weiter nach den beiden Männern Ausschau halten wollte. Sie duckte sich in die Schatten, falls Margery die Suche nach ihr immer noch nicht aufgegeben hatte.

Es war so stockdunkel, dass Caroline einen Augenblick brauchte, bis sie erkannte, dass alle Fenster mit schwarzen Tüchern verdunkelt worden waren, sodass kein Licht nach außen drang und das große Schiff hoffentlich vor seinen Feinden verborgen blieb. Ein Schaudern durchlief sie, und es hatte nichts mit der Kälte zu tun. Ihre Mutter hätte gesagt, dass wohl gerade jemand über ein Grab spaziert war, und während Caroline auf den tintenschwarzen Ozean hinausblickte, hatte sie einen Moment lang das Gefühl, als wäre es tatsächlich so gewesen.

Sie tastete sich vorsichtig durch die Dunkelheit, um nicht zu stolpern, und schlich das Promenadendeck entlang, bis sie wieder am Ausgangspunkt angelangt war. Sie presste sich die Finger auf die Lippen, denn sie hatte Angst, sie würde das wenige Essen, das sie hinuntergebracht hatte, sofort wieder hochwürgen. Die Sorge und die Angst davor, was Robert und Gilbert einander zu sagen hatten, bereiteten ihr Übelkeit.

Da sie wusste, dass sie irgendetwas unternehmen musste, ging sie weiter und an dem Salon vorbei, in dem gerade jemand eine Ragtime-Nummer auf dem Klavier zum Besten gab. Sie erkannte die Melodie des »Maple Leaf Rag«, ein Stück, das ihre Mutter verboten hatte und das dadurch natürlich umso unwiderstehlicher geworden war. Caroline fragte sich, ob das Publikum tatsächlich schon so betrunken war, dass es nicht mehr gegen diese skandalträchtige Musikauswahl protestierte. Obwohl sie selbst eigentlich nie verstanden hatte, was an dem Lied so skandalös war.

Sie schaffte es bis zur Haupttreppe, und nachdem sie sichergestellt hatte, dass weder Margery noch ein anderes bekanntes Gesicht in der Nähe war, machte sie sich auf den Weg zu ihrer Suite. Sie blieb einen Augenblick lang vor der Tür stehen, doch dann ging sie weiter. Sie hatte beschlossen, zuerst nach Robert zu suchen.

Sie bog um die Ecke und blieb vor dem Zimmer B-38 stehen. Sie wusste, dass sie hier richtig war, auch wenn sie bis jetzt nur einmal in Roberts Zimmer gewesen war. Sie würde diesen Besuch nie vergessen. Sie klopfte leise an die Tür. »Robert? Bist du da? Ich bin's. Caroline.«

Sie glaubte, eine Bewegung zu hören, doch als sich die Tür nicht öffnete, klopfte sie erneut. Dann flüsterte sie so leise wie möglich: »Bitte, Robert. Mach auf. Ich muss mit dir reden.«

Sie hörte erneut ein leises Geräusch, als wäre jemand in der Kabine. Was, wenn er verletzt war? Was, wenn Gilbert ihm etwas angetan hatte?

»Ich komme jetzt rein«, sagte sie und hörte selbst, wie panisch sie klang. Sie drehte den Türknauf, doch die Tür war versperrt.

»Kann ich Ihnen helfen, Mrs. Hochstetter?«

Caroline zuckte zusammen, als Patrick Houlihans sanfte, melodische Stimme hinter ihr erklang. Sie drehte sich um und war erleichtert, sein offenes und keinesfalls anklagendes oder verurteilendes Gesicht zu sehen. Sie war sich sicher, dass er diesen Ausdruck in all den Jahren als Steward perfektioniert hatte, und sie war ihm überaus dankbar dafür. Er kannte ihr schmähliches Geheimnis, aber er würde sich nichts anmerken lassen, solange sie es ebenfalls nicht tat. Er war immer zur Stelle, wenn sie ihn brauchte, und sie war so froh darüber, dass sie es nicht weiter infrage stellte.

»Ja, ich danke Ihnen. Ich fürchte, ich habe … ich habe ein paar Noten verlegt, die ich heute Abend gerne noch spielen würde.«

Es war eine schrecklich einfältige Lüge, die sogar ein kleines Kind durchschaut hätte, doch Patrick ließ nicht die geringste Regung erkennen.

»Und Sie glauben, dass sie sich in Mr. Langfords Zimmer befinden.«

Sie nickte eifrig, als könnte sie ihrer Lüge damit mehr Gewicht verleihen. »Und wenn nicht, dann werde ich einfach dort auf ihn warten, damit ich ihn nachher selbst fragen kann.« Was auch immer sich hinter dieser Tür befand – sie wollte nicht, dass Patrick es sah, bevor sie die Situation selbst beurteilen konnte.

»Natürlich.« Er zog einen Schlüsselbund hervor, an dem sich vermutlich der Generalschlüssel für alle Kabinen auf Deck B befand. »In diesem Fall helfe ich natürlich gerne. Die Show muss ja weitergehen, nicht wahr?«

»Ja«, stimmte sie ihm zu. »Die Show muss weitergehen.«

Patrick entsperrte die Tür, doch Caroline griff nach dem Knauf, bevor er ihn drehen konnte. »Ich mache das schon. Ich will nicht noch mehr Ihrer wertvollen Zeit verschwenden. Danke, Patrick.«

Er lächelte, und dieses Mal war sie sich ziemlich sicher, dass seine irischen Augen funkelten. »Falls ich Mr. Langford sehe, werde ich ihm ausrichten, dass Sie in seinem Zimmer sind und nach Ihren verlorenen Noten suchen.« Er nickte knapp, dann wandte er sich ab. Caroline spürte, wie ihr die Röte in die Wangen stieg, als sie ihm nachsah. Sie wartete, bis er um die Ecke verschwunden war, bevor sie den Knauf drehte.

Doch im nächsten Moment wurde ihr die Tür bereits aus der Hand gerissen. Sie sah auf und hätte Robert erwartet, doch stattdessen stand sie einem Mädchen mit unordentlichen, dunkelblonden Haaren gegenüber, das genauso überrascht schien wie sie. Das Mädchen war irgendwie ganz hübsch, wenn man rotbackige Milchmädchen mochte, und seine braunen Augen funkelten wutentbrannt.

»Verzeihung.« Carolines gute Manieren übernahmen das Kommando, bevor der Rest reagieren konnte. Als ob sie es nötig hatte, sich bei dieser Person in Roberts Kabine zu entschuldigen! Bei einem *Mädchen*! Obwohl es eigentlich eine junge Frau war, wie sie einigermaßen überrascht feststellte. Eine junge Frau in ihrem Alter. Sie musterten einander, und Caroline hatte das dumpfe Gefühl, als wären sie sich schon einmal begegnet, obwohl sie nicht genau sagen konnte, wo. Angesichts ihrer roten Wangen, dem intelligenten, offenen Blick und dem groben Stoff ihres billigen Kleides verkehrten sie ganz offensichtlich nicht in denselben Kreisen. Trotzdem …

»Sie sind Caroline Hochstetter«, erklärte die Frau, die eindeutig aus Amerika stammte.

Das war nicht die Art, in der Caroline normalerweise angesprochen wurde. »Ich fürchte, ich befinde mich hier deutlich im Nachteil«, erklärte sie und ahmte dabei Margery Schuylers überbordende Arroganz nach, wobei sie innerlich aufstöhnte, als sie hörte, wie fabelhaft es ihr gelang.

»Ich bin Tess … ähm … Fairweather.«

»Sind Sie das Dienstmädchen?« Sie wollte niemanden beleidigen, aber sie konnte sich einfach nicht vorstellen, weshalb diese Frau sonst in Roberts Kabine sein sollte.

»Sehe ich etwa aus wie ein Dienstmädchen? Ach, was soll's.« Tess wurde rot, und ihre Augen glühten vor Zorn. »Sagen Sie lieber nichts. Ich nehme an, Sie suchen Robert.«

Robert? Diese Person nannte ihn beim Vornamen? Caroline warf der jungen Frau einen durchdringenden Blick zu, dann sah sie an ihr vorbei in die Kabine. »Ist Mr. Langford da?« So dringend sie Robert sehen wollte, sie wollte auf keinen Fall, dass Tess mit Ja antwortete.

»Nein, ist er nicht«, erwiderte Tess und wollte sich an Caroline vorbeidrängen. Tess' Tonfall hätte Margery vermutlich sehr stolz gemacht.

Caroline versperrte ihr den Weg. »Und was machen Sie dann in seiner Kabine?«

Tess trat einen Schritt zurück, und Caroline machte sich auf die bittere Wahrheit gefasst, die sie ihr sicher gleich erzählen würde. Doch egal, womit sie gerechnet hatte, es war nicht das, was Tess ihr kurz darauf an den Kopf warf.

»Robert und ich sind kein Liebespaar, falls Sie das glauben. Und was den Grund betrifft, warum ich in seiner Kabine bin … Da fragen Sie am besten Ihren Mann.«

Ihre Worte trafen Caroline so unvorbereitet, dass sie kaum merkte, wie sich die Frau an ihr vorbei in den Flur drängte. Sie zuckte nicht einmal zurück, als Tess eine Hand auf ihren Arm legte. »Überlegen Sie gut, wem Sie vertrauen.«

Ihre Blicke trafen sich einen Augenblick lang, bevor Tess ihre Hand sinken ließ und davonhastete. Caroline schwirrten tausende Fragen im Kopf herum, von denen ihr keine einzige über die Lippen kam.

»Warten Sie!«, rief sie Tess hinterher.

Tess drehte sich um.

»Meinen Sie Robert? Ich fürchte, ich verstehe nicht ganz.«

Tess schien einen Moment über Carolines Frage nachzudenken, bevor sie antwortete. »Seien Sie nett zu ihm.« Dann wandte sie sich erneut ab und eilte davon.

Caroline wanderte in der kleinen Kabine auf und ab, während sie auf Roberts Rückkehr wartete, und wunderte sich langsam, dass sich noch keine Furche im Teppich abzeichnete. Sie hatte beschlossen, hier auf ihn zu warten, während Patrick nach ihm suchte, sodass die Wahrscheinlichkeit größer war, dass sie mit ihm reden konnte, bevor sie schließlich Gilbert gegenübertreten musste.

Sie setzte sich auf den Stuhl, doch kurz darauf erhob sie sich wieder und wanderte erneut auf und ab. Das nächste Mal ließ sie sich auf das Bett sinken, fuhr jedoch sofort wieder hoch. Sie konnte unmöglich auf dem Bett sitzen, wenn Robert in die Kabine kam. Also setzte sie ihre Wanderung fort.

Sie hatte mehr als genug Zeit, darüber nachzudenken, wie sich ihr Leben entwickeln würde, sobald sie vom Schiff gegangen waren. Da war zum einen ein Leben mit Gilbert, das sich womöglich grundlegend von ihrem bisherigen Leben unterscheiden würde, falls er seine Zukunftspläne tatsächlich in die Tat umsetzte. Und da war zum anderen ein Leben mit Robert. Obwohl sie dafür die öffentliche Schande und Verdammung einer Scheidung in Kauf nehmen müsste, konnte sie den Freudentaumel nicht verleugnen, in den sie allein beim Gedanken daran verfiel. Und auch nicht die Hitze, die in ihr hochstieg, wenn sie sich vorstellte, für den Rest ihres Lebens jeden Morgen neben Robert Langford aufzuwachen.

Sie liebte Gilbert. Das wusste sie so sicher, wie dass die Sonne am nächsten Morgen im Osten aufgehen würde. Trotzdem liebte sie auch Robert aus vollster Überzeugung. Konnte man ein Herz in zwei Hälften teilen, sodass jede einen vollkommen anderen Menschen liebte? Und falls ja, wie sollte sie sich entscheiden, ohne dass einer der beiden verwelkte wie eine Rose, die zu lange am Strauch hing? Es war, als müsste man sich zwischen der Sonne und dem Mond entscheiden, und sie wusste, dass ihre Tage ohne die beiden dunkel und ihre Nächte leer wären.

Die Tür ging auf, und plötzlich stand Robert vor ihr und schien genauso überrascht wie Tess eine Stunde zuvor. Caroline sah zu ihm hoch, rührte sich jedoch nicht von der Stelle. Sie brauchte zuerst Antworten, und wenn sie ihn jetzt – auch nur ein einziges Mal – berührte, wäre sie verloren, und die Antworten würden keine Rolle mehr spielen.

»Wer ist Tess Fairweather?«, fragte Caroline und war stolz darauf, dass ihre Stimme so bestimmt klang.

Robert schloss die Tür hinter sich und sah sich in der Kabine um. »Wo ist sie?«

Seine Sorge um Tess versetzte Caroline einen Stich, der sich sehr nach Eifersucht anfühlte. »Sie ist fort, mehr weiß ich nicht. Sie hat keine meiner Fragen beantwortet und mir nur geraten, stattdessen meinen Mann zu fragen.« Caroline merkte, wie ihre Stimme immer lauter wurde. Sie stand kurz vor einem hysterischen Anfall. Sie atmete tief durch. »Ich habe dich gesehen. Mit Gilbert. Und ich würde gerne … ich verlange, dass du mir sagst, was hier los ist.«

Er trat auf sie zu, doch sie wich zurück, bis sie mit den

Füßen an die Bettkante stieß. Robert ließ die Hände sinken. »Tess war meine Gefangene, nichts weiter. Ich muss sie zu ihrer Schwester befragen, die sich ebenfalls an Bord befindet. Sie ist eine deutsche Spionin.«

Zum zweiten Mal an diesem Tag hatte Caroline tausende Fragen, fand aber nicht die richtigen Worte. Es war beinahe so, als würde der Rest der Welt plötzlich eine fremde Sprache sprechen, die sie nicht verstand. »Aber warum bist du …?« Sie brach ab und sah ihn flehend an.

»Ich arbeite für den britischen Marinegeheimdienst. Ich war auf einer Mission, die mittlerweile abgeschlossen ist. Tess und ihre Schwester waren nicht Teil des Plans.«

»Eine Mission?« Sie dachte an das Telegramm, das Patrick Robert übergeben hatte, woraufhin dieser mit Gilbert den Salon verlassen hatte. »Aber ich habe dich mit meinem Mann gesehen, und ich weiß, dass ihr einige Zeit zusammen wart, denn als ich mich auf die Suche nach dir machte, befürchtete ich bereits das Schlimmste. Ist er … Teil der Mission?«

»Es steht mir nicht zu, diese Frage zu beantworten. Aber mittlerweile ist ohnehin alles erledigt.« Er wollte den Arm nach ihr ausstrecken, doch dann ließ er ihn wieder sinken.

»Es steht dir nicht zu …« Sie schloss die Augen und schluckte die Wut darüber hinunter, dass sie schon wieder im Dunkeln darüber gelassen wurde, was hier wirklich vor sich ging. Ihre Wut richtete sich vor allem gegen Gilbert, weil er ihr nicht die Wahrheit anvertraut hatte. Sie war immerhin seine *Frau*.

»Dann ging es also nur ums Geschäft? Oder um mehr?«

Roberts Augen wurden dunkler, und er musterte sie mit durchdringendem Blick. Einen Moment lang glaubte sie, er würde ihr nicht sagen, was ihm zu schaffen machte.

»Um mehr. Er hat mir gesagt …« Ein gequälter Ausdruck huschte über sein Gesicht. »Er hat mir gesagt …«

Als Robert dieses Mal auf sie zutrat, hob sie nicht die Hand, um ihn aufzuhalten, und erlaubte, dass er seine Hände sanft auf ihre Schultern legte.

»Was hat er dir gesagt?« Caroline hielt den Blick gesenkt und wich seinen forschenden Augen aus. Stattdessen konzentrierte sie sich auf den Perlmuttknopf in der Mitte seines weißen Hemdes.

Robert hob sachte ihr Kinn, sodass sie ihm in die Augen sehen musste. »Er hat mir gesagt, dass er dich mehr liebt, als ich es jemals könnte. Aber da irrt er sich.« Er senkte den Kopf, um sie zu küssen, doch dann hielt er inne. Seine Lippen schwebten über ihren, und sie spürte, wie die Spannung mit einem Mal nachließ. Der Erpresser hatte nun nichts mehr gegen sie in der Hand. An einem anderen Ort und zu einem anderen Zeitpunkt wäre es ihr vielleicht seltsam vorgekommen, dass sie nichts als Erleichterung verspürte, wenn sie daran dachte, dass Gilbert von ihrer Untreue wusste.

Robert redete bereits weiter: »Ich will dich, Caroline. Nicht nur hier und jetzt. Für immer.« Er schloss die Augen und legte die Stirn an ihre, sodass sein warmer Atem über ihre Wangen strich. »Ich kann dir nicht den Luxus bieten, den du gewohnt bist, aber ich kann dir versprechen, dass wir nicht verhungern werden. Und dass ich dich von ganzem Herzen lieben werde. Bis an den Tag, an dem ich sterbe.« Er holte tief Luft. »Aber ich kann nicht so weitermachen, solange ich befürchten muss, dass du nicht dasselbe fühlst. Denn in diesem Fall wäre es völlig falsch. Für uns alle.«

Sie wusste, dass er damit auch Gilbert meinte, und war dankbar, dass er den Namen nicht laut ausgesprochen hatte. »Aber ich kann dich nicht gehen lassen«, flüsterte sie und schloss ebenfalls die Augen. Sie hatte Angst davor, was sie in seinen Augen sehen würde. Angst, dass er sie stehen lassen würde.

»Dann musst du dich entscheiden«, sagte er leise und küsste sie immer noch nicht, obwohl es ihr beinahe körperliche Schmerzen bereitete.

Sie befeuchtete die Lippen und öffnete die Augen. »Bitte gib mir nur noch einen Tag Zeit. Ich werde es dich wissen lassen, bevor wir von Bord gehen. Aber ich brauche noch einen letzten Tag.«

»In Ordnung«, erwiderte er und trat noch näher heran. »Und was sollen wir bis dahin machen?«, fragte er, und seine Stimme war kaum mehr als ein Flüstern.

Caroline zögerte nicht. »Das hier.« Sie legte die Hände um seinen Nacken, zog ihn an sich, und endlich trafen seine Lippen auf ihre, und sein starker, fester Körper umschloss sie, als wäre er dafür geschaffen worden. Sie ließ sich zusammen mit ihm auf das Bett sinken, als wäre es das Normalste auf der Welt, ohne Reue und Bedauern oder einem der anderen Gefühle, die sie vermutlich haben sollte, aber nicht hatte, solange sie in Roberts Armen lag.

Sie ließen sich Zeit damit, einander auszuziehen, und erkundeten den Körper des anderen, als wäre es das erste Mal. Oder das letzte. Robert liebte sie zärtlich, und jede Berührung und jeder Kuss schien wie ein Brandzeichen. *Du gehörst mir.*

Sie ließ zu, dass sie vergaß, wer und wo sie war, und gab sich stattdessen dem langsamen, beständigen Rhythmus ihres Liebesspiels hin, obwohl sie sich zu jeder Sekunde dieses spröden Teils ihres Herzens bewusst war, der in tausend Stücke zerbrechen würde, sobald sie die Erinnerungen zuließ.

Danach schliefen sie Arm in Arm ein, und ihre Beine waren ineinander verschlungen, sodass sie nicht mehr wusste, wo einer aufhörte und der andere begann. Und dann, in den dunkelsten Stunden der Nacht, erinnerte sie sich plötzlich. Sie erinnerte sich an das Wort, das ihr in dem Schweben zwischen Schlaf und Wachsein über die Lippen gekommen war, während sie sich an den Körper ihres Geliebten gepresst hatte.

Gilbert.

Caroline war mit einem Mal hellwach und betete, dass alles bloß ein Traum gewesen war. Sie lauschte auf Roberts ruhigen Atem. Er schlief tief und fest. Sie löste sich eilig von ihm, glitt aus dem Bett und zog sich so gut wie möglich im Dunkeln an. Danach schlich sie aus dem Zimmer und betete, dass niemand sonst um diese Uhrzeit noch unterwegs war. Und dass Jones ihre Schlafzimmertür offen gelassen hatte, sodass sie vom Flur aus hineinschlüpfen konnte. Sie hätte beinahe zu weinen begonnen, als sie erkannte, dass es genau so war.

Die kleine Nachttischlampe brannte, und Carolines Blick fiel auf die zurückgeschlagenen Laken und ihr Nachtgewand, das sorgfältig am Fußende zurechtgelegt war. Sie schloss leise die Tür hinter sich und hatte sich gerade der Waschschüssel zugewandt, als eine Stimme aus einer dunklen Ecke des Raumes drang.

»Mrs. Hochstetter.«

Caroline fuhr herum und presste sich die Hand auf die Brust. »Jones. Sie haben mich zu Tode erschreckt!«

»Verzeihung, Ma'am. Ich habe auf Sie gewartet.«

»Ist alles in Ordnung? Ist Gilbert …?«

»Er ist nicht in seinem Zimmer. Aber Patrick war vor einer Stunde hier und hat mir eine Nachricht Ihres Mannes überbracht. Es befindet sich ein sehr bekannter Sammler an Bord – Mr. Charles Lauriet –, und Mr. Hochstetter würde ihm gerne die Noten zeigen. Er gab Patrick zu verstehen, dass Sie wissen, worum es sich handelt.«

»Kann das nicht bis morgen früh warten? Es ist schon sehr spät.«

»Ich fürchte, die Sache ist dringend, und es ist auch schon eine Stunde her. Patrick hat versprochen, Mr. Hochstetter zu sagen, dass er Sie mit den Damen Schuyler auf dem Promenadendeck gesehen hat, um Ihre Abwesenheit zu erklären. Aber er machte mehr als deutlich, dass Mr. Hochstetter die Noten so schnell wie möglich braucht.«

Caroline runzelte die Stirn. Sie war zu müde, um einen Sinn dahinter zu erkennen. »Ja. Natürlich. Danke«, murmelte sie, obwohl die Schmach, dass zwei weitere Leute in ihr Treiben hineingezogen wurden, größer war als das Gefühl der Dankbarkeit. Und selbst wenn Gilbert wusste, wo sie gewesen war, war sie dankbar dafür, dass sie sich zumindest in diesem Punkt gegenseitig etwas vormachen konnten.

Sie ging ins Wohnzimmer und kniete vor dem kleinen Tresor nieder. Sie kannte die Zahlenkombination, denn es war dieselbe wie in ihrem Haus in New York. Gilbert war zwar außerordentlich intelligent, behauptete aber, sich nicht mehr als eine Kombination merken zu können.

Caroline drehte die Zahlen im dumpfen Schein der Lampe nach links und rechts, bis sie ein leises Klicken hörte und die Tür öffnen konnte. Der Tresor war – wie Gilbert ihr bereits gesagt hatte – bis oben hin voller Mappen und Dokumente, doch ganz oben lag relativ ungeschützt der unveröffentlichte Strauss-Walzer.

Sie hob ihn vorsichtig hoch und reichte ihn zögernd an Jones weiter, als wollte sie ihn nicht aus der Hand geben. »Bitte seien Sie vorsichtig damit. Er ist sehr wertvoll.«

Jones senkte den Kopf. »Ich werde die Noten wie mein Eigentum behandeln.«

»Ich kann mich selbst bettfertig machen«, erklärte Caroline. »Bitte gehen Sie zu Patrick und stellen Sie sicher, dass Mr. Hochstetter die Noten so bald wie möglich bekommt.«

»Ja, Ma'am. Gute Nacht.«

»Gute Nacht, Jones.«

Caroline sah ihrer Zofe nach und wartete, bis die Tür hinter

Jones ins Schloss gefallen war. Danach stand sie noch einige Zeit in der Stille der Suite und lauschte dem dumpfen Pochen und Surren der weit entfernten Motoren, während sie an die Ereignisse des vergangenen Abends zurückdachte. Sie fragte sich, welche gemeinsame Mission Gilbert und Robert wohl verfolgten. Es gab so viele Dinge, die sie nicht verstand – einschließlich derer, die in ihrem Herzen vor sich gingen.

Sie ging langsam in ihr Schlafzimmer, zog sich um und lag dann lange Zeit wach im Bett und wartete auf Gilberts Rückkehr. Sie warf sich von einer Seite auf die andere, während ihre Gedanken rasten, bis sie sich daran erinnerte, was Robert ihr gesagt hatte: *Er hat mir gesagt, dass er dich mehr liebt, als ich es jemals könnte.*

Sie drehte sich wieder auf die andere Seite und versuchte verzweifelt, ihren Gedanken zu entkommen. Als sie schließlich einschlief, träumte sie, durch einen Nebel zu laufen, der so dick war, dass sie die Hand nicht vor den Augen sehen konnte, und sie hatte keine Ahnung, vor was oder wem sie davonlief.

Vierundzwanzig

AUF SEE
FREITAG, 7. MAI 1915

Tess

*T*ess rannte nicht. Sie ging. Schnell.

Den Flur entlang, die Treppe hoch und einen weiteren Flur hinunter. Es spielte keine Rolle wohin, sie wollte nur fort. Bevor Robert sie fand.

Der Nebel draußen an Deck war dicht genug, um sich darin zu verlieren, aber die Kälte trieb sie wieder hinein, um nach einem geeigneten Versteck Ausschau zu halten. Sie wusste, dass sie sich nicht lange verstecken konnte, nicht einmal auf einem Schiff, das so groß war wie die *Lusitania*. Sie musste Zeit gewinnen, das war alles. Zeit, um nachzudenken. Zeit, um einen Plan zu schmieden.

Während Robert mit Caroline Hochstetter beschäftigt war.

Tess schob den Gedanken an Caroline Hochstetter, die Rubine um ihren Hals und die Verachtung in ihren Augen beiseite. Sie sollte ihr vielmehr dankbar sein, dass sie ihr zur Flucht verholfen hatte. Jetzt hatte sie zumindest die Chance, wieder alles in Ordnung zu bringen. Dessen war sie sich sicher. Aber das würde nur funktionieren, wenn sie nicht in Robert Langfords Kabine gefangen gehalten wurde.

Was auch immer Robert dachte, Ginny war nicht das

Problem. Na ja, vielleicht war sie es doch, aber sie war *Tess'* Problem und nicht Roberts. Die wirkliche Gefahr ging nicht von Ginny aus, sondern von den Leuten, für die Ginny arbeitete. Wer auch immer schuld daran war, dass Ginny sich ständig ängstlich umsah und vor jedem Schatten zusammenzuckte.

Noch eineinhalb Tage bis Liverpool, rief Tess sich in Erinnerung.

Das Wichtigste war, dass Ginny die Noten noch nicht hatte. Die Leute, für die sie arbeitete, würden nichts unternehmen, bevor sie die Beute in den Händen hielten. Ginny war also in Sicherheit ... vorläufig.

Es war bereits spät. Die Salons waren verwaist und das Konzert und die Kartenspiele beendet. Tess entdeckte einen leeren Liegestuhl und ließ sich darauf nieder. Sie versuchte, das Karussell in ihrem Kopf ein wenig zu bremsen und sich zu konzentrieren. Sie musste das Problem lösen wie jeden anderen Auftrag auch. Strich für Strich. Jeder für sich war im Grunde unerheblich, aber gemeinsam ergaben sie ein zusammenhängendes Bild.

Die Deutschen im Schiffsgefängnis waren vielleicht zu Beginn an dem Plan beteiligt gewesen – denn wer wusste schon, wie viele Agenten sich an Bord befanden? –, aber im Nachhinein wusste sie, dass es sich nicht um Ginnys Kontaktmänner handeln konnte. Denn in diesem Fall wäre Ginny nicht jedes Mal panisch zusammengezuckt, wenn jemand auf sie zukam.

Tess kaute auf ihren Fingerknöcheln herum und ignorierte die Kälte, die durch ihre Kleider bis in ihre Knochen drang. Es musste jemand sein, der nicht im Gefängnis saß. Jemand, der sich frei bewegen konnte und Kontakt zu den Passagieren hatte. Und vor allem Zugang zum Funkraum.

»Miss Fairweather?«

Sie zuckte vor Schreck zusammen und keuchte, doch dann erkannte sie den irischen Akzent. »Patrick«, murmelte sie. »Ich habe Sie gar nicht gesehen.«

Es war seltsam, ihn beim Vornamen zu nennen, wie Robert es tat. Als wäre sie eine Dame und Patrick ihr Diener. Aber ihr war gerade klar geworden, dass sie seinen Nachnamen nicht kannte. Er war immer nur Patrick gewesen.

Patrick, der immer da war.

Patrick, der überall hingehen konnte, wo er wollte.

Patrick, der Zugang zu allen Zimmern hatte. Und der Roberts Vertrauen genoss.

Im Nebel wirkte sein Gesicht irgendwie verzerrt und unheimlich. *Unheilvoll.* »Sie arbeiten so spät abends noch?«, fragte sie langsam.

»In den letzten Tagen gab es immer viel zu tun«, erklärte der Steward. Bildete es Tess sich nur ein, oder klang seine Bemerkung zweideutig? »Sie sollten nicht hier draußen sein, Miss. Sie holen sich noch den Tod.«

»Wir holen uns nicht den Tod, sondern der Tod holt uns. Meinen Sie nicht auch, Patrick?«

»Ich habe keine Ahnung, Miss.« Plötzlich lächelte er, und sein müdes Gesicht hellte sich auf. »Obwohl ich meiner besseren Hälfte versprechen musste, dass ich vor der nächsten Überfahrt schwimmen lerne. Sie will nicht, dass das Meer mich in die Finger bekommt. Ich habe ihr gesagt, dass Schiffe so sicher sind wie normale Häuser, aber ...«

Tess schlang sich die Arme um die Mitte. »Häuser brennen, und Schiffe sinken. Was meinen Sie, Patrick? Alle reden von den U-Booten. Sind wir in Gefahr?«

»Miss, ich glaube ehrlich gesagt, dass die Kälte für Sie im Moment eine größere Gefahr darstellt als die Deutschen. Soll ich Sie zu Ihrer Kabine begleiten?«

Sein Gesicht gab keinerlei Hinweis darauf, was er fühlte oder vorhatte. Vor drei Tagen hätte Tess seinen Vorschlag als überaus freundlich empfunden, aber jetzt nicht mehr. *Überlegen Sie gut, wem Sie vertrauen*, hatte sie Caroline Hochstetter geraten.

Also meinte sie flapsig: »Haben Sie denn nichts anderes zu tun? Sie wollen doch sicher nicht Ihre Zeit an minderwertige Zweite-Klasse-Passagiere verschwenden.«

»Ich soll mich um alle Passagiere kümmern, Miss.«

Zumindest das entsprach sicher nicht der Wahrheit, das wusste Tess bestimmt.

Hat Robert Sie geschickt?, wollte sie ihn fragen. *Arbeiten Sie für Robert oder gegen ihn?*

Robert hatte Patrick als überaus loyal bezeichnet, aber wie gut kannte er ihn wirklich? Bloß weil Patrick wusste, wie er seinen Tee trank, und damit betraut werden konnte, Nachrichten zu überbringen? Robert war vielleicht wirklich so vertrauensselig, aber Tess wusste es besser. Wer eignete sich besser als ein Steward, um an Informationen zu kommen, die anderen verborgen blieben? Er konnte überallhin und sich mit sämtlichen Leuten auf dem Schiff unterhalten, ohne dass jemand Verdacht schöpfte.

Er konnte jedes Telegramm über Wasserdampf öffnen, und niemand würde es merken.

Oder wurde sie langsam verrückt und vermutete überall Verschwörungen?

»Na gut«, erklärte Tess und stand ruckartig auf. »Es sind ja Ihre Schuhsohlen. Ich schlafe auf Deck E.«

»Ich weiß, Miss.«

Tess' Augen wurden schmal, und sie sah ihn durch den Nebel hindurch an. »Wissen Sie eigentlich alles über jeden?«

Patrick schwieg einen Moment, dann meinte er: »Mr. Langford ist ein guter Freund, Miss. Ich freue mich, wenn ich seinen Freunden behilflich sein kann.«

Was absolut nichts aussagte.

Tess' Nägel bohrten sich in ihre Handflächen, als der Steward sie zur Treppe in die zweite Klasse führte. *Wenigstens gehen wir in die richtige Richtung*, dachte sie mit einigem

Galgenhumor. Außerdem hatte er sie bis jetzt nicht über Bord geworfen. Und das würde er auch nicht. Falls er für Robert arbeitete, brauchte dieser sie lebend, sonst würde er Ginny niemals finden, und falls er für Ginnys Hintermänner arbeitete ... Na ja, dann brauchten sie Tess vermutlich als Lockvogel.

Es war zumindest im Moment ein beruhigender Gedanke, dass sie lebendig mehr wert war als tot.

Vielleicht war Patrick aber auch genau das, was er zu sein schien: ein Steward, den Robert Langford im Laufe einiger vorangegangener Reisen großzügig mit Trinkgeld belohnt hatte und der sich nun auch um dessen Bekannte kümmerte.

»Wie lange arbeiten Sie schon für Cunard?«, fragte Tess nicht ohne Hintergedanken.

»Seit fünf Jahren«, antwortete Patrick. »Es ist eine sichere Stelle und wird gut bezahlt. Obwohl es hart ist, so lange von der Familie getrennt zu sein. Meine Frau erwartet gerade unser sechstes Kind.«

»Du meine Güte«, erwiderte Tess. »Ich meine: *Gratulation*! Sie vermissen sie sicher sehr.«

Sein Adamsapfel hüpfte auf und ab. »Ja. Wenn ich genug Geld hätte ... aber wie sagt man so schön: Vom Wünschen allein ist noch niemand reich geworden. Hier ist Ihre Kabine, Miss.«

E-22. Er hatte sie ohne Umweg bis vor die Tür gebracht. Ganz abgesehen von der nicht unerheblichen Tatsache, dass ein Steward der ersten Klasse normalerweise nicht über die Unterbringung der Passagiere der zweiten Klasse Bescheid wusste. Es sei denn, es gab einen Grund dafür. Vielleicht hatte Robert ihn beauftragt, Tess' Kabine ausfindig zu machen, nachdem sie verschwunden war. Oder Patrick hatte von Anfang an gewusst, wo sie sich befand.

Patrick hielt ihr die Tür auf. »Gute Nacht, Miss. Ich werde

sicherstellen, dass jemand in der Nähe bleibt, falls Sie etwas brauchen.«

»Wie nett von Ihnen«, erwiderte sie schwach.

Patrick deutete eine Verbeugung an. »Ich mache nur meine Arbeit, Miss. Gute Nacht.«

»Gute Nacht. Ich hoffe, Sie sehen Ihre Familie bald wieder«, erwiderte Tess, schloss die Tür hinter sich und fragte sich, ob sich eine Maus in einem Käfig wohl so fühlte wie sie gerade.

In dem Bett zu ihrer Linken tauchte plötzlich Mary Kates Kopf hinter dem Vorhang auf. Sie trug Lockenwickler zu ihrem Nachthemd. »Ein Steward der ersten Klasse, der dich bis vor die Tür bringt! Du musst einflussreiche Freunde haben.«

Tess öffnete ihre Stiefel und sah zu Mary Kate hoch. »Woher weißt du, dass er aus der ersten Klasse ist?«

Der Vorhang fiel zu, und Mary Kates Stimme drang durch den Stoff. »Ich habe dir doch gesagt, dass mein Liam einen der Stewards kennt, oder?«

»Würdet ihr wohl still sein!«, erklang Nellies Stimme aus dem unteren Bett. »Einige von uns wollen schlafen. Das Nebelhorn ist schon schlimm genug, ohne dass ihr hier herumschwatzt.«

»Verzeihung!«, säuselte Mary Kate.

Tess öffnete im Dunkeln ihre Jackenknöpfe, zog sich aber nicht aus. Bloß für den Fall. Anschließend stieg sie halbbekleidet in ihr Bett und zog sich die Decke bis über den Kopf, um das Dröhnen des Nebelhorns und Mary Kates Entschuldigungen so gut es ging auszublenden.

Sie würde sich einen Moment ausruhen. Nur einen Moment …

Sie vergrub den Kopf unter dem Kissen, doch das Nebelhorn ertönte immer und immer wieder. Es war ein schwermütiger Klang. Ein Klagelied für die Toten.

Als Tess aufwachte, war die Kabine leer. Laut der Uhr auf dem Frisiertisch war es beinahe ein Uhr mittags. Sie hatte den halben Tag verschlafen, und eigentlich fühlte es sich sogar noch länger an. Als sei sie eine Prinzessin, die nach Jahren erwacht und erkennt, dass das ganze Königreich unter Dornengestrüpp verschwunden ist.

Ein schneller Blick nach draußen offenbarte, dass Patricks Worte nur eine leere Drohung gewesen waren – oder ein leeres Versprechen, je nachdem, von welcher Seite man es sah. Niemand stand vor der Tür Wache, zumindest konnte sie niemanden sehen.

Tess huschte ins Zimmer zurück, wusch sich eilig und zog sich so schnell wie möglich um. Sie wollte mit Ginny reden, während die anderen Passagiere beim Mittagessen waren. Egal, wie viel sie über die Situation nachdachte und wie viele Spekulationen sie anstellte, es war, als müsste sie mit verbundenen Augen ein Bild malen. Es gab nur einen Menschen, der wusste, was wirklich los war: Ginny.

Mach dich nicht auf die Suche nach mir, hatte Ginny gesagt. *Ich werde zu dir kommen.* Aber dafür war es jetzt zu spät. Sie mussten die Sache sofort klären, bevor das Schiff in Liverpool anlegte.

Falls das Schiff jemals in Liverpool anlegte.

Tess rannte die Treppe hoch und schlüpfte durch die Tür an Deck. Die Welt hatte sich tatsächlich verändert, während sie geschlafen hatte. Goldener Sonnenschein ergoss sich über das Schiff, und Kinder liefen herum, genossen ihren letzten Tag in Freiheit und spielten Seilspringen und Himmel-und-Hölle. Doch Tess glaubte, den Nebel des Vorabends immer noch zu sehen, und er legte sich wie ein Schatten über das Schiff. Die Fenster waren immer noch mit schwarzem Stoff verdeckt, und in ihrem Kopf hörte sie das warnende Dröhnen des Nebelhorns.

Sie beschleunigte ihre Schritte und eilte an der Königssuite der Hochstetters vorbei zu der Kabine, in der die Kammerzofe untergebracht war.

Auf dem Flur war es ruhig, denn die Passagiere der ersten Klasse waren alle beim Mittagessen. Fast alle zumindest. Tess blieb abrupt stehen, als Margery Schuylers schrille Stimme aus Ginnys Kabine drang.

»Also? Haben Sie es?«

Tess warf einen vorsichtigen Blick zur Tür hinein. Elektrisches Licht ließ die weiß gestrichenen Holzwände blendend hell erstrahlen. Die Kabine war klein, aber hübsch eingerichtet, das Seifenstück auf dem Waschtisch eines der wenigen Anzeichen, dass hier tatsächlich jemand wohnte. In der Mitte des Raumes stand Margery Schuyler. Sie trug ein Seidenkleid mit Blumendruck, dessen Farbe und Muster absolut nicht zu ihrem Hautton passten.

Ginny trug das übliche schwarze Kleid und hatte die dunklen Haare straff nach hinten gekämmt. Sie saß auf dem Bett und verschränkte gerade die Arme vor der Brust. »Noch nicht.«

Margery stapfte in der Kabine auf und ab, und ihr Kleid bauschte sich um ihre Beine. »Aber wir haben nur noch einen Tag! Ich dachte, Ihr Fälscher wäre verlässlich.«

Tess fühlte sich, als hätte sie jemand geohrfeigt. Ihr Fälscher? Sie hatte angenommen, dass Caroline Hochstetter Margery ihre Zofe geliehen hatte, um ein Kleid zu bügeln oder Ähnliches. Aber ... *Margery Schuyler?* Warum wusste sie von einem Fälscher an Bord?

Vielleicht hatte Ginny noch einen zweiten Coup in Planung. Einen Kunstraub. Aber davon hätte sie Tess doch sicher erzählt, oder? Nein, Tess hatte gesagt, dass es aus war.

»Das ist er auch«, erwiderte Ginny, und das Wort »er« brannte wie Salz in einer Wunde. Vielleicht hatte Ginny das damit gemeint, als sie Tess gesagt hatte, dass sie sie nicht mehr brauchte. Sie hatte sie ersetzt. »Aber manche Aufträge dauern eben länger als andere.«

Margery starrte Ginny so wütend an, als wäre sie eine Kellnerin, die irrtümlich die falsche Suppe serviert hatte. »Aber so viel Zeit haben wir nicht! Ich dachte, das hätte ich klar und deutlich gesagt, als ich Sie engagiert habe.«

»Gute Arbeit verträgt keinen Zeitdruck«, erklärte Ginny. »Dieser Fälscher hat bereits Mr. Fricks Gemälde ›Jungfrau mit Kind‹ von Jan van Eyck kopiert. Ich kann Ihnen leider nicht sagen, wo sich das Original befindet, aber ich kann Ihnen versichern, dass Mr. Frick keine Ahnung hat, dass es sich bei seinem Bild um eine Kopie handelt. Mein Mann ist brillant.«

Mein Mann. Tess konnte sich noch daran erinnern, wie sie das Bild gemalt hatte. An das Gefühl des Pinsels auf der Leinwand, den Geruch der Farbe und den herrlichen blauen Himmel, der durch die dunklen Gewölbe schien, während die Jungfrau und das Kind von Heiligen umgeben die Huldigung eines weißgewandeten Betenden empfingen, der vor ihnen kniete.

Ginny hatte sie nicht ersetzt. Sie wollte sie beschützen.

Was bedeutete, dass Ginny ihren Geschäftspartnern nichts von Tess erzählt hatte. Falls Patrick sie letzte Nacht tatsächlich hatte bewachen lassen, war es auf Robert Langfords Befehl geschehen, und Ginnys mysteriöse Partner hatten nichts damit zu tun. Kein Wunder, dass Ginny so darauf beharrt hatte, dass Tess sich von ihr fernhielt. Sie hatte sie nicht im Dunkeln gelassen, sondern sie beschützt. Genau, wie sie es schon von Kindesbeinen an tat.

»Wir brauchen keine makellose Arbeit«, meinte Margery verärgert. »Wir brauchen einfach nur diesen Walzer!«

»Ich habe es Ihnen doch schon erklärt«, entgegnete Ginny. »Sie können den Walzer gerne haben. Alle neun Seiten. Aber wenn Sie es auf die zehnte abgesehen haben, dann …«

»Das ist Erpressung.«

»Wenn Sie die letzte Seite haben wollen, müssen Sie mehr dafür bezahlen.« Ginny brach ab und sah Margery Schuyler mit einem Ausdruck in den Augen an, den Tess nicht deuten konnte. »Worum geht es überhaupt?«

Margery hob das schlaffe Kinn und raffte die Röcke, als wären es Flügel. »Warum sollte ich das ausgerechnet Ihnen verraten? Sagen wir, es geht um eine Erfindung, die diesen Konflikt ein für alle Mal regelt. Denken Sie nur: Die militärischen Verstrickungen, die so vielen Deutschen die künstlerische Energie aussaugen, wären endlich Geschichte! Mit einem Schlag. Die Welt würde unter deutscher Herrschaft stehen und wäre endlich – *endlich!* – befreit von den bürgerlichen Fesseln, sodass sie sich Höherem zuwenden kann. Der Kunst und …« Sie brach ab und schüttelte sich, als wäre sie gerade aus einem Traum erwacht. »Ich würde es also sehr begrüßen, wenn Sie aufhören würden, unsere Zeit zu verschwenden. Schlimm genug, dass unser Mann im Kriegsministerium langsam kalte Füße bekommt … ich meine … egal, das tut hier nichts zur Sache. Beschaffen Sie mir einfach die zehnte Seite.«

»Und woher weiß ich, dass Sie Ihren Teil der Abmachung einhalten werden?«

Margery richtete sich zur vollen Größe auf. »Sie stellen das Wort einer Schuyler in Zweifel?«

Unter diesen Umständen hätte Tess die Frage mit *Ja* beantwortet.

Ginny betrachtete die andere Frau nachdenklich. »Sie können Ihren Leuten sagen, dass ich Ihnen die zehnte Seite übergeben werde, wenn wir das Schiff verlassen haben. Und keine Minute früher.«

»Das wird ihnen sicher nicht gefallen. Und woher soll ich wissen, dass Sie *Ihren* Teil der Abmachung einhalten werden?«

Ginny grinste und bleckte die Zähne. »Sie stellen das Wort einer deutschen Patriotin in Zweifel?«

Es war bloß ein Bluff, das wusste Tess im Gegensatz zu Margery mit absoluter Sicherheit. »In Ordnung. Aber es muss sofort nach dem Verlassen des Schiffes passieren. Sonst kann ich nicht für die Folgen garantieren.«

Tess hatte gerade noch genug Zeit, um sich hinter der Tür zu verstecken, bevor Margery in einem Wirbel aus Farben und Formen aus der Kabine stürzte.

»Ja, das glaube ich dir«, murmelte Ginny. »Du verrückte alte Fledermaus.«

Als Tess erneut um die Ecke spähte, sah sie, wie Ginny ihren alten Lederhandkoffer unter dem Bett hervorholte. Philadelphia, Delaware, New York. Tess hatte diesen Koffer auf so vielen Betten, auf so vielen Bahnsteigen und in so vielen Zügen in so vielen verschiedenen Städten gesehen. Ginny warf die Gegenstände aus ihrer Kommode mit überlegter Eile in den Koffer. Unterwäsche, zwei Röcke, zwei Oberteile, ein paar ramponierte Bürsten und zwei Perücken: die eine blond, die andere braun.

Ginny riss den Kleiderschrank auf, doch sie ließ die drei identischen schwarzen Kleider einfach links liegen. Eine weitere Haut, die sie abstreifte. Ein weiteres Kostüm, das nicht mehr gebraucht wurde. Dahinter holte sie mehrere Dokumente hervor, die zu einer Rolle gedreht und mit einem Band fixiert waren. Sie hob den Rock und steckte sie in ihr Strumpfband.

Der Strauss-Walzer.

Ginny hielt kurz inne, um sich noch einmal in dem Zimmer umzusehen. Sie murmelte etwas, riss eine Schublade auf und holte eine unbenutzte Rettungsweste hervor. Dann nahm sie ihre Reisetasche, eilte aus dem Zimmer und stieß die Türe mit dem Fuß hinter sich zu, bevor sie den Flur entlang zur

Königssuite ging. Sie hielt sich nicht damit auf, zur Haupteingangstür zu gehen, sondern nahm die seitliche Eingangstür, die direkt in Caroline Hochstetters Schlafzimmer führte.

Tess erwachte aus ihrer Starre und folgte ihr. Sie hörte, wie in der Hochstetter-Suite Türen geöffnet und geschlossen wurden und Stoff raschelte.

Tess drückte die Tür auf, ohne anzuklopfen, und ertappte ihre Schwester auf frischer Tat. Ginny erstarrte, während Caroline Hochstetters Fuchsstola über ihrem Arm baumelte. Die Rubine in ihren Ohren und um ihren Hals glänzten wie Blut. Ihr Koffer lag auf Carolines Bett – das mit Perlen bestickte Stoffstück, das daraus hervorragte, gehörte zu Carolines Abendkleid, das Ginny offenbar eilig hineingestopft hatte.

»Verdammt, Tess!«, zischte Ginny. »Du solltest nicht hier sein.«

Tess blieb mit der Hand am Türknauf stehen. »Was machst du da?«

»Ich nehme mir meinen Lohn.« Ginny setzte ein einfältiges Grinsen auf, und ihre Worte waren übertrieben langgezogen. »Oh Jones, Sie sind ein Schatz. Mein Gott, Jones, ich weiß nicht, was ich ohne Sie machen würde … Ja, Ma'am. Nein, Ma'am. Kann ich gehen, Ma'am? Ich bin vor Ihrer Hoheit auf Knien gerutscht und habe mich vor ihr verbeugt, während ich ihre hässliche kleine Affäre vertuscht habe.« Ginnys Hand wanderte zu den Rubinen um ihren Hals. »Ich habe mir jeden Penny davon verdient.«

Es war typisch Ginny, dass sie wieder einmal Wahrheit und Lüge vermischte. Denn das war nicht der Grund, warum sie davonlief, und das wussten sie beide. »Aber … es dauert doch noch einen ganzen Tag, bis wir anlegen. Sie werden das ganze Schiff nach dir absuchen!«

Ein zufriedenes Lächeln breitete sich auf Ginnys Gesicht aus. Sie deutete auf ein gefaltetes Blatt Papier. »Nein, das glaube ich nicht. Nicht, sobald Mr. Hochstetter diese Nachricht gelesen hat. Mrs. Hochwohlgeboren wird zu sehr damit beschäftigt sein, sich ihrem Mann gegenüber zu erklären, um sich über ihren verschwundenen Schmuck Sorgen zu machen. Und keiner der beiden wird wollen, dass ich mich an die Öffentlichkeit wende.«

Tess hätte ihre Schwester am liebsten geschüttelt. »Ich meinte nicht die Hochstetters, Ginny! Ich dachte, du hättest mehr vor, als bloß ein bisschen Schmuck zu klauen?«

»Das habe ich auch. Aber ich habe gesagt, dass ich das ohne dich schaffen werde, weißt du noch?« Ginny wirkte mit einem Mal müde. »So ist das also? Jetzt, wo ich alles erledigt habe, willst du wieder an Bord kommen?«

»Nein! Ich meine, ja.« Tess trat nach vorne und erklärte mit sehr viel sanfterer Stimme: »Du kannst so viel Schmuck stehlen, wie du möchtest. Ich helfe dir! Vergiss den Walzer. Wir nehmen den Schmuck und verschwinden. Wir verlassen das Schiff wie normale Passagiere. Ich helfe dir und tue alles, was du von mir verlangst. Aber lass uns bitte abhauen.«

Ginny betrachtete sie misstrauisch. Das Licht spiegelte sich in den Glasaugen der Fuchsstola, und das Tier schien Tess genauso skeptisch zu mustern. »Ich dachte, du willst aussteigen?«

»Das will ich auch. Ich will, dass wir beide aussteigen. Aber … ich habe Angst um dich, Ginny. Was passiert, nachdem du diesen Leuten die zehnte Seite gegeben hast? Glaubst du wirklich, dass sie dir einfach auf den Rücken klopfen und dich ins Mutterland zurückkehren lassen?«

»Eigentlich heißt es *Vaterland*.« Doch Ginnys Gesichtsausdruck wurde weicher und zeigte neben ihrer Verbitterung auch ihre große Zuneigung. »Glaubst du wirklich, dass ich so naiv bin, Tennie? Ich habe alles geplant. Sie werden mich nicht kriegen. Vor allem jetzt, wo ich weiß, dass du ausgestiegen bist.«

407

Das Echo der Vergangenheit war plötzlich so laut wie ein vorbeirasender Zug. Aber hier ging es nicht um eingebildete, gutgläubige Opfer. »Was, wenn sie dich doch kriegen? Es ist immerhin ihr Spiel.« Tess suchte verzweifelt nach einem Argument, das ihre Schwester umstimmen würde. »Denk doch mal an Dad. Er hat Deutschland verlassen, weil er vom Krieg genug hatte.«

Ginny schnaubte, wandte sich ab und durchwühlte Mrs. Hochstetters Frisiertisch. »*Das* hat er dir erzählt?«

Tess trat einen Schritt nach vorn und versuchte, den Blick ihrer Schwester im Spiegel aufzufangen. »Wir waren uns immer einig, dass wir niemanden verletzen wollen.«

»Ach, verdammt noch mal …« Ginny stellte die Parfumflasche so ruckartig ab, dass sie einen Sprung bekam. »Was ist mit den Leuten, die verhungert sind, weil Dad ihnen ihr ganzes Geld aus der Tasche gezogen hat? Oder mit den Leuten, die so dumm waren, sein Elixier zu trinken?«

Tess biss sich auf die Lippe. »Aber das hat doch niemandem geschadet.«

»Ja, klar. Weil Terpentin ja so gesund für kleine Kinder ist.« Als sie Tess' erschrockenes Gesicht sah, lachte Ginny auf. »Schau mich doch nicht so an, Tess! Es hätte niemals jemanden umgebracht. Dazu müsste man ein ganzes Fass davon trinken. Außerdem bestand das Gebräu zum Großteil ohnehin nur aus Essig und rotem Pfeffer.«

»Dad hat gemeint, dass es den Leuten Hoffnung gibt.« Und er hatte auch selbst daran geglaubt. Er hatte an die Kraft der Hoffnung geglaubt. Er hatte geglaubt, wenn er nur genügend gehofft und an ein Wunder geglaubt hätte, dann hätte Tess' Mutter überlebt. Deshalb hatte er seine Elixiere und Tinkturen gemischt. Er war immer auf der Suche nach einem Heilmittel gewesen. Natürlich war er ein Betrüger gewesen, aber an der Sache war auch ein Körnchen Wahrheit. »Er hat versucht zu helfen.«

»Er hat versucht, sich selbst zu helfen, indem er den Leuten das Geld aus der Tasche zog.« Ginny schüttelte den Kopf. Dann steckte sie einen Stapel Münzen vom Tisch in ihre Tasche. »Aber warum reden wir überhaupt darüber? Dad ist tot, und ich bin mir ziemlich sicher, dass er nicht auf irgendeiner Wolke sitzt und Harfe spielt.«

»Ginny …«

»Wir sind hier fertig«, erwiderte Ginny schroff, doch dann lenkte sie ein, hielt kurz inne und strich mit dem Finger über Tess' Wange. »Sobald ich alles geregelt und ein neues Leben begonnen habe, werde ich mich bei dir melden, Tennie.«

»*Falls* du alles regeln kannst …« Tess schluckte, und es fühlte sich an wie tausende Nadelstiche. »Ich kann das nicht zulassen. Sie werden dich töten. Mit der Übergabe der Noten unterzeichnest du dein Todesurteil.«

»Und wenn ich es nicht tue, bringen sie mich erst recht um«, entgegnete Ginny, doch als sie die Angst in Tess' Augen sah, meinte sie: »Mach dir keine Sorgen um mich. Da ich mich jetzt nicht mehr um dich kümmern muss, gibt es nichts, womit sie mir wehtun können. Es ist zwar ihr Spiel, aber ich spiele es auf *meine* Art.«

»Du meinst wohl auf Margery Schuylers Art?«

Ginny erstarrte. »Woher weißt du das?«

»Ich habe alles gehört.«

In diesem Moment ging ein seltsames Beben durch das ganze Schiff, als hätte das Meer in seiner Bewegung innegehalten.

Ginny fluchte leise. »Sie ist verrückt, weißt du? Aber ich komme schon mit ihr klar. Es geht eher um die Leute, für die sie arbeitet.«

»Und was ist, wenn du nicht mit ihnen zurechtkommst?« Tess griff nach der Hand ihrer Schwester. »Bitte, Ginny. Denk wenigstens darüber nach, zu den Briten zu gehen. *Wenn* dich jemand beschützen kann, dann …«

»Mich beschützen? Tennie, du hast ja keine Ahnung. Die Briten können nicht einmal sich selbst beschützen. Es geht um Robert Langford, nicht wahr? Frag ihn doch, Tennie! Frag ihn, wer den Code haben will, und warum. Nein, warte. Tu es lieber doch nicht.« Ginny packte Tess an den Schultern. »Halte dich einfach von alldem fern, hörst du? Bemale Muscheln und verhalte dich unauffällig. Und vertraue niemandem. Auf Wiedersehen, kleine Schwester.«

Ginny ließ sie los, wandte sich ab und eilte zur Tür. Die Rubine hoben sich dunkel leuchtend von dem schwarzen Reisekostüm ab, das Tess noch nie zuvor gesehen hatte. Eine Perücke und etwas Make-up, und Ginny würde aussehen wie ein anderer Mensch.

Tess stürzte hinter ihr her und versuchte, sich zwischen ihre Schwester und die Tür zu stellen. »Ginny, warte.«

»Wir haben keine Zeit mehr«, erklärte Ginny, dann fügte sie barsch hinzu: »Ich liebe dich wirklich, weißt du?«

Ich liebe dich. Ich liebe dich.

Die Worte hallten durch Tess' Kopf, als ein dumpfer Schlag die Luft zum Schwingen brachte. Der Boden hob sich, und sie fiel zur Seite. Sie spürte einen stechenden Schmerz in ihrem Kopf, und dann wurde alles schwarz.

Fünfundzwanzig

DEVON, ENGLAND
MAI 2013

Sarah

Als wir schließlich von der Hauptstraße auf die Zufahrtstraße zum Familiensitz der Langfords abbogen, herrschte um uns herum tiefste Nacht. Ich hatte mich noch immer nicht daran gewöhnt, dass es auf dem Land stockdunkel wurde, denn in einer Stadt wie New York konnte man dem Licht nirgendwo entkommen.

»Es brennt kein Licht«, erklärte Rupert, als er mit dem Range Rover vor dem Dower House hielt. »Wahrscheinlich ist er unten in Roberts Arbeitszimmer.«

Ich öffnete den Sicherheitsgurt und die Tür. »Okay, dann gehen wir gleich mal runter.«

Rupert schnaubte protestierend, aber ich tat, als würde ich ihn nicht hören. Stattdessen starrte ich in die endlose Finsternis und versuchte, ein entferntes Funkeln im Lustschloss oder in den Häusern auf der anderen Seite des Flusses auszumachen. Rupert stapfte um das Auto herum und murmelte irgendetwas von einer Tasse Tee.

»John hat einen elektrischen Wasserkocher. Für Notfälle«, erklärte ich.

Rupert seufzte. »Na gut, meine Teuerste. Weil Sie die

Wiedervereinigung scheinbar kaum noch erwarten können. Aber ich hole zuerst noch die Taschenlampe aus dem Kofferraum, okay?«

Natürlich hatte John eine Taschenlampe im Kofferraum – zusammen mit einem vollständigen Erste-Hilfe-Koffer. Der Strahl der Lampe hüpfte vor uns über den feuchten, nach frischem Gras riechenden Rasen, sodass wir Unebenheiten sofort erkennen konnten, anstatt darüber zu stolpern. Der Anblick erinnerte mich so stark an die vielen Male, die ich mit John hier entlanggegangen war, dass ich beinahe vergaß, dass Rupert und nicht John bei mir war. Hätte er nicht irgendwann nach meinem Arm gegriffen.

John hatte mich kein einziges Mal am Arm genommen, nicht einmal um zwei Uhr morgens, wenn wir beide erschöpft den Hügel hochgetaumelt waren. Wir hatten uns kaum getraut, einander zu berühren. Bis letzte Nacht.

»Mein liebes Kind«, keuchte Rupert atemlos. »Ich möchte ... natürlich ... keinesfalls der ... wahren Liebe im Weg stehen ... aber ...«

»*Der wahren Liebe?*«

»... aber glauben Sie ... es wäre vielleicht möglich ... nicht so ... zu hetzen?«

»Oh!« Ich kam stolpernd zum Stehen und sah im Schein der Taschenlampe, dass Ruperts Gesicht hochrot angelaufen war und irgendwie ausgezehrt wirkte. »Es tut mir so leid.«

»Aber nicht doch! Das Gerenne ist zweifellos gut für die Pumpe, und Sie sind ein vortrefflicher Tempomacher. Nur meine alten Beine machen da nicht mehr mit, fürchte ich.«

»*So* alt sind Sie auch wieder nicht. Abgesehen davon ist der Grund für meine Eile nicht John«, erklärte ich ein wenig trotzig. »Sondern das Telegramm.«

»Oh ja, natürlich. Das *Telegramm*.« Er atmete tief durch. »In Ordnung. Weiter geht's. Auf zum *Telegramm*.«

Ich presste die Lippen aufeinander, und wir gingen in gemäßigterem Tempo weiter. Obwohl mein ganzer Körper danach schrie nach unten zum Lustschloss zu sprinten, dessen beleuchtete Fenster einladend leuchteten – es war definitiv das Lustschloss, jetzt erkannte ich es endlich –, passte ich mich Ruperts Schritten an und unterwarf mich seinem Willen. In der Ferne sah ich die Lichter Torquays, und ich erinnerte mich daran, wie John mir an jenem ersten Abend die Umgebung nähergebracht hatte. Damals war mir alles so neu und verwirrend erschienen, aber ich hatte trotzdem schon gespürt, dass mir etwas Wichtiges bevorstand. Etwas wie das hier. Etwas wie die hohen, viereckigen und herrlich erleuchteten Fenster, die immer größer wurden und mir versprachen, John wieder nahe zu sein.

»Es ist wirklich herrlich, nicht wahr?«, fragte Rupert leise. »Man vergisst leicht, wie schön es hier ist. Beinahe magisch.«

»Kein Wunder, dass Robert so gerne hier geschrieben hat«, erwiderte ich. Und kein Wunder, dass John so gerne hier schlief.

Der Strahl der Taschenlampe fiel auf die Brücke, und wir erklommen die sanfte Steigung. Als wir am obersten Punkt angekommen waren, sah ich, dass die Tür offen stand. Ich ließ Ruperts Arm los und trippelte den Rest der Brücke hinunter, bis ich wieder festen Boden unter den Füßen hatte. Er hatte die Tür für mich offen gelassen.

John saß am Schreibtisch und war in das flackernde Blau seines iPads gehüllt. Er hatte die Stirn gerunzelt und wirkte sorgenvoll und hochkonzentriert. Er hatte die Ellbogen aufgestützt und die Hände gefaltet, sodass er das breite, kantige Kinn darauf ablegen konnte. Ich sah sofort, dass er einen anderen Pullover trug. Ein verwaschenes Rot. Ein rostiges Pink. Ich machte die Taschenlampe aus.

»Hallo.«

Sein Kopf fuhr hoch, doch vermutlich stand ich zu tief im Schatten, denn er schien mich einen Augenblick lang nicht zu erkennen. Er sah mich fragend an und packte die Tischkante, als wollte er so schnell wie möglich verschwinden. Also trat ich nach vorne ins Licht, und in diesem Moment verzog sich sein Gesicht zu einem Lächeln, das mich bis ins tiefste Innere wärmte und mein Herz ausfüllte. Ich vergaß einen Augenblick lang sogar die aufsehenerregende Entdeckung, die er gemacht hatte und die sich irgendwo in diesem Raum befand.

»Ähm ... hallo!«, erwiderte er. »Ich habe gerade ...«

»John, mein Junge!«, donnerte Ruperts Stimme über meine Schulter hinweg. »Hast du vielleicht eine Tasse Tee für mich? Ich bin am Verdursten. Deine hauseigene Historikerin hat mir verboten, irgendwo anzuhalten, um zu tanken, geschweige denn um für mein leibliches Wohl zu sorgen.«

John erhob sich. »Ich bin froh, dass sie so streng war. Ihr seid auch so schon verdammt spät dran. Ich habe mir einen alten Langford-Film angesehen, nur um wach zu bleiben.«

»Oh. Welchen denn?«, fragte ich.

»*Nachtzug nach Berlin*.« Er trat zu dem elektrischen Wasserkocher auf einer der Kommoden und warf einen schnellen Blick hinein. »Ich hatte gehofft, einen Hinweis zu finden, um das Rätsel schneller zu lösen.«

»Und das Telegramm?«

Er deutete mit dem Kopf auf den Schreibtisch. »Das ist gleich dort drüben.«

Ich griff sofort danach, und auch wenn ich bereits wusste, was darin stand, und ich die Worte schon hunderte Male in meinem Kopf hin und her gewälzt hatte, nachdem John sie mir mit tiefer, beherrschter Stimme am Telefon vorgelesen hatte, wiederholte ich sie noch einmal laut:

MISSION GEFÄHRDET STOPP ERWARTEN UN-
MITTELBARE GEGENMASSNAHME STOPP
ALLE NOTWENDIGEN MASSNAHMEN ZUR
PERSÖNLICHEN SICHERHEIT TREFFEN

Ich sah auf. John war ins Badezimmer gegangen, um Wasser zu
holen. Rupert stand mit verschränkten Armen mitten im Zimmer und starrte auf den Zettel in meiner Hand, während das
Rauschen des Wassers durch die offene Tür drang. »Dann haben Robert und sein Vater also wirklich zusammengearbeitet.
Die Mission hatte irgendetwas mit dieser chemischen Formel
zu tun, die den Alliierten einen Vorsprung in der Herstellung
bestimmter Materialien verschaffte.«

»Ja, sieht so aus«, erwiderte Rupert. »Aber es ist trotzdem
seltsam, oder? Die Formulierung, meine ich. Sehr undurch-
sichtig, als wollte man nicht, dass der Mann am Funkgerät die
Bedeutung errät.«

»Genau«, stimmte John ihm zu, der gerade mit dem Wasserkocher zurückkam. Er stellte ihn wieder auf die Kommode
und steckte den Stecker in die nächste Dose. »Wenn die Mission gefährdet war, weil die Deutschen davon Wind bekommen hatten und vorhatten, das Schiff zu versenken, warum hat
Sir Peregrine dann nicht den Kapitän verständigt?«

»Ja, das ist sehr eigenartig«, stimmte Rupert ihm zu. Er
nahm mir das Telegramm ab und betrachtete es mit geschürz-
ten Lippen.

Ich ließ mich in den Lehnstuhl sinken und beobachtete
John, der die Teekanne und die Tassen vorbereitete. Die Haut
in seinem Nacken schimmerte im Licht. Ich presste die Daumen aufeinander und meinte: »Ich denke, du kennst die Antwort auf diese Frage, oder? Du weißt, warum Peregrine nicht
verhindert hat, dass das Schiff angegriffen wurde.«

»Ich weiß es nicht mit Sicherheit«, erwiderte John langsam

und maß die richtige Menge Tee ab. »Es gibt immerhin keine Beweise.«

Rupert hob den Blick. »Du glaubst, dass Robert ein Verräter war? Und dass sein Vater es herausgefunden und versucht hat, ihn zu schützen?«

»Nein«, erwiderte John. Er schloss die Dose mit dem Tee und stellte sie zurück in den Schrank. Seine Augen wirkten ernst, sein Mund hart. »Ich glaube genau das Gegenteil.«

Ich weiß nicht, wer nach diesem Schock die Sprache zuerst wiederfand. Vielleicht begann der Wasserkocher zu pfeifen. Als John sich abwandte, um das Wasser in die Kanne zu gießen, sprang ich auf und rief: »Peregrine? Sir Peregrine war der Verräter?«

Vielleicht kam die Frage aber auch von Rupert.

Wie auch immer, John drehte sich jedenfalls nicht um. Er kochte Tee und konzentrierte sich voll und ganz auf das vertraute Ritual, während er uns alles geduldig erklärte.

»Ich kann mich natürlich auch täuschen. Aber das Telegramm hat mich misstrauisch gemacht, und zwar aus den Gründen, über die wir gerade gesprochen haben. Ich meine, wenn ich dort im *Room 40* gesessen hätte und eine aufgefangene Nachricht die Vermutung in mir geweckt hätte, dass die *Lusitania* womöglich in Gefahr ist, dann hätte ich sofort den Kapitän informiert. Ich hätte versucht, meinen Sohn zu retten – und all die anderen Menschen an Bord, aber auch die wertvolle chemische Formel.«

»Es sei denn, es war von Anfang an geplant, die Tragödie einfach stattfinden zu lassen«, erwiderte ich. »Es gab da doch die Theorie, dass Großbritannien den Zorn Amerikas gegen die Deutschen heraufbeschwören wollte, damit Amerika in den Krieg eintritt.«

John schüttelte den Kopf. »Das schien mir eigentlich nie

wirklich nachvollziehbar. Außerdem war das nicht Peregrines Art. Er war offensichtlich in einen Spionagefall verwickelt, genauso wie Robert. Aber dann ist etwas schiefgelaufen. Es ist so katastrophal schiefgelaufen, dass jemand alle offiziellen Aufzeichnungen verschwinden ließ, wie ihr beide ja heute bereits herausgefunden habt. Und da dachte ich an etwas, das du zu mir gesagt hast, Sarah.«

»Woran denn?«

Er deutete mit dem Kopf auf den Schreibtisch und sein iPad.

»An den *Nachtzug nach Berlin*. Hier bitte, Onkel Rupert. Leider habe ich keine Milch, aber der Zucker ist dort drüben in der Dose.«

»Das Buch?«, rief ich. »Die Antwort befindet sich in dem Buch?«

»Ich konnte nirgendwo ein gedrucktes Exemplar finden, und als E-Book gibt es den Roman auch nicht. Aber der Film ist online. Es ist ein richtiger Klassiker. Carroll Goring war der Regisseur. Es war sein erster großer Erfolg.«

Ich eilte um den Tisch herum und zog das iPad näher heran. John hatte den Film angehalten, aber ich sah, dass er sich bis jetzt etwa drei Viertel angesehen hatte. Das leicht verschwommene Standbild in Schwarz-Weiß zeigte einen Schauspieler, der mir vage bekannt vorkam und der gerade durch den engen Korridor eines luxuriösen Eisenbahnwaggons eilte.

»Tristan Beaufort«, murmelte ich. »Er hatte … was war es noch gleich? Eine Formel für eine neue Bombe, oder? Aber die Deutschen haben den Zug manipuliert, weil sie nicht wollten, dass er nach Paris gelangt und sie dort seinem englischen Kontaktmann übergibt …« Ich hob den Blick. »Oh mein Gott! Es war sein Vater! Tristans Vater arbeitete für den britischen Geheimdienst.«

John nickte. Er hatte sich selbst keinen Tee eingegossen und die Arme vor der rostroten Brust verschränkt. »Und er wurde erpresst. Von den Deutschen. Er hat ihnen verraten, wann und wo es zu der Übergabe der Informationen kommen soll. Danach wollten sie den Zug sabotieren, um die Spuren zu verwischen. Damit die Briten dachten, die Formel wäre bei dem Unglück verloren gegangen.«

»Mein Gott«, flüsterte nun auch Rupert.

»Allerdings wusste er nicht, dass sein eigener Sohn als britischer Agent an Bord des Zuges sein würde.« Ich setzte mich in den Stuhl und schaute in die wilden, verzerrten Augen des Schauspielers. »Als er es herausfand, versuchte er noch, eine Nachricht zu schicken, aber es war zu spät. Beaufort kam hinter die Verschwörung und leitete den Zug in letzter Sekunde um. Er war der Held des Tages, aber sein Vater …«

»… hatte sich bereits das Leben genommen. Nicht aus Trauer um seinen Sohn, sondern weil er wusste, dass sein Verrat nun ans Licht kommen würde.«

Rupert saß mit kalkweißem Gesicht im Lehnstuhl und hielt die Teetasse mit beiden Händen fest umklammert. »Es war die ganze Zeit hier, direkt vor unserer Nase, aber trotzdem perfekt getarnt.« Er sah mich an. »Jetzt haben Sie Ihre Geschichte, junge Dame.«

»Nicht ganz. Ich meine, wir haben keine Beweise. Es sind nur auf Indizien basierende Vermutungen. Und ich würde nie etwas so … Aufrührerisches ohne gesicherte Beweise veröffentlichen.«

»Warum nicht? Sie haben das Telegramm. Sie haben eine hervorragende Theorie, die Sie weiter ausbauen können. Und jetzt, wo Sie wissen, wonach Sie suchen müssen …«

»Aber es würde seinen guten Ruf zerstören.« Ich wandte mich an John. »Ich kann doch nicht einfach einen deiner Vorfahren des Hochverrats beschuldigen.«

John sah mir ruhig und ernst in die Augen, und ich erwiderte seinen Blick. Endlich wusste ich, warum er so abgezehrt aussah und warum seine Stimme am Telefon so angespannt geklungen hatte.

»Sarah, das alles ist inzwischen Geschichte«, erwiderte er. »Das ist, was du tust. Die Wahrheit ist sehr viel wichtiger als die Ehre der Familie Langford. Außerdem ist es genau das, was du jetzt brauchst, oder? Dein zweites Buch. Das große Comeback.«

Ich öffnete den Mund, aber mir fiel nichts ein, was ich hätte sagen können. Die beiden Männer betrachteten mich und warteten darauf, dass ich etwas erwiderte. Dass ich das Geschenk annahm, das John mir machte. *Er hat recht*, dachte ich. Es war wirklich genau das, wonach ich suchte. Der große Skandal, die große Vertuschung. Und es passte alles so wunderbar zusammen. Eine schockierende Geschichte aus der Vergangenheit und der gegenwärtige Skandal um die Familie Langford. Für John hätte das Timing allerdings nicht schlimmer sein können.

Und trotzdem stand er nur wenige Meter von mir entfernt, mit verschränkten Armen und abgezehrtem Gesicht, und bot mir dieses schreckliche und gleichzeitig auch wundervolle Geschenk an. Er hätte das Telegramm zerreißen oder es für immer verschwinden lassen können. Aber das hatte er nicht. Er hatte nicht einmal gezögert.

Ich erhob mich von meinem Stuhl. »John ...«, begann ich.

»Rupert!«

Ich weiß nicht, wer von uns den größten Schreck bekam. Ich wirbelte zur Tür herum und landete bäuchlings auf dem Lehnstuhl, und John schrak ebenfalls hoch und krachte in eine Ecke der Kommode.

Und Rupert? Er schnappte nach Luft und verschüttete seinen Tee auf dem Teppich, bevor er die Tasse samt Untertasse auf dem Schreibtisch abstellte. Seine Hände zitterten, als er sich zu dem großen, gutaussehenden, schwarzhaarigen Mann umdrehte, der im Türrahmen stand.

»Nigel!«, rief er mit erstickter Stimme.

»Na wenigstens gibt es *ein* Happy End«, meinte ich, während ich dem Licht der Taschenlampe nachsah, das über die Brücke hüpfte und hinter der Wölbung auf der anderen Seite verschwand. Ich wandte mich zu John herum und lächelte. »Wie lange soll ich warten, bis ich ihnen folgen kann?«

»Keine Ahnung. Es könnte durchaus ein wenig seltsam werden, weißt du.« John hob die Hand und fuhr sich mit dem Finger über die Lippen – vielleicht, um ein aufkeimendes Lächeln zu verbergen. »Sie haben eine Menge zu besprechen.«

»Ja, das ist mir auch schon aufgefallen.« Ich sah mich übertrieben auffällig im Arbeitszimmer um. »Und was machen wir in der Zwischenzeit? Sollen wir uns vielleicht den Film zu Ende ansehen?«

»Du kannst hier schlafen«, erklärte John und fügte dann hastig hinzu: »Auf dem Sofa, meine ich. Ich kann ja das Bett im Schlafzimmer nehmen.«

»Ich habe keine Zahnbürste dabei.«

»Ich habe eine in Reserve. Für Notfälle.«

»Für Notfälle?«

»Man weiß ja nie …«

Er wirkte aufrichtig, beinahe engelsgleich. Das schwache Licht im Zimmer ließ die Konturen seines Gesichtes weicher erscheinen. Die Farbe seines Pullovers passte nicht zu seiner Hautfarbe, vielleicht war er aber auch nur so blass, weil er erschöpft und geschockt war. Trotzdem packte mich mit einem Mal das Verlangen, meine Brust wurde eng, und meine Finger prickelten.

»So ein Zahnbürsten-Notfall …«, begann ich. »Kommt der eigentlich öfter vor?«

»Nein, nicht so oft. Eigentlich gar nicht, wenn ich so darüber nachdenke. Vielleicht war es schlichtweg Wunschdenken. Ein kleiner Funken Hoffnung.«

Seine Stimme hatte ihren neckenden Unterton verloren, und mein Mund wurde trocken. Ich spürte seine Aura in ihrer ganzen Intensität. Diese Langfordsche Ruhe, die er ausstrahlte. Ich ertrug seinen intensiven Blick nicht mehr länger und drehte mich zum Sofa um. Ich wollte etwas Kluges sagen, irgendetwas, das unseren verbalen Schlagabtausch fortsetzte, aber ich konnte nicht. Es waren keine Scherze mehr in mir übrig. Ich wollte nicht mehr geistreich und witzig sein. Stattdessen erzählte ich ihm von meinem Vater. Davon, dass er ein regelrechter Sofa-Experte gewesen war.

»Ein Couch-Potato, oder? Ähm, das sollte natürlich keine Anspielung sein.«

Ich wandte mich um und hob fragend eine Augenbraue.

»Du weißt schon: *Potatoes*«, erklärte er. »Wie in deinem Buch. Tut mir leid, vergiss es. Es ist spät, und mein Verstand ist nicht mehr ganz …«

»Er hat oft auf dem Sofa geschlafen. Er war Alkoholiker. Ich war erst vier, als sich meine Eltern trennten, aber davor wachte ich oft frühmorgens auf und tappte ins Wohnzimmer – und da lag er schnarchend auf dem Sofa und stank nach Schnaps. Der Geruch bringt mich heute noch um.«

Ich betrachtete erneut das Sofa – Roberts Sofa. Ich ertrug es einfach nicht, John anzusehen, wenn ich ihm solche Dinge erzählte. Ich spürte, wie er auf mich zukam. Er stellte sich neben mich und starrte mit mir gemeinsam auf das Möbelstück hinunter.

»Es tut mir leid«, sagte er, als würde er es auch so meinen. Als würde er verstehen, was dieser Satz wirklich bedeutete. Was *Leid* wirklich bedeutete.

»Na ja, es ist schon lange her. Ich bin drüber hinweg. Einigermaßen.«

»Ich glaube nicht, dass man jemals über so etwas hinwegkommt. Er war immerhin dein Vater.«

»Wenn man klein ist, sollten sie Helden sein. Wenn man erwachsen wird, bleibt immer noch mehr als genug Zeit, um zu erkennen, dass Eltern auch nur Menschen sind, die sich durchs Leben kämpfen und Fehler machen. Aber wenn du klein bist, sollte dein Dad Superman sein.«

»Na ja, mein Vater war auch kein Superman. Vor allem nicht für mich«, erwiderte John. »Aber ich hatte zumindest eine prachtvolle Familiengeschichte, auf die ich mich stützen konnte.«

»Und jetzt nehme ich dir die auch noch weg.«

»Ach, damit komme ich schon zurecht. Wie du eben gesagt hast: Ich bin mittlerweile erwachsen. Meine Vorfahren müssen keine Helden mehr sein. Tatsächlich habe ich herausgefunden, dass es oft viel interessanter ist, *kein* Held zu sein, meinst du nicht auch?«

Ich antwortete nicht. Vielleicht machte sich der Schlafmangel langsam bemerkbar, vielleicht waren aber auch meine Nerven nach all der Aufregung vollkommen überstrapaziert. Die Luft im Zimmer war kühl, weil die Tür so lange offen gestanden hatte, und es roch nach feuchtem Gras und dem schlammigen Fluss in der Nähe des Hauses.

John legte eine Hand auf meine Schulter.

»Er hat uns einmal angerufen«, erzählte ich. »Ich war noch ein Teenager, und meine Mom war gerade in der Arbeit. Er meinte, er hätte sein Leben wieder im Griff und würde uns immer noch lieben. Er bat mich, zu Mom zu gehen und sie um eine zweite Chance zu bitten.«

»Was hast du gesagt?«

»Ich habe ihm gesagt, dass ich es machen würde. Aber ich habe nie ein Wort über den Anruf verloren. Ich weiß nicht, ob es war, weil ich ihn für das, was er uns angetan hatte, hasste,

422

weil ich meine Mutter nicht mit ihm teilen wollte oder weil ich verhindern wollte, dass sie noch einmal durch dieselbe Hölle gehen muss. Ich weiß nicht, ob ich egoistisch war oder sie nur beschützen wollte. Ein paar Monate später fuhr er auf einer Schnellstraße in einen Brückenpfeiler. Er hatte zweieinhalb Promille Alkohol im Blut.«

»Dann hast du offenbar die richtige Entscheidung getroffen.«

Ich setzte mich auf den Rand des Sofas, legte die Hände um die Knie und starrte auf meine verschränkten Finger hinunter. »Aber was ist, wenn er an diesem Abend nur wegen mir betrunken mit dem Auto fuhr? Weil ich Mom nichts von seinem Anruf erzählt habe? Was wäre, wenn ich ihr davon erzählt hätte, und alles wäre gut ausgegangen? Ich hätte noch einen Vater, meine Mom wäre wieder mit ihrer großen Liebe vereint, und er wäre noch am Leben ...«

»Oh Sarah.« John ließ sich neben mich sinken und zog mich an seine Brust. »Glaub mir, es hätte kein Happy End gegeben. Vertrau mir. Man kann niemanden erlösen. Das funktioniert einfach nicht. Das kann nur Gott – Gott oder an welche höhere Macht man auch immer glaubt. Der einzige Mensch, dessen Verhalten du beeinflussen und dessen Güte du kontrollieren kannst, bist du selbst. Indem du jeden Tag aufstehst und dein Bestes gibst.«

Ich lehnte mich schniefend an ihn.

»Ich will damit natürlich nicht sagen, dass man nicht die Hand ausstrecken und anderen helfen soll. Man kann ihnen zuhören, sie lieben und sie unterstützen – aber man kann sie nicht retten. Man ist nicht verantwortlich für die Entscheidungen anderer.«

Ich wandte meinen Kopf zum Schreibtisch herum. Mein Arm lag über seinem Bauch, und er hatte mir den Arm um die Schultern gelegt. »War es bei Callie auch so? Hast du letzten Endes erkannt, dass du sie nicht retten kannst?«

Er lachte. »Nein, das habe ich schon relativ früh eingesehen. Aber ich bin ziemlich altmodisch, was die Sache mit den guten und den schlechten Zeiten angeht. Außerdem habe ich schon vor der Hochzeit von den Drogen und diesen Dingen gewusst, weshalb es nicht wirklich als Trennungsgrund infrage kam. Es war das Sex-Camp, das unserer Ehe den Rest gab.«

Ich lehnte mich zurück, um ihn anzusehen, und er ließ mich los. »Ein *Sex*-Camp?«

»Ich kann mich nicht mehr an die offizielle Bezeichnung erinnern. Es war so etwas wie: *Paarklausur zur Körpertherapie.* Callie meinte, wir würden im Bett nicht mehr so gut harmonieren wie früher, und das wäre der Grund, warum unsere Ehe vor dem Aus stand. Die Tatsache, dass sie häufig erst um sechs Uhr morgens mit nur einem Schuh durch die Haustür stolperte, hatte ihrer Meinung nach nichts damit zu tun. Ich war einverstanden, denn im Grunde hatte ich nichts zu verlieren. Ich meine, immerhin war es ein *Sex-Camp*.«

»Und wie war es?«

»Hauptsächlich esoterisches Hippie-Zeug. Am Anfang durften wir einander nicht anfassen und mussten alle möglichen Vorträge und Seminare besuchen. Ziemlich anrüchig. Aber ich habe eine Menge über den weiblichen Orgasmus gelernt, das muss ich zugeben. Am dritten Abend, kurz bevor wir die Erlaubnis bekamen, uns ›achtsamen Berührungen‹ hinzugeben, machte ich mich nach dem Abendessen auf die Suche nach meiner Frau und sah, wie sie es mit einem der Vortragenden in der Bondage-Kammer trieb. Ich bin sofort nach Hause gefahren und habe die Scheidung eingereicht.«

Ich schlug mir die Hand vor den Mund.

»*Lachst* du etwa, Blake? Bringt dich mein Kummer zum Lachen?«

»Nein! Natürlich nicht! Es klingt … schrecklich … ich meine, in der SM-Kammer … haben sie echt …?«

»Sicher lachst du! Deine Schultern zucken.«

»Ich lache *nicht* …«

»Du bist eine hartherzige Frau.« Er schlang seine langen, rostroten Arme um mich. »Hartherzig und grausam. Hast du eigentlich eine Ahnung, wie es sich anfühlt, wenn du siehst, wie deine Ehefrau einen anderen Mann ›achtsam berührt‹?«

»Na ja, ich hatte noch nie eine Ehefrau …«

»Du nimmst mich nicht ernst.«

»Und ich war auch noch nie in einem Sex-Camp.«

»Hmmm. Dann warst du vermutlich auch noch nie in einer Bondage-Kammer, oder?«

»Nö. Aber ich habe dieses eine Buch gelesen. Fast bis zum Ende.«

»Kinderkram«, erklärte John, senkte den Kopf und küsste mich.

Als ich die Augen aufschlug, erwartete ich beinahe, die roten LED-Lichter auf R2-D2s runder Brust zu sehen, die mich zum Aufstehen drängten.

Doch es war dunkel, und die Luft roch nach Mann. Ein schwerer Arm ruhte auf meiner Taille, und eine breite Brust drückte sich an meinen Rücken und hob und senkte sich unter tiefen, gleichmäßigen Atemzügen. Und da war noch etwas. Ich war glücklich. Die Zufriedenheit umgab mich wie ein Nebel, der aus sämtlichen Poren drang.

John.

Mit seinem Namen kamen auch die Erinnerungen: lange, intime Küsse; Kleider, die zu Boden fielen; John, der mich zu dem Bett in dem kleineren Zimmer trug. Ich erinnerte mich an das Staunen, das sich mit der körperlichen Ekstase vermischte, und daran, dass ich dasselbe Staunen auch in Johns Gesicht gesehen hatte. »Oh mein Gott«, hatte ich gemurmelt, als ich meine Hände hinter seinem Nacken verschränkt hatte, doch ich konnte mich nicht mehr daran erinnern, was er darauf erwidert hatte. Ich wusste nur, dass es von da an noch besser geworden war, und als der Höhepunkt schließlich erreicht war, war es so gewesen wie noch nie zuvor mit irgendjemanden. Es war eine Art spirituelle Erlösung, der ein Schweigen folgte, dem sämtliche Dinge innewohnten, die nicht laut ausgesprochen werden konnten. Und schließlich ein tiefer Schlaf.

Allerdings hatte ich sicher nicht allzu lange geschlafen, denn vor den Fenstern herrschte immer noch tiefste Nacht, und ich war so müde, dass ich mich nicht bewegen konnte. Mein Gehirn lief hingegen auf Hochtouren, und meine Gedanken rasten. Befeuert von der Aufregung, sich neu zu verlieben – und zwar in John, mein Gott, in *John Langford*, in diesen warmherzigen, unbeugsamen Mann, der neben mir schlief und dessen Körper mir mittlerweile vertraut war –, aber auch von einem weitaus unangenehmeren Gedanken und einer Frage, die sich unter der Glückseligkeit verbarg.

Vergiss es, Blake. Mach die Augen zu und schlaf weiter! Konzentriere dich auf diesen wunderbaren Arm um deine Mitte und seinen Herzschlag an deinem Rücken. Auf seine Beine über deinen. Genieße es, bevor es vorbei ist. Bevor du nach New York und ins echte Leben zurückkehren musst.

Doch meine Augen weigerten sich standhaft zuzufallen. Mein Blick ruhte auf dem Umriss der Tür zum Arbeitszimmer. Robert Langfords Arbeitszimmer, in dem er alle seine Bücher geschrieben hatte. In dem seine Geheimnisse verborgen lagen. Kleine Geheimnisse und größere, und schließlich das größte Geheimnis überhaupt, das er womöglich sogar mit der ganzen Welt geteilt hatte, ohne dass diese etwas davon ahnte. *Mein Vater ist ein Verräter. Mein Vater hat zugelassen, dass eine Schiffsladung voll unschuldiger Männer, Frauen und Kinder ums Leben kam, nur um seinen Ruf zu retten. Mein Vater wäre beinahe auch für meinen Tod verantwortlich gewesen.*

Wie war es möglich, einem solchen Menschen zu vergeben und sein Geheimnis so viele Jahre lang zu bewahren? Und
was bedeutete es? Hatte Robert Sir Peregrines Unterlagen verschwinden lassen? Und warum? Warum hatte er den Mistkerl
nicht der Öffentlichkeit und ihrem Urteil ausgeliefert?

Oder hatten wir trotzdem die falschen Schlüsse gezogen?

Etwas fehlte. Na ja, ganz offensichtlich fehlte sehr viel, aber
während ich so dalag, Johns Herzschlag lauschte und seinen
warmen Atem in meinen Haaren genoss, hatte ich plötzlich
das Gefühl, dass wir etwas Wichtiges übersehen hatten. Den
Schlüssel. Das Puzzleteil, das alles miteinander verband.

Ich hob vorsichtig Johns Arm und schlüpfte aus seiner sicheren Umarmung. Er protestierte schnaubend, wachte aber
nicht auf. Kalte Luft traf meine nackte Haut, und ich griff
nach der Schaffelldecke und wickelte sie mir um die Schultern. Sie war überraschend weich. Ich schlich auf Zehenspitzen
ins Arbeitszimmer, schloss die Verbindungstür und machte die
Schreibtischlampe an.

Johns iPad stand immer noch an seinem Platz, wo er sich
den Film *Nachtzug nach Berlin* angesehen hatte, doch mittlerweile war das Display schwarz, und ich kannte das Passwort
nicht. Ich ließ mich trotzdem auf den Stuhl sinken, zog die
Beine hoch und schlang die Arme um die Knie. Ich konnte
mich nicht mehr an alle Einzelheiten erinnern, aber ich
wusste, dass das Buch einer meiner Favoriten gewesen war, als
ich mich durch Robert Langfords gesammelte Werke geackert
hatte. Es passte alles so wunderbar zusammen, und die Figuren
waren so lebensecht, dass ich beim Lesen das Gefühl gehabt
hatte, sie persönlich zu kennen. Gerade so, als würden sie in
einem anderen Universum tatsächlich existieren. Allen voran
natürlich Tristan Beaufort, aber auch die anderen Protagonis-
ten. Der Vater, die Passagiere. Außerdem gab es natürlich auch
eine Liebesgeschichte. Tristan verführte eine verheiratete Frau,

die ebenfalls in Verbindung zu dem Spionagefall stand. Aber hatte er sie aus diesem Grund verführt, oder war er sich der Verbindung erst im Nachhinein klar geworden? Ich konnte mich nicht erinnern, doch dieses Detail erschien mir plötzlich irgendwie wichtig. Sehr wichtig. Vielleicht war es sogar der Grund, warum ich aufgewacht war.

Ich stellte meine Füße nacheinander auf den Boden und fühlte mich dabei seltsam steif. Sex mit John Langford beanspruchte offenbar alle wichtigen Muskelgruppen und auch einige, von deren Existenz ich bisher nichts geahnt hatte. Ich beugte mich zu dem Karton mit den Notizen und den anderen Dingen hinunter, die mir beim Durchsehen interessant vorgekommen waren und den ich neben dem Schreibtisch abgestellt hatte. Ich sah die Unterlagen neugierig durch, auch wenn mir im Grunde die Energie fehlte. *Geh zurück ins Bett*, dachte ich. *Das bringt doch nichts.* Am nächsten Morgen würde ich mich geistig und körperlich fitter fühlen und gezielt weitersuchen können. Doch meine Finger blätterten immer weiter. Ich suchte nach den Aufzeichnungen, die ich mir zu Roberts Büchern gemacht hatte. Doch am Ende stieß ich nicht auf mein Notizbuch, sondern auf etwas anderes. Es war kleiner, und das Papier war dicker und glatter.

Ich hob es aus dem Karton.

Das Programm für das Konzert in der Carnegie Hall 1952. Die Pianistin hieß Mary Talmadge.

Ich ließ mich zurücksinken und blätterte das Programm durch. Die alten Werbeanzeigen, die Anmerkungen zum Konzert, die Danksagungen an die Spender. *Die Einnahmen des Konzerts gehen an das Talmadge Musikkonservatorium in Savannah, Georgia.* Natürlich. Das Konservatorium war eines der renommiertesten des Landes und von einem legendären Philanthropen und seiner Frau gegründet worden, mit denen Mary Talmadge offenbar in irgendeiner Verbindung stand.

Aber was hatte das mit Robert zu tun? Warum hatte er ausgerechnet dieses Programmheft aufbewahrt? War er ein solcher Musikliebhaber gewesen?

Ich warf einen Blick auf Mary Talmadges Foto. Sie war wunderschön, obwohl – oder vielleicht sogar weil – das Schwarz-Weiß-Foto sehr gestellt wirkte. Sie hatte den Blick in die Ferne gerichtet, und ihre langen, eleganten Pianistenfinger ruhten auf ihrer Wange.

Vielleicht war ihre Schönheit der Grund gewesen. Robert war in dieser Hinsicht doch eine Art Feinschmecker gewesen, nicht wahr?

Außerdem kam mir irgendetwas an ihr vertraut vor, obwohl ich es nicht benennen konnte. Ihre Augen und der Ausdruck in ihnen ließen vermuten, dass sie sehr viel älter war, als ihre glatte Haut vermuten ließ. Natürlich hatte ich das Foto schon einmal gesehen – sie war eine legendäre Figur der Musikszene des mittleren vorigen Jahrhunderts –, aber das war nicht alles. Es war persönlicher.

Ich warf das Programm auf den Schreibtisch, und dabei glitt ein kleines, eierschalenfarbenes Stück Papier heraus. Ich fing es gerade noch auf, bevor es auf dem Boden landete.

Nächste Station Albert Hall. Kommst du? XO

Die Handschrift war außerordentlich feminin.

»Sarah?«

Ich hob den Kopf. John stand in der Tür und blinzelte verschlafen. Er war splitternackt. Ein warmes Gefühl breitete sich in mir aus. »Ich bin hier.« Ich legte die Nachricht beiseite und erhob mich.

»Gott sei Dank. Ich dachte schon, du wärst nach nur einer Nacht auf und davon.«

Ich machte die Lampe aus, durchquerte das Arbeitszimmer

und schlang meine Arme um seine Hüfte. »Weißt du, was das Besondere an uns Amerikanern ist?«, fragte ich und drückte ihm einen Kuss auf die Lippen. »Wir sind nicht so dumm, wie ihr immer denkt.«

Als ich mich schließlich in Johns Arme schmiegte und langsam wegdämmerte, fiel mir das entscheidende Detail von *Nachtzug nach Berlin* endlich wieder ein.

»Der Ehemann!«, rief ich.

»Was für ein Ehemann?«, murmelte John. »Doch nicht deiner, hoffe ich?«

»Nein. Der Ehemann aus *Nachtzug nach Berlin*. Es war nicht Beaufort, der die Pläne kannte, weißt du nicht mehr? Es war der Ehemann. Der Ehemann der Frau, die er während der Zugfahrt verführt hatte.«

Doch als Antwort ertönte nur ein leises Schnarchen.

Sechsundzwanzig

AUF SEE
FREITAG, 7. MAI 1915

Caroline

Ein lautes Schnarchen ertönte irgendwo hinter Caroline, die mit Gilbert im Speisesaal saß und auf den Eisbecher hinunterstarrte, den Gilbert für sie bestellt hatte. Sie hatte absolut keinen Appetit.

Caroline wandte sich unauffällig um, und ihr Blick fiel auf den alten Mann mit dem auffallenden Schnurrbart, den sie am vergangenen Abend im Rauchersalon gesehen hatte. Er saß alleine am Tisch und schlief tief und fest, sodass er Gefahr lief, den Kopf in das *Pouding Souffle Tyrolienne* zu tauchen, das vor ihm stand.

»In manchen Ländern gilt es als großes Kompliment, wenn der Gast nach dem Essen am Tisch einschläft«, erklärte Gilbert amüsiert.

Sie wandte sich erstaunt zu ihm um. Es war lange her, dass sie ihn derart entspannt erlebt hatte und er sogar zu einem kleinen Scherz aufgelegt gewesen war. Er begann zu strahlen, und sein breites Lächeln brachte das Grübchen in seiner Wange zutage, in das sie sich einst verliebt hatte. Es erinnerte sie daran, wie sie beide gewesen waren, als er ihr den Hof gemacht hatte, und wie erfüllt ihr junges Herz gewesen war. Sie konnte nicht anders, als sein Lächeln zu erwidern, doch kurz darauf spürte sie, wie es bereits wieder verblasste. Sie blickte erneut auf die schmelzende Eiscreme hinunter und fragte sich, ob wohl ihr Gehirn einfrieren würde, wenn sie sie nur schnell genug aß. Denn dann musste sie vielleicht nicht ständig an die Entscheidung denken, die ihr in weniger als einem Tag bevorstand und der sie noch keinen Schritt nähergekommen war, seit sie in der vergangenen Nacht aus Roberts Bett gestiegen war.

Caroline schob den Teller angewidert von sich und erinnerte sich in diesem Moment an die Eiscreme, die sie sich mit Robert auf einem weiteren Gartenfest geteilt hatte. Damals hatte er ihr erklärt, dass sie bloß die Zunge auf den Gaumen drücken musste, um das seltsame Gefühl im Kopf zu vermeiden, wenn man Eis zu schnell aß.

»Es tut mir leid, Liebling«, meinte Gilbert. »Ich dachte, du magst Eiscreme.«

»Mag ich ja auch.« Sie versuchte zu lächeln, aber es fühlte sich eher an wie eine Grimasse. »Ich habe nur keinen Appetit.«

Er sah ihr forschend in die Augen, und Caroline wusste, was er zu entdecken hoffte. Trotzdem konnte sie den Blick nicht abwenden. Wenn er glaubte, dass sie ein Kind erwartete, und dieser Gedanke ihn glücklich machte, dann würde sie ihm diese Hoffnung nicht nehmen. Das konnte sie nicht. Sie hatte ihm schon viel zu viel genommen.

Sie sah sich im Speisesaal und unter den anderen Reisenden der ersten Klasse um und war überrascht, dass alle zulangten, als gäbe es die nächsten paar Tage nichts mehr zu essen, und nicht nur die nächsten paar Stunden.

»Es wundert mich, dass hier überhaupt jemand Appetit verspürt«, erklärte sie und versuchte, den beiläufigen Tonfall beizubehalten. »Es kommt mir vor, als würden wir den ganzen Tag nichts anderes tun als essen. Unser Tagesablauf dreht sich nur darum, wann das nächste Essen serviert wird. Es würde mich nicht überraschen, wenn ich nach der Ankunft in Liverpool in keines meiner alten Kleider mehr passe.«

»Du könntest so breit wie ein Eisberg sein – für mich wärst du immer noch die schönste Frau der Welt.«

Caroline lachte auf, und die Ehrlichkeit darin überraschte sie. »Darf man dieses Wort auf einem Schiff wie diesem überhaupt benutzen, Gil? Es gibt vermutlich ein Gesetz dagegen.«

»Vielleicht, aber es wird mich sicher niemand davon abhalten, meiner Frau zu sagen, wie wunderschön sie ist. Wie ihr Lachen mich von der schlechtesten Laune befreit, wie viel Licht ihre Musik in meine Welt bringt und wie sehr ich sie liebe.«

In diesem Augenblick hätte Caroline ihn beinahe gefragt, ob er ernst gemeint hatte, was er zu Robert gesagt hatte. Was er eigentlich über Roberts Mission wusste. Und vielleicht sogar, warum er in der vergangenen Nacht unbedingt die Strauss-Noten benötigt hatte. Die Worte lagen ihr auf der Zunge, und sie schmeckte ihren sauren Beigeschmack, denn sie hätten diesen perfekten Moment mit einem Schlag zerstört. Einen Moment, auf den sie gehofft hatte, seit sie in New York an Bord gegangen waren. Doch wenn sie Roberts Namen jetzt laut aussprach, würde sie es nur noch mehr daran erinnern, wo sie in den frühen Morgenstunden gewesen war und welche Lippen sie zuletzt geküsst hatte.

Er hat mir gesagt, dass er dich mehr liebt, als ich es jemals könnte.

Das hatte Gilbert zu Robert gesagt. Gilbert – der Mann, den sie geheiratet und dem sie versprochen hatte, ihn zu lieben und zu ehren. Der Mann, der ihr nun mit einem eindringlichen Blick in den blauen Augen und einem warmen Lächeln gegenübersaß und ihr seine Liebe schwor. Und der nun auf eine Antwort wartete. Sie beschloss, dass sie später, wenn sie wieder alleine waren, noch mehr als genug Zeit hatten, über alles zu reden. Zeit, zu gestehen. Zeit, um Pläne zu schmieden.

»Ich liebe dich auch, Gilbert. Mehr, als ich sagen kann.« Sie schluckte und suchte nach der Entschlossenheit, die ihr ihre Mutter immer zugesprochen hatte. Endlich öffnete sie den Mund, um weiterzureden, doch Gilbert kam ihr zuvor. Es war beinahe so, als hätte er gewusst, was sie gestehen wollte.

»Ich schulde dir eine Entschuldigung, Caroline.« Er nahm ihre Hände in seine, und es war ihm offenbar egal, wie viele Leute es sahen.

»Wofür?«, presste sie schließlich heraus.

»Dafür, dass ich dich nicht an meinem Leben teilhaben ließ – und zwar an allen Bereichen. Du hast einen scharfen Verstand, und das ist eines der vielen Dinge, die ich an dir liebe. Ich dachte, ich könnte dich vor der harten Realität beschützen. Vor den Schrecken des Krieges. Ich dachte, wenn ich dir nicht erzähle, was wirklich vor sich geht, würde ich bei jeder Rückkehr nach Hause vollkommene Unschuld wiederfinden. Aber das war dir gegenüber nicht gerecht, oder? Und als du mich gebeten hast, dich an allem teilhaben zu lassen, habe ich abgelehnt, und zwar aus purem männlichem Stolz.«

Caroline saß wie erstarrt auf ihrem Stuhl, denn sie hatte Angst, dass er bemerken würde, was er gerade gesagt hatte und zu wem, wenn sie sich auch nur einen Zentimeter bewegte.

Gilbert richtete den Blick auf seine Hände. »Ich bin da auf etwas gestoßen. Auf etwas sehr Wichtiges. Auf etwas, das den Ausgang dieses Krieges entscheiden könnte. Es ist eine neue Stahllegierung, die die Helme der Soldaten widerstandsfähiger macht. Und widerstandsfähigere Helme retten Leben. Mir ist zu Ohren gekommen, dass die Briten schon länger nach einer derartigen Legierung suchen, und ich dachte, ich könnte vielleicht helfen. Ich war sehr gut in Chemie, als ich noch zur Schule ging, und irgendwann fing ich an, mit verschiedenen

Zusatzstoffen zu experimentieren.« Er senkte den Blick. »Ich musste ständig an die jungen Männer in den Schützengräben denken. Väter, Ehemänner, Söhne. Mein Unternehmen stellt Munition und Waffen her, die Menschen töten – das war meine Chance, auch einmal Leben zu retten.«

»Du hast eine neue Stahllegierung erfunden?«, fragte Caroline, und ihr Herz platzte beinahe vor Stolz.

»Ja. Im Grunde war es purer Zufall. Zuerst wusste ich gar nicht, was ich da entdeckt hatte. Aber jetzt ist es nun mal so.«

Sie dachte einen Moment lang nach, und langsam fügten sich die Einzelteile zu einem Ganzen. »Darum sind wir hier auf der *Lusitania*«, sagte sie. »Um den Briten die Formel zu überbringen.« Sie sah ihm in die Augen. »Darum geht es also in der Mission, die du und Robert durchführen sollt. Er wurde nach New York geschickt, um dir Geleitschutz zu geben.«

»Ja«, erwiderte Gilbert. Er war kurz zusammengezuckt, als sie Roberts Namen erwähnt hatte. »Ich kenne die Formel auswendig, aber ich habe sie Robert zur Sicherheit ebenfalls anvertraut.«

»Aber der Strauss-Walzer …«

»War nur eine Ablenkung, falls noch andere an Bord sind, die es auf die Formel abgesehen haben. Ich wollte sie glauben lassen, dass sie sich in den Noten verbirgt.« Er grinste. »Ich habe sogar eine zusätzliche Seite mit kryptischem Unsinn geschrieben, nur um eventuelle Diebe auf eine falsche Fährte zu locken.«

Caroline richtete sich auf. »Aber warum wolltest du die Noten letzte Nacht dann unbedingt diesem Mr. Lauriet zeigen?«

Gilbert wirkte ehrlich verwirrt. »Ich habe keine Ahnung, wovon du sprichst.«

»Jones kam gestern Abend zu mir und behauptete, du würdest die Noten brauchen, deshalb habe ich sie ihr gegeben.«

Gilbert rieb sich das Kinn. »Großer Gott. *Jones?*« Er wollte aufstehen, doch dann ließ er sich wieder auf den Stuhl sinken. »Ich werde Langford darüber in Kenntnis setzen. Es hat keinen Zweck, sie jetzt sofort aufzusuchen. Sie kann sich hier auf dem Schiff ohnehin nirgendwo verstecken, und wir werden ein Telegramm an die zuständigen Behörden schicken, damit sie sofort verhaftet wird, wenn wir in Liverpool anlegen.«

Dieses Mal starrte Caroline auf ihre verschränkten Hände hinunter. »Ich war so dumm. Nicht nur, weil ich Jones ohne die nötige Sorgfalt eingestellt habe, sondern auch, weil ich dir nicht vertraut habe. Ich war so wütend, dabei hätte ich wissen müssen, dass du all das nur getan hast, weil du mich liebst und mich beschützen willst. Damit mir nichts zustößt. Und ich habe …«

»Sag es nicht, Caroline. Wenn du etwas über Robert sagen willst, dann lass es. Ab jetzt soll es nur noch um uns beide gehen. Wir beginnen ein neues Leben und lassen die Vergangenheit hinter uns.«

Er griff in seine Tasche und zog ein Leinentaschentuch mit seinem Monogramm heraus. Caroline kaufte sie immer im Dutzend bei B. Altman in der Fifth Avenue, weil er sie so oft verlor. »Hier«, sagte er sanft.

Sie nahm es und bemerkte überrascht, dass sie Tränen in den Augen hatte.

»Würdest du gerne einen Spaziergang auf dem Promenadendeck machen? Etwas Bewegung an der frischen Luft ist gut für die Verdauung, und es ist ein herrlicher Tag. Wir kommen Irland immer näher, und die Küste ist bereits zu sehen.« Gilbert legte die Hand einladend mit der Handfläche nach oben auf den Tisch.

»Ja, das würde ich sehr gerne«, erwiderte sie und legte ihre Hand in seine. Es war ein herrlich sicheres und behütetes Gefühl, als sich seine Finger um ihre schlossen.

»Wir können über unsere gemeinsame Zukunft sprechen

und Pläne schmieden. Ich könnte sogar reiten lernen, damit wir gemeinsam durch den Central Park reiten können. Darum bittest du mich schon seit der Hochzeit, und ich denke, es wird langsam Zeit dafür.«

»Ja.« Sie drückte seine Hand, und ihr Herz brannte vor Liebe, Scham und Unsicherheit. »Das wäre schön«, presste sie hervor. »Sehr sogar. Und ich verspreche, jedes Mal Geduld zu üben, wenn du wieder einmal aus dem Sattel fällst.«

Er lachte, und es war ein dröhnendes Lachen, das tief aus seiner Brust drang. Sie liebte dieses Lachen, doch sie hatte es im letzten Jahr kaum gehört. Gilberts Blick wanderte über ihre Schulter, und er wurde mit einem Mal ernst. Als Caroline sich umdrehte, fiel ihr Blick auf Patrick, der ein weiteres Telegramm in der Hand hielt.

»Madam«, begrüßte er Caroline, bevor er sich an Gilbert wandte. »Es tut mir leid, wenn ich störe, Sir, aber hier ist ein Telegramm für Sie, und der Absender erwartet eine sofortige Rückmeldung.«

Gilbert öffnete den Umschlag und las eilig das Telegramm. Dann warf er Caroline einen unsicheren Blick zu. »Das Büro in New York. Ich fürchte, es ist dringend.«

»Ich verstehe«, erwiderte sie, und dieses Mal tat sie es tatsächlich. »Aber versprich mir, dass du nachher zu mir auf das Promenadendeck kommst, damit wir noch einen gemeinsamen Spaziergang genießen können.«

»Ich verspreche es.« Gilbert nahm ihre Hand und küsste sie. »Ich bringe dich zu den Aufzügen.«

Caroline schüttelte den Kopf. »Ich bleibe noch ein paar Minuten und versuche es noch mal mit der Eiscreme. Patrick kann mich ja nachher begleiten.«

»In Ordnung«, erwiderte er und schob den Stuhl zurück. »Wir sehen uns bald.«

Gilbert entschuldigte sich und machte sich auf den Weg.

Caroline nahm den Löffel zur Hand, legte ihn aber wieder zurück, sobald Gilbert durch die Tür verschwunden war. Sie griff nach der auf etwas stärkerem Papier gedruckten Speisekarte für das Mittagessen und zog eine goldene Füllfeder aus der Tasche, die Gilbert ihr geschenkt hatte. Sie musste keine Sekunde überlegen, was sie schreiben wollte. Sie wusste nur, dass es erledigt werden musste. Als sie fertig war, faltete sie die Speisekarte zwei Mal und gab sie an Patrick weiter.

»Bitte überbringen Sie Mr. Langford diese Nachricht so schnell wie möglich.«

Er nahm sie entgegen, ohne eine Miene zu verziehen. »Jawohl, Madam.«

»Danke. Ich finde den Weg zu den Aufzügen auch allein, es ist mir jetzt wichtiger, dass Sie sich sofort auf die Suche nach Mr. Langford machen.«

Einen Moment lang schien es, als würde Patrick zögern und sie fragen wollen, ob sie sich sicher war. Als wüsste er, was sie geschrieben und wie sie sich entschieden hatte. Aber Caroline ging nicht weiter darauf ein und schrieb es dem Licht zu, das durch die Deckenfenster fiel, dass sie in dem Steward plötzlich mehr sah, als er war. Sie wandte sich wieder der Eiscreme zu und schaffte sogar einen kleinen Bissen, während sie darauf wartete, dass er verschwand. Danach stand sie auf und verließ den Speisesaal.

Die Passagiere schwärmten auf das Promenadendeck, wie Bienen aus dem Bienenstock, und alle genossen die wärmere Luft und den Sonnenschein. Die glatte Meeresoberfläche reflektierte das leuchtende Blau des Himmels, als läge dieser direkt vor ihren Füßen. Kinder spielten Seilspringen und liefen vor ihren Kindermädchen davon, die versuchten, sie mit möglichst ernsten Mienen einzufangen. Doch jeder schien zu lächeln, was zweifelsohne dem guten Wetter und der Tatsache zuzuschreiben war, dass die lange Reise endlich dem Ende zuging.

Caroline atmete die frische Luft ein und hatte das Gefühl, freier zu sein, nachdem sie ihre Entscheidung gefällt hatte. Sie versuchte, nicht zu viel darüber nachzudenken, denn man hatte ihr beigebracht, dass die Vergangenheit nach einer wichtigen Entscheidung endgültig vergangen war und man nur noch nach vorne blicken konnte. Sie musste fest daran glauben, dass sie die richtige Wahl getroffen hatte, denn nun gab es kein Zurück mehr. Trotzdem war sie zum ersten Mal seit langer Zeit wieder glücklich, als wäre die Welt voller wunderbarer Möglichkeiten.

Nicht einmal der Anblick von Prunella und Margery konnte ihre Laune und ihr Lächeln trüben, als sie auf die Reling zutrat. Sie senkte den Kopf zur Begrüßung und wich den ausladenden Federn aus, die Margerys breitkrempigen Hut zierten, sodass es von Weitem so aussah, als würde ein Vogel auf ihrem Kopf brüten. Wenigstens warf er genügend Schatten auf ihr Gesicht, sodass die offene Stelle in ihrem Mundwinkel kaum noch zu sehen war.

»Schönen Nachmittag, Mrs. Schuyler. Miss Schuyler. Was für ein herrlicher Tag, nicht wahr?«

Margery schnaubte. »Ja, das wäre er wohl, wenn mich mein Rheuma nicht quälen würde. Und dann noch diese wild gewordenen … Kinder. Gibt es denn keinen Raum, in den man sie sperren kann? Das sollte auf einem Schiff wie der *Lusitania* doch sicher zu bewerkstelligen sein.«

Doch Caroline hatte ihre Aufmerksamkeit bereits auf Gilbert gerichtet, der gerade auf das Promenadendeck getreten war. Er hatte sie noch nicht bemerkt, und sie wollte ihm bereits zuwinken, als sie einen anderen Mann ganz in seiner Nähe bemerkte.

Robert.

Er unterhielt sich mit Patrick, und ihre Gesichter wirkten ernst. Caroline fragte sich, ob es wohl irgendetwas mit ihrer Nachricht zu tun hatte.

Ihre Entscheidung drohte sie mit all den dazugehörigen Gefühlen zu übermannen, und sie spürte Verlust und Sehnsucht, aber keinen Zweifel. Sie wusste inzwischen, dass sie die richtige Entscheidung getroffen hatte. Sie musste mit Robert sprechen, aber nicht hier. Nicht vor all den Leuten. Nicht vor Gilbert.

Sie wandte sich an Margery, hielt jedoch inne, als plötzlich ein Objekt die spiegelnde Meeresoberfläche durchstieß. Es befand sich ganz in der Nähe des Schiffes. Die beiden Frauen neben ihr folgten ihrem Blick und schienen ausnahmsweise sprachlos.

Margery überwand den ungewohnten Zustand als Erste. »Ich würde sagen, das sieht aus wie ein Sehrohr.« Sie wirkte eher verärgert als überrascht. »Davon hat mir aber niemand etwas gesagt.«

Sie beschwerte sich immer noch, als sich die Wasseroberfläche in der Nähe des Sehrohrs plötzlich verräterisch kräuselte und eine weiße, schaumige Schlange auf sie zuglitt.

Prunella schnaubte. »Das ist besser kein Torpedo. Mein Mann wäre sehr erbost ...«

Doch Caroline hörte nichts mehr. Weder Prunella noch die lachenden Kinder noch die kreischenden Möwen über ihnen. Eine unheimliche Stille breitete sich in ihr aus, und alles bewegte sich in Zeitlupe, während die Geräusche wie durch Watte in ihr Ohr drangen.

Sie wandte sich erneut zu der Stelle um, an der sie Gilbert vorhin gesehen hatte. Sie musste unbedingt zu ihm. Sie musste wissen, dass er in Sicherheit und bei ihr war. Dass er ihr gehörte und dass sie gemeinsam in Liverpool von Bord gehen würden, um das Leben zu führen, das sie einander versprochen hatten. Sie machte einen Schritt in die Richtung, wo er gestanden hatte, doch im nächsten Augenblick explodierte alles um sie herum.

Das ganze Schiff bebte und wurde wie von einer unsichtbaren Faust aus seiner unglaublichen Geschwindigkeit heraus zum Stillstand gebracht. Caroline wurde zu Boden geschleudert wie die meisten anderen, die gerade noch mit ihr auf dem Promenadendeck gestanden hatten. Eine weitere Explosion ertönte irgendwo unter ihr, und ein Geysir aus schwarzem Wasser ergoss sich über das Deck.

Sie sah sich nach Gilbert um, doch sie konnte nur Robert und Patrick sehen, die sich beide an den Türrahmen klammerten. Patricks Kappe war fort. Robert nahm etwas, das aussah wie eine kleine Tasche aus Ölzeug, aus der Innentasche seiner Jacke und drückte es dem Steward in die Hände. Im nächsten Moment erbebte das Schiff erneut, und Caroline wurde in Richtung Reling geschleudert. Als sie aufsah, waren die beiden verschwunden.

Plötzlich setzten die Geräusche wieder ein, und sie waren lauter als je zuvor. Die sanften Töne von vorhin waren kreischenden, schreienden Erwachsenen und weinenden Kindern gewichen. Caroline verzog das Gesicht, als sie sich mit beiden Händen aufrichten wollte. Offenbar hatte sie sich das Handgelenk verletzt, als sie hingefallen war. Das riesige Schiff neigte sich zur Seite, und ihre Röcke und die Schuhe wurden vom Wasser durchtränkt, das über das Deck und zurück ins gnadenlose Meer floss.

»Gilbert!«, rief sie, doch ihre Schreie vermischten sich mit dem Gebrüll der anderen Passagiere. Sie stemmte sich hoch und wurde im selben Moment von einer Gruppe niedergestoßen, die über das Deck hetzte und etwas von Schwimmwesten rief.

»Beeilung!«, brüllte jemand neben ihr, als Caroline endlich wieder auf den Beinen war. »Wir sinken sehr schnell!«

Ein Rettungsboot, in dem bereits viel zu viele Passagiere saßen, wurde langsam vom Bootsdeck nach unten gelassen.

Gerade als es am Promenadendeck vorbeikam, ertönte ein lauter Schrei. Eines der Seile war gerissen, und das Rettungsboot kippte gefährlich zur Seite. Die beiden Besatzungsmitglieder an Bord versuchten beherzt, es wieder in eine waagerechte Position zu bringen, doch ihre Bemühungen waren umsonst, und das Boot kippte immer weiter, bis alle Passagiere in das eiskalte Wasser stürzten. Einige trugen nicht einmal eine Schwimmweste.

Caroline stieß einen Schrei aus, doch er ging in der Kakofonie verzweifelter Passagiere und dem Krachen und Splittern der Stahlbolzen und Holzplanken unter. An Deck herrschte blankes Chaos, und ihr war klar, dass sie nichts für die glücklosen Seelen tun konnte, die bereits über Bord gegangen waren. Sie suchte verzweifelt nach Gilbert und überlegte fieberhaft, was sie als Nächstes tun sollte. Was hätte Gilbert getan? Um sie herum schlüpften Menschen in ihre Schwimmwesten, und sie sah einen Mann, der seiner schwangeren Frau half, die Gurte zu schließen.

Ihre eigene Schwimmweste war in ihrer Kabine … und plötzlich wusste sie, wo Gilbert war. Er war in die Suite gelaufen, um die Schwimmwesten zu holen! Er handelte stets logisch und wohlüberlegt, und zum ersten Mal war Caroline dankbar dafür. Hätte er sie vorhin an Deck gesehen, wäre er jetzt bei ihr, doch da das nicht der Fall war, hatte er wohl das Nächstliegende getan. Eine andere Möglichkeit zog sie nicht in Betracht.

Sie versuchte, sich so vorsichtig wie möglich durch die Menschenmassen zu schieben, die an Deck strömten, und trat schließlich ins dunkle Innere des Schiffes. Der Torpedo hatte offensichtlich die Stromversorgung lahmgelegt, denn nirgendwo brannte Licht. Wenigstens befand sie sich auf demselben Geschoss wie ihre Suite, und es war nicht allzu weit, sodass sie den Weg sicher auch im Dunkeln finden würde.

Geradeaus zu den Aufzügen, dann nach links und an zwei weiteren Suiten vorbei. Gleich danach befand sich eine Lüftungsluke auf der rechten und ihre Suite auf der linken Seite.

Irgendwo in der Dunkelheit weinte eine Frau und schrie verzweifelt nach ihrem Mann. Caroline hielt inne, denn sie konnte die offensichtlichen Qualen in ihrer Stimme nicht einfach ignorieren. Sie rief der Frau zu, dass sie zu ihr kommen solle, damit sie wenigstens nicht alleine war, doch die Frau war so in Panik, dass sie entweder nicht auf Carolines Vorschlag antworten konnte oder nicht wollte. Caroline wandte sich mit wütender Entschlossenheit ab und tappte weiter den Flur entlang. Ihre Mutter hatte ihr immer gesagt, dass sie sich nur selbst retten konnte und sich dabei nie auf jemanden verlassen sollte.

Ihre Finger glitten über die mit Stoff bezogenen Wände, während sie sich langsam vorantastete, und immer wieder drangen Lichtstrahlen durch eine geöffnete Tür zu ihr vor. Sie unterdrückte die aufsteigende Panik, als das Schiff stöhnte und ächzte wie ein riesiges Ungeheuer, das langsam erwachte und alle an Bord verschlucken würde. Es neigte sich immer weiter und weiter zur Seite, sodass ihr das Gehen von Schritt zu Schritt schwerer fiel und ihr nur allzu bewusst war, dass die *Lusitania* bald im unendlichen keltischen Meer versinken würde.

Caroline hätte vor Freude beinahe laut aufgeschrien, als sie endlich ihre Suite erreicht hatte und die Eingangstür aufriss. Die Zimmer waren in helles Sonnenlicht getaucht, das durch die Fenster fiel, als kümmerte es sich nicht um die Tragödie, die hier gerade ihren Lauf nahm.

»Gilbert!«, rief sie und öffnete die Tür zu seinem Schlafzimmer, zum Esszimmer und schließlich zum Wohnzimmer, doch alle Räume waren leer. »Gilbert!«, rief sie erneut, und ihre Stimme wurde immer lauter und lauter, als ihr schließlich klar wurde, dass sie sich nicht überlegt hatte, was sie tun würde, wenn er nicht hier war. Vielleicht hatte sie einen schrecklichen Fehler gemacht, und er suchte in diesem Moment auf dem Promenadendeck nach ihr. Immerhin hatte sie ihm versprochen, dort auf ihn zu warten.

Plötzlich drang ein Geräusch aus ihrem Schlafzimmer, und sie ging vor Erleichterung beinahe in die Knie. »Gilbert!«, rief sie noch einmal, hastete zur Tür und riss sie auf.

Sie brauchte einen Augenblick, um zu begreifen, was sie vor sich sah.

»Jones?«, fragte sie, als müsste sie sicherstellen, dass die Frau, die Carolines Fuchsstola um den Hals und ihre Rubinohrringe in den Ohren trug, während sie der am Boden liegenden Tess Fairweather Wasser ins Gesicht spritzte, tatsächlich ihre pflichtschuldige Kammerzofe war, die sie bis heute Morgen jeden Tag angekleidet hatte. Die Frau, der sie in der vergangenen Nacht die Strauss-Noten übergeben hatte. Die Frau, derentwegen ein Telegramm ausgeschickt werden sollte, damit sie unmittelbar nach Verlassen des Schiffes als Spionin verhaftet werden konnte.

Die Frau sah zu ihr hoch, und ihre Verzweiflung verwandelte sich in bitteren Hass, bevor sie sich wieder der ohnmächtigen Tess zuwandte. »Tennie, wach auf! Komm schon, Schwesterherz, du musst aufwachen!«

Schwesterherz? Caroline fragte sich, ob Robert davon wusste. Sie ging auf die beiden zu und wandte sich an ihre ehemalige Zofe: »Ich weiß, wer Sie sind, und mein Mann weiß es auch. Wir werden Sie nicht so einfach davonkommen lassen.«

Jones würdigte sie noch immer keines Blickes, sondern begann, ihrer Schwester eine schallende Ohrfeige nach der anderen zu verpassen, sodass ihre blasse Haut rot anlief. Caroline hörte erneut Tess' Warnung: *Überlegen Sie gut, wem Sie vertrauen.*

Caroline sah sich hektisch im Zimmer um, ihr Blick

huschte über den Kleiderhaufen und den Schmuck auf ihrem Bett zu der Schwimmweste aus Leinen daneben und schließlich zurück zu der Gestalt auf dem Boden, die gerade zu stöhnen begann und den Kopf von einer Seite zur anderen drehte. »Ginny …«

Caroline kniete neben Jones – *Ginny?* – nieder und meinte bestimmt: »Es ist mir egal, was hier los ist. Wichtig ist jetzt nur, dass wir so schnell wie möglich verschwinden. Das Schiff sinkt, und wir haben nicht viel Zeit.« Sie rückte beiseite, sodass sie hinter Tess' Schultern kniete. »Sie nehmen die Beine«, befahl sie Ginny, wobei die Wut über den Verrat und die Hinterlist der Frau es ihr schwermachten, ihr in die Augen zu schauen. »Dann können wir sie an Deck tragen.«

Tess kämpfte sich hoch. »Ist schon in Ordnung. Ich kann alleine gehen.« Sie streckte ihrer Schwester die Hände entgegen, und ihre Bewegungen wirkten fahrig und unkoordiniert wie bei einem Kleinkind. »Ginny. Bitte. Bleib bei mir. Wir schaffen das.«

Doch Ginny war bereits aufgestanden und sah sich verstohlen im Zimmer um.

»Da du alleine gehen kannst, Schwesterherz, ist jetzt die Zeit gekommen, um Abschied zu nehmen. Vorerst.« Sie hielt inne. »Aber ich werde dich finden.« Sie beugte sich hinunter und flüsterte Tess beinahe sanft ins Ohr: »Das verspreche ich dir.«

Sie warf Caroline ein spöttisches Grinsen zu, packte die Kleider und den Schmuck auf dem Bett und wich rückwärts aus dem Zimmer. »Auf Nimmerwiedersehen, *Ma'am*«, meinte sie noch, wobei sie das letzte Wort besonders betonte.

Bevor Caroline reagieren konnte, stürzte Ginny aus der Tür und verlor in der Eile eine der Perlenketten. Sie hielt nur einen Moment inne, bevor sie den Flur entlang davonhastete.

Das Schiff zitterte und stöhnte, und Tess' Augen weiteten sich. »Was ist los?«

»Wir wurden von einem Torpedo getroffen«, erklärte Caroline. »Wir müssen sofort hier raus.« Sie griff nach den Schultern der jungen Frau, um ihr aufzuhelfen, doch Tess wich zurück.

»Wo ist Ginny? Ich muss zu ihr!«

»Sie ist fort. Wir müssen es alleine schaffen.« Caroline warf einen Blick auf das Bett. »Sie hat ihre Schwimmweste vergessen.« Sie stand auf und stolperte gegen die Kommode, als das Schiff erneut erzitterte. Sie packte die Weste und warf sie Tess zu. »Hier. Anziehen!«

Ohne abzuwarten, ob Tess den Anweisungen folgte, bückte sich Caroline, um ihre Schwimmweste unter dem Bett hervorzuholen, wo sie sie zur Sicherheit aufbewahrte, um dem Rat ihrer Schwägerin wenigstens zum Teil Genüge zu tun. Sie würde Claire fest umarmen, wenn sie sie das nächste Mal sah, und bloß dieser eine Gedanke an eine mögliche Zukunft verschaffte ihr genug Mut, um in die Weste zu schlüpfen und sie zu verschnallen.

Tess kämpfte mit den Gurten, und Caroline eilte zu ihr, um ihr zu helfen. Tess versuchte, sie wegzuschieben, doch es war offensichtlich, dass sie immer noch benommen war und ihre Bewegungen nicht koordinieren konnte. »Ich helfe Ihnen. Mein Mann hat mir gezeigt, wie man diese neuen Rettungswesten richtig verschließt. Wenn man es nicht richtig macht, landet man mit dem Gesicht im Wasser.«

Als sie fertig war, packte Caroline Tess' Arm und zog sie in den dunklen Flur hinaus, wo sie einen Moment innehielt, um gegen die aufsteigende Panik anzukämpfen und wieder zu sich zu kommen.

»Wo gehen wir hin?«, fragte Tess, deren Stimme schon sehr viel kräftiger klang.

»Im Idealfall zu einem der Rettungsboote.« Caroline wollte bereits gehen, doch Tess hielt sie zurück. »Was, wenn keines mehr übrig ist?«

Caroline ging einfach weiter und zerrte Tess mit sich. »Dann hoffe ich für Sie, dass Sie schwimmen können.«

Siebenundzwanzig

AUF SEE
FREITAG, 7. MAI 1915

Tess

Ja, ich kann schwimmen«, erwiderte Tess atemlos und versuchte, sich von Caroline Hochstetter loszumachen. »Sie auch?«

»Hören Sie auf mit diesen Spitzfindigkeiten und laufen Sie!« Tess hätte nie gedacht, dass Caroline so resolut sein konnte. Sie hatte sich immer vorgestellt, dass sie in brenzligen Situationen wie eine von Tennysons Heldinnen mit der Hand auf der Stirn in Ohnmacht sank. Doch Carolines Arme waren stahlhart. Genauso wie ihre Stimme. »Oder soll ich Sie hierlassen?«

»Ja, das hätten Sie wohl gerne«, murmelte Tess, doch sie beschleunigte ihre Schritte, um Caroline nicht zu verlieren.

Die andere Frau bewegte sich wie eine Katze die dunklen Flure entlang, machte zwei Schritte auf einmal und geriet dabei nie ins Stolpern. In Tess' Kopf drehte sich alles, während sie hinter ihr herstolperte. Vielleicht hatte es etwas mit dem Schlag zu tun, den sie abbekommen hatte. Vielleicht lag sie immer noch am Boden und stellte sich nur vor, dass sie in Caroline Hochstetters Parfumwolke gehüllt durch die Flure hastete.

Ein Torpedo, hatte Caroline gesagt. *Ein Torpedo.*

448

Aber Ginny hatte doch versprochen … Ginny war sich so sicher gewesen …

Das Schiff kippte immer mehr, und überall krachte und rumpelte es.

Tess zog an Carolines Arm und hielt sie zurück. »Sind Sie sicher, dass es ein *Torpedo* war?«

Caroline hielt einen kurzen Moment inne, dann setzte sie sich wieder in Bewegung. »Ich würde mir damit wohl kaum einen Scherz erlauben, oder?«

Tess wusste es nicht. Sie wusste gar nichts mehr. Sie versuchte verzweifelt, mit Caroline Schritt zu halten, dann meinte sie: »Ich muss meine Schwester finden.«

Und Robert.

Sie musste Robert finden und ihm von Margery Schuyler erzählen. Robert und Ginny, Ginny und Robert.

Caroline machte sich nicht die Mühe, sich umzudrehen. »Dann halten Sie den Mund und laufen Sie.«

»Sehr wohl, Ma'am«, keuchte Tess, obwohl sie froh über den stützenden Arm der anderen Frau war.

Sie wusste nicht, ob das Schiff daran schuld war, dass der Boden unter ihren Füßen schwankte, oder der Schlag auf den Kopf. Sie sah ihren Vater vor einem seiner Patienten stehen und zwei Finger in die Höhe halten. »*Wie viele Finger sehen Sie?*« Aber im Flur war es so dunkel, dass sie nichts erkennen konnte. Weder ihre eigenen Finger noch die eines anderen. Es befanden sich auch noch andere Passagiere auf der Treppe. Sie hörte Schritte und das Rascheln von Kleidern, aber sie konnte nur Schatten erahnen. Geister.

Das hier passierte nicht wirklich. Nichts von alldem passierte wirklich. Es war doch nur ein Spiel gewesen: leere Drohungen, Säbelrasseln und Getöse. Tess wusste natürlich, dass in Frankreich und Belgien Männer kämpften und starben. Dass im Atlantik U-Boote unter der Wasseroberfläche lauerten. Aber es war wie ein Spiel mit Zinnsoldaten auf dem staubigen Boden gewesen. Mit Papierschiffchen, die auf einem Bach trieben. Es war nicht real gewesen. Nicht in New York, wo die Lichter am Broadway strahlten und die Hochbahnen zischten und rumpelten.

Sie stürzten durch die Tür, und das helle Sonnenlicht ließ sie einen Moment lang erblinden. Sicher würde bald jemand alles aufklären. »*Es war nur eine Übung. Kehren Sie bitte in Ihre Kabinen zurück.*«

Doch dann sah sie, wie sehr sich plötzlich alles verändert hatte. Die Bottiche mit den Blumen neben dem Verandacafé waren umgestürzt, und Blumen und Erde wurden von den verängstigten Passagieren, die überall herumliefen, in den Boden getrampelt. Die schmutzig schwarzen und braunen Silhouetten der Passagiere der dritten Klasse vermischten sich mit den farbenfrohen Kleidern und luxuriösen Pelzen der ersten Klasse, und alle waren eins. Mit ihren vor Angst verzerrten Gesichtern und strauchelnden Beinen standen sie mittlerweile alle auf einer Stufe.

»Es war wirklich kein Witz«, murmelte Tess dümmlich, doch Caroline beachtete sie nicht mehr.

»Gilbert!« Sie ließ Tess los und hastete zu ihrem Mann, der sie mit einem Arm umfing und ihr die Lippen auf die Stirn drückte. Er hatte die Augen geschlossen, als würde er beten. Tess fand keine Worte für den Ausdruck auf seinem Gesicht – er war wie ein Mann, der den Weg in den Himmel gefunden hatte.

Hinter ihnen stand Robert, und Tess sah, wie er einen Moment lang erstarrte und die beiden betrachtete. Dann schüttelte er sich, als wäre er aus einem bösen Traum erwacht, und begann erneut, Frauen und Kindern in eines der Rettungsboote zu helfen.

»Hier entlang! Frauen und Kinder zuerst!« Roberts scharfe

Stimme erhob sich über die Menge, und er übernahm so selbstverständlich das Kommando, als wäre er dafür geboren.

Sie sah zu, wie er in die Knie ging, um einem Kind die Schwimmweste anzulegen, und spürte mit einem Mal das ungewohnte Gewicht auf ihren eigenen Schultern. Aber das hier war nicht ihre Schwimmweste. Sie gehörte Ginny.

Die Gurte um ihre Brust waren zu eng. Ihre Kopfschmerzen traten in den Hintergrund, als die Panik einsetzte. Plötzlich sah sie alles ungeheuer scharf, und auch ihre anderen Sinne arbeiteten auf Hochtouren. Sie roch Schweiß, Parfum, Kohle, Rauch. Sah den rosaroten Mantel eines kleinen Kindes. Hörte das Weinen eines Säuglings.

Ginny! Tess schob sich durch die Menge und suchte nach einer Frau mit schwarzen Haaren und einer gestohlenen Pelzstola. Sie musste Ginny finden. Ginny, die keine Schwimmweste trug.

Eine Frau packte sie am Arm. Mit der anderen Hand hielt sie das Handgelenk eines kleinen Jungen fest umklammert und zog ihn mit sich. »Meine Kleine – haben Sie meine Kleine gesehen? Ich habe sie einem Mann mit einer karierten Weste gegeben, aber jetzt sind sie weg.«

»Ich … nein, tut mir leid.« Das schreckensbleiche Gesicht der Frau traf sie bis ins Mark. »Wie sieht sie denn aus?«

»Sie ist noch ganz klein. Ich habe sie in eine gelbe Decke gewickelt …« Die Frau stürzte weiter und packte den nächsten Passagier am Ärmel. »Meine Kleine. Haben Sie meine Kleine gesehen?«

Ein Mann streckte die Hand nach ihr aus. »Nur keine Sorge. Der Kapitän hat gesagt, dass das Schiff nicht untergehen wird.«

Die Frau schüttelte ihn ab. Der kleine Junge stolperte, doch seine Mutter lief einfach weiter und zog ihn hinter sich her.

Tess hörte sie immer noch rufen: »Meine Kleine. Haben Sie meine Kleine gesehen?«

Überall suchten Eltern nach ihren Kindern, und wiedervereinte Familien lagen sich in den Armen. Alle, die das Glück hatten, eine Schwimmweste ergattert zu haben, versuchten, sie so gut es ging anzulegen. Ein ziemlich beleibter Mann zwängte gerade seinen Kopf durch eine der Armöffnungen, und eine Frau kämpfte mit den Gurten der Weste, die sie über etwa vier Lagen Kleider und einen schweren, pelzbesetzten Mantel gezogen hatte. Überall waren Menschen, aber Ginny war nirgendwo zu sehen. Und auch kein Säugling in einer gelben Decke oder ein Mann mit einer karierten Weste.

Haben Sie meine Mutter gesehen …?

Meinen Mann …?

Mein Kind …?

»Nein«, sagte Tess, und dann wieder: »Nein.«

Sie hasste sich jedes Mal dafür, dass sie niemandem helfen konnte, und spürte, wie die Angst immer weiter in ihr hochstieg, genauso wie das Wasser, das langsam das Deck überflutete. Ihre Schuhe waren bereits feucht, und sie hatte das Schiff einmal umrundet, doch da war keine Spur von ihrer Schwester.

Nein! Sie waren nicht so weit gekommen, nur um jetzt getrennt zu werden. Tess würde Ginny finden, und dann … nun, das konnte sie sich überlegen, wenn es so weit war.

Tess schob sich an den Hochstetters vorbei, die leise miteinander diskutierten.

»Ich werde keiner Frau den Platz streitig machen. Oder – Gott bewahre – einem Kind.«

»Dann bleibe ich ebenfalls.«

»Aber Caroline, was ist, wenn …?« Gilbert berührte die Wange seiner Frau so sanft, dass es wehtat, und sein Blick wanderte zu ihrer elegant verschnürten Taille.

Caroline legte ihm die Hand auf die Wange. Ihr Gesicht schien so verletzlich und voller blanker Emotionen, dass Tess sich abwenden musste. »Dann sterben wir alle zusammen.«

Robert eilte auf die beiden zu, und seine scharfe Stimme beendete den Streit. »Ins Rettungsboot! Alle beide! Das hier ist nicht der richtige Zeitpunkt für großmütige Taten, Hochstetter.«

»Ich würde sagen, dass das hier *genau* der richtige Zeitpunkt dafür ist«, erwiderte Gilbert Hochstetter leise, doch er wich seiner Frau keinen Zentimeter von der Seite. »Frauen und Kinder zuerst. Das wissen Sie genauso gut wie ich.«

Robert vermied es demonstrativ, den Blick auf Carolines Hand zu richten, die immer noch auf Hochstetters Wange lag. »Sie haben anderweitige Verpflichtungen«, erklärte er barsch.

Gilbert hob die Hand seiner Frau kurz an seine Lippen und ließ sie anschließend sinken. »Die ich bereits erfüllt und an Sie übergeben habe.«

»Das gilt erst, wenn einer von uns in London eingetroffen ist.« Die beiden Männer wechselten einen langen Blick.

»Wären Sie wohl so freundlich, sich an meiner Stelle um meine Frau zu kümmern …«, begann Hochstetter, doch seine Frau unterbrach ihn wutentbrannt. »Ich bin doch keine Schmuckschatulle, die man sicher an Land bringen muss!«

Robert erstickte den wiederaufkeimenden Streit im Keim. »Ich bin entbehrlich. Sie nicht.«

»Robert …«, keuchte Caroline.

Robert nickte knapp, ohne ihr in die Augen zu sehen. »Ins Boot! Alle beide!«

Hinter ihnen entdeckte Tess plötzlich ein bekanntes Gesicht. Die Haare passten nicht, und der Mantel war viel zu groß, aber ihre Verbindung war stärker, und sie spürte die Anwesenheit ihrer Schwester tief in ihrem Inneren.

Tess stürzte an den Hochstetters vorbei und stellte sich auf die Zehenspitzen, um sie nicht aus den Augen zu verlieren. »Ginny!«, schrie sie. »Ginny!«

Doch ihre Stimme ging in dem Getöse unter. Dem Weinen der Kinder, dem Brüllen der Mannschaft, dem Krächzen der Möwen über ihnen.

Ihre Schwester hob eine Hand, an der wertvolle Edelsteine in Rot, Grün und Blau funkelten. Ein Vermögen an Juwelen, die in diesen Minuten nicht viel mehr wert waren als ein paar bunte Murmeln. Ginny warf Tess eine Kusshand zu und rief: »Wir sehen uns auf der anderen Seite, Tennie!«

An Land. Sie meinte *an Land*. Trotzdem packte Tess die Angst, und eine unheilvolle Vorahnung schickte ihr einen Schauer über den Rücken.

»Bleib hier!«, rief Tess, doch Ginny hatte sich bereits abgewandt. Der Saum ihres Mantels fegte über das Deck, und die Menschenmenge schloss sich um sie, sodass Tess sie nicht mehr sehen konnte. »Verdammt noch mal, Gin!«

Jemand packte sie von hinten an der Jacke.

»Was haben Sie vor?«, fragte Robert wütend und hob sie hoch, sodass sie wie ein Fisch an der Angel zappelte. »Rein ins Rettungsboot!«

Tess beruhigte sich einen Moment und umklammerte sein Handgelenk. »Robert, ich muss Ihnen etwas sagen. Ginnys Kontaktperson ist Margery Schuyler!«

Robert schubste sie unsanft in Richtung Rettungsboot. »Im Augenblick wäre es mir sogar egal, wenn es der Erzbischof von Canterbury wäre. Steigen Sie selbst ein, oder muss ich Sie tragen?«

»Ich bin nur geblieben, um Ihnen das zu sagen.« Tess riss sich los und hörte, wie eine Naht an ihrer Jacke platzte. Aber was machte das schon? Den Fischen am Meeresgrund würde es egal sein. »Meine Schwester …«

»… wird Ihnen nicht dafür danken, wenn Sie ihretwegen

ertrinken. Stehen Sie nicht so rum! Los!« Roberts Stimme
bebte, von der Ruhe, die er sonst verströmte, war nichts mehr
übrig. Seine Hände zitterten genauso wie seine Stimme, und
Tess erinnerte sich daran, wie ihr Robert – ein anderer Robert – vor langer Zeit von einem anderen Boot erzählt hatte,
das untergegangen und nie wieder aufgetaucht war. Er hatte
Angst. Schreckliche Angst, die sich in einem Brüllen entlud.
»Bei allem, was mir heilig ist, Tess! Steigen Sie in dieses verdammte Rettungsboot!«

»Ich kann sie nicht zurücklassen. Ich dachte, Sie würden
das verstehen. Gerade Sie! Ihr Bruder …« Tess' Stimme brach.

Robert starrte auf sie hinunter. »Sie lieben sie wirklich.«

Tess widerstand dem Drang, ihm mit aller Kraft auf den
Fuß zu treten. Natürlich liebte sie Ginny!

»Haben Sie Jamie denn nicht geliebt? Sie ist meine Schwester. Meine *Schwester*. Sie ist alles, was ich auf dieser Welt noch
habe.«

»Nein, ist sie nicht.« Robert drückte ihre Schultern, und
einen Moment lag wurde Tess von einer angenehmen Wärme
erfüllt. Doch dann drehte er sie herum und drängte sie erneut
in Richtung Rettungsboot. »Seien Sie nicht so dumm, Tess.
Steigen Sie in das Boot. Steigen Sie ein, bevor es zu spät ist.«

Tess zog hilflos an den Gurten der Schwimmweste. »Ich
muss … das hier ist Ginnys Schwimmweste, nicht meine. Ich
muss sie ihr bringen.«

Robert legte die Hände auf ihre, damit sie stillhielt. »Sie findet eine andere.«

»Oder auch nicht.« Wie viele Leute befanden sich eigentlich auf dem Schiff? Es waren viele, und die meisten suchten
verzweifelt nach einer Schwimmweste. Tess hatte sich noch nie
gefragt, ob es eigentlich genug für alle gab.

Das Schiff bebte, und die Passagiere stolperten und krach-
ten ineinander.

»Sie helfen ihr nicht, wenn Sie jetzt sterben.« Robert schob Tess weiter.

»Sterben.« Tess sah Robert mit großen Augen an, während er sie in das Rettungsboot hob.

»Was glauben Sie denn, wovon wir hier reden? Von einem Spaziergang im Hyde Park? Das Schiff sinkt! Und ich werde nicht zulassen, dass Sie mit ihm untergehen.«

»Gut, aber dann kommen Sie auch mit.« Tess' Hand schloss sich um sein Handgelenk, sodass er sich nicht abwenden konnte.

Robert gab ein Geräusch von sich, das wie ein Lachen, aber gleichzeitig auch wie ein Schluchzen klang. »Ich habe bereits einen Jungen sterben lassen. Vielleicht ist das meine Chance, es wiedergutzumachen. Vielleicht bin ich jetzt an der Reihe.«

»Sie waren doch selbst noch ein Junge«, erwiderte Tess barsch. »Bitte! Sie haben es doch selbst gesagt. Es hilft niemandem, wenn Sie jetzt sterben. Bitte, Robert. Bitte.«

»Rein mit Ihnen, Langford.« Es war Gilbert Hochstetter, und er klang wie ein Mann, der es gewohnt war, dass alle Welt seinen Befehlen gehorchte. Caroline saß wie erstarrt neben ihm, hatte sich bei ihm untergehakt und drückte den Oberschenkel an seinen. Tess fragte sich, was sie wohl davon hielt, dass ihr Ehemann ihren Liebhaber ins Boot beorderte. Oder hatte das mittlerweile alles an Bedeutung verloren? Hier, zwischen dem Himmel, der Hölle und dem tiefblauen Meer. »Sie werden noch gebraucht, falls irgendetwas schiefläuft.«

»Falls etwas schiefläuft?«, fragte die Frau neben ihm und drückte ihr Kind so fest an sich, dass der Kleine murrte und versuchte, sich zu befreien.

»Hier läuft gar nichts schief«, erklärte Hochstetter schnell. »Cunard beschäftigt die besten Seemänner der Welt. Sie wurden hierfür ausgebildet. Sie könnten die Rettungsboote im Schlaf zu Wasser lassen.«

Doch noch während er sprach, erklang ein Schrei. Von ihren Plätzen in dem wackelnden Rettungsboot, das knapp über dem Deck baumelte, sahen sie zu, wie plötzlich ein Seil durch die Luft flog und das daran hängende Rettungsboot zur Seite kippte. Frauen und Kinder stürzten in das dunkle Wasser. Es passierte so schnell, dass sie kaum aufschreien konnten, bevor sie auf die Wellen trafen, die schließlich sämtliche Laute erstickten.

Im nächsten Augenblick tauchten unzählige Hände auf – und Tess wusste mit Sicherheit, dass sie dieser Anblick bis in alle Ewigkeit in ihren Albträumen verfolgen würde. Diese Hände, die durch das Wasser brachen und vergeblich um Hilfe flehten.

Jemand begann, Rettungsringe vom Deck ins Wasser zu werfen, doch sie schienen schrecklich klein. Wie winzige Punkte auf dem endlosen Ozean.

Auf dem Wasser trieb eine Puppe. Den Kopf nach unten, die hübschen Knopfstiefel und die mit Spitze besetzten Unterröcke mit Wasser vollgesogen.

Nein, keine Puppe. Ein Kind.

Galle stieg in Tess' Kehle hoch, und sie lehnte sich unwillkürlich über den Rand und streckte die Hände aus, doch sie saß in dem Rettungsboot, das ebenfalls an mehreren Seilen hängend über Deck schwebte, und konnte nichts tun.

»Oh Gott. Oh Gott«, murmelte die Frau mit dem Kind, während sie sich vor und zurück wiegte und ihren Jungen fest an sich drückte. Der Kleine hatte zu wimmern begonnen.

Die Lippen der Frau neben ihnen bewegten sich in einem stummen Gebet, und ihre Finger glitten über die Perlen ihres Rosenkranzes.

»Warum bewegen wir uns nicht?«, fragte eine Frau in einem Pelzmantel, die Stimme schrill vor Angst. »Warum tun die denn nichts?«

Das Rettungsboot war an einem Bolzen befestigt, und daneben stand ein Seemann mit einer Axt, um ihn zu lösen, doch er wirkte wie erstarrt.

»Ja!«, rief nun auch Tess und spürte, wie ihr die Hitze in die Wangen stieg. »Wir haben noch Platz! Wenn Sie uns runterlassen, können wir sie retten …«

Roberts Hand schloss sich schmerzhaft fest um ihren Oberarm, und sie verstummte und vergrub unbewusst ihr Gesicht an seiner Schulter.

»Schh«, murmelte er, als wäre sie ein kleines Kind, und Tess hätte gerne gewusst, ob es auch beim letzten Mal so gewesen war. Hatte er sich genauso gefühlt, als der Kopf seines Bruders unter Wasser verschwunden war?

Sie riss sich von ihm los und ließ zu, dass sich ihre Angst in Wut verwandelte. »Sagen Sie mir nicht, was ich tun soll! Wir müssen etwas *unternehmen*!«

»Dem schließe ich mich an«, erklärte ein beleibter Mann in einem schweren Mantel und einer der teuren neuen Schwimmwesten und marschierte auf den Matrosen mit der Axt zu. »Warum stehen Sie nur so herum? Lassen Sie das Boot zu Wasser!«

»Anweisung vom Kapitän«, erklärte der Matrose und umklammerte seine Axt ein wenig fester.

»Zur Hölle mit ihm. Haben Sie keine Augen im Kopf, Mann? Sehen Sie nicht, dass das Schiff sinkt?« Der Mann zog einen Revolver unter seinem Mantel hervor und richtete ihn auf den Matrosen. »Lassen Sie das verdammte Boot zu Wasser! Glauben Sie ja nicht, ich würde nicht abdrücken! Und wenn ich schieße, dann um zu töten.«

Erstickter Jubel erklang.

»Ja, Sir. Wenn Sie es sagen, Sir.« Der Matrose hob die Axt und ließ sie auf den Bolzen krachen.

Tess' Kopf fuhr herum, als das Boot auf die falsche Seite

schwang. Nicht in Richtung Wasser, sondern direkt auf die Menschen an Deck zu. Es pflügte durch sie hindurch wie eine Bowlingkugel. Tess hörte Menschen vor Angst und Schmerz brüllen und Knochen brechen, während sie selbst gegen Robert krachte und sich ihre Schwimmweste schmerzhaft in ihre Rippen bohrte.

»Ruhig«, murmelte Robert, als alles vorbei war, und sie spürte seinen warmen Atem in ihren Haaren, als er sie fest an seine Brust drückte. Zu fest.

Tess befreite sich aus seinem Griff und versuchte, sich aufzurichten. Ihr Schienbein hatte sicher eine ordentliche Prellung davongetragen, aber Roberts Brust hatte den Großteil ihres Gewichts abgefangen. Allerdings hatte sie sich ihren bereits schmerzenden Kopf an seinem Brustbein angeschlagen. »Was haben Sie eigentlich in Ihrer Tasche?«, fragte sie keuchend. »Einen Flachmann oder einen Ziegelstein?«

Doch die Worte blieben ihr im Hals stecken, als sie sein erstarrtes Gesicht sah.

»Oh Gott«, murmelte Tess.

Es war wie in einem schrecklichen Albtraum. Menschen, die über die Planken krochen, an Deck knieten, gebrochene Arme und Beine an sich pressten. Blut, das über ihre Gesichter rann. Knochen, die aus der Haut hervorstachen.

»Ich glaube, Gott hat damit wenig zu tun«, erwiderte Robert finster. »Das ist reine menschliche Dummheit.«

»Wir sind …« Tess brachte es nicht über die Lippen.

»Wir sind direkt in die Menge gekracht«, half Robert aus. Seine Stimme klang hart, aber sie spürte, wie er zitterte. Die Tatsache, dass er sie so fest in den Armen hielt, war wohl genauso zu seinem Trost als zu ihrem.

Der Mann mit dem Revolver kroch unter dem Boot hervor und zog ein Bein hinter sich nach. Sein Gesicht war blutverschmiert. Er hielt neben einem Bündel zerknüllter Kleider inne und hob etwas hoch. Es war eine Hand. Eine reglose Hand.

Es war kein Kleiderbündel, sondern eine Frau. Und neben ihr lag noch eine Frau. Ihre sorgsam frisierten Haare waren zerzaust, und ihre züchtigen Röcke waren bis über die Knie hochgerutscht. Aber das spielte keine Rolle. Nicht mehr. Ihre kalten, glasigen Augen starrten blicklos hinauf zu den Möwen.

Tot. Die beiden waren tot. Vor wenigen Minuten waren sie noch lebendig gewesen. Hatten nebeneinandergestanden und sich miteinander unterhalten. Und jetzt waren sie tot.

Das Kind im Wasser, die Frauen an Deck, die gegen die Wand geschleudert worden waren. Vor einem Tag – oder besser noch vor einer Stunde – hatten Kinder in gestärkten Schürzenkleidern Seilspringen gespielt, und Damen mit blumengeschmückten Hüten waren über das Deck flaniert und hatten sich Gedanken darüber gemacht, welche Torte sie am Abend zum Dessert wählen würden. Und jetzt …

Tess' Wangen waren feucht. Sie hob die Hand, um die Tränen abzuwischen, aber sie rannen einfach weiter und tropften auf ihre Lippen – so salzig wie das Meer.

»Hochstetter.« Robert ließ sie los, und seine Stimme klang fest und eindringlich. »Geht es Ihnen gut?«

»Ja«, erwiderte Mr. Hochstetter.

Tess blinzelte. Es ging ihm ganz und gar nicht gut. Seine Lippen waren weiß, und das Lächeln, das er seiner Frau zuwarf, sah aus wie bei einem Totenkopf, so sehr spannte seine Haut über den Knochen.

Reiß dich zusammen!, ermahnte Tess sich. Jetzt war keine Zeit für derartige Gefühle. Auch wenn ihr Kopf beinahe explodierte und ihr Tränen über die Wangen liefen.

Sie wickelte sich den Schal vom Hals und streckte ihn Caroline entgegen. »Hier! Der Arm muss fixiert werden. Binden Sie den Schal so fest es geht. Eigentlich sollte er geschient werden, aber ich schätze, wir werden die Ruder nachher noch brauchen.« Als Caroline sie bloß anstarrte, meinte sie beinahe trotzig: »Mein Vater war Apotheker. Ich weiß, wie ein gebrochener Arm aussieht.«

»Danke«, erwiderte Caroline, machte jedoch keine Anstalten, nach dem Schal zu greifen. Ihre Augen waren geweitet und blickten ins Leere.

Tess schwenkte ihn ungeduldig hin und her. »Um Himmels willen, er ist nicht vergiftet! Nehmen Sie ihn einfach. Sonst mache ich es.«

»Mir geht es gut«, erklärte Mr. Hochstetter erneut, doch dieses Mal klang er noch weniger überzeugend. Er hielt seinen linken Arm umklammert und versuchte, möglichst unbeeindruckt auszusehen, was ihm allerdings nicht gelang.

In diesem Augenblick blitzten Carolines Augen plötzlich auf. »Ich schaffe das, danke.« Doch bevor sie nach dem Schal greifen konnte, begann das Boot zu schaukeln. Zwei Matrosen und ein halbes Dutzend Passagiere schoben es vorwärts und gingen mit sehr viel Überzeugung, aber wenig Können ans Werk.

»Es geht abwärts!«, rief jemand halb jubelnd, halb zu Tode erschrocken.

Eine zitternde Stimme begann zu singen: »*O ewig Gott, mit starker Hand hältst Du die See in Rand und Band ...*«

Ein weiterer Passagier stimmte mit ein, und dann noch einer: »*Teilst für Dein Volk das weite Meer, zur Rettung vor des Feindes Heer ...*«

Das Boot befand sich mittlerweile jenseits der Reling und hing über dem Wasser. So musste sich ein Vogel fühlen, der hoch über den Wellen schwerelos durch den Wind glitt.

Die Stimmen erhoben sich und umgaben Tess wie ein Mantel, und ein seltsames Hochgefühl überkam sie, als die Musik anschwoll und das Boot sich langsam senkte.

Alles würde gut werden, denn etwas anderes kam nicht infrage. Sie würden davonrudern. So lange, bis sie die Küste erreicht hatten, wo Ginny bereits auf sie wartete und all das nur noch eine weit entfernte Erinnerung sein würde. Ein Abenteuer, von dem man den Enkelkindern erzählt.

Die Sonne schien vom strahlend blauen Himmel, und Roberts geschulte Stimme gesellte sich zu den anderen: »*Wir bitten Dich, mit Gnade steh bei Menschen in Gefahr zur ...*«

Das Boot geriet ins Schlingern, das Lied ins Stocken. Sie kippten zur Seite, und das letzte Wort der Seefahrerhymne verhallte ungehört, während sie dem Meer entgegenstürzten.

Achtundzwanzig

DEVON, ENGLAND
MAI 2013

Sarah

Ich hatte das Gefühl zu fallen, doch im nächsten Moment wachte ich ruckartig auf. Ich keuchte und war der Panik nahe. Die Luft, die mich umfing, war grau, feucht und eisig kalt, sodass ich einen Moment lang nicht mehr wusste, wo und wer ich war.

Doch dann spürte ich eine Hand auf meiner nackten Hüfte. »Sarah! Was ist denn los?«, fragte eine verschlafene Stimme.

Ich schloss die Augen und ließ mich ins Kissen zurücksinken. »Nichts. Ich schätze, ich habe schlecht geträumt.«

»Mmm, das geht gar nicht.«

John schlang den Arm um meinen Bauch, zog mich sanft mit dem Rücken an seine Brust und vergrub das Gesicht an meinem Nacken – und plötzlich wusste ich ganz genau, wo und wer ich war.

Ich war zu Hause.

Aber ich schlief nicht mehr ein. Der Nachhall des furchteinflößenden Gefühls ließ sämtliche Nervenenden vibrieren, und auch wenn Johns Arme mich wie ein Anker im Hier und Jetzt hielten, spürte ich immer noch den undeutlichen, beunruhigenden Schwindel, der mich so unsanft geweckt hatte. Ich starrte zu dem Umriss des Fensters hinüber, der sich hinter den alten, dunklen Vorhängen abzeichnete, und flüsterte: »Bist du wach?«

»Ja. Es sei denn, ich träume.«

»Nein, du träumst nicht. Es sei denn, wir träumen zusammen.«

»Dann liegen wir also wirklich zusammen im Bett? Nackt? Und haben uns in dieser Nacht zwei Mal geliebt?«

»Ja.«

Er seufzte, und sein Atem streifte meine Haare. »Gott sei Dank.«

Ich drehte mich in seinen Armen, sodass wir beide auf der Seite lagen und uns ansahen. Meine Augen brannten, als ich den liebenswerten, sanften Ausdruck in seinem Gesicht sah, und ich lächelte, um nicht zu weinen.

»Nicht schlecht für Trostsex«, erklärte ich.

Johns Gesicht wurde ernst. Er griff nach einer Haarsträhne auf meiner Wange und strich sie nach hinten. Und noch eine. Offenbar war ich ziemlich zerzaust. »Sarah«, meinte er langsam. »Letzte Nacht war so einiges, aber es war *kein* Trostsex.«

»Nicht?«

»Also für mich nicht. Und für dich?«

»Ähm, na ja.« Ich hielt den Blick auf seine Nasenspitze gerichtet. »Ich meine, es war natürlich … etwas sehr Besonderes.«

»Etwas sehr Besonderes, hmm?«

»Sehr.«

Er stieß ein kurzes, sanftes Lachen aus. »Okay. Dann bin ich mal der Tapferere von uns beiden. Ich weiß, dass ihr Amerikaner euch überbordende, schwülstige Gefühlsausbrüche erwartet …«

»Bäh!«

»Also versuche ich, dem in meiner bescheidenen, zurückhaltenden englischen Art so gut wie möglich zu entsprechen.« Er griff nach einer weiteren Haarsträhne, doch anstatt sie zurückzustreichen, küsste er sie. »Aber zuerst muss ich dir etwas erklären. Wenn ich meinen Kummer durch Trostsex hätte bekämpfen wollen, hätte ich das schon längst getan. Aber so bin ich einfach nicht. Ich muss zwar zugeben, dass ich voriges Jahr bei der Parlamentsweihnachtsfeier mit einer der Beraterinnen geknutscht habe, aber wir waren beide ziemlich betrunken von dem billigen Prosecco, und ich brachte meine Urinstinkte rechtzeitig wieder unter Kontrolle, bevor wir einen großen Fehler machen konnten.«

Ich richtete den Blick auf mein Handgelenk, als wollte ich auf die Uhr schauen, obwohl ich keine trug. »Ich warte immer noch auf die überbordenden Gefühlsausbrüche.«

»Geduld. Ich bin nicht gerade ein Experte in solchen Dingen, weißt du?«

»Nicht?«

»Nein. Aber ich werde nicht zulassen, dass du dieses Bett verlässt ... dass du davonfliegst und glaubst ... weil das hier zu wichtig ist ...«

»John ...«

»Na gut, dann in einfachen, klaren Worten: Sarah Blake, die Wahrheit ist, dass ich schon seit einiger Zeit den Verdacht hege, dass ich, John Langford ... ich meine, es wäre möglich ... oder sogar sehr wahrscheinlich ... nein, eigentlich ist es ziemlich sicher, dass ich ...«

»John ...«

»... mich gerade in dich verliebe.«

Ich öffnete den Mund, doch mir fehlten die Worte.

»Ist das okay?«

»Ja«, hauchte ich.

»Und?«

Ich räusperte mich und meinte heiser: »Ich glaube, es wäre möglich … oder sogar sehr wahrscheinlich … dass ich dasselbe empfinde.«

Sein Gesicht war mir in dem schmalen, unpraktischen Bett so nahe. Seine schweren Knochen umschlossen mich sanft, sodass ich scheinbar in ihm versank. Ich spürte seine Haut überall auf mir, seinen Atem, seine wahnsinnige Wärme – und die Worte, die wir gerade gesagt hatten, machten die Intimität so intensiv, dass ich es nicht mehr aushielt. Ich wollte mich von ihm lösen, doch John griff nach mir und drehte mich auf den Rücken. »Gut«, sagte er. »Dann wäre das also geklärt.«

Seine Augen waren vom Schlaf verquollen, seine Haut zerdrückt. Ich legte meine Hände auf seine warmen, breiten Wangenknochen, und als ich ihm endlich in die Augen sah, hatte ich wieder das Gefühl zu fallen.

»Sarah? Was ist los?«

»Das hier ist real, oder?«

»Ja, schon. Wir sind ein Paar, Sarah. Es gibt kein Zurück mehr.«

»Oh mein Gott«, sagte ich. »Das könnte kompliziert werden.«

»Denk jetzt nicht darüber nach. Darum kümmern wir uns, wenn es so weit ist. Im Moment ist es doch ganz einfach, oder? Da sind nur du und ich.« Er löste meine Hand von seiner Wange und küsste meine Fingerspitzen. »Hör auf, dir Sorgen zu machen, und genieß es einfach.«

»Hör auf, dir Sorgen zu machen.« Ich wandte den Blick ab und starrte zu der achteckigen Decke hoch.

»Das funktioniert wirklich, weißt du? Du kannst deine Neurosen für einen Moment beiseitelassen.«

Die Farbe löste sich langsam von den Brettern. Mein Blick ruhte auf einem kaum merklichen, ausgefransten Fleck. »John, in weniger als sechsunddreißig Stunden sitze ich in einem Flugzeug nach New York.«

»Ich habe ja gesagt, dass wir das regeln werden. Glaubst du, ich sage dir einfach Lebewohl, winke kurz und kehre dann in mein altes Leben zurück? Unsere Recherchen sind noch lange nicht abgeschlossen, und es liegt noch einiges vor uns. Monatelange Arbeit.«

»Aber ich habe nicht so viel Zeit. Ich habe eine Mutter, John. Eine Mutter, die vierundzwanzig Stunden am Tag betreut werden muss, was wirklich sehr teuer ist. Und ich bin die Einzige, die sie noch hat. Die letzte Nacht war wahnsinnig schön – oder sogar mehr als das –, und ich habe alles ernst gemeint, was ich vorhin gesagt habe. Aber ... ich kann nicht von dir verlangen, dass du dein ganzes Leben wegen irgendeiner Amerikanerin umkrempelst, die du erst vor zehn Tagen kennengelernt hast und die so viel Gepäck mit sich herumschleppt, dass die Passagiere des Orient Express vor Neid erblassen würden.«

»Schhh.« Er wischte mir mit dem Daumen die Tränen aus den Augenwinkeln. »Sarah, bitte. Vertrau mir, okay? Wir schleppen doch alle jede Menge Gepäck mit uns herum. Das spielt keine Rolle. Wir werden später einen Ort finden, um alles auszupacken. Das hier ist, was wirklich zählt. Das hier ist die Wirklichkeit. Und es ist es wert, das Leben dafür auf den Kopf zu stellen. Ich wusste von dem Moment an, als ich dir in dieser verdammten, versifften Kellerbar in Shepherd's Bush gegenübersaß, dass ...«

»Was wusstest du? Dass ich gerne einen über den Durst trinke?«

»Ich wusste, dass ich dir vertrauen kann. Ich wusste, dass diese Amerikanerin, die nur hinter dem Geld her ist und gerne trinkt, ein vertrauenswürdiger Mensch ist. Du bist *echt*, Sarah, und Gott weiß, dass das alles ist, was für mich zählt.«

Ich falle tatsächlich, dachte ich. *Und zwar kopfüber in die*

Liebe. So fühlte es sich also an. Alles war ruhig und sanft, doch es gab keinen Boden mehr unter meinen Füßen und nichts, woran ich mich hätte festhalten können. Da waren nur Johns Augen, die suchend in meine blickten, und seine Worte, die wie die Sterne am Himmel strahlten.

»Und deshalb hast du mich hergebracht?«, fragte ich. »Nach Devonshire? Weil du wusstest, dass du mir deine Familiengeschichte anvertrauen kannst?«

»Ach Gott, nein. Ich habe dich hergebracht, um dich ins Bett zu bekommen.«

Ich stieß ein wütendes Grunzen aus und versuchte, mich unter ihm herauszuquetschen, aber er packte mich an den Armgelenken und drückte einen Kuss nach dem anderen auf mein Kinn und meinen zitternden Hals.

»Ich dachte mir: Langford, deine Aussichten sind nicht gerade blendend. Du bist zu dünn, zu groß und siehst ehrlich gesagt auch sonst nicht gerade aus wie David Beckham. Schmachtende Blicke sind nicht gerade deine Stärke ...«

»John, hör auf, das kitzelt ...«

»... ganz zu schweigen von der öffentlichen Blamage und dem schlechten Ruf. Aber dann dachte ich, dass es doch kein besseres Aphrodisiakum gibt als ein riesiges altes Haus, nicht wahr? Denk doch nur mal an Darcy.«

»Pemberley hatte überhaupt nichts damit zu tun! Sie hat ihn geliebt, weil er Lydia geholfen hat.«

»Schwachsinn. Es war das Haus. Punkt. Und sein gutes Aussehen. Und obwohl Langford Hall nicht gerade Pemberley ist und theoretisch dem National Trust gehört, musst du zugeben, dass das dazugehörige Lustschloss echt toll ist.« Er hörte auf, mich mit Küssen zu überhäufen, und lehnte sich ein paar Zentimeter zurück. Sein Gesicht war ernst. »Das, wenn ich mich nicht täusche, zumindest einem Paar vor uns Glück gebracht und viele schöne gemeinsame Stunden beschert hat.«

Als wir endlich aufstanden und unsere Klamotten einsammelten, war es bereits nach elf Uhr vormittags. Wir gingen Hand in Hand über den feuchten Rasen zum Haus, wo ich duschte und mich umzog, während John Kaffee kochte. Er küsste mich, bevor er mir die Tasse in die Hand drückte, und einen Moment lang standen wir mitten in der Küche und grinsten einander dümmlich an, während wir uns über die neue, unerwartete Intimität freuten, einander über einer Tasse Kaffee zu küssen.

»Dann gehe ich mal duschen«, meinte John.

»Ich schätze, ich hätte dich zu mir einladen sollen.«

»Damit uns Unmengen an Sturmtrupplern von den Vorhängen aus zusehen? Nein, danke. Für unsere erste gemeinsame Dusche fahren wir lieber wohin.« Er küsste mich erneut, dieses Mal leidenschaftlicher. »Hmm. Vielleicht schon heute Abend.«

»Aber was ist mit meinem Flug?«, fragte ich ein wenig atemlos. »Und unserer Arbeit? Ich habe das Gefühl, dass wir kurz davorstehen, das entscheidende Puzzleteil zu finden, und wenn uns das gelingt, dann kann ich mit ruhigem Gewissen nach Hause fliegen.«

John machte sich auf den Weg zur Treppe. »Dann würde ich vorschlagen, dass du wieder hinunter ins Lustschloss gehst und mit der Arbeit beginnst, du faules Huhn. Dann erwartet dich als Belohnung vielleicht auch eine Nacht in einer Fünf-Sterne-Bleibe.«

Ich schleuderte den Ofenhandschuh nach ihm, der ihn direkt am Hintern traf.

Trotzdem tat ich, was John gesagt hatte. Nicht, weil ich ihm blindlings gehorchte – um Himmels willen! –, sondern weil das vage, beunruhigende Gefühl zurückgekehrt war, nachdem er im oberen Stockwerk verschwunden war. Ich dachte daran, was mich letzte Nacht so lange wach gehalten hatte. *Nachtzug nach Berlin*, das Konzertprogramm und Sir Peregrines Schuld.

Das Programmheft lag immer noch auf dem Tisch, wo ich es liegen gelassen hatte. Ich griff danach, und aus irgendeinem Grund wanderte mein Blick zu dem Porträt von Robert Langford über der Tür. Ich hatte die letzten zehn Tage unter diesem Bild verbracht und sein Gesicht studiert, und ich kannte es beinahe so gut wie mein eigenes. Gutaussehend, adrett gekleidet in einen dunklen Anzug und eine Krawatte, und auch ein wenig schalkhaft mit einer kaum merklich erhobenen Augenbraue, die den Betrachter vor ein Rätsel zu stellen schien.

»Würdest du bloß mit mir reden«, seufzte ich. »Würdest du mir bloß sagen, was du gemeint hast.«

Doch Robert starrte bloß unergründlich lächelnd auf mich herab.

»Aber trotzdem danke. Was auch immer du getan hast und was auch immer auf dem Schiff passiert ist – es hat zu John geführt, und dafür danke ich dir. Ich danke dir so sehr für ihn.«

Ich betrachtete das Programm in meiner Hand und das Bild von Mary Talmadge.

Das Talmadge Konservatorium, dachte ich. *Hat sie es selbst gegründet, oder ihre Familie?* Ich war mir nicht sicher.

Ich nahm mein Handy, das auf dem Tisch lag und das ich seit letzter Nacht nicht mehr angerührt hatte. Ich wollte »Talmadge Konservatorium« googeln, doch als ich es anmachte, sah ich die eingegangene Textnachricht.

»Verdammt«, fluchte ich und stürzte aus dem Arbeitszimmer.

Ich lief zurück zum Haus und traf John auf halbem Weg über den Rasen. »Was ist denn los?«, fragte er. »Vermisst du mich schon?«

»Nein. Ich meine ja! Ich habe nur vollkommen vergessen,

dass ich mich heute mit einem alten Kommilitonen im Pub zum Mittagessen treffen sollte. Es tut mir so leid! Aber er hat mir mehrmals geschrieben, und ich konnte ihn nicht mehr länger ignorieren.«

Er hob eine Augenbraue. »Ein Freund?«

»Ja, ein Freund. Nicht mehr. Und im Grunde ist er nicht einmal das. Ich habe seit Jahren nichts mehr von ihm gehört, aber du weißt ja, wie das läuft: Wenn man zusammen studiert hat, sollte man auch antworten.« Ich stellte mich auf die Zehenspitzen und küsste seine Wange. »Ich mache schnell, versprochen. Mach dir keine Sorgen.«

»Ich mache mir keine Sorgen.«

»Du siehst aber so aus.«

»Sarah, ich vertraue dir. Das ist es nicht. Aber ich wollte wegen heute Abend mit dir reden.«

»Was ist mit heute Abend?«

»Wir haben doch vorhin in der Küche davon gesprochen. Es gibt da dieses kleine Hotel an der Küste. Es ist nicht weit und sehr schön. Neu renoviert, mit Wellnessbereich und einem sehr guten Restaurant und …«

»Moment. Halt. Ich dachte, das wäre ein Scherz gewesen.«

»Ein Scherz?« Er sah mich verwirrt an. »Es war natürlich kein Scherz.«

»John, du musst mich nicht in ein Luxushotel entführen. Ich meine, ich muss immerhin noch packen und alles organisieren und …«

»Na ja«, sagte er, sah blinzelnd hinunter zum Fluss und fuhr sich mit der Hand durch die Haare. »Ich habe das Hotel ehrlich gesagt ausgesucht, weil es ganz in der Nähe eine Einrichtung gibt, und ich dachte … wir könnten sie uns vielleicht mal ansehen …«

»Eine *Einrichtung*?«

Er richtete den Blick wieder auf mich. Seine Haare waren

feucht und das Gesicht nach dem Rasieren gerötet, und er roch nach Seife und frischer Wäsche. Die Sonne über uns ließ seine Gesichtszüge noch markanter erscheinen, doch seine Stimme war sanft. »Für deine Mutter. Für den Fall, dass du für das Buch länger benötigst als gedacht. Ich ... ich weiß, dass du sie vermisst, und solche Dinge können verdammt langwierig sein ...«

»Oh John ...«

»Und bevor du fragst: Mach dir keine Sorgen ums Geld. Das regeln wir schon. Wichtig ist, dass du dich auf deine Arbeit konzentrieren kannst, ganz zu schweigen von dem Sex mit mir. Sarah? Was ist denn los?«

Ich schlang meine Arme um seinen Nacken und vergrub mein Gesicht an seiner Schulter. »Ich weiß nicht, was ich sagen soll.«

»Soll ich ein Zimmer buchen?«

»Ja. *Ja!* Es tut mir leid, ich bin ... sprachlos. Wie lange hast du das schon geplant?«

»Noch nicht so lange. Ein paar Tage vielleicht.«

»Ich weiß nicht ... wie kann ich das jemals ...«

»Sag es nicht. Sag nichts vom Wiedergutmachen. Das ist ein schreckliches Wort. Das, was du mir gegeben hast, ist schon jetzt unbezahlbar. Also kein Wort darüber.«

Ich löste mich von seiner Schulter, küsste ihn, schlang noch einmal die Arme um ihn und löste mich dann erneut von ihm. Ich versuchte verzweifelt, einen klaren Gedanken zu fassen. Ich öffnete den Mund, um etwas zu sagen, doch John legte mir einen Finger auf die Lippen. »Kein Wort, Blake.«

Ich lachte glücklich. »Hör auf damit, okay? Hör einfach auf, sonst muss ich dich umwerfen und dir gleich hier und jetzt meine Art der *Wiedergutmachung* zeigen.«

»Dagegen hätte ich nichts einzuwenden.«

»Aber ich kann nicht!« Ich drückte ihm einen Kuss auf die

Hand und löste mich erneut von ihm. »Ich muss los, sonst denkt Jared vielleicht, dass ich ihn versetzt habe, und lässt mich nie in Ruhe. Aber du könntest dir vielleicht das Programmheft noch einmal ansehen, während ich unterwegs bin, okay? Es liegt auf dem Schreibtisch. Und den Film. Wir haben etwas übersehen, aber ich weiß nicht genau was. Wir reden, wenn ich zurück bin.«

»Reden?«

»Oder was auch immer du tun willst.«

»Es sei denn, du beschließt, mit dem hartnäckigen Kerl aus dem Pub durchzubrennen …«

Ich lachte und machte mich auf den Weg. »Vertrau mir. Ich bleibe lieber bei dem Kerl, der eine Woche in einem Sex-Camp verbracht und dabei die Feinheiten des weiblichen Orgasmus studiert hat.«

»Denk immer daran – dort, wo das herkommt, gibt es noch viel mehr dieser Art!«, rief er mir nach.

Ich hob noch einmal die Hand, um ihm zuzuwinken, dann hetzte ich den Hügel hoch. Johns Range Rover stand alleine in der Auffahrt, und mir wurde klar, dass ich Rupert und Nigel ganz vergessen hatte. Vermutlich waren sie gemeinsam in den Sonnenuntergang gefahren. Oder wohl eher in den *Sonnenaufgang*.

Ich trabte lächelnd die Zufahrtsstraße entlang in Richtung Ship Inn. Wohin man auch schaute – überall gab es ein Happy End.

Die Frühlingssonne schien warm auf mich herab, und als ich – zwanzig Minuten zu spät – durch die uralte Eingangstür stolperte, war meine Bluse durchgeschwitzt. Der wenig einladende Geruch von abgestandenem Bier und Frittiertem umfing mich. Ich stand einen Moment lang blinzelnd im Raum, bis sich meine Augen an das düstere Licht in dem mit Krimskrams vollgestopften Pub gewöhnt hatten. Das leise

Gemurmel erstarb, und ich spürte etwa ein Dutzend missbilligende männliche Augenpaare auf meiner keuchenden Gestalt ruhen.

»Er ist dort drüben«, erklärte eine Stimme hinter mir.

Ich wandte mich um. »Davey! Ebenfalls schön, Sie zu sehen.«

Ich wusste, dass Davey nicht unbedingt einen Narren an mir gefressen hatte, aber sein angeekelter Gesichtsausdruck überraschte mich trotzdem. Er zuckte mit seinen fleischigen Schultern in dem engen T-Shirt und deutete mit dem Kopf in die finsterste Ecke des Pubs. »Er wartet schon seit einer halben Stunde. Muss ja echt wichtig sein.«

»Und es geht Sie einen Dreck an«, murmelte ich und wandte mich ab. Meine gute Laune war mit einem Mal dahin, und das ungute Gefühl, das mich heute Morgen geweckt hatte, war wieder da. *Vielleicht wird es besser, sobald ich etwas im Magen habe*, dachte ich, und dann fiel mir ein, dass ich seit unserer Rückfahrt von London gestern Abend nichts mehr gegessen hatte.

Vielleicht war das der Grund. Ich war am Verhungern.

Ich trat vor die Nische und atmete tief durch. Jared hatte mich noch nicht gesehen. Er beugte sich über sein Handy. Er trug einen grauen Pullover und eine blaue Baseballkappe. Seltsamerweise konnte ich mich nicht einmal mehr daran erinnern, wie er aussah. Nur an seine dunklen Haare und an die scharfen, dunkelblauen Augen. Er war durchschnittlich groß und immer noch sehr schlank, wie damals an der Columbia. Ein Läufer. Hatte er nicht sogar einmal bei einem Marathon mitgemacht?

»Jared! Schön, dich zu sehen!«

Er sprang auf und wandte sich lächelnd zu mir um. »Sarah! Wow! Da bist du ja. Du siehst unglaublich aus. Setz dich doch. Setz dich. Soll ich dir ein Bier bestellen oder so?«

Die Worte kamen wie aus der Pistole geschossen, und dazwischen erfolgte eine ungelenke Begrüßung mit Händeschütteln und zwei schnellen Küssen auf die Wange. Ich erhaschte einen Blick auf die vertrauten großen Ohren und erinnerte mich plötzlich an eine Diskussion zwischen Jared und einem Freund über die Pressefreiheit im Amerika der Kolonialzeit oder so ähnlich.

»Oh Gott, nein danke. Einen Kaffee vielleicht?«

»Lange Nacht?«

Meine Wangen begannen zu glühen. »So ähnlich. Es gibt einiges zu recherchieren, und gestern Abend sind wir auf eine interessante Spur gestoßen.« Ich lächelte schwach. »Ich bin am Verhungern und leide unter Koffeinentzug. Du solltest dich also lieber in Acht nehmen.«

»Ja, klar.« Er wandte sich um und winkte Davey zu. »Also ich muss sagen, der Kellner hier ist echt krass. Sogar für einen Briten.«

»Davey. Er ist eigentlich der Besitzer. Er hasst mich.«

»Er hasst dich? Warum?«

»Na ja ...« Ich verkniff mir die Antwort und runzelte die Stirn, als Davey auf mich zukam. Er erinnerte mich an ein heraufziehendes Gewitter. »Keine Ahnung. Ich schätze, er hasst alle Amerikaner. Du kennst das ja.«

»Ja, klar.« Er hob die Stimme. »Sie möchte einen Kaffee, okay? Americano?«

»Americano. Sicher.«

»Und für mich noch ein Bier. Sarah, bist du bereit fürs Mittagessen?«

»Ich nehme nur einen Burger. Mit Fritten. Vielen Fritten.«

Jared wandte sich an Davey. »Dann zwei davon.«

Daveys Blick wurde noch finsterer, und er packte die Speisekarten auf dem Tisch, wandte sich ab und stapfte ohne ein weiteres Wort wutentbrannt in die Küche, während sein Geschirrtuch hinter ihm herwehte.

»Du meine Güte. Was hast du ihm angetan?«, fragte Jared. »Hast du seinen Hund gestohlen?«

»Ich habe echt keine Ahnung.« Ich griff nach der Karaffe, in der zwar kein Eis, aber Gott sei Dank noch jede Menge Wasser war. Nach meinem Dauerlauf in der prallen Sonne war ich praktisch ausgedörrt. »Okay. Dann sind wir also beide in England gelandet. Ganz schön weiter Weg seit dem College. Wie geht es dir? Was machst du so?«

Jared lachte. »Ist das nicht die falsche Frage? Es geht nicht darum, was *ich* mache, Sarah. Sondern darum, was du machst.«

»Ich?« Ich schluckte, begann zu husten und griff nach einer Papierserviette. »Ich recherchiere für ein Buch.«

»In dem Landhaus eines Parlamentsabgeordneten, der gerade zufällig im Zentrum des größten Politskandals dieses Jahres steht? Wie zum Teufel habt ihr euch kennengelernt? Seid ihr vielleicht sogar *zusammen*?«

»Natürlich nicht!«, krächzte ich und nutzte den Hustenanfall von eben, um die Lüge zu überspielen. »Ich bin nur … er hat mir freundlicherweise Zugang zu den Familienarchiven gewährt, da ich ein Buch über die *Lusitania* plane. Sein Urgroßvater war auf dem Schiff, genauso wie meiner, und …«

»Die Familienarchive? Nennt man das jetzt so?« Jared wackelte mit den Augenbrauen. »Komm schon, Sarah. Gib es zu.«

»Es gibt nichts zuzugeben. Mein Gott!«

Jared hob abwehrend die Hände. »Gut. Wie du meinst. In den Familienarchiven läuft also nichts Ungebührliches. Wie ist er denn so?«

»Ich weiß nicht. Englisch.«

»Komm schon, das kannst du doch besser. Warum hat er dir den Zugang erlaubt? Ich meine, ernsthaft? Die *Lusitania*?«

»Doch, es stimmt. Genauso war es. Ich habe ihn in dem Costa Café am Oxford Circus angesprochen, und …« Ich brach ab. »Moment mal. Woher wusstest du eigentlich, dass ich mit ihm hier bin?«

»Ist das dein Ernst? Weißt du es denn gar nicht? Sarah, Schätzchen, dein Foto war in jeder verdammten Zeitung!«

»Was?«

»Klar. Wie ihr euch in dieser schäbigen Bar in Shepherd's Bush getroffen habt. Ich meine, es stand nirgendwo dein Name, bloß ›mysteriöse Brünette‹.« Er wackelte mit dem Zeigefinger. »Aber ich habe dich natürlich sofort erkannt, meine Hübsche.«

»Mann, bist du aber schlau.«

»Hey, ganz ruhig! Ich habe es niemandem gesagt.«

»Danke. Das weiß ich zu schätzen.«

Er lehnte sich über sein leeres Bierglas. »Also, erzähl mir mehr. Die ganze dreckige Geschichte. Was läuft da zwischen seiner Frau und diesem Russen?«

Mittlerweile saß ich stocksteif auf meinem Stuhl und hatte die Arme vor der Brust verschränkt. Mein Wasserglas war leer, aber ein saurer, klebriger Geschmack hatte sich in meinem Mund breitgemacht, und ich wollte ihn fortwaschen. Und mich selbst gleich mit. Warum zum Teufel hatte ich überhaupt auf Jareds Nachricht geantwortet? Warum hatte ich einem neugierigen Freund – der zugegebenermaßen vor einer gefühlten Ewigkeit einmal mehr gewesen war – erlaubt, in die private, magische Welt einzudringen, in der ich die letzten zehn Tage verbracht hatte? Warum hatte ich ihm nicht geschrieben, dass er zur Hölle fahren soll? Doch stattdessen hatte ich das Gefühl gehabt, ihm etwas zu schulden. Eine persönliche Abfuhr, einen beruflichen Gefallen. Ich war so dumm gewesen!

»Komm schon, Sarah. Wir sind doch alte Freunde.« Jared grinste und deutete von mir zu ihm und zurück, um zu verdeutlichen, wie nahe wir uns gestanden hatten. »Gib mir einen exklusiven Einblick. Ich verspreche dir, dass du es nicht bereust.«

»Klar gebe ich dir einen exklusiven Einblick«, erwiderte ich. »Wenn …«

Ich wollte sagen *»wenn die Hölle zufriert«*, doch in diesem Moment krachte eine Kaffeetasse vor mir auf den Tisch, gefolgt von einem Glas Bier, dessen Schaum auf den Tisch schwappte.

»Ups, tut mir leid«, sagte eine weibliche Stimme, die ganz und gar nicht klang, als würde es ihr leidtun. Es war Daveys Schwester mit den violetten Strähnen, dem scharfen Blick, dem knochigen Körper und dem ausladenden Busen.

»Verdammt noch mal«, keuchte Jared. »Was zum Teufel soll das?«

Ich wischte die Schweinerei mit der Serviette trocken. »Ist schon gut. War sicher nur ein Versehen. Danke, ähm … Julie.« Ihr Name war mir gerade noch eingefallen.

»Gern geschehen«, fauchte sie, wischte sich die Hände an der winzigen Schürze trocken und verschwand.

»Netter Laden«, meinte Jared. »Ich kann es kaum erwarten, meine Yelp-Kritik zu schreiben.«

»Trink einfach dein Bier«, murmelte ich. Ich nahm die Tasse – Julie hatte keine Sahne dagelassen, und Zucker wollte ich ohnehin nicht – und nippte vorsichtig daran. Es schmeckte wie echter Kaffee. Aber die meisten Giftarten bemerkt man doch gar nicht, oder? Ich schluckte und versuchte, das Gespräch von mir abzulenken. »Erzähl mir von dir! Was machst du so?«

»Ach weißt du, man lebt.«

»Und wovon?«

»Vom Schreiben.«

»Schreiben! Super! Sag mir, wenn ich etwas für dich tun kann, okay? Ich kenne ein paar Agenten, die mir noch einen Gefallen schulden.«

Jared nahm einen großen Schluck und stellte sein Glas ab. »Das wäre mir unangenehm.«

»Hey, wofür hat man Freunde? Ich musste die Klappentexte für ein paar echt miese Bücher schreiben, das muss doch etwas gebracht haben.« Ich warf einen Blick zur Bar, wo Davey und Julie in eine hitzige Diskussion vertieft waren. Davey stand hinter der Theke und hatte die Hände darauf abgestützt, während Julie sich nach vorn beugte und ihm etwas ins Ohr flüsterte.

»Ich komme darauf zurück«, meinte Jared.

Ich nippte noch einmal an dem Kaffee, dann fragte ich: »Also, was schreibst du? Einen großen amerikanischen Roman, vielleicht? Den nächsten *Gatsby*?«

»Nein. Reale Geschichten.«

»Oh, das ist ja toll. Über welches Thema?«

Drüben an der Bar warf Davey einen scharfen Blick in meine Richtung und zog sein Handy aus der Hosentasche.

»Gute Frage. Eine Mischung aus Promiklatsch, Politik und sozialen Medien.«

»Also etwas Zeitgenössisches.«

»Ja, schon. Nicht ganz deine Welt, ich weiß, aber vielleicht kannst du mir trotzdem helfen. Du weißt schon, indem du mir Einblick in deine Erfahrungen gibst. Verdammt, wo ist mein Burger? Ich könnte mittlerweile einen ganzen Elefanten verdrücken.«

Er ergriff erneut nach seinem Glas. Seine Wangen glühten bereits, und während ich ihm zusah, wie er trank und sich immer wieder nach seinem Mittagessen umsah, erinnerte ich mich daran, dass ich ohnehin nicht mehr sonderlich begeistert von ihm gewesen war, bevor ich mich auf den Weg nach Irland gemacht hatte. Der Sex war kurz und langweilig gewesen, und die Gespräche danach noch kürzer und noch langweiliger. Er war die Art von Kerl, den man jeden Donnerstagabend auf einer Party sah, immer mit einem Drink in der Hand und im Gespräch mit allen und jedem und trotzdem mit niemand Speziellem, denn er schaute immer über die Schulter seines jeweiligen Gegenübers, ob nicht vielleicht noch ein interessanterer Gast erschien.

Hättest du bloß nicht auf diese verdammte Nachricht geantwortet, dachte ich erneut. Ich hätte ihn besser in Erinnerung haben sollen. Ich hätte mich daran erinnern sollen, wie erleichtert ich war, als ich nach Irland geflogen und mir dadurch zumindest die Peinlichkeit einer tatsächlichen Trennung erspart geblieben war. Doch nun zahlte ich den Preis dafür, denn wir waren theoretisch gesehen immer noch Freunde, und er konnte mir immer noch eine Nachricht schicken und mich um Hilfe beim Schreiben bitten, wie man es eben tut, wenn Freunde erfolgreich sind.

»Da kommt es«, meinte Jared. »Endlich.«

Julie stolzierte mit zwei Burgern und den Fritten auf uns zu, die sie auf einem Tablett in Schiffsform trug, das über ihr ausladendes Dekolletee segelte. Ich zuckte zusammen, als ich ihr wutentbranntes Gesicht sah. Vielleicht hatte ich aber auch nur Angst, dass sie mir das Essen in den Schoß kippen würde.

Doch sie tat nichts dergleichen. Sie stellte die beiden Teller vor uns ab, holte eine Flasche Ketchup und knallte sie zwischen uns auf den Tisch. »Hab gehört, dass ihr Yankees darauf steht«, zischte sie. »Haut rein.«

»Danke, *Schätzchen*«, meinte Jared sarkastisch und griff nach der Flasche. »Wie auch immer. Wie schon gesagt, ich wäre sehr dankbar, wenn du mir bei diesem speziellen Projekt unter die Arme greifen könntest. Du bist der beste Insider, den die Welt je gesehen hat. Dich hat sozusagen der Himmel geschickt.«

Julie, die sich gerade abgewandt hatte, um davonzustampfen, schnaubte wütend.

480

»Julie, warte!«, rief ich.

Sie erstarrte, und ihr Kopf fuhr zu mir herum. Ihr Blick sagte mir, dass sie mich am liebsten eigenhändig erwürgt hätte.

»Ähm, vielleicht trinke ich doch ein Glas Wein«, meinte ich. »Rot.«

Rückblickend war das natürlich die falsche Entscheidung gewesen. Ich hätte nicht bleiben und nicht auch noch ein Glas Wein zu meinem Burger bestellen sollen. Ich hätte nicht einmal den Burger anrühren sollen, obwohl ich zu diesem Zeitpunkt bereits so hungrig war, dass ich ein Dutzend davon hätte verdrücken können.

Ich hätte einfach aufstehen und Jared sagen sollen, dass er sich verpissen solle.

Aber vermutlich war mein immer noch vorhandenes schlechtes Gewissen daran schuld, dass ich trotz aller Bedenken blieb. Es bestand kein Zweifel daran, dass ich mit *Small Potatoes* riesiges Glück gehabt hatte. Natürlich war es ein gutes Buch – ein *sehr gutes* Buch –, aber in jenem Sommer wurden zahlreiche sehr gute Bücher veröffentlicht. Mehr als genug Autoren hatten eine herausragende, originelle Arbeit abgeliefert, und ich alleine hatte mich über die anderen erhoben. Ich war die Glückliche. Damals redete ich mir ein, dass daran schlichtweg mein außergewöhnliches Talent schuld war, aber tief im Inneren wusste ich, dass das Glück ebenfalls eine wichtige Rolle gespielt hatte – gutes Timing, ein eingängiges Cover, die richtigen Rezensenten –, und deshalb betrachtete ich es als meine Pflicht, auf diesem Stuhl sitzen zu bleiben und das Gespräch mit Jared zu Ende zu bringen. Es war dasselbe Pflichtgefühl, das mich überhaupt erst dazu verleitet hatte, Jareds Nachricht zu beantworten und mich im Ship Inn auf einen Burger und Fritten mit ihm zu treffen. Als würde mir eine scheinheilige Fachsimpelei mit einem aufstrebenden jungen

Autor ohne erkennbares Talent etwas von dem Karma zurückgeben, das *Small Potatoes* zu einem so großen Erfolg verholfen hatte.

Als John schließlich durch die Tür trat, war ich bei meinem dritten Glas Wein, das Julie sofort nach dem zweiten an den Tisch gebracht hatte. Davey und sie hatten sich hinter die Bar zurückgezogen, wo sie vermutlich eine Schale mit Popcorn gefüllt hatten und zwischen sich hin- und herreichten. Keine Ahnung, denn ich sah nur John. Für etwas anderes war kein Platz mehr.

Er blieb im Türrahmen stehen und sah sich genauso blinzelnd und atemlos um wie ich vorhin. Vermutlich deutete Davey in meine Richtung, vielleicht war es aber auch Julie. Oder alle beide.

Luke und Leia, dachte ich, und im selben Moment erkannte ich, dass John Han Solo war. Natürlich war er das – trotz seiner adeligen Abstammung. Nach außen barsch, doch tief im Inneren auch sanft. Misstrauisch, aber fähig, sich vollkommen hinzugeben. Und natürlich überaus loyal, sobald man sich sein Vertrauen erst einmal verdient hatte.

Wie auch immer. Nichts davon spielte eine Rolle. Er entdeckte mich, und der Kummer auf seinem Gesicht ähnelte dem Kummer, den ich tief in meinem Inneren spürte. Er atmete tief durch, fasste sich und eilte mit großen Schritten durchs Zimmer. Er trug einen grünen Kaschmirpullover über einem weißen T-Shirt und hatte ein Buch und eine Broschüre dabei.

»John!«, rief ich, und dann sagte ich das Dümmste, das man in einer solchen Situation sagen kann. Es war sogar noch dümmer als der Entschluss, Wein zum Burger zu trinken. »Was machst du denn hier?«

Er reagierte natürlich prompt.

»Vielleicht sollte ich lieber fragen, was *du* hier machst?

Beim Mittagessen mit einem Reporter der *Daily Mail?* Aber das wäre vermutlich Zeitverschwendung, denn die Antwort ist mehr als offensichtlich. Mr. Holm, ich hoffe, Sie haben Ihre Story bekommen?«

»Also, genau genommen …«, begann Jared, der offenbar nicht verstanden hatte, dass es sich nur um eine rhetorische Frage gehandelt hatte.

Doch John hatte sich bereits wieder an mich gewandt. Er knallte das Buch und die Broschüre auf den Tisch. »Hier, da hast du. Falls du es noch brauchst. Wahrscheinlich dienten die Recherchen nur zur Ablenkung, aber man weiß ja nie. Zwei Fliegen mit einer Klappe, heißt es doch so schön, oder?«

Ich starrte auf das Buch – eine Ausgabe von *Eine Affäre in Paris*, Robert Langfords drittes Buch – hinunter und auf die Broschüre, bei der es sich um das Programmheft des Talmadge-Konzertes handelte. Die beiden Schriftstücke lagen so, dass die Fotos von Mary und Robert nebeneinanderlagen, und beide Künstler waren in derselben gekünstelten Pose in Schwarz-Weiß abgelichtet.

»Ich verstehe nicht«, erklärte ich heiser.

»Du bist eine intelligente Frau, Sarah. Ich glaube, du weißt, was hier los ist, wenn du genau hinsiehst.«

Er wandte sich ab und verließ das Pub.

Jared pfiff leise durch die Zähne und hob das Buch hoch. Ich war zu erschrocken, um ihn davon abzuhalten. Zu erschrocken, um John nachzulaufen. Ich starrte bloß blicklos auf mein Weinglas und dachte: *Es ist halbleer.*

»Wow«, meinte Jared und hielt das Buch und das Konzertprogramm nebeneinander hoch. »Die Ähnlichkeit ist echt verblüffend, oder?«

Und im nächsten Moment fiel ich erneut – doch dieses Mal war es real.

Neunundzwanzig

AUF SEE
FREITAG, 7. MAI 1915

Caroline

Sie fiel und drehte sich schwerelos in der Luft. Da war Gesang gewesen, dann ein abrupter Knall, gefolgt von lautem Geschrei und dem Gefühl, durch Zeit und Raum zu schweben.

Einen kurzen Augenblick lang fragte sich Caroline, ob sich der Tod wohl so anfühlte. Als ob man weder hier noch dort war und alle Sinne innehielten. Als ob die Welt aufhören würde, sich zu drehen, sodass man einfach nur von ihr heruntersteigen konnte.

Doch das Geschrei war real und kam von der Mutter und dem kleinen Jungen, die im Rettungsboot neben ihr gesessen hatten. Sie sah, wie sie in die Tiefe stürzten und in dem dunklen Wasser versanken, das auch ihr immer näher kam. Sie hörte im Geiste noch einmal das Geräusch, das entstanden war, als das Rettungsboot gegen den Stahlrumpf des Schiffes gekracht war, und dachte daran, wie Gilbert ihre Hand gedrückt und ihr gesagt hatte, dass er sie liebte.

Und dann war sie plötzlich allein. Versunken in dem kalten Meer unter Trümmern und den Leibern anderer Menschen. Das Wasser ließ sie erstarren und wirkte beruhigend und beängstigend zugleich. Dumpfe Geräusche drangen an ihre Ohren und trugen dazu bei, dass alles wie in einem Traum war. Sie dachte an Gilbert und das Versprechen eines gemeinsamen Lebens, und im nächsten Augenblick begann sie verzweifelt zu strampeln und dem milchigen Licht der Sonne über der Wasseroberfläche entgegenzutauchen.

Doch etwas zog an ihrem Knöchel und kämpfte gegen das Strampeln und die Schwimmweste an, die sie nach oben tragen wollte. Stattdessen sank sie langsam tiefer. Sie griff mit den Fingern nach unten und spürte ein dickes, starkes Seil, das sich um ihren Fuß gewickelt hatte. Das andere Ende verschwand in dem trüben Wasser und hing offenbar an einem Gegenstand, der langsam in Richtung Meeresgrund sank und Caroline mit sich zog.

Sie begann noch fester zu strampeln, denn die Oberfläche war schon ganz nah. Sie musste dorthin gelangen und nur einmal tief Luft holen, um neue Energie zu sammeln, damit sie ihren Fuß befreien konnte. Aber sie schaffte es nicht. Je fester sie strampelte, desto mehr verhedderte sie sich in dem Seil.

Nein!, schrie sie lautlos in den Abgrund. *Nicht jetzt!* Nicht jetzt, wo sie endlich alles verstanden hatte. Jetzt, wo sie und Gilbert endlich etwas hatten, wofür es sich zu leben lohnte.

Sie fasste neuen Mut und begann erneut zu strampeln, doch es hatte keinen Zweck. Schwarze Punkte tanzten vor ihren Augen – entweder von der Kälte oder wegen des Sauerstoffmangels. Sie starb und spürte nur ein tiefes Bedauern. Sie schloss die Augen und dachte an Gilbert. Sie wollte, dass ihre letzten Augenblicke auf dieser Welt von ihm erfüllt waren und nicht von Angst.

Plötzlich berührte sie etwas an der Schulter, und sie riss die Augen auf. Tess hatte den Gürtel ihrer Schwimmweste abgenommen und hielt ihn Caroline entgegen. Sie griff danach, doch ihre eiskalten Finger rutschten ab, sodass Tess ihn an ihrer Weste befestigen musste. Sie spürte Tess' Hände an ihrem Fuß, und die Umklammerung des Seils ließ langsam nach. Caroline wollte ihr sagen, dass die Mühe umsonst war. Dass ihre Lunge brannte und sie bereits tot war.

Doch dann war ihr Bein plötzlich frei, und Tess schob sie nach oben. Einen Augenblick später durchbrachen sie die Wasseroberfläche und kehrten in eine Welt voller Licht, Lärm und Sauerstoff zurück. Caroline hustete und spuckte und wandte sich eilig von dem Chaos und dem aufgewühlten Wasser ab. Von dem Gespritze und Geschrei, das sie nur daran erinnerte, wie hilflos sie alle waren. Wie sehr sie alle von ihrer schwindenden Kraft und der Güte Fremder abhängig waren.

»Schwimmen Sie!« Jemand zog an ihrer Weste, und sie erkannte, dass es Tess war, die sie von dem sinkenden Schiff fortzog.

»Aber Gilbert …« Caroline suchte zwischen den Wellen nach ihrem Ehemann und dachte an seinen gebrochenen Arm. »Er ist verletzt. Ich muss ihn finden!« Sie schwamm in Richtung der *Lusitania*, doch Tess riss sie zurück, sodass sie ihr beinahe den Arm ausrenkte.

»Nein, das geht nicht! Das Schiff sinkt, und wenn es untergeht, wird es alles mit in die Tiefe ziehen. Wir müssen hier fort. Danach können wir Gilbert und Robert suchen. Und Ginny.«

Sie wechselten einen angsterfüllten, unsicheren Blick und kamen schließlich zu der stillen Übereinkunft, an das Unmögliche zu glauben und zu hoffen, obwohl alle Hoffnung verloren schien. Da kein einziges Rettungsboot in der Nähe war, schwammen sie so schnell wie möglich auf das offene Meer hinaus.

Als sie schließlich beide mit den Kräften am Ende waren, hielten sie an, um ihre Lungen wieder mit Sauerstoff zu füllen, und wandten sich instinktiv um, um der Königin des Ozeans bei ihrem Todeskampf zuzusehen. Das Bootsdeck ragte in einem furchterregenden Winkel wie eine wütende Faust aus dem Wasser, als eine riesige Welle das Schiff von der Steuerbordseite erfasste und das Deck und die verbliebenen Passagiere und Besatzungsmitglieder wie ein hungriges Seeungeheuer verschluckte.

Caroline zwang sich zuzusehen, denn sie wollte diesen Menschen in ihren letzten Augenblicken Respekt zollen und ihnen das Gefühl geben, nicht alleine zu sein.

Das Schiff kippte nach steuerbord, und Caroline stellte sich vor, wie sich die riesige Welle ihren Weg durch den Schreibsalon und die Bibliothek, durch den Haupteingang, den Salon und das Musikzimmer bahnte und ihr die unglaubliche Schönheit des Schiffes zum Opfer fiel. Die Kunstobjekte, deren Existenz so schnell ausgelöscht wurde wie das Licht einer Kerze im schlimmsten Sturm. Die letzten Lebenden an Bord liefen zum Heck, als könnte ihnen das das Leben retten, und als schließlich ein Schornstein nach dem anderen unterging, wandte sich Caroline doch ab. Sie schaffte es einfach nicht, die letzten frevelhaften Minuten mitanzusehen.

Ein lautes Brüllen ertönte, von dem sie nicht zu sagen vermochte, ob es sich um die Schreie der Passagiere und Besatzungsmitglieder handelte oder um das Tosen des Wassers, das endlich seinen Besitz in die Arme schloss. Aber es war so grauenhaft und furchteinflößend, dass Caroline die Hände auf die Ohren presste.

Tess und Caroline trieben einen Moment lang zwischen den Wellen, als würden sie darauf warten, dass das Schiff wiederauftauchte. Als wäre alles nur ein schrecklicher Irrtum gewesen. Doch stattdessen wurde das Wasser nach einiger Zeit wieder spiegelglatt. Es glich beinahe einem Verbrecher, der sich nach der Tat hinter einer Maske verbarg.

Kleine Wellen breiteten sich immer noch von dem Punkt

aus, an dem die *Lusitania* verschwunden war, und trugen Trümmer und Leichen in ihre Richtung. So viele Menschen – Erwachsene und Kinder. Das Schicksal hatte sich seine Opfer willkürlich ausgesucht und dabei weder auf das Alter noch auf den sozialen Stand, die Bildung oder den Reichtum Rücksicht genommen. Viel zu viele Opfer trugen falsch angelegte Schwimmwesten und trieben mit dem Gesicht nach unten im Wasser. Die Rettungsboote, die ohne Zwischenfall zu Wasser gelassen werden konnten, waren entweder überfüllt oder halbleer und trieben zwischen Trümmerteilen, an die sich zerzauste Überlebende mit kalkweißen Gesichtern klammerten.

Eine Klavierbank – vermutlich sogar jene, auf der Caroline so viele Male gesessen hatte – trieb an ihnen vorbei, und an sie klammerten sich mit letzter Kraft die klatschnassen, aber dennoch unverkennbaren Schwägerinnen Prunella und Margery Schuyler.

Prunella versuchte, sich weiter nach oben zu ziehen, brachte die Bank damit aber derart aus dem Gleichgewicht, dass Margery den Halt verlor. Caroline brüllte Prunella zu, dass ihre Schwägerin gerade untergegangen war, doch diese schien sie nicht zu hören. Sie hatte offenbar keine Ahnung, was sie getan hatte, und so sah sie auch Margerys mit funkelnden Ringen geschmückte Hand nicht, die sich ein letztes Mal der Nachmittagssonne entgegenstreckte, bevor sie langsam unterging. Kurz darauf bemerkte Prunella, dass ihre Gefährtin verschwunden war, und sah sich panisch um.

Ihre durchdringende Stimme wurde über das Wasser bis zu Caroline und Tess getragen. »Margery? Margery? Versteckst du dich etwa vor mir? Du kannst nicht einfach so davonschwimmen! Das ist *unhöflich*!« Die schrillen Schreie wurden leiser und leiser, während die Klavierbank in die andere Richtung trieb.

»Gilbert!«, rief Caroline, und ihre Stimme hallte über das

Wasser. Sie warf einen Blick auf Tess' kalkweißes Gesicht. Sie hatte sich so fest auf die Lippe gebissen, dass sie blutete. Ihr Gesicht war vor Sorge verzerrt, und Caroline nahm an, dass sie genauso aussah.

»Tess, ist alles in Ordnung?«

Die junge Frau zögerte einen kurzen Moment, dann nickte sie.

»Danke«, erklärte Caroline. »Danke, dass Sie mir das Leben gerettet haben.«

Tess wandte den Blick ab. »Ich habe nur meine Schuld beglichen. Außerdem habe ich es nicht für Sie getan.«

Caroline verstand. Sie wusste, wie es war, Robert Langford zu lieben. Sie wusste, wozu eine Frau fähig war, um sein Herz zu gewinnen. Doch sie verspürte keinen Hass auf Tess. Nur Mitleid.

»In Ordnung, dann schwimmen wir am besten zu einem der Rettungsboote. Sobald wir aus dem Wasser heraus sind, können wir uns überlegen, was wir als Nächstes tun.«

»Aber was ist, wenn …«

»Sagen Sie es ja nicht.« Caroline klang sehr viel strenger als beabsichtigt.

»Wir schwimmen einfach und machen uns später über den Rest Gedanken«, erklärte sie anstelle einer Entschuldigung und setzte sich in Bewegung. Ihre Röcke und Schuhe behinderten sie genauso wie die Schwimmweste, aber sie brauchte sie als zusätzliche Wärmedämmung. Die Schwimmweste würde sie zudem über Wasser halten, wenn sie müde wurde und sich einen Moment lang ausruhen musste. Sie versuchte, nicht daran zu denken, wie es Gilbert ohne Weste und mit einem verletzten Arm erging.

Sie strampelte noch verzweifelter, fest entschlossen, das nächste Rettungsboot zu erreichen, das sich jedoch scheinbar immer weiter entfernte. Tess hatte nicht gelogen. Sie war eine gute Schwimmerin und hielt mit Caroline mit. Ihr Gesichtsausdruck war genauso entschlossen. Die junge Frau hatte etwas Bewundernswertes und seltsam Liebenswürdiges an sich, sodass Caroline sich unter anderen Umständen vielleicht sogar mit ihr angefreundet hätte.

Plötzlich stieß Tess einen Schrei aus, und Caroline erschrak so sehr, dass sie einen Mundvoll Meerwasser schluckte. Sie wandte sich hustend zu ihrer Begleitung um und sah, dass Tess sich von ihr abgewandt hatte und wie wild in die entgegengesetzte Richtung paddelte. Direkt auf ein umgedrehtes Rettungsboot zu, an das sich zwei Männer klammerten. Im nächsten Augenblick ließ einer der beiden los und glitt lautlos unter die Wellen, ohne sich dagegen zu wehren. Der Mann neben ihm streckte die Hand aus, doch sein Begleiter war bereits verschwunden.

»Robert!«, schrie Tess und hielt gerade lange genug inne, um ihm zuzuwinken, bevor sie weiterschwamm.

Robert. Caroline legte ebenfalls an Tempo zu und hoffte trotz allem, dass Gilbert vielleicht bei ihm war. Die Hoffnung war alles, was ihr noch geblieben war.

Tess kam als Erste bei dem Boot an, doch Roberts Augen waren nur auf Caroline gerichtet. Er betrachtete sie fragend, als wartete er auf eine Antwort, in welche Richtung er gehen sollte.

Carolines Finger griffen nach dem umgedrehten Boot, und sie rutschte zwei Mal ab, bevor sie Halt fand. Sie spürte, dass Tess neben ihr dieselben Schwierigkeiten hatte. »Hast du Gilbert gesehen?«

Robert wandte sich ab, doch sie hatte den dunklen Schatten bereits gesehen, der über sein Gesicht gehuscht war. Er rückte ein wenig zur Seite, und sie sah, dass sich hinter ihm noch ein Mann befand, den er mit einer Hand festhielt, während er sich mit der anderen an das Boot klammerte.

Sie wollte nach ihrem Ehemann rufen, doch sie schaffte es nicht. Der Kloß in ihrem Hals war zu groß. Sein Kopf war nach hinten gestreckt und lehnte an Roberts Schulter, um nicht ins Wasser zu rutschen. Aus seinem Ohr rann Blut.

»Ist er …?«, presste Caroline hervor, während sie näher an ihren Mann heranrückte.

Keiner der beiden Männer trug eine Schwimmweste, und das schlechte Gewissen übermannte Caroline beinahe, als sie daran dachte, dass Gilbert an Deck geblieben war und nach ihr gesucht hatte, anstatt in die Suite zu gehen und seine Weste zu holen.

»Er lebt.« Roberts Stimme klang unnahbar, als würde er mit einer Fremden reden.

Die Hand, mit der er sich an das Boot klammerte, war bereits kalkweiß und rutschte immer weiter ab, sodass Gilbert und er langsam untergingen. Caroline fragte sich, wie lange er sich wohl schon an das Boot klammerte und wie lange Gilbert bereits blutete. Wie lange Robert ihren Mann mittlerweile vor dem sicheren Tod bewahrte.

»Ich hab ihn«, erklärte sie Robert, nachdem sie ihren freien Arm um Gilberts Schulter geschlungen und sein Gewicht so verlagert hatte, dass er von dem Rettungsboot und ihrer Schwimmweste getragen wurde. Sie drückte ihm einen Kuss auf die Schläfe. »Ich bin hier, Liebling. Ich bin hier.«

»Hast du ihn?«, presste Robert hervor. »Ich brauche nur einen Augenblick.«

Caroline nickte, und Robert wandte sich um und hob Tess mit seinem freien Arm näher an das Boot heran, damit sie sich besser festhalten konnte.

Gilbert öffnete die Augen. Diese wunderschönen blauen Augen, in die sich Caroline sofort verliebt hatte, als sie ihm das erste Mal gegenübergestanden hatte. Augen, die sich verdunkelten, wenn sie sich liebten, und die tanzten, wenn er lachte. Das Gefühl des Verlustes raubte ihr beinahe den Atem, und sie hätte am liebsten geweint. So groß war die Trauer um all die Tage, die sie vergeudet hatten. Und da waren auch noch die Reue über das, was sie getan hatte, und das Wissen, dass sie gerade für ihre Sünden bestraft wurde.

Gilbert leckte sich über die Lippen. »Ich … wollte dich … nur … noch ein … einziges … Mal … sehen.« Er lächelte, und dann schloss er die Augen und seine Muskeln entspannten sich unter ihrer Berührung.

»Sag so etwas nicht, Gil. Bitte. Wir haben mehr als genug Zeit, um …«

Doch sie konnte den Satz nicht zu Ende sprechen. Eine große Welle stieg von irgendwo unter ihnen hoch und brachte eine Unmenge an Trümmern mit sich, sodass ihr Gilbert aus der Hand gerissen wurde.

»Gilbert!«, schrie Caroline. Sie klammerte sich mit einer Hand an das Boot, während sie mit der anderen versuchte, ihre Schwimmweste zu öffnen. Doch sie rutschte immer wieder ab.

Robert hatte das Boot bereits losgelassen, in seinen Augen spiegelten sich ihre Angst und Erschöpfung. »Nicht, Caroline! Bleib hier. Ich bringe ihn dir wieder. Versprochen.« Er warf noch einen letzten, leeren Blick auf sie, dann tauchte er unter und verschwand, während sie die Wellen immer weiter von dem Ort forttrugen, an dem sie Gilbert das letzte Mal gesehen hatte.

»Robert! Gilbert!« Sie rief immer und immer wieder nach den beiden Männern, bis sie nicht mehr sicher war, in welcher Richtung sie nach ihnen Ausschau halten sollte. Panik erfasste sie, und sie versuchte erneut, die Gurte der Schwimmweste zu lösen, doch ihre Pianistenfinger erschienen ihr plötzlich ungelenk und dick. Im nächsten Moment legte sich eine Hand über ihre und hielt sie fest. »Seien Sie nicht so dumm«, erklärte

Tess, in deren verzweifelten Augen Tränen standen. »Robert hat versprochen, ihn wiederzubringen, oder nicht? Zwingen Sie ihn nicht, auch noch nach Ihnen zu suchen.«

Caroline wehrte sich einen Augenblick lang, bis sie erkannte, wie sinnlos es war. Sie drückte die Stirn an die kalte, glatte Unterseite des Rettungsbootes und presste die Lippen aufeinander, um nicht zu weinen. Ihre Mutter hatte immer gesagt, dass Weinen etwas für Kinder sei. Und für Leute, die dumm genug waren, den Mond anzuheulen und auf Dinge zu hoffen, die sie niemals bekommen konnten.

Sie würde nicht weinen, aber sie hatte auch keine Kraft mehr, um zu kämpfen und zu hoffen. »Und was machen wir jetzt?«

Tess drückte die Schultern nach hinten. »Wir halten durch. Wir warten. Und wenn Sie glauben, dass Gott Sie hört, dann beten Sie! Ich fürchte, er hat mich inzwischen aufgegeben.«

Caroline musterte Tess lange und wünschte sich, fest genug an Gottes Gnade zu glauben, um auch Tess davon zu überzeugen. Sie veränderte ihre Position, um sich besser festhalten zu können, und ließ sich von den mit Kork gefüllten Taschen ihrer Schwimmweste über Wasser halten, während sie darauf warteten, dass jemand sie fand und aus dem Wasser holte.

Als sie genug Kraft gesammelt hatten, schafften es die beiden Frauen, sich beinahe vollständig aus dem Wasser zu ziehen und auf das Boot zu klettern. Ihre Kleider begannen langsam zu trocknen, und die Sonne schien warm auf ihre Rücken. Caroline verlor jegliches Zeitgefühl, während sie schweigend dahintrieben und die irische Küste sich scheinbar immer weiter entfernte. Die Sonne wanderte über den Himmel wie an jedem anderen Tag auch, als machte sie sich über die Tragödie lustig, die gerade passiert war. Für viele Menschen war heute vermutlich ein ganz normaler Tag, doch für Caroline war es der Tag, an dem sie vielleicht alles verloren hatte.

Sie erinnerte sich an die Gebete ihrer Kindheit und hoffte, dass der Gott, den sie damals gekannt hatte, so vergebend war, wie man ihr erzählt hatte, und dass Gilbert und Robert auf wundersame Weise überlebt hatten. Sie klammerte sich an die Hoffnung, denn sie wusste, sobald sie sie aufgab, gab es keinen Grund mehr, nicht einfach loszulassen und lautlos ins Wasser zu gleiten.

Sie sah zu Tess hinüber, die auf der anderen Seite des Rettungsbootes lag. Ihre Wangen waren tränennass, und ihre helle Haut wurde bereits rot. *Sie braucht einen Hut, sonst bekommt sie noch Sommersprossen.* Caroline hielt sich rechtzeitig davon ab, den Gedanken laut auszusprechen. Hüte und Sommersprossen hatten keine Bedeutung mehr. Vielleicht hatten sie das aber auch nie gehabt.

»Denken Sie an Ihre Schwester?«, fragte sie sanft.

Tess zögerte einen Moment lang, dann nickte sie und wischte sich mit dem Ärmel über die Nase. »Sie ist alles, was mir auf dieser Welt noch geblieben ist. Ich würde es nicht ertragen, sie auch noch zu verlieren. Sie bedeutet mir alles.«

Caroline war es egal, dass die Frau, von der Tess sprach, sie beide hintergangen und bestohlen hatte und dass sie vermutlich eine deutsche Spionin war. Die Liebe richtete sich nicht nach den Unzulänglichkeiten des anderen, genauso wie man sich seine Familie nicht aussuchen konnte.

»Ich bin mir sicher, dass sie es auf ein Rettungsboot geschafft hat. Sie ist jung und stark – selbst wenn sie schwimmen musste, könnte sie es geschafft haben.«

Tess betrachtete Caroline schweigend. Vielleicht dachte sie ja ebenfalls an die schwere Pelzstola und den Schmuck, die Ginny womöglich nach unten gezogen hatten und von denen sie sich bestimmt nicht hatte trennen wollen, obwohl es ums nackte Überleben ging.

»Und Robert?«, fragte Tess. »Glauben Sie, dass er sich selbst und Ihren Mann retten konnte?«

Caroline nickte, ohne zu zögern. »Er hat es versprochen. Und ich habe beschlossen, ihm zu glauben.«

Tess wandte den Blick ab. »Ich schätze, hier draußen gibt es Schlimmeres als die Hoffnung.«

Sie schwiegen eine Zeitlang und lauschten dem Schwappen der Wellen. Plötzlich hoben sie beide den Kopf und sahen hinaus aufs offene Meer. »Da ist ein Boot!«, rief Tess. »Kommen Sie! Winken und schreien Sie! Wir müssen die Männer auf uns aufmerksam machen!«

Es war ein Fischerboot, auf dem sich bereits eine Menge Menschen mit Schwimmwesten befanden, die alle in dicke Decken gehüllt waren, und zwei der Besatzungsmitglieder winkten zurück, um Tess und Caroline zu verstehen zu geben, dass sie sie gesehen hatten. Caroline versuchte zu lächeln, doch ihre Sorge um Gilbert und die Erinnerung an das, was so vielen anderen Menschen widerfahren war, machten es unmöglich. Sie war erleichtert, das umgestürzte Rettungsboot endlich verlassen zu können, aber sie wusste, dass die Reise noch nicht zu Ende war.

Die Männer sprachen mit starkem irischen Akzent und halfen Tess und Caroline an Bord, wo sie ihnen zwei Scheiben Schwarzbrot und eine Decke in die Hand drückten, die sie sich teilen sollten. Tess zitterte unkontrolliert, und Caroline rückte näher an sie heran und legte einen Arm um ihre Schulter, um sie zu wärmen und zu trösten. Es half ihr, ihren eigenen Kummer eine Zeitlang zu vergessen. Zumindest bis Tess sich von ihr löste und schwankend aufstand.

»Ich muss Ginny suchen. Vielleicht ist sie auch hier, oder jemand hat sie gesehen.«

Sie hatte natürlich recht. Wenn Tess an Wunder glaubte, dann konnte Caroline es auch. Sie schlurften Arm in Arm über das Schiff, nicht so sehr aus Freundschaft, sondern um sich gegenseitig zu stützen. Nach allem, was sie heute erlebt und gesehen hatten, drang der Schock langsam zu ihnen durch, doch keine der beiden wollte noch länger warten. Sie gingen an den kleinen Gruppen der anderen Überlebenden vorbei, von denen alle – außer den Allerkleinsten – benommen und fassungslos waren. Beinahe jeder suchte nach einem Angehörigen – nach einem Mann, einem Sohn, einer Tochter, einer Mutter. Und überall hörten sie dieselben klagenden Fragen. Es war, als gehörten sie alle zu einem Club, an dem niemand teilnehmen wollte.

Tess und Caroline beantworteten die Fragen der anderen, bevor sie selbst nach Ginny, Gilbert und Robert fragten und dasselbe traurige Kopfschütteln als Antwort bekamen. Sie hatten das Schiff beinahe einmal umrundet, als sie einen Matrosen sahen, der den Kopf eines Mannes hielt und versuchte, ihm etwas aus einem Zinnbecher einzuflößen.

Der Kopf des Mannes war voller eingetrocknetem Blut, sodass seine Haarfarbe nicht mehr zu erkennen war, doch etwas an dem Kinn und der Nase kam Caroline bekannt vor. Sie hielt einen Moment den Atem an, bevor sie auf ihn zustürzte.

»Gil …! Ich bin's. Caroline.«

Seine Augen flatterten, während sie sich neben ihn kniete und seinen Kopf sanft in ihren Schoß legte. »Wie schlimm ist es?«, fragte sie den Matrosen.

Der Mann schüttelte den Kopf. »Ich weiß es nicht, Ma'am. Aber der Kapitän dachte, ein Schluck Whiskey würde helfen.«

»War er allein?«, fragte Tess. »Oder war noch ein Mann bei ihm?«

Der Matrose schüttelte traurig den Kopf, drückte Caroline den Becher in die Hand und machte sich wieder auf den Weg. Sie sah auf ihren Mann hinunter, und eine schwarze Wolke schien ihr Herz zu verschlucken. Sein Gesicht war zu blass, sein Atem zu flach und unregelmäßig.

Ein kräftiger Mann mit freundlichen braunen Augen, den

sie aus dem Speisesaal der ersten Klasse kannte, lehnte sich näher heran. »Wir sind bereits auf dem Weg in Richtung Küste. Dort warten sicher schon jede Menge Ärzte auf uns.«

»Danke«, sagte sie. Sie schob ihre Hand unter die eiskalten Finger ihres Mannes. »Gilbert? Hörst du mich?«

Er drückte kaum merklich ihre Hand, und sie hätte vor Erleichterung, Dankbarkeit und Freude darüber, dass ihre Gebete erhört worden waren, beinahe geweint. Tess kam mit einer Decke und breitete sie über Gilbert. Dann wandte sie sich ab und drückte sich gegen die Reling, als könnte sie das Boot auf diese Art dazu bringen, schneller zu fahren.

Caroline beugte den Kopf über Gilberts Gesicht, um die Sonne abzuschirmen. »Mein Liebling«, flüsterte sie. »Jetzt bin ich die Starke. Ich will nur, dass du weiteratmest, verstanden? Mehr nicht. Stell dir vor, dass wir wieder zurück in New York sind, unser Leben miteinander teilen und uns lieben, bis wir alt und grau sind.«

Sie lehnte sich näher an sein Ohr heran. »Ich weiß, dass es noch zu früh ist, aber ich habe da so ein Gefühl. Ich glaube, man nennt es weibliche Intuition.« Eine Träne fiel auf sein Gesicht, und sie schämte sich dafür, dass sie von ihr stammte. Sie nahm eine Ecke der Decke und wischte ihm die Träne und das eingetrocknete Blut von der Wange.

»Stell dir das nur einmal vor, Gil. Unser eigenes Kind, das wir von Herzen lieben und das von seiner Tante Claire verwöhnt wird.« Sie wollte lachen, doch es erstarb auf ihren Lippen.

Caroline richtete sich auf und wischte weiter Gilberts Gesicht sauber, um sich von den schrecklichen Gedanken abzulenken, die sie zu übermannen drohten. »Atme einfach weiter, Gil. Denk daran, wie sehr ich dich liebe und dass es so viele Gründe gibt, um weiterzuleben, und ich schwöre dir, dass ich mich um den Rest kümmere.« Sie beugte sich hinunter und drückte ihm einen Kuss auf die Stirn. »Es lohnt sich weiter-zuleben.«

Die Schiffmotoren brummten beständig, während sie sich der irischen Küste näherten, und die Seevögel waren kreischend auf der Suche nach Nahrung. Und dazu gesellte sich das Schluchzen der Frau, die sich an die Reling lehnte und nach ihrer verlorenen Schwester und dem Mann Aus-schau hielt, der ihr niemals gehören würde. Caroline drückte Gilberts Hand und schloss die Augen, und ihr Herz wurde schwer, als sie daran dachte, was alles verloren war.

Währenddessen setzte Tess ihre Wache fort. Eine traurige, einsame Gestalt an der Reling, die den Blick auf die Küste ge-richtet hatte und Caroline an ein Kind erinnerte, das sich Un-mögliches erträumt.

Dreißig

QUEENSTOWN, IRLAND
FREITAG, 7. MAI 1915

Tess

Als das Fischerboot schließlich im Hafen von Queenstown anlegte, leuchtete bereits der Mond vom Himmel.

Im ganzen Hafen brannten Gaslaternen, die dem Nebel einen metallischen Schimmer verliehen, und Soldaten bildeten zu beiden Seiten des Piers ein Ehrenspalier, das auch dazu diente, die Schaulustigen zurückzuhalten. Als die ersten Überlebenden von Bord taumelten, brach ohrenbetäubender Jubel aus, und der plötzliche Lärm ließ Tess zusammenzucken und näher an Caroline heranrücken. Ihre Hände fanden sich im Dunkeln und hielten einander fest umklammert, während sie der Bahre mit dem in Decken gehüllten Gilbert Hochstetter folgten.

Die Schaulustigen drängten nach vorne, versuchten, sich an den Soldaten vorbeizuschieben, stellten Fragen und riefen den Passagieren Ermutigungen zu. Blitzbirnen flammten auf, und der Schwefelgeruch verlieh der Szene etwas Dämonisches.

Auf der Straße vor dem Haus der Hochstetters hatten am Abend der Dinnerparty ebenfalls die Blitzbirnen aufgeleuchtet. Es war erst sieben Tage her, doch es erschien Tess wie eine halbe Ewigkeit.

Als sie am Ende des Spaliers angekommen waren, eilten Rettungskräfte auf sie zu und boten ihnen Hilfe und Unterkünfte an. Ein offiziell wirkender Mann trat an die Bahre. »Ist er …?«

»Er lebt«, erwiderte Caroline schroff.

Sie ließ Tess' Hand los und übernahm das Kommando, wobei sie trotz des salzverkrusteten Kleides und der zerzausten Haare sofort in ihre Rolle als feine Dame der Gesellschaft zurückfand.

Wie durch einen Nebel hindurch hörte Tess Carolines Stimme: »Das hier ist Gilbert Hochstetter von Hochstetter Iron&Steel. Ja, genau, *der* Hochstetter … er ist schwer verletzt … wir brauchen sofort einen Arzt!«

Carolines Worte vollbrachten wahre Wunder. Vielleicht war es aber auch der stahlharte Ausdruck in ihren Augen.

»Hier entlang«, sagte einer der Männer und führte die Seemänner, die Gilbert Hochstetters Bahre trugen, zu einer behelfsmäßigen Krankenstation mitten auf der Straße, wo bereits zahllose Bahren am Boden standen und Ärzte und Krankenschwestern von einem Patienten zum nächsten eilten. Caroline folgte ihnen, doch Tess blieb zurück und hielt in der Menschenmenge nach Ginny Ausschau.

Alle Überlebenden, die keine schweren Verletzungen davongetragen hatten, wanderten umher und suchten nach Familienmitgliedern und Freunden. Es schienen so viele zu sein, aber wie viele waren eigentlich auf dem Schiff gewesen? Auf dem Boden lagen reihenweise Tote, die unter den weißen Laken darauf warteten, an ihren Bestimmungsort gebracht zu werden, und die ein leises Zeugnis für all jene ablegten, die nicht so viel Glück gehabt hatten.

Die Jubelschreie und das Weinen der Hinterbliebenen dröhnten gleichermaßen in Tess' Ohren, und plötzlich hörte sie, wie jemand ihren Namen rief.

Er trat aus dem metallisch schimmernden Nebel wie eine Figur aus einer Sage. Eingehüllt in eine Tunika wie ein römischer Soldat, die Haare bronzefarben im Licht der Laternen und die Beine unter dem Kittel nackt.

»Robert?« Tess' Beine fühlten sich an wie Blei. Sie hatte Angst, dass er nur ein Trugbild war, das sich auflöste, sobald sie sich bewegte.

»Tess.« Er trat näher, und sie sah, dass sein Gesicht zerkratzt und voller Blutergüsse war. Ein Auge war zugeschwollen, und sein Aussehen stand in starkem Gegensatz zu seiner Kleidung, bei der es sich ganz offensichtlich doch nicht um eine römische Tunika handelte.

»Sie tragen einen Morgenmantel«, erklärte Tess dümmlich.

»Ja, in Rosarot.« Robert versuchte ein Lächeln und hätte es auch beinahe geschafft. »Ich konnte nicht wählerisch sein. Die anderen Sachen sind mittlerweile Fischfutter.«

Und beinahe wäre es ihm ebenso ergangen. Tess' Kehle zog sich zusammen, als sie an die Männer und Frauen dachte, die sie vom Fischerboot aus gesehen hatte und die wie Müll im Wasser getrieben waren.

»Wie haben Sie …?«

»Überlebt? Das Meer hat offenbar kein Interesse an mir. Das ist jetzt schon das zweite Mal, dass es mich wieder ausgespuckt hat.« Bevor Tess etwas darauf erwidern konnte, meinte er rasch. »Ich wurde von einem Rettungsboot aufgegriffen. Ist Caroline bei Ihnen?«

Es gab so vieles, was sie ihm sagen wollte, doch Tess brachte nichts davon über die Lippen. Sie fühlte sich wie betäubt. Also deutete sie mit dem Daumen hinter sich. »Sie ist da drüben. Bei ihrem Mann.«

»Dann hat er es also geschafft …« Sie machten sich gemeinsam auf den Weg zur Krankenstation.

»Ja, sozusagen.« Tess biss sich auf die Lippe und schmeckte

Blut, das aus einer alten Wunde drang. Es hatte keinen Zweck, etwas zu beschönigen. »Aber es wird nicht mehr lange dauern.«

»Woher wollen Sie das wissen?«

»Mein Vater war Apotheker.« Tess sah zu Robert hoch. Sie war zu müde, um ihn weiterhin zu belügen. »Ich weiß, was es bedeutet, wenn jemand so aussieht.«

»Bei allem nötigen Respekt vor den medizinischen Fähigkeiten Ihres Vaters …«

Jeder Zentimeter ihres Körpers schmerzte, und so fiel Tess' Antwort deutlich schärfer aus als beabsichtigt: »Das hat nichts mit medizinischem Wissen zu tun, sondern mit gesundem Menschenverstand. Sterbende haben einen gewissen Ausdruck in den Augen. Wenn man ihn einmal gesehen hat, vergisst man ihn nie mehr.« Sie deutete mit dem Kopf auf Caroline, die neben der Bahre kniete. »Sie weiß es auch. Glauben Sie nicht, dass sie es nicht wüsste.«

Sie traten langsam auf die beiden zu und hörten, wie Caroline leise mit ihrem Mann sprach. Ihr Südstaatenakzent war so deutlich zu hören wie noch nie zuvor, und ihre Stimme klang melodisch, als würde sie ihm ein Schlaflied vorsingen.

»… und dann fahren wir nach New Orleans«, sagte Caroline gerade. »Hast du schon einmal Beignets probiert? Es ist beinahe unmöglich, sie zu essen, ohne zu kleckern. Aber es ist die Bescherung wert.«

Tess stieß Robert mit dem Ellbogen in die flauschige, rosafarbene Seite. »Sie sollten zu ihr gehen.«

Doch Robert rührte sich nicht. »Auf keinen Fall. Mein Gott, Tess, was erwarten Sie von mir? Soll ich ihren Ehemann sogar noch auf dem Weg ins Grab verhöhnen?«

»Sie braucht Sie.«

Robert ließ Caroline keine Sekunde aus den Augen. Es war, als würde er sie zum ersten Mal sehen – oder vielleicht auch zum letzten Mal. »Ich bin nicht derjenige, den sie jetzt braucht.«

Die leise, sanfte Stimme ließ sich vom hektischen Treiben der Ärzte nicht ablenken. »Und nach New Orleans nehme ich dich mit nach Savannah. Du warst noch nie in dem Haus, in dem ich aufwuchs. Es ist allerdings nicht das Haus, in dem ich geboren wurde. Das ist vor langer Zeit niedergebrannt. Es gab ein Fest, weißt du, und niemand kümmerte sich um die Laternen … Mein Kindermädchen meinte, das Haus wäre wie eine Römische Kerze in Flammen aufgegangen. Es war offenbar das schönste Feuerwerk, das das Land je gesehen hat.«

Gilberts Lippen bewegten sich. Caroline lehnte sich näher heran, um ihn besser zu hören, und obwohl die Nacht kühl war, sah Tess die Schweißperlen auf ihrer Stirn.

»Ja, es war ein großes Haus«, stimmte Caroline ihrem Mann zu. »Mein Daddy hatte nicht genug Geld, um es wiederaufzubauen.«

Ihre Stimme geriet ins Schwanken, als sie den Blick hob und Robert entdeckte. Einen Moment lang erstrahlte ihr Gesicht wie die Römische Kerze, von der sie gerade erzählt hatte. Blut schoss in ihre Wangen, und ihre Augen begannen zu leuchten. Doch im nächsten Moment war der Ausdruck auch schon wieder verschwunden, und ihr Gesicht bestand nur noch aus Knochen und Kanten, die grau und orange im Licht der Fackeln schimmerten, das durch den Nebel fiel.

Caroline flüsterte ihrem Mann etwas zu. Gilbert Hochstetters Augen waren geschlossen, doch Tess sah, wie er versuchte, die Hand seiner Frau zu drücken. Caroline beugte sich über ihn, drückte ihm einen Kuss auf die Stirn und erhob sich langsam und schmerzerfüllt.

Tess spürte, wie sich Robert neben ihr versteifte. »Caroline«, begann er. »Es tut mir so leid …«

»Sag es nicht.« Carolines Augen funkelten wütend, und

in ihnen glänzten Tränen, die sie mit aller Kraft zurückhielt. »Danke, dass du ihn gerettet hast«, erklärte sie förmlich.

»Ich habe getan, was ich konnte.« Roberts Stimme brach beinahe vor Kummer, der Schmerz so intensiv, dass er Tess bis ins Mark drang. »Das weißt du doch, oder? Hätte es irgendeine Möglichkeit gegeben …«

Caroline reckte das Kinn in die Höhe und sah auch ohne ihre Rubine und Diamanten aus wie eine Königin, der man besser nicht widersprach. »Du hast ihn aus dem Meer geholt. Und ich werde ihn nach Hause bringen und dafür sorgen, dass es ihm bald wieder besser geht.«

Robert senkte den Kopf zu einer angedeuteten Verbeugung. »Natürlich.«

Sie belügen sich gegenseitig, dachte Tess, deren Herz genauso schmerzte wie ihr Kopf. Warum konnten sie einander nicht die Wahrheit sagen? Warum sahen sie nicht, dass sie einander brauchten?

»Mrs. Hochstetter …«, begann sie.

»Caroline«, korrigierte sie die andere Frau. »Nach allem, was wir erlebt haben, denke ich, dass wir uns beim Vornamen nennen können.«

Caroline streckte ihr die Hand entgegen, und Tess ergriff sie zögernd. Carolines Händedruck war sehr viel kräftiger, als sie angenommen hatte. Caroline selbst war sehr viel stärker, als sie je vermutet hätte.

»Danke, dass Sie mich gerettet haben«, erklärte Caroline, und dann schloss sie Tess zu deren großer Überraschung in die Arme und drückte sie lange an sich. Ihr Atem strich über Tess' Ohr, als sie leise flüsterte: »Seien Sie gut zu ihm.«

Bevor Tess etwas darauf erwidern konnte, ließ Caroline sie los, richtete sich auf und meinte knapp: »Ich bringe meinen Ehemann jetzt besser in unsere Unterkunft. Eine warme Brühe und eine Tasse Tee werden sicher wahre Wunder wirken.«

Kein Wunder der Welt konnte Gilbert Hochstetter jetzt noch retten. Sie alle wussten es. Doch niemand sprach es aus.

Robert ergriff Carolines Hand und verbeugte sich formvollendet. »Wenn ich dir irgendwie behilflich sein kann …«

»Das warst du bereits. Gute Nacht, Mr. Langford.« Caroline entzog ihm ihre Hand und meinte dann sehr viel sanfter: »Gute Nacht, Tess.«

Robert hätte in seinem rosaroten Morgenmantel eigentlich eine absurde Figur abgeben sollen, doch das tat er nicht. Stattdessen führte sein Gesichtsausdruck dazu, dass Tess sich die Fingernägel in die Handflächen grub. Es war die Art von Trauer, die Türme zum Einstürzen brachte und ganze Königreiche ins Verderben stürzte.

Doch alles, was er sagte, war: »Gute Nacht, Mrs. Hochstetter.«

Tess wollte die beiden schütteln und sie zueinanderschieben. Sollte man in einem solchen Elend nicht jeden Trost annehmen, der sich einem eröffnete? Sie hatten doch einander. Wie konnten sie das ausgerechnet jetzt einfach so fortwerfen?

Sie ertrug es einfach nicht. Also wandte sie sich ab und meinte entschlossen: »Ich muss jetzt gehen. Ich muss Ginny finden.«

Doch Robert streckte die Hand aus und hielt sie zurück. »Tess, es ist beinahe Mitternacht.«

Tess stieß ein Lachen aus, das nur ein klein wenig hysterisch klang. »Wo soll ich denn sonst hin?«

»Na ja, da gibt es so einiges«, erwiderte Robert wütend, aber mit unverkennbarer Zuneigung. Es war, als würde die Tatsache, dass er Tess zurechtweisen konnte, die Spannung in ihm lösen und seinen Schmerz lindern. »Seien Sie nicht so dumm. Lassen Sie zu, dass die freundlichen Leute hier eine Bleibe für Sie suchen. Schlafen Sie ein wenig. Morgen ist immer noch genug Zeit.«

»Aber was ist, wenn …« Die Worte kamen ihr nicht über die Lippen. Was, wenn Ginny verletzt war und unter Schmerzen litt? Was, wenn sie nur noch wenige Stunden zu leben hatte wie Gilbert Hochstetter? Tess konnte es nicht laut aussprechen. Sie schaffte es doch kaum, daran zu *denken*. »Ich muss sie finden.«

»Morgen früh.« Roberts Hände schlossen sich um ihre Oberarme. Stützten sie, hielten sie zurück. »Ich helfe Ihnen.«

Er hatte schon einmal nach Ginny gesucht – oder es zumindest vorgehabt. Tess sah verärgert zu ihm hoch und klammerte sich an die Wut, denn Wut war immerhin besser als Tränen. »Weil Sie wollen, dass sie gerecht bestraft wird?«

»Was bedeutet Gerechtigkeit jetzt noch? Nein. Weil sie Ihre Schwester ist. Und weil ich weiß, wie es ist, wenn man jemanden verliert, weil er …« Robert brach ab, aber nicht schnell genug.

»Sie glauben, dass sie tot ist«, erklärte Tess anklagend. »Oder nicht?«

Ginny hatte keine Schwimmweste gehabt. Und das Gewicht der Pelze und Juwelen …

Robert rieb sich die Augen. »Ich glaube gar nichts. Dafür bin ich viel zu müde. Und Sie sind es auch. Rühren Sie sich nicht vom Fleck, ich bin gleich zurück.«

Sie sollte sich nicht vom Fleck rühren? Was war sie? Sein Schoßhund? Tess versuchte, Entrüstung aufzubringen. Alles war besser als die Trauer und die Angst.

Aus dem Augenwinkel sah sie, wie Caroline Hochstetter den Männern Anweisungen gab, Gilberts Trage ins Hotel zu bringen. Caroline griff nach ihrem Arm, als Tess an ihr vorbeikam. »Brauchen Sie etwas? Eine Unterkunft? … Geld?«

»Nur meine Schwester«, erwiderte Tess halb im Scherz, doch der misslang ihr gewaltig. »Danke«, fügte sie eilig hinzu.

»Nein«, erwiderte Caroline. »Ich danke *Ihnen*. Und denken

Sie immer daran, was ich zu Ihnen gesagt habe. Er wird jemanden brauchen.«

Sie nickte zum Abschied und war verschwunden, bevor Tess entschieden hatte, ob sie gerührt oder verletzt sein sollte.

Doch im Grunde blieb für beides keine Zeit. Die behelfsmäßige Krankenstation war voller Patienten. Einige hatten sich bloß ein paar Knochen gebrochen, andere waren schrecklich grau im Gesicht. Tess bahnte sich einen Weg durch die Bahren und suchte nach Ginny, obwohl sie nicht wusste, ob sie nach dunklen oder blonden Haaren Ausschau halten sollte. Vielleicht hatte das Meer die Farbe ausgeschwemmt.

»Haben Sie meine Schwester gesehen?«

Doch alle schüttelten bloß den Kopf.

Bis sich schließlich eine Hand um ihre Schulter schloss und sie vor Schreck zusammenzuckte. »Sagte ich nicht, dass Sie sich nicht von der Stelle rühren sollen?«

»Ich bin kein Whippet.«

Robert beschloss, sie einfach zu ignorieren. Er deutete auf die füllige Frau hinter ihm. »Das ist Mrs. O'Malley, eine Apothekergattin. Sie lässt Sie in ihrem Extrazimmer schlafen und wird Ihnen etwas zum Anziehen besorgen.«

Tess hob das Kinn und gab eine einwandfreie Imitation von Caroline Hochstetter zum Besten. »Was stimmt denn nicht mit meinen Sachen? Das hier ist das Exklusivste, was Gimbels zu bieten hat.«

»Aber Mr. Gimbel hatte wohl kaum die vielen Salzflecken im Sinn, als er das Kleid entwarf«, erwiderte Robert trocken. »Los jetzt. Mrs. O'Malley wird sich um Sie kümmern.«

Aber nicht umsonst, da war Tess sich sicher. Sie hatte kein Geld und auch keine Möglichkeit, irgendwo welches aufzutreiben. Ihr gesamter Besitz war mit dem Schiff untergegangen. »Robert ... das kann ich nicht annehmen.«

»Wenn ich einen rosaroten Morgenmantel annehmen

kann …«, erwiderte er, doch als er ihr ins Gesicht sah, war sämtliche Leichtigkeit dahin. »In Zeiten wie diesen nimmt man jedes gut gemeinte Angebot dankend an.«

Seien Sie gut zu ihm, hatte Caroline Hochstetter gemeint. *Er wird jemanden brauchen.*

Trotzdem fiel es Tess schwer, einfach so nachzugeben. »Aber ich habe kein Geld …«

»Tess«, meinte Robert. »Wenn Sie sich weiterhin wehren, werfe ich Sie eigenhändig in den Atlantik zurück.«

»Na ja, wenn das so ist …« Tess wandte sich zu der älteren Frau um und fühlte sich wie ein Schulmädchen. »Danke, Mrs. O'Malley.«

Die Frau schnalzte mit der Zunge. »Sie brauchen mir nicht zu danken! Nach allem, was Sie durchgemacht haben. Kommen Sie, Schätzchen.«

»Ich habe es vorhin übrigens ernst gemeint«, erklärte Robert. »Dass ich Ihnen bei der Suche helfe, meine ich.«

»Sie müssen nicht …«

»Ich hole Sie um neun Uhr ab«, unterbrach Robert sie und eilte davon, bevor Tess etwas erwidern konnte.

Tess verließ Mrs. O'Malleys Haus um acht. Sie trug ein Kleid, das vermutlich der Mutter ihrer Vermieterin gehört hatte und das stark nach Kampfer roch, worüber Tess nach ein paar Stunden allerdings sehr froh war. Der medizinische Duft überdeckte wenigstens andere, weniger angenehme Gerüche.

Robert fand sie zu Mittag, als die Kirchturmuhr gerade zur zwölften Stunde schlug. Der Stadtsaal war zu einer notdürftigen Leichenhalle umfunktioniert worden, in der die Toten nebeneinander in endlosen Reihen auf dem Boden lagen. Überlebende und Familienmitglieder wanderten leise von Leiche zu Leiche, hoben die Laken und suchten nach Angehörigen. Sich bücken und wieder aufrichten. Sich bücken und wieder aufrichten. Die Gesichter verschmolzen miteinander. Männer, Frauen, Kinder. Eine Mutter mit ihrem Kind im Arm. Aber keine Ginny. Noch nicht.

Tess ließ das letzte Laken so vorsichtig wie möglich sinken und richtete sich mühsam auf. Ihr Körper schmerzte noch immer. Als sie aufgewacht war, war sie mit blauen Flecken übersät gewesen. Doch es war die kalte Verzweiflung, die den Raum erfüllte, die ihre Bewegungen und auch ihren Verstand bremste. Sie schwankte, und plötzlich umschloss eine starke Hand ihren Arm und hielt sie fest.

»Tess«, sagte Robert. »Was machen Sie hier?«

»Was glauben Sie denn?« Tess räusperte sich, aber ihre Stimme klang trotzdem heiser. »Ich habe es in allen Hotels versucht. Und am Bahnhof.«

Im Bahnhof hatten sich die Überlebenden gedrängt, die einfach nur aus der Stadt fliehen wollten. Tess hatte nach ihrer Schwester gesucht und dabei sowohl nach einem blonden als auch nach einem dunklen Haarschopf Ausschau gehalten, doch sie hatte Ginny weder im Fahrkartenbüro noch im Bahnhof selbst und auch nicht am Bahnsteig gesehen.

Robert drückte sanft ihren Ellbogen, und sie ließ sich ohne Widerstand aus dem Saal führen. »Sie bringen immer noch Überlebende an Land.«

Tess sah zu ihm hoch und musste im hellen Sonnenlicht blinzeln. »Ich war unten an den Anlegestellen, Robert. Ich *weiß*, was sie an Land bringen.«

Leichen, die bereits zu verwesen begannen.

Die Leichen der Passagiere der ersten Klasse wurden von den anderen getrennt und einbalsamiert, damit sie zurück zu ihren Familien in Amerika gebracht und dort bestattet werden konnten. Tess hatte Margery Schuyler unter ihnen entdeckt, die ebenfalls für die lange Reise nach New York vorbereitet wurde. Margery, die ihren Teil zu den Ereignissen beigetragen hatte. Und wofür? Für den Traum von einer besseren Welt? Oder ein wenig Macht?

Tess hatte das Gefühl, dass sie Margerys Tod mit einer gewissen Genugtuung erfüllen sollte, aber das tat er nicht. Nicht, solange sie Ginny nicht gefunden hatte.

Robert ging neben ihr her, als wären sie ein Paar, das einen gemeinsamen Spaziergang unternahm. Einen Spaziergang durch eine Stadt voller Leichen. »Vielleicht haben Sie sie verpasst. Es könnte doch sein, dass sie mittlerweile bereits im Zug nach London sitzt. Oder auf halbem Weg nach Deutschland ist.«

»Sie wäre nicht ohne mich fortgefahren.«

»Nicht?« Robert sah auf sie hinab, und Tess wandte den Blick als Erste ab.

»Ich weiß es nicht«, gab sie zu. *Wir sehen uns auf der anderen Seite*, hatte Ginny gesagt. »Ich glaube es nicht, aber ich … ich weiß es nicht genau.«

Sie ließen den Hafen und den verstörenden Anblick des offenen Meeres hinter sich und gingen eine der schmalen, hügeligen Straßen entlang.

»Es gibt da gewisse Geschichten«, erklärte Robert im lockeren Plauderton. »Darüber, dass Überlebende weit entfernt vom Schiffswrack an Land gespült wurden. Als zu Zeiten Queen Elizabeths I Schiffe der spanischen Armada hier an der Küste zerschellten, fand sich in vielen kleinen Dörfern ein zerlumpter Spanier, der dort heimisch geworden war. Daher haben auch so viele Iren dunkle Haare.«

Tess zog die Nase kraus. »Das klingt eher wie ein Märchen. Sie glauben das doch nicht wirklich, oder?«

»Es sind schon seltsamere Dinge passiert.« Sie blieben im Schatten der Kathedrale stehen. Der Turm war von einem Baugerüst umgeben, doch heute arbeitete hier niemand. Alle Männer, die nicht anderswo gebraucht wurden, waren unten im Hafen.

Robert sah auf Tess hinunter, und sein Gesicht wirkte plötzlich ernst. »Als Jamie damals starb, weigerte ich mich, es zu glauben. Ich stellte mir vor, dass er sich an ein Stück Treibholz geklammert hatte und an einem weit entfernten Strand in einem seltsamen Land angespült worden war, um sich anschließend bis nach Hause durchzuschlagen. Ich dachte ... ich dachte, wenn ich nur lange genug warte, würde er eines Tages wiederkommen. Ich wehrte mich wie ein Besessener, als sie mich im Herbst wieder ins Internat schicken wollten. Unsere Haushälterin sagt, ich hätte wie wild um mich geschlagen und gekratzt.«

Tess lehnte einen Moment lang den Kopf an seinen Oberarm und verspürte tiefstes Mitleid mit dem Jungen, der er einst gewesen war. »Hat es funktioniert?«

»Nein.« Er wandte sich ab, dann meinte er plötzlich. »Ich habe heute Nachricht von zu Hause erhalten.«

Sein Gesicht schien genauso aus Stein gemeißelt wie die Fassade der Kathedrale. »Keine gute, nehme ich an?«

Robert stieß ein trockenes Lachen aus. »Das kommt darauf an, wen Sie fragen.« Er presste die Lippen aufeinander, und Tess wartete geduldig, obwohl sie ihm am liebsten eine Frage nach der anderen gestellt hätte. »Mein Vater ist tot.«

Tess wusste nicht, was sie sagen sollte. Die helle Frühlingssonne erschien ihr wie ein Hohn. »Robert ... es tut mir so leid.«

»Ja, mir auch«, erwiderte er ausdruckslos. »Er hat sich umgebracht, als er von dem Untergang erfuhr.«

»Himmel, Arsch und Zwirn«, rief Tess und spürte im nächsten Augenblick, wie ihre Wangen zu glühen begannen. »Ich meine ... *Ach du meine Güte.*«

»Ich denke, das Erste trifft es ganz gut«, erklärte Robert, der die Hände hinter dem Rücken verschränkt hatte und genauso erstarrt schien wie die Heiligen zu beiden Seiten der Kathedrale.

»Er hat wohl gedacht, er hätte beide Söhne an das Meer verloren«, meinte Tess sanft. Sie dachte an ihren eigenen Vater, der Ginny und sie in seinen rührseligen Momenten fest in die Arme geschlossen und ihnen erklärt hatte, dass er sie nicht auch noch verlieren wollte. Um ihnen gleich im Anschluss eine selbstgebraute Medizin einzuflößen, die sie angeblich unsterblich machen würde. Aber er hatte es immer nur aus Liebe getan. Aus Liebe und aus Angst, sie zu verlieren.

»Der Gedanke, dass er Sie auch verloren hat ...«

Robert schnaubte, und bei jedem anderen hätte Tess es für ein Schluchzen gehalten. »Er hat es nicht getan, weil er glaubte, mich verloren zu haben. Es war vielmehr ...«

»Was?«

Robert sah auf sie hinunter. Der Blick trüb, die Haut um seine Lippen kalkweiß. »Es schadet nichts, wenn ich es Ihnen erzähle, nicht wahr? Er ist tot.«

»Wenn Sie mir *was* erzählen?«

»Dass Sie nicht die Einzige mit einem Verräter in der Familie sind.« Robert setzte sich wieder in Bewegung, als wollte er sich selbst entkommen, und seine Stiefel wirbelten den Staub der Baustelle auf.

»Aber ich dachte ...« Tess eilte hustend hinter ihm her.

»Was? Dass er John Bull wäre, dessen Brüllen sogar den britischen Löwen übertönt? Natürlich war er mit Leib und Seele Engländer, aber ...« Robert legte sich die Finger an die Schläfen. Er drehte sich zu Tess herum und meinte rundheraus: »Mein Vater liebte einen anderen Mann. Ich weiß nicht, wie ihr Amerikaner solche Dinge handhabt, aber bei uns zu Hause ... es hätte ihn ruiniert. Und als er sich zwischen seinem guten Ruf und seinem Vaterland entscheiden musste ...«

»Er wurde also erpresst?«

»Ich weiß es nicht mit Sicherheit, und vielleicht werde ich es nie erfahren. Aber ... warum wäre mein Vater sonst so versessen darauf gewesen, dass ich nicht an Bord dieses verdammten Schiffes gehe? Die Telegramme, die er mir geschickt hat – er wusste etwas. Etwas, das er nicht hätte wissen sollen.«

Tess starrte ihn entsetzt an, als ihr plötzlich einiges klar wurde. »Meine Schwester meinte …«

»Ja?« Robert fuhr herum.

»Ich kann mich nicht mehr ganz genau erinnern, aber es ging um Ihren Vater. Und darum, dass Sie sich nicht einmal mehr selbst helfen könnten.«

Robert stieß ein bitteres Lachen aus. »Wie wahr. Ich konnte mir tatsächlich nicht einmal selbst helfen. Und ihm auch nicht. Verdammt noch mal, Tess, wenn er mir bloß davon erzählt hätte …«

Tess trat ohne nachzudenken näher an ihn heran, schlang die Arme um seine Mitte und legte den Kopf auf seine Brust. »Es war nicht Ihre Schuld«, erklärte sie bestimmt. »Man kann niemandem helfen, der es nicht zulässt.«

»Aber ich war nicht da. Ich bin fortgelaufen, Tess. Ich war jahrelang auf der Flucht. Ich war nicht da … Und jetzt sind da all diese Menschen. All diese Menschen, die gestorben sind …« Er lag zitternd in ihren Armen, und Tess' Scheitel fühlte sich verräterisch feucht an. »Was, wenn ich geblieben wäre, Tess? Was, wenn ich es hätte verhindern können?«

»Nein.« Tess löste sich von ihm. Sie sah ihm in die Augen und ließ nicht zu, dass er den Blick abwandte. »Glauben Sie wirklich, irgendjemand hätte es verhindern können? Sie wissen doch gar nicht mit Sicherheit, ob Ihr Vater etwas damit zu tun hatte. Und selbst wenn … Sie sind nicht Ihr Vater, Robert! Nichts davon ist Ihre Schuld. Und ich werde nicht erlauben, dass Sie die Schuld auf sich nehmen.«

»Mein Gott, Tess«, meinte Robert mit erstickter Stimme. »Hat Ihnen schon einmal jemand gesagt, dass Sie verdammt furchteinflößend sein können? Sie bräuchten nur einen

Streitwagen und ein blau geschminktes Gesicht, und Sie könnten ganze Königreiche erobern.«

»Wechseln Sie jetzt ja nicht das Thema«, tadelte Tess ihn und stieß ihm den Zeigefinger in die Brust. »Sie werden sich nicht aus schlechtem Gewissen zu Tode trinken. Das verbiete ich Ihnen!«

»*Sie* verbieten es mir?« Robert hob eine Augenbraue, dann zuckte er mit den Schultern. »Mein Flachmann ist mit dem Schiff untergegangen.«

»Na dann hatte die Sache wenigstens etwas Gutes«, murmelte Tess.

»Etwas Gutes?«, fragte Robert. Er hielt Tess den Arm hin, und sie hakte sich bei ihm unter. Sie gingen nebeneinander her, und ihre Schatten verschmolzen zu einem Ganzen. »Ich dachte, Sie mochten meinen Whisky.«

»Aber Sie mag ich mehr«, erwiderte Tess. Sie hatte nicht vorgehabt, es ihm zu sagen, aber nachdem es nun schon mal geschehen war, würde sie sich auch sonst nicht zurückhalten. Sie sah zu ihm hoch und hätte sich einen Hut gewünscht, um ihr Gesicht im Schatten der Krempe zu verstecken. »Versprechen Sie es mir, Robert! Versprechen Sie mir, dass es Sie nicht umbringt. Wenn schon nicht um meinetwillen – dann um ihretwillen.«

Sein Adamsapfel hüpfte auf und ab, dann meinte er: »Gilbert Hochstetter hat es nicht geschafft. Er ist gestern Nacht gestorben.«

»Haben Sie mit ihr gesprochen?«, fragte Tess.

»Nein. Der Page im Hotel hat es mir gesagt.« Robert hielt den Blick geradeaus gerichtet. »Sie bringt ihn nach New York, um ihn dort zu begraben.«

Tess ging weiter neben ihm her. Sie sah ihn nicht an, doch sie spürte trotzdem jede seiner Regungen. »Wann?«

»Am Montag. Sie fährt mit dem Nachmittagszug. Und am

nächsten Tag von Liverpool aus mit dem Schiff nach Amerika.«

»Haben Sie darüber nachgedacht, auch eine Fahrkarte ...«, begann Tess, doch Robert unterbrach sie.

»Wollten wir nicht nach Ihrer Schwester Ausschau halten? Ich würde vorschlagen, wir versuchen es noch einmal mit den Hotels. Vielleicht haben Sie eines übersehen.«

Aus Samstag wurde Sonntag, und noch immer wurden Leichen auf Bahren in die Stadt getragen. Und Tess sah sie alle, während sie mit Robert von einer Leichenhalle zur nächsten wanderte. Es gab mittlerweile viele Geschichten, die Mut machten. Geschichten von Überlebenden, die an einen weit entfernten Strand angeschwemmt worden waren und Fischer zu Tode erschreckt hatten. Und manche waren sogar wahr. Doch auf jede Geschichte eines wundersamen Überlebenden kamen hundert weitere Leichen unter weißen Laken, manche von ihnen so übel zugerichtet, dass sie kaum zu erkennen waren.

Aber Ginny war nicht darunter. Zumindest sah ihr keine der Toten ähnlich.

Tess war klar, dass sie nicht für immer in der Stadt bleiben und sich auf Robert verlassen konnte. Es gab Dinge, um die er sich kümmern musste. Die Telegramme kamen in regelmäßigen Abständen. Er musste die Beerdigung seines Vaters ausrichten.

Und Caroline Hochstetter würde am Montag abreisen.

Am Sonntagabend lieh sich Tess zwei Blatt Papier von Mrs. O'Malley und zog sich in ihr Zimmer zurück, für das Robert bezahlte.

Triff mich am Kai. R.
Triff mich am Kai. C.

Es war nicht gerade einfallsreich, aber mehr brachte Tess in so kurzer Zeit nicht zustande. Sie machte sich keine Gedanken wegen der Handschriften. Es wurde Zeit, dass ihr Talent einmal einem guten Zweck diente.

Vielleicht ging sie damit sogar einen Handel mit Gott ein. So, wie sie es als Kind immer getan hatte, wenn sie eine Handvoll gestohlener Murmeln gegen ihre Mutter eintauschen wollte. Es hatte schon damals nicht funktioniert, aber alte Gewohnheiten legte man eben nur schwer ab.

Robert gegen Ginny.

Es herrschte eine gespenstische Ruhe in der Stadt, als Tess die Nachrichten am Montagmorgen im Hotel hinterlegte. Heute sollten die Opfer des Schiffsunglücks begraben werden. Nicht die Passagiere der ersten Klasse, die einbalsamiert nach Hause geschickt wurden – wo auch immer das war –, sondern die anderen. Leute wie Tess. Und wie Ginny.

In der ganzen Stadt waren die Fensterläden geschlossen, und aus den Schornsteinen der Fabriken stieg kein Rauch. Es war nur die Militärkapelle zu hören, die ein schwermütiges Lied spielte, das Tess bekannt vorkam.

Robert hätte gewusst, welches Stück das ist, dachte Tess, als sie sich der Trauerprozession anschloss. *Robert und Caroline.* Sie fragte sich, ob die beiden jetzt gerade zusammen waren. Sie konnten wieder Klavierduette miteinander spielen und sich von Neuem ineinander verlieben. Und das war genau das, was sie sich für ihn wünschte, nicht wahr? Sie versuchte, sich für die beiden zu freuen, doch die langsamen, schweren Schritte der Trauernden hallten in ihr wider, und der Tod und die Trauer umhüllten sie wie ein Mantel.

Es sind schon seltsamere Dinge passiert, hatte Robert gesagt, und Tess stellte sich vor, wie Ginny in einem kleinen irischen Dorf aus dem Meer stieg. Die Farbe war aus ihren Haaren verschwunden, ihre Finger immer noch mit Juwelen geschmückt.

Vielleicht hatte sie das Gedächtnis verloren. Vielleicht dachte sie, sie käme direkt aus dem Meer, wie eine Meerjungfrau.

Ein römisch-katholischer und ein anglikanischer Priester hielten eine Predigt, die Tess jedoch nicht hörte, und die Messdiener, die zu beiden Seiten des Massengrabes Aufstellung genommen hatten, schwenkten den Weihrauch. Jetzt würde es jeden Moment so weit sein, und Ginny würde aus der Menge heraustreten. Sie wäre wieder achtzehn, und ihre Haare wären in geflochtenen Zöpfen um ihren Kopf gedreht. Sie würde Tess am Arm nehmen und sie eilig in Richtung Bahnhof ziehen. Tess sah beinahe vor sich, wie Ginny mit einer alten Reisetasche über dem Arm durch den Weihrauchnebel auf sie zutrat. *Komm schon, Tennie! Lauf!* Und dann rannten sie und flohen in die nächste Stadt, die Polizei wie immer dicht auf den Fersen.

Sie liefen und liefen, den ganzen Weg über den Atlantik.

Trommeln dröhnten, und der Weihrauch trieb in Nebelschwaden an Tess vorbei, doch Ginny blieb verschwunden.

»Abide with me; fast falls the eventide. The darkness deepens; Lord with me abide. – Bleib bei mir, Herr! Der Abend bricht herein. Es kommt die Nacht, die Finsternis fällt ein.«

Der Gesang schwoll an, und die Seemänner ließen die schmucklosen Särge langsam nacheinander ins Grab, als Tess mit einem Mal zu schluchzen begann. Es war ein lautes, schreckliches Geräusch, das tief aus ihrem Inneren drang, doch es spielte keine Rolle, denn niemand hörte sie. Sie war bloß eine von vielen, die sich im Gesang und ihren Tränen verlor. Sie weinte um die Schwester in ihrer Erinnerung. Um die Schwester, die sie in ihren Armen gehalten und ihr deutsche Lieder vorgesungen hatte. Um die Schwester, die ihr beigebracht hatte, Murmeln zu stehlen und beim Kartenspielen immer zu gewinnen. Um die Schwester, die ihr genauso oft aufgeholfen hatte, wie sie sie niedergemacht hatte. Um die

Schwester, die sie so sehr geliebt hatte, wie es ihr nur möglich gewesen war.

Um die Schwester, die nun vielleicht als namenlose Tote in diesem Grab lag. Die auf dem Meeresgrund ihre letzte Ruhe gefunden hatte. Oder die mitsamt dem gestohlenen Schmuck an einer weitentfernten Küste an Land geschwemmt worden war.

Um die Schwester, die niemals wieder zu ihr zurückkommen würde.

Hatte sich ihr Vater damals genauso gefühlt? Hatte er deshalb immer wieder versucht, ein magisches Elixier zu brauen, mit dem er ihre Mutter wieder zum Leben erwecken konnte? War er ständig durchs Leben gerannt, weil er gehofft hatte, irgendwann wiederzufinden, was er zurückgelassen hatte?

Mehrere Salutschüsse hallten über das Grab, und Tess spürte die Vibration tief im Innern, als würde sie sich auflösen und zu Staub zerfallen.

»Tess.« Robert schlang einen Arm um sie und führte sie fort. Fort von den anderen Trauernden und den Schüssen und dem Staub.

»Gehen Sie weg«, fauchte Tess, aber er tat es nicht. Er würde es niemals tun. Er hielt sie bloß fest, während sie weinte, bis seine nagelneue Jacke vollkommen durchnässt war.

Lange Zeit später, als die Salutschüsse verstummt, die Trauernden gegangen und ihre Tränen versiegt waren, sodass sie sich nur noch leer und erschöpft fühlte, sagte sie: »Jetzt ist es wirklich vorbei, nicht wahr? Sie ist fort. Wie Ihr Bruder.«

Roberts Kinn ruhte auf ihrem Scheitel. »Ich könnte jetzt irgendetwas Kitschiges sagen. Wie zum Beispiel, dass sie bei uns sein werden, solange wir uns an sie erinnern. Und vielleicht stimmt es sogar.«

»Vielleicht würde ich Ihnen aber auch eine dafür verpassen.« Doch seine Plattitüden waren nicht das einzige Problem.

Tess wischte sich mit der Hand über die Nase und versuchte vergeblich, sich von ihm zu befreien. »Sie sollten nicht hier sein. Sie sollten bei …«

»Das war ich auch. Aber jetzt bin ich hier. Bei dir.«

»Aber …«

»Tess. Hör auf. Ich begleite dich zurück in die Stadt.« Er führte sie wie eine gebrechliche alte Frau und stützte sie den ganzen langen Weg vom Friedhof zurück nach Queenstown.

Tess wollte sich losmachen. »Aber was ist mit Car…«

»Als sie mir Lebewohl sagte, meinte sie es auch so«, erwiderte Robert, bevor er mit sanfterer Stimme fortfuhr: »Und sie hatte recht. Wir können nicht zusammen sein. Nicht nach alldem.«

»Aber warum denn nicht?« Tess war bewusst, dass es absurd war, sich so für ihre Konkurrentin einzusetzen, aber im Grunde war genau das das Problem. Sie waren nie Konkurrentinnen gewesen. Es hatte immer nur Caroline gegeben. Und irgendjemand musste glücklich aus dieser Sache herauskommen. Es war eine selbstlose Entscheidung – eine wirklich gute Tat als Wiedergutmachung für all ihre Sünden. »Es gibt keinen Ehemann mehr, mit dem Sie konkurrieren müssen. Und Sie brauchen sich keine Gedanken über Scheidung oder einen möglichen Skandal machen …«

»Aber ich will mein Bett nicht mit einem Geist teilen«, gestand Robert rundheraus.

Tess sah ihn entsetzt an.

Robert wirkte ein wenig verlegen, machte aber keinen Rückzieher. »Du hast doch gesagt, dass ich dir gegenüber kein Blatt vor den Mund nehmen muss. Und du hast gesehen, wie sie ihn am Ende angesehen hat. Wenn er noch am Leben wäre … Wenn er noch am Leben wäre, gäbe es vielleicht einen fairen Wettkampf. Aber so habe ich absolut keine Chance.« Er grinste schief. »Und ehrlich gesagt bin ich mir nicht sicher, ob ich überhaupt jemals eine Chance hatte. Aus welchem Grund auch immer, sie liebte den Mistk… Sie liebte ihn wirklich.«

»Wenn Sie mich fragen, liebt sie Sie genauso. Auf ihre eigene Art.«

»Auf ihre eigene Art?« Robert grinste schief. »Das ist meine Tess. Nur nicht zu rührselig werden.«

»Ich meinte damit nicht, dass … ach, vergessen Sie's! Werden Sie jetzt nach Hause zurückkehren?«

»Ich schätze, das muss ich wohl. Es gibt gewisse Dinge zu regeln, Geheimnisse zu bewahren.«

Tess hätte ihm am liebsten gestanden, dass sie ihn vermissen würde, aber sie brachte es nicht über die Lippen. Sie rang sich ein Lächeln ab. »Na ja, immerhin haben Sie es nach all den Jahren geschafft. Und die Verzögerungen waren kaum der Rede wert.«

Robert erwiderte das Lächeln nicht. Stattdessen hielt er inne und meinte: »Kommst du mit mir?«

»Zurück in die Stadt?«

»Nach Devon.« Er hob eine Augenbraue. »Immerhin hast du Familie dort.«

Er zog sie auf, und irgendwie schmerzte das mehr als all die Enthüllungen und Verluste. Sie ertrug es nicht, dass er mit ihr flirtete. Nicht, wenn das hier das letzte Mal war, dass sie ihm gegenüberstand. »Sie wissen doch, dass das bloß eine Lüge war.«

»Ja, ich weiß. Das hast du mir doch selbst gesagt.« Er legte einen Finger unter ihr Kinn und hob es sanft an. »Hat dir schon mal jemand gesagt, dass du eine überaus ehrliche Lügnerin bist, Tess Schaff?«

Sie war zu ehrlich, um so zu tun, als würde es sie nicht weiter kümmern, was er eben gesagt hatte. »Und wenn ich tatsächlich mitkomme?«, fragte sie. Sie wusste, dass er nur in ihre Augen sehen musste, um zu wissen, was sie fühlte – und sie hasste sich dafür. »Bekomme ich dann eine Anstellung in der Küche und darf Töpfe schrubben?«

»Nein, Cinderella«, erwiderte Robert wütend, aber mit unverkennbarer Zuneigung. »Ich meinte als meine Frau.«

»Das hier ist kein Märchen.« Und falls doch, war es auf jeden Fall eines der düsteren, grausamen Art. »Aus einer Magd wird niemals eine Prinzessin.«

»Willst du damit sagen, dass du mich nicht willst?«

»Was glaubst du denn?«, fragte Tess, stellte sich auf die Zehenspitzen und küsste ihn.

Er schmeckte nach Staub und Salzheringen, aber das war ihr egal. Das hier war Robert, der sie zurückküsste. Aus Verzweiflung, Trauer, Einsamkeit und wer weiß was noch. Seine Lippen pressten sich auf ihre Lippen, auf ihre Wangen, auf ihren Hals. Er küsste ihre Tränen fort, sodass sie sich selbst vergaß, bis ihnen jemand von der anderen Straßenseite aus etwas zurief und sie verlegen und verwirrt voneinander abließen.

Robert steckte die Hände in die Taschen und trat einen Schritt zurück. »Mein ursprüngliches Angebot gilt immer noch«, erklärte er heiser. »Ich kann dich meinen Bekannten bei der Zeitung vorstellen und dafür sorgen, dass sie dich als Karikaturistin einstellen. Mein Haus in Devon ist zwar ein ruhiger Ort, aber es gibt sehr viel zu malen. Und ich habe genug Geld, um einen Lehrer anzustellen.«

Tess wusste nicht, ob sie ihn noch einmal küssen oder ihm doch lieber eine Ohrfeige verpassen sollte. »Du musst mich nicht mit Ölbildern ködern.«

Robert sah sie an, und auf einmal war er nicht mehr der weltgewandte Lebemann, sondern einfach nur noch Robert. Der Mann, dessen Vater ihn nicht wollte und dessen große Liebe ihn für einen Geist verlassen hatte. »Sonst habe ich wohl kaum etwas zu bieten.«

Du hast dich selbst, wollte Tess erwidern, aber sie wusste, dass er ihr nicht glauben würde. Noch nicht. Nicht jetzt, wo der Schmerz der Zurückweisung so übermächtig war. Stattdessen fragte sie: »Warum ich, Robert? Warum jetzt? Ist es nur deshalb, weil du mir helfen willst? Denn ich habe dir doch schon gesagt, dass ich niemanden brauche, der mich rettet.«

»Nein, aber *ich* vielleicht. Vielleicht brauche ich jemanden, der mich rettet.« Er schluckte und meinte dann mit einigen Schwierigkeiten: »Wenn ich bei dir bin, scheinen die Schatten an den Wänden nicht so bedrohlich. Du verwandelst meine Dämonen in dummes Geschwätz. In Kobolde, mit denen man Kinder verschreckt. Ich ... ich bin mir nicht sicher, ob ich alleine gegen sie kämpfen kann.«

Ihr war klar, wie schwer ihm dieses Eingeständnis gefallen war.

Doch bevor sie etwas darauf erwidern konnte, fuhr er bereits fort. »Du kennst meine schlimmsten Geheimnisse – und die meiner Familie –, aber du bist trotzdem nicht schreiend davongerannt. Was sagst du dazu? Wirst du mich vor mir selbst retten?« Er warf ihr einen schnellen Blick zu. »Wenn du es nicht tust, erledigt es der Whisky.«

»Das ist Erpressung«, erwiderte Tess, um nicht sofort antworten zu müssen.

»Ich meine es ernst, Tess. Nicht die Sache mit dem Whisky, aber den Rest. Wäre es denn so schlimm, mich zu heiraten?«

Ganz im Gegenteil, und das machte es ja so schwer. »Ich habe mich immer schon gefragt, wie es wäre, eine echte Dame zu sein«, erklärte Tess heiser.

Robert beugte sich zu ihr und murmelte. »Aber verändere dich nicht zu sehr. Ich mag dich so, wie du bist.«

Das war zwar keine wirkliche Liebeserklärung, aber ... Tess erschauderte, als er etwas Interessantes und ziemlich Unanständiges mit ihrem Ohr anstellte. Er liebte sie vielleicht nicht, aber er brauchte sie. Und das war genug. Es konnte genug sein.

Ein wenig atemlos meinte sie: »Ich bin ein ungeschliffener Diamant.«

»Nein, du bist kein langweiliger Diamant«, erwiderte Robert. »Eher ein Rubin.«

Tess sah Caroline Hochstetters Rubine an Ginnys Hals vor sich, die sie langsam unter Wasser zogen. Die Rubine in Carolines Ohren, als sie im Salon Klavier gespielt hatte. Mittlerweile gab es dort nur noch Konzerte für die Toten.

»Nein, kein Rubin«, widersprach Tess eilig. »Ich konnte Rubine noch nie leiden.«

»Dann ist es ja gut, dass ich keine besitze«, erklärte Robert, legte ihr die Hände auf die Schultern und sah mit sanftem Blick auf sie hinunter. »Aber ich kann dir ein paar ziemlich hübsche Perlen anbieten, die früher meiner Mutter gehörten. Und ich glaube, in irgendeinem Tresor befindet sich noch eine verstaubte Tiara. Früher gab es auch einen Whippet mit Verdauungsstörungen – aber er ist leider an Altersschwäche gestorben, kurz bevor ich nach New York ging.«

»Solange du deine Ehefrau nicht mit einem Whippet verwechselst.«

»Sei nicht albern. Das dort ist ein Whippet.« Er deutete auf einen Hund, der sie von der anderen Straßenseite aus beobachtete. Er war nur noch Haut und Knochen und schien bloß aus Beinen und einem sehr kleinen Kopf zu bestehen. »Hallo, du. Wem gehörst du denn?«

Der Whippet ignorierte Robert. Stattdessen lief er direkt auf Tess zu und schob den Kopf unter ihre Hand. »Er sieht hungrig aus, und ich sehe kein Halsband. Glaubst du, er wurde ausgesetzt?«

»Noch ein Überlebender«, meinte Robert. »Sollen wir ihm etwas zu essen besorgen?«

»Wenn du ihn fütterst, wirst du ihn womöglich nie mehr los.«

»Im Langford House gab es schon immer Whippets.«

»Ich hatte noch nie einen Hund. Wir sind nie lange genug an einem Ort geblieben.« Tess ließ ihre Hand vorsichtig über den Rücken des Hundes gleiten. Sie genoss das Gefühl der Muskeln unter der Haut und die Art, wie er sich immer näher an sie heranschob. »Seine Farbe erinnert mich an Walnüsse.«

»*Walnut*«, sagte Robert nickend. »Das ist ein guter Name für einen Whippet.«

Der Hund setzte sich und stieß ein kurzes, zustimmendes Bellen aus.

Tess' Blick wanderte von dem Hund zu Robert. Sie hatte noch nie einen Hund gehabt, und auch kein richtiges Zuhause. So, wie Robert es beschrieben hatte, erschien ihr Langford House sehr beständig. Und Walnut auch.

»Walnut, der Whippet«, erklärte Tess und sah lächelnd zu Robert hoch, während der Hund freudig mit dem Schwanz wedelte, und plötzlich stiegen ihr Tränen in die Augen, sodass der Hund und der Mann im hellen Sonnenlicht zu einer Einheit verschmolzen. »Sollen wir ihn mit nach Hause nehmen?«

Epilog

COBH, IRLAND
MAI 2015

Sarah

Auf dem schmalen Kiesstrand, der sich etwa einen Kilometer weiter östlich direkt unter den Klippen befindet, geht ein Mann mit seinem Hund spazieren. Zumindest glaube ich, dass es ein Mann ist. Bei diesem Wetter und der Entfernung ist es schwer zu sagen. Der Hund wirkt sportlich und fröhlich und ist vermutlich noch ziemlich jung. Obwohl der Wind in wütenden, regennassen Böen über die Küste fegt, tollt er achtlos zwischen den Steinen umher, während sein Herrchen mit Schirmmütze und Gummistiefeln über den Strand stapft. Bei dem Anblick des Mannes mit seinem Hund wird mein Herz schwer.

Ich richte den Blick wieder auf das graue Meer vor mir. Zu meiner Rechten stellt sich der *Old Head of Kinsale* tapfer den Fluten, und von meinem Standpunkt auf den Klippen sieht es beinahe so aus, als würde der Felssporn, der hinter dem geschützten Hafen in die Irische See ragt, nach etwas Ausschau halten.

Aber vermutlich bilde ich mir das nur ein, und ein Therapeut würde es wohl Projektion nennen, denn im Grunde halten wir doch alle nach etwas Ausschau, nicht wahr? Wir suchen vergeblich und mit unzerstörbarer, aber auch sinnloser Hoffnung nach etwas, das wir verloren haben.

Auf meinem Weg zurück in die Stadt wundere ich mich erneut, wie wenig sich Cobh – das ehemalige *Queenstown* – in den hundert Jahren verändert hat, seit Caroline Hochstetter und Robert Langford gemeinsam mit den anderen 765 Überlebenden der letzten Überfahrt der *Lusitania* hier an Land gingen. Unter ihnen auch die unbekannte Frau, die später Roberts Ehefrau werden sollte. An beinahe jeder Ecke entdecke ich Dinge, die mir von den alten Schwarz-Weiß-Fotografien vertraut sind, und mir stockt jedes Mal der Atem, wenn sie plötzlich in Farbe und direkt vor mir zum Leben erwachen. Die Stürme und Unruhen des zwanzigsten Jahrhunderts haben kaum Spuren an den Straßen und Häusern hinterlassen. Vielleicht sind sie einfach besonders stabil gebaut. Hier, an der irischen Küste, wo regelmäßig Stürme toben und Schiffe sinken und alles stumm ertragen wird, um schließlich zu Erinnerungen zu werden.

Erinnerungen, die mich tief bewegen. Wie jetzt zum Beispiel, während ich die steilen Straßen emporsteige und mich plötzlich vor dem *Imperial Hotel* wiederfinde, in dem Caroline Hochstetter ihre letzte Nacht in der Stadt verbracht hat, bevor sie mit der Leiche ihres Ehemannes nach New York zurückkehrte. Ein unheimliches Gefühl packt mich, als würden Zeit und Ort aufhören zu existieren, und dann stehe ich plötzlich neben ihr. Ich höre das Klappern der Hufe und das Rattern der Räder auf den Pflastersteinen, ich rieche den Kohlerauch und den Dung, die sich mit der salzigen Meeresluft mischen, und trage das Gewicht unendlicher Trauer auf den Schultern. Die Pflastersteine unter meinen Füßen scheinen die Erinnerung an diesen schrecklichen Tag in sich aufgesaugt und sie kalt, hart und unzerstörbar für immer konserviert zu haben.

Und dann geschieht noch etwas anderes, denn die Häuser hier erinnern mich an England. Ich bin seit zwei Jahren nicht mehr dort gewesen. Nicht, seit ich unter dem ausdruckslosen Blick von R2-D2 meinen Koffer gepackt und mir ein Uber gerufen habe, das mich zum Bahnhof in Totnes brachte, von wo aus ich mit dem Zug nach Heathrow fuhr.

Ich denke an John. An John Langford, den ich ebenfalls seit zwei Jahren nicht mehr gesehen habe.

Drei Stunden später stehe ich in dem bis auf den letzten Platz gefüllten Saal im ehemaligen Bürogebäude der Cunard-Reederei in Cobh, das mittlerweile zu einem *Lusitania*-Museum umgebaut wurde, und halte eine beseelte Rede vor fasziniertem Publikum. Und niemand im Saal hätte wohl gedacht, dass ich noch vor Kurzem auf den regennassen Klippen und vor der Fassade eines alten Hotels in Melancholie versank.

Ich betrachte meine Lesungen als Schauspiel, in dem ich die Rolle des überenthusiastischen Professors einnehme und wie verrückt über die Bühne springe, um meiner Leserschaft meine Begeisterung für das Thema zu vermitteln, sodass sie nachher praktisch gezwungen ist, das Buch zu kaufen. Natürlich nicht ohne meine schwungvolle Unterschrift. Meiner Meinung nach kommt ein signiertes Buch einem Kunstwerk gleich.

Wie immer wird meine Lesung auch heute von Bildern begleitet, die von meinem eleganten silbernen MacBook auf die Leinwand hinter mir projiziert werden. Im Moment prangt dort ein Porträt von Caroline Hochstetter Talmadge, und das Publikum schnappt angesichts ihrer Schönheit nach Luft. Das ist immer so. Natürlich ist dieses Bild, das zwei Jahre nach der Hochzeit mit ihrem ersten Mann entstand, besonders schmeichelhaft, aber es gibt im Grunde kein unvorteilhaftes Bild von ihr (und glauben Sie mir, ich habe sie alle gesehen). In der heutigen Zeit hätte sie wohl als Model Erfolg gehabt. Sie besaß diese Art Schönheit, die einfach aus jedem Blickwinkel atemberaubend ist. Es wäre wohl leicht gewesen, sie dafür zu hassen, doch sie selbst kümmerte ihre Schönheit kaum. Sie nutzte sie nie aus. Sie verschrieb ihr Leben nicht der Eitelkeit, sondern der Musik.

»Ich weiß, ich weiß«, erkläre ich nach einer kurzen Pause, um Carolines Anblick sacken zu lassen. »Sie ist einfach unglaublich. Damals war sie erst seit Kurzem verheiratet, aber sie strahlt auch hier bereits eine besondere Würde aus. Es ist verständlich, warum die Leute – und vor allem die Männer – so begeistert von ihr waren. Den Erzählungen nach hatte sie eine lange Liste von Verehrern, doch es gibt keinen Hinweis, dass sie einen von ihnen erhörte. Sie blieb Hamilton Talmadge die ganze Ehe über treu verbunden, genauso wie Gilbert Hochstetter vor ihm. Mit einer Ausnahme ...«

Ich rufe das nächste Bild auf.

»... und das war dieser Kerl hier. Ein gutaussehender Teufel, nicht wahr? Sie gaben ein hübsches Paar ab, und falls er Ihnen vielleicht bekannt vorkommt, dann vermutlich deshalb, weil Sie gerne Agentenkrimis lesen. Weiß jemand, wer das ist?« Ich lasse den Blick über die Menge schweifen, aber da ich auf einer ziemlich kleinen Bühne stehe und das Scheinwerferlicht mich blendet, kann ich keine Gesichter ausmachen. »Das hier ist Robert Langford.«

Überall im Publikum beginnen Leute zu murmeln, als sie ihn endlich wiedererkennen. Ich warte lächelnd, bis das Getuschel verebbt, greife nach meinem Wasserglas und nippe daran.

»Spross einer bekannten englischen Familie und Verfasser einiger der – meiner bescheidenen Meinung nach – besten Spionagekrimis der Welt. Falls Sie seine Bücher noch nicht kennen, kann ich sie Ihnen nur wärmstens empfehlen. *Nacht-*

zug nach Berlin ist der Hammer. Spione und Liebende. Ein Vater, der ein unaussprechliches Geheimnis verbirgt. Vielleicht haben Sie sogar den Film gesehen. Unter der Regie des legendäre Carroll Goring.«

Ich halte erneut inne und drehe mich zu Roberts Bild um. Die Ähnlichkeit mit John trifft mich jedes Mal bis ins Mark. Seltsamerweise ist sie mir damals in England nie wirklich aufgefallen, obwohl Roberts Porträt von der Wand des Lustschlosses auf mich hinabsah, seine Bilder auf den Buchumschlägen prangten und John als direkter Vergleich neben mir saß. Erst später führte der Anblick Robert Langfords jedes Mal dazu, dass mir der Atem stockte. Erst später erkannte ich, dass die Form seiner Augen, die Stellung seiner Augenbrauen und die Wölbung seiner Lippen aussahen wie bei John.

Aber natürlich hatte ich zu diesem Zeitpunkt nichts mehr, womit ich ihn hätte vergleichen können. Nichts, außer meinen Erinnerungen.

Ich wende mich wieder an das Publikum und lächle.

»Natürlich wissen wir nicht, was zwischen den beiden an Bord der *Lusitania* wirklich passiert ist. Wir haben nur einen Brief von Prunella Schuyler an ihren Stiefsohn in New York, der am 9. Mai 1915 hier in Cobh – dem damaligen Queenstown – abgeschickt wurde. Darin teilt sie ihm mit, dass sie das Unglück unbeschadet überlebt hat, und spricht auch von Gilbert Hochstetters Tod, wobei sie anmerkt, dass sowohl seine Witwe als auch Robert Langford vermutlich sehr zufrieden mit diesem Ausgang sein dürften. Aber das, meine Freunde, nennen wir in meinem Fachbereich ›Hörensagen‹, und es beweist absolut nichts. Das hier allerdings ...«

Ich projiziere das nächste Foto an die Wand. Es zeigt Mary Talmadge, und die Tatsache, dass es direkt auf das Foto von Robert Langford folgt, lässt das Publikum erneut nach Luft schnappen.

»Das hier ist Mary Talmadge«, erkläre ich. »Carolines einziges Kind. Sie wurde am 10. Februar 1916 in Savannah, Georgia, geboren, beinahe auf den Tag genau neun Monate nach dem Untergang der *Lusitania*. Ein Jahr später heiratete Caroline schließlich Hamilton Talmadge, einen Freund aus Kindertagen, der wie sie aus dem Süden stammte, ihre Liebe zur Musik teilte und ihr die Zuneigung und Sicherheit gab, die sie nach einem derartigen traumatischen Erlebnis dringend brauchte. Es war wohl keine besonders leidenschaftliche Ehe, aber sie war beständig und glücklich, da sie auf gemeinsamen Interessen und ehrlicher Freundschaft basierte. Hamilton adoptierte Carolines Tochter und wurde für die kleine Mary zu dem Vater, den sie niemals kennenlernen durfte. Als Mary schließlich erste Anzeichen ihres musikalischen Talents zeigte, gründete Caroline – mit Hamiltons Unterstützung – das renommierte Musikkonservatorium, das den Namen der Familie trägt.«

Ich werfe einen Blick auf das Foto von Mary, das ich auf dem Programmheft des Klavierkonzerts in der Carnegie Hall zum ersten Mal gesehen hatte. Doch ich verweile nicht lange, denn ich komme gleich zu einem wichtigen Punkt und möchte nicht den Schwung verlieren.

»Wir sind diese Woche hier zusammengekommen, um der *RMS Lusitania* zu gedenken, die vor genau hundert Jahren sank. Sie werden eine Menge über die Reise selbst und über die Munitionsladung hören, die sich vielleicht an Bord befand – oder vielleicht auch nicht –, und es wird in einigen Vorträgen um die Bedeutung der Katastrophe für den Ersten Weltkrieg gehen. Aber wir dürfen auch die menschliche Seite nicht außer Acht lassen. Die Menschen, deren Leben sich aufgrund der Tragödie von Grund auf veränderte. Caroline Hochstetter Talmadge war eine von ihnen, und das *Talmadge Konservatorium* – und alles, was es repräsentiert – ist eine direkte Folge dieser Verwandlung. Caroline Talmadge ist der Grund, warum

530

ich heute Nachmittag zu Ihnen spreche. Caroline Talmadge, die als neuer Mensch aus der Tragödie hervorgegangen ist und sich zu der vielleicht größten Kunstmäzenin des zwanzigsten Jahrhunderts entwickelt hat. Caroline Talmadge, die Hauptperson meiner neuen Biografie. *Carolines Musik: Geburt und Wiedergeburt im Fahrwasser der Lusitania.*«

Ich plane gerne genug Zeit für Fragen aus dem Publikum ein, und auch heute gibt es eine ganze Menge. Als ich das Buch vor einer Woche in Savannah zum ersten Mal der Öffentlichkeit präsentierte, wollten die Leser vor allem mehr über Carolines Jahre als Kunstmäzenin wissen. Über die ungewöhnlichen Methoden der musikalischen Erziehung, die sie bei Mary zum ersten Mal anwandte, und über das Konservatorium im Allgemeinen. Hier in Irland geht es natürlich vor allem um die *Lusitania.* Warum befanden sich Caroline und ihr Mann überhaupt auf dem Schiff? Hatte ich Beweise für eine Verschwörung gefunden? Und was war mit Robert Langford?

Ja, was war eigentlich mit Robert Langford?

Diese Frage beantworte ich wie immer mit äußerster Sorgfalt. »Robert war zweifelsohne ein faszinierender Mann, aber der Fokus dieses Buches liegt auf Caroline, und nicht auf ihm. Ich überlasse die Frage, ob er für den britischen Geheimdienst arbeitete oder womöglich von bestimmten Operationen wusste, absichtlich anderen Biografen. Ich sage nur so viel: Ich habe im Zuge meiner Recherchen absolut keine Hinweise darauf gefunden, dass Robert Langford sein Land in irgendeiner Weise verraten oder diese Möglichkeit auch nur in Betracht gezogen hat. Die vorliegenden Fakten deuten eher auf das Gegenteil hin. Aber ich fürchte, wir haben leider keine Zeit mehr, um …«

»Einen Moment.«

Die Stimme hallt von ganz hinten durch den Saal. Es ist

eine tiefe, männliche Stimme. Die Art, die alle innehalten und sich nach dem Sprecher umdrehen lässt.

Ich halte mir die Hand über die Augen, um das grelle Bühnenlicht abzuschirmen. Gegen das Adrenalin, das plötzlich durch meine Adern schießt, bin ich machtlos. »Sir? Es tut mir leid, aber wir sind bereits über der Zeit ...«

»Nur eine kurze Frage, wenn Sie erlauben.«

Der Mann ist aufgestanden, und obwohl ich sein Gesicht nicht erkennen kann, sind seine stattliche Größe und seine Silhouette unverwechselbar.

»Ich fürchte, sie muss wirklich sehr kurz sein.«

»Das ist sie. Ich bin nur neugierig, Miss Blake, woher die Idee stammt, ein Buch über Caroline Talmadge zu schreiben?«

Ich räuspere mich und greife nach meinem Glas. »Nun, das ist eine sehr interessante Frage, Mr. ...?«

»Langford«, erklärt er. »John Langford.«

Leises Gemurmel. Jemand schnappt nach Luft.

Doch John beachtet die Aufregung nicht weiter, sondern fährt fort: »Dann erwarte ich mir eine genauso interessante Antwort, Miss Blake. Und anschließend hätte ich noch eine weitere Frage, falls Sie noch Zeit dafür finden.«

Er lässt sich langsam auf seinen Stuhl sinken wie ein Mann, dessen Beine eigentlich zu lang für einen Platz in einer Stuhlreihe sind, und einen Moment lang erinnere ich mich daran, wie lang sie wirklich sind. Und wie schwer. Auf der Bühne ist es so warm, dass meine Wangen zu glühen beginnen – und natürlich sind nur die Scheinwerfer daran schuld.

»Ehrlich gesagt interessierte ich mich zu Beginn meiner Recherchen vor allem für die Familie Langford«, begann ich. »Es gab da nämlich eine Verbindung. Eine sehr tiefe und alte Verbindung. Mein Urgroßvater arbeitete als Steward auf dem Schiff und starb an jenem Nachmittag im Mai, und ich hoffte, mehr über sein Schicksal und seine Verbindung zu den Langfords herausfinden zu können. Leider gelang es mir nicht, das Vertrauen der Familie zu erlangen, und meine Recherchen bewegten sich danach in eine andere Richtung. Allerdings glaube ich, dass es letzten Endes eine positive Entwicklung war. Denn durch sie bin ich erst auf Caroline gestoßen. Und obwohl sie an Bord der *Lusitania* womöglich einige unvertretbare Entscheidungen traf – indem sie in einem Augenblick der Schwäche ihrem Herzen folgte –, stellte sie sich den Konsequenzen und überwand sie, um als – wie ich glaube – besserer Mensch daraus hervorzugehen. Das taten sie beide. So leidenschaftlich ihre Affäre auch war, sie sollte nicht von Dauer sein. Man könnte sagen, dass sie alleine besser funktionierten als zu zweit. Sie haben beide andere Partner geheiratet und ein glückliches, produktives Leben geführt.« Ich hole tief Luft und nehme noch einen Schluck Wasser. »Konnte ich die Frage zu Ihrer Zufriedenheit beantworten, Mr. Langford?«

Er steht erneut auf, und das Publikum schweigt so erwartungsvoll, dass ich sogar das Kratzen seiner Schuhe auf dem Holzboden höre.

»Zu meiner Zufriedenheit? Ich fürchte nicht, Miss Blake. Ich finde Ihre Argumente wenig überzeugend. Aber wir müssen dieses Thema wohl beiseitelassen, denn ich habe noch eine allerletzte Frage.«

»Und die wäre?«

»Würden Sie mir vielleicht die große Ehre erweisen, heute mit mir zu Abend zu essen, und mir gestatten, mich dafür zu entschuldigen, dass ich mich vor zwei Jahren wie ein vollkommener Arsch benommen habe?«

In den ersten sechs Monaten nach meiner Rückkehr aus England weigerte ich mich schlichtweg, auch nur einen Gedanken an John Langford zu verschwenden. Dabei war ich im Grunde gar nicht richtig wütend auf ihn. Immerhin konnte ich es ihm nicht verübeln, dass er verärgert gewesen war, sofort die falschen Schlüsse gezogen hatte und einfach aus dem Pub gestürmt war. Wir sind doch alle nur Menschen. Wir überreagieren, und wir sehen – bewusst oder unbewusst – nur das, was wir uns erwartet haben.

John Langford war mehr oder weniger von allen Menschen, die er jemals geliebt hatte, hinters Licht geführt worden. Vor allem von den Frauen in seinem Leben. Während ich so dämlich gewesen war, mich überhaupt mit Jared Holm zu treffen. Es war dämlich gewesen und vielleicht sogar falsch. Hätte ich an diesem Tag vernünftig reagiert, wäre ich John nach draußen gefolgt und hätte ihn gezwungen, mir zuzuhören. Ich hätte mich entschuldigt und ihm alles erklärt, und er wäre sich mit der Hand durch die Haare gefahren und hätte es verstanden. Und am Ende hätten wir uns versöhnt – vermutlich im Bett und zu unserer vollsten Zufriedenheit.

Aber irgendetwas hatte mich davon abgehalten. Ich redete mir ein, dass es mein Stolz war, aber das stimmte nicht. Im Nachhinein glaube ich, dass ich froh war, dass John mir einen Grund gegeben hatte, mich aus dem Staub zu machen und zurück zu meiner Mutter und in mein altes Leben zu fliehen. Zurück zu den altbekannten Sorgen und Neurosen, zu den alten Ausflüchten. Wo ich von niemandem abhängig war, außer von mir selbst. Wo mir kein Mann zu nahe kam, mich betrog, mich verließ und mich verletzte. Vielleicht war das Treffen mit Jared sogar eine Art Sabotage gewesen, und ich hatte – wenn auch unbewusst – ganz genau gewusst, was passieren würde.

Was auch immer es war, es hielt mich jedenfalls fest umklammert, und ich widmete meine Zeit stattdessen meinen Recherchen, meinem neuen Buch und meiner Mutter, deren Zustand sich rapide verschlechterte. Ich schickte John keine einzige E-Mail, keine betrunkenen Nachrichten, keine Social-Media-Kommentare auf seine offizielle Parlamentsseite.

Doch er war trotzdem immer bei mir. Ich fand ihn schließlich wieder, als meine Mutter zu Weihnachten den kleinen Anhänger mit ihrem Lieblingsfoto von uns beiden auspackte und meinte: *Was zur Hölle ist das denn?*, bevor sie ihn quer durchs Zimmer schleuderte. Ich riss mich natürlich zusammen, hob den Anhänger auf und legte ihn in eine Schublade, bevor ich sie zu Bett brachte und ihr noch ein Glas Wasser gab, doch draußen auf dem Flur brach ich schließlich zitternd und schluchzend in Tränen aus. Ich war vollkommen alleine, denn auch wenn jemand nicht Weihnachten feiert, nutzt er für gewöhnlich trotzdem die Feiertage, um zu Hause mit seiner Familie einen Truthahn oder vielleicht auch Chinesisch zu essen. Draußen war es bereits dunkel, im Flur war es kalt und roch nach Desinfektionsmittel, und ich war alleine. Da waren nur ich und mein zitternder Körper, der so stark bebte, dass etwas in mir brach. Es war eine Mauer, und hinter ihr stand John. Groß, schweigend, mit beruhigendem Blick. So, als hätte er sich in mein Innerstes eingebrannt.

Verzieh dich!, rief ich ihm zu. *Du kommst zu spät!*

Doch er weigerte sich fortzugehen, und irgendwann gewöhnte ich mich an ihn. Wir schlossen Frieden. Und es gab Zeiten, in denen ich mich nicht einmal mehr erinnern konnte, warum ich ihn nicht bei mir haben wollte.

John wartet auf mich, bis die Lesung vorbei ist. Es ist der richtige John aus Fleisch und Blut, der dort in der letzten Reihe sitzt, bis das letzte Buch signiert und der letzte Zuhörer gegangen ist. Der Verlag hat mir für die Lesereise eine Betreuerin zur Verfügung gestellt, die nun unsicher neben dem Signiertisch steht und deren Blick zwischen John und mir hin- und herwandert.

»Ist schon okay, Joana«, erkläre ich. »Ich finde nachher alleine ins Hotel zurück.«

Sie nimmt ihren Mantel und ihre Tasche und eilt zur Tür, die John bereits für sie aufhält. Ich packe meine Sachen zusammen – die Stifte, mein iPhone und die Lesezeichen – und stecke sie zusammen mit dem Laptop in meine Umhängetasche. Dann stehe ich langsam auf und halte mich dabei mit einer Hand an der Tischkante fest, für den Fall, dass meine Beine unter mir nachgeben. John lehnt mit verschränkten Armen an der Tür.

»Du hast vorhin etwas von einer Entschuldigung gesagt«, meine ich.

»Sarah, ich …«

»War nur ein Scherz. Ich bin diejenige, die sich entschuldigen muss. Du hast versucht, Kontakt aufzunehmen, aber ich habe dich geghosted und …«

»*Geghosted*? Nennt man das jetzt so?«

»Ich habe mir eingeredet, dass ich zusätzlich zu meinem eigenen Drama nicht auch noch mit deinem Drama klarkommen kann, und vielleicht wäre es wirklich so gewesen, aber in Wahrheit … in Wahrheit hatte ich einfach Angst. Du hast mir Angst gemacht.«

Er lässt die Arme sinken und macht einige Schritte auf mich zu. »Du mir auch. Du hast mir eine höllische Angst eingejagt, Blake, und es war dein gutes Recht, mich zu – wie war das noch mal? – zu *ghosten*, nachdem ich dich einfach so habe stehen lassen, als wärest du an allem schuld, ohne mir wenigstes auch deine Seite anzuhören.«

Er bleibt stehen, aber mittlerweile fällt das Licht auf ihn, und ich sehe endlich sein Gesicht. Es wirkt älter und abgeklärter, als ich es in Erinnerung habe. Die Falten um seine Augen und um den Mund sind weniger ausgeprägt, obwohl er immer noch so schlank ist wie eh und je – vielleicht sogar ein bisschen zu schlank –, und seine Haare sind ein wenig länger und fallen ihm in die Stirn.

Zwei Jahre. Ich weiß natürlich, was er inzwischen gemacht hat. Glauben Sie nicht, ich hätte ihn nicht gegoogelt, denn das habe ich natürlich getan. Ich saß vor dem Computer und starrte sein Bild an, und ich hätte ihm etwa hundert Mal *beinahe* eine E-Mail geschrieben. Meistens spätabends, nach einem oder zwei Gläsern Wein. Gerade genug, um noch vollkommen klar im Kopf, aber trotzdem sehr viel waghalsiger zu sein.

Und auch jetzt wäre ein Glas Wein nicht schlecht. Etwas, um den Abgrund zwischen uns zu überwinden.

Zwischen John Langford und Sarah Blake.

Er greift in seine Jackentasche und zieht einen braunen Umschlag heraus. »Ich habe dir etwas mitgebracht. Für deine Recherchen.«

»Was ist das?«

»Mach ihn auf, dann weißt du es.«

Ich öffne den Umschlag und ziehe ein steifes, aber dünnes Blatt Papier heraus. »Eine Skizze. Oh mein Gott, das ist dasselbe Porträt. Das hier ist Robert! Wo hast du es her?«

»Es lag auf dem letzten Stapel Unterlagen, die wir nicht mehr gemeinsam durchgehen konnten. Sieh dir mal die Signatur an.«

Ich streiche mit dem Finger über das Wort. *Tess.*

»Seine Frau«, hauche ich. »Deine Urgroßmutter.«

»Sie war eine herausragende Künstlerin. Die Landschaftsbilder im Haus stammen alle von ihr. Sie war eine der bekanntesten Wasserfarbenmalerinnen der 1930er, doch nach dem Krieg fielen ihre Arbeiten in Ungnade.«

»Warum habe ich dann noch nie etwas von ihr gehört?«

»Sie arbeitete unter dem Namen Tennessee Fairweather, und alle glaubten, sie sei ein Mann. Ich habe auch ein paar Nachforschungen angestellt, wie du siehst.«

Ich betrachte Roberts Porträt. Die Fältchen um seine

Augen, die mir immer so vorgekommen waren, als würden er und der Künstler ein unanständiges Geheimnis teilen. Ich lasse den Finger über die Locke gleiten, die ihm in die Stirn fällt, und als das Bild langsam verschwimmt, stecke ich es hastig in den Umschlag zurück und lasse mir Zeit damit, ihn zu verschließen.

»Danke für die Blumen«, meine ich schließlich.

»Es tut mir so leid, Sarah. Ich wollte zur Beerdigung kommen und hätte es beinahe auch getan, aber dann dachte ich, es wäre besser, wenn ich nicht hinfahre.«

»Da hattest du vermutlich recht.«

Er wendet den Blick ab. »Verstehe.«

»Aber nicht aus dem Grund, den du vielleicht annimmst. Als ich die Blumen und die Nachricht gesehen habe … diese wunderschöne Nachricht, die du geschickt hast …«

Ich verstumme, denn ich kann nicht weitersprechen. Ich schlucke die Tränen hinunter und ignoriere das Prickeln in meiner Nase.

»Wir sind es zu schnell angegangen«, sagt er. »*Ich* bin es zu schnell angegangen. Es war meine Schuld. Ich wusste, dass du die Eine für mich bist, und ich war mir so sicher, dass ich dachte, wir könnten die erste Stufe gleich überspringen. Ich wollte … ich wollte keine Zeit mehr verschwenden. Aber es hat sich herausgestellt, dass es gar keine Verschwendung gewesen wäre.«

»Aber es war auch so okay. Ich hätte dieses Buch nicht geschrieben, und du hättest keine öffentliche Erklärung abgegeben und die Nachwahl gewonnen …«

»Vielleicht nicht«, erwiderte er. »Aber vielleicht doch. Nur eben gemeinsam.«

»Nein. Alles passiert aus einem bestimmten Grund, Langford, hast du das immer noch nicht begriffen? Man kann nicht eine einzige Sache ändern, ohne dass sich auch der Rest verändert. Wir existieren alle nur aufgrund außergewöhnlicher, unwahrscheinlicher, willkürlicher Zufälle, die nicht wiederholt werden können. Und alles, was du tust, hat Einfluss auf die Zukunft. Sie dir nur mal Robert, Caroline und deine Urgroßmutter an. Ich wette, wenn ich dir damals nach draußen gefolgt wäre, wenn du dich umgedreht und mir zugehört hättest, dann hätte ich eine Biografie über Robert Langford geschrieben, anstatt nach Savannah zu fliegen und meine Mutter dort in einem Pflegeheim unterzubringen ...«

»Wo ich dich trotz der modernen Technik beinahe nicht gefunden hätte.«

»Ach, dann hast du mich also gestalkt?«

»Du mich etwa nicht?«

Und plötzlich ist es wieder so weit. Seine Lippen verziehen sich zu einem Lächeln, genau wie damals. Es ist mir so vertraut, dass sich mein Magen zusammenzieht. Wie ist das nur möglich? Es ist zwei Jahre her, seit ich ihn zum letzten Mal so lächeln sah. Damals, als wir zusammen im Bett lagen. Zwei schwindelerregende Wochen mit ihm, zwei Jahre ohne ihn. Ich frage mich, ob er in dieser Zeit mit jemandem geschlafen hat, jemanden geküsst hat, sich mit jemandem zum Abendessen getroffen oder mit jemandem ein romantisches Wochenende verbracht hat. Zwei Jahre sind eine lange Zeit. In zwei Jahren zieht man weiter, man verändert sich, man entwickelt sich, man vergisst.

»Um deine Frage zu beantworten«, meint er leise. »Ja, ich habe es versucht. Aber es hielt nie lange. Es war jedes Mal so mühsam, und ich wusste nicht warum. Ich begann, zu viel zu trinken, stürzte mich in die Arbeit – bis ich irgendwann bemerkte, dass ich nicht mehr ich selbst war. Dass ich mich in den verdammten zwei Wochen in Roberts Arbeitszimmer mehr wie ich selbst gefühlt hatte als in den ganzen zwei Jahren ohne dich. Ich habe dich vermisst. Ich habe es vermisst, meinen Morgenkaffee mit dir zu trinken. Ich habe es vermisst, mit dir zu schweigen. Ich habe vermisst, dass du auf dem Sofa ein Schläfchen hältst und ich mir denke, dass diese verdammte Amerikanerin doch tatsächlich vor meinen Augen einschläft, als gehörte sie hierher.«

Als gehörte sie hierher.

Ich stehe ihm gegenüber und finde keine Worte. Ich habe heute so viele Worte mit meinen Zuhörern geteilt, habe so selbstsicher auf der Bühne gestanden und mich als Expertin ausgegeben. Als gehörte ich auf diese Bühne, vor all diese Menschen.

Aber im Grunde gehöre ich nirgendwohin, nicht wahr? Ich habe keinen Vater und keine Mutter mehr, keine Geschwister und kein Zuhause, bloß eine Mietwohnung in Savannah, in der Nähe des *Talmadge Konservatoriums*. Ich treibe im Meer, ohne Anker, zwischen zwei Häfen. Ich gehöre nirgendwohin und zu niemandem. Ich bin bloß die *New-York-Times*-Bestsellerautorin Sarah Blake, mehr nicht. Ein Gesicht auf einem Buchumschlag in zehntausenden Buchläden. *Wovon handelt Ihr nächstes Buch?,* lautet jedes Mal die unausweichliche Frage, und meine Antwort ist immer dieselbe:

Die besten Ideen sind jene, die von selbst zu uns kommen. Also warte ich, bis sich die nächste offenbart, und hoffe, dass ich über genug gesunden Menschenverstand verfüge, um sie zu erkennen.

John hebt den Arm und streckt ihn mir mit der Handfläche nach oben entgegen.

»Falls es ein Anreiz ist – Walnut wartet draußen im Auto.«

»*Walnut?*«

»Er hat dich auch vermisst. Beinahe so sehr wie ich.«

Ich hänge mir die Tasche über die Schulter und trete um den Tisch herum auf ihn zu, bevor ich nach seiner Hand greife. Seine warmen Finger schließen sich um meine, und ich bemerke den kaum wahrnehmbaren Geruch seiner Seife, als hätte ich sie erst gestern gerochen. Und dazu der schwache Geruch von Hund. Ich starre auf die kleine Mulde an seinem Hals, die zwischen seinem geöffneten Hemdkragen sichtbar ist, und bewundere seinen schlagenden Puls.

»Ich liebe dich«, flüstert John.

Ich hebe den Blick und schaue ihm in die Augen, und einen Moment lang fühle ich mich verwirrt und desorientiert, als würde ich nicht John, sondern seinem Urgroßvater gegenüberstehen. Und als wäre ich jemand anderes. Eine Frau, die ebenfalls ankerlos umhertrieb und nirgendwohin gehörte.

Doch im nächsten Augenblick rückt alles wieder an seinen Platz, und er ist wieder John.

Und ich bin Sarah. Einfach bloß Sarah.

Ich lege meine Hand auf seine Wange. »Ich weiß.«

Danksagung

Das *Team W* bedankt sich bei seiner unglaublichen Lektorin Rachel Kahan und dem restlichen Team von William Morrow (insbesondere Tavia und Lauren T.), das geholfen hat, die *Lusitania* sicher aus dem Herzen des Ozeans zu führen.

Danke an unsere Agentinnen Amy Berkower und Alexandra Machinist, dass sie an die verrückte Idee glaubten, dass drei Autorinnen eine Einheit bilden und ein gemeinsames Buch erschaffen können. Und das gleich zwei Mal.

Danke an unsere leidgeprüften Ehemänner, Kinder und Haustiere, die mit unserer Flucht in andere Welten (und immer wieder auch an einen gemeinsamen Zufluchtsort) zurechtkommen müssen. Und besonders an Oliver, der mit seinem ersten Auftritt in dieser Welt gewartet hat, bis das Manuskript rund war.

Danke an Alyson Richman für die Anfangsszene beim Treffen des Buchclubs, die leider der Realität entspricht (*Nein zur Buchpiraterie!*), und danke an Joan Heflin, die uns ihre Veranda und den Garten für das Autorenfoto zur Verfügung gestellt hat.

Falls Sie an weiterführenden Informationen über die *Lusitania* interessiert sind, können wir Ihnen Erik Larsons Buch *Dead Wake* besonders empfehlen, dem wir für seine detaillierte Schilderung der schicksalhaften letzten Überfahrt der *Lusitania* großen Dank schulden.

Und nicht zuletzt danke an alle, die *Das saphirblaue Zimmer* in ihr Herz geschlossen und damit eine zweite Zusammenarbeit möglich gemacht haben. Danke für die E-Mails, die Instagram-Posts, die Facebook-Nachrichten und die Rezensionen. Das alles bedeutet uns mehr, als wir in Worte fassen können.

Bis zum nächsten Mal – und dann vielleicht in Paris …

»Dramatisch, spannend und ungeheuer mitreißend erzählt: *Das geheime Leben der Violet Grant* steckt voller Überraschungen.«
Hamburger Morgenpost

560 Seiten. ISBN 978-3-7341-0161-8

Manhattan, 1964. Vivian Schuyler hat das Undenkbare getan: Sie hat dem glamourösen Upperclass-Leben ihrer Familie den Rücken gekehrt, um Karriere als Journalistin zu machen. Als sie herausfindet, dass sie eine skandalumwitterte Großtante hat, ist ihr Spürsinn geweckt …
Berlin, 1914. Die junge Physikerin Violet erträgt ihre Ehe mit dem älteren Professor Grant nur, um ihren Forschungen nachgehen zu können. Doch plötzlich bricht der Erste Weltkrieg aus – und ein geheimnisvoller Besucher stellt Violet vor eine Entscheidung mit dramatischen Folgen.

Lesen Sie mehr unter: **www.blanvalet.de**